Федоръ Достоевскій

CB066290

Федоръ Достоевскій

Conheça os títulos da coleção SÉRIE OURO:

1984
A ARTE DA GUERRA
A IMITAÇÃO DE CRISTO
A INTERPRETAÇÃO DOS SONHOS
A METAMORFOSE
A MORTE DE IVAN ILITCH
A ORIGEM DAS ESPÉCIES
A REVOLUÇÃO DOS BICHOS
ALICE NO PAÍS DAS MARAVILHAS
ALICE ATRAVÉS DO ESPELHO
CARTAS A MILENA
CONFISSÕES DE SANTO AGOSTINHO
CONTOS DE FADAS ANDERSEN
CRIME E CASTIGO
DOM CASMURRO
DOM QUIXOTE
FAUSTO
MEDITAÇÕES
MEMÓRIAS PÓSTUMAS DE BRÁS CUBAS
O DIÁRIO DE ANNE FRANK
O IDIOTA
O JARDIM SECRETO
O LIVRO DOS CINCO ANÉIS
O MORRO DOS VENTOS UIVANTES
O PEQUENO PRÍNCIPE
O PEREGRINO
O PRÍNCIPE
O PROCESSO
ORGULHO E PRECONCEITO
OS IRMÃOS KARAMÁZOV
PERSUASÃO
RAZÃO E SENSIBILIDADE
SOBRE A BREVIDADE DA VIDA
SOBRE A VIDA FELIZ & TRANQUILIDADE DA ALMA
VIDAS SECAS

Conheça os títulos da coleção SÉRIE LUXO:

JANE EYRE
O MORRO DOS VENTOS UIVANTES

DOSTOIÉVSKI

CRIME E CASTIGO

GARNIER
DESDE 1844

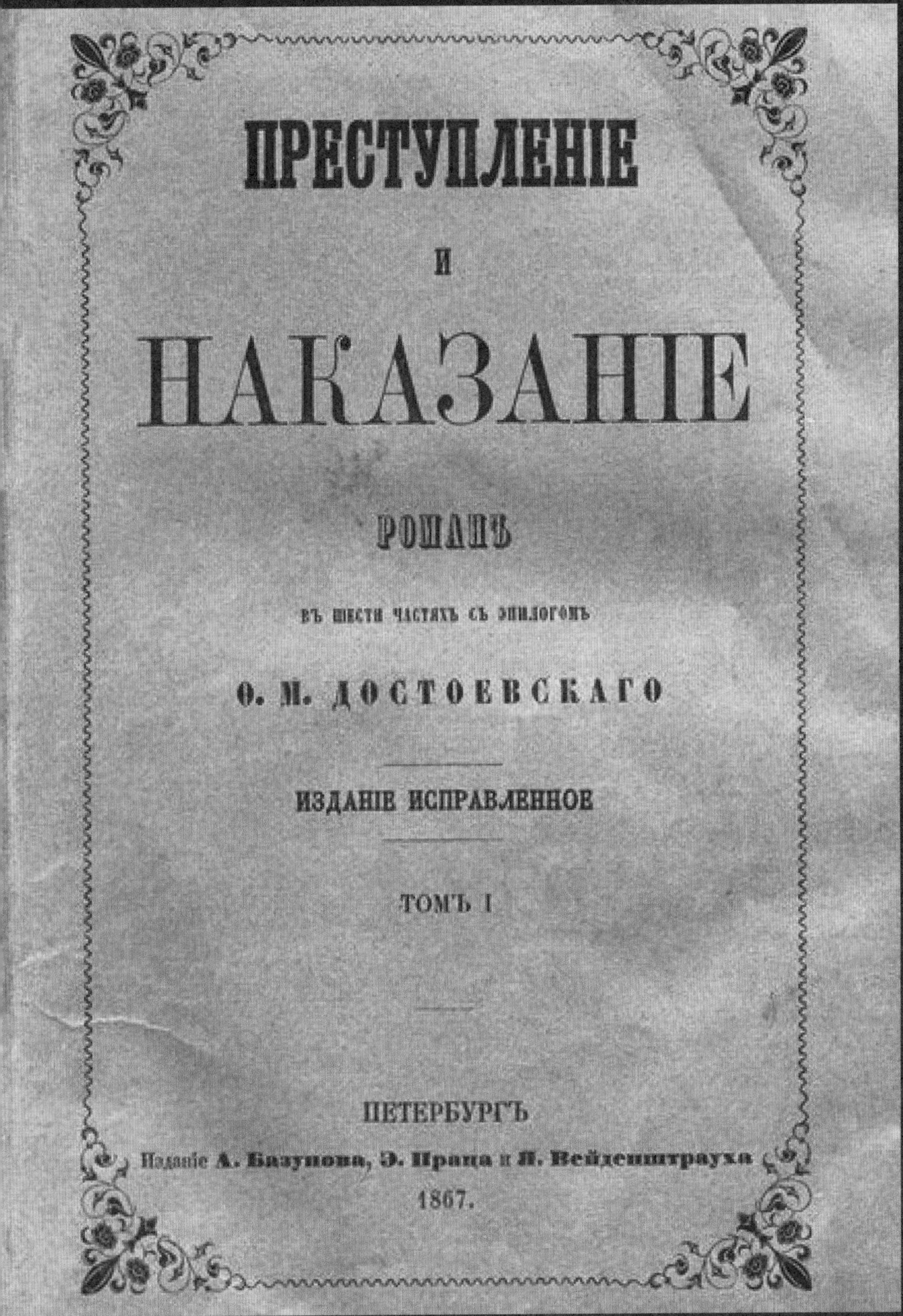

ПРЕСТУПЛЕНІЕ

И

НАКАЗАНІЕ

РОМАНЪ

ВЪ ШЕСТИ ЧАСТЯХЪ СЪ ЭПИЛОГОМЪ

Ѳ. М. ДОСТОЕВСКАГО

ИЗДАНІЕ ИСПРАВЛЕННОЕ

ТОМЪ I

ПЕТЕРБУРГЪ

Изданіе А. Базунова, Э. Праца и Я. Вейденштрауха

1867.

Capa da primeira edição russa corrigida do
romance “Crime e Castigo” – Volume 1, 1867.

GARNIER
DESDE 1844

Fundador: **Baptiste-Louis Garnier**

Copyright desta tradução © IBC - Instituto Brasileiro De Cultura, 2020

Título original: Преступление и наказание, Prestuplênie i nakazánie
Reservados todos os direitos desta tradução e produção, pela lei 9.610 de 19.2.1998.

1ª Impressão 2024

Presidente: Paulo Roberto Houch
MTB 0083982/SP

Coordenação Editorial: Priscilla Sipans
Coordenação de Arte: Rubens Martim (Capa)
Diagramação: Renato Darim Parisotto
Produção editorial: Eliana S. Nogueira
Tradução e adaptação: Cláudia Rajão
Revisão: Mariângela Belo da Paixão
Apoio de revisão: Lilian Rozati

Vendas: Tel.: (11) 3393-7727 (comercial2@editoraonline.com.br)

Foi feito o depósito legal.
Impresso na China

Dados Internacionais de Catalogação na Publicação (CIP)
de acordo com ISBD

G236c Garnier Editora

Crime e Castigo - Série Ouro / Garnier Editora. – Barueri :
Camelot Editora, 2024.
368 p. ; 15,1cm x 23cm.

ISBN: 978-65-84956-75-9

1. Literatura russa. 2. Romance. I. Título.

2024-2557 CDD 891.7
CDU 821.161.1

Elaborado por Vagner Rodolfo da Silva - CRB-8/9410

IBC — Instituto Brasileiro de Cultura LTDA
CNPJ 04.207.648/0001-94
Avenida Juruá, 762 — Alphaville Industrial
CEP. 06455-010 — Barueri/SP
www.editoraonline.com.br

Sumário

PRIMEIRA PARTE

CAPÍTULO I

Numa magnífica noite de Julho, excessivamente quente, um rapaz saía do quarto que ocupava nas águas-furtadas dum grande prédio de cinco andares, situado no bairro S***, e, com passos lentos e um ar irresoluto, tomou o caminho da ponte de K***. Teve a boa sorte de não encontrar na escada a senhoria, que habitava o andar inferior. A cozinha, cuja porta estava quase sempre aberta, dava para a escada. Quando saía, tentava subtrair-se aos olhares da hospedeira, o que o fazia experimentar a forte sensação de quem evade. Devia-lhe uma soma importante e por isso receava encontrá-la. Nunca a pobre mulher o ameaçou ou ultrajou; pelo contrário. Porém havia algum tempo que ele se achava num estado de excitação nervosa, vizinho da hipocondria. Isolando-se e concentrando-se, chegara ao ponto de temer encontrar-se com a hospedeira, e até mesmo de manter relações com os seus semelhantes. Noutros tempos a pobreza parecia esmagá-lo, todavia, nestes últimos dias, chegara a ser-lhe insensível. Renunciara em absoluto às suas ocupações. De resto, pouco lhe importava a hospedeira e as disposições que ela pudesse adotar contra ele. Ser surpreendido na escada, ouvir reclamações, suportar recriminações, aliás pouco prováveis; ter de responder com evasivas, ou antes, desculpas de mau pagador, mentiras... — , isso não! O melhor era esgueirar-se sem ser visto, deslizar como um gato medroso. Desta vez, porém, quando chegou à rua, pareceu-lhe estranho o receio que tivera de encontrar a credora.

"É inacreditável que, quando tenho em mente um projeto tão arriscado, me preocupe com tais ninharias", pensou ele com um sorriso singular. "Sim!... o homem tem tudo entre as mãos e se tudo deixa escapar, é porque tem medo... É axiomático! Seria-me interessante saber de que é que temos mais medo. Estou acreditando que aquilo que mais receamos é o que nos faz sair dos nossos hábitos. Todavia, com tanto divagar, é que nada faço. É verdade que poderia alegar esta outra razão: porque nada faço, é que divago tanto. Há um mês que me habituei a falar só, encolhido a um canto durante dias inteiros, preocupado com disparates. Vejamos no que me vou meter! Serei capaz disto? Será isto sério? Não, isto não é sério. São ninharias que preocupam o espírito, ou antes, simples fantasias."

O calor era asfixiante. A multidão, a vista dos montes de cal, dos tijolos, da andaimaria, e esse mau cheiro especial, tão conhecido do habitante de S. Petersburgo que não pode alugar uma casa de campo no verão, tudo contribuía para irritar mais e mais os nervos já excitados do rapaz. O cheiro pestilencial das tabernas, muito frequentes nesta parte da cidade, e os bêbados que a cada momento se encontravam, enquanto fosse um dia de trabalho, completavam o quadro, um horrível colorido. As delicadas feições do mancebo refletiram, por um instante, uma impressão de profunda náusea. A propósito, deve-se dizer que não era fisicamente destituído: de estatura mais que regular, franzino, elegante, tinha uns bonitos olhos escuros e uns cabelos castanhos. Pouco a pouco foi caindo numa melancolia profunda, numa espécie do torpor intelectual. Caminhava alheio a tudo, ou melhor dizendo, sem querer atender a coisa alguma. De longe em longe, apenas, murmurava consigo umas ligeiras palavras, porque, como ele próprio conhecia, havia algum tempo que tinha a mania de falar só. Neste momento notava que por vezes as ideias se lhe confundiam e era grande o seu estado de fraqueza: havia dois dias, quase se podia dizer, que não comia.

Qualquer outro se envergonharia de exibir, em pleno dia, semelhantes andrajos, tão malvestido estava. No entanto, o bairro permitia qualquer vestuário. Nos arredores do Mercado do Feno, nas ruas de S. Petersburgo onde vive o operariado, o vestuário mais singular não causa a menor surpresa. Porém acumulava-se na alma do infeliz rapaz um tal desprezo por tudo que, apesar do seu pudor por vezes muitíssimo ingênuo, não se envergonhava de passear pelas ruas em seus farrapos.

O caso seria diferente se encontrasse pessoas conhecidas, ou alguns dos seus antigos companheiros, cuja aproximação em geral evitava. De repente parou, vendo-se alvo da atenção dos transeuntes por estas palavras pronunciadas em voz irônica: "Vejam, um chapeleiro alemão!" Eram proferidas por um bêbado que era levado, não se sabe para onde, nem para quê, numa carroça.

Com um gesto nervoso tirou o chapéu e pôs-se a mirá-lo. Era um feltro de copa alta, comprado na casa de Zimmermann, muitíssimo usado, de cor esverdeada, quase sem abas, e com inúmeras nódoas e buracos. Era um chapéu deveras miserável. No entanto, longe de se sentir ofendido no seu brio, o possuidor de tão estranho objeto sentiu-se mais inquieto do que humilhado.

— Isto é realmente o pior! — murmurou ele — esta miséria!... E qualquer coisa pode estragar tudo. De fato este chapéu dá muito na vista, está mesmo um horror! Ninguém traz uma coisa destas na cabeça... E então este, que se torna reparado a quilômetros de distância!... Lembrar-se-ão, recordar-se-ão dele... pode ser um indício... É indispensável que desperte o menos possível a atenção. As coisas mais insignificantes têm às vezes grande importância e é regra geral por elas que a gente se perde...

Часть первая.

I.

Въ началѣ іюля, въ чрезвычайно жаркое время, подъ вечеръ, одинъ молодой человѣкъ вышелъ изъ своей каморки, которую нанималъ отъ жильцовъ въ С—мъ переулкѣ, на улицу, и медленно, какъ-бы въ нерѣшимости, отправился къ К—ну мосту.

Онъ благополучно избѣгнулъ встрѣчи съ своею хозяйкой на лѣстницѣ. Каморка его приходилась подъ самою кровлей высокаго пятиэтажнаго дома и походила болѣе на шкафъ чѣмъ на квартиру. Квартирная-же хозяйка его, у которой онъ нанималъ эту каморку съ обѣдомъ и прислугой, помѣщалась одною лѣстницей ниже, въ отдѣльной квартирѣ, и каждый разъ, при выходѣ на улицу, ему непремѣнно надо было проходить мимо хозяйкиной кухни, почти всегда настежь отворенной на лѣстницу. И каждый разъ молодой человѣкъ, проходя мимо, чувствовалъ какое-то болѣзненное и трусливое ощущеніе, котораго стыдился и отъ котораго морщился. Онъ былъ долженъ кругомъ хозяйкѣ и боялся съ нею встрѣтиться.

Не то чтобъ онъ былъ такъ трусливъ и забитъ, совсѣмъ даже напротивъ; но съ нѣкотораго времени онъ былъ въ раздражительномъ и напряженномъ состояніи, похожемъ на ипохондрію. Онъ до того углубился въ себя и уединился отъ всѣхъ, что боялся даже всякой встрѣчи, не только встрѣчи съ хозяйкой. Онъ былъ задавленъ бѣдностью; но даже стѣсненное положеніе перестало въ послѣднее время тяготить его. Насущными дѣлами своими онъ совсѣмъ пересталъ и не хотѣлъ заниматься. Никакой хозяйки въ сущности онъ не боялся, чтò-бы та ни замышляла противъ него. Но останавливаться на лѣстницѣ, слушать всякій вздоръ про всю эту обыденную дребедень, до которой ему нѣтъ никакого дѣла, всѣ эти приставанія о платежѣ, угрозы, жалобы, и при этомъ самому изво-

Página da edição russa do romance
"Crime e Castigo" de 1904 - Primeira Parte.

Não ia para muito longe. Conhecia muito bem a distância entre a sua morada e o local para onde se dirigia: setecentos e trinta passos, nem mais nem menos. Contara-os quando o projeto tinha ainda no seu espírito a forma vaga dum sonho. Nessa época nunca supusera que tal ideia viesse a tomar corpo e a fixar-se. Limitara-se a acariciar, no seu íntimo, uma utopia duplamente pavorosa e irresistível. Todavia, passado um mês, começara a ver as coisas sob outro aspecto. Conquanto nos seus solilóquios se lamentasse da sua pouca energia e irresolução, tinha-se, no entanto, habituado a pouco e pouco, mau grado seu, a julgar possível a realização dessa sonhada quimera, a despeito de não confiar ainda muito em si. Ia agora precisamente repetir o ensaio do seu projeto e, a cada passo que dava, sentia-se mais e mais dominado por uma forte agitação.

Com o coração oprimido e os membros muito agitados por um tremor nervoso, aproximou-se dum enorme casarão, que olhava dum lado para o canal e do outro para a rua... Esta grande casa era dividida em inúmeros compartimentos, habitados por criaturas de todas as categorias; alfaiates, serralheiros, engenheiros alemães de várias espécies, mulheres de vida fácil, pequenos empregados. Uma grande multidão entrava e saía pelas duas portas. Três ou quatro porteiros faziam o serviço. Com grande satisfação não encontrou nenhum deles. Transposto o limiar, galgou a escada da direita, que conhecia bem, bastante estreita e duma obscuridade que não deixava de lhe agradar, Ali não havia de recear olhares indiscretos.

"Se tenho agora tanto medo, que será quando for a valer", pensou ele, ao chegar ao quarto andar. Aí teve que parar. Alguns carregadores faziam a mudança da mobília duma das divisões ocupadas — e o nosso homem sabia-o — por um alemão e sua família. "Com a partida deste, a velha fica sendo a única moradora do andar. Vim em boa ocasião."

E puxou o cordão da campainha, que soou gravemente, como se fosse de cobre. Nestas casas as campainhas são em geral de lata. Este pormenor esquecera-lhe. O som especial da campainha lembrou-lhe o que quer que fosse porque teve um estremecimento: sentia os nervos numa grande lassidão. Um momento depois entreabriram a porta e pela estreita fenda a dona da casa examinou o recém-chegado com visível desconfiança; apenas se lhe percebiam, na escuridão, os olhos brilhando como pontos luminosos. Porém vendo os carregadores, sentiu ânimo e abriu a porta de par em par. O rapaz entrou para uma saleta escura, dividida por um tabique, que a separava duma pequena cozinha. Diante dele, de pé, a velha interrogava-o com o olhar. Tinha sessenta anos, era baixa e magra, nariz recurvo e olhar malicioso. Na cabeça descoberta viam-se-lhe os cabelos desmanchados e untados de azeite. Trazia em volta do magro e esguio pescoço, que lembrava uma perna de galinha, um farrapo de lã. Apesar do calor, pendia-lhe dos ombros uma capa de peles, gasta e amarelada. Tossia quase sem cessar. O rapaz olhou-a, talvez de modo singular, porque os seus olhos retomaram a expressão de desconfiança.

— Raskolnikov, estudante. Já aqui vim uma vez, há um mês — apressou-se a informar o visitante, com uma mesura, pensando que era conveniente mostrar-se amável.

— Recordo-me, menino, recordo-me muito bem — respondeu a velha, sem tirar do rapaz os olhos desconfiados.

— Tanto melhor... Venho aqui também hoje para um negócio do mesmo gênero — continuou Raskolnikov perturbado e surpreendido pela desconfiança que inspirava.

"Talvez isto seja feitio dela", pensou o estudante, "mas da outra vez não me pareceu desconfiada." A velha manteve-se calada por algum tempo. Parecia refletir... Em seguida indicou a porta do quarto e afastou-se para dar passagem a Raskolnikov.

— Entre, menino.

O compartimento para onde entrou era forrado de papel amarelo; pelas janelas, com cortinas de cassa e tendo no peitoril vasos de gerânios, entrava a luz do sol, quase no ocaso, e mal iluminava o aposento. "Da outra vez o sol também brilhava assim!", pensou o estudante, passando uma rápida inspeção em volta de si, como se quisesse inventariar os objetos que o cercavam e retê-los na memória.

Nada havia, contudo, ali, de particular. A mobília, duma madeira amarela, era muito velha. Um canapé a desfazer-se tinha em frente uma mesa de forma oval. No lado oposto estava uma cômoda e um espelho na parede, entre duas das janelas. Mais umas cadeiras e umas insignificantes gravuras, representando moças alemãs com pássaros nas mãos — eis tudo.

A um lado, junto a uma pequena imagem, ardia uma lamparina. Mobília e soalho resplandeciam de asseio. "Anda aqui por força a mão da Isabel", pensou o rapaz. Não se via um átomo de pó em todo o quarto. "É preciso ver a casa destas viúvas, velhas e rabugentas, para se ver tal limpeza", monologava ele, reparando com curiosidade no cortinado de chita que ocultava a porta que dava para um outro quarto, onde nunca entrara e onde estavam o leito e a cômoda da velha. A casa compunha-se desses dois quartos.

— Que queres, então? — interrogou sem mais preâmbulos a velha, que, depois de ter seguido o visitante, colocou-se em frente dele, de pé, para lhe ver bem o rosto.

— Apenas empenhar um objeto.

E tirou do bolso uma corrente de aço e um velho relógio de prata, tendo gravado na tampa um globo.

— Mas ainda não satisfez a importância que há tempos lhe emprestei! Sabe que o prazo findou anteontem!?

— Venho pagar-lhe os juros deste mês. Tenha paciência. Espere mais uns dias.

— Terei paciência ou venderei o seu penhor, como melhor me aprouver.

— Quanto me dá por este relógio, Alena Ivanovna?

— Isto não vale nada, menino. Já da outra vez lhe emprestei dois papelinhos sobre o anel, quando podia comprar um novo por um rublo e meio.

— Dê-me quatro rublos e levanto o outro penhor. Era de meu pai. Hei de receber dinheiro brevemente.

— Um rublo e meio, descontando já os juros.

— Um rublo e meio!

— É para quem quer!

E a velha estendeu-lhe o relógio. Raskolnikov pegou-o, irritado, e ia retirar-se, quando refletiu que a usurária era o seu único recurso. E, além disso, mais alguma coisa o trouxera ali.

— Vamos, deixe lá ver o dinheiro — disse ele com um modo sacudido.

A velha remexeu a algibeira, procurando as chaves, e passou ao outro quarto. Só, no meio da casa, o estudante pôs-se a escutar, com atenção, entregando-se, ao mesmo tempo, a diversas deduções. Ouviu a usurária abrir o móvel. "Deve ser a gaveta de cima", calculou ele. "Traz as chaves na algibeira direita..., todas numa argola de aço... Uma delas, muito maior que as outras e dentada, não é por certo a do móvel. É singular! As chaves dos cofres de ferro têm em geral esse feitio... Mas, afinal, como tudo isto é infame."

A velha voltou.

— Aqui tem, menino. Se levar dez copeques[1] por mês e por rublo, de um rublo e meio hei de deduzir quinze copeques, porque os juros são pagos adiantadamente. Depois, como pede que lhe espere ainda um mês pelo pagamento dos dois rublos que lhe emprestei, fica-me devendo por essa transação vinte copeques, o que ascende à totalidade de trinta e cinco. Tem, pois, a receber sobre o seu relógio um rublo e quinze copeques. Tome lá...

— Como assim? Então não me dá mais que isto?

— Nada mais tem a receber.

Sem opor a menor objeção, pegou o dinheiro e ficou a olhar para a mesa, sem pressa de se retirar... Parecia querer dizer ou fazer alguma coisa, mas nem sabia o quê.

— É provável que muito breve lhe traga um outro objeto... uma cigarreira de prata, muito bonita... Emprestei-a a um amigo... quando ele me trouxer...

Pronunciou estas palavras com ar comprometedor.

— Nessa altura falaremos, menino...

— Até depois... Ainda está só?... Sua irmã não lhe faz companhia? — perguntou ele, num tom indiferente, na ocasião em que passava para a antecâmara.

— Que tem que ver com a minha irmã?

— Nada... Fiz a pergunta sem intenção. E a senhora... Adeus, Alena Ivanovna!

Raskolnikov retirou-se muito perturbado. Descendo a escada, parou repetidas vezes, bastante comovido. Uma vez na rua, exclamou:

— Meu Deus, como tudo isto é medonho. Será possível que eu... Não! É uma loucura, um absurdo! Como pude ter tão horrível lembrança? Seria capaz de semelhante infâmia? Isto é odioso, é ignóbil, repugnante!... E, contudo, durante um mês, eu...

As palavras eram insuficientes para exprimir a agitação que o estava dominando. A sensação de repugnância profunda que o oprimira a princípio, quando se dirigia para a casa da velha, atingia neste momento tão grande intensidade, que não sabia como livrar-se de tal suplício. Caminhava como um ébrio, não vendo quem passava, esbarrando-se

---

1 Unidade fracionária do sistema monetário russo. Um rublo tem 100 copeques. (N. do T.)

com toda a gente. Na rua imediata serenou um pouco. Olhando em redor, viu uma taberna. Uma escada que descia do passeio dava ingresso à subloja. Raskolnikov viu sair dali dois bêbados, que se amparavam, dizendo mútuas injúrias.

Hesitou um momento, antes de descer. Nunca tinha entrado numa taberna, mas neste momento a cabeça andava-lhe à roda e sentia uma sede horrível. Apeteceu-lhe uma cerveja. Depois de abancar a um canto sombrio, pediu-a e bebeu o primeiro copo dum trago.

Experimentou um grande alívio. O espírito esclareceu-se-lhe. "Tudo isto é absurdo", pensou ele, confortado, "e realmente não havia motivo para me assustar. Era apenas um incômodo passageiro! Um copo de cerveja e um pedaço da bolacha e num instante reaverei a minha lucidez e o predomínio da minha energia! Oh! Como tudo isto é insignificante." Apesar desta conclusão desdenhosa, a sua aparência era outra, como se de súbito o tivessem aliviado dum grande peso. Olhava amigavelmente para toda a gente, porém tinha, ao mesmo tempo, uma vaga desconfiança de que fosse transitório este regresso da energia.

Havia pouca gente na taberna. Após os dois ébrios, saiu um grupo de cinco músicos. Reinava nela relativo sossego, pois só haviam ficado três pessoas. Um sujeito, um pouco embriagado, denunciando a sua origem burguesa, estava sentado em frente duma garrafa de cerveja. Junto dele dormitava, num banco, muito bêbado, um homenzarrão de barba branca, vestindo um comprido sobretudo.

De quando em quando despertava sobressaltado. Espreguiçava-se, dava estalidos com os dedos e entoava uma canção sem nexo, cujo seguimento parecia procurar na baralhada memória:

Durante um ano amimei minha mulher,
Du...rante um ano a... mi... mi minha mulher.

Ou então:

Na Podiatcheskala
Encontrei a minha amiga...

Ninguém se associava à alegria do melômano. O companheiro escutava silencioso, com ar aborrecido. O terceiro bebedor parecia um antigo funcionário público. Sentado a um canto, levava de quando em quando o copo à boca e lançava os olhos pela sala. Também parecia dominado por uma certa agitação.

CAPÍTULO II

Raskolnikov não estava habituado a ver-se no meio duma multidão e, como já dissemos, havia algum tempo evitava mesmo encontrar-se com qualquer pessoa. Porém agora, de súbito, sentia a necessidade de convivência. Parecia operar-se nele uma transformação; o instinto de sociabilidade readquiria os seus direitos. Voltado todo um mês aos sonhos doentios que a solidão produz, o nosso homem estava tão fatigado do seu isolamento, que precisava avistar-se, embora só por momentos, com alguém. Assim, por pouco decente que fosse a taberna, ocupou o seu lugar com verdadeiro prazer. O dono da casa estava num outro compartimento, mas aparecia frequentemente na sala. As botas de ganhões encarnados que trazia despertavam a atenção geral. Vestia uma *paddiovka*[2] e por cima um colete de cetim preto constelado de nódoas, o que não era de admirar (e todo o seu rosto parecia untado com azeite). Ao balcão estava sentado um menino de catorze anos e um outro, ainda mais novo, servia a clientela. Os pratos expostos consistiam em rodelas de pepino, croutons e postas de peixe, exalando tudo um cheiro nauseabundo. O calor era asfixiante e a atmosfera estava tão saturada de vapores alcoólicos, que parecia dever-se ficar embriagado após cinco minutos de permanência na sala.

Sucede às vezes encontrarmos pessoas desconhecidas por quem nos interessamos, logo à primeira vista, antes mesmo de termos trocado com elas uma só palavra. Foi esse o efeito que produziu em Raskolnikov o indivíduo que tinha aparência de antigo funcionário. Mais tarde, recordando essa primeira impressão, o mancebo chegou a atribuí-la a um pressentimento. Não desviava os olhos do homem, talvez porque não cessava também de o observar, parecendo desejar travar conversa com ele. Aos outros fregueses e ao dono da taberna o desconhecido encarava com altivez, como criaturas muito inferiores à sua condição social e educação.

Este homem, de mais de cinquenta anos, era de estatura mediana e aparência robusta. A cabeça, quase calva, conservava uns raros cabelos já grisalhos. O rosto cheio, dum amarelo esverdeado, denunciava a intemperança. Por entre as pálpebras inchadas brilhavam os pequenos olhos, avermelhados e penetrantes. A característica marcante desta fisionomia era o olhar, onde brilhavam ao mesmo tempo a chama da inteligência e uma expressão de loucura. Vestia um velho e roto fraque preto, com um único botão. O colete, cor de ganga, deixava ver o peito da camisa, amarrotado e enodoado. A ausência da barba denunciava o funcionário, porém devia ter se barbeado há muito, porque uma espessa camada de pelos azulava-lhe o rosto. Nas suas maneiras havia alguma coisa da gravidade burocrática; no entanto, nesse momento, parecia comovido, passava os dedos pelos raros cabelos, e de quando em quando, apoiando-se à mesa viscosa sem se preocupar com os cotovelos esburacados, encostava a cabeça às mãos. Subitamente, disse em voz alta, voltado para Raskolnikov:

— Não serei indiscreto dirigindo-lhe a palavra? É que, a despeito do seu vestuário, vejo no senhor um homem de educação e não um frequentador assíduo de tabernas. Sempre apreciei a boa educação, aliada aos dotes de coração. Tenho o cargo de conselheiro titular. Permita-me que me apresente: Marmeladov, conselheiro titular. É empregado?

---

2 Espécie de casaco. (N. do T.)

— Não senhor, estudo... — respondeu Raskolnikov, surpreendido com aquela polidez de linguagem e um pouco perturbado ao ver assim um desconhecido dirigir-lhe a palavra sem mais nem menos. Conquanto nesse instante se sentisse disposto a conviver, notou que se apossava dele o mau humor que experimentava, sempre que um desconhecido se lhe dirigia para tentar entabular relações.

— Então é, ou foi estudante! — continuou o outro. — É mesmo o que eu imaginava! Nunca me engano!... A minha longa experiência!

E levou a mão à fronte, como a indicar as suas grandes faculdades cerebrais.

— Estuda!... Mas com sua licença...

Ergueu-se, engoliu o resto da cerveja e foi sentar-se junto de Raskolnikov. Apesar de já estar embriagado, falava com correção. Quem o visse lançar-se sobre o estudante, como sobre uma presa, julgaria que também ele havia muito não falava.

— Senhor — recomeçou com ar solene —, pobreza não é na verdade um vício! Sei também que a embriaguez não é uma virtude, o que é para lastimar! Todavia a indigência, a indigência é um vício. Na pobreza conserva-se ainda um pouco da dignidade natural dos nossos sentimentos; na indigência não se conserva nada. O indigente nem sequer é expulso à pancada da sociedade humana; é à vassourada, o que é muito mais humilhante! E há, sem dúvida, razão nisto, porque o indigente é sempre o primeiro a avistar-se. Aí está a significação da taberna. Há um mês que o senhor Lebeziátnikov bateu em minha mulher. Ora, tocar na minha Catarina é ferir-me na corda mais sensível! Percebe... Dê-me licença para que lhe faça ainda uma outra pergunta, por simples curiosidade. Já passou alguma noite no Neva, deitado num barco de feno?

— Não, nunca me sucedeu isso. Por quê?

— Pois eu há cinco noites que lá fico.

Encheu um copo que bebeu dum trago e ficou pensativo. De fato viam-se-lhe, em sua roupa e nos cabelos, aqui e acolá, pedaços de feno. Naturalmente havia cinco dias que não se despia nem se lavava. Nas grossas e avermelhadas mãos, com unhas orladas de negro, era onde a imundície se tornava mais evidente.

Na taberna toda a gente o escutava, sem ligarem, todavia, grande importância ao seu arrazoado. Por trás do balcão os moços riam. O patrão entrara na sala, decerto para ouvir esta criatura estranha. Sentado a certa distância, bocejava com um ar de importância. Marmeladov era, com certeza, muito conhecido na casa, e a sua loquacidade era devida ao hábito de conversar com as pessoas que o acaso lhe deparava. Para alguns bêbados este hábito converte-se numa necessidade, em especial para aqueles que em casa são tratados com rudeza pelas mulheres pouco generosas. A consideração que lhes falta em casa, procuram-na nas tabernas, entre os companheiros de orgia.

— Que grande pândego! — exclamou o taberneiro. — Por que não trabalhas, por que não vais para o serviço, visto que és funcionário?

— Por que não trabalho? — respondeu Marmeladov, dirigindo-se a Raskolnikov, como se fosse deste que tivesse partido a pergunta. — Por que não trabalho? E não será um desgosto para mim ser inútil? Pensa que não sofri muitíssimo quando o senhor Lebeziátnikov bateu em minha mulher, enquanto eu, perdido de bêbado, assistia à cena? Perdão, meu amigo, já lhe sucedeu... sim... já lhe aconteceu solicitar sem esperança um empréstimo?

— Já me sucedeu... ou melhor, o que quer dizer com as palavras "sem esperança"?

— Quero dizer, sabendo antes que não arranja o que pretende. Suponhamos: o senhor tem a certeza de que este homem, este bom e honrado cidadão, não lhe empresta dinheiro pela razão simples... Sim, por que razão lho havia ele de emprestar, se sabe que o senhor não lho paga? Por compaixão? Mas o senhor Lebeziátnikov, apóstolo das ideias novas, explicou há dias que a compaixão agora é condenada pela ciência, e que é esta a doutrina corrente na Inglaterra, onde a economia política é o que o senhor sabe. Por que razão, repito, lhe havia este homem de emprestar dinheiro? O senhor tem por isso a certeza de que ele não lho empresta, e no entanto, dirige-se-lhe...

— Para que se lhe há de dirigir, nesse caso? — interrompeu Raskolnikov.

— Porque é necessário ir a algum lado e porque se precisa de dinheiro. Há certas ocasiões em que nos decidimos, quer queiramos, quer não, a fazer uma tentativa! Quando a minha única filha se matriculou, tive de ir também... porque a minha filha tem o livrinho amarelo[3] — acrescentou ele, olhando desconfiado para Raskolnikov. — Isto me é por completo indiferente! — apressou-se a declarar, com aparente fleugma, ao passo que por trás do balcão os dois rapazes mal continham o riso e o próprio patrão sorria. — Pouco me importo com as suas piscadelas de olhos, porque toda a gente sabe disso e não há segredo que se não descubra; e não é com desprezo, mas com resignação, que encaro esta situação. Está bem, está bem! *Ecce homo*[4]! Porém diga-me lá: o senhor pode, ou atreve-se, pondo agora os olhos em mim, a negar que sou um porco?

Raskolnikov não respondeu.

O orador esperou, com um grande ar de serena dignidade, que cessassem as risadas provocadas pelas suas últimas palavras, e continuou:

— No entanto, embora eu seja um porco, ela é uma senhora! Tenho em mim as características do animal. Porém Catarina Ivanovna, minha esposa, é uma criatura de fina educação, filha dum oficial superior. Bem sei que sou um mal amanhado, mas minha mulher tem um belo coração, sentimentos nobres e educação esmerada. E portanto... Oh! Se ela tivesse pena de mim! Senhor, toda a gente precisa encontrar compaixão em alguém! Todavia, Catarina, apesar da sua boa alma, é injusta. E, com quanto compreenda bem, quando ela me arrepela os cabelos, que é pelo meu próprio interesse... sim, não tenho dúvida em o repetir: ela puxa-me pelos cabelos — insistiu com um gesto de altivez; ouvindo novas risadas — desejava, meu Deus! E ainda que fosse apenas uma vez, que ela... Mas não, não falemos mais nisso. Nem uma só vez obtive o que desejava, nem uma só vez teve piedade de mim, só que..., o seu gênio é assim, sou mesmo um animal!

---

3 Documento similar a um passaporte que, no Império Russo, dava o direito de se envolver na prostituição legalmente. (N. do R.)

4 Eis o homem! - Pôncio Pilatos refere-se a Jesus no livro João, 19:5. (N. do E.)

— Acredito! — respondeu o taberneiro, bocejando. Marmeladov deu um murro na mesa.

— Sou assim! Sabe, senhor, que eu bebi até as meias dela, veja lá! Os sapatos, compreendia-se, mas as meias?! Pois bebi as suas meias! E bebi o seu xale de lã de cabrito, com que a tinham presenteado; um objeto que já lhe pertencia de solteira, que era propriedade dela, que devia ser sagrado para mim. Vivemos num quarto frigidíssimo, onde ela este inverno apanhou uma horrível constipação e tosse, a ponto de expectorar sangue! Temos três filhos e Catarina trabalha todo santo dia, faz a comida e lava os pequenos, porque desde criança a habituaram ao asseio. Infelizmente é de constituição débil, tem predisposição para a tuberculose e Deus sabe quanto sofro com isso. Oh! Sim... sofro muito, e muito! Quanto mais bebo, mais sinto essa amargura. E é para a sentir e sofrer mais que me embebedo... Bebo porque quero sofrer duplamente!

E inclinou a cabeça sobre a mesa, desalentado.

— Meu caro — continuou ele, empertigando-se —, parece-me estar lendo tal ou qual desgosto na sua fisionomia. Logo que o vi, tive essa impressão, e foi a razão porque lhe dirigi a palavra. Se lhe conto a minha vida: não é pelo prazer de expor às gargalhadas destes biltres, que, afinal, há muito sabem tudo. Não!... É porque necessito da simpatia dum homem bem educado. Saiba que minha mulher foi educada num colégio aristocrático da província e ao sair de lá, dançou de xale, diante do governador e das outras autoridades, tal era o seu contentamento por ter obtido uma medalha de ouro e o diploma. A medalha...vendemo-la há muito tempo... O diploma conserva-o minha mulher numa caixa e ainda há pouco o mostrava à nossa hospedeira. Apesar de estar a ferro e fogo com essa mulher, ou por isso mesmo, gosta de lhe pôr diante do nariz esse papel, que representa as suas glórias passadas. Não lhe levo isso a mal, porque atualmente o seu único prazer é recordar o bom tempo decorrido. Tudo o mais sumiu, como o fumo! Sim, sim, ela tem uma alma ardente, nobre e acolhedora. Em casa come pão negro, mas não admito que lhe faltem ao respeito. Não tolerou a bestialidade do senhor Lebeziátnikov, e quando, para se vingar dela lhe ter dado uma boa ensinadela, ele lhe bateu, ficou de cama, sofrendo mais com a injúria feita à sua dignidade do que com as pancadas. Quando casamos, era viúva com três filhos. Casara em primeiras núpcias com um oficial de infantaria, que a raptara da casa dos pais. Amava o marido. Este jogava, teve as suas questões com a justiça e morreu. Nos últimos tempos batia-lhe, sei que não a tratava muito bem; no entanto a recordação desse primeiro homem ainda lhe marejava os olhos de lágrimas, e não se cansa de estabelecer entre ele e a minha pessoa comparações pouco agradáveis para o meu brio. Porém até gosto. Consola-me a ideia de a ver pensar que já foi feliz algum dia. Depois da morte do marido ficou só, com as três crianças, numa região longínqua e selvagem. Foi lá que a encontrei. A sua penúria era tal, que eu, já conhecedor de toda a casta de misérias, nem sei de palavras para a descrever. Todos os parentes a tinham abandonado. De resto, o seu orgulho não lhe permitiria recorrer à compaixão dos seus... Então eu, que também era viúvo e também tinha uma filha de catorze anos, ofereci minha mão a essa desditosa criatura, tanta dó me causou o seu sofrimento. Apesar de instruída, prendada e duma família honrada, consentiu em casar comigo. Calcule, por isto, como se encontrava. Ouviu o meu oferecimento com lágrimas, soluçando, torcendo as mãos, mas aceitou-o, porque não tinha outro caminho a seguir. Percebe bem a significação destas palavras: não tinha outro caminho a seguir? Não!... O senhor não pode perceber estas coisas!... Durante um ano cumpri lealmente a minha palavra, sem pensar sequer nisto — e indicou a garrafa — porque tinha caráter. Nada, porém, ganhei com isso. Entretanto perdi a minha colocação, sem que tivesse incorrido na menor falta: o meu emprego foi suprimido por questões de ordem administrativa e foi desde então que comecei a beber! Vai em dezoito meses que, depois de muitas sensaborias e duma vida errante, fixamos residência nesta soberba capital. Aqui consegui empregar-me de novo, mas de novo perdi o emprego. Desta vez foi minha a culpa. Foi o meu vício que deu origem a tal desgraça... Agora vivemos num cubículo, na casa de Amália Fiódorovna Lippewehzel. Se me perguntar de que vivemos e com que pagamos a renda, não lhe saberei responder. Além de nós, há lá muitos inquilinos. É um verdadeiro cortiço, aquela casa... Entretanto a filha que tive da minha primeira mulher foi crescendo. O que sofreu por causa da madrasta não é coisa que se conte. Apesar de ser dotada de belos sentimentos, Catarina é uma criatura irascível, incapaz de conter os arrebatamentos do seu gênio. Mas para que havemos de falar nisso? Também, como deve compreender, Sofia não teve grande instrução. Há quatro anos tentei ensinar-lhe geografia e história universal, porém, como não sou muito forte nas duas matérias, e além disso não possuía bons livros, os estudos não a cansaram muito. Ficamos em Ciro, rei da Pérsia. Depois, quando chegou à adolescência, leu romances. O senhor Lebeziátnikov emprestou-lhe, ainda há pouco, *Fisiologia Humana*, de Lewis. Conhece? Sofia achou a obra muito interessante e leu-nos alguns trechos. Nisso se resume a sua cultura intelectual... Agora, meu caro, diga-me com sinceridade: julga, em face da razão, que é possível a moça, pobre e honesta, viver apenas do seu trabalho? Se não possuir algum dom especial, ganhará quinze copeques diários e ainda assim, para atingir essa soma não pode perder um instante! Que estou dizendo? Sofia fez umas seis camisas de pano da Holanda para o conselheiro Ivanovitch Ivanovitch — tem ouvido falar? —, que não só não lhe pagou o trabalho, mas colocou-a na rua com uma tremenda descompostura, a pretexto de que a moça não tinha tomado direito a medida dos colarinhos. Ao passo que isto sucedia, os pequenos tinham fome. Catarina passeava no quarto, torcendo com desespero as mãos, com as faces afogueadas pelas rosetas escarlates que anunciavam a marcha da terrível enfermidade. "Mandriona — encrespava ela com a pequena —, não tens vergonha de viver nesta casa sem trabalhar? Comes, bebes e tens cama." O que podia a pobre moça comer e beber, se havia três dias que nem as crianças viam uma côdea de pão? Por mim, estava então doente, de cama, isto é, estava com uma grande bebedeira. Ouvi a Sofia responder a medo, com a sua linda vozinha — ela é loura e o rosto muito pálido parece o de uma santa — "Mas, Catarina, posso lá cometer tal infâmia?"

Devo dizer que já por três vezes uma tal Daria Frantzovna, criatura abominável, muito conhecida da polícia, lhe fizera propostas por intermédio da nossa senhoria. "Pois então!", replicou enfurecida e irônica a Catarina, "um tesouro desses deve-se guardar como uma pedra preciosa!"

Não a acuse, senhor, não a acuse! Ela não media o alcance das suas palavras. Estava apoquentada, já que doente via as crianças esfomeadas, chorando, e o que dizia era mais para irritar a Sofia, do que para a arrastar à depravação... Catarina Ivanovna é assim; se ouve chorar os filhos, bate-lhes, ainda mesmo que eles chorem com fome. Já tinham dado cinco horas quando vi a Sofia pôr a capa e sair. Às sete horas voltou, foi direto à Catarina e, sem dizer uma única palavra, colocou trinta moedas de rublo sobre a mesa, diante de minha esposa. Depois pegou num grande lenço verde, que serve a toda a família, embrulhou com ele a cabeça e deitou-se na cama, voltada para a parede, tremendo muito... Eu continuava na mesma. De repente vi Catarina, sem fazer o menor ruído, ajoelhar-se junto da cama da Sofia e ali passou toda a noite, prostrada, beijando os pés da minha filha. Assim adormeceram nos braços uma da outra, ambas... ambas... sim, e eu no mesmo estado, isto é, perdido de bêbado!

Marmeladov calou-se, como se a voz se lhe tivesse estancado. Encheu bruscamente o copo, bebeu-o dum trago e continuou, após curto silêncio:

— Desde esse dia, senhor, em consequência duma malfadada circunstância, e por um relato de criaturas infames, pois Daria Frantzovna tomara parte ativa e principal nesse negócio e queria vingar-se duma suposta falta de consideração, desde esse dia a minha filha ficou inscrita no registro policial, vendo-se obrigada a abandonar-nos. A nossa hospedeira, Amália Fiódorovna, mostrou-se inflexível a esse respeito, esquecendo-se de que ela própria favorecera em tempo as intrigas de Daria. O senhor Lebeziátnikov afinou pelo mesmo diapasão... Foi por causa da Sofia que Catarina teve com ele a questão do que lhe falei. A princípio era muito assíduo junto da Sofia; mas, dum dia para o outro, o seu orgulho revoltou-se. "É lá é possível que um homem da minha condição, disse ele, "possa viver na mesma casa com tal criatura." Catarina tomou o partido de Sofia, o que deu em resultado acabar tudo em bordoada... Agora a nossa filha vem nos ver, regra geral, ao fim da tarde, e ajuda quanto pode Catarina. A pobrezinha está hospedada em casa de Kapernaumov, um alfaiate coxo e gago. Tem família numerosa e todos os filhos gaguejam como ele. A mulher tem também qualquer coisa na língua...Vivem todos no mesmo quarto, porém a Sofia ocupa um compartimento especial, separado por um tabique da parte que eles habitam... Hum!... gente paupérrima e todos gagos... sim!... Uma manhã levantei-me, vesti os meus farrapos, ergui as mãos ao céu e fui procurar Sua Excelência, Ivan Afanassievitch. Conhece Sua Excelência? Não? Pois então não conhece um santo. Aquilo é um círio a alumiar a face do Senhor!... A minha triste

Fjodor Dostojevski

RASKOLNIKOV

(BROTT OCH STRAFF)

Roman i sex delar, jämte epilog, i en volym

Ny upplaga

Björck & Börjessons Bokförlag
STOCKHOLM

Edição sueca da obra "Crime e Castigo" publicada em 1944.
Trata-se de uma reimpressão da antiga edição publicada em 1906.

história, que Sua Excelência se dignou a escutar com o maior interesse, comoveu-o até às lágrimas. "Vamos, Marmeladov, que tinhas prometido, consinto em tomar-te sob a minha proteção", foram as suas palavras. "Vê se te lembras disto e vai com Deus. Beijei a sola das suas botas, em espírito, é claro, porque nunca consentiria que eu tal fizesse. É um homem muito saturado das ideias modernas, para poder admitir semelhantes homenagens... Ah! Meu Deus! Como me receberam em casa, quando anunciei que ia de novo trabalhar, ter ordenado...

A comoção estrangulou outra vez a voz de Marmeladov. Nesse momento a taberna foi invadida por alguns indivíduos meio embriagados. À porta tocavam realejo e a voz fraca dum cantava *A Cabana*. Na sala, o ruído aumentou. Patrão e criados andavam numa roda-viva, servindo os fregueses. Sem atentar no que se passava, Marmeladov continuou a sua história. A embriaguez, aumentando, tornava-o ainda mais expansivo. Recordando o seu recente regresso ao serviço, a fisionomia iluminava-se nele num raio de alegria. Raskolnikov não perdia uma só das suas palavras.

— Isto foi há umas cinco semanas, senhor. Sim!... Logo que Catarina e Sofia receberam a notícia, senti-me como que transportado ao paraíso! Dantes não ouvia senão injúrias: "deita-te, meu besta!" Depois andavam com mil precauções, em bicos de pés, e mandavam calar as crianças: "Psiu! O pai está cansado de trabalhar, deixem-no dormir!" De manhã, antes de sair, davam-me uma chávena de café com leite. Compravam bom leite, sabe?! E onde teriam ido elas arranjar onze rublos e cinquenta copeques para me vestir? Sei lá! Sei apenas que me vestiram dos pés à cabeça: boas botas, excelentes camisas, tudo bem feito, e por onze rublos e meio. Há seis dias, quando levei para casa o meu ordenado intacto, vinte e três rublos e quarenta copeques, a mulher beliscou-me na cara e chamou-me de seu petisco. Estávamos sós, é claro. Não acha que foi amável?

Marmeladov sorriu e um tremor repentino agitou-lhe o queixo. Por fim, conseguiu dominar a comoção. Raskolnikov não sabia o que pensar deste indivíduo singular, bêbado havia cinco dias, dormindo nos barcos de feno e revelando, a despeito de tudo, uma afeição doentia pela família. Escutava-o com a máxima atenção, mas com um grande mal-estar. Estava arrependido de ali haver entrado.

— Senhor! Senhor! — continuou Marmeladov — talvez ache como os outros que isto é ridículo, talvez eu o esteja enfastiando, contando-lhe todos esses miseráveis pormenores da minha vida doméstica. Para mim, porém, não são ridículos: sinto tudo isto... Durante esse bendito dia, tive sonhos encantadores: pensava na organização da nossa casa, em vestir as crianças, em conseguir uma vida tranquila para a mulher e desviar a minha única filha... Quantos projetos concebi! Pois bem, senhor — estremeceu de repente, ergueu a cabeça e fitou o seu interlocutor —, no dia imediato, há precisamente cinco dias, depois de ter acariciado todos estes sonhos, como um larápio roubei a chave de Katerina e tirei do cofre o resto do dinheiro que lhe entregara. Quanto? Não me lembro. Aqui está. Há cinco dias abandonei a minha casa, os meus não sabem o que foi feito de mim, perdi o emprego, deixei o fato numa taberna junto da Ponte Egípcia deram-me em troca estes andrajos. Ora, aqui está!

Deu um murro na cabeça, rangeu os dentes, e, fechando os olhos, encostou-se à mesa... Momentos depois, a sua fisionomia variou de expressão, olhou para Raskolnikov com um sinismo mal simulado, e disse, rindo:

— Fui hoje à casa da Sofia pedir-lhe dinheiro para beber. Eh! Eh! Eh!

— E ela lhe deu? — perguntou, rindo, um dos recém-chegados.

— Esta meia garrafa foi paga com o dinheiro dela — respondeu Marmeladov, dirigindo-se a Raskolnikov. — Foi buscar trinta copeques e entregou-os a mim com as suas próprias mãos. Era todo o seu dinheiro, que bem vi... Não me disse nem uma palavra. Pôs-se a olhar para mim... Uns olhos que não são como os nossos, mas sim como os dos anjos, que choram as culpas humanas, sem as condenarem!... É muito mais triste assim, quando não nos censuram trinta copeques, sim! E talvez lhe façam muita falta! Que lhe parece, meu caro senhor? Ela agora precisa andar bem-vestida, e a elegância que é preciso na sua posição sai cara. Compreende? É preciso ter cremes, saias engomadas, botas que favoreçam o pé e sirvam para mostrar, ao saltar uma poça de água... Percebe, percebe bem que importância tem tudo isto? Pois fui eu, eu, o seu próprio pai, quem lhe arrancou esses trinta copeques para beber! E bebo-os! E é que já estão bebidos!... Ora, quem há de ter dó dum homem como eu? Agora, senhor, ainda terá compaixão de mim? Diga, mereço a sua compaixão? Sim ou não? Eh! Eh! Eh!

Ia recorrer de novo à garrafa, mas viu que estava vazia.

— Por que se há de ter dó de ti? — interrogou o taberneiro.

Ouviram-se gargalhadas entrecortadas de injúrias.

Diria-se que o borrachão apenas esperava a pergunta do taberneiro para dar largas à sua verbosidade. Ergueu-se e, estendendo o braço, disse:

— Por que hão de ter compaixão de mim? — gritou, exaltado. — Diz, por que hão de ter compaixão de mim? Bem sabes que não há motivo! Crucifiquem-me, preguem-me numa cruz e não me lastimem... Crucifica-me, Juiz. No entanto, crucificando-me, tem piedade de mim. Irei por minha vontade para o suplício, porque não tenho sede de alegria, mas sim de dores e de lágrimas!... Julgas, traficante, que a tua meia garrafa me deu algum prazer? Eu procurava a tristeza, a tristeza e as lágrimas no fundo da garrafa, e encontrei-as e saboreei-as, como só quem saboreou também fica sabendo. Aquele que teve e há de ter piedade de todos nós, os homens. Aquele que tudo compreende é o único Juiz. Virá no último dia e perguntará: "Onde está a filha que se sacrificou por uma madrasta invejosa e tuberculosa, por umas crianças que não eram seus irmãos? Onde está a filha que teve compaixão do seu pai terrestre e não se afastou horrorizada desse devasso bêbedo?" E Ele dirá: "Vem! Já te perdoei uma vez!... Já te perdoei uma vez!... Agora mesmo todos os teus pecados serão perdoados, porque muito amaste", e Ele há de perdoar minha Sofia. Ele há de perdoar, bem o sei... Senti-o há pouco, aqui, no coração, quando estava na casa dela! Todos serão julgados por Ele e Ele a todos perdoará: aos bons e aos maus, aos imprudentes e aos humildes... E quando tiver acabado com esses, chegará a nossa vez: "Aproximai-vos, vós também", dirá Ele. "Aproximem-se os bêbedos, aproximem-se os covardes, aproximem-se os devassos..." Aproximar-nos-emos sem receio e Ele dirá: "Sois uns porcos, sois umas bestas, contudo, não importa, vinde." Nessa altura os justos e os inteligentes dirão: "Senhor, porque recebes esses?" Ele responderá: "Recebo-os porque nenhum deles se julgou digno desse favor..." Então nos estenderá os braços, onde nos lançaremos banhados em lágrimas... Compreenderemos tudo... Todos compreenderão tudo... Catarina também... Senhor, venha a nós o vosso Reino...

Fatigado, deixou-se cair no banco, sem olhar para ninguém. Alheado de quanto o cercava, absorveu-se em profunda meditação. As suas palavras produziram certa impressão; por um momento mesmo cessou o ruído. A breve trecho, porém, recomeçaram as gargalhadas e os impropérios.

— Falou admiravelmente!

— Que estopada!

— Que grande burocrata!

— Vamo-nos daqui, senhor — disse de súbito Marmeladov, erguendo a cabeça e dirigindo-se a Raskolnikov. — Acompanhe-me até ao pátio da casa Kozel. É tempo de voltar... à casa de Catarina...

Desde há muito que Raskolnikov desejava retirar-se. Pensava mesmo em oferecer o seu auxílio a Marmeladov, que, sentindo as pernas mais fracas do que a voz, se apoiava ao braço do companheiro. A distância a percorrer era de duzentos a trezentos passos. À medida que o bêbedo se aproximava do seu domicílio, cada vez parecia ficar mais inquieto e perturbado. — Não é a Catarina que receio agora — balbuciou ele, no meio da sua comoção. — Tenho a certeza de que me puxará pelos cabelos, mas isso pouco importa! Antes quero até que me puxe por eles! Não é isso que receio... Contudo tenho medo dos seus olhos, das rosetas das suas faces. Assusta-me também a sua respiração. Reparou alguma vez como os tuberculosos respiram, quando se deixam dominar por uma comoção violenta? Apavora-me o choro das crianças... Porque se a Sofia não lhes acudiu, não sei do que terão vivido!... Das pancadas não tenho medo... Fique sabendo que essas pancadas, não só não me fazem sofrer, mas até constituem para mim um prazer... Parece que não posso passar sem elas. Antes assim. Pode bater-me à vontade, se com isso reduz o sofrimento... Mais vale isso! Cá está a casa... Casa Kozel... O proprietário é um rico serralheiro alemão... Acompanha-me?

Depois de terem atravessado o pátio, começaram a subida para o quarto andar. Eram quase onze horas, e conquanto, por assim dizer, naquela época do ano quase não haja noite em São Petersburgo, quanto mais subiam, mais escura era a escada, no alto da qual reinava a mais completa obscuridade.

A porta, enegrecida pelo fumo, que dava para o patamar, estava aberta. Um resto de vela bruxuleante iluminava um quarto extremamente pobre, com uns dez passos de comprimento. Este compartimento, que se via por completo da porta, estava no maior desarranjo. Pelo chão viam-se espalhadas roupas de criança. Um lençol esburacado isolava uma parte do quarto, a mais afastada da porta. Para lá desse improvisado biombo estava talvez uma cama, o quarto não tinha mais do que duas cadeiras e um sofá, coberto dum oleado, tendo em frente uma mesa de cozinha, ordinária, despolida e sem resguardo. Sobre essa mesa acabava de arder, num castiçal de ferro, um outro pedaço de vela. Marmeladov tinha os seus aposentos à parte, não num canto do compartimento, mas no fundo do corredor. A porta que dava para os quartos dos outros inquilinos de Amália Lippewehzel estava entreaberta. Toda essa gente fazia um ruído ensurdecedor. Tinham-se reunido para jogar as cartas e tomar chá. Ouviam-se gritos, gargalhadas e por vezes palavrões.

Raskolnikov reconheceu logo Catarina. Era alta, magra, elegante, mas de aspecto muito doentio. Tinha ainda um bonito cabelo castanho e, como dissera Marmeladov, grandes rosetas nas faces. Com os lábios contraídos e as mãos apertando o peito, passeava a todo o comprimento do quarto. A sua respiração era curta e desigual, e o olhar, brilhante de febre, duro e imóvel. Iluminada pela luz trêmula da vela, a sua fisionomia de tuberculosa metia compaixão. Pareceu-lhe que Catarina não tinha mais de trinta anos; era de fato muito mais nova do que o marido. Não deu pela chegada dos dois. Dir-se-ia que havia perdido as faculdades de audição e visão.

Conquanto o calor do quarto fosse sufocante e da escada subissem exalações infectas, não pensava em abrir a janela, nem em fechar a porta do patamar. A porta interior, apenas entreaberta, dava passagem a uma espessa fumarada de tabaco, que lhe provocava tosse, mas de que não procurava livrar-se.

A pequenina, mais nova, que teria dois anos, dormia, sentada no chão, com a cabeça apoiada no sofá; o rapaz, mais velho do que ela um ano, tremia e chorava a um canto. Percebia-se que lhe tinham batido.

A mais velha, uma menina de nove anos, delgada e alta, vestia uma camisa esburacada e cobria-lhe os ombros nus uma velha capa do pano fino, que teria sido feita para ela dois anos antes e que nesta altura mal lhe chegava aos joelhos. De pé, com os compridos braços, magros como um pavio, em volta do pescoço do irmãozinho, falava-lhe baixinho, tentando calá-lo, seguindo ao mesmo tempo a mãe com um olhar assustado! Os olhos negros, esgazeados pelo medo, pareciam ainda maiores, no pequeno rosto descarnado.

Marmeladov, em vez de entrar, ajoelhou à porta, e com um gesto, convidou Raskolnikov a adiantar-se. A mulher, vendo um desconhecido, parou distraída diante dele, e durante um segundo procurou explicar, a si mesma a presença, ali, daquela criatura. "O que virá este homem aqui fazer?", perguntou a si própria. Porém ocorreu-lhe logo a ideia de que procurava com certeza outros inquilinos, visto que o quarto da família Marmeladov dava passagem para os outros compartimentos. Assim, sem ligar atenção ao desconhecido, ia abrir a porta de comunicação, quando, de repente, soltou um grito. Acabava de ver o marido, de joelhos, no limiar da porta.

— Ah! Voltaste! — gritou ela com voz vibrante de cólera. — Celerado! Monstro! Que fizeste do dinheiro? Que tens nas algibeiras? Deixa ver! Essa não é a tua roupa! Que fizeste dela? O que fizeste do dinheiro? Diz!...

Apalpou-o. Longe de opor resistência, Marmeladov afastou os braços para facilitar a busca. Não tinha consigo um copeque que fosse.

— Onde está então o dinheiro? — exclamou ela. — Oh! Meu Deus! Pois será possível que tenha bebido tudo! Havia ainda doze rublos na gaveta!...

E num grande acesso de raiva, agarrou o marido pelos cabelos e puxou-o com força para a parte dentro do quarto. A serenidade de Marmeladov não se alterou. Seguiu docilmente sua mulher, arrastando-se de joelhos atrás dela.

— Isto enche-me de consolação. Não creia que isto seja para mim um sofrimento, mas sim um prazer, caro senhor! — exclamava ele, enquanto Catarina lhe abanava com força a cabeça, chegando mesmo a bater com ela no soalho. A criança que dormia no chão acordou e desatou a chorar. O rapazinho, de pé, ao canto, não pôde suportar tal espetáculo; trêmulo, começou a gritar, agarrando-se à irmã. Parecia preso duma convulsão, tal era o medo. A filha mais velha tremia como um vime.

— Bebeu tudo! tudo! — vociferou Catarina com desespero — Eles têm fome! Eles têm fome! — gritava ela, torcendo as mãos e indicando as crianças. — Oh! vida três vezes maldita! E o senhor não tem pejo de vir aqui, depois de ter saído da taberna? — gritou, investindo para Raskolnikov. — Bebeu com ele, hein? Bebeu com ele? Saia daqui!

O mancebo não esperou segunda intimação e retirou-se sem pronunciar palavra. Abriram a porta interior de par em par e no limiar apareceram muitos curiosos, de olhares insolentes e escarninhos. Conservavam as cabeças descobertas e fumavam, uns, cachimbo, outros, cigarros. Uns estavam cobertos com simples roupões; outros estavam vestidos tão ligeiramente, que chegavam a estar indecentes. Alguns traziam cartas nas mãos. O que mais os divertiu foi ouvir Marmeladov declarar que aquilo lhe dava grande prazer.

Principiavam já a invadir o quarto, quando se ouvia uma voz irritada: era Amália Lippewehzel, que, abrindo caminho, vinha restabelecer a ordem a seu modo. Pela centésima vez a senhoria intimou a desgraçada mulher a abandonar a casa no dia imediato. Como é de prever, esta intimação foi feita nos termos mais injuriosos. Raskolnikov trazia consigo o troco do rublo com que pagara na taberna. Antes de sair, tirou da algibeira algum dinheiro e sem que ninguém visse, colocou-o no parapeito da janela. Depois, já na escada, arrependeu-se da sua generosa ação. Esteve tentado a voltar ao quarto dos Marmeladov.

"Que disparate fiz eu!", pensou ele. "Eles têm a sua Sofia e eu não tenho ninguém!", refletiu, no entanto, que não podia tornar a pegar no dinheiro e que, ainda que o pudesse fazer, não o faria. Decidiu-se, pois, a continuar o caminho. "A Sofia carece de cremes", continuou ele, com amargo sorriso e caminhando sempre rua afora "e aquilo custa dinheiro... Hum! Parece que a Sofia não ganhou nada hoje. De fato, a caçada ao homem é como a caçada às feras: corre-se por vezes o risco de ficar logrado... Se não fosse o meu dinheiro, viam-se amanhã em grandes apuros!...Ah! Sim, a Sofia! Acharam nela uma boa vaca leiteira! E sabem aproveitá-la! Isso não lhes dá volta ao estômago. Já estão habituados... A princípio deitaram as suas lágrimas, depois, com o tempo, veio o hábito. O homem é pusilânime e conforma-se com tudo.

Raskolnikov ficou pensativo.

— E pode ser que me engane! — continuou ele. — Se o homem não é de fato pusilânime, deve calcar todos os receios, todos os preconceitos que o detêm!..."

CAPÍTULO III

Ergueu-se tarde no dia imediato após um sono agitado que não lhe reparara as forças. Ao despertar sentiu que estava de mau humor e lançou à sua volta um olhar de tédio. O cubículo, com seis passos de comprimento, tinha o aspecto mais miserável que se possa imaginar, com as paredes amareladas, deterioradas e imundas de poeira. O teto era tão baixo que um homem de estatura elevada não se sentiria à vontade naquela toca, com o permanente receio de bater com a cabeça em cima. A mobília estava em harmonia com o recinto: três velhas cadeiras com falta de pés e, a um canto, uma mesa de pinho pintada, na qual se amontoavam livros e cadernos cobertos também duma densa camada de poeira, evidente prova de que havia muito não lhes tocavam; e ainda, num outro lado, um grande e desmantelado sofá, com o estofo a desfazer-se.

Este móvel, que ocupava, a bem dizer, metade do quarto, servia-lhe de cama. Dormia nele, quase sempre vestido e sem lençóis, cobrindo-se com a velha capa de estudante, encostando a cabeça a uma pequena almofada, debaixo da qual metia toda a sua roupa, limpa e suja. Em frente do sofá havia uma outra pequena mesa.

A misantropia de Raskolnikov conciliava-se muito bem com toda aquela porcaria. Tomara tal aversão a todo o ser humano, que só o ver a própria criada que lhe arranjava o quarto, o exasperava. Isto é frequente em certos monomaníacos, preocupados com uma ideia fixa.

Havia quinze dias que a dona da casa eliminara o fornecimento de refeições ao hóspede, mas Raskolnikov não pensara ainda em ir entender-se com ela. Quanto a Nastássia, a cozinheira e única criada da casa, não se apoquentava em ver o inquilino nessa disposição, porque esse procedimento importava uma diminuição do trabalho: deixara, por completo, de arranjar e limpar o quarto de Raskolnikov, vindo apenas uma vez por semana dar uma vassourada. Neste momento entrou ela, para o acordar.

просунуть руку въ карманъ, загребъ сколько пришлось мѣдныхъ денегъ, доставшихся ему съ размѣняннаго въ распивочной рубля, и непримѣтно положилъ на окошко. Потомъ уже на лѣстницѣ онъ одумался и хотѣлъ было воротиться.

«Ну что это за вздоръ такой я сдѣлалъ, подумалъ онъ, тутъ у нихъ Соня есть, а мнѣ самому надо». Но разсудивъ, что взять назадъ уже невозможно, и что всетаки онъ и безъ того-бы не взялъ, онъ махнулъ рукой и пошелъ на свою квартиру. «Сонѣ помадки вѣдь тоже нужно, продолжалъ онъ, шагая по улицѣ и язвительно усмѣхаясь; денегъ стоитъ сія чистота... Гм! А вѣдь Сонечка-то, пожалуй, сегодня и сама обанкрутится, потому тотъ-же рискъ, охота по красному звѣрю... золотопромышленность... вотъ они всѣ, стало быть, и на бобахъ завтра безъ моихъ-то денегъ... Ай-да Соня! Какой колодезь однакожъ сумѣли выкопать! И пользуются! Вотъ вѣдь пользуются-же! И привыкли. Поплакали, и привыкли. Ко всему-то подлецъ-человѣкъ привыкаетъ!»

Онъ задумался.

— Ну а коли я совралъ, воскликнулъ онъ вдругъ невольно,— коли дѣйствительно не *подлецъ* человѣкъ, весь вообще, весь родъ, то есть, человѣческій, то значитъ, что остальное все—предразсудки, одни только страхи напущенные, и нѣтъ никакихъ преградъ, и такъ тому и слѣдуетъ быть!..

III.

Онъ проснулся на другой день уже поздно, послѣ тревожнаго сна, но сонъ не подкрѣпилъ его. Проснулся онъ желчный, раздражительный, злой, и съ ненавистью посмотрѣлъ на свою каморку. Это была крошечная клѣтушка, шаговъ въ шесть длиной, имѣвшая самый жалкій видъ съ своими желтенькими, пыльными и всюду отставшими отъ стѣны обоями, и до того низкая, что чуть-чуть высокому человѣку становилось въ ней жутко, и все казалось, что вотъ-вотъ стукнешься головой о потолокъ. Мебель соотвѣтствовала помѣщенію: было три старыхъ стула, не совсѣмъ исправныхъ, крашеный столъ въ углу, на которомъ лежало нѣсколько тетрадей и книгъ; уже по тому одному, какъ онѣ были запылены, видно было, что до нихъ давно уже не касалась ни чья рука; и наконецъ неуклюжая большая софа, занимавшая чуть не всю стѣну и половину ширины всей комнаты, когда-то обитая ситцемъ, но теперь въ лохмотьяхъ и служившая постелью Раскольникову. Часто онъ спалъ

Página do romance "Crime e Castigo" publicada em 1904, em russo. Capítulo 3, Parte 1.

— Levanta-te... Como podes estar a dormir a estas horas? Já são nove. Trago-te o chá. Queres uma chávena? Sempre estás com uma cara!...

Raskolnikov abriu os olhos, espreguiçou-se e reconheceu Nastássia.

— É a patroa que manda o chá? — perguntou ele, enquanto se sentava a custo.

— Bem se importa ela com isso!

A criada colocou diante dele o bule, onde havia ainda um resto de chá, e pôs ao lado dois torrões de açúcar.

— Toma — disse ele, procurando na algibeira e tirando umas moedas —, faz o favor de me ires comprar um pãozinho e traz-me do salsicheiro um pedaço de chouriço, do mais barato.

— Num minuto estarei de volta com o pão, mas em vez de chouriço, não queres antes *chtchí*[5]? É de ontem e está o que se chama uma beleza. Já ontem à noite te guardei um bocado, porém entraste tão tarde!... Está uma delícia.

Foi buscar o chtchí. Raskolnikov começou a comer, enquanto ela se sentou no sofá, ao seu lado, tagarelando, como camponesa que era.

— Prascóvia Pavlovna vai queixar-se de ti à polícia.

A fisionomia do rapaz alterou-se.

— À polícia? Por quê?

— Porque não lhe pagas e não te queres ir embora! Por que havia de ser!...

— Essa só pelo diabo! Não me faltava mais nada! — rugiu ele por entre dentes. — Muito fora de propósito vem isso agora... É tola! — acrescentou em voz alta. — Logo vou falar-lhe.

— Tola?... É tão tola como eu. No entanto, tu, és esperto, por que passas os dias deitado como um mandrião?... Que fazes ao dinheiro, que ninguém vê? Dantes parece que davas lições! Porque não fazes o mesmo agora?

— Sempre faço alguma coisa... — respondeu como quem estava ofendido.

— Que fazes então?

— Um trabalho.

— Que trabalho?

— Penso — respondeu ele secamente, depois dum curto silêncio.

Nastássia desatou a rir. O seu caráter era jovial; contudo, quando ria, era com um riso silencioso e interior, que a fazia tremer toda e acabava por cansar.

— E quanto ganhas a pensar? —perguntou a moça, logo que pôde falar.

— Não posso sair a dar lições, porque não tenho botas. De resto, estou cuspindo para tudo isso!

— Olha lá, não te caia o cuspe na cara.

— Pelo que se ganha com tais lições! Para que chegam uns míseros copeques? — disse ele, num tom áspero, interrogando-se mais a si próprio do que dirigindo-se à criada.

---

5 Sopa russa à base de repolho. (N. do E.)

— Querias talvez arranjar uma fortuna dum momento para o outro?

Fitou-a com um ar singular e por momentos manteve-se calado.

— Sim, uma fortuna!... — respondeu em tom firme.

— Lá chegarás... Metes-me medo! És terrível! Sempre queres que te vá buscar o pãozinho?

— Como queiras.

— Olha, esquecia-me uma coisa! Enquanto andaste por lá, veio uma carta para ti.

— Uma carta? Para mim? De quem?

De quem é, não sei! Dei, do meu dinheiro, três copeques ao distribuidor. Fiz bem, não?

— Dá-ma, por Deus! Dá-ma! — exclamou Raskolnikov inquieto. — Meu Deus!

Um instante depois tinha a carta nas mãos. Não se enganara; era da sua mãe e trazia o carimbo de R***. Ao recebê-la, empalideceu. Havia muito que não tinha notícias da família, o que lhe confrangia o coração.

— Vai-te, Nastássia, por favor!... Aqui tens os teus três copeques, e por Deus, deixa-me ficar só.

A carta tremia-lhe nas mãos. Não queria abri-la na presença da Nastássia. Esperou que a moça se retirasse. Uma vez só, levou-a aos lábios e beijou-a.

Depois releu com atenção o endereço e reconheceu que as palavras haviam sido escritas por mão querida; era a letra fina e inclinada de sua mãe, tal como outrora, quando o ensinara a ler e a escrever. Hesitava, parecendo sentir um certo receio. Por fim rasgou o envelope. A carta era muito extensa: duas grandes folhas de papel, escritas por todos os lados.

Meu querido Ródia,

Há mais de dois meses que não converso contigo por este meio, e isso tem-me causado tal desgosto, que até o sono me tem tirado. Tu, porém, desculpas o meu silêncio involuntário. Bem sabes quanto te quero. Dounia e eu temos-te apenas a ti. És tudo para nós, a nossa esperança e a nossa felicidade futura. Quanto sofri, quando soube que, há alguns meses, te viras na necessidade de abandonar a universidade, por falta de meios, e que não tinhas lições nem qualquer outro recurso!

Como valer-te, se temos apenas os cento e vinte rublos anuais da pensão? Os quinze que te mandei há quatro meses, pedi-os emprestados, como sabes, a um negociante nosso patrício, Afanase Ivanovitch Vakhrouchine. É uma excelente criatura e foi muito amigo de teu pai. Todavia, tendo-lhe dado plenos poderes para receber a pensão, nada podia mandar-te, enquanto ele não estivesse reembolsado, o que só há pouco sucedeu.

Agora, graças a Deus, creio que poderei mandar-te mais alguma coisa, pois apresso-me a dizer-te que podemos regozijar-nos com a nossa sorte. Deixa-me já dar-te uma notícia, que estás longe de esperar: a tua irmã está junto de mim há seis semanas e não mais me deixará. Deus seja louvado!... acabaram os seus tormentos. Vamos, no entanto, por ordem, porque quero que saibas como tudo se passou e o que até agora te havíamos ocultado.

Há dois meses escreveste-me, dizendo que te tinham falado na falsa posição em que a Dounia se encontrava em casa da família Svidrigailov, e pedias-me te dissesse o que havia a tal respeito. O que podia eu dizer-te?... Se te tivesse posto ao fato do que se passava, terias abandonado tudo, para vires ter conosco, ainda mesmo que tivesses de vir a pé, porque, com o teu caráter e sentimentos, não consentirias que insultassem tua irmã. Eu própria estava na maior aflição. Mas que havia de fazer? Nem eu então sabia toda a verdade. O pior é que a Dounia, quando entrou o ano passado, como governanta, para essa casa, tinha recebido adiantadamente cem rublos que deviam ser descontados todos os meses, vendo-se, portanto, obrigada a permanecer ali, enquanto não pagasse a dívida.

Esta quantia, e hoje posso dizer-te tudo, pediu-a adiantada, principalmente para te mandar os sessenta rublos de que tanto carecias e que recebeste o ano passado. Enganamos-te, dizendo-te que esse dinheiro era de velhas economias da Dounia. E digo-te agora toda a verdade, porque Deus permitia que as coisas tomassem de súbito um bom caminho, e também para que fiques sabendo quanto a Dounia te estima e quão bondoso é o seu coração!...

O caso é que o senhor Svidrigailov foi a princípio bastante grosseiro. À mesa cometia com ela as maiores indelicadezas, chegando a ofendê-la com sarcasmos... Para que hei de insistir agora nestes dolorosos pormenores, que serviriam apenas para te magoar profunda e inutilmente, uma vez que tudo já lá vai? Em suma, apesar de ser tratada com todas as atenções por Marfa Petrovna, a esposa de Svidrigailov, e por todos os da casa, Dounia sofria muito, em especial quando o senhor Svidrigailov, que no quartel se habituou a beber, se encontrava sob a influência do álcool. E isto não era ainda tudo! Imagina que, sob aquela aparência de grosseria e de desprezo, o pobre néscio ocultava uma paixão pela Dounia!

Por fim tirou a máscara, isto é, fez propostas desonestas à Dounia e tentou seduzi-la com promessas, declarando estar pronto a abandonar a família, indo viver com ela para outra terra ou mesmo para outro país. Calcula quanto a Dounia sofreria! Não só o adiantamento de te que falei, lhe não permitia abandonar desde logo as suas funções, como não se atrevia a proferir palavra sobre o assunto, para não despertar as suspeitas de Marfa Petrovna e introduzir a discórdia na família.

O desenlace deu-se quando menos se esperava. Marfa Petrovna surpreendeu o marido no jardim, no momento em que apoquentava Dounia com as suas propostas, e compreendendo mal o que se passava, atribuiu as culpas à tua irmã. Deu-se entre elas uma cena tremenda. A senhora Svidrigailov não quis atender a coisa nenhuma, gritando durante uma hora contra a suposta rival. Chegou até a bater-lhe, e por último mandou-a para casa, numa carroça, sem lho dar tempo a arranjar as malas.

Tudo quanto pertencia à Dounia, roupa, vestidos, etc., veio a monte no veículo. Chovia torrencialmente. Depois de ter sofrido tantos vexames, teve de percorrer dezessete quilômetros na companhia dum mujique[6], num carro sem capota. Em face disto que resposta podia dar à carta que me escreveste há dois meses? Estava aflitíssima. Não tinha coragem para te dizer a verdade, porque sabia que te ia desgostar e irritar, e além disso a Dounia tinha-me proibido. Para te escrever uma carta cheia de frivolidades, não me sentia com coragem para o fazer, tendo o coração amargurado. Em resultado de tudo isto fomos, durante um mês, o assunto de todas as conversas na cidade, e as coisas chegaram a tal ponto, que nem a Dounia, nem eu, podíamos ir à missa, sem ouvirmos cochichar à nossa passagem, com um ar de desprezo.

E tudo isto por causa dum mal-entendido de Marfa Petrovna que não perdeu um momento em difamar Dounia por toda a cidade. Esta criatura conhece toda a gente da região, e durante todo este mês tem vindo aqui quase todos os dias. Como é muito faladora e gosta de se queixar do marido a todos, espalhou logo a infâmia, não só na cidade, mas por todo o distrito. A minha saúde sofreu um forte abalo. Dounia foi mais forte do que eu. Não só não sucumbia em face da calúnia, como até me consolou, procurando por todas as formas incutir-me coragem. Se a vistes, então! Que anjo!...

Entretanto aprouve à divina misericórdia pôr termo ao nosso infortúnio. O senhor Svidrigailov refletiu, e talvez com dó da pobre pequena que havia comprometido, apresentou à esposa as mais exuberantes provas da inocência da Dounia.

Por felicidade conservava uma carta que, antes da cena do jardim, ela se vira obrigada a escrever-lhe, a fim de recusar uma entrevista solicitada. Nessa carta, Dounia censurava-lhe a indignidade do seu procedimento para com a esposa, recordando-lhe os seus deveres de pai e marido, e lembrando-lhe quanto era ignóbil perseguir uma desventurada e indefesa moça.

Desde então não restou a Marfa Petrovna a menor dúvida sobre a inocência de Dounia. No dia seguinte, domingo, veio à nossa casa, contou-nos tudo e lançou-se nos braços de Dounia, a quem pediu perdão, banhada em lágrimas. Percorreu depois as casas da cidade e por toda parte rendeu o mais caloroso elogio à honestidade de Dounia, bem como à nobreza dos seus sentimentos e ao seu exemplar comportamento. Não satisfeita com isto, mostrou e leu a todos a carta de Dounia ao senhor Svidrigailov, chegando a mandar tirar várias cópias, o que na minha opinião era desnecessário. Reabilitou assim por completo tua irmã. No entanto o marido saiu desta aventura coberto de desonra, e cheguei a ter pena deste pobre maluco, tão severamente castigado.

Dounia recebeu logo propostas para lecionar em várias casas, mas não aceitou nenhuma. Todos começaram, dum momento para o outro, a demonstrar-lhe a máxima consideração, e esta brusca mudança de opinião foi devida, em especial, ao inesperado acontecimento que, por assim dizer, vai modificar a nossa situação.

---

6 Camponês russo. (N. do E.)

Fica sabendo, querido Ródia, que se apresentou um pretendente à mão da tua irmã e que esta aceitou, com a maior alegria que me apresso a participar-te. Estou convencida de que nos desculparás da falta de termos decidido sem te havermos consultado, e quando souberes que o caso não admitia delongas e que não era possível esperarmos pela tua resposta para darmos a nossa. De resto, estando tu tão longe, apreciarias as coisas sem perfeito conhecimento de causa.

Eis como tudo se passou. O noivo, Pedro Petrovitch Loujine, é um advogado, parente afastado de Marfa Petrovna, que neste assunto procedeu com toda a correção. Foi ela quem no-lo apresentou. Recebemo-lo com a maior afabilidade, tomou café conosco e logo no dia imediato nos dirigiu uma carta, muito atenciosa, fazendo o seu pedido e solicitando resposta tão pronta, como categórica. Este homem tem uma vida muito ativa e está em vésperas de partir para São Petersburgo, de forma que não tem um minuto a perder.

A princípio ficamos pasmadas, tão longe estávamos de esperar semelhante pedido. Durante todo o dia examinamos a questão. Pedro Petrovitch está muito bem colocado: ocupa dois cargos e possui já uma fortuna importante. Tem quarenta e cinco anos, porém é simpático e compreende-se que uma mulher goste dele. É homem sério e bem-educado. Acho-o apenas um pouco reservado e severo, mas quantas vezes as aparências não iludem!...

Ficas, pois, prevenido, querido Ródia: quando o vires em São Petersburgo, o que não tardará muito, não o julgues à primeira impressão, nem o condenes sem agravo, como costumas, se nesse primeiro momento te inspirar pouca simpatia. Parece-me conveniente prevenir-te disto, conquanto esteja convencida de que não te causará má impressão. De resto, para conhecermos uma pessoa, é necessário termos convivido com ela, observando-a a cada momento; de contrário cometem-se erros de apreciação, que por vezes são difíceis de corrigir.

Pelo que diz respeito a Pedro Petrovitch, tudo leva a crer que é um homem de respeito. Logo na sua primeira visita nos disse ser muito positivo:

"No entanto", acrescentou, "partilho em muitos pontos das ideias da moderna geração e sou inimigo de todos os preconceitos". Disse muitas outras coisas mais, porque é, se não me engano, um pouco vaidoso e retórico, o que me parece não ser grande defeito.

Pela minha parte confesso que não compreendi as suas palavras, limitando-me por isso a transmitir-te a opinião de Dounia: "Ainda que não muito instruído", disse ela, "é inteligente e parece bondoso." Conheces o caráter da tua irmã. É uma moça corajosa, ajuizada, paciente, bondosa, e possui um coração apaixonado, como tive ensejo de me convencer. Não se trata, de fato, nem dum, nem doutro lado, dum casamento de amor. Todavia a Dounia não é apenas uma moça inteligente; a sua bondade é verdadeiramente angélica e se o marido se propuser torná-la feliz, ela há de impor-se a obrigação de lhe corresponder da mesma forma.

Sendo homem sensato, como é, Pedro Petrovitch há de compreender que a felicidade da esposa será a melhor garantia da sua própria. No princípio pareceu-me um pouco rude, o que foi talvez devido à forma, sem rodeios, como disse as coisas. Na segunda visita, depois de feito o pedido, disse-nos, durante a conversa, que, antes mesmo de conhecer Dounia, já estava resolvido a casar apenas com uma menina honesta, sem dote, e que tivesse sofrido privações. Na opinião dele é para desejar que o homem não deva obrigações à esposa; antes, é mais conveniente que ela veja no marido um benfeitor.

Não foram estas precisamente as suas palavras. Reconheço que se exprimiu de maneira diversa, muito mais delicada; contudo foi este o sentido. Disse isto sem refletir, escapando-lhe a frase no calor da conversa. E tanto assim, que procurou logo atenuar-lhe o efeito. Apesar disso achei a frase dura e mais tarde disse-o à Dounia. Respondeu-me, irritada, que palavras leva-as o vento, o que é verdade. Na noite que antecedeu a resolução, Dounia mão conseguiu conciliar o sono. Julgando-me a dormir, ergueu-se e pôs-se a passear no quarto dum lado para o outro. Por fim ajoelhou, e depois duma longa e fervorosa prece, declarou-me no dia seguinte que estava resolvida a aceitar o pedido de Petrovitch.

Já te disse que este parte em breve para São Petersburgo. Interesses importantes levam-no a essa capital, onde pensa estabelecer banca de advogado. Há muito que está no foro e acaba agora mesmo de vencer uma causa importante. A sua viagem a S. Petersburgo é motivada pela necessidade de seguir de perto certa questão nos tribunais superiores. Por tal motivo, querido Ródia, pode prestar-te excelentes serviços. Eu e Dounia pensamos já, que poderias começar, sob a proteção de Petrovitch, a tua futura carreira. Ah! se assim fosse! Terias tanto a ganhar, que teríamos de atribuir tudo a um favor especial da Divina Providência.

Dounia não pensa noutra coisa. Já falamos um pouco no caso a Pedro Petrovitch. Respondeu com certa reserva: "Hei de talvez precisar dum secretário e prefiro antes confiar esse lugar a um parente que a um estranho, uma vez que seja capaz de bem o desempenhar."

Parece recear, no entanto, que, com os teus trabalhos universitários, não tenhas tempo para te ocupares dos assuntos do escritório. Nessa ocasião a conversa ficou por aqui, mas, como já te disse, a Dounia não pensa noutra coisa. Na sua exaltada imaginação vê-te já trabalhando sob a direção de Pedro Petrovitch, e mesmo como seu associado, tanto mais que estás na Faculdade de direito. Quanto a mim, penso da mesma maneira, e os projetos da tua irmã sobre o teu futuro parecem-me muito viáveis.

Apesar da resposta duvidosa de Pedro Petrovitch, que aliás se compreende muito bem, visto que ainda te não conhece, a Dounia confia em absoluto na sua influência de esposa para dispor as coisas à nossa vontade. Está claro que não lhe demos a entender que poderias vir um dia a ser seu associado. É um homem positivo, e por certo acolheria mal uma ideia que, por enquanto, não passa dum sonho.

E agora, muito em segredo e por motivos que, de resto, não dizem respeito a Pedro Petrovitch e não passam talvez de tontices de velha, creio que, depois do casamento, será melhor que continues a viver em minha casa, em vez de ir para junto deles. Estou persuadida que é bastante delicado para me pedir que não me separe da minha filha. Se até agora nada disse, é porque supõe que o caso está subentendido. Por enquanto tenciono recusar.

Se for possível, ficarei vivendo na sua vizinhança. Digo isto porque guardei o mais agradável para o fim. Imagina, querido filho, que dentro em poucos dias nos reuniremos os três e que de novo nos abraçaremos, após esta longa separação de três anos! Está já decidido que vamos a São Petersburgo. Quando, não sei ao certo; em todo caso devo ir num prazo curto, dentro de oito dias, talvez. Depende tudo das conveniências de Pedro Petrovitch, que deve mandar-nos as suas instruções, logo que esteja aí quase estabelecido. Deseja apressar, por certas razões e tanto quanto possível, a cerimônia nupcial. Se não houver inconveniente é de crer que o casamento se realize num dos dias do Entrudo ou, o mais tardar, logo depois da festa da Assunção. Oh! com que prazer te apertarei contra o coração!

A Dounia está satisfeitíssima com a ideia de te voltar a ver. Já me disse, cheia de alegria, que, só por isto, casaria da melhor vontade com Pedro Petrovitch. É um anjo! Nada acrescenta à minha carta, porque, segundo diz, teria tantas coisas a contar-te, que não vale a pena escrever-te só algumas palavras. Incumbe-me de te mandar um estreito abraço. Apesar de em breve nos reunirmos, espero enviar-te por estes dias o dinheiro de que puder dispor. Logo que se espalhou a notícia de que a Dounia ia casar com Pedro Petrovitch, o meu crédito tornou-se maior e sei de boa fonte que Afanase Ivanovitch está pronto a emprestar-me até setenta rublos sobre a minha pensão.

Poderei talvez mandar-te, dentro dalguns dias, vinte e cinco ou trinta rublos. Enviar-te-ia mesmo mais, se não tivesse de contar com a viagem. É verdade que Pedro Petrovitch teve a bondade de tomar a si o encargo duma parte das nossas despesas de viagem. Ofereceu-nos até uma grande mala, onde cabem todas as nossas coisas. No entanto, sempre temos de pagar os bilhetes até S. Petersburgo e não vamos chegar aí sem um copeque na algibeira.

Calculamos tudo: a viagem não deve ficar-nos cara. Da nossa casa ao caminho de ferro são umas noventa verstas[7] *e ajustamos com um carroceiro conhecido levar-nos na sua carripana até à estação. Depois seguiremos satisfeitas num compartimento de terceira classe. Enfim, bem feitas as contas, talvez consiga mandar-te trinta rublos e não vinte e cinco.*

Envio-te, meu querido Ródia, um grande abraço, juntamente com a minha bênção, enquanto o não faço pessoalmente. Não deixes de ter uma grande afeição por tua irmã. Lembra-te de que te estima muito mais, que a si própria, paga-lhe da mesma forma. Escusado é dizer-te que é um anjo, e tu, Ródia, tudo quanto temos no mundo:

---

7 Medida russa de comprimento que era equivalente a 1.067 m. (N. do E.).

a nossa esperança e a nossa futura felicidade. Se fores feliz, também nós o seremos. Adeus, ou antes, até à vista. Abraço-te mil vezes.

Tua até à morte,

Pulquéria Raskolnikov

Durante a leitura da carta, os olhos de Raskolnikov por vezes enchiam-se de lágrimas. Quando terminou, um amargo sorriso contraía-lhe a fisionomia pálida e transtornada. Deixando cair a cabeça sobre a sujíssima almofada, ficou absorto em profunda meditação. O coração palpitava-lhe com violência e as ideias entrechocavam-se-lhe no cérebro. Sentia-se oprimido e sufocado, nesse cubículo de cor amarelada, que lhe parecia mais um armário ou um baú.

Pegou no chapéu e saía, sem recear, desta vez, encontrar na escada quem quer que fosse. Esqueceu-se de tudo. Dirigiu-se a Vasili Ostrov, pela avenida V***. Caminhava a passos largos, como se fosse para um serviço urgente. Como de costume não atendia a coisa alguma. Ia monologando por entre dentes, chamando a atenção dos transeuntes, alguns dos quais o julgaram ébrio.

CAPÍTULO IV

A carta da mãe sensibilizara-o muito. Todavia, quanto ao ponto principal, não teve um momento de hesitação. Ainda não havia terminado a leitura e já tinha tomado a sua resolução: "Enquanto viver, este casamento não se realiza. Que vá para o inferno, o senhor Loujine!..."

"O caso é claro!", murmurou ele, sorrindo; com ar triunfante, como se estivesse seguro do resultado. "Não, mãe; não, Dounia; não me enganam!... ainda se desculpam por terem tomado tal resolução sem me consultarem! Julgam agora que é impossível desmanchar o projetado casamento! Pois veremos se é ou não!... E que motivos alegam: Pedro Petrovitch tem tantos afazeres, que só pode casar a vapor! Não, Dounia, compreendi tudo, adivinho o que me querias dizer, sei quanto pensaste toda a noite, passeando no teu quarto, e o que pediste à Virgem de Kazan, cuja imagem está no quarto da nossa mãe. O Gólgota custa a subir!... Hum! Eis o que está combinado, Dounia vai casar com um homem positivo e que tem já uma fortuna, o que não é para desprezar; tem duas colocações e simpatiza, segundo as palavras da minha mãe, com as ideias das gerações modernas. A própria Dounia diz que parece boa pessoa. Este parece valer um mundo!... Confiando nesta aparência é que a Dounia vai casar!... Admirável!

"...Gostaria de saber o motivo por que a mãe se refere na sua carta às gerações modernas!... Será apenas para acentuar bem qual o caráter do personagem, ou será com o fim de captar a minha simpatia em favor do senhor Loujine? Oh! que tática!...

Há ainda um outro fato que desejava esclarecer: até que ponto teriam elas levado a sua franqueza, uma para com a outra, durante o dia e a noite que antecederam a resolução da Dounia? Chegariam a alguma formal explicação, ou ter-se-iam compreendido, sem quase terem necessidade de dizer o que pensavam? A julgar pela carta, sinto-me mais inclinado para esta última hipótese. A mãe achou-o um tanto vaidoso, e dada a sua simplicidade, comunicou-o à Dounia. Esta, por sua vez, aborreceu-se e respondeu zangada.

"Era bem de ver! Uma vez que assim estava decidido, que já não podia voltar atrás com a sua palavra, a observação da mãe era, pelo menos, inútil. E para que me diz ela: 'Estima muito a tua irmã. Lembra-te de que te adora muito mais, do que a si própria.' Não sentirá a consciência a acusá-la de ter sacrificado a filha ao filho? 'És a nossa felicidade futura e tudo quanto temos no mundo', Oh! minha mãe!"

A sua exaltação aumentava de momento a momento e se nesse instante tivesse encontrado senhor Loujine, talvez não resistisse ao desejo de o assassinar.

"Hum!... É verdade", continuou ele tentando coordenar as ideias que se lhe baralhavam na cabeça, "é verdade que para conhecer uma pessoa, é necessário ter convivido com ela, observando-a com cuidado. Além disso o senhor Loujine não deve ser difícil de compreender. Em primeiro lugar é um homem de negócios e parece bondoso, o resto são coisas infantis, com um certo ar de graça. Oferecem-nos até uma grande mala. Depois desta prova, como duvidar da pura bondade? A noiva e a futura sogra metem-se ao caminho numa carroça, tendo apenas para as resguardar da chuva um toldo. Como se não conhecesse essas carripanas!..."

"Que importa? O trajeto até à estação é apenas de noventa verstas. Depois vêm com o maior prazer num compartimento de terceira classe... Têm razão: a capa deve-se talhar conforme o pano. No entanto, em que pensa o senhor Loujine? Não esqueçamos que se trata da sua noiva. Será possível que ignore que, para fazerem esta viagem, necessitaram dum empréstimo sobre a pensão? Com certeza o seu espírito mercantil considerou isto como uma espécie de sociedade, na qual cada associado tem que entrar com a sua quota parte; no entanto não há paridade alguma entre o custo da mala, por muito grande que seja, e o da viagem. Não compreendem isto, ou fingem não compreender. O caso é que parecem satisfeitas!... de tudo, que frutos poderemos esperar de semelhantes flores? O que mais me irrita neste procedimento não é tanto a mesquinhez como o mau gosto; o namorado dá a entender que o será o marido... E a mãe, que atira o dinheiro pela janela afora, com quanto chegará a S. Petersburgo? Com três rublos em metal ou com dois bilhetinhos, como diz...a... velha... Com que meios contará para viver? Devido a quaisquer razões, reconheceu que era preferível separar-se da Dounia, quando casasse. Alguma palavra indiscreta desse amável cavalheiro foi um clarão para ela, por mais que queira fechar os olhos à realidade. 'Tenciono recusar', diz ela ainda! Então com que recursos conta viver? A sua pensão de cento e vinte rublos, sujeita ao desconto da importância emprestada por Afanase Ivanovitch?

Na aldeia ainda tecia lenços de malha e bordava, apesar de que esse trabalho não lhe rendia mais de vinte rublos por ano. Evidentemente, a despeito de tudo, conta com a generosidade do senhor Loujine. Ele próprio insistirá para não me separar da minha filha. Pois sim!...A mãe é assim, não há que admirar!... Mas a Dounia?"

"É impossível que não compreenda esse homem, vai desposá-lo. A sua liberdade moral e a sua alma eram-lhe muito mais queridas do que o seu bem-estar! Para não ter que renunciar a elas, preferia comer pão negro e beber água. Não as trocaria pelo Sleswig-Holstein[8], quanto mais pelo senhor Loujine. Era assim a Dounia que eu conheci, e por certo ainda não mudou! Bem sei que é penoso viver sob o teto de qualquer Svidrigailov, ou andar de terra em terra, ou passar a vida inteira a aturar rapazes, ganhando duzentos rublos por ano. Não é das melhores coisas, não! Mas a minha irmã preferia ir trabalhar para a casa dum plantador da América ou dum alemão da Lituânia, a aviltar-se, unindo, por mero interesse pessoal, a sua existência à dum homem a quem não amasse e com quem nada tivesse de comum!... Ainda que o senhor Loujine fosse de ouro puro ou de brilhantes não se prestaria a ser a sua legítima mulher. Que motivo a resolveu então? Qual será a chave do enigma?"

Refletiu um momento.

"Ora", exclamou, "o motivo é bem claro. Não procede em proveito próprio. Por quantia alguma se venderia para conseguir o seu bem-estar ou mesmo para escapar à morte. Entretanto vende-se por uma outra pessoa, por um ente querido e adorado!... É esta a explicação do mistério: é por nós, pela mãe e por mim, que ela se sacrifica. Vende toda a sua vida! Oh! nesse caso violenta-se o senso moral: leva-se ao mercado a liberdade, o repouso, a própria consciência, tudo! Perca-se embora a vida, mas que as pessoas adoradas sejam felizes! Mais ainda, recorre-se à sutil casuística dos jesuítas, transige-se com os próprios escrúpulos, chegamos mesmo a persuadir-nos de que é preciso proceder assim, visto a utilidade do fim justificar o meio. Eis como nós somos e a razão porque andamos por cá! É certo que aqui, no primeiro plano, se encontra Ródia Romanovitch Raskolnikov. É preciso garantir-lhe a felicidade, conseguir-lhe os meios de concluir o seu curso, de vir a ser sócio do senhor Loujine de chegar a fazer fortuna, nome, glória, se possível for!... E a mãe? Essa só pensa no seu querido Ródia, no seu primogênito. Não é natural que sacrifique a filha a este filho, o seu predileto? Corações ternos e injustos! Mas isto que vão fazer, equivale a aceitar sorte de Sofia Marmeladov, a eterna Sofia, que há de existir, enquanto existir o mundo! Mediste bem teu sacrifício? Sabes, Dounia, que viver com o senhor Loujine é igualares-te à Sofia? Aqui não pode haver amor, escreve a mãe. Então, se não pode haver amor, nem estima, se pelo contrário há antipatia, repulsão quase em que difere esse casamento da prostituição? Maior desculpa portanto tem a Sofia; esta vendeu-se, não para aumentar um relativo bem-estar, mas porque viu a fome, a verdadeira fome, instalada entre os seus!... E se mais tarde o sacrifício for superior

8 Território da Alemanha cuja capital é Kiel. (N. do E.)

às tuas forças, se vieres a arrepender-te do teu ato, quantas lágrimas verterás em silêncio — porque tu não és Marfa Petrovna!... E então o que será da mãe? Quando agora já está inquieta, o que fará quando vir as coisas por outro prisma, como elas na verdade são? E eu? Porque eu, sim, também sou alguém. Não aceito o teu sacrifício, Dounia, nem o teu, minha mãe. Enquanto viver não se realizará esse casamento."

De repente, parou.

"Não se há de realizar? Mas que podes fazer para o impedir? Opor o teu veto? E com que direito? O que podes prometer-lhes, para te permitires tanta arrogância? Comprometer-te-ás a dedicar-lhes toda a tua vida, todo o teu futuro, quando tiveres acabado o curso e obtido uma colocação? E isso é ainda para depois, mas agora? É necessário fazer já alguma coisa, percebes? E o que fazes tu agora? Vives à custa delas. Levas uma a pedir emprestado sobre a sua pensão e a outra a solicitar um adiantamento de ordenado aos Svidrigailov! Com o pretexto de que mais tarde serás milionário, pretendes hoje dispor a teu belo prazer da sorte das duas!... No entanto poderás desde já tomar sobre ti o encargo de ocorrer às suas necessidades? Daqui a dez anos, talvez! Entretanto tua mãe cegará a tecer lenços de malha ou a chorar, com a saúde arruinada, devido a privações de toda a espécie. E tua irmã? Vamos, pensa nos perigos que a tua irmã pode correr nesse largo período de dez anos!... Pensaste?"

Experimentava um amargo prazer, fazendo a si próprio estas dolorosas perguntas, que de resto não eram novas para ele. Havia muito que elas o assaltavam a cada instante, exigindo respostas que ele se sentia incapaz de lhes dar. A carta da mãe fulminara-o como se fosse um raio. Reconhecia agora que passara a época das lamentações, que nada remedeiam, e que, em vez de increpar a sua impudência, lhe cumpria fazer, fosse o que fosse, e o mais depressa possível. Era necessário tomar desde já uma resolução qualquer ou..."Ou renunciar à vida!" — exclamou ele, de súbito. — Aceitar, duma vez por todas, o destino como ele é, abafar todas as aspirações, abdicar em definitivo do direito de ser livre, de viver, de amar!

Raskolnikov lembrou-se de repente das palavras que Marmeladov proferira na véspera: "Compreende, compreende, senhor, o que significam estas palavras: não ter para onde ir?..."

Estremeceu. Um pensamento que na véspera o assaltara apresentou-se de novo ao seu espírito. Não foi, contudo, a lembrança desse pensamento que o fez estremecer. Sabia já, ou antes, pressentia, que havia de voltar, e esperava-o. Contudo essa ideia não era em absoluto como a da véspera e a diferença estava no seguinte: o que há um mês, ou ontem ainda, era apenas um sonho, surgia agora sob um novo aspecto, deveras assustador. O jovem rapaz tinha a consciência dessa diferença... Sentia uma grande agitação no cérebro e uma nuvem a toldar-lhe a vista.

Olhou em volta, procurando alguma coisa. Precisava sentar-se e o que procurava era um banco. Encontrava-se na avenida de K***. A cem passos havia um. Caminhou para ele, a toda a pressa, mas no trajeto sucedeu-lhe uma pequena aventura, que durante alguns momentos o absorveu por completo. Quando olhava na direção do banco avistou uma mulher que seguia a uns vinte passos de distância. A princípio não lhe ligou maior importância do que às diversas coisas que encontrara no caminho. Muitas vezes lho sucedera, por exemplo, entrar em casa, sem conseguir lembrar-se do itinerário que seguira geralmente caminhava sem reparar em coisa alguma. Todavia essa mulher tinha uma aparência tão estranha, que Raskolnikov não pôde deixar de a notar. À surpresa sucedeu a curiosidade, contra a qual tentou opor-se, mas bem depressa se tornou superior à sua vontade. De súbito quis reconhecer o que havia de extraordinário nessa mulher. Pela aparência, a transeunte devia ser muito nova. Apesar do excessivo calor, ia com a cabeça descoberta, sem guarda-sol nem luvas, agitando os braços duma maneira ridícula. Levava no pescoço um lenço atado ao lado; o vestido era de seda, muito malposto, desacolchetado e rasgado na cintura, junto ao cós. Pelo rasgão via-se um farrapo oscilar dum lado para o outro. E, a juntar a isto tudo, a passeante, não os podendo suster nas pernas, cambaleava. Este encontro acabou por absorver toda a atenção de Raskolnikov. Aproximou-se da moça, precisamente quando ela chegava junto do banco, no qual se deitou, em vez de se sentar, inclinando a cabeça para trás e cerrando os olhos, como uma pessoa prostrada de cansaço. Não lhe foi difícil concluir que estava embriagada. O caso pareceu-lhe tão extraordinário, que a si próprio perguntou, se não estaria enganado. Tinha diante de si uma esbelta criança de dezessete anos, talvez mesmo de quinze. O rosto emoldurado por uns cabelos louros era bonito, mas estava afogueado. Parecia inconsciente. Tudo levava crer que não sabia onde se encontrava.

Raskolnikov não se sentou, nem se quis retirar, e por isso ficou de pé, diante dela, sem saber o que devia fazer. Já dera uma hora e sentia-se um calor insuportável. Raras pessoas passavam nessa avenida, que em geral é pouco frequentada. Todavia, a uns quinze passos, se tanto, na beira do passeio, estava parado um homem que, com certeza, desejava aproximar-se da moça com reservadas intenções. Também, por certo, a avistara à distância e a seguira. No entanto a presença de Raskolnikov incomodava-o: olhava-o irritado, de soslaio, esperando com impaciência o momento em que este mal-entrajado lhe cedesse o lugar. Vestindo com elegância, este indivíduo, que devia ter uns trinta anos, era encorpado, corado, de lábios vermelhos e farta bigodeira. Raskolnikov encolerizou-se e sentiu vontade de o insultar.

Deixou por momentos a moça e aproximou-se dele:

— Olá, Svidrigailov! Que faz por aqui? — exclamou ele, cerrando os punhos, entretanto um sorriso sardônico lhe entreabria os lábios, que começavam a orlar-se de espuma.

O elegante cavalheiro franziu o sobrolho e na fisionomia desenhou-se-lhe uma expressão de altivez e de surpresa.

— Que quer isso dizer? — interrogou com arrogância.

— Quer dizer, que dê meia-volta, que se ponha a andar...

— Cuidado com a língua, seu canalha.

E ergueu a bengala. Raskolnikov, com os punhos cerrados, atirou-se a ele, sem pensar na desigualdade de forças. Porém sentiu que o agarravam pelas costas. Era um policial que punha termo à questão.

— Então, meus senhores, não lutem no meio da rua. O que querem?... Quem é o senhor? — perguntou com ar severo a Raskolnikov, reparando em seus andrajos.

Este olhou atentamente para quem lhe fazia a pergunta. O policial, que usava bigode e suíças brancas, tinha o aspecto dum valente soldado e parecia inteligente.

— É exatamente do senhor que preciso — disse ele, agarrando-o por um braço. — Fui estudante e chamo-me Raskolnikov.... O senhor pode também saber isto — acrescentou, voltando-se para o outro. — Venha comigo, vou mostrar-lhe uma desgraça...

E continuando a segurar o policial pelo braço, conduziu-o junto do banco.

— Aqui está uma moça embriagada. Veio até aqui quase aos tombos. É difícil saber a sua situação social, porém não tem aparência de vadia. O mais provável é que a tenham obrigado a beber para que abusassem dela!... É talvez uma principiante... compreende? Depois, a cair de bêbada, puseram-na na rua. Veja em que estado traz o vestido. Não foi ela que se vestiu, vestiram-na; e foram mãos imperitas, mãos de homem que fizeram esse trabalho. Agora olhe para este lado: este janota, em quem queria bater há pouco, não o conheço e vi-o agora pela primeira vez. Encontrou-a também na rua, certificou-se de que estava embriagada, que não tinha consciência de coisa alguma, e queria aproveitar-se dessa circunstância para a levar a alguma casa suspeita... É isto mesmo, pode ter a certeza de que não me engano... Reparei como ele a olhava e seguia. Transtornei-lhe os planos e sua excelência esperava agora que me fosse embora. Como se lhe há de tirar das mãos esta presa? Como havemos de conseguir que vá para casa?

O policial, que compreendeu, começou a refletir. Não podia ter dúvidas sobre as intenções do homem encorpado. Inclinou-se sobre a moça, para a ver mais de perto, e na sua fisionomia desenhou-se uma profunda compaixão.

— Que desgraça! — exclamou, abanando a cabeça! — É ainda uma criança. Caía numa cilada, com certeza... Olhe lá, menina, onde mora?... Diga onde mora?

Entreabriu a custo as pálpebras, olhou espantada para os dois e fez um gesto como que para os afastar.

Raskolnikov remexeu a algibeira e tirou vinte copeques.

— Tome — disse. — Alugue uma carruagem e leve-a a casa. O que é preciso é saber a morada.

— Menina — gritou outra vez o policial, depois de guardar o dinheiro —, vou buscar um carro e eu próprio a levo a casa. Onde fica a sua casa... Onde mora?...

— Oh! meu Deus!... eles agarram-me!... —murmurou ela, repetindo o mesmo gesto que fizera há pouco.

— Que coisa ignóbil! Que infâmia! — disse o policial, cheio de compaixão e indignado. — A grande dificuldade é saber-se onde mora! — continuou, dirigindo-se a Raskolnikov, que de novo examinou dos pés à cabeça, parecendo-lhe muito estranho este indigente tão generoso. Encontrou-a longe daqui?

— Já lhe disse que caminhava na minha frente, aos bordos, por esta mesma avenida. Quando chegou junto do banco, deixou-se cair.

— Que barbaridades se praticam por este mundo, meu Deus! Uma moça tão nova a embebedar-se desta maneira! Enganaram-na, certamente! Tem o vestido rasgado!... Muito vício há por aí!... Talvez os pais sejam gente nobre, caída na miséria. Há tanta gente assim, agora! A aparência dela é de filha de boa família.

E mais uma vez se inclinou para ela.

Talvez ele próprio fosse pai de moças bem-educadas, que parecessem filhas de famílias nobres.

— O que é necessário — continuou Raskolnikov —, é não a deixarmos à mercê deste patife! É claro que o tratante tem o seu plano formado e não arreda pé dali!

Levantara a voz e indicava o sujeito com o gesto. Este, percebendo que falavam a seu respeito, quis zangar-se, mas depressa mudou de tática, limitando-se ao inimigo um olhar de desprezo. Em seguida, e muito devagar, afastou-se uns dez passos e voltou a parar.

— Não lhe há de deitar a mão — disse com ar pensativo o policial. — Ao menos, se dissesse onde reside! Sem essa indicação... Menina, menina! — chamou, inclinando-se sobre ela.

Esta abriu de repente os olhos, olhou fixamente os dois e pareceu voltar a si. Levantou-se e seguiu em sentido inverso ao caminho por onde viera.

— Que importunos!... Que desavergonhados!... Agarraram-se a mim!... — exclamou, agitando de novo os braços, como para afastar alguém.

Caminhava muito depressa, mas com pouca firmeza. O janota começou a segui-la pelo outro passeio, sem a perder de vista.

— Esteja tranquilo, não a há de apanhar — disse o policial. E seguiu atrás deles.

Neste momento operou-se nas disposições de espírito de Raskolnikov uma reviravolta, tão completa, como rápida.

— Ouça! — gritou ao polícia, que se voltou. — Deixe-o lá. Que se divirtam! O que tem o senhor com isso?

O policial, surpreendido, olhou para Raskolnikov, que começou a rir-se. Não fez caso e continuou a seguir o desconhecido e a moça.

"E lá se foram com os meus vinte copeques", disse ele, com os seus botões, quando ficou só. "Há de aceitar também dinheiro do outro e deixá-lo com a moça. Que diabo de ideia a minha de me armar em benfeitor! Tenho, porventura, obrigação de defender a primeira criatura que me aparece? Com que direito? Em honra de que santo? Ainda que se devorem uns aos outros, que tenho com isso? Para que dei eu os vinte copeques?"

A despeito destas palavras, sentia o coração oprimido. Sentou-se no banco. As suas ideias baralhavam-se, sentia-se incoerente. Custava-lhe a pensar fosse no que fosse. Ambicionava cair num sono profundo, em que esquecesse tudo por completo, e ao acordar, dar de forma a começar uma vida nova...

"Pobrezinha!", exclamou ele, olhando para o banco onde a rapariga se deitara. "Quando voltar a si, há de chorar; depois a mãe saberá da aventura, bater-lhe-á, para juntar a humilhação à dor. É provável até que a ponha na rua... Ou quando não a abandone, qualquer Daria Frantzovna farejará a caça, e teremos a mocinha aos trambolhões, indo de queda em queda até ao hospital, o que não sucederá muito tarde. Logo que estiver curada, recomeçará a desgraça, até ir de novo parar ao hospital, com escala pela cadeia. Com dois ou três anos de vida, aos dezoito ou dezenove, estará perdida. Quantas, que começaram como esta, tenho visto acabar assim! Mas, enfim, dizem que é preciso! É uma percentagem, um prêmio que tem de ser pago... certamente ao diabo para garantir a tranquilidade dos outros. Uma percentagem!... Inventam na verdade lindas palavras e dão-lhes um ar científico que lhes fica a matar! Quando se diz, tantas por cento, está dito tudo, é um caso arrumado. Se lhe dessem outro nome, talvez a coisa causasse mais preocupações... E, quem sabe? Talvez que a Dounia seja compreendida na percentagem do ano próximo, ou talvez ainda na deste!..."

"Onde queria eu ir?", pensou ele, repentinamente. — É extraordinário. Tinha destino quando saí de casa. Logo que li a carta, saí... Ah! sim, agora me lembro: procurar Razoumikhine, em Vasili Ostrov... Mas que ia lá fazer?... Como me veio a ideia de visitar agora Razoumikhine? É singular!..."

Nem ele próprio se entendia. Razoumikhine era um dos seus antigos condiscípulos da universidade. É de notar que, quando Raskolnikov seguia o curso de direito, vivia muito só, não frequentava a casa de nenhum dos condiscípulos e não lhe aprazia receber as suas visitas, o que não tardaram em pagar-lhe na mesma moeda. Nunca tomava parte em reuniões, nem nos próprios divertimentos acadêmicos. Era admirado pela sua aplicação ao estudo, mas não gozava da simpatia de ninguém. Muito pobre, orgulhoso e concentrado, a sua existência parecia envolver um mistério. Os condiscípulos queixavam-se dele, por olhá-los com indiferença, como se fossem crianças ou pessoas muito abaixo da sua craveira intelectual.

No entanto ligara-se a Razoumikhine, ou para melhor dizer, tinha mais confiança nele, que noutro qualquer. Talvez o seu gênio franco e alegre lhe despertasse uma maior simpatia. Era um rapaz muito vivo, expansivo e duma bondade extrema. Os mais inteligentes condiscípulos reconheciam-lhe o merecimento e estimavam-no. Não era tolo, conquanto às vezes fosse duma ingenuidade infantil. Os seus cabelos pretos, a cara por barbear e o seu tipo esguio e magro atraíam logo a atenção.Tinha fama de valente. Uma noite, percorrendo as ruas de S. Petersburgo em companhia dalguns amigos, atirou ao chão, com um murro, um policial — cuja estatura era de dois *archines* e doze *verchoks*[9].

9 Aproximadamente um metro e oitenta e oito centímetros. (N. do T.)

Por vezes entregava-se à embriaguez, mas, quando lhe convinha, mantinha-se na maior sobriedade. Se às vezes praticava loucuras imperdoáveis, noutras ocasiões mostrava uma prudência e juízo inexcedíveis. Nunca o viram acabrunhado, ou sucumbido por qualquer contrariedade. Era homem para dormir num telhado, sofrer o frio e a fome, sem por um momento perder o seu bom humor habitual. Muitíssimo pobre, limitado aos seus próprios recursos, ganhava a vida regularmente, pois era ativo e conhecia uns certos locais onde, trabalhando, lhe era possível obter dinheiro.

Passou todo um inverno sem fogão e dizia a toda a gente que lhe era muito mais agradável, pois dorme-se muito melhor quando se tem frio. Tivera também de abandonar a universidade por falta de meios; contudo, esperava continuar em breve o seu curso, não desprezando coisa alguma para melhorar a sua precária situação. Havia quatro meses que Raskolnikov não o visitava e Razoumikhine não sabia a sua morada. Tinham-se encontrado havia uns dois meses, porém Raskolnikov atravessara logo para o outro passeio, buscando esconder-se do condiscípulo. Este vira-o, mas receando incomodá-lo, fez vista grossa.

CAPÍTULO V

"Na verdade, ainda não há muito tempo que tencionava ir procurar Razoumikhine, a fim de lhe pedir para me conseguir algumas lições, ou um trabalho qualquer...", pensava Raskolnikov, "mas, nesta altura, em que me pode ser útil? Dê-mos de barato que me arranja algumas lições, suponhamos mesmo que, dispondo dalguns copeques, se sacrifica, emprestando-me dinheiro para umas botas e uma roupa decentes, indispensáveis a um professor... Hum!... E depois?... O que posso fazer com algumas piastras[10]?... É só disso que preciso agora?... Parece-me que é uma tremenda tolice se for a casa de Razoumikhine..."

O desejo de saber o que iria fazer a casa do condiscípulo intrigava-o muito mais do que a si próprio confessava. Procurava qualquer sinistra significação nesse fato, na aparência o mais natural.

"Será possível que no meio das minhas contrariedades e apoquentações só tenha esperança em Razoumikhine? Só ele de fato poderá salvar-me?"

Refletiu, esfregou os olhos e, como um relâmpago, depois de ter por algum tempo atormentado o espírito, surgiu-lhe no cérebro uma ideia muito extraordinária.

"Vou a casa do Razoumikhine", afirmou, como se tivesse tomado uma última resolução. "Vou a casa do Razoumikhine, não há que duvidar... mas não neste momento... Irei visitá-lo... no dia seguinte, quando *aquilo* estiver concluído e as minhas coisas tiverem mudado de aspecto."

---

10 A piastra é uma moeda de cinco copeques. (N. do T.)

Ao pronunciar estas palavras, reconsiderou logo: "Quando *aquilo* estiver concluído!", exclamou, com um tal sobressalto, que se levantou. "Então *aquilo* realizar-se-á? Será possível?"

Levantou-se e caminhou a passo rápido. O seu primeiro movimento foi voltar à casa, todavia custava-lhe entrar nesse horrível cubículo, onde passara mais dum mês planejando tudo aquilo! Esta ideia despertou-lhe uma certa repulsão. Pôs-se a caminhar ao acaso.

O temor nervoso tomara um caráter febril. Sentia calafrios, apesar da elevada temperatura do dia. Quase maquinalmente, como que cedendo a uma necessidade interior, procurava fixar a atenção num sem número de fatos, os mais diversos, para fugir da obsessão duma ideia perturbadora. Debalde procurava distrair-se; voltava sempre aos mesmos pensamentos. Quando ergueu a cabeça para olhar à sua volta, esqueceu por momentos aquilo que o preocupava e até mesmo o local onde se encontrava. Foi assim que atravessou toda a Ilha de Vassiliev[11], até junto do Pequeno Neva, atravessou a ponte e tomou o rumo das ilhas.

As árvores e a brisa fresca animaram-lhe a princípio os olhos, acostumados já à poeira, à cal e às pirâmides de alvenaria. Respirava-se bem ali. Não havia exalações desagradáveis, nem tabernas. Bem depressa, porém, essas novas sensações perderam o encanto, cedendo lugar a uma doentia irritação. Por vezes parava em frente dalguma casa de campo, envolvida por forte vegetação: olhava pelas grades, via nas janelas mulheres vestidas com elegância e crianças correndo pelos jardins. De quando em quando passavam a seu lado cavaleiros ou amazonas, esplêndidas carruagens. Observava-os com um olhar investigador e esquecia-os, antes mesmo de deixar de os ver.

De súbito parou e contou o dinheiro que trazia: uns trinta copeques. — Dei vinte ao policial e três à Nastássia pela carta; foram portanto 47 ou 50 que dei ontem aos Marmeladov. Verificando a situação da sua bolsa, obedecera a qualquer razão; porém um momento depois não se lembrava do motivo por que contara o dinheiro; ocorreu-lhe mais tarde, passando em frente duma taberna. O estômago reclamava.

Entrou, bebeu um gálico de aguardente e trincou um bolo que foi comendo pelo caminho. Havia muito que não tomava bebidas alcoólicas. A pouca aguardente que bebera produziu logo efeito. Fraquejavam-lhe as pernas e começou a sentir uma forte sonolência. Quis voltar para casa; ao chegar, todavia, à Ilha Petrovsky, percebeu que não podia continuar.

Dirigiu-se para os campos, deitou-se na relva e adormeceu profundamente.

Num estado mórbido, os sonhos têm, por vezes, um relevo extraordinário, uma espantosa semelhança com a realidade. Por vezes o quadro é monstruoso; no entanto o cenário e a efabulação são tão naturais, os pormenores são tão sutis e apresentam no seu imprevisto um tão artificioso engenho, que o sonhador, mesmo que fosse um

---

11 Situada em São Petersburgo, trata-se da maior ilha no delta do Rio Neva. (N. do E.)

artista como Púchkin[12] ou Turguêniev[13], seria incapaz de pintar com tanta perfeição. Esses sonhos mórbidos gravam-se na mente e influem poderosamente no organismo já alquebrado do indivíduo.

Raskolnikov teve um sonho horrível. Regressara à infância e à pequena cidade onde vivia então com a família. Tinha sete anos. Numa tarde de festa passeava com o pai, fora das portas da cidade. O tempo estava enevoado, o ar pesado, e os lugares eram tal e qual como a memória lhos recordava. Em sonho encontrou até mais dum pormenor esquecido na sua reminiscência. Distinguiu bem a pequena cidade, em cujos arredores não havia um único salgueiro branco. Lá muito ao longe, na linha extrema do horizonte, a mancha negra dum pequeno bosque. Para lá do último jardim da cidade havia uma taberna, junto da qual o pequeno nunca podia passar, quando passeava com o pai, sem sentir uma impressão de terror. Havia sempre ali uma multidão que gritava, ria, enfurecia-se e brigava, ou então cantava, com voz rouca, coisas de apavorar! Nos arredores andavam sempre ébrios de rostos horríveis!... Se se aproximavam, Ródia agarrava-se ao pai, tremendo como um vime. O carreiro que levava à taberna estava sempre coberto duma poeira negra. A trezentos passos esse caminho desviava para a direita e contornava o cemitério da cidade, no centro do qual se levantava uma igreja em pedra, com cúpula verde, onde em criança ia com os pais ouvir missa, duas vezes por ano, quando se celebravam ofícios sufragando a alma da sua avó, falecida havia muito e que não chegara a conhecer. Levava sempre um bolo de arroz, tendo no cimo uma cruz feita com passas. Queria muito a essa igreja, às suas imagens e ao velho padre, de cabeça trêmula. Ao lado da lápide que cobria a terra onde repousavam os restos da velhinha, existia um pequeno túmulo, o de seu irmão mais novo, que morrera aos seis meses. Também não o conhecera, porém tinham-lhe dito que tivera um irmão. Por isso, sempre que ia ao cemitério, fazia o sinal da cruz quando chegava junto do túmulo, inclinava-se respeitosamente e beijava-o. Relatemos agora o sonho de Raskolnikov: segue, com o pai, pelo caminho que leva ao cemitério e passam em frente à taberna. O pequeno agarra-se à mão do pai e olha assustado para a casa odiada, onde se ouve uma algazarra superior à de costume. Estão lá muitos burgueses e camponeses, com os seus trajes dos dias festivos. Toda aquela ralé está embriagada e todos cantam. Em frente à porta da taberna está um destes carroções que servem para transportar pipas de vinho, e que em geral são puxados por vigorosos cavalos, com pernas grossas e farta crina: Raskolnikov experimentava sempre prazer em admirar esses enormes animais, capazes de arrastar os mais pesados cargos sem sentirem a menor fadiga. Contudo, agora, estava atrelado ao carroção um cavalo duma magreza horrível, um desses tristes animalejos que os mujiques obrigam a arrastar enormes carros de lenha ou de feno e que atormentam com pancadaria, chegando mesmo a bater-lhe nos olhos, quando os desgraçados empregam baldados esforços para mover o veículo atolado na lama. Esse espetáculo, que Raskolnikov por vezes presenciara, umedecia-lhe sempre

12 Aleksandr Púchkin (1799-1837) - considerado um dos mais aclamados poetas russos, também foi fundador da literatura russa moderna. (N. do E.)

13 Ivan Turguêniev (1818-1889) - poeta, romancista e dramaturgo russo, autor de aclamadas obras, entre as quais *Memórias de um Caçador* e *Pais e Filhos*. (N. do E.)

os olhos, e a mãe nunca, em tais casos, deixara de o afastar da janela. De súbito levanta-se um grande tumulto. Da taberna saem gritando, cantando e tocando guitarra, mujiques completamente embriagados, vestindo camisas vermelhas e azuis e com os capotes aos ombros.

— Subam, subam! — gritou um rapaz muito novo, de pescoço grosso e avermelhado. — Levo-os a todos, subam! — Estas palavras provocaram galhadas o exclamações.

— Vais meter ao caminho este lazarento?

— Estás doido, Mikolka. Então vais pôr um cavalo tão pequeno e velho a semelhante carro?!

— Isto é animal dos seus vinte anos!

— Subam, subam, levo-os a todos — exclamou, de novo Mikolka, que saltou para o carro, pegou nas rédeas e ficou de pé na boleia do veículo. — O cavalo baio levou-o há pouco o Mateus, e este diabo, meus amigos, faz-me de fel e vinagre. A minha vontade era matá-lo. Não ganha para o que come. Subam, subam, e verão como o faço galopar! Olé, se faço!

E pegou no chicote, satisfeito com a ideia de bater no pobre animal.

— Subam, vamos! Não diz que o mete a galope? — disse alguém, por troça, de entre a multidão que cercava o carroção.

— Há dez anos, com certeza, que não galopa.

— Deve correr como o vento!

— Não tenham dó, meus amigos!... Pegue cada um no seu chicote o preparem-se!

— Está dito, vamos a isso!

Sobem para a carroça de Mikolka, rindo e chalaceando. Já lá estão seis passageiros e há ainda um lugar. Entre eles está uma aldeã gorducha, de faces rubicundas, vestindo jaleca de algodão vermelho e na cabeça uma espécie de touca ornada de missangas. Trinca avelãs e de quando em quando solta uma gargalhada. Da multidão que rodeia o carroção rompem também as risadas. E na verdade, quem não há de rir, ao pensar que tal animalejo vai arrastar a galope toda aquela gente! Dois dos homens que subiram para o veículo pegam em chicotes, dispostos a ajudar Mikolka. — "Agora!" — grita este. O animal puxa com toda a sua pouca força, mas, longe de galopar, mal pode dar um passo; escorrega, resfolga e encolhe-se todo ao receber as repetidas chicotadas que os três lhe vibram sobre o dorso. Redobra a alegria no carro e entre a multidão. Todavia Mikolka perde a paciência e, desesperado, bate furiosamente no cavalo, como se de fato esperasse fazê-lo galopar.

— Deixem-me subir também! — exclamou de entre os circunstantes um rapagão que estava desejoso por se juntar ao alegre rancho.

— Sobe — respondeu Mikolka. — Subam todos, pois ele pode... Há de poder por força!

— Paizinho, paizinho — gritou o pequeno — que está a fazer aquela gente? Estão a bater no pobre cavalinho!

— Vamos, vamos! — diz o pai. — São uns bêbados que estão a divertir-se, são uns estúpidos... Vem, não olhes para lá! — E tentou levá-lo. Ródia porém desprendeu-se da mão paterna e correu para junto do cavalo. O pobre animal não podia mais. Arquejante, após um momento de descanso, voltou a puxar inutilmente.

— Chicote até dar cabo dele! — gritou Mikolka. — Não há outra coisa a fazer. Vamos a isto!

— Bem se vê que não és cristão, meu lobisomem! — exclamou um velho de entre a turba.

— Viu-se porventura, alguma vez, um animal como este puxar um tão grande carroção? — acrescentou outro.

— Biltre! — vociferou um outro.

— Ele não é teu, ouviste?... É meu. Posso fazer-lhe o que me apetecer. Suba mais gente, subam todos. Há de galopar por força!...

A voz de Mikolka foi abafada pelas ruidosas gargalhadas. À força de pancadas e apesar da sua extrema fraqueza, o cavalo principiou aos coices. A hilaridade geral propagou-se até ao velho. O caso era mesmo para rir: um animal, que não se sabia por que milagre se aguentava nas pernas, a escoicear!...

De entre a multidão adiantam-se dois indivíduos, armados de chicotes, e vão, um da esquerda, outro da direita, espancar o cavalo.

— Deem-lhe na cabeça!... nos olhos!...nos olhos!... — gritou fulo, Mikolka.

— Vamos a uma canção, rapaziada? — propôs um dos do carro. E todos entoaram em coro uma canção, que um pandeiro ia acompanhando. A aldeã continuava a trincar avelãs e a rir... Ródia aproximou-se do animal e viu que lho batiam nos olhos! O coração confrangeu-se-lhe e as lágrimas correram-lhe em fio. O chicote dum dos facínoras toca-lhe na cara; nem o sente. Estorce com desespero as mãozinhas e soluça. Acerca-se do velho de barbas e cabelo branco, que, abanando a veneranda cabeça, reprova aquela selvageria. Uma mulher agarra-o pela mão e tenta afastá-lo daquele bárbaro espetáculo. Ele esquiva-se e volta para junto do animal, que já não pode mais e faz um último estorço para escoicear.

— Ah! desalmado! — grita Mikolka, com a cabeça perdida. Larga o chicote, tira do fundo do carro uma grossa e pesada tranca e, pegando-lhe por uma extremidade com as duas mãos, brande-a com esforço por cima do cavalo.

— Escangalha-o! — gritaram em redor.

— Mata-o!

— É meu! — grita Mikolka, a tranca, vibrada pelos seus vigorosos braços, cai com estrondo no costado do animal.

— Cheguem-lhe! Cheguem-lhe! Por que param? — repetem várias vozes de entre a turba.

De novo a tranca se ergue, de novo cai sobre o dorso animal, que fica estendido com a violência da pancada. Faz no entanto um supremo esforço e, com o pouco alento que lhe resta, puxa em diferentes direções; tentando escapar ao suplício; porém de todos os lados vibram os chicotes dos seus algozes. A tranca, manejada por Mikolka, vibra várias vezes sobre a vítima. O bruto está furioso por não matar o animal duma só pancada.

— Tem fôlego de gato — gritam os espectadores.

— Não o terá por muito tempo. A sua última hora soou — observa alguém.

— Um machado! — lembra outro. — É a maneira de acabar mais depressa com ele.

— Deixem-me passar! — grita Mikolka, largando a tranca e procurando no fundo da carroça uma alavanca de ferro. — Afastem-se! — exclama eles e dá uma violenta pancada sobre o animal. O cavalo quase cai, quer ainda puxar, mas uma segunda pancada atira-o por terra, como se dum só golpe lhe tivessem cortado as pernas.

— Vamos dar cabo deste diabo — brada Mikolka, gritando em terra. E toda aquela canalha lança mão do que encontra: paus, chicotes, fueiros e atira-se sobre o pobre cavalo agonizante, Mikolka junto do animal, bate-lhe sem descanso com a alavanca de ferro. O animal estica-se, estende o pescoço e dá último arranco.

— Morreu! — gritou a multidão.

— Não há mal! É meu! — exclama Mikolka, brandindo a alavanca, com os olhos injetados, parecendo lastimar-se de que a morte lhe tivesse roubado a vítima tão depressa.

— Bem se vê que não és cristão! — dizem indignados muitos curiosos.

O pequeno, desvairado e soluçando, abre caminho por entre a turba que rodeia o animal; segura a cabeça ensanguentada do cavalo e beija-a com ternura nos olhos... Depois, num movimento de cólera, com os punhos cerrados, atira-se a Mikolka. Nesse momento o pai, que há muito o procurava, descobre-o e leva-o dali.

— Vamos, vamos para casa!

— Paizinho, porque... mataram... o pobre animal? — pergunta a criança por entre soluços. A respiração dificulta-se-lhe. Da garganta oprimida saem-lhe sons abafados.

— São selvajarias de bêbados. Não temos nada com isso, vamos — responde o pai. Ródia agarra-lhe a mão contra o coração, mas pesa-lhe muito sobre o peito... Quer respirar, gritar, e acorda arquejante, com o corpo alagado e os cabelos empastados em suor. Sentou-se junto duma grande árvore e respirou longamente.

"Graças a Deus foi um sonho!", pensou, "Mas não será tudo isto um princípio de febre? Um sonho tão horroroso, dá-me que pensar."

Sentia os membros lassos e a alma envolta num negro véu de confusão. Apoiou os cotovelos nos joelhos e a cabeça nas mãos.

"Meu Deus!", monologou, "Será possível que tenha de abrir o crânio dessa mulher com um machado!... Será possível que tenha de pisar o sangue morno e vá arrombar a fechadura, roubar e depois esconder-me, a tremer, todo ensanguentado... Senhor, isto será possível?"

Tremia em convulsões.

"Para que fui pensar nisto?", continuou, num tom de profunda surpresa, "Bem sabia que não era capaz de praticar tal crime. Para que tenho até agora vivido atormentado com esta ideia? Ainda ontem, quando fui fazer aquele ensaio..., compreendi perfeitamente que aquilo era superior às minhas forças. Depois, quando descia a escada,

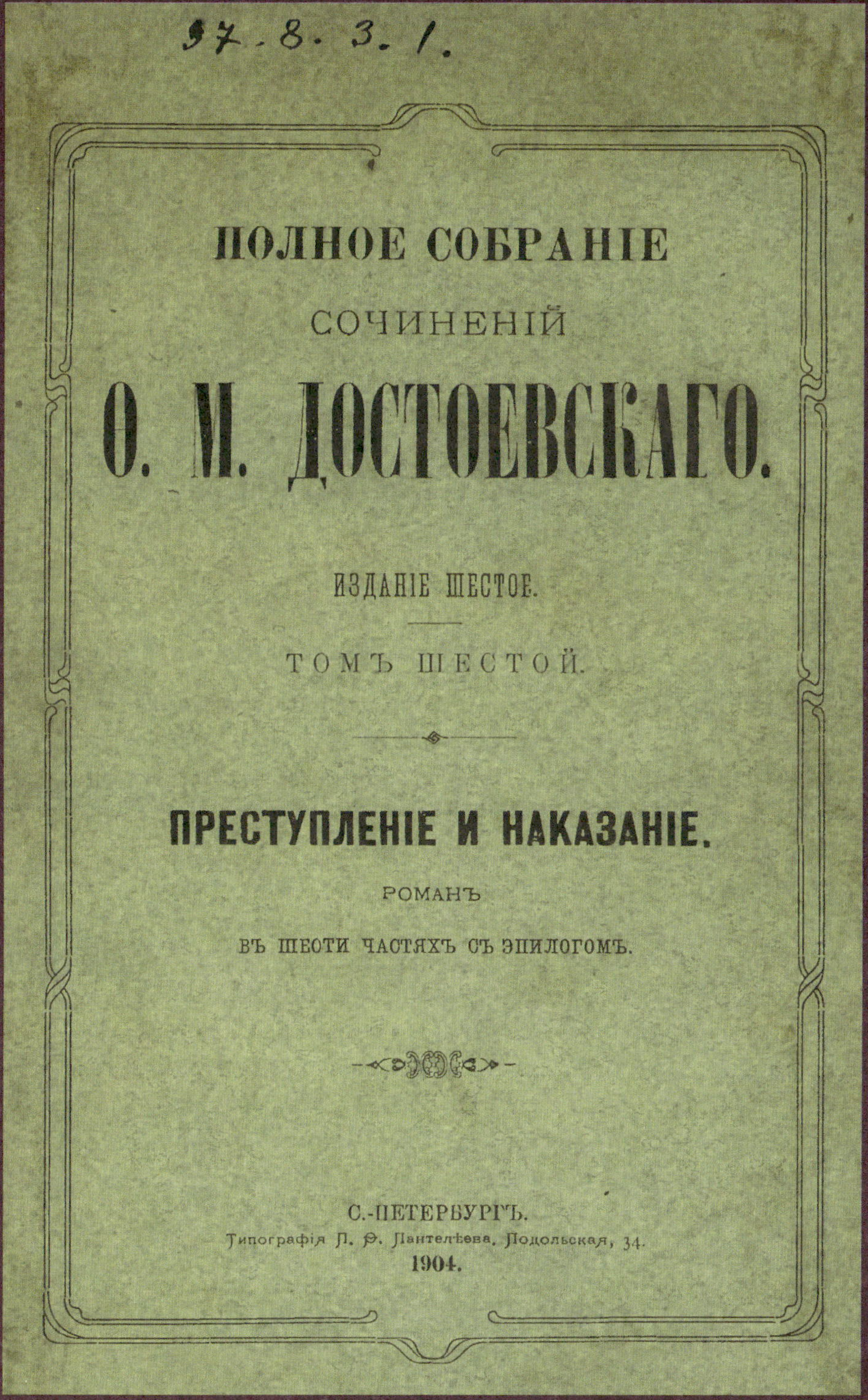

97.8.3.1.

ПОЛНОЕ СОБРАНІЕ
СОЧИНЕНІЙ
Ѳ. М. ДОСТОЕВСКАГО.

ИЗДАНІЕ ШЕСТОЕ.

ТОМЪ ШЕСТОЙ.

ПРЕСТУПЛЕНІЕ И НАКАЗАНІЕ.

РОМАНЪ
ВЪ ШЕСТИ ЧАСТЯХЪ СЪ ЭПИЛОГОМЪ.

С.-ПЕТЕРБУРГЪ.
Типографія П. Ѳ. Пантелѣева, Подольская, 34.
1904.

Capa do romance “Crime e Castigo” – Volume 6.
Edição russa em seis partes com epílogo, lançada em 1904.

reconheci que era ignóbil, infame, repugnante... Só a ideia de tal horror me aterrava... Não, não terei coragem!...”

“É superior às minhas forças! Quando mesmo os meus raciocínios não dessem lugar à menor dúvida, quando mesmo todas as conclusões a que cheguei durante um mês fossem claras como a luz, exatas como a aritmética, não podia decidir-me a tal fazer! Sou incapaz disso! Todavia por que será, sim, por que será, que mesmo agora?...”

Ergueu-se, olhou espavorido em volta, como que admirado de se encontrar em tal local e seguiu pela ponte de T***. Estava pálido, os olhos brilhavam-lhe, a fraqueza manifestara-se em todo o seu ser, mas começava a respirar com mais desembaraço. Sentia-se aliviado do horrível peso que por tanto tempo o oprimira, na sua alma pacificada a serenidade entrava de novo.

“Senhor!”, suplicou, “mostra-me o caminho do dever e renunciarei a este sonho maldito.”

Atravessando a ponte, contemplou o rio e a majestade do crepúsculo. Apesar da sua muita fraqueza, não sentia a fadiga. Dir-se-ia que o tumor que há um mês se lhe formara no coração, acabava de rebentar. Agora estava livre! O horrível malefício não produzia já o seu efeito.

Mais tarde Raskolnikov lembrou-se da forma como empregou o tempo, nesses dias de crise, minuto a minuto. Entre outras, uma circunstância lhe acudia muitas vezes à ideia e, conquanto não tivesse nada de extraordinário, nunca pensara nela sem uma espécie de terror supersticioso, dada a influência, portanto, que exercera no seu destino.

Eis o fato que ficou sendo para ele um enigma:

Como se explicava que, estando fatigado, exausto, e devendo, como era natural, voltar para casa pelo caminho mais curto e mais direito, tivesse tido a ideia de tomar pelo Mercado Geral, ao qual nada, absolutamente nada, o chamava? É certo que essa volta não lhe alongava muito o caminho, mas era em absoluto desnecessária. É certo, também, que muitas vezes lhe sucedera chegar a casa sem saber qual o itinerário seguido. “Mas”, perguntava aos seus botões, “como se deu aquele encontro tão importante, tão decisivo para mim, e em todo o caso tão fortuito, que tive no Mercado Geral, onde nada havia que me chamasse lá? Porque se deu esse encontro na hora própria, naquela em que, nas disposições em que me encontrava, devia ter as mais graves e as mais funestas consequências?” Parecia-lhe ver nessa fatal coincidência o efeito duma predestinação.

Eram nove horas, mais ou menos, quando chegou ao Mercado Geral. Os comerciantes fechavam as lojas, os vendedores preparavam-se para ir embora e os fregueses iam saindo. Junto das tabernas, que no Mercado ocupam o rés do chão da maior parte das casas, aglomeravam-se operários e indigentes. Esta praça e os becos vizinhos eram os locais que Raskolnikov frequentava com prazer, quando saía de casa sem destino. Com efeito, naqueles sítios os seus andrajos não davam nas vistas, podendo passear à vontade. À esquina do beco K***, um casal de negociantes vendiam miudezas, dispostas em dois tabuleiros. Conquanto dispusessem também a ir para casa, tinham-se demorado a conversar com alguém que se aproximara deles. Esse alguém era Isabel Ivanovna, irmã mais nova de Alena Ivanovna, a usurária, a casa de quem Raskolnikov fora no dia anterior para empenhar o relógio e fazer o seu ensaio. Havia muito que estava informado acerca da Isabel e esta também o conhecia um pouco. Era uma solteirona mal amanhada, de trinta e cinco anos; era tímida, com seus modos suaves e meio idiota. Tremia diante da irmã, que a tratava como a uma escrava, obrigando-a a trabalhar dia e noite, e batendo-lhe uma vez por outra. Nesse momento a sua fisionomia tinha um ar de indecisão. Estava de pé, com um pequeno embrulho na mão, ouvindo atentamente o que diziam os quinquilheiros, que lhe explicavam qualquer coisa, num tom caloroso. Quando Raskolnikov avistou Isabel, teve uma sensação estranha, como de espanto, se bem que o encontro nada tivesse de singular.

— É preciso aparecer por cá para se tratar do negócio — disse o vendedor. — Venha amanhã, das seis para as sete horas. Eles também virão.

— Amanhã? — interrogou com voz dolente Isabel Ivanovna, que parecia contrariada.

— Tem receio de Alena Ivanovna? — interrompeu a vendedeira com ar decidido. — É inacreditável que se deixe dominar em absoluto por uma criatura que não é mais, afinal, do que sua irmã de leite!...

— Desta vez não diga nada a Alena Ivanovna — interrompeu o marido. — Aconselho-a a que venha, sem lhe pedir licença. Trata-se dum negócio vantajoso. A sua irmã convencer-se-á depois.

— E a que horas devo vir?

— Amanhã, das seis para as sete. Há de vir também alguém de casa deles. É preciso estar presente para a coisa se poder tratar.

— Haverá uma chávena de chá para si — continuou a mulher do vendedor.

— Está bem, virei — respondeu Isabel pensativa. E preparou-se para se despedir.

Raskolnikov passara já pelo grupo formado pelos três e não pôde ouvir mais. De caso pensado retardara o passo, para não perder uma única palavra da conversa. À surpresa do primeiro momento, sucedeu no seu espírito um terror que o fez tremer. O acaso acabava de lhe fazer saber que, no dia seguinte, às seis horas da noite, em ponto, Isabel, a irmã e única companhia da velha, estaria ausente, e portanto, no dia seguinte, às seis horas, a velha estaria só em casa. Raskolnikov estava a poucos passos de casa. Entrou no seu cubículo como se tivesse sido condenado à morte. Não pensava, nem podia pensar em coisa alguma. Sentia em todo o seu ser, que não dispunha nem de vontade, nem de livre-arbítrio, e que estava em definitivo resolvido.

É evidente que poderia esperar anos inteiros por uma ocasião propícia, provocá-la mesmo, sem encontrar ensejo tão azado como o que acabava de se lhe oferecer.

Ainda assim, ser-lhe-ia difícil saber na véspera e de boa fonte, sem correr risco algum, sem se comprometer com perguntas perigosas, que no dia imediato, a tal hora, uma certa velha, que queria matar, estaria só em casa.

CAPÍTULO VI

Raskolnikov soube depois com que intuito o quinquilheiro e a mulher convidaram Isabel a ir a sua casa. O caso era simples. Uma família estrangeira, na miséria, queria desfazer-se dalguns objetos, em especial vestuário e roupas de mulher. Essa gente desejava entender-se com uma revendedora a domicílio, e Isabel exercia essa profissão. Tinha larga clientela, porque era muito honrada e não pedia preços exorbitantes. Com ela não era necessário regatear. Falava pouco. Como dissemos, era concentrada e tímida...

Havia algum tempo que Raskolnikov se tornara supersticioso, e mais tarde, quando pensava no caso, não tinha dúvidas em ver nele a razão de ações estranhas e misteriosas. No inverno antecedente, um estudante, seu conhecido, Pokoriev, antes de regressar a Kharkov[14], dera-lhe, conversando, o endereço da velha Alena Ivanovna, para o caso de necessitar empenhar qualquer objeto. Durante muito tempo Raskolnikov não foi à casa da velha, porque as suas lições garantiam-lhe o sustento. Mês e meio antes dos acontecimentos que referimos, lembrou-se do endereço. Tinha dois objetos pelos quais poderia obter algum dinheiro de empréstimo: um relógio de prata, que pertencera a seu pai, e uma aliança de ouro, com três pequenas pedras encarnadas, oferta de sua irmã, no momento de se separarem.

Decidiu-se então a levar o pequeno anel a Alena Ivanovna. Logo à primeira vista, e antes mesmo de saber qualquer coisa a seu respeito, a velha inspirou-lhe ódio. Depois de ter recebido das suas mãos usuárias dois bilhetinhos, entrou num botequim de mau aspecto, que encontrou no caminho. Abancou, pediu chá e pôs-se a refletir. Um pensamento estranho, vago, ainda mal definido, dominava-lhe por completo o espírito. Numa mesa próxima estava sentado, junto dum oficial, um estudante que não se lembrava de ter encontrado. Os dois acabavam de jogar bilhar e dispunham-se a tomar chá. No meio da conversa, Raskolnikov ouviu o estudante dar ao oficial o endereço de Alena Ivanovna, viúva dum prefeito de colégio, que emprestava sobre penhores. Ao nosso homem pareceu extraordinário ouvir falar duma criatura a casa de quem fora pouco antes. Isto foi sem dúvida um

---

14 Também conhecida como Kharkiv, hoje uma das maiores cidades da Ucrânia. (N. do E.)

mero acaso. Porém Raskolnikov lutava nesse momento com uma impressão que não podia vencer, eis senão quando, como se fosse intencionalmente, alguém vem tornar maior essa impressão; o estudante contava ao amigo diversos pormenores acerca da vida de Alena lvanovna.

— É um excelente recurso — dizia ele. — Na casa dela encontra-se sempre meio de obter dinheiro. Rica como um judeu, pode, dum instante para o outro, emprestar cinco mil rublos, e no entanto aceita penhores do valor de um. É uma criatura providencial para nós!... Todavia não passa duma hedionda megera!

E contou que era má e caprichosa, que nem vinte e quatro horas de espera concedia, que todo o penhor que não fosse retirado no dia fixado no contrato estava irremediavelmente perdido para o mutuário. Emprestava por um objeto apenas a quarta parte do seu valor, levando cinco ou seis por cento de juros ao mês. O estudante, disposto a tagarelar, informou ainda que a miserável velha era de pequena estatura, muito baixa, o que não a impedia de por vezes bater na irmã Isabel e de a manter na mais completa dependência, a despeito dos seus dois *archines*[15] e oito *verchoks* de altura.

— Eis outro fenômeno! — disse ele, rindo. A conversa derivou para Isabel. O estudante falava dela jovialmente, rindo sempre. O oficial escutava-o com atenção e pedia-lhe para mandar Isabel à sua casa, a fim de encarregar a moça do arranjo da roupa. Raskolnikov não perdeu uma única palavra dessa conversa; soube assim muitas coisas. Mais nova do que Alena Ivanovna de quem era apenas irmã colaça, Isabel tinha trinta e cinco anos. Trabalhava dia e noite para a velha. Em casa desempenhava os serviços de cozinheira e lavadeira, fazia trabalhos de costura, que vendia, ia lavar casas alheias, e tudo quanto ganhava, passava-o às garras aduncas da irmã. Não se atrevia a aceitar qualquer trabalho ou encomenda, sem prévia autorização de Alena Ivanovna. Esta, e Isabel bem o sabia, fizera já testamento, no qual a irmã era apenas contemplada com a mobília. Querendo estabelecer uma série perpétua de orações, em sufrágio da sua alma, a velha legara toda a fortuna a um convento da província de N***. Isabel pertencia à classe burguesa e não ao *tchin*[16]. Era uma mulher alta e desenxovalhada. Tinha uns pés enormes, sempre metidos nuns velhos sapatos sem tacões, mas muito cuidadosa com a sua pessoa. O que mais provocava o espanto e a hilaridade do estudante era a Isabel andar sempre grávida...

— E dizes que é um horror! — observou o militar.

— É muito trigueira, realmente. Parece um soldado vestido de mulher. Contudo não se pode dizer que é um monstro. A fisionomia é muito bondosa e os olhos têm uma grande expressão de ternura... A prova está em que agrada a muita gente. É muito sossegada, paciente, meiga e de caráter dócil. E o sorriso chega a ser atraente.

— Dar-se-á o caso de gostares dela? — perguntou o oficial, rindo.

---

15 Cerca de um metro e oitenta de altura. (N. do E.)

16 Termo russo para dividir a sociedade em quatorze classes, sendo quatorze a classe mais baixa. (N. do R.)

— Agrada-me pela excentricidade. Quanto à maldita velha, asseguro-te que era capaz de a assassinar para a roubar, sem o menor remorso — acrescentou o estudante.

O oficial ria-se e Raskolnikov estremeceu. Estas palavras tinham um tão extraordinário eco no seu coração!...

— Olha lá, vou fazer-te uma pergunta a sério — disse muito animado o estudante. — Há pouco gracejava, sem dúvida, mas atente: dum lado temos uma velha doente, parva, estúpida e má, um ente que não é útil a ninguém, antes, pelo contrário, prejudicial a todos, cuja existência não se justifica e que pode amanhã morrer de morte natural... Estás entendendo?

— Entendo, sim! — respondeu o oficial, que vendo o amigo entusiasmado, o escutava com interesse.

— Bem. Do outro lado está o vigor da mocidade, a frescura que se fana e perde por falta de amparo — e como este vemos aos milhares e por toda a parte! Quantas centenas ou milhares de obras úteis se poderiam realizar com o dinheiro que aquela velha vai legar a um convento? Poderiam talvez reconduzir-se ao bom caminho, centenas, milhares de criaturas; dezenas de famílias arrancadas às garras da miséria, à dissolução, à ruína, ao vício, aos hospitais, e tudo com o dinheiro daquela mulher! Matem-na e apliquem o seu dinheiro em benefício da humanidade!... E julgas que o crime — se é que nisto havia crime! — não seria excessivamente compensado por um sem número de obras meritórias? Por uma só vida milhares de vidas arrancadas à perdição! Por uma criatura de menos, cem criaturas restituídas à vida! É uma questão de aritmética! Quanto pesa na lança social a vida duma mulher caquética, estúpida e má? Menos do que a vida dum piolho ou dum percevejo; menos, por certo, porque essa velha é uma criatura malfazeja, um flagelo dos seus semelhantes. Num destes dias, encolerizada, mordeu com tal fúria um dedo da Isabel, que pouco faltou para lho cortar!

— De fato, não é digna de viver! — observou e oficial. — Mas que queres tu?... a natureza...

— Oh! meu caro amigo, a natureza corrige-se, emenda-se. Se assim não fosse, ficava-se sempre amarrado a preconceitos. Sem isso, não haveria grandes homens. Fala-se do dever, da consciência — e eu nada direi em contrário! —, porém, como interpretamos nós essas palavras? Se me dás licença, vou ainda fazer-te outra pergunta.

— Perdão, cabe-me agora a vez de te interrogar. Deixa-me perguntar-te uma coisa.

— Pergunta!

— É isto: estás aí a falar com assomos de eloquência, que parece estares convencido e pretendes convencer. No entanto, se te perguntar: — És capaz de matar essa velha?... Que dizes?... Sim ou não?

— Certamente que não!... Falo em nome da Justiça... Não se trata de mim...

— Então, e uma vez que declaras não seres capaz de a matar, é porque a ação não seria muito regular!... Jogamos mais uma partida?

Raskolnikov sentia-se muitíssimo agitado. Por certo esse diálogo nada tinha de singular, nada que o impressionasse. Mais duma vez ouvira expor ideias análogas;

apenas o tema era diferente. Não obstante, como foi o estudante desenvolver pensamentos iguais aos que nesse momento afluíam ao cérebro de Raskolnikov? E por que, singular acaso, quando ele saía da casa da velha, ouvia falar dela? Tal coincidência pareceu-lhe sempre extraordinária. Estava escrito que esta simples conversa de café teria uma influência decisiva no seu destino...

Quando voltou do Mercado Geral, atirou-se sobre o sofá, onde ficou imóvel durante uma hora. No quarto reinava a mais completa escuridão. Não tinha velas, e ainda que as tivesse, não pensaria em acendê-las. Nunca pôde lembrar-se, se durante esse tempo pensou nalguma coisa. Por fim apoderaram-se dele os mesmos arrepios febris de há pouco e não ocorreu-lhe a ideia de se deitar no sofá. Um sono profundo se apoderou desde logo dele.

Dormiu muito mais do que costumava e não sonhou. Nastássia, que entrou no quarto no dia seguinte, às dez horas, teve dificuldade em o acordar. A moça trazia-lhe pão e, como no dia antecedente, o resto do seu chá.

— Ainda se não levantou! — exclamou, indignada. — Como pode dormir assim!

Raskolnikov ergueu-se com esforço. Tinha dores de cabeça. Pôs-se a pé, deu uma volta pelo quarto e de novo se deixou cair no sofá.

— Outra vez! — exclamou Nastássia. — Está doente?

Não respondeu.

— Queres chá?

— Depois — murmurou a custo. E fechando os olhos, voltou-se para a parede. Nastássia, de pé, observava-o.

— Talvez esteja doente — pensou, antes de se retirar.

Às duas horas voltou, trazendo um caldo. Raskolnikov estava ainda deitado. Não tomara o chá. A moça zangou-se e começou a abaná-lo com violência.

— O que tem para dormir dessa forma? — perguntou, olhando-o com desprezo.

Sentou-se, não respondeu uma única palavra e manteve os olhos fitos no chão.

— Está ou não doente? — interrogou-o Nastássia.

Como a primeira, esta segunda pergunta não obteve resposta.

— Devia sair — aconselhou ela, com mais brandura, após um breve silêncio. O ar devia fazer-lhe bem. Come alguma coisa, não?

— Logo — murmurou Raskolnikov com voz débil. — Deixa-me. — E apontou-lhe a porta.

Nastássia demorou-se ainda um momento observando-o com compaixão, e por fim saiu.

Ao cabo dalguns minutos ergueu os olhos e deparando com o chá e o caldo, começou a comer. Engoliu três ou quatro colheradas sem apetite, maquinalmente. A dor de cabeça passara. Quando terminou a ligeira refeição, estendeu-se outra vez no sofá. Não pôde conciliar o sono e ficou de bruços, imóvel, com o rosto sobre a almofada. A sua fantasia mórbida recordava quadros fantásticos. Imaginava-se na África. Fazia parte duma caravana parada num oásis. Em volta do acampamento cresciam palmeiras, os camelos descansavam e os viajantes dispunham-se a jantar. Dessedentaram-se numa límpida fonte, através de cuja água azulada, duma deliciosa frescura, se viam no fundo pedras de diversas cores e areias palhetadas de ouro.

De repente o som dum relógio chegou-lhe aos ouvidos, fazendo-o estremecer. Chamado à realidade, levantou a cabeça, olhou para a janela e, depois de ter calculado que horas seriam, ergueu-se a toda a pressa. Andando nos bicos dos pés, aproximou-se da porta, abriu-a com a maior precaução e escutou. O coração palpitava-lhe com violência. A escada estava no mais completo silêncio. Dir-se-ia que toda a gente da casa dormia... "Como pude deixar tudo para o último momento? Nada fiz, nada preparei!", disse de si consigo, sem se dar a razão de tal descuido... E talvez fossem seis as horas que acabavam de soar!

À inércia sucedeu uma atividade extraordinária e febril. De resto, os preparativos não eram demorados. Procurava não se esquecer de coisa alguma; o coração palpitava-lhe de tal forma que com dificuldade respirava. Em primeiro lugar tinha de fazer um nó corredio e adaptá-lo ao casaco: trabalho dum minuto. Procurou entre a roupa que lhe servia de travesseiro uma camisa velha, que já não fosse suscetível de conserto. Rasgou-a, e com as tiras fez uma espécie de ligadura de oito palmos de comprimento e um de largura.

Depois de a ter dobrado em duas, despiu o casaco de fazenda de algodão, espessa e forte — era o único que possuía — e começou a coser pelo lado de dentro, debaixo do sovaco esquerdo, as duas pontas da ligadura. As mãos tremiam-lhe ao executar este trabalho; completou-o ainda assim com tal perfeição que, quando vestiu o casaco, nenhum vestígio deixava transparecer. Havia muito tempo que comprara a agulha e a linha. Bastara-lhe tirá-las da gaveta.

Quanto ao nó corredio, destinado a transportar o machado, era resultado duma ideia engenhosa que tivera quinze dias antes. Aparecer na rua com um machado na mão era impossível! Esconder a arma sob o casaco era ver-se na necessidade de a segurar sempre com a mão, e essa posição forçada chamaria sem dúvida a atenção; ao passo que apoiado pelo lado do ferro, no nó corredio, o machado não cairia, nem o obrigaria a constranger-se. Podia mesmo evitar que se movesse; bastava segurar a extremidade do cabo com a mão metida na algibeira. Dada a largura do casaco — um verdadeiro saco — o movimento da mão na algibeira não podia ser notado.

Concluída a tarefa, Raskolnikov estendeu o braço sobre o sofá e, introduzindo os dedos numa fenda do soalho, tirou de lá o penhor de que tivera o cuidado de se munir há muito. Na verdade esse objeto nada valia; era uma simples régua de madeira envernizada com o comprimento e a largura duma cigarreira de prata usual. Num dos seus passeios encontrara por acaso esse bocado de madeira num pátio, junto duma oficina de marcenaria. Aplicou-lhe uma pequena chapa de ferro, delgada e polida, mas de menores dimensões, que também apanhara na rua. Depois de as apertar uma contra a outra, ligou-as com um cordel e embrulhou tudo num pedaço de papel branco.

Esse pequeno embrulho, ao qual diligenciara dar uma aparência graciosa, foi em seguida atado, por forma a tornar-se demorada a operação de o desatar. Era um meio de prender por momentos a atenção da velha. Enquanto ela procurasse desmanchar o nó, Raskolnikov poderia aproveitar a ocasião própria. A chapa de ferro destinava-se a fazer pesar mais o embrulho, afim de que, no primeiro momento, na algibeira, não desconfiasse que lhe levavam uma simples régua de madeira. Raskolnikov metera o embrulho na algibeira, quando ouviu alguém dizer do lado de fora:

— Já deram seis há muito!

— Há muito!... Oh! meu Deus!...

Correu para a porta, aplicou o ouvido e começou a deslizar pelos degraus como um gato. Faltava o essencial: ir buscar o machado que estava na cozinha. Há muito que decidira servir-se dum machado. Tinha em casa uma espécie de tesoura de podar, porém essa arma inspirou-lhe pouca confiança, e menos confiança ainda lhe mereciam as suas forças. A escolha recaiu no machado. Deve notar-se, a propósito, uma singular particularidade: à medida que as suas resoluções tomavam caráter definitivo, mais claramente percebia o absurdo e o horror delas. Apesar da tremenda luta que se travava no seu foro íntimo, nem por um momento podia admitir que viesse a executar os seus projetos!

Mais!... se o problema tivesse fácil solução, se todas as dúvidas se desvanecessem, se todas as dificuldades os removessem, talvez tivesse renunciado logo ao seu intento, como a um absurdo, a uma monstruosidade, a um impossível. Contudo restava-lhe ainda um certo número de pontos a esclarecer, de problemas a resolver. Quanto a conseguir o machado, não se preocupara com isso. Nada mais fácil. A Nastássia, à noite, quase nunca estava em casa; ia para casa das vizinhas amigas ou para as lojas, que provocava grandes ralhos da patroa. Na ocasião própria bastaria, pois, entrar na cozinha e tirar o machado, indo pô-lo no seu lugar uma hora depois, quando tudo estivesse concluído. Ainda assim poderiam surgir dificuldades: "Suponhamos", pensava Raskolnikov, "que daqui a uma hora, quando vier pôr o machado na cozinha, a Nastássia já esteja em casa. Nesse caso terei de esperar nova ausência da criada. Mas se tiver dado pela falta dele? Procura-o, resmunga... quem sabe?...porá talvez a casa em alvoroço e aí está uma circunstância perigosa!".

Tudo isso eram pormenores com que não queria preocupar-se, pois não tinha tempo para isso. Tratava do essencial, pondo de lado os acessórios, nos quais pensaria apenas quando tivesse tomado uma resolução sobre o caso. Esta última condição, a essencial, parecia-lhe irrealizável. Não supunha que no momento preciso iria deixar de refletir e seguiria direito ao fim... Mesmo no último ensaio — na visita que fizera à velha para se assegurar em absoluto da situação —, faltou-lhe muito para se ensaiar por completo. Comediante sem convicção, não pudera sustentar o papel e fugira indignado contra si próprio.

No entanto, sob o ponto de vista moral, Raskolnikov tinha razões para considerar a questão resolvida. A sua casuística, como uma lâmina afiada, achava justificativa para todas as objecções, e não as encontrando já no espírito, tentava encontrá-las fora dele. Dir-se-ia que, impulsionado por um poder irresistível e sobre-humano, procurava a todo custo um ponto fixo a que se agarrasse. Os acontecimentos operaram nele duma forma absolutamente automática; tal como um homem que, apanhado pelo casaco nas rodas duma engrenagem, ficasse logo preso pela própria máquina.

O que mais o preocupava, e aquilo em que muitas vezes pensava, era a razão por que todos os crimes são descobertos com tanta facilidade, bem como a pista de quase todos os criminosos. Chegou a diversas conclusões curiosas. A seu ver, a principal razão do fato consistia menos na impossibilidade material de ocultar o crime, do que na própria personalidade do criminoso, num grande número de casos este experimentava, na ocasião do crime, uma diminuição da vontade e do entendimento e era por isso que procedia com uma leviandade pueril, uma rapidez extraordinária, quando mais necessárias lhe eram a circunspecção e a prudência.

Raskolnikov comparava este eclipse das faculdades intelectuais e o desfalecimento da vontade a uma afecção mórbida que se manifestava pouco a pouco, que atingia o máximo de intensidade pouco antes de praticado o crime e que subsistia sob a mesma forma durante o ato e ainda depois — mais ou menos tempo conforme os indivíduos —, para terminar em seguida, como todas as doenças. Um ponto sobre o qual tinha dúvida era se a doença determinava o crime, ou se o próprio crime, em virtude da sua natureza, não seria sempre acompanhado dalgum fenômeno mórbido. Todavia Raskolnikov não se sentia ainda em estado de resolver essa questão.

Raciocinando assim, persuadiu-se de que estava ao abrigo de semelhantes desordens morais, que conservaria sempre a inteligência e a vontade enquanto praticasse o atentado, pela simples razão de que esse atentado não era um crime... Passaremos sobre os argumentos que o levaram a esta última conclusão, limitando-nos a dizer que nas suas preocupações, o lado prático, as dificuldades meramente materiais, ficaram em último plano. "Conserve eu a serenidade e a força de vontade, quando chegar o momento, e triunfarei de todos os obstáculos..." Porém não se decidia. Confiava menos do que nunca na persistência das suas resoluções e, quando chegou o momento, despertou como dum sonho.

Não chegara ainda ao fundo da escada, quando uma insignificante circunstância o desnorteou. No patamar onde a hospedeira residia, encontrou aberta, como sempre, de par em par, a porta da cozinha o olhou para dentro: não estaria lá a dona da casa, na ausência da Nastássia, e quando não estivesse, teria a porta do quarto bem fechada? Não o veria, quando entrasse a buscar o machado? Era disso que pretendia certificar-se. Ficou portanto admirado ao ver que Nastássia se encontrava na cozinha, tirando roupa dum cesto e estendendo-a numas cordas. Quando o nosso homem se aproximou, a moça, interrompendo o trabalho, voltou-se e fitou-o, até ele desaparecer. Raskolnikov desviou os olhos e passou, fingindo não ter reparado. Lá fora, tudo por água abaixo, não tinha machado! Esta contrariedade abalou-o.

"Como me persuadi", pensava ele, descendo os últimos degraus da escada, "de que nesta ocasião a Nastássia devia estar ausente? Como se me encasquetou isto na cabeça?"

Sentia-se sucumbido. Despeitado, teve vontade de rir de si próprio. Em todo o seu ser refervia uma cólera selvagem. Parou indeciso no portal. Ir para a rua sem destino? Não estava disposto a isso. Por outro lado era muito desagradável voltar a subir e ir meter-se no quarto. "E pensar que perdi uma ocasião como esta", resmungou, de pé, em frente do cubículo do porteiro, cuja porta estava aberta. De repente estremeceu. No escuro do compartimento, a dois passos, brilhava qualquer coisa debaixo dum banco, à esquerda... Raskolnikov olhou em redor. Ninguém. Aproximou-se com cautela do cubículo, desceu os dois degraus e chamou em voz baixa pelo porteiro. "Bem, não está aqui, mas não deve ter ido para longe, porque deixou a porta aberta." Com a rapidez de um relâmpago correu para o machado — era, na verdade, um machado — e tirou-o debaixo do banco, onde estava entre duas achas de lenha. Colocou-o no nó corredio, meteu as mãos nos bolsos e saiu. "Ninguém o vira?" — "Não foi a inteligência que me ajudou neste lance, foi o diabo!", pensou, com um sorriso estranho. O feliz acaso que acabava de o auxiliar contribuiu muitíssimo para o animar. Na rua caminhou tranquilamente, gravemente, sem se apressar, receando causar suspeitas. Não olhava para ninguém e procurava mesmo atrair o menos possível a atenção. De súbito, pensou no chapéu. "Meu Deus! Anteontem tive dinheiro e podia ter comprado um boné!", e do fundo da sua alma rompeu uma praga.

Olhando por acaso para uma loja, verificou serem sete horas e dez minutos. O tempo urgia, e no entanto não podia deixar de dar uma volta, porque não queria que o vissem chegar à casa da velha por aquele lado. Há dias, quando tentava representar na mente a situação em que se encontrava agora, parecia-lhe, por vezes, que devia estar muito assustado. Ao contrário, porém, da sua expectativa, não sentia receio algum. No espírito borbulhavam-lhe pensamentos estranhos ao seu desígnio, mas de curta duração. Quando passou junto do jardim Yusupov, pensou na utilidade de estabelecer em todas as praças públicas fontes que refrescassem a atmosfera. Depois, por uma série de insensíveis transições, pensou que se o Jardim de Verão tivesse a extensão do Campo de Marte e ligasse com o Jardim do Palácio Miguel, seria uma maravilha...

"É talvez desta forma que as pessoas levadas ao suplício fixam o pensamento em todas as coisas que encontram no caminho...". Procurou afastar esta ideia... Entretanto ia-se aproximando; o portão estava à vista. De súbito ouviu uma badalada. — Já serão sete horas e meia? É impossível. Deve estar adiantado!

Mais uma vez o acaso o favoreceu. No momento em que chegava em frente da casa, um grande carro com feno passava pelo portão, ocupando-o em quase toda a largura. Raskolnikov pôde transpor o limiar sem ser visto, deslizando pelo espaço entre o carro e o umbral. Logo que entrou no pátio, cortou à direita. Do outro lado do carro uns homens questionavam, gritando. Não o viram. Muitas das janelas que davam para o enorme saguão estavam abertas, mas Raskolnikov nem ergueu a cabeça — não teve coragem. O seu primeiro movimento foi alcançar a escada que levava aos aposentos da velha. Respirando e pondo a mão sobre o coração para amortecer as violentas palpitações, preparou-se para subir a referida escada, depois de verificar que o machado estava bem seguro no nó corredio. A cada momento aplicava o ouvido. A escada estava deserta e as portas fechadas. Não encontrou ninguém. No segundo andar estava aberto um compartimento desabitado, no qual trabalhavam uns pintores, que também não o viram. Parou um instante, refletiu e continuou a subir. "Seria melhor que ali não estivessem, mas... por cima ainda há dois andares..."

Chegara enfim ao quarto andar, à porta de Alena Ivanovna. A casa em frente estava desocupada. No terceiro andar, a divisão situada por baixo daquela que a velha habitava, encontrava-se também desocupada; o bilhete existente na porta já lá não estava, porque o inquilino havia mudado... Raskolnikov sufocava. Houve um momento em que hesitou "Não faria melhor indo-me embora?". Deixando, porém, a pergunta sem resposta, pôs-se à escuta: na casa da usurária não se ouvia o menor ruído. Na escada também reinava o mais absoluto silêncio. Depois de escutar por certo tempo, Raskolnikov lançou de novo um olhar em volta e apalpou o machado. "Não estarei muito pálido? Não se me notará a perturbação?", pensou. "Ela é desconfiada... É melhor deixar passar algum tempo para serenar." Em vez de diminuírem, as pulsações do coração redobravam-lhe de violência... Não pôde esperar mais e deitando a mão ao cordão da campainha, puxou. Segundos depois voltou a tocar com mais força. Ninguém respondeu. Puxar pela campainha muitas vezes era inútil e comprometedor. Por certo a velha, como estava só em casa e era desconfiada, não queria abrir. Raskolnikov conhecia os hábitos de Alena Ivanovna e aplicou de novo o ouvido à porta. As circunstâncias teriam desenvolvido nele uma especial faculdade de percepção — o que, regra geral, é difícil de admitir! — ou de fato seria o ruído facilmente perceptível? Como quer que fosse, distinguiu que umas mãos se pousavam com cuidado no puxador e um vestido roçava pela porta. Pela parte de dentro alguém fazia o mesmo que — ele escutava junto da fechadura, procurando dissimular a sua presença. De propósito fez barulho, proferiu algumas palavras e tocou a campainha, pela terceira vez e devagar, como quem não está impaciente. Esse minuto deixou a Raskolnikov uma recordação imperecível. Mais tarde, ao pensar nele, não compreendia como pudera proceder com tanta astúcia, quando sentia uma emoção tal, que o privava por instantes de todas as faculdades intelectuais e físicas...

Momentos depois percebeu que corriam o fecho.

CAPÍTULO VII

Como na sua última visita, Raskolnikov via que entreabriam a porta devagar e, pela fenda, dois olhos brilhantes se fixaram nele, com uma expressão de desconfiança. Nessa altura a serenidade abandonou-o e cometeu um disparate de tal ordem, que podia ter deitado tudo a perder. Receando que Alena Ivanovna tivesse medo de se encontrar a sós com um indivíduo cujo aspecto não era dos mais tranquilizadores, puxou a porta para fora de forma que a velha não voltasse a fechá-la. A usurária não tentou fazê-lo, porém não largou o fecho, sendo assim arrastada para o patamar. Como se mantivesse atravessada no limiar e não deixasse a passagem livre, Raskolnikov avançou para ela. Assustada, deu um passo para trás, quis falar, mas não pôde pronunciar uma palavra e fitou o visitante com um olhar de grande espanto.

— Boa tarde, Alena Ivanovna — cumprimentou ele, no tom mais despreocupado que pôde afetar. — Trago-lhe... um objeto..., mas entremos!... para o avaliar. É preciso examiná-lo à luz... — E sem esperar que a velha o convidasse a entrar, passou para o quarto.

A usurária seguiu-o, ao mesmo tempo que se lhe desentravava a língua.

— Meu Deus! Mas que quer?... Quem é o senhor? O que deseja?

— Então, Alena Ivanovna, não me conhece? Sou Raskolnikov! Tome, é o penhor de que lhe falei outro dia... — apresentou-lhe o embrulho.

Alena Ivanovna ia examiná-lo, mas, reconsiderando, ergueu a cabeça, cravou um olhar penetrante e desconfiado no visitante que, sem cerimônia, se tinha introduzido em sua casa. Fitou-o assim durante um minuto. Raskolnikov julgou ler no olhar da velha uma expressão escarninha, como se desconfiasse de tudo. Sentiu que perdia o sangue frio, que chegava a ter medo e que, se esse mudo inquérito durasse mais meio minuto, com certeza deitaria a fugir.

— Por que olha desse modo para mim, como se não me conhecesse? — interrogou ele, com aspecto de zangado. — Se aceita o objeto, está muito bem; se não o quer, acabou-se, vou a outra parte. O que não é necessário é fazer-me perder tempo.

Estas palavras escaparam-lhe, sem as ter premeditado.

A linguagem decidida de Raskolnikov produziu ótima impressão na velha.

— Por que tem tanta pressa, menino? E o que vem a ser isto? — perguntou ela, mirando o embrulho.

— É a cigarreira de prata de que lhe falei há dias.

A velha estendeu a mão.

— Como está pálido! E as mãos tão trêmulas! Está doente, menino?

— Tenho febre — respondeu ele, com secura. — Como não estar pálido, se não tenho que comer! — concluiu a custo. As forças abandonavam-no de novo. Tentou dar à resposta um tom natural. A velha aceitou o penhor.

— O que é? — perguntou ainda outra vez, tomando o peso ao embrulho e olhando o interlocutor.

— Um objeto..., uma cigarreira... de prata..., veja.

— É singular, não parece de prata!... como isto está atado!

Enquanto Alena Ivanovna tentava desatar o pequeno embrulho, ia-se aproximando da luz, e a despeito do calor asfixiante, fechara todas as janelas. Nessa posição voltara as costas ao visitante e durante alguns momentos não se preocupou com ele. Raskolnikov desabotoou o casaco e puxou o machado, sem o tirar de todo do nó corredio, limitando-se a segurá-lo a mão direita. Sentia que os membros lhe paralisavam. Receou deixar cair a arma ao mesmo tempo que a cabeça começou a andar-lhe à roda...

— Que demônio está aqui dentro — exclamou Alena Ivanovna zangada, fazendo um movimento para o lado de Raskolnikov.

Não havia um momento a perder. Tirou o machado debaixo do casaco, levantou-o no ar, segurando-o com ambas as mãos, e quase maquinalmente, porque se sentia sem forças, deixou-o cair sobre a cabeça da velha. Porém, vibrado o primeiro golpe, voltou-lhe logo a energia perdida.

Alena Ivanovna estava, como de costume, com a cabeça descoberta. Os cabelos grisalhos e ralos, untados com azeite, formavam uma delgada trança, presa na nuca por um bocado de pente de chifre. O golpe fendeu-lhe a nuca, para o que contribuiu a pequena estatura da vítima, que apenas soltou um gemido e cambaleou, tendo, contudo, ainda forças para levar as mãos à cabeça, numa das quais conservava o embrulho. Então Raskolnikov, cujos braços recuperaram todo o vigor, vibrou mais dois golpes na cabeça da usurária. O sangue golfou abundante e o corpo caía pesadamente no chão. Vendo cair a vítima, Raskolnikov recuou; mas, de repente, inclinou-se sobre o rosto da velha: estava morta. Os olhos muito abertos pareciam querer saltar das órbitas e os arrancos da agonia tinham-lhe dado às feições um aspecto horrível. O assassino pousou o machado no chão e preparou-se para revistar o cadáver, tomando as maiores precauções, a fim de não se manchar com o sangue. Recordava-se de que, na sua última visita à velha, esta tirara as chaves da algibeira direita do vestido. Estava na plena posse das suas faculdades intelectuais, não sentia vertigens, nem o menor atordoamento, no entanto as mãos continuavam a tremer-lhe. Mais tarde recordou-se de que fora muito cauteloso e que tivera o maior cuidado em não se sujar... Depressa encontrou as chaves. Como da outra vez, estavam todas presas numa argola de aço. Raskolnikov passou logo ao quarto da cama. Este compartimento era muito pequeno. Dum lado havia um grande oratório cheio de imagens e do outro um leito muito limpo, com coberta de seda, feita de retalhos e acolchoada. Junto da parede estava uma cômoda. Caso singular!... Quando Raskolnikov começou a experimentar as chaves, um arrepio percorreu-lhe todo o corpo. Pensou por um momento em abandonar tudo e retirar-se, mas essa ideia durou um instante: era já tarde para recuar. Um sorriso contraiu-lhe os lábios ao pensar em tal, para logo em seguida ter um sobressalto terrível: se por acaso a velha não estivesse morta e voltasse a si? Largou as chaves, correu para junto do corpo da velha, pegou no machado e preparou-se para descarregar novo golpe sobre a vítima; porém a arma, já erguida, não desceu. Alena Ivanovna estava morta e bem morta, não havia dúvida. Inclinando-se mais uma vez para a examinar de perto, verificou que o crânio estava despedaçado. O sangue empapava no chão. Reparando de repente num cordão que a usurária tinha ao pescoço, puxou-o com força, mas o cordão resistiu e não partia. O assassino tentou então tirá-lo, fazendo-o descer ao longo do corpo. Foi mais feliz nesta tentativa. O cordão encontrou um obstáculo e deixou de descer. Raskolnikov levantou, cheio de impaciência, o machado, pronto a ferir o cadáver, para cortar com o mesmo golpe o nó. Resolveu no entanto não proceder com tanta brutalidade. Por fim, depois de dois minutos de esforços que lhe deixaram as mãos arroxeadas, conseguiu partir o cordão com o gume do machado, sem tocar no cadáver. Como supusera, do cordão pendia uma bolsa a par duma pequena medalha esmaltada e duas cruzes, uma de cipreste e outra de cobre. A bolsa, ensebada — um pequeno saco de camurça — estava cheia. Raskolnikov meteu-a na algibeira, sem verificar o conteúdo, atirou as cruzes sobre o peito da velha, e, levando o machado, entrou a toda a pressa no quarto da cama. A sua impaciência era enorme. Agarrou as chaves e voltou à tarefa interrompida. Eram baldadas as tentativas para abrir o móvel, o que se devia atribuir mais aos repetidos enganos, do que à tremura das mãos; via, por exemplo, que uma chave não servia na fechadura e teimava em fazê-la entrar. Entretanto recordou-se duma conjectura que fizera na sua última visita: a chave grande, dentada, junta às outras mais pequenas, devia ser dalgum cofre onde Alena tivesse talvez todo o seu dinheiro. Abandonando o móvel, procurou debaixo da cama, lembrando-se que é costume das velhas esconderem os pecúlios em tais sítios. De fato, lá estava um cofre de pouco mais de um *archine* de comprimento, forrado de marroquim vermelho. A chave grande servia perfeitamente na fechadura. Logo que o abriu, viu sobre um pano branco uma peliça com guarnições encarnadas, debaixo da qual estava um vestido de seda e depois deste um xale. No fundo parecia haver apenas farrapos. O assassino limpou no marroquim vermelho as mãos ensanguentadas. "No encarnado o sangue percebe-se menos". Depois reconsiderou: "Meu Deus, estarei doido?" Apenas porém tocou nas roupas, caiu de entre as peles um relógio de ouro. Revolveu então o conteúdo do cofre. Entre os farrapos havia vários objetos de ouro, representando, talvez, cada um deles um penhor. Eram pulseiras, cadeias, brincos, alfinetes de gravata, uns encerrados em estojos, outros embrulhados em pedaços de papel e atados com fios. Raskolnikov não hesitou: encheu as algibeiras das calças e do casaco com as joias, sem abrir os estojos, sem tocar nos embrulhos. Porém teve de interromper-se...

Ouviu passos no quarto onde estava o cadáver. Sentiu-se gelado de pavor. Mas o ruído deixou de se ouvir. Julgou-se vítima duma alucinação, quando, de repente, ouviu muito bem um grito, ou antes, um fraco gemido. Passado um minuto ou dois, tudo recaiu de novo num silêncio de morte. Raskolnikov sentara-se no chão junto ao cofre, e esperava, respirando com dificuldade. De súbito estremeceu, agarrou no machado e saiu do quarto de dormir. No meio do aposento, Isabel, sobraçando um grande embrulho, contemplava com um olhar aterrado o corpo morto da irmã. Pálida como um cadáver, parecia não ter forças para soltar um grito. À brusca aparição do assassino começou a tremer e um suor gelado inundou-lhe o rosto. Tentou erguer os braços, abrir a boca, mas não fez o menor gesto, não emitiu o menor som, e recuando a passos lentos, com os olhos fitos em Raskolnikov, meteu-se num canto. A pobre recuara sem dizer uma palavra, como se a respiração lhe faltasse. O assassino avançou para ela com o machado erguido. Os lábios da infeliz contraíram-se e tremeram como os das crianças, que têm medo, olhando fixamente o objeto que as aterra. O terror dominava por tal forma a desgraçada, que, vendo-se ameaçada pela arma, nem sequer pensou em preservar a cabeça, com esse gesto maquinal, que em tais casos sugere o instinto da conservação. Afastou apenas o braço esquerdo e estendeu-o na direção do assassino, como para o desviar. O ferro abriu-lhe o crânio, fendendo toda a parte superior da fronte, até quase ao nariz. Isabel caiu como que fulminada, morta. Com a cabeça perdida, Raskolnikov pegou no embrulho que a segunda vítima trazia, para logo o largar e correr para a porta de entrada.Estava cada vez mais alterado, sobretudo desde que cometera o segundo assassinato, que não premeditara. Tinha pressa de fugir. Se naquele momento estivesse em estado de compreender melhor as coisas, se lhe tivesse sido possível calcular todas as dificuldades da situação, vê-la tão desesperada, tão horrorosa, tão absurda como de fato era, compreender quantos obstáculos tinha ainda a remover, talvez mesmo novos crimes a praticar, para poder abandonar essa casa e refugiar-se na rua, teria talvez renunciado à luta e ido, ato contínuo, denunciar--se. Não se podia dizer que fosse a pusilanimidade que o levara a isso, mas o horror do que fizera. Essa impressão ia tomando vulto a cada momento. Por coisa alguma se aproximaria agora do cofre, nem entraria no quarto. Pouco a pouco, o seu espírito preocupou-se com outros pensamentos e caiu numa espécie de vaga meditação. Por momentos o assassino parecia esquecer-se de si, ou antes, esquecer-se do principal, para pensar em ninharias. Lançando os olhos para a cozinha, viu um alguidar com água: lembrou-se de se lavar e limpar o machado. O sangue tornara-lhe as mãos glutinosas. Depois de mergulhar na água o gume do machado, pegou num pedaço de sabão que estava no parapeito da janela e começou as suas limpezas. Quando acabou de lavar as mãos, ensaboou o cabo do machado, que estava também ensanguentado, e limpou-se em seguida em uma roupa estendida a secar numa corda que atravessava a cozinha. Terminada a operação, aproximou-se da janela para examinar com cuidado o machado. Os vestígios de sangue tinham desaparecido, mas o cabo estava ainda úmido. Raskolnikov escondeu-o com cuidado debaixo do casaco, pendurando-o no nó corredio. Inspecionou depois a roupa, tanto quanto permitia a fraca luz que iluminava a cozinha.

À primeira vista o casaco e as calças nada apresentavam que originasse suspeitas, contudo as botas estavam manchadas de sangue. Limpou-as com um pano molhado. Estas precauções, no entanto, não o sossegaram em absoluto, porque não podia ver bem e era possível ter-lhe passado despercebida qualquer mancha. Permanecia de braços caídos, no meio da sala, obsidiado por ideias aflitivas: o pensamento de que endoidecia, de que nesse momento estava incapaz de tomar alguma resolução e de garantir a sua segurança, de que o seu procedimento não era, porventura, o que convinha em tal situação...

"Meu Deus! Devo partir, sem demora, o mais depressa possível", murmurou ele, e passou à porta de entrada, onde o esperava a impressão de terror mais intensa que até então experimentara. Ficou petrificado, sem querer acreditar no que via: a porta exterior, que abria sobre o patamar, aquela a que batera e por onde pouco antes entrara, estava aberta. Por precaução, talvez, a velha não a fechara: nem tinha dado volta à chave, nem correra o fecho. "Mas, meu Deus, não viera depois a Isabel?" Porque não lhe ocorrera então que a adeleira entrara pela porta?... Bem sabia que não podia entrar pela fechadura. Fechou a porta e correu o fecho. "Não, não é isto... Preciso sair, depressa..." Puxou de novo o fecho e, entreabrindo a porta, pôs-se à escuta. Aplicou o ouvido durante muito tempo. Embaixo, naturalmente à porta da rua, duas pessoas injuriavam-se. "Quem será esta gente?" Esperou com paciência. Por fim deixaram de se ouvir os insultos. Os contendores haviam-se retirado.

Preparava-se para sair, quando, no andar inferior, abriram uma porta e alguém começou a descer, cantando. "Por que fará esta gente tanto ruído?", pensou ele. E fechou outra vez a porta, continuando a esperar. Por fim o silêncio restabeleceu-se, mas no momento em que se preparava para descer, o seu ouvido apurado percebeu novo ruído.

Era o barulho distante de passos, de quem subia os primeiros degraus da escada. No entanto, logo que os ouviu, adivinhou a verdade: vinham, com certeza, para ali, para o quarto andar, para a casa da velha. Como explicar esse pressentimento? O que havia nesses passos de tão significativo? Eram pesados, vagarosos e regulares. "Ele já chegou ao primeiro andar e continuou as subir..., cada vez se ouve melhor..., respira como um asmático... Prepara-se para subir ao terceiro, andar... Aí vem!..." Raskolnikov teve a sensação duma paralisia geral, como num pesadelo, quando nos julgamos perseguidos por inimigos que já estão próximos de nós e que vão assassinar-nos, e ficamos petrificados num sítio, sem podermos fazer o menor movimento.

O desconhecido começava a subir a escada do quarto andar. Raskolnikov, a quem o terror até então imobilizara no patamar, pôde enfim vencer o torpor e entrou a toda a pressa, fechando logo a porta e correndo o fecho sem fazer o menor ruído. Neste momento foi guiado mais pelo instinto do que pela reflexão. Encostou-se à porta e escutou, mal se atrevendo a respirar. O visitante estava já no patamar. Apenas a porta os separava.

O desconhecido estava na frente de Raskolnikov, na mesma situação em que este se encontrara há pouco para com a velha. O visitante respirou com esforço, por várias vezes. "Deve ser nutrido", pensou o assassino, apertando o cabo do machado. Tudo aquilo lhe parecia um sonho. O desconhecido puxou com violência o cordão da campainha.

Julgou, por certo, ouvir ruído no interior, porque durante alguns segundos pôs-se à escuta. Depois tornou a tocar, esperou ainda algum tempo e de repente, impacientado, puxou com toda a força pelo puxador da porta. Raskolnikov olhava aterrado para o fecho que oscilava na chapa, esperando a cada instante vê-lo saltar, tão fortes eram os empurrões. Pensou em o segurar com a mão, mas o homem podia desconfiar. A cabeça recomeçava a andar-lhe à roda. "Estou perdido", pensou. Todavia recuperou a serenidade, quando o visitante começou a falar.

— Estarão a dormir ou alguém tê-las-ia estrangulado?... Mulheres três vezes malditas! — resmungava. — Olá! Alena Ivanovna, velha bruxa! Isabel Ivanovna, beleza maravilhosa! Abram, suas excomungadas! Estarão a dormir?

Exasperado, tocou umas poucas vezes seguidas, com toda a força. Este homem era, sem dúvida, íntimo da casa. Ao mesmo tempo ouviram-se na escada uns passos ligeiros, apressados. Era mais alguém que subia para o quarto andar. Raskolnikov não percebeu a princípio a presença do recém-chegado.

— Será possível que não esteja ninguém? — perguntou este alegre, dirigindo-se ao primeiro visitante, que continuava a puxar pelo cordão da campainha. — Boa noite, Koch!

"A julgar pela voz deve ser um rapazinho!", pensou Raskolnikov.

— Eu sei lá! Por pouco não arrombei já a fechadura — respondeu Koch. — De onde me conhece o senhor?

— Que pergunta!... Ainda anteontem no Gambrinos, lhe ganhei três partidas de bilhar a seguir.

— Ah!

— Então não estão em casa? É extraordinário! Direi mesmo, é estúpido!... Onde teria ido a velha? Precisava falar-lhe.

— Também eu, meu rapaz, precisava falar com ela.

— E que remédio se lhe há de dar?... Irmo-nos embora... Ai! ai! E eu que vinha pedir-lhe dinheiro emprestado! — exclamou o rapaz.

— Certamente não há outro remédio senão irmo-nos embora. Mas para que diabo me disse ela que viesse cá? Foi a própria bruxa que me marcou a hora. E é tão longe de minha casa aqui! Onde iria ela? Não entendo! Ela, que mal se move durante todo o ano, que está aqui a apodrecer, que sofre de reumatismo, logo hoje é que saiu!

— E se perguntássemos ao porteiro?

— Para quê?

— Para saber aonde foi e quando volta.

— Hum!... que diabo!... perguntar!... Ela nunca sai — E voltou a abanar o puxador da porta. — Que diabo, não há remédio senão irmo-nos!

— Espere! — exclamou o rapaz. — Olhe, vê como a porta resiste, quando se puxa?

— Então?

— É a prova de que não está fechada só com a chave, mas sim também, com o fecho. Não o sente mover-se?

— E depois?

— Não percebe? É claro que alguma delas está em casa. Se ambas tivessem saído, teriam fechado a porta por fora com a chave e não corriam o fecho por dentro. Não ouve o barulho que ele faz? Ora, para qualquer pessoa fechar uma porta por dentro é preciso estar em casa. É portanto evidente que estão cá.

— É verdade, é! — exclamou Koch, surpreendido. — Então estão cá!

E pôs-se a abanar a porta furiosamente.

— Veja lá, não puxe com tanta força. Aqui há qualquer coisa... O senhor tocou, puxou pela porta com toda a força e não abriram. Está claro que, ou ambas estão desmaiadas, ou...

— Ou..., o quê?

— O que devemos fazer é ir chamar o porteiro, para ele próprio as acordar.

— Não é má ideia!

— Espere. Não saia daqui, enquanto o vou chamar.

— Para que hei de ficar?

— Ninguém sabe o que poderá acontecer!

— Está bem, fico.

— Ainda espero vir a ser juiz instrutor! Aqui há qualquer coisa que não se percebe! — disse com vivacidade o rapaz, descendo a quatro e quatro os degraus da escada.

Ficando só, Koch tornou ainda a tocar, porém com força. Depois pôs-se a mover, com ar pensativo, o puxador, fazendo oscilar a lingueta, para se convencer de que a porta estava igualmente segura com o fecho.

Em seguida, respirando com esforço, agachou-se para olhar pelo buraco da fechadura, mas, como a chave estava pela parte de dentro, nada conseguiu ver. Encostado à porta, Raskolnikov apertava o cabo do machado. Tinha a impressão de estar delirando, mas entretanto preparou-se para fazer frente aos dois homens, quando transpusessem o limiar. Mais duma vez, vendo-os bater à porta, o assaltou a ideia de pôr termo àquilo e de os interpelar. Sentia vontade de os insultar. "Quanto mais depressa isto acabar, melhor!", pensava ele.

— Ora esta...

O tempo passava e não vinha ninguém. Koch impacientava-se.

— Ora, adeus... — exclamou ele, farto de esperar e descendo ao encontro do rapaz. Pouco a pouco o ruído dos passos, que ressoavam na escada, foi esmorecendo.

"Meu Deus!... Que hei de fazer?"

Raskolnikov correu o fecho e entreabriu a porta. Animado com o silêncio que reinava em todo o prédio e não estando nesse momento em estado de refletir, saiu, fechou a porta e começou a descer a escada.

Descera já alguns degraus, quando ouviu um grande barulho ao fundo da escadas. Onde havia de se meter? Não havia maneira de se poder esconder em parte alguma. Voltou a subir a toda a pressa.

— Ó diabo!... diabo!... para!

Aquele que assim gritava, acabava de sair dum dos andares inferiores e descia os degraus a toda a pressa .

— Mitka! Mitka! O diabo leve o doido!

O afastamento não permitiu ouvir mais. O homem que proferira estas exclamações estava já longe. Restabeleceu-se o silêncio. Porém, mal cessara este incidente, outro se produziu: uns poucos homens, discutindo, subiam em tumulto a escada. Eram três ou quatro. Raskolnikov distinguiu a voz sonora do rapaz. "São eles".

Não esperando já escapar-lhes, correu ousadamente ao seu encontro: — "Suceda o que suceder", pensou com ele. "Se me prenderem, deixarei! Se me deixarem passar, passarei. No entanto hão de lembrar-se de terem cruzado comigo na escada..." Ia dar-se o encontro. Só um andar os separava...

De súbito Raskolnikov encontrou a salvação! Uns degraus mais e, à direita, o aposento do segundo andar, onde trabalhavam os pintores, estava desabitado e com a porta aberta. Muito a propósito acabavam de o abandonar. Foram eles talvez que saíram há pouco, fazendo aquela algazarra. Percebia-se que a pintura das portas estava ainda fresca, deixado no meio do quarto uma lata de tinta e um grande pincel. Num segundo Raskolnikov introduziu-se no quarto desocupado e escondeu-se atrás da parede. Foi no tempo devido: os seus perseguidores chegaram um momento depois ao patamar, continuando a subir para o quarto andar e falando alto. Esperou que se afastassem, e logo em seguida saía nas pontas dos pés e desceu a toda a pressa . Ninguém na escada! Ninguém à porta! Transpôs, sempre a correr, o portal e, chegando à rua, tomou pela esquerda. Raskolnikov tinha a certeza de que naquele momento os visitantes da velha, depois de se admirarem, por verem a porta aberta, contemplavam cheios de horror os dois cadáveres. Não lhes será por certo necessário mais dum minuto para adivinharem que o assassino conseguiu escapulir-se, enquanto subiam a escada. Talvez mesmo desconfiem de que estava escondido no compartimento desocupado do segundo andar, quando subiam ao quarto. Enquanto fazia estas reflexões, não se atrevia a estugar o passo, apesar de estar ainda um pouco distante da primeira esquina. "Se entrasse num portal e esperasse lá um instante? Nada, isso não tem jeito! Se atirasse com o machado para qualquer parte? Se me metesse num trem? Nada, nada disso..." Chegou por fim a uma ruela, mais morto do que vivo. Sabia que podia considerar-se salvo. Ali as suspeitas não podiam incidir nele. E depois, era-lhe mais fácil não despertar a atenção no meio dos transeuntes. As sucessivas comoções tinham-no de tal modo prostrado, que sentiu que as pernas se lhe vergavam.

Corriam-lhe pelo rosto grandes gotas de suor.

— Já tens a tua contas — disse-lhe alguém, quando ia a desembocar no canal, julgando-o bêbado.

Estava atordoado. Quanto mais caminhava, mais se lhe baralhavam as ideias. Quando chegou ao cais, assustou-se por ver tão pouca gente e, receando que o notassem em lugar tão pouco concorrido, voltou à ruela. Se bem que mal se aguentasse de pé, fez um grande rodeio para voltar a casa.

Quando lá chegou, ainda não estava de posse da sua serenidade. Por isso só se lembrou do machado ao subir a escada. E, no entanto, o problema que tinha a resolver era dos mais sérios: colocar a arma onde a encontrara, sem atrair a atenção. Se estivesse em estado de apreciar a sua situação, teria por certo compreendido que, em vez de colocar o machado no seu lugar, seria preferível desfazer-se dele, atirando-o para o pátio duma casa qualquer. Todavia, tudo correu à medida dos seus desejos. A porta do cubículo estava encostada, mas não fechada, o que levava a crer que o seu morador estava em casa. Porém Raskolnikov perdera a tal ponto o raciocínio, que abriu a porta. Se o dono da casa lhe perguntasse o que queria, talvez, sem dizer uma palavra, lhe tivesse entregado o machado. Por sorte não estava lá, como horas antes, e Raskolnikov pôde colocar o machado debaixo do banco, onde o tinha encontrado. Subiu depois a escada e chegou ao quarto sem encontrar viva alma. A porta da hospedeira estava fechada. Logo que entrou em casa, deitou-se, mesmo vestido, no sofá. Não dormiu, mas caiu numa espécie de torpor. Se alguém tivesse então entrado no quarto, ter-se-ia levantado e não poderia conter um grito. No seu cérebro chocavam-se pensamentos diversos, e, por mais esforços que fizesse, não conseguiu seguir nenhum.

SEGUNDA PARTE

CAPÍTULO I

Raskolnikov esteve deitado durante muito tempo. Às vezes parecia sair do seu torpor e então notava que a noite ia adiantada. Não lhe acudia, contudo, a ideia de se levantar. Por fim notou os primeiros raios do dia. Estendido de costas, não conseguira ainda libertar-se da letargia que pesava sobre ele. Gritos horríveis de desespero, soltados na rua, chegaram aos seus ouvidos; deviam ser os que ouvia todas as noites, às duas horas, debaixo da sua janela. Desta vez acordaram-no. "Ah! são os bêbados que saem das tabernas", pensou ele. "São duas horas". Sentia uma impressão estranha, como se alguém o erguesse do sofá. "Será possível que já sejam duas horas?". Sentou-se e, sem querer, recordou-se de tudo.

Nos primeiros momentos julgou que perdia o juízo. Percorria-lhe o corpo uma terrível sensação de frio, originada pela febre que o acometera durante o sono. Tremia tanto, que os dentes batiam uns contra os outros. Abriu a porta e escutou. No prédio todos dormiam. Lançou em volta de si um olhar espavorido. Como se esquecera de correr o fecho da porta, quando entrara? Como se deitara sobre o sofá, com o chapéu na cabeça? Lá estava ele no chão, para onde rolara, junto do travesseiro. "Se alguém aqui entrasse o que julgaria?... que eu estava bêbado, ou... Correu à janela. Era já dia claro. Inspecionou-se dos pés à cabeça, para verificar se a roupa não estava manchada. Não podia confiar, porém, nessa inspeção incompleta. Despiu-se e passou nova revista à roupa, reparando em tudo com minuciosidade. Por três vezes recomeçou esse exame. Salvo umas gotas de sangue coalhado na parte inferior das calças, nada descobriu. Pegou num canivete e cortou as extremidades franjadas das calças. Lembrou-se depois que tinha nas algibeiras a bolsa e os objetos que tirara do cofre da velha! Não pensara ainda neles e menos em escondê-los em qualquer parte. Num momento despejou tudo sobre a mesa. Em seguida, tendo voltado aos bolsos, para se certificar de que nada lá ficara, levou todo o roubo para um canto do aposento. O forro que revestia a parede estava roto. Foi aí, debaixo do papel, que guardou as joias e bolsa. "Pronto! Ficam em bom sítio!", pensou, satisfeito, erguendo-se um pouco e olhando com ar pasmado para o canto onde o forro, aluído, mostrava um grande vão. Porém logo um tremor convulso lhe agitou os ombros: "Meu Deus", murmurou com desespero. "O que terei eu? Estará aquilo bem escondido? Será assim que se escondem as coisas?" De fato, não contara com as joias. Pensara apenas em lançar mão do dinheiro da velha. Assim, a necessidade de esconder o roubo encontrava-o desprevenido. "Mas agora, neste momento, terei razões para estar satisfeito?", pensou. "Será assim, realmente, que se escondem as coisas? Parece que a razão me foge!" Extenuado, deixou-se cair sobre o sofá, sentindo de novo um arrepio. Quase sem querer, pegou num casaco de inverno, em tiras, que estava sobre uma cadeira, e cobriu-se. Logo o sono se apoderou dele, acompanhado de delírio. Não teve mais a noção das coisas. Cinco minutos depois acordou aflitíssimo e o seu primeiro movimento foi inclinar-se cheio de angústia sobre a roupa. "Como me deixei adormecer outra vez sem ter posto tudo em ordem?... Por que ainda não fiz nada? O nó está na mesma pregado à manga do casaco. Não me lembrei disso. É uma prova esmagadora". Arrancou a faixa de pano, rasgou-a em pedaços e meteu-a no embrulho que lhe servia de travesseiro. "Estes trapos não podem causar suspeitas, pelo menos na minha opinião!", repetiu ele, de pé, no meio do quarto, e com uma atenção que o esforço tornava penosa, olhou em redor para se certificar de que nada lhe esquecera. Sofria duma maneira horrível ao convencer-se de que tudo o abandonava: a própria memória, a mais elementar prudência...

"Será isto o princípio do castigo!... É isso é!" De fato as franjas das calças, que cortara estavam no chão, no meio do quarto, expostas ao olhar de quem ali entrasse. "Onde tenho eu a cabeça?", exclamou, desanimado. Acudiu-lhe então uma ideia singular: pensou que a roupa estava talvez enodoada do sangue e que o enfraquecimento das suas faculdades não lhe permitira distinguir as manchas..., como se lembrou ainda que a bolsa podia estar também ensanguentada. "Mas então a algibeira deve estar suja de sangue, porque a bolsa estava úmida quando a guardei!" Puxou logo o forro da algibeira, que na verdade tinha nódoas. "Ao menos o raciocínio ainda não me abandonou por completo. Não perdi, portanto, nem a memória, nem a reflexão. Se as tivesse perdido, como me lembraria disto?", pensou triunfante, soltando um fundo suspiro de satisfação. "Tive apenas um acesso febril, que por instantes me perturbou a inteligência." E arrancou o forro da perna esquerda das calças. Nesse momento um raio de luz incidia na bota esquerda. Pareceu-lhe descobrir um indício revelador. Descalçou-a. Era na verdade um indício! A ponta da bota estava manchada de sangue. Com certeza pusera, sem querer, o pé no sangue empapado. "Como hei de arranjar isto? Como hei de livrar-me desta bota, destas franjas do forro da algibeira?" E deixou-se ficar no meio do quarto, tendo nas mãos todos esses objetos denunciadores. "E se atirasse tudo ao fogão? Se calhar vão lá procurar... E se queimasse isto?... Mas como hei de eu queimar isto?... Não tenho fósforos... O melhor é deitar tudo fora", disse, sentando-se no sofá. "E já, sem perda dum momento!". Não obstante, em vez de pôr em prática essa resolução, encostou mais uma vez a cabeça ao travesseiro. Sentiu novo arrepio e voltou a embrulhar-se nos farrapos. Durante muito tempo, horas mesmo, no seu espírito fixou-se esta ideia: "É preciso ir já atirar com isto para qualquer parte!" Quis levantar-se, mas não pôde. Por fim umas pancadas vibradas com violência na porta arrancaram-no a esse torpor. Era a Nastássia.

— Anda, abre, se és vivo! — gritou ela. — Estás sempre a dormir. Passas dias inteiros enroscado como um cão. És tal e qual, tal e qual um cão! Abre, não ouves?... Já lá vão as dez horas.

— Talvez não esteja — disse uma voz de homem.

"Ah! é o porteiro. Que quererá ele?"

Estremeceu e sentou-se no sofá. O coração parecia querer saltar-lhe fora do peito.

— Então quem havia de fechar a porta com o fecho? — replicou a Nastássia. — O senhor fechou-se! Tem talvez receio de que o raptem!... Abre, anda, acorda!

"Que quererão eles? A que virá o porteiro? Está tudo descoberto. Devo resistir ou abrir a porta?... Que vão para o diabo!..."

Ergueu-se um pouco, estendeu o braço e correu o fecho. O quarto era tão pequeno que, mesmo deitado no sofá, Raskolnikov podia abrir a porta. Nastássia e o porteiro entraram.

A rapariga fitou o hóspede com um modo estranho. Raskolnikov olhou para o porteiro, como quem perdeu de todo a esperança, e este estendeu-lhe em silêncio um papel cinzento, dobrado pelo meio e lacrado.

— É uma citação do comissariado — disse ele.

— De que comissariado?

— Do da polícia, naturalmente. Já se sabe que doutro não podia ser.

— Chamam-me à polícia!... Por quê?...

— Não sei. Como o chamam, tem de vir.

Examinou com atenção o inquilino, olhou à sua volta, ia sair, quando a Nastássia disse, olhando para Raskolnikov:

— Parece que estás pior!

A estas palavras o porteiro voltou-se.

— Desde ontem que tem febre.

Não respondeu, conservando o papel na mão, sem o abrir.

— Ora, deixa-te estar — disse a criada compadecida, vendo que se ia erguer. — Estás doente? Não vás!... Não será coisa de urgência. Que tens aí na mão?

Raskolnikov olhou: tinha na mão direita as franjas das calças, a bota e o forro arrancado da algibeira. Adormecera agarrado a tudo isso. Mais tarde, procurando a explicação do caso, lembrou-se de que estivera desfalecido devido a um acesso de febre, e que, depois de ter apertado tudo na mão, adormecera profundamente.

— Dorme agarrado a uns trapos, como se fossem um tesouro!... — E, dizendo isto, Nastássia estorcia-se com o riso nervoso que lhe era peculiar. Raskolnikov escondeu, num gesto rápido, debaixo da roupa, tudo quanto tinha nas mãos e fitou a criada com um olhar penetrante. Conquanto não se sentisse em estado de refletir, compreendia que não se lhe dirigiam daquela forma se soubessem tudo. "Mas a polícia?"

— Queres chá? Queres que to traga? Ainda há lá uma gota...

— Não..., vou já à polícia — balbuciou.

— Nem tens força para descer a escada!...

— Devo lá ir...

— Faz o que quiseres.

E a rapariga saiu atrás do porteiro. Raskolnikov foi logo examinar à janela as franjas das calças e a ponta da bota: "Têm manchas, mas não se distinguem: a lama e o atrito encobrem a cor. Quem não souber, não dá por isso. Por consequência a Nastássia, do lugar onde estava, não podia notar coisa alguma. Graças a Deus!" Então, com as mãos trêmulas, abriu o papel e leu-o repetidas vezes, acabando no final por compreender. Era uma citação redigida nos termos do costume: o comissário da polícia do bairro intimava Raskolnikov a apresentar-se no comissariado às nove horas e meia.

"Quando chegou a citação?... Por mim, nada tenho com a polícia... E logo hoje?...", pensou, sentindo-se dominado por uma horrível ansiedade. "Senhor, oxalá que isto acabe o mais depressa possível." E quando ia prosternar-se para rezar, desatou a rir, não da prece, mas de si mesmo. Começou a vestir-se. "Vou perder-me!... mas deixá-lo, acabou-se! Vou calçar a bota!... Afinal, com a poeira das ruas, as manchas cada vez desaparecerão mais." Porém, apenas a acabou de calçar, cheio de receio e repugnância, descalçou-a logo. Refletindo em seguida que não tinha outras botas, voltou a calçá-la, sorrindo. "Tudo isto é condicional, relativo e talvez até haja apenas desconfiança e nada mais." Esta ideia, a que se agarrava sem convicção não o impedia de sentir um tremor geral. "Vamos! Até que enfim me calcei." Todavia a hilaridade deu lugar à prostração. "Não! É demasiado para as minhas forças..." pensou. As pernas vergavam-se-lhe. "É medo", disse de si para si. O calor atordoava-o. "É uma cilada! Arranjarem este pretexto para me apanharem. Quando lá chegar, vão direto à questão", continuou ele com os seus botões, dirigindo-se para a escada. "O pior é que estou meio dementado... e posso cair nalguma indiscrição..." Já na escada lembrou-se de que os objetos roubados estavam mal escondidos no forro da parede. "Talvez me chamem de propósito para virem revistar o quarto durante a minha ausência", pensou. Estava, no entanto, tão desalentado, e aceitava a hipótese da sua prisão com um tal desprendimento, que essa apreensão deteve-o apenas um segundo. "Oxalá que isto acabe depressa!..." Chegando à esquina da rua, por onde na véspera seguira, lançou um olhar furtivo e inquieto na direção da casa... Desviou porém logo os olhos. "Se me interrogarem, talvez confesse", pensou, ao aproximar-se do comissariado. A repartição mudara há pouco para o quarto andar duma casa situada a um quarto de *versta* da sua habitação. Antes da polícia se instalar na nova casa, Raskolnikov tivera uma vez de ajustar contas com ela, mas por um caso insignificante, e havia já muito tempo. Quando transpôs o portal, viu à direita uma escada, por onde descia um mujique, com um livro na mão. "Naturalmente é um porteiro. A repartição deve, portanto, ser aqui". E subiu ao acaso. Não queria pedir indicações. "Entro, ajoelho e conto tudo...", pensava enquanto subia ao quarto andar. A escada era estreita e íngreme, coberta duma lamice escorregadia. O calor sufocava. Os contínuos subiam e desciam, sobraçando livros, cruzando com agentes de polícia e com grande número de pessoas que tinham assuntos a tratar com a autoridade. A porta do comissariado estava aberta de par em par. Raskolnikov entrou e parou na primeira sala, onde alguns mujiques esperavam. Ali, como na escada, o calor era intensíssimo; além disso, a casa, pintada de fresco, a exalava um cheiro de óleo, até provocar náuseas. Depois de esperar um instante, Raskolnikov resolveu-se a entrar na sala. Seguiam-se muitos cubículos estreitos e baixos. O rapaz estava cada vez mais intrigado. Ninguém reparava nele. Na segunda sala trabalhavam alguns amanuenses, um pouco mais bem-vestidos do que ele. Toda essa gente tinha uma aparência singular. Dirigiu-se a um deles:

— O que queres?

Mostrou a citação.

— É estudante? — interrogou o amanuense, depois de lançar os olhos sobre o documento.

— Fui, fui estudante.

O empregado olhou para ele, mas sem curiosidade. Era um homem de cabeleira desgrenhada, que parecia dominado por uma ideia fixa. "Por este não chego a saber nada. Tudo lhe é indiferente", pensou Raskolnikov.

— Dirija-se ao chefe da repartição — disse o amanuense indicando com o dedo o último compartimento.

Raskolnikov entrou. Esta divisão, a quarta, era estreita e estava cheia de gente, um pouco mais bem-vestida do que aquela que vira até ali. Entre os assistentes havia duas senhoras. Uma delas estava vestida de preto, mas muito pobre. Sentada em frente do funcionário, escrevia qualquer coisa que este lhe ditava. A outra era uma criatura bastante cheia, rosto avermelhado, trajando com luxo: um enorme broche que trazia no peito atraía as atenções. Estava de pé, um pouco afastada, na atitude de quem espera. Raskolnikov entregou a intimação ao funcionário. Este lançou-lhe um olhar rápido e disse-lhe: "Espere um pouco". E continuou ditando à senhora de luto.

O rapaz respirou mais livremente. "Decerto não foi por causa *daquilo* que me chamaram." Pouco a pouco foi recuperando a serenidade. Pelo menos diligenciava, tanto quanto possível, encher-se de ânimo. "A menor indiscrição, a menor imprudência, bastam para me trair! Hum!... o diabo é não se poder respirar aqui", acrescentou, "sufoca-se. Tenho a cabeça azoada como nunca...". Sentia um horrível mal-estar e receava não poder manter-se senhor de si. Quis fixar o pensamento em qualquer coisa diferente, porém não conseguiu. A sua intenção fixava-se somente no chefe da repartição. Queria decifrar a fisionomia daquela criatura. Era um rapaz de vinte e dois anos, cujo rosto trigueiro, duma grande mobilidade, o fazia parecer mais velho. Vestia-se com elegância, tinha o cabelo apartado até a nuca por uma risca feita com arte. Nas suas mãos, tratadas a preceito, brilhavam alguns anéis e sobre o colete pendia uma corrente de ouro. Dirigiu-se, em francês, a um estrangeiro que ali se encontrava, falando com toda a correção.

— Luisa Ivanovna, sente-se — disse ele à senhora ricamente vestida, que continuava de pé, conquanto tivesse uma cadeira ao lado.

— *Ich danke* — respondeu ela, e sentou-se, compondo as saias, impregnadas de perfumes. Espalhado em volta da cadeira, o vestido de seda azul, guarnecido de rendas brancas, ocupava quase metade da pequena sala. A dama parecia contrariada por exalar tanto perfume e ocupar tanto espaço. Sorria com expressão ao mesmo tempo tímida e audaciosa; no entanto sua inquietação era evidente. A senhora de luto levantou-se. No mesmo instante entrou com estrondo um oficial, de aspecto resoluto, que movia os ombros a cada passo que dava. Atirou para cima da mesa com o capacete e sentou-se numa cadeira de braços. Ao vê-lo, a dama luxuosamente vestida levantou-se e fez uma grande vênia. O oficial não lhe ligou a menor importância, mas ela não ousou voltar a sentar-se na sua presença. Este personagem era o adjunto do comissário da polícia. Tinha grandes bigodes ruivos espetados e feições delicadas, porém pouco expressivas, denunciando apenas uma certa audácia. Olhou de lado para Raskolnikov, não sem um certo ar de indignação. Conquanto fosse muito modesta a aparência do nosso herói, a sua atitude contrastava com a miséria do vestuário. Esquecendo a mais rudimentar noção de prudência, Raskolnikov afrontou com tanta altivez o olhar do oficial, que este se sentiu irritado.

— Que queres? — interrogou ele, com certeza, admirado por um maltrapilho não baixar os olhos ante o seu olhar fulminante.

— Mandaram-me aqui vir..., fui citado... — respondeu Raskolnikov.

— É o estudante a quem exigem o dinheiro — explicou o chefe da repartição, desviando a atenção da papelada que tinha diante de si. — Aqui tem — e estendeu a Raskolnikov um processo, designando-lhe certo ponto.

— Leia.

"Dívida? que dívida?", pensou ele. "Então não é por *aquilo*!". E estremeceu de alegria. Experimentou um alívio extraordinário, inexprimível.

— Mas para que horas foi citado, senhor? — perguntou o oficial, cujo mau humor aumentava. — Intimam-no para as nove horas e aparece às onze!

— Entregaram-me esse papel há um quarto de hora. — respondeu logo Raskolnikov, já irritado. — Doente, com febre, não foi sem custo que aqui vim!

— Não grite tanto!

— Não grito, estou falando no meu natural. O senhor é que está gritando. Sou estudante e não admito que me falem desse modo.

Esta resposta encolerizou o oficial a tal ponto, que por momentos nem pôde proferir palavra. Dos seus lábios saíam apenas sons inarticulados. Deu um salto na cadeira.

— Cale-se, pois não sabe que está na presença de autoridade. Não seja insolente.

— O senhor também está em presença da autoridade — replicou com aspereza Raskolnikov — e não só grita, como fuma. É portanto, o senhor, quem nos ofende a todos.

Sentiu um grande alívio ao proferir estas palavras.

O chefe da repartição sorria, olhando os interlocutores. O petulante oficial ficou por momentos pasmado.

— O que tem o senhor com isso? — perguntou ele, por fim, afetando grande serenidade para ocultar o seu desconserto. — Faça a declaração que lhe pedem, ande!... Mostre-lhe isso, Gregorievitch. Há queixas contra si. Não paga o que deve. É uma boa sanguessuga!

Raskolnikov não o escutava já. Pegara no papel, impaciente por descobrir a decifração daquele enigma. Leu primeira e segunda vez e não entendeu.

— O que é isto? — perguntou ele ao chefe da repartição.

— É um documento de dívida do qual lhe pedem o pagamento. Pode pagá-lo desde já com os juros, ou declarar quando poderá efetuar o pagamento. Neste caso é necessário comprometer-se a não se ausentar da capital e a não vender nem sonegar os seus haveres, até integral pagamento. Pelo que diz respeito ao credor, esse pode vender-lhe os bens e persegui-lo com o rigor da lei.

— Mas eu..., eu não devo nada a ninguém.

— Não temos nada com isso. Vieram aqui entregar uma letra protestada, no valor de cento e quinze rublos, assinada pelo senhor, há nove meses, à senhora Zarnitzine, viúva dum professor, e que essa senhora entregou em pagamento ao conselheiro Tchebarrov. Mandamo-lo, portanto, intimar, para que viesse prestar as suas declarações.

— Essa senhora é a minha hospedeira!

— E então, o que tem isso?

O chefe da repartição olhou, com um sorriso indulgente e ao mesmo tempo triunfante, para este noviço, que ia aprender, à sua custa, o processo usado para com os devedores. Contudo, que lhe importava agora a letra? Que importância tinha a reclamação da hospedeira! Valiam a pena apoquentar-se com isso, ligar-lhe a menor atenção? Estava ali lendo, escutando, respondendo, interrogando, mas fazendo tudo isso maquinalmente. A certeza de estar salvo, a satisfação de ter escapado a um perigo iminente, eis o que nessa ocasião predominava no seu espírito. Por enquanto as precauções e os cuidados estavam afastados. Foi um minuto de verdadeiro alívio, duma satisfação indescritível. Entretanto nessa ocasião rebentou uma verdadeira tempestade na repartição. O oficial, que não engolira ainda a afronta ao seu orgulho, procurava um desforço. E começou de repente a tratar com indelicadeza a senhora vestida com elegância que, desde que ele fizera a sua imponente entrada, não cessara de o olhar com um sorriso estúpido.

— E tu, desvergonhada? — vociferou ele, numa grande gritaria. (A senhora de luto saíra já). O que sucedeu a noite passada em tua casa? Hein?... Não deixas de dar escândalo! Sempre rixas e bebedeiras! Apetece-te ir para a cadeia?... Já te disse que acabaria por perder a paciência. És de fato incorrigível!...

O próprio Raskolnikov deixou cair o papel e examinou espantado a elegante dama, tratada com tão pouca cerimônia. Não tardou porém a compreender do que se tratava e a história começou a interessá-lo. Escutava aquilo com prazer, dava-lhe até vontade de rir... Sentia os nervos irritados...

— Iliá Petrovitch! — atalhou o chefe da repartição, reconhecendo logo que seria inoportuna a intervenção naquele momento, porque sabia, por experiência própria, que era impossível retê-lo, quando o oficial seguia naquela carreira desenfreada.

A elegante dama tremera a princípio, sentindo uma tempestade desencadear-se--lhe sobre a cabeça; no entanto, coisa singular, à medida que ia ouvindo, a fisionomia tomava-lhe uma expressão cada vez mais sorridente, não tirando os olhos do terrível oficial. A cada imprecação fazia vênias e esperava oportunidade para tomar a palavra.

— Em minha casa não houve gritos, nem rifas, senhor — apressou-se ela a dizer, logo que lhe foi possível. Falava bem o russo, mas com acentuação alemã. — Não se deu nenhum escândalo. Aquele homem apareceu lá bêbado e pediu três garrafas de cerveja. Pôs-se a tocar piano com os pés, o que é impróprio duma casa respeitável como a minha, e partiu as teclas. Observei-lhe que não devia proceder daquela forma, e então, agarrou numa garrafa e começou a bater com ela em toda a gente. Chamei logo Karl, o porteiro. Assim que o viu, atirou-lhe com a garrafa à cabeça e fez outro tanto à Henriqueta. A mim deu-me cinco bofetadas. É inacreditável tal procedimento numa casa tão séria, oficial. Gritei por socorro. Ele abriu a janela que deita sobre o canal e começou a grunhir como um porco. Que vergonha!... Isto atura-se, porventura? Ir para a janela grunhir como um porco! Forrom! Forrom! Forrom! O Karl puxou-o para dentro e com efeito nessa ocasião arrancou-lhe uma aba do casaco. Reclamou por tal, quinze rublos de indenização. Para o calar, paguei do meu bolso cinco rublos pela aba, senhor oficial. Foi esse malcriado quem fez escândalo!

— Basta, basta! Já te disse, já te repeti...

— Iliá Petrovitch! — atalhou outra vez o chefe da repartição. O oficial lançou-lhe um olhar rápido e via-o abanar a cabeça.

— Pois bem, pelo que te diz respeito, nada mais tenho a dizer-te, veneranda Luisa Ivanovna — continuou o oficial. — Se houver mais algum escândalo na tua respeitável casa, meto-te na jaula, como vulgarmente se diz. Entendeste? Vai com Deus e tenha a certeza de que não te perco de vista.

Com amabilidade requintada, Luisa Ivanovna cumprimentou para todos os lados, mas, quando ia recuando e fazendo mesuras, esbarrou de costas com um garboso militar, de porte risonho e expressivo, possuidor dumas magníficas suíças louras. Era o comissário de polícia, Nikodim Fomitch.

Luisa Ivanovna curvou-se quase até ao chão e saía com passinhos miúdos.

— Outra vez o raio, os relâmpagos, o trovão, a tromba de água, a tempestade! — disse, em tom jovial, Nikodim Fomitch ao seu adjunto. — Excitaram-te e desesperaste-te! Ouvi-te na escada.

— Então, que fazer! — disse Iliá Petrovitch, mudando-se com uma enorme papelada para outra mesa. — Aquele senhor estudante, ou ex-estudante, não paga o que deve, assina letras e recusa abandonar a casa que habita. Temos várias queixas contra ele, e é este cavalheiro que se ofende por eu fumar um cigarro na sua presença. Antes de achar que os outros lhe faltam ao respeito, não seria conveniente respeitar-se mais a si próprio? Olhe para ele, não parece que o seu aspecto requer a maior consideração?

— A pobreza não é vício. Bem sabemos quanto o meu amigo Pólvora se incendeia com facilidade! Provavelmente julgou-se ofendido e não pôde conter-se — continuou Nikodim Fomitch, dirigindo-se a Raskolnikov. — Mas não andou bem. Este senhor é uma excelente pessoa, afirmo-lhe eu, porém um pouco arrebatado! Exalta-se, enfurece-se, mas depois de ter desabafado, acabou-se tudo. É um coração de ouro! No regimento chamavam-lhe Tenente Pólvora...

— E que regimento aquele! — exclamou Iliá Petrovitch, sensibilizado com as últimas palavras do comissário.

Raskolnikov desejou dizer-lhe alguma coisa agradável.

— Queira desculpar, senhor. — começou, dirigindo-se a Nikodim Fomitch. — Coloquem-se os senhores na minha situação... Estou pronto a dar a este senhor todas as explicações, se por acaso fui incorreto com ele. Sou um estudante doente, pobre, esmagado pela miséria. Abandonei a universidade, porque nesta ocasião não tenho meios de subsistência. Espero dentro em pouco receber dinheiro. Minha mãe e minha irmã residem na província de ***. Por estes dias devem-me mandar dinheiro e então pagarei. A minha hospedeira é uma boa mulher, todavia, como já não dou lições e há quatro meses não lhe pago, não me dá de jantar... Não compreendo esta historiada letra!... Então quer que lhe pague nesse momento? Não o posso fazer! Os senhores bem veem que não...

— Não temos nada com isso... — observou o chefe da repartição.

— Também é essa a minha opinião. Mas dê-me licença para me explicar... — continuou Raskolnikov, dirigindo-se sempre a Nikodim Fomitch e não ao chefe. Diligenciava assim despertar a atenção de Iliá Petrovitch, conquanto este afetasse nada ouvir e fingisse ocupar-se em absoluto com os seus papéis. — Deixe-me dizer-lhe que vivo em casa dela há quase quatro anos, desde que cheguei da província, e em tempos... afinal, porque não hei de confessar?... comprometi-me a casar com a filha... Fiz-lhe uma promessa formal nesse sentido... Ela agradava-me... ainda que não estivesse perdido de amores. Em resumo, era um criançola; a hospedeira deu-me largas, e levei uma vida pouco regular...

— Ninguém lhe pede essas explicações e não temos tempo para lhas ouvir, — atalhou dum modo insolente, Iliá Petrovitch. Raskolnikov continuou, porém, com animação.

— Dê-me, no entanto, licença para lhe contar como o caso se passou, posto que reconheça a inutilidade desta declaração. Há um ano essa menina morreu de febre tifoide. Continuei a ser hóspede da senhora Zarnitzine, e quando foi viver para a casa que agora habita, disse-me..., amigavelmente que lhe merecia a maior confiança... mas que, para sua garantia, desejava que lhe assinasse uma letra de cento e quinze rublos, quantia que representava o total da minha dívida. Assegurou-me, uma vez de posse desse documento, que continuaria a conceder-me crédito ilimitado, e que nunca, nunca — foram estas as suas palavras — negociaria essa letra... Agora que não tenho lições, agora que não tenho que comer, vem exigir o pagamento... Como se há de classificar este procedimento?

— Todos esses pormenores, senhor, nada importam — replicou com dureza Iliá Petrovitch. — O que é necessário é fazer a declaração que lhe exigiram, o resto, a história dos seus amores e as outras não vêm ao caso.

— Oh! que severidade!... — interrompeu Nikodim Fomitch que se sentara à secretária e folheava vários papéis, um tanto contrariado, ao que parecia.

— Escreva — intimou o chefe da repartição a Raskolnikov.

— Mas o que hei de escrever? — perguntou este, num tom sacudido.

— Eu vou ditar.

Raskolnikov teve a impressão de que, depois da sua confissão, o chefe da repartição tratava-o com mais desdém. Contudo, caso singular, passou a ser-lhe indiferente o juízo que dele fizessem, e essa mudança operou-se rápida como um relâmpago. Se refletisse por um momento, admirar-se-ia de ter podido, um minuto antes, conversar daquela forma com os empregados da polícia e levá-los até a ouvirem-lhe as suas confidências. Agora, pelo contrário, se em vez de estar cheia de gente da polícia, a gala se enchesse de repente dos seus amigos mais queridos, não encontraria talvez uma palavra para lhes dizer, tanto sentia o coração vazio de sentimentos.

Experimentava apenas a penosa sensação dum grande isolamento. Não se gentia magoado pela circunstância de Iliá Petrovitch haver sido testemunha das suas confidências; nem fora a petulância do oficial que de repente produzira na sua alma essa revolução. Que lhe importava, nessa altura, a sua própria ignomínia? Que lhe importavam aquelas fanfarronices, aqueles militares, a letra, o comissariado da polícia? Se nesse momento o condenassem a ser queimado vivo, não se comoveria, nem escutaria até ao fim a leitura da sentença. Dava-se nele um fenômeno inteiramente novo, sem precedentes. No seu foro íntimo compreendia, ou — o que era muito pior — sentia que estava para sempre afastado do convívio dos homens, que lhe era proibida qualquer expansão sentimental, como a de há pouco, que lho era impossível sustentar qualquer conversa, não só com a gente da polícia, mas até com os seus próprios parentes. Nunca, até esse momento, experimentara sensação tão cruel. O chefe da repartição começou a ditar a fórmula da declaração usada em tais casos: "Não posso pagar. Comprometo-me, no entanto, a satisfazer esse débito em... Não sairei da cidade. Não venderei nem farei cedência dos meus haveres etc."

— Mas o senhor não pode escrever. A pena treme-lhe na mão — observou o funcionário, olhando-o com curiosidade. — Está doente?

— Estou... Sinto que a cabeça me anda à roda... Queira continuar.

— É apenas isso. Assine.

O chefe da repartição pegou no papel e desviou a sua atenção para outros indivíduos.

Raskolnikov pousou a pena, mas em vez de se retirar, encostou os cotovelos à mesa e apertou a cabeça entre as mãos. Parecia que lhe enterravam um prego no pescoço. Nessa altura acudiu-lhe uma ideia extraordinária: dirigir-se a Nikodim Fomitch e contar-lhe o caso da velha com todos os seus pormenores. Levá-lo em seguida ao seu quarto e mostrar-lhe os objetos escondidos no buraco da parede. Esta ideia dominou-o por tal forma, que chegou a levantar-se para o pôr em prática. "Não será melhor refletir um momento?", pensou. "Ou devo seguir a primeira inspiração e ver-me livre deste peso quanto antes?". Hesitando, ficou como que chumbado ao chão. Entre Nikodim Fomitch e Iliá Petrovitch travou-se uma animada conversa, que Raskolnikov ouviu.

— É impossível. Ponham-nos em liberdade, aos dois. Em primeiro lugar há uma série de coisas inverosímeis. Veja bem: se tivessem praticado o crime, para que haviam de chamar o porteiro? Para se denunciarem? Por astúcia? Não. Isso era duma grande sutileza. Enfim, o estudante Pestriakov foi visto pelos dois porteiros e por uma mulher, junto do portal, na ocasião em que entrava em casa: ia com mais três, que o deixaram à porta, e, antes de se afastar, ouviram-no perguntar aos porteiros onde morava a velha. Se fosse ali para a matar, teria feito tal pergunta? Enquanto a Koch, sabe-se que esteve meia hora em casa do joalheiro do résdochão, antes de ir à casa da velha. Eram oito horas menos um quarto quando o deixou para subir ao quarto andar. Agora veja...

— Todavia, nas declarações deles há coisas inexplicáveis: afirmam que bateram à porta e que esta estava fechada. Ora, três minutos depois, quando voltaram com o porteiro, a porta estava aberta!

— Aí é que está o nó górdio. Não há dúvida de que o assassino estava na casa da velha e que se fechara por dentro. Tê-lo-iam agarrado se o Koch não cometesse a imprudência de ir procurar o porteiro. Foi nesse espaço de tempo que o assassino conseguiu escapar. O Koch benze-se ao falar nisto. — Ah! que se lá fico, o assassino saía de repente e matava-me com o machado. Diz que vai mandar celebrar uma missa. Ah! ah! ah!

— E ninguém conseguiu ver o assassino?

— E como o haviam de ver? Aquilo não é casa, é a Arca de Noé! — observou o chefe da repartição, que ia seguindo a conversa.

— O caso é claro, bastante claro — repetiu Nikodim Fomitch.

— Não é tal. Escuro e bem escuro é que ele é! — repetiu Iliá Petrovitch.

Raskolnikov pegou o chapéu e ia retirar-se, mas não chegou à porta. Quando voltou a si, encontrou-se sentado numa cadeira. Alguém, à direita, o amparava, e à esquerda, outro indivíduo tinha na mão um copo cheio dum líquido amarelo. Nikodim Fomitch, de pé, em frente dele, observava-o com atenção. Raskolnikov levantou-se.

— Então, sente-se doente? — perguntou, num tom severo, o comissário.

— Há pouco, quando escrevia a declaração, mal podia segurar a pena — disse o chefe da repartição, voltando a sentar-se à secretária e recomeçando o exame da sua papelada.

— Já se sente doente há muito? — perguntou do seu lugar Iliá Petrovitch, que também folheava papéis. Como os outros, aproximara-se de Raskolnikov quando este desmaiou, porém, vendo que o rapaz recuperava os sentidos, voltou logo para o seu lugar.

— Desde ontem — balbuciou Raskolnikov.

— Mas ontem saiu de casa?

— Saí.

— E já estava doente?

— E a que horas saiu?

— Das sete para as oito da noite.

— E aonde foi?

— Para a rua.

— Isso é claro!

Branco como cal, Raskolnikov respondeu a todas as perguntas em tom breve e sacudido. Os seus olhos pretos e profundos não se baixaram ante o olhar de Iliá Petrovitch.

— Não vês que mal se pode ter de pé! — interveio Nikodim Fomitch — e...

— Não tem dúvida! — respondeu em tom enigmático Petrovitch.

O comissário da polícia quis, ainda, dizer alguma coisa. Calou-se porque reparou que o chefe da repartição não desviava os olhos dele. Emudeceram todos, o que não deixou de ser estranhável.

— Está bem, não queremos mais nada — disse por fim Iliá Petrovitch.

Raskolnikov dirigiu-se para a porta. Ainda não tinha saído da sala, e já a conversa se estabelecera de novo, muito animada, entre os três funcionários policiais. Dominando as outras vozes, a de Nikodim Fomitch faz perguntas. Na rua, Raskolnikov sentiu-se por completo senhor de si. "Vão proceder desde já a uma busca", monologou, dirigindo-se a toda a pressa para casa. "Suspeitam." O terror que momentos antes experimentara, dominava-o agora de novo.

CAPÍTULO II

"E se eles se me tivessem antecipado? Se os encontrasse ao chegar à casa?"

Está enfim no quarto. Tudo está em ordem. Não veio ninguém. Nem a própria Nastássia tocou em coisa alguma. Mas, Senhor!... como pôde deixar tudo aquilo em tal esconderijo? Correu ao canto e, enfiando a mão pelo buraco, tirou os estojos, num total de oito. Havia duas caixas que continham brincos ou coisa parecida — ele não ligara importância a isso — quatro estojos de marroquim, uma corrente de relógio embrulhada num pedaço de jornal e, também entre papéis, um outro objeto que parecia uma condecoração... Raskolnikov meteu tudo nas algibeiras, diligenciando acomodá-los sem fazer grande volume. Guardou também a bolsa e saiu do quarto, deixando a porta aberta.

Caminhava a passos rápidos, mas firmes. Apesar de estar muito fraco, não lhe faltava presença de espírito. Receava que o perseguissem, que, dentro de meia hora, dum quarto de hora, talvez, procedessem a um inquérito sobre a sua pessoa. Era, por consequência, necessário fazer desaparecer o roubo, enquanto lhe restava alguma força e energia... Onde iria?

— Atiro tudo ao canal e o caso morre afogado. Assim decidira na noite anterior, quando delirava, sentindo o desejo de se ir a toda a pressa atirar tudo fora. Não era fácil, porém, a execução desse projeto.

Durante mais de meia hora passeou dum para outro lado no cais do Canal Catarina. Examinava as várias escadas que desciam para a água, à medida que as ia encontrando. Contudo o azar opunha sempre algum obstáculo à realização do seu intento. Agora, era uma barca com lavadeiras, logo, outras barcas amarradas à praia. Depois, o cais estava cheio de gente que não deixaria da reparar num ato tão fora do comum. Não era possível, sem levantar suspeitas, descer até a linha de água e atirar com um objeto para o canal. E se, como era natural, os estojos flutuassem, em vez de desaparecerem na água? Toda a gente notaria isso. Raskolnikov já se julgava alvo de todas as atenções; parecia-lhe que todos o observavam. Pensou por fim em ir deitar o embrulho ao Neva. Aí havia menos gente no cais, corria menor risco de ser notado e, circunstância importante, estaria mais afastado do seu bairro. "Mas", perguntou a si próprio, "para que ando há mais de meia hora, dum lado para o outro, em locais que não me garantem a menor segurança? As objeções que se apresentam agora ao meu espírito, não as poderia ter feito há mais tempo? Se perdi meia hora a preparar a realização dum projeto insensato foi apenas porque tomei tal resolução num momento de delírio!". Tornara-se muito distraído e esquecido, e não ignorava essa circunstância. Entretanto nesta altura era necessário proceder com a máxima rapidez. E partiu a caminho do Neva, pela avenida V***. No caminho teve, de repente, outra ideia: "Para que hei de ir ao Neva? Para que hei de atirar com isto ao rio? Não será preferível ir à outra margem, bastante longe, a uma ilha?... Aí, sim, poderei procurar um sítio deserto, uma floresta, e enterrar tudo junto duma árvore, na qual tomarei sentido, para mais tarde a reconhecer!" Posto que se sentia incapaz de tomar, naquele momento, uma decisão razoável, a ideia pareceu-lhe prática e resolveu pô-la em execução. O acaso quis, porém, que fosse doutra forma. Quando desembocava da avenida V***. para a praça, reparou num pátio de altos muros, por completo coberto de fuligem. Ao fundo havia um alpendre, que era dependência duma oficina qualquer; certamente havia ali uma marcenaria ou uma correaria. Não vendo ninguém no pátio, entrou, e depois de ter olhado em volta, pensou que em parte alguma se lhe ofereceria melhor local para a realização do seu plano. Junto do muro, ou antes, do tapume de madeira que separava o pátio da rua, à esquerda da porta, estava encostada uma pedra dumas sessenta libras de peso. Para lá do tapume era o passeio. Ouvia os passos dos transeuntes, quase sempre numerosos neste sítio, mas da rua ninguém podia vê-lo. Para tal seria necessário entrar no pátio. Inclinou-se sobre a pedra, agarrou-a com as mãos e, puxando-a para si, conseguiu voltá-la. O terreno, no lugar onde a pedra estava colocada, fazia uma pequena depressão; atirou para lá tudo quanto trazia nas algibeiras. A bolsa ficou sobre as joias. Em seguida removeu a pedra para o sítio de onde a havia tirado, parecendo agora um pouco mais elevada. Com o pé cercou-lhe a base de terra. Nada podia notar-se. Então saiu e dirigiu-se para a praça. Como horas antes, no comissariado, sentiu-se, durante um momento, invadido por uma grande alegria. "Pronto! Desapareceu o corpo de delito! Quem se há de lembrar de o ir procurar debaixo da pedra? Talvez esteja ali desde a construção da casa do lado, e quem sabe por quanto tempo lá estará! E quando mesmo venham a descobrir o que está debaixo desse bloco, quem poderá adivinhar o intuito de quem o lá pôs? Está tudo acabado. Não há provas!". E pôs-se a rir. Lembrou-se mais tarde que atravessara a praça a rir, com um riso nervoso e insistente. Porém quando chegou à avenida K***, essa hilaridade cessou logo. Todos os seus pensamentos gravitavam agora em volta dum ponto culminante, de que a si próprio confessava a grande importância. Reconhecia que, pela primeira vez, havia dois meses, se encontrava em face desse problema.

"Que o diabo leve tudo isto!", pensou ele, num repentino acesso de mau humor. "Vamos, a taça está cheia e é necessário bebê-la. Que martírio de vida! Como isto é estúpido, Senhor!... Quantas mentiras tenho dito, quantas baixezas tenho cometido hoje... A que miserável servilismo tive de me baixar há pouco, para conseguir a benevolência desse imbecil, desse Iliá Petrovitch! No entanto, que importa isso? Rio-me de todos eles e das covardias que porventura mostrei. Não é isso o que importa! Nada disso!..." Dum salto estacou, preocupado, aturdido com um novo pensamento, tão inesperado como simples: "Se na verdade te conduziste em tudo isto como uma criatura esperta, e não como um parvo, se tinhas um objeto perfeitamente meditado, como explicar o fato de não teres verificado o conteúdo da bolsa? Como podes ainda ignorar quanto te rendeu esse ato, em cujo risco e em cuja infâmia não receaste incorrer? Não ias, há pouco, deitar à água a bolsa e as joias, a que mal lançaste os olhos? Que dizes a isto?..." Chegado ao cais do pequeno Neva, em Vasiliostroff, parou junto da ponte. "É aqui, é nesta casa, que ele mora", pensou. "Que quer isto dizer? Parece que as pernas me trouxeram por conta própria a casa de Razoumikhine! É o caso de outro dia... Passeava sem destino e o acaso conduziu-me aqui!...... Dizia eu... anteontem..., que havia de vir vê-lo depois *daquilo*, no dia imediato. Pois bem, vou vê-lo!... Não poderei já fazer uma visita?..." Subiu ao quinto andar, onde o seu amigo vivia.

Razoumikhine estava metido no quarto a escrever e foi ele mesmo quem veio abrir. Havia quatro meses que os dois não se viam. Com o cabelo desgrenhado, vestindo um roupão em pedaços, e os pés, sem meias, enfiados numas velhas chinelas, Razoumikhine não se tinha ainda lavado nem barbeado. Na fisionomia leu-se o espanto que a visita lhe causou.

— Ah! és tu? — exclamou, examinando dos pés à cabeça o recém-chegado, ao mesmo tempo que se pôs a assobiar — Pois será possível que os negócios te corram tão mal? O caso é que me excedes em elegância — continuou ele, depois de ter inspecionado de novo os andrajos do amigo. — Senta-te, pois estás cansado! — E quando Raskolnikov se deixou cair sobre um sofá turco, forrado de oleado, ainda mais miserável do que o seu, Razoumikhine notou que o amigo estava doente.

— Estás gravemente doente, sabes?

Quis tomar-lhe o pulso, mas Raskolnikov retirou depressa o braço.

— Não te incomodes — disse ele — vim..., eu te digo por quê: não tenho lições..., e queria, mas afinal não preciso de lições para nada...

— Sabes que mais?... Estás doido! — objetou Razoumikhine, que observava com atenção o amigo.

— Não, não estou doido — atalhou Raskolnikov, levantando-se. Ao entrar na casa de Razoumikhine, não pensou que ia encontrar-se frente a frente com o seu antigo condiscípulo. Ora, naquele momento, uma conversa, fosse com quem fosse, era o que mais lhe repugnava. Estava quase sufocado pelo desespero sentido contra si próprio, quando se dirigiu para a porta de saída.

— Adeus! — disse bruscamente.

— Vem cá, homem! Sempre me saíste um pateta!

— Não insistas!... — continuou, puxando a mão que o amigo segurava.

— Então para que diabo vieste cá? Estás doido?... Não vês que isso é ofensivo?... Não te deixo sair assim...

— Pois está bem... Ouve lá!... Vim procurar-te porque só tu me podias auxiliar, a principiar..., e, porque és melhor do que os outros... quero dizer, mais inteligente..., podes apreciar... Contudo, vejo agora que não preciso de coisa alguma... Não preciso nem de favores, nem da simpatia de ninguém... Cá me arranjarei... Deixe-me em paz!

— Espera um momento, meu limpa-chaminés! Estás com a transmontana perdida! Por mais que me digas, não me convences do contrário. Também tenho lições, sabes? Porém estou-me a rir para isso. Tenho um editor, Raskolnikov, que, no gênero, é uma lição viva. Não o trocaria por cinco lições em casas de argentários! O homem publica uns folhetos de ciências naturais que se vendem como pão! O caso está em dar-lhe um título! Dizias a todo o momento que era estúpido; pois então fica sabendo que há muito pior do que eu! O meu editor, que não sabe ler, está no galarim; eu, está claro, vou-o animando. Aqui estão, por exemplo, estas duas folhas de texto alemão, que no meu entender são do mais cretino charlatanismo: O autor trata esta momentosa questão: "A mulher é gente?" Como é natural, sustenta a afirmativa e demonstra-a com ar de triunfo. Estou traduzindo este opúsculo para Kherouvicuov, que o considera da atualidade, neste momento em que tanto se debate o feminismo. Com estas duas folhas e meia de original alemão, vamos fazer seis. Pomos-lhe um título de efeito, que ocupe meia página, e venderemos cada volume por cinquenta copeques. Vai ter um êxito colossal! Pagam-me a tradução a seis rublos por folha, ou sejam ao todo quinze rublos, dos quais já me adiantaram seis... Diz-me lá, queres traduzir a segunda folha? Se queres, leva o original, penas e papel — tudo por conta do Estado — e consente que te adiante três rublos. Como recebi seis adiantados, pelas primeiras duas folhas, tens a receber três, e outro tanto quando acabares o trabalho. Não vás agora persuadir-te de que me ficas devendo um grande favor. Pelo contrário, logo que entraste, pensei nisto: que me ias ser útil, porque, em primeiro lugar, o meu forte não é a ortografia, e depois, porque conheço o alemão muito mal, de forma que num grande número de casos invento, em vez de traduzir. Regozijo-me com a ideia de que acrescento algumas belezas ao texto, mas talvez me iluda. Então, que dizes, aceitas?

Raskolnikov pegou, sem nada dizer, nas folhas da brochura e nos três rublos; depois saía, sem proferir uma única palavra, Razoumikhine seguiu-o, com um olhar de espanto. Porém, quando ia a voltar a primeira esquina, retrocedeu a toda a pressa e voltou a entrar na casa do amigo. Colocou sobre a mesa a brochura e os três rublos, e tornou a sair sem dizer palavra.

— Mas isto é de doido! — gritou Razoumikhine, exasperado. — Que história é esta? Até me fazes perder a serenidade!... Para que diabo então vieste cá?

— Não preciso de traduções... — murmurou Raskolnikov, descendo a escada.

— Olha lá, onde moras?

A pergunta ficou sem resposta.

— Vai para o diabo!...

Raskolnikov já estava na rua. Chegou à casa perto da noite, sem saber por onde voltara. Tremendo dos pés à cabeça, como um cavalo estafado, despiu-se, estendeu-se sobre o sofá e, depois de se ter coberto com o capote, adormeceu em sono profundo. Era já noite fechada quando um grande ruído o acordou. Que horrível cena se estaria passando, Senhor! Eram gritos, gemidos, ranger de dentes, vociferações, como ele nunca ouvira. Aterrado, sentou-se no sofá. De momento a momento o seu terror ia aumentando, pois cada vez lhe chegava mais nítido aos ouvidos o som das pancadas, as lamentações e as vociferações. De súbito, com grande surpresa, reconheceu a voz da hospedeira. A pobre mulher gemia e suplicava, aflitíssima. Era impossível distinguir o que dizia. Decerto pedia que não lhe batessem mais, pois percebia-se que estavam a desancá-la na escada. Quem assim a maltratava vociferava com voz rouca, alterado pela cólera, de forma que as suas palavras eram também ininteligíveis. Raskolnikov tremia como varas verdes. Reconhecera aquela voz: era a de Iliá Petrovitch. "O Iliá Petrovitch está ali a bater na hospedeira! Dá-lhe pontapés, bate-lhe com a cabeça nos degraus!... É claro que não me engano!... O ruído, os gritos da vítima, tudo indica que se trata de vias de fato. O que será isto?" Os inquilinos dos diversos andares corriam para a escada. Ouviam-se vozes e exclamações. Subiam, desciam, empurravam com força as portas ou fechavam-nas com estrondo. "Mas por que é tudo isto? Por quê?... Como é isto possível?", repetia ele começando a acreditar que a loucura se lhe apoderara do cérebro. "Mas qual! Distinguia nitidamente os ruídos!... Porque não vêm ao meu quarto, se... tudo isto é talvez por causa da história... Meu Deus!..." Quis correr o fecho da porta, mas não teve força para levantar o braço... De resto, sabia bem que essa precaução de nada lhe serviria!... O terror gelava-lhe a alma. O barulho durou uns dez minutos cessando de pouco a pouco. A dona da casa ainda gemia. Iliá Petrovitch continuava a vomitar insultos e ameaças... Por fim também se calou, ou pelo menos já não se ouvia. Ter-se-ia ido embora? "Meu Deus!... Sim, lá se vai também a hospedeira, sempre a chorar e a gemer... Com que ruído fechou a porta do quarto!... Os inquilinos recolhem-se, com exclamações de espanto, ora aos gritos, ora falando em voz baixa. Devia ser muita gente, pois acudiram todos, ou quase todos!... Oh! Meu Deus, será possível? Porque razão viria ele aqui?" Raskolnikov caiu exausto no sofá, mas não pôde adormecer. Durante meia hora foi dominado por um terror que nunca experimentara. Todavia, passado esse tempo, uma luz brilhante iluminou o quarto. Era a Nastássia que entrava com uma vela e um prato com caldo. A moça olhou para ele com atenção e, convencida de que não dormia, colocou o castiçal sobre a mesa, bem como o mais que trouxera: pão, sal, um prato e uma colher.

— Parece-me que não comes desde ontem. Tens para aí estado todo o dia a arder em febre.

— Ó Nastássia..., por que bateram na hospedeira?

Esta fitou-o, como a querer ler-lhe no íntimo e depois disse:

— Quem foi que lhe bateu?

— Há pouco..., talvez a meia hora, o Iliá Petrovitch, o adjunto do comissário da polícia, deu-lhe uma grande coça, ali na escada... Por que diabo a espancaria assim?... E que veio ele cá fazer?

Nastássia franziu o sobrolho sem dizer palavra e continuou a examinar o hóspede. Este olhar penetrante confundiu-o.

— Por que não respondes, Nastássia? — perguntou, por fim, com voz débil.

— É o sangue — murmurou ela, como se pensasse em voz alta.

— O sangue!... Que sangue?... — balbuciou Raskolnikov, perdendo a cor e recuando até à parede.

Nastássia, cada vez mais surpresa, disse num tom seco:

— Ninguém bateu na senhora.

Raskolnikov olhou para ela, respirando com dificuldade.

— Ouvi perfeitamente... Não dormia... Estava sentado no sofá — disse em voz tímida. — Escutei durante muito tempo. Veio o ajudante do comissário da polícia... Os inquilinos correram todos à escada...

— Não veio ninguém. Isso tudo é do sangue a ferver. Quando não encontra saída, coalha e vem o delírio... Queres comer?

Não respondeu. Nastássia, entretanto, continuava a observá-lo.

— Tenho sede, Nastassiazinha.

A moça saiu e voltou momentos depois com uma vasilha de barro cheia de água... E ficavam por aqui as reminiscências de Raskolnikov. Lembrava-se apenas de que tinha bebido água. Em seguida perdera os sentidos.

CAPÍTULO III

Enquanto durou a doença, Raskolnikov não esteve em absoluto privado do uso da razão: era como que um estado febril com delírio, uma meia inconsciência. Mais tarde recordou-se de muitas coisas. Umas vezes julgava ver à sua volta indivíduos que o iriam levar, discutindo com calor a seu respeito. Outras vezes, via-se só no quarto. Toda a gente se retirara com medo dele; apenas de vez em quando entreabriam a porta para o vigiar. Ameaçavam-no, cochichavam, riam e faziam-no encolerizar. Notou muitas vezes que Nastássia estava à sua cabeceira. Via também um homem que lhe parecia conhecer muito bem; mas quem era ele?... Não conseguia ligar o nome à pessoa e isso afligia-o, a ponto de o fazer chorar.

Por vezes afigurava-se-lhe que havia já um mês que estava de cama; noutros momentos parecia-lhe que todos os incidentes da sua doença tinham sucedido num único dia. Porém *aquilo* tinha-lhe esquecido em absoluto. No entanto, a cada momento, pensava que se esquecera dalguma coisa de que devia lembrar-se, e apoquentava-se, fazia esforços de memória, ficava furioso ou dominado por um terror indescritível em não se recordar. Por fim erguia-se na cama, queria fugir, mas sempre alguém o segurava com pulso rijo. Essas crises deixavam-no numa prostração enorme e terminavam sempre por um desmaio. Dias depois recuperou por completo o uso da razão. Seriam dez horas da manhã. O tempo estava bom e o sol entrava àquela hora no quarto, projetando uma extensa faixa de luz na parede do lado direito, que se estendia até ao canto, próximo à porta. Nastássia estava junto do leito com um indivíduo que ele não conhecia e que o observava com curiosidade. Era um rapaz quase imberbe, vestindo blusa como a dos operários. Pela porta entreaberta a dona da casa espreitava. Raskolnikov ergueu-se um pouco.

— Quem é, Nastássia? — interrogou ele, apontando o desconhecido.

— Veja, voltou a si! — exclamou a criada.

— Já voltou a si!— repetiu o desconhecido.

A estas palavras a hospedeira fechou a porta e desapareceu. À sua timidez eram desagradáveis as explicações. Esta mulher, que teria quarenta anos, tinha olhos e sobrancelhas pretas, era muito nutrida e de aparência agradável. Bondosa, como em geral são as pessoas gordas e indolentes, era extremamente tímida.

— Quem é o senhor? — continuou Raskolnikov a perguntar, dirigindo-se ao desconhecido. Neste momento abriram a porta, de novo, para dar passagem a Razoumikhine, que entrou, curvando-se pouco, por causa da sua elevada estatura.

— Que cubículo! — exclamou ele. — Bato sempre com a cabeça no teto. E chamam a isto um quarto!... Então, meu amigo, já voltaste a ti, segundo me disse agora Pachenka?

— Só agora recuperou de todo os sentidos — repetiu como um eco o desconhecido, sorrindo.

— Mas quem é o senhor? — perguntou bruscamente Razoumikhine. — Eu chamo-me Razoumikhine sou estudante, filho dum fidalgo, e este senhor é meu amigo. Agora fará o favor de dizer quem é.

— Sou empregado no estabelecimento do negociante Chelopaiev e venho aqui tratar dum negócio.

— Sente-se nessa cadeira — disse Razoumikhine, sentando-se do outro lado da mesa.

— Meu amigo, fizeste bem em voltar a ti — continuou o estudante, dirigindo-se a Raskolnikov. — Há quatro dias que, por assim dizer, não comes nem bebes. Tomavas apenas umas colheres de chá. Trouxe-te duas vezes o Zozimov. Examinou-te com cuidado e disse que não era nada. A tua doença — acrescentou ele — era apenas um esgotamento nervoso resultante de má alimentação, mas sem consequências. É um indivíduo muito completo, o Zozimov! Já faz clínica por sua conta... Não quero, porém, tomar-lhe o tempo — informou Razoumikhine, desviando o olhar para o empregado de Chelopaiev. — Queira dizer o motivo da sua visita. Nota, Raskolnikov que é a segunda vez que o patrão deste senhor aqui o manda. Mas da primeira vez não foi este. Quem foi que esteve cá antes do senhor?

— Refere-se talvez ao indivíduo que veio cá anteontem; foi o Albino Semenovitch, também empregado da casa.

— Tem a língua mais desempenada do que o senhor, não acha?

— Sim, é pessoa mais apresentável...

— Modéstia digna do maior elogio! Queira ter a bondade de continuar.

— O caso é este — começou o rapazola, dirigindo-se a Raskolnikov: — a pedido de sua mãe, Afanase Ivanovitch Vakrouchine, de quem por certo tem ouvido falar muitas vezes, enviou-lhe uma certa quantia, por intermédio da nossa casa. Se está em seu juízo, queira passar o recibo desses trinta e cinco rublos, que a pedido de sua mãe, Semen Semenovitch recebeu de Afanase Ivanovitch, para lhe serem entregues. Recebeu talvez aviso da remessa deste dinheiro?

— Sim... Tenho ideia... Vakhrouchine... — balbuciou Raskolnikov, com ar pensativo.

— Ele vai assinar. Traz o livro? — perguntou Razoumikhine.

— Trago, sim senhor. Aqui está.

—Dê-mo cá. Vamos lá, faz um pequeno esforço. Vê se te podes sentar. Eu ajudo-te... Pega na pena... Anda, assina, meu amigo, e lembra-te que atualmente o dinheiro é o mel da humanidade.

— Não preciso dele! — exclamou Raskolnikov, afastando a pena.

— Como assim?

— Não assino!

— Mas é preciso que passes o recibo!

— Não tenho necessidade... de dinheiro!...

— Não tens necessidade de dinheiro!... Quanto a isso, meu caro amigo, faltas à verdade. Sou testemunha. Não se apoquente, senhor, ele não sabe o que está a dizer... Regressou outra vez ao país dos sonhos. Isto também lhe sucede no estado normal. O senhor, que é um homem de juízo, vai me ajudar a ampará-lo e ele há de assinar. Vamos, ajude-me.

— Mas eu volto depois...

— Nada, nada, para que se há de incomodar?...Vamos, não demores este senhor... bem vês que está esperando... — E Razoumikhine preparava-se para guiar a mão de Raskolnikov.

— Deixa. Não preciso de auxílio para isso... — respondeu o doente. E pegando na pena, assinou.

O empregado de Chelopaiev entregou o dinheiro e retirou-se.

— Muito bem!... Agora, meu amigo, queres tomar alguma coisa?

— Quero — respondeu Raskolnikov.

— Haverá caldo?

— Há um resto de ontem — respondeu Nastássia, que se conservava no quarto.

— Com arroz e batatas?

— Sim.

— Bem. Vai buscar o caldo e traz também chá.

— Sim, senhor.

Raskolnikov olhava para todos e para tudo com profunda surpresa, com um ar aterrado e imbecil.

Decidiu calar-se e esperar o que desse e viesse. "Creio que já não deliro!", pensou ele, "Tudo isto me parece real."

Dez minutos depois, Nastássia voltou com o caldo e a promessa de que o chá não tardaria. Trazia duas colheres, dois pratos, sal, pimenta, mostarda para a carne, etc. Havia muito que aquela mesa não era posta com tanta opulência. Até a toalha era limpa.

— Nastássia — disse Razoumikhine — Prascóvia Pavlovna não faria nenhum disparate se nos mandasse duas garrafas de cerveja.

— Não queres que te falte coisa alguma — resmungou a criada. E saiu.

O doente continuava a observar tudo com inquietação. Entretanto, Razoumikhine viera sentar-se no sofá, junto dele, a ternura dum irmão com o braço esquerdo sustentava a cabeça do amigo, que não precisava desse apoio, ao passo que com a mão direita lhe chegava aos lábios uma colher de caldo, tendo o cuidado de o arrefecer, soprando-o várias vezes, para que o doente se não escaldasse ao engoli-lo. E, no entanto, o caldo esteve quase frio. Raskolnikov sorvera avidamente três colheradas, quando Razoumikhine interrompeu a tarefa, declarando que não lhe dava mais sem consultar Zozimov.

Nastássia entrou, trazendo as duas garrafas de cerveja.

— Queres chá?

— Quero.

— Vai buscar o chá num instante, Nastássia, porque, quanto a essa beberagem, creio que se poderá passar sem o consentimento da faculdade.

— Aqui está a cerveja!

Voltou a sentar-se, puxou para si o prato de caldo e a carne, e pôs-se a jantar com tanto apetite como se há três dias não comesse.

— Agora, amigo Raskolnikov, janto todos os dias em tua casa — disse ele, com a boca cheia. — É a Pachenka, a tua amável hospedeira, quem me obsequeia desta maneira. Tem por mim uma grande consideração. Não me oponho, está claro. Para que havia de protestar? Aí vem a Nastássia com o chá. É desembaraçada, a moça! Queres cerveja, Nastássia?

— Estás a caçoar comigo?

— Mas chazinho queres, hein?

— Chá, sim..., quero.

— Serve-te. Nada, espera, eu mesmo te vou servir. Senta-te.

E tomando a sério o seu papel de anfitrião, encheu duas chávenas, depois do que saiu da mesa e voltou a sentar-se no sofá. Como momentos antes, quando se tratara do caldo, foi com os maiores cuidados que Razoumikhine fez beber o chá a Raskolnikov. Este consentia tudo sem dizer palavra, posto que se sentisse com forças para poder estar sentado sem que ninguém o amparasse, segurar a chávena e talvez mesmo andar. Todavia, com um maquiavelismo quase instintivo, lembrou-se de aparentar uma grande prostração, de simular até uma certa falta de inteligência, conservando sempre os olhos atentos e os ouvidos apurados. A repugnância foi, porém, superior à sua resolução. Depois de ter tomado algumas colheres de chá, o doente voltou a cabeça com um movimento brusco, afastou a colher e deixou-se cair sobre o travesseiro. Esta palavra não era agora uma metáfora. Raskolnikov tinha um bom travesseiro de penas, com fronha limpa. Ao notar essa circunstância ficou impressionado.

— É preciso que a Pachenka nos mande ainda hoje o xarope de framboesas, para fazermos o refresco para o doente — disse Razoumikhine, voltando ao seu lugar e continuando o jantar interrompido.

— Onde há ela de ir buscar o xarope? — perguntou Nastássia, que bebia o chá pelo pires, pousado na palma da mão.

— Ora, minha amiga, que o mande comprar.

— Sabes, Raskolnikov, deu-se aqui um fato de que não tens conhecimento. Quando fugiste da casa, como um larápio, sem me dizeres onde moravas, fiquei tão arreliado que decidi procurar-te para me vingar de ti por forma solene. Nesse mesmo dia procedi a indagações. O que andei e o que perguntei! Tinha-me esquecido do teu endereço, pela melhor das razões; porque nunca o soube. Quanto ao teu antigo alojamento, lembrava-me que era nos Cinco-Cantos, na casa Kharlamov. Vou nessa pista e descubro a casa Kharlamov, que afinal não tem esse nome, mas sim é a casa Boukh. Eis aqui como confundimos às vezes os nomes próprios! Estava fulo. Resolvi no dia imediato ir à repartição do registro de moradas, apesar da nenhuma esperança que tinha no bom resultado da tentativa. Pois, meu caro, em dois minutos informaram-me da tua residência. Estás lá inscrito!

— Estou inscrito?

— Estás, mas entretanto não souberam indicar a morada do general Kobelev a alguém que a pedia. Em resumo, logo que aqui cheguei, puseram-me ao fato de quanto te dizia respeito. Sei tudo. Nastássia te contará isso depois. Travei relações com o Nikodim Fomitch, apresentaram-me o Iliá Petrovitch, o porteiro, o Alexandre Gregorievitch, o Zametov, o chefe da repartição, e por último Pachenka. Esta foi o ramo final, a Nastássia que te diga...

— Enfeitiçaste-a — disse a moça, com um sorriso significativo.

— O teu grande erro, meu amigo, foi não saber levá-la desde o princípio. Não devias proceder com ela como procedeste. O caráter dessa mulher é muito extraordinário! Depois falaremos do seu caráter... O que fizeste tu, por exemplo, para que te suspendesse as comedorias?... E a letra?... Estavas maluco quando assinaste tal documento. E o projeto de casamento quando a filha era viva, sei tudo! Mas vejo que te estou magoando e sou uma besta; perdoa-me!... A propósito de besta, não és de opinião que Prascóvia Pavlovna é menos tola do que poderia supor-se à primeira vista?

— Sim... — balbuciou Raskolnikov, desviando o olhar, não percebendo que lhe era mais conveniente sustentar a conversa.

— Não é verdade? — continuou Razoumikhine. — Também não se pode dizer que seja inteligente. É uma criatura única! O que te afianço é que não a compreendo... Vai fazer quarenta anos, mas diz que tem trinta e seis e pode fazê-lo sem correr risco de passar por mentirosa. De resto, juro-te que não posso avaliá-la se, não intelectualmente, porque as nossas relações são as mais singulares que possas imaginar! Não percebo nada. Vamos contudo ao que importa. Ela viu que tinhas abandonado a universidade, que não lecionavas e que não tinhas roupa; por outro lado, depois da morte da filha, deixou de existir a razão para seres considerado como pessoa da família. Em tais circunstâncias, teve receio. Pelo teu lado, em vez de manteres com ela as antigas relações, vivias metido no buraco. Aí está por que te quis pôr na rua. Havia muito que pensava nisso. Todavia, como tinhas assinado a letra e lhe asseguravas que tua mãe pagaria...

— Procedi duma maneira indigna dizendo isso... Minha mãe vive também quase na miséria. Menti, para garantir por mais tempo o alimento e este abrigo... — disse Raskolnikov em voz clara e vibrante.

— Sim, tinhas razão procedendo assim. O que deitou tudo a perder foi a intervenção do Tchebarrov. Se não fosse ele, a Pachenka não teria ido tão longe. É demasiado tímida para isso. Porém Tchebarrov não é tímido, e foi talvez ele quem pôs as coisas nestes termos: o homem tem com que pagar? — Tem, porque a mãe, embora possua apenas uma pensão de cento e vinte rublos, deixa de comer para salvar o seu Ródia duma dificuldade, e a irmã, essa seria capaz de se vender por ele como uma escrava. Foi desta ideia que o senhor Tchebarrov partiu... Por que te afliges?... Compreendo bem o teu pensamento. Fizeste mal em não desabafar no seio da Pachenka, quando ainda via em ti um futuro genro. Ao passo que o homem sensível precisa de desabafar, o homem de negócios concentra-se em proveito próprio. Em resumo, endossou a letra, em pagamento, a esse Tchebarov, que não esteve com cerimônias para te exigir o reembolso. Logo que soube de toda esta história, quis, por desencargo de consciência, tratar o Tchebarov a choques elétricos; mas, entretanto, estabeleceram-se magníficas relações entre mim e a Pachenka e consegui que o processo fosse sustado, responsabilizando-me pela dívida. Percebes, meu amigo? Apresentei-me como teu fiador. Tchebarov apareceu, rolha-mos-lhe a boca com dez rublos, e entregou o papel que tenho a honra de te apresentar. Agora és apenas devedor sobre palavra. Aqui o tens, toma...

— Era a ti que eu não conhecia durante o delírio? — perguntou Raskolnikov, após um curto silêncio.

— Era. E até mesmo a minha presença te causou crises, principalmente quando trouxe o Zametov.

— Zametov?... O chefe da repartição da polícia?... Para que o trouxeste cá?... — Proferindo estas palavras, Raskolnikov mudou logo de posição e não desviou o olhar de Razoumikhine.

— Que tens?... Por que te assustas?... Desejava conhecer-te. Foi ele próprio quem quis vir, porque tínhamos falado muito a teu respeito... Se não fosse ele, como saberia

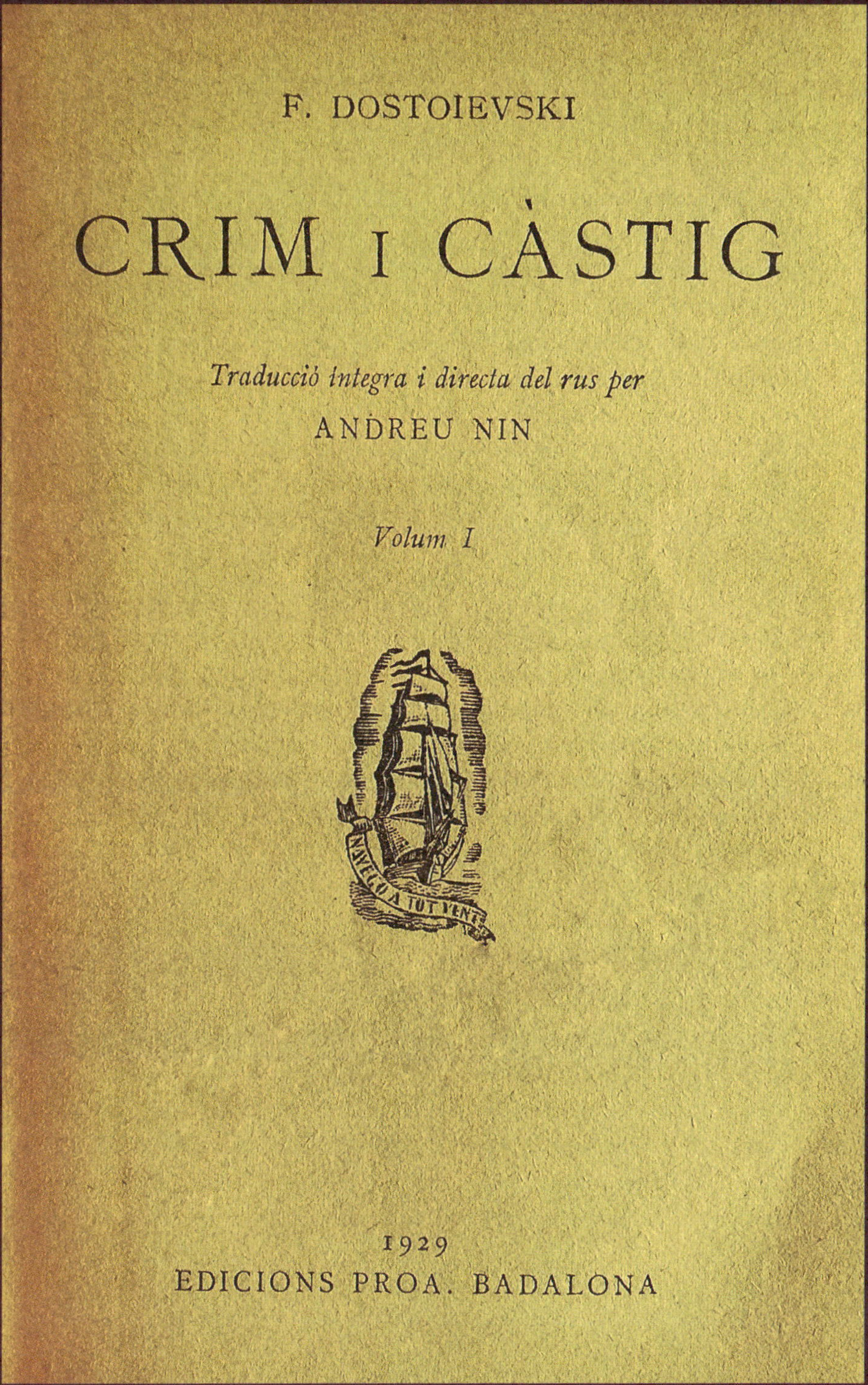
F. DOSTOIEVSKI

CRIM I CÀSTIG

Traducció íntegra i directa del rus per

ANDREU NIN

Volum I

1929

EDICIONS PROA. BADALONA

Edição Catalã da obra "Crime e Castigo", lançada em 1929.

eu tantas coisas? É um excelente rapaz, muito meu amigo, o extraordinário... no seu gênero, já se deixa ver! Agora somos amigos; vemo-nos todos os dias, porque mudei os meus aposentos para este bairro. Ainda não sabias, é verdade! Mudei-me há pouco tempo. Já fui duas vezes com ele à casa da Luísa. Recorda-te da Luísa, da Luísa Ivanovna?

— Disse disparates quando delirava?

— Decerto. Não sabias o que dizias.

— Mas que disse eu?

— Ora. O que pode dizer um homem que não está em seu juízo!... Agora é preciso não perdermos tempo. Pensemos no que interessa.

Levantou-se e pegou no chapéu.

— Mas que disse eu?

— Tens muita vontade de o saber? Receias ter revelado algum segredo? Tranquiliza-te. Não disseste uma única palavra acerca da condessa! Falaste muito num relógio, em brincos, em correntes de relógio, na ilha de Krestovsky, num porteiro, em Nikodim Fomitch e no Iliá Petrovitch. Preocupavas-te também muito com uma das tuas botas: — Deem-ma! — dizias, choramingando. Zametov procurou-a por todos os cantos e trouxe-te esta porcaria, em que não teve nojo de pegar com as suas mãos brancas, perfumadas e cheias de anéis. Então sossegaste e durante vinte e quatro horas conservaste essa imundície entre as mãos. Era impossível arrancar-ta e deve estar ainda debaixo do cobertor. Pedias também as franjas dumas calças e com que lágrimas! Desejava muito saber que valor tinham para ti tais franjas, mas era impossível deduzir qualquer coisa na incoerência das tuas palavras... Falemos porém de coisas mais importantes. Estão aqui trinta e cinco rublos. Levo dez, e daqui a duas horas dir-te-ei como os empreguei. Passarei por casa de Zozimov. Há muito que devia cá estar. Já passa das onze... Durante a minha ausência, Nastássia, que nada falte ao nosso hóspede e traz-lhe algum refresco... Eu próprio vou fazer algumas recomendações à Pachenka. Até logo.

— Chama-lhe Pachenka! Oh! que mariola! — disse a criada, quando ele voltou as costas. Em seguida saiu e pôs-se a escutar junto da porta. Não podendo conter-se, desceu a toda a pressa , inquieta por saber o que Razoumikhine dizia à hospedeira. Que a Nastássia tinha uma verdadeira admiração pelo estudante, não oferecia dúvida alguma!... Mal ela fechou a porta, o doente afastou a roupa e saltou, como desvairado, da cama. Esperava com a maior impaciência o momento de se encontrar só, para se entregar à sua tarefa. Mas a que tarefa! Disso é que já se não lembrava."Meu Deus! Permita que eu saiba apenas uma coisa: já sabem tudo ou ainda o ignoram? Talvez já saibam, no entanto dissimulam, por eu estar doente. Então hão de dizer-me que havia muito sabiam tudo... O que hei de fazer?... Parece incrível: não me recordo e ainda não há um minuto pensava nisso!..." Estava de pé, no meio do quarto, olhando em volta, perplexo. Aproximou-se da porta, abriu-a e aplicou o ouvido. Não era bem isso... De repente pareceu voltar-lhe a memória. Correu ao canto, onde o forro estava aluído, introduziu a mão no buraco e apalpou. Mas também não era isso... Abriu o fogão e revolveu a cinza. As franjas e o forro das algibeiras das calças ainda ali estavam, como quando para lá as deitara. Era, pois, evidente que não tinham ido procurar no fogão! Pensou então na bota de que Razoumikhine falara. Realmente estava sobre o sofá e debaixo do cobertor. Depois do crime, contudo, sofreu tantos atritos, e enlameara-se tanto, que, sem dúvida, Zametov nada teria notado.

"Esta agora! Zametov..., a repartição da polícia! Para que me chamam àquela casa? Onde está a citação?... Ah!estou a confundir tudo. Foi há dias que me mandaram chamar. Também nessa ocasião examinei a bota, porém agora... Agora estive doente. Para que viria cá o Zametov?... Para que o traria cá o Razoumikhine?" — balbuciou Raskolnikov, sentando-se desfalecido no sofá. "O que será isto? Ainda estarei delirando, ou as coisas são como as vejo? Parece-me que não estou a sonhar... Ah! lembro-me agora: é necessário partir o quanto antes. Absolutamente necessário. Sim... mas partir para onde? E onde está a roupa? Não tenho botas! Eles levaram tudo, esconderam tudo! Compreendo!... Ah! cá está o casaco!... é que não o viram!... Dinheiro em cima da mesa, graças ao Senhor! A letra também cá está... Meto o dinheiro na algibeira e escapulo-me, vou alugar outro quarto e não me tornam a encontrar!... Sim, mas a repartição das moradas? Vão logo dar comigo! O Razoumikhine descobre-me, com certeza. melhor emigrar, ir para a América. Lá não me importo com eles! É necessário levar também a letra... pois pode servir-me. E que mais hei de levar? Julgam-me doente, pensam que não estou em estado do dar um passo, eh! eh!... Li-lhes nos olhos que sabem tudo. Basta descer a escada, mas e se a casa estiver cercada? Se eu for encontrar lá em baixo a polícia?... Que é aquilo?... chá?!... e também cerveja?!... Como isto me vai consolar!" Pegou a garrafa, que conteria tanto como um copo grande e bebeu-a sem interrupção, com verdadeiro prazer, porque tinha o peito a arder. Ainda não passara um minuto e já a cerveja lhe causava tonturas e sentia que um ligeiro arrepio lhe percorria as costas. Deitou-se e cobriu-se com o cobertor. Suas ideias incoerentes começaram a confundir-se cada vez mais. Pouco depois as pálpebras. Pousou com voluptuosidade a cabeça no travesseiro, embrulhou-se mais na macia coberta que substituíra o esfrangalhado capote e adormeceu num sono profundo. O ruído de passos acordou-o. Era Razoumikhine que acabava de abrir a porta, mas hesitava em entrar, conservando-se de pé no limiar. Raskolnikov ergueu-se dum salto e olhou o amigo, como se procurasse recordar-se dalguma coisa.

— Como estás acordado, entro!... Nastássia, traz para aqui o embrulho — ordenou Razoumikhine à criada, que estava embaixo — Tenho de te prestar contas...

— Que horas são? — perguntou o doente, lançando em volta de si um olhar espantado.

— Dormiste como uma criança, meu amigo. O dia vai declinando, são quase seis horas. Dormiste mais de seis horas.

— Meu Deus! Como pude dormir tanto!

— Ora essa! Isso até te faz bem! Tinhas algum negócio urgente? Talvez alguma entrevista amorosa... Agora temos o tempo livre, três horas que estou esperando que despertes. Já aqui tinha vindo duas vezes e sempre te encontrei a dormir. Também fui duas vezes a casa de Zozimov. Não o encontrei, mas deve vir com certeza. Tinha ainda de tratar dumas coisas minhas, pois tive de mudar hoje de domicílio. Mudei tudo, incluindo o meu tio. Não sei se sabes que meu tio vive agora comigo... Mas basta de conversa... Vamos ao que importa. Traz para aqui o embrulho, Nastássia. Como te sentes agora, meu velho?

— Bem, já não estou doente... Há muito tempo que estás aqui, Razoumikhine?

— Acabo de te dizer que estive três horas à espera que acordasses.

— Não é isso, antes?...

— Antes?...

— Desde quando tens vindo aqui?

— Ainda agora te disse! Não te lembras?

Raskolnikov concentrou-se nas suas ideias. Os incidentes do dia apareciam-lhe como que em sonho. Foram infrutíferos os esforços da sua memória. Com o olhar interrogava Razoumikhine.

— Hum! — disse este. — Então não te lembras! Já tinha percebido que não estavas ainda no teu estado normal... Este sono fez-te bem... Realmente estás com melhor aparência... Não te preocupes agora com essas coisas. Logo te lembrarás. Olha para isto, meu caro.

Desatou o embrulho que era objeto de todas as suas preocupações. Tinha um empenho especial nisto. É necessário fazer de ti um janota. Vamos a isto. Comecemos por cima. Vês esta boina? — disse ele, tirando do embrulho uma boina ordinária, mas ainda toda jeitosa. — Dás-me licença que a experimente?

— Não, agora não, depois — disse Raskolnikov, afastando o amigo com um gesto de impaciência.

— Nada, há de ser já. Deixa-me ver como te fica. Logo seria tarde, e depois não dormiria a pensar no caso, porque comprei por cálculo, visto não ter a medida da tua cabeça. Serve-te muito bem! — exclamou triunfante, depois de ter posto a boina na cabeça do amigo. Parece que foi feita de encomenda! Calcula por quanto a comprei, Nastássia — disse ele à criada, vendo que o amigo se conservava calado.

— Duas *grivnas*, talvez — respondeu Nastássia.

— Duas *grivnas*? Perdeste o juizo! — exclamou Razoumikhine desconsolado — Oito *grivnas* e foi por já ter sido usada... Vejamos agora as calças. Declaro-te que estou contentíssimo com elas.

E estendeu em frente de Raskolnikov umas calças cinzentas, dum tecido leve, de verão.

— Nem o mais pequenino buraco, nem uma nódoa e em excelente uso, apesar de serem em segunda mão. O colete é da mesma cor, como a moda exige. Também, se tudo isto não é novo, a dizer a verdade, nem por isso é pior. A roupa, com o uso, adquire mais elasticidade, torna-se mais flexível... Sabes, na minha opinião, o meio de irmos para diante neste mundo, é vestirmo-nos conforme a estação. As pessoas de distinção não comem espargos em janeiro: foi esse princípio que me guiou ao fazer estas compras. Estamos no verão? Comprei roupa de verão! Quando chegar o outono hás de precisar de algo mais quente e então porás este de parte... Tanto mais que até ao outono tem tempo de se estragar. Vê lá, calcula quanto isto custou? Quanto julgas tu? Dois rublos e vinte e cinco copeques! Agora vejamos as botas... Que te parece? Vê-se que foram usadas, mas hão de prestar ainda excelente serviço durante dois meses. Isto não é obra de cá. Eram dum secretário da embaixada inglesa, que as vendeu a semana passada. Usou-as apenas dois dias e vendeu-as porque estava muito precisado de dinheiro... Custaram um rublo e cinquenta copeques. Uma pechincha!

— Talvez lhe não sirvam! — observou Nastássia.

— Não servem! Ora essa! E para que serviu... isto? — replicou Razoumikhine, tirando da algibeira uma bota velha de Raskolnikov, esburacada e imundíssima. — Tinha-me prevenido, medida foi tirada por esta delícia. Procedeu-se em tudo com o maior cuidado. Por causa da roupa branca é que sustentei uma verdadeira luta com a adeleira. E por último, aqui tens três camisas com peitilhos da moda. Agora vamos às contas: boina, oito *grivnas;* calças e colete, dois rublos e vinte e cinco copeques; botas, um rublo e cinquenta copeques; roupa branca, cinco rublos; total: nove rublos e cinquenta copeques. Tenho, portanto, a entregar-te quarenta e cinco copeques. Aqui os tens, guarda-os. Por uma bagatela transformaste-te num janota, porque me parece que o casaco não só pode servir-te, como até mesmo é elegante. Vê-se que foi feito no Charmal! Com relação a meias e a outras miudezas, não pensei nisso. Depois as comprarás. Temos ainda vinte e cinco rublos. Não te preocupes com a Pachenka, nem com o aluguel do quarto. Já te disse que tens crédito ilimitado. Agora, meu amigo, vamos mudar essa roupa. A camisa cheira a febre.

— Deixa-me, não quero! — resmungou Raskolnikov, afastando-o.

Durante a alegre exposição de Razoumikhine conservara um ar taciturno.

— Tem paciência, meu caro, vamos lá. Então para que andei a romper solas? — insistia Razoumikhine. — Nastássia, não te faças tola e vem ajudar-me. Assim mesmo!

E a despeito da resistência oposta por Raskolnikov conseguiram mudar-lhe a roupa.

O doente caiu sobre o travesseiro e durante dois minutos não proferiu palavra. “Quando me deixarão em paz?”, pensava ele.

— Com que dinheiro foi tudo isto comprado? — perguntou alto, voltando-se para a parede.

— A pergunta não é má! Com o teu dinheiro. Tua mãe mandou-te, por intermédio de Vakhrouchine, trinta e cinco rublos, que há pouco recebeste. Já te não lembras?

— Lembro-me agora... — disse Raskolnikov, depois de ter estado durante algum tempo pensativo e triste.

Razoumikhine, com o sobrolho franzido, contemplava-o com inquietação. Abriram a porta e um homem de estatura elevada entrou no quarto. As suas maneiras indicavam que não era visita íntima de Raskolnikov.

— Zozimov! Até que enfim!— exclamou Razoumikhine, com alegria.

CAPÍTULO IV

O recém-chegado teria vinte e sete anos, era alto, reforçado, rosto cheio, pálido e barbeado com esmero. Os cabelos, dum louro quase branco, trazia-os penteados ao alto, arrepiados como os pelos duma escova. Usava lunetas e no indicador da sua grande mão brilhava um grosso anel de ouro. Percebia-se que gostava de andar à vontade, conquanto a roupa não deixasse de ter um talhe elegante. Vestia um largo casaco de verão e calças claras. A camisa era irrepreensível e sobre o colete brilhava uma pesada corrente de ouro. Havia nas suas maneiras o quer que fosse de moroso e fleumático, por mais que se forçasse por aparentar o contrário. De resto, via-se logo que era um pretensioso. Todas as pessoas das suas relações o achavam insuportável, mas tinham-no na conta dum excelente médico.

— Fui duas vezes procurar-te à casa, meu amigo... Sabes, o doente já voltou a si! — exclamou Razoumikhine.

— Bem vejo... Então como se sente hoje? — perguntou Zozimov a Raskolnikov, observando-o com atenção, enquanto que se instalava no sofá, junto dos pés do enfermo, tentando arranjar ali lugar suficiente para a sua alentada pessoa.

— Ainda está hipocondríaco — continuou Razoumikhine. — Há pouco, quando lhe mudamos a roupa, quase desatou a chorar.

— Compreende-se; podias ter feito isso mais tarde, sem o contrariar... O pulso está magnífico. A cabeça ainda dói, não é verdade?

— Estou bem, sinto-me perfeitamente! — informou Raskolnikov, irritado e ao mesmo tempo se ergueu de chofre no sofá. Os olhos pareciam despedir faíscas. Porém, um momento depois, caiu de novo sobre o travesseiro e voltou-se para a parede. Zozimov observava-o com atenção.

— Bem, não há nada de extraordinário. Tem comido alguma coisa?

Disseram-lhe o que o doente tinha comido e perguntaram o que podiam dar-lhe.

— Qualquer coisa... Caldo, chá... É evidente que os cogumelos e os pepinos estão proibidos. Não deve também comer carne, nem... Mas estou aqui a perder tempo sem necessidade. Trocou um olhar com Razoumikhine. — Nada de medicamentos, e amanhã volto cá... Podiam já hoje... Não faz mal, é o mesmo...

— Amanhã à tarde há de ir passear! — acrescentou Razoumikhine. — Iremos ambos ao Jardim Ioussoupov e depois ao Palácio de Cristal.

— Amanhã talvez seja muito cedo, no entanto um pequeno giro... Enfim, veremos.

— O que me custa é ter de inaugurar hoje mesmo a minha nova casa, aqui mesmo ao lado. Queria que fosse dos nossos, ainda que tivesse de estar deitado no sofá! Tu vais? — perguntou Razoumikhine a Zozimov. Prometeste... Não faltes.

— Não falto, porém só irei mais tarde. Há baile?

— Qual baile. Há chá, aguardente, arenques e um pastelão. uma despretensiosa reunião de amigos.

— Quem são os convidados?

— Companheiros e um tio velho que veio tratar dos seus negócios a S. Petersburgo. Está cá desde ontem e vemo-nos de cinco em cinco anos.

— E que faz ele?

— Tem vegetado toda a vida num distrito onde foi diretor do correio, recebe uma pequena pensão... e tem sessenta e cinco anos. Sou-lhe afeiçoado... Espero também o Porfírio Petrovitch, o juiz de instrução, um jurisconsulto... Mas, agora me lembro, esse conheces tu, não?

— Também é teu parente?

— É, porém muito afastado. Porque franzes o sobrolho? Lá porque um dia tiveste uma questão, julgas que não deves ir?

— Oh! Quero lá saber dele!

— Fazes bem, enfim, aparecerão lá estudantes, um professor, um empregado, um músico, um oficial, o Zametov...

— Diz-me lá, o que tens tu e... — com um aceno de cabeça, Zozimov indicou Raskolnikov — de comum com Zametov?

— Na verdade, entre mim e Zametov alguma coisa há de comum: empreendemos um negócio de sociedade.

— Sempre desejei saber o que é o tal negócio.

— É ainda aquele caso do pintor. Empregamos as nossas diligências para o pôr em liberdade. Agora as coisas tomaram um caminho mais favorável. O caso já não oferece dúvidas. A nossa intervenção serviu para precipitar o desenlace.

— A que pintor te referes?

— Ainda te não falei nisso? Ah! agora me lembro que só te contei o princípio da história... É aquela do assassinato da velha usurária... Prenderam o pintor como autor do crime...

— Sim! sim! Já antes de me falares nisso, tinha ouvido qualquer coisa a tal respeito e o caso chegou a interessar-me... Tenho lido o que os jornais têm dito... Ah! é verdade...

— Também mataram Isabel! — exclamou, dirigindo-se a Raskolnikov. Nastássia, que não saíra do quarto e se conservara de pé, junto à porta, ouvindo o que se dizia.

— Isabel! — balbuciou o doente com voz débil.

—Sim, Isabel, a adeleira, não a conhecias? Vinha cá a casa. Até te fez uma camisa — disse a Nastássia.

Raskolnikov voltou-se para a parede e ficou-se a fitar muito uma das pequenas flores estampadas no papel que forrava o quarto. Sentia os membros presos. Contudo não tentava mover-se e o olhar conservava-se fixo na flor.

— Havia alguns indícios contra esse pintor? — perguntou Zozimov, atalhando com evidente ciência a loquacidade de Nastássia, que emudeceu, soltando um fundo suspiro.

— Sim, mas indícios que nada valem, e é isso mesmo que nós havemos de demonstrar. A polícia seguiu nesta questão um caminho errado, principiando pela asneira de suspeitar e deter Koch e Pestriakov! Por mais alheio que se seja à questão, causa revolta ver uma investigação tão mal encaminhada! Pestriakov!... talvez vá esta noite a minha casa... A propósito, Raskolnikov, conheces o caso?... Ocorreu antes da tua doença, mesmo na véspera do dia em que desmaiaste no comissariado, quando falavam nisso...

Zozimov olhou para Raskolnikov com curiosidade. Este porém não se mexeu.

— Preciso não te perder de vista. Entusiasmas-te demais por coisas que não te dizem respeito — observou o médico.

— Pode ser, mas não faz mal. Havemos de arrancar esse desgraçado às garras da justiça! — exclamou Razoumikhine dando um murro na mesa. — O que mais me irrita não é a inépcia dessa gente, pois todos podem enganar-se. O erro é tão desculpável, quanto é certo que por ele se chega muitas vezes a descobrir a verdade. O que me desespero é que, apesar de caírem em erro, continuam a julgar-se infalíveis. Simpatizo com o Porfírio, todavia... Vê lá o que a princípio os desnorteou! A porta estava fechada, porém quando Koch e Pestriakov chegaram com o porteiro, encontraram-na aberta: logo, Koch e Pestriakov são os assassinos! Aqui tens a lógica dessa gente!

— Não te exaltes! Prenderam-nos e não podiam nem deviam deixar de o fazer... E a propósito desse tal Koch, que já tive ocasião de encontrar, parece que mantinha negócios com a velha, comprando-lhe os objetos que não eram desempenhados no prazo competente.

— Sim, ele é um espertalhão de marca! Também negocia em letras. A sua desdita não me comove. O que me irrita bastante são as praxes arcaicas e estúpidas que eles seguem religiosamente. Parece que já é tempo de adotarem processos novos, de darem uma vassourada na rotina. Só indícios de caráter psicológico podem conduzir à verdadeira pista. "Temos fatos!", dizem eles. No entanto os fatos não bastam. Para o bom êxito duma investigação criminal, o essencial é a maneira de os interpretar.

— E tu sabes interpretar os fatos?

— Oh! meu caro amigo, não quero dizer-te que sei interpretar os fatos!... O que te digo é que é impossível a gente calar-se, quando se sente, quando se tem a convicção absoluta de que se poderia ajudar a fazer luz, se... Conheces os pormenores?

— Falaste-me do pintor de casas, contudo não conheço a história.

— Então escuta. Dois dias depois de praticado o crime, ao passo que a polícia prosseguia nas suas investigações em relação a Koch e a Pestriakov, surgia pela manhã o mais imprevisto dos acidentes. Um tal Douchkine, que tem uma taberna em frente da casa onde foi perpetrado o crime, foi entregar ao comissário da polícia um estojo com um par de brincos de ouro e contou-lhe a seguinte história: "Anteontem, pouco antes das oito horas — repara nesta coincidência! — um pintor chamado Mikolai, que frequenta o meu estabelecimento, pediu-me que lhe emprestasse dois rublos sobre os brincos. Quando lhe perguntei onde os arranjara, respondeu que os achara na rua. Não lhe fiz mais perguntas" — é ainda o Douchkine quem fala — "e dei-lhe um rublo, porque disse comigo: se não ficar com isto, apresentar-se-á outro como seu dono e tudo perderei; por outro lado, se houver reclamação, se vier a saber que os brincos foram roubados, irei entregá-los à polícia." É claro que o nosso amigo mentia com todo o descaro. Conheço-o, é um receptador. Quando apanhou os brincos, que valiam trinta rublos, não lhe passou pela mente entregá-los à polícia. Se o fez, foi sob a influência do medo. Porém a história do mestre Douchkine não ficou por aqui, assim disse: "Conheço desde pequeno o tal Mikolai Demeutiev, pois somos ambos da província de Razan, distrito de Zarahsk. Sem ser o que se chama um bêbado, às vezes toma a sua pinga a mais. Sabia que andava a trabalhar naquela casa com o Mitrei, que também é nosso patrício. Logo que recebeu o rublo, bebeu dois copos de vinho, trocou a moeda para pagar e foi-se com o troco. O Mitrei não o acompanhava. No dia seguinte ouvi dizer que tinham assassinado com um machado Alena Ivanovna e a irmã, Isabel, a quem conhecia bem. Então tive suspeitas acerca dos brincos porque sabia que a velha emprestava dinheiro sobre joias. Com o fim de esclarecer essas suspeitas, fui à casa da velha e perguntei pelo Mikolai. Mitrei informou-me de que andava a gozar. Tinha voltado a casa de madrugada, bêbado, e dez minutos depois saíra. Desde então Mitrei não o tornara a ver e estava terminando, sozinho, o trabalho. A escada de serviço da casa das vítimas conduz também ao compartimento onde os dois operários trabalhavam, o qual fica no segundo andar. Depois de saber tudo não disse coisa alguma a ninguém. Tratei de obter o maior número de informações que pude sobre as circunstâncias dos crimes e voltei para casa, sempre preocupado com as mesmas suspeitas. Numa das manhãs seguintes, às oito horas, quer dizer, dois dias depois do crime — percebes? — Mikolai entrou na minha loja. Percebia-se que tinha bebido, mas não estava muito embriagado e entendia bem o que se lhe dizia. Sentou-se. Quando entrou, estava lá só um freguês, que dormia estirado num banco, e os meus dois caixeiros.

— "Viste o Mitrei? — perguntei-lhe. — Não, disse ele — não o vi. — Não trabalhaste hoje ali? — Desde anteontem que não. — respondeu. — E onde dormiste esta noite? — No Areal, em casa de Kolomensky. — E onde foste arranjar os brincos que me trouxeste outro dia? — Achei-os na rua — disse ele com um ar singular, evitando olhar para mim. — Não ouviste dizer que nessa tarde, à mesma hora, se passou alguma coisa de extraordinário no prédio em que trabalhavas? — Não, sei de coisa nenhuma. — Então contei-lhe o que se passara e ele ouviu-me com os olhos esgazeados. De repente fez-se branco como a cal, pegou no boné e levantou-se. Ia agarrá-lo: — Espera aí, Mikolai — disse-lhe — não bebes um copo de vinho? — Ao mesmo tempo fiz sinal ao caixeiro para se ir pôr à porta e saí para fora do balcão. Porém, percebendo a minha intenção, deitou a correr e um momento depois desaparecia na primeira esquina. Desde esse momento não tenho dúvidas sobre a sua culpabilidade."

— Também me parece... — Zozimov.

— Mas espera, ouve o resto! Naturalmente a polícia procurou Mikolai. O Douchkine e o Mitrei ficaram detidos. Procedem-se a uma busca na casa dos dois e na dos Kolomensky e só anteontem é que Mikolai foi preso, numa hospedaria dos subúrbios, em circunstâncias muito extraordinárias. Quando chegou à hospedaria, entregou uma cruz de prata ao dono da locanda e pediu um *chkalik*[17] de aguardente. Momentos depois uma mulher do campo ia ordenhar as vacas, e como olhasse, por acaso, através duma fenda do tabique, para um curral ao lado, viu o infeliz preparando-se para se enforcar. A mulher gritou e acudiu. — "Então é nisto que gastas o tempo?" — "Levem-me a uma esquadra policial que confesso tudo." Fizeram-lhe a vontade e levaram-no à esquadra mais próxima, que era a do nosso bairro. Procedeu-se ao costumado interrogatório. — "Quem és tu? Que idade tens?" — "Vinte e dois anos — etc..." Pergunta: — "Enquanto trabalhavas com o Mitrei, não viste ninguém na escada, entre as oito e as nove horas?" — "Pode ser que passasse alguém, porém não demos por isso." — "E não ouviste ruídos?" "Nada ouvimos de extraordinário." — "E não sabias que nesse dia, à tardinha, mataram Alena e a irmã?" — "Ignorava. Só anteontem é que o soube, na taberna. Disse-me Afanase Paolitch." — "E onde foste arranjar os brincos?" — "Achei-os na rua." — "Por que não foste no dia imediato trabalhar com o Mitrei?" — "Porque andei na pândega." — "E onde foi a pândega?" — "Em sítios diversos." — "Por que razão fugiste da casa de Druchkine?" — "Porque tive medo." — "De que tinhas medo?" — "De ser preso e processado." — "Como podias ter esse receio, se estavas inocente?..." — Pois, Zozimov, quer acredites, quer não, o interrogatório foi feito como te digo. Sei-o de positivo, porque conheço o questionário em todas as suas minúcias. E agora, que te parece?

— Mas aí há provas.

— Quais, não farás favor de me dizer? Porém não é disso que se trata. Trata-se dum interrogatório, da maneira como a polícia aprecia e julga a natureza humana! Enfim, adiante. Apertaram tanto o desgraçado, que acabou por confessar: — "Não foi na rua que achei os brincos. Foi no quarto onde trabalhava com o Mitrei." — "Como foi que os achaste?" — "O Mitrei e eu tínhamos estado a pintar todo o dia. Eram oito horas e preparávamo-nos para sair, quando o Mitrei pegou num pincel, besuntou-me a cara e fugiu. Corri atrás dele. Desci os degraus quatro a quatro, gritando como um doido. No momento, porém, em que chegava ao fundo da escada, correndo desenfreadamente, esbarrei com o porteiro e dois sujeitos que estavam com ele. Não me lembro quantos eram. Então o porteiro insultou-me, bem como um dos dois sujeitos. A mulher do primeiro andar apareceu e fez coro com eles. Por último, um outro sujeito, que ia entrando com uma senhora, descompôs-nos também, ao Mitrei e a mim, porque estávamos à porta,

17 Equivale mais ou menos a 30 centilitros. (N. do T.)

impedindo a passagem. Tinha-o agarrado pelos cabelos, deitara-o ao chão e esmurrava--o. Ele agarrava-me também pelo cabelo e dava-me quantas podia, apesar de estar por baixo. Fazíamos isto tudo em ar de brincadeira. Às tantas o Mitrei soltou-se e deitou a fugir. Corri atrás dele, porém não o alcancei e voltei ao quarto, porque precisava pôr em ordem as minhas coisas. Enquanto as arrumava, esperava que o Mitrei voltasse. Nessa ocasião, na sala de entrada, mesmo no canto, pus o pé sobre uma coisa. Olhei e vi um objeto embrulhado num papel. Desdobrei o embrulho e encontrei uma caixinha com uns brincos..."

— Atrás da porta? Estava atrás da porta? Atrás da porta? — exclamou de repente Raskolnikov, olhando com terror para Razoumikhine e diligenciando erguer-se no sofá.

— Estava... E então? Mas que tens tu?... Por que te afliges assim? — disse Razoumikhine, erguendo-se também.

— Não é nada!... — respondeu com voz débil Raskolnikov, que deixou cair a cabeça no travesseiro e se voltou de novo para a parede.

Todos ficaram, por momentos, calados.

— Se calhar estava meio adormecido ou a sonhar — disse Razoumikhine, interrogando Zozimov com o olhar.

Este acenou negativamente com a cabeça.

— Continua — disse o médico. — E depois?

— Sabes o resto. Logo que se viu de posse dos brincos, não pensou mais no trabalho nem no Mitrei. Pôs o boné e foi logo à loja do Douchkine. Como já disse, recebeu um rublo do taberneiro que enganou-o, dizendo-lhe que achara o estojo na rua. Depois foi para a pândega. Com respeito ao crime, as suas declarações não variam. — "Não sei de nada. Só tive conhecimento do assassinato dois dias depois." — "Mas porque motivo desapareceste todo esse tempo?" — "Porque não me atrevia a aparecer." — "E por que querias enforcar-te?" — "Porque tive medo." — "Medo de quê?" — "De ser perseguido."— Aí tens a história. Agora que conclusão julgas que a polícia tirou de tudo isto?

— Eu sei... Existe de fato uma presunção talvez discutível, mas que nem por isso deixa de ser valiosa. Querias que pusessem o homem em liberdade?

— Mas é que eles atribuem-lhe o assassinato. A tal respeito não têm a menor dúvida...

— Vamos, não te exaltes. Lembra-te dos brincos. No mesmo dia, pouco depois de praticado o crime, uns brincos que estavam no cofre da vítima foram vistos em poder do homem. Hás de concordar que a primeira coisa que há a fazer neste caso, é indagar como se achava de posse deles. É um caso que o juiz instrutor não pode deixar de apurar.

— Como se achava de posse deles?! — exclamou Razoumikhine. — A tua obrigação, meu caro doutor, é conhecer primeiro o homem. Tens, mais do que qualquer outro, ocasião de estudar a natureza humana. Pois bem! Será possível que, com todos esses dados, não percebas qual seja o espírito deste Mitrei? Não vês, *a priori*, que todas as suas declarações, durante o interrogatório, são a verdade nua e crua? Obteve os brincos tal como conta. Pôs o pé sobre o estojo e apanhou-o...

— A verdade nua e crua! Mas ele próprio reconheceu que mentira da primeira vez.

— Ora, ouve-me com atenção: os dois porteiros, Koch e Pestriakov, a mulher do primeiro andar, a tendeira que estava então no cubículo do porteiro, e o conselheiro Krukov, que nesse mesmo momento descia da carruagem e entrava no pátio do prédio, dando o braço a uma senhora, toda esta gente, ou seja, oito testemunhas, declaram unanimemente que Mikolai deitou ao chão o Mitrei, segurando-o pelos cabelos e que o outro lhe fazia o mesmo. Os dois estavam atravessados na porta e interceptavam a passagem. Todos os insultam, e eles, como duas crianças — palavras das testemunhas — gritam, descompõem-se, riem e correm um atrás do outro até à rua. Estás entendendo? Agora atende à circunstância de que entretanto estão no quarto andar dois cadáveres ainda quentes. Nota que estavam ainda quentes quando deram com eles. Se o crime foi perpetrado pelos dois pintores, ou só pelo Mikolai, permite-me que te faça uma pergunta: será de admitir tanta despreocupação, tanta presença de espírito, em indivíduos que acabam de cometer dois assassinatos, seguidos de roubo?... Não haverá incompatibilidade entre esses gritos, essas gargalhadas, essa luta de crianças, e a disposição moral em que devem achar-se os assassinos? Então cinco ou dez minutos depois de terem assassinado — porque, insisto, encontraram os cadáveres ainda quentes — saem, deixando aberta a porta do quarto onde ficam estendidos os corpos das suas vítimas e, sabendo que alguém sobe para a casa da velha, entretêm-se a foliar à porta da rua, tapam a passagem, riem, atraindo a atenção de toda a gente, como todas as testemunhas dizem?

— É de fato extraordinário. Parece impossível, mas...

— Não há mas, nem meio mas, meu caro. Reconheço que os brincos vistos nas mãos de Mikolai, pouco depois do crime, constituem contra ele uma suspeita grave. Porém o fato é explicado satisfatoriamente pelas declarações do acusado, se bem que essas declarações estejam sujeitas a discussão. Além disso, há ainda que considerar os fatos justificativos, tanto mais que esses estão fora da discussão. No entanto, e dado o espírito da nossa jurisprudência, os nossos magistrados são incapazes de admitir que um fato justificativo, com base em uma mera impossibilidade psicológica, possa lançar por terra indícios materiais, qualquer que seja a sua natureza. Não, nunca o hão de admitir, pela simples razão de terem encontrado o estojo e por o homem ter tentado enforcar-se, o que não faria, se não se reconhecesse culpado! Esta é a questão máxima, e é por isso que me irrito, compreendes?

— Sim, bem vejo que te exaltas. Todavia, ouve lá: esquecia-me de te fazer uma pergunta. Qual a prova de que o estojo que encerrava os brincos fosse roubado da casa da velha?

— Isso está bem provado — exclamou Razoumikhine, nervoso. — Koch reconheceu o objeto e indicou a pessoa que lá o foi empenhar, a qual por seu turno, deu provas de que o pertencia.

— Tanto pior. Uma última pergunta. Não haverá quem visse o Mikolai, enquanto Koch e Pestriakov subiam ao quarto andar, e não se poderia assim estabelecer o álibi?

— Não, ninguém o viu — disse já irritado Razoumikhine —, e isso é de fato deplorável! O próprio Koch e Pestriakov não viram os pintores quando subiram a escada, e também, agora, o seu peso não teria grande valor. "Reparamos — dizem eles — que o compartimento estava aberto e calculamos que talvez lá estivessem trabalhando, porém passamos sem dar atenção e não nos recordamos se ao tempo lá estavam ou não operários."

— Hum! Então a justificação do Mikolai baseia-se apenas nas gargalhadas e no pugilato com o camarada. Sim, será uma excelente presunção a favor da sua inocência, no entanto!... Permite-me que te pergunte qual o juízo que formas sobre o caso: admitindo como verdadeira a versão do acusado, como explicas o achado dos brincos?

— Como o explico? Que tem isso que explicar? O caso é claro. Pelo menos o caminho está nitidamente traçado à instrução e indicado, sem admitir dúvidas, pelo estojo. O verdadeiro culpado deixou cair os brincos. Estava em cima quando Koch e Pestriakov bateram à porta. Tinha-se fechado por dentro. Koch caiu na asneira de descer. Então o assassino desceu também, porque não tinha outro meio de se escapar. Na escada evitou ser visto pelo Koch, pelo Pestriakov e pelos porteiros, refugiando-se no compartimento do segundo andar, no momento em que os operários acabavam de o abandonar. Escondeu-se atrás da porta enquanto todos subiam para a casa da velha. Esperou que entrassem e desceu sem pressa a escada, na altura em que os pintores chegavam à rua. Como cada um seguiu seu rumo, não encontrou ninguém. Pode ser mesmo que o vissem, mas ninguém reparou nele. Quem está a reparar em todas as pessoas que entram ou saem dum prédio? Quanto ao estojo, deixou-o cair da algibeira, enquanto esteve escondido atrás da porta, e não deu por isso, porque havia outras coisas que o preocupavam. O estojo demonstra, portanto, sem dúvidas, que o assassino se escondeu no compartimento do segundo andar, onde não estava ninguém. E assim está explicado o mistério.

— É engenhoso, meu caro, e faz honra à tua imaginação. É mesmo muito engenhoso.

— Por quê?

— Porque todos os pormenores estão bem combinados, porque todas as circunstâncias são naturais... Tal qual como no teatro!...

Razoumikhine ia protestar, quando abriram a porta e os três viram aparecer um sujeito que nenhum deles conhecia.

CAPÍTULO V

Era um homem de meia idade, com certo ar de pedantismo e de fisionomia parada e severa. Hesitou primeiro um momento, lançando os olhos em volta, com um espanto que não dissimulou e que por isso mesmo era menos indulgente. "Onde vim parar?", parecia dizer a si próprio. Não era sem desconfiança, mas até com afetado receio, que examinava o cubículo onde se encontrava. O seu olhar manifestou o mesmo espanto quando encontrou Raskolnikov, que estava deitado no execrável sofá, em atitude pouco correta. Este não fez um único movimento; apenas olhou também com impertinente curiosidade para o desconhecido, o qual, mantendo sempre o seu porte altivo, observava agora a barba crescida e a cabeleira desgrenhada de Razoumikhine. Durante um minuto reinou um estranho silêncio entre todos. Tendo talvez compreendido que a ninguém causava impressão a sua atitude empertigada, o homenzinho dirigia-se cortesmente a Zozimov:

— É Rodion Romanovitch Raskolnikov, estudante ou ex-estudante? — perguntou, pronunciando bem cada sílaba.

Zozimov levantou-se e ia talvez responder, quando Razoumikhine se apressou a informar.

— É a pessoa que está deitada naquele sofá. Porém o cavalheiro que deseja?

A maneira expedita como a resposta foi dada desconsertou o grave personagem. Ia dirigir-se a Razoumikhine, mas, reconsiderando talvez, voltou-se para Zozimov.

— Ali está Raskolnikov! — disse com enfado o médico, indicando o doente com um ligeiro movimento de cabeça. E, bocejando sem cerimônia, tirou da algibeira um grande relógio de ouro, que consultou e tornou a guardar.

Raskolnikov, deitado de costas, não dizia uma única palavra e, posto que os olhos se lhe não desviassem do recém-chegado, percebia-se que o pensamento estava longe dali. Desde que deixara de fitar a flor, o seu rosto, muito pálido, denunciava um grande sofrimento. Parecia que acabara de sofrer uma operação melindrosa ou fora submetido a um suplício. Porém, pouco a pouco, a presença do desconhecido despertou nele um interesse crescente: a princípio foi surpresa, depois curiosidade e, por fim, como que receio. Quando o médico disse: "ali está Raskolnikov", de repente, sentou-se no sofá, e com voz débil, que não deixava de trair um tom de provocação, disse:

— Sim, senhor, sou Raskolnikov. Que deseja?

O desconhecido olhou para ele com atenção e respondeu com grande altivez:

— Pedro Petrovitch Loujine. Creio que o meu nome não lhe é desconhecido.

Raskolnikov, que estava longe de esperar aquela visita, limitou-se a olhar em silêncio para Loujine, com um ar de espanto, como se pela primeira vez ouvisse tal nome.

— Será possível que nunca tivesse ouvido falar em mim? — perguntou o noivo de Dounia.

Raskolnikov deixou-se cair vagarosamente sobre o travesseiro, cruzou os braços debaixo da cabeça e fitou o teto. Foi a sua resposta. Na fisionomia de Pedro Petrovitch lia-se o descontentamento provocado por tal atitude. Zozimov e Razoumikhine o observavam com curiosidade, o que acabou por lhe desconsertar a famosa atitude.

— Estava persuadido de que uma carta deitada há dez, ou talvez mesmo quinze dias...

— Mas para que há de o senhor ficar aí? — interrompeu Razoumikhine. — Se tem qualquer coisa a dizer, queira sentar-se, porque Nastássia e o senhor não cabem ambos aí no vão da porta, que é estreita. Nastássia, afasta-te, deixa passar esse senhor! Ora faça favor, aqui tem uma cadeira. Veja se pode passar.

Afastou a cadeira da mesa, deixando um pequeno espaço livre entre esta e os seus joelhos, e esperou, numa posição incômoda, que o visitante fizesse a travessia dessa estreita passagem. Era impossível recusar. Pedro Petrovitch chegou, não sem bastante custo, até à cadeira e, depois de se sentar, olhou com desconfiança para Razoumikhine.

— Não faça cerimônia — disse o estudante com arrogância. — Rodion está doente há cinco dias, em três dos quais delirou; no entanto, agora recuperou os sentidos, até já come com apetite. Este senhor é o médico. Eu sou condiscípulo do Rodion e sirvo-lhe de enfermeiro. Não se importe, pois, conosco e queira continuar a conversa, como se não estivéssemos aqui.

— Muito obrigado. Mas a conversa não fatigará o doente? — perguntou Pedro Petrovitch, dirigindo-se a Zozimov.

— Não senhor, é mesmo uma distração para ele — respondeu o médico, em tom de indiferença, bocejando outra vez.

— Há muito que recuperou o uso das faculdades. Foi esta manhã! — informou Razoumikhine, cuja sem cerimônia respirava uma bonomia tão sincera, que Pedro Petrovitch começou a sentir-se mais à vontade. Depois, esse homem indelicado e malvestido era um estudante.

— Sua mãe...

— Hum! — resmungou Razoumikhine.

Loujine ergueu para ele os olhos admirado.

— Não faça caso, é um tique. Queira continuar...

— ...Sua mãe começara uma carta para ti, antes da minha partida. Quando aqui cheguei, demorei a minha visita alguns dias, para ter a certeza, ao vir aqui, de que o senhor já sabia tudo. Todavia vejo com espanto...

— Eu sei, eu sei! — atalhou Raskolnikov, um tanto irritado. — O senhor é o noivo, já sei... — Escusava de ter dito tanto. Estas palavras e o modo como foram proferidas magoaram Pedro Petrovitch, que se manteve calado, perguntando a si próprio o que queria dizer tudo aquilo. A conversa ficou por momentos interrompida. Raskolnikov, que, para responder, se voltara um pouco para o lado onde Loujine estava, recomeçou a examiná-lo com grande atenção, como se há pouco não tivesse tido tempo para o ver bem, ou como se o que a princípio lhe tivesse passado despercebido, o houvesse agora impressionado. Ergueu-se um pouco no sofá para o ver mais à vontade. O caso é que a aparência de Pedro Petrovitch tinha alguma coisa de particular, que parecia justificar o nome do noivo, pelo qual fora há pouco designado por uma forma quase irritante. Percebia-se, à primeira vista, e até muitíssimo, que Petrovitch, mal chegara à capital, se dera pressa em tornar-se cativante e preparar-se para a próxima chegada da noiva. Isto era não só desculpável, mas até louvável. Talvez Loujine deixasse transparecer, mais do que convinha, a satisfação que lhe causava o completo êxito do seu propósito; contudo, tal fraqueza num noivo, é o que há de mais perdoável. Vestia uma roupa nova e a sua elegância apenas num ponto merecia reparo de crítica. Era muito recente e traía ingenuamente um intuito. Eram dignos de notar-se os cuidados com que o visitante tratava o seu esplêndido chapéu alto, recentemente comprado, e a delicadeza com que segurava, numa das mãos, umas lindas luvas amareladas, que não se atrevera a calçar. No seu vestuário predominavam os tons claros. O jaquetão, dum tecido leve, era elegante, e a calça e o colete, da mesma cor, eram bonitos. A camisa, de finíssima bretanha, acabara de sair da loja do camiseiro, bem como a gravata de cambraia com riscas cor de rosa. De resto, manda a verdade dizer, Pedro Petrovitch tinha boa aparência com este vestuário, que parecia mesmo remoçá-lo. Do rosto corado rompiam umas suíças pretas, talhadas em forma de costeleta, sob as quais sobressaía a alvura do queixo barbeado com cuidado. Tinha poucos cabelos brancos na cabeleira frisada a primor. Se grave e correta fisionomia alguma coisa havia de antipático e desagradável, isso devia atribuir-se a outras causas. Depois de ter contemplado descortesmente Loujine, Raskolnikov teve um sorriso escarninho, deixou-se de novo cair sobre o sofá e fitou outra vez o teto. Porém o senhor Loujine parecia estar resolvido a não se preocupar com coisas mínimas: fez vista grossa a estas estranhas maneiras, e esforçou-se por continuar a conversa.

— Creia que é com bastante pesar que o venho encontrar em tal estado. Se soubesse da sua doença, teria vindo há mais tempo, apesar de ter muita coisa a que atender!... Além disso, vejo-me obrigado a acompanhar na última instância um processo muito importante. Nem é bom falar nas preocupações constantes que essa causa me dá. Espero dum momento para o outro a sua família, isto é, a sua mãe e a sua irmã...

Raskolnikov pareceu querer dizer alguma coisa; a fisionomia exprimiu uma certa agitação. Petrovitch deteve-se, esperou, mas vendo que permanecia calado, continuou:

— ...Dum momento para o outro. Arranjei-lhes casa...

— Onde? — perguntou a Raskolnikov, com voz muito fraca.

— Aqui próximo, casa Bakaleiev...

— É na vila Voznesesky — informou Razoumikhine. — São dois andares mobilados... Quem aluga é o negociante Jouchine.

— Sim, alugam quartos mobiliados...

— É uma pocilga imunda e que não tem boa reputação. Passaram-se lá casos pouco edificantes. Fui lá uma vez por causa duma aventura escandalosa. Os quartos, porém, não são caros.

— Compreende, não podia saber disso, uma vez que acabo de chegar da província! Como quer que seja, porém, os dois quartos que aluguei são muito limpos e como é para pouca demora... Já aluguei a nossa futura casa — continuou ele, dirigindo-se a Raskolnikov — e já estão a arranjá-la. Por enquanto também estou numa pensão. É muito perto daqui, em casa da senhora Lippewehzel, onde resido com o meu amigo, André Semenitch Lébéziatnikov.

— Lébéziatnikov? — disse lentamente Raskolnikov, como se este nome lhe tivesse despertado alguma recordação.

— Sim, André Semenitch Lébéziatnikov, empregado no ministério...

— Sim..., não... — respondeu Raskolnikov.

— Perdão, a sua pergunta fez-me supor que o conhecia... É um rapaz muito simpático..., de ideias liberais... Gosto do convívio dos rapazes. É por eles que se sabe o que vai pelo mundo.

Dizendo isto, Pedro Petrovitch olhou para os seus ouvintes, esperando ler-lhes nas fisionomias qualquer sinal de aprovação.

— Sob que ponto de vista? — perguntou Razoumikhine.

— Sob o mais sério de todos, isto é, sob o ponto de vista social — respondeu Loujine, satisfeitíssimo por lhe haverem feito a pergunta. — Há dez anos que não vinha a S. Petersburgo. Todas as novidades, todas as reformas, todas as ideias chegam até nós, provincianos; no entanto, para se poder conhecer melhor, para bem se apreciar tudo, é indispensável vir a S. Petersburgo. Ora, a meu ver, é da instrução das novas gerações que podemos obter os melhores resultados. E confesso que fiquei encantado.

— Com quê?

— A sua pergunta é duma certa amplitude. Estarei enganado, mas parece-me ter notado uma visão mais nítida das coisas, um espírito mais crítico, uma atividade mais...

— É exato. — interrompeu Zozimov, com ar despreocupado.

— Não será isto — replicou Petrovitch, que agradeceu ao médico, com um olhar amável.

— O meu amigo há de concordar — prosseguiu, dirigindo-se a Razoumikhine — que há progressos evidentes, pelo menos no que respeita aos ramos científico e econômico...

— Um lugar comum!

— Perdão, isto não é um lugar comum!... por exemplo, se me disserem “Ama o teu semelhante”, e eu queira realizar este conselho, o que resultará daí? — perguntou Loujine com calor. — Rasgo a minha capa, dou metade ao próximo e ficamos ambos seminus. É tal como diz um provérbio nosso, quando se perseguem muitas lebres ao mesmo tempo, não se apanha nenhuma. A ciência, pelo seu lado, manda-me atender apenas à minha pessoa, uma vez que tudo neste mundo se baseia no interesse pessoal. Aquele que segue esta doutrina, cuida como deve dos seus interesses e fica com a capa inteira. Acrescenta a economia política, que uma sociedade será tanto mais sólida e venturosa, quanto maior for o número de fortunas particulares ou de capas inteiras dentro dessa sociedade. Portanto, trabalhando apenas para mim, trabalho também, por essa mesma razão, para todos os outros, do que resulta o meu semelhante vir a receber mais do que a metade duma capa, e isso, não mercê de liberalidades particulares ou individuais, mas em consequência do progresso geral. A ideia é simples e, infelizmente levou muito tempo a propagar-se e a triunfar da quimera e do devaneio. Todavia não me parece que seja necessária uma grande inteligência para compreender...

— Perdão, mas eu pertenço ao grêmio dos tolos — interrompeu Razoumikhine. — Fiquemos por aqui. Tinha um objetivo ao encetar esta conversa, contudo, há três anos a esta parte, tenho os ouvidos tão causticados desse palavreado, de todas essas banalidades, que chega a repugnar-me falar e mesmo ouvir falar nelas. O senhor porém apressou-se a explanar-nos as suas teorias. Era escusado, mas não o censuro por isso. Apenas desejo saber quem é o senhor, porque, diga-se a verdade, nestes últimos tempos lançou-se sobre os negócios públicos uma multidão de especuladores de tal ordem que, só procurando apenas o seu próprio interesse, têm dado cabo de tudo em que põem a nefasta mão. Vamos andando!

— Senhor! — replicou Loujine escandalizado. — Parece querer insinuar que eu...

— Ora..., por forma alguma... No entanto fiquemos por aqui! — redarguia Razoumikhine, que se voltou para Zozimov e reatou a conversa que a chegada de Petrovitch interrompera.

Este teve o bom senso de aceitar, tal como fora dita, a explicação do estudante. De resto, decidira ir-se embora.

— Agora que nos conhecemos — disse ele, dirigindo-se a Raskolnikov — espero que as nossas relações continuem logo que recupere a saúde e se tornem mais íntimas pela circunstância que conhece... Desejo-lhe completo e rápido restabelecimento.

Raskolnikov pareceu não ter ouvido. Pedro Petrovitch levantou-se.

— Foi talvez algum devedor que a matou! — disse Zozimov.

— Decerto! — repetiu Razoumikhine. — O Porfírio não diz o que pensa, mas chamou a depor as pessoas que tinham negócios com ela.

— Houve interrogatórios? — perguntou com voz forte Raskolnikov.

— Sim.

— E então?

— Nada.

— Porém como soube ele quem é essa gente? — perguntou Zozimov.

— O Koch designou alguns, acharam-se os nomes doutros escritos nos papéis que envolviam os objetos, e alguns houve que se apresentaram de vontade própria quando souberam...

— O assassino deve ser um marau hábil e experimentado!... Que decisão!... Que audácia!...

— Pois não é tal. Aí é que tu e todos os outros se enganam redondamente — replicou Razoumikhine. Na minha opinião, não é nem hábil, nem experiente, e este crime foi com certeza a sua estreia. Na hipótese do assassino ser um facínora calejado, não há explicação possível, porque as inverosimilhanças surgem de todos os lados. Se, pelo contrário, o supusermos um principiante, devemos admitir que só o acaso lhe permitiu escapar-se. De que não será capaz o acaso?... Quem sabe?... O assassino talvez nem mesmo previsse todos os obstáculos! E como executou ele o seu plano? Encheu as algibeiras com objetos que valem dez e vinte rublos, encontrados na caixa onde a velha guardava algum vestuário. Ora na gaveta superior da cômoda encontrou-se uma caixa com mil e quinhentos rublos em metal, não entrando em conta com as notas! Nem mesmo soube roubar, soube só matar! Insisto: foi uma estreia. O homem perdeu a cabeça, e se não foi agarrado, deve dar graças ao acaso, mais do que à sua habilidade.

Pedro Petrovitch preparava-se para apresentar as suas despedidas, mas não quis sair sem dizer as sumas palavras conceituosas. Queria deixar uma impressão favorável da sua pessoa e a vaidade foi superior ao bom senso.

— Referem-se, sem dúvida, ao recente assassinato da velha viúva dum prefeito de colégio? — perguntou, dirigindo-se a Zozimov.

— Exatamente. Ouviu falar nisso?...

— Ora essa! Na sociedade...

— Conhece os pormenores?

— Por completo, não. Esse caso interessa-me sobretudo por uma questão de ordem geral que estabelece. Já não quero referir-me ao progressivo aumento dos crimes nas classes baixas, nestes últimos cinco anos. Ponho de parte a série ininterrupta de roubos e incêndios. Há, acima de tudo, um fato que me impressiona sobremaneira: é que nas classes superiores a criminalidade vai numa progressão dalguma forma paralela.

— Mas o que é que o preocupa? — interrogou Raskolnikov. — Isso, afinal, é a sua teoria posta em prática.

— O quê?... como assim?

— A conclusão lógica do princípio que o senhor há pouco estabeleceu: é que é lícito matar...

— Essa, agora! — protestou Loujine.

— Não, não é isso — observou Zozimov.

Raskolnikov, muito pálido, respirava a custo. O lábio superior tremia-lhe.

— Nem tanto ao mar, nem tanto à terra — prosseguiu com altivez Pedro Petrovitch — As ideias econômicas, que eu saiba, não levam ao crime e pelo fato de se enunciar um princípio...

— É verdade — interrompeu Raskolnikov com a voz alterada pela cólera — é verdade o senhor ter dito à sua futura esposa..., precisamente quando ela acabava de aceder ao seu pedido, que o que mais lhe agradava nela... era a sua pobreza..., visto que era preferível casar com uma mulher pobre, para depois a poder dominar e atirar-lhe à cara os benefícios recebidos?...

— Senhor! — gritou Loujine com voz entrecortada pela ira. — Senhor!... modificar por tal forma o meu pensamento! Permita-me que lhe diga que a informação que lhe deram não tem o menor fundamento, e eu... desconfio de quem..., enfim, esse golpe..., enfim, sua mãe... Já me tinha parecido, a despeito das suas excelentes qualidades, um tanto exaltada e romanesca! Estava porém muito longe de supor que pudesse dar tal interpretação às minhas palavras, citando-as e alterando-as por essa forma... E por fim...

— Olhe, sabe?... — gritou Raskolnikov, erguendo-se sobre o travesseiro e despedindo centelhas pelos olhos — sabe?...

— O quê?

E Loujine parou, esperando em atitude de desafio. Houve uma ligeira pausa.

— Se tem o atrevimento... de dizer mais uma palavra... com respeito à minha mãe..., atiro-o pela porta fora!

— Então o que é isso? — acudiu Razoumikhine.

— É isto, mais nada.

Loujine tornou-se muito pálido e mordeu os lábios. Estava furioso, conquanto fizesse um grande esforço para se conter.

— Ouça, senhor — começou ele, após certo silêncio. — O acolhimento que me fez não me deixa dúvidas acerca da sua inimizade. Demorei, porém, de propósito a minha visita, para que não me ficassem dúvidas a tal respeito. Poderia desculpar tudo a um doente, a um parente, mas isso... nunca... Eu não...

— Eu não estou doente! — gritou Raskolnikov.

— Tanto pior!...

— Vá para o diabo!

Loujine não esperara por esta intimação para se retirar. Saiu rapidamente, sem olhar para ninguém, nem mesmo baixar a cabeça a Zozimov, que há muito lhe fazia sinais para deixar o doente em paz.

— Que disparate! — disse, abanando a cabeça, Razoumikhine.

— Deixem-me, deixem-me todos — exclamou Raskolnikov exaltadíssimo. — Não me deixarão em paz, seus verdugos? Não os temo! Não tenho medo de ninguém!... Saiam! Quero ficar só, só, só!

— Vamos! — disse Zozimov, fazendo sinal a Razoumikhine.

— E havemos de deixá-lo neste estado?

— Vamos — insistiu o médico, saindo.

Razoumikhine refletiu um momento e depois resolveu-se a sair.

— O que tem ele?

— Um abalo profundo que o arrancasse àquela preocupação, fazia-lhe bem. Tem alguma coisa que o preocupa muito. É isso o que me inquieta.

— Pode ser que este Pedro Petrovitch não seja estranho a isso. Pela conversa que acabamos de lhes ouvir, parece que o cavalheiro está para casar com a irmã do Raskolnikov, e que o nosso amigo recebeu, pouco antes de adoecer, uma carta a esse respeito.

— Sim!... O diabo foi esse homem aparecer. Talvez a sua visita estragasse tudo. Não sei se notaste que só uma parte da conversa interessou ao doente, levando-o a sair daquela apatia e daquele mutismo. Logo que se fale naquele crime, exalta-se.

— Sim, notei isso! — retorquiu Razoumikhine. — Dava atenção ao que se dizia e estava inquieto. Será talvez devido a que, no próprio dia em que adoeceu, o aterraram no comissariado e chegou a perder os sentidos.

— Hás de me contar isso logo com todas as minúcias e eu também te hei de dizer uma coisa. Este rapaz interessa-me muito! Daqui a meia hora volto para me informar do seu estado... De resto, não há que recear por agora...

— Agradeço o teu cuidado. Agora vou conversar um pouco com a Pachenka e deixo lá a Nastássia a vigiá-lo.

Depois dos dois terem saído do quarto, Raskolnikov pôs-se a olhar para a criada com impaciência. Ela, porém, hesitava em retirar-se.

— Queres tomar agora o chá? — perguntou a rapariga.

— Logo!... Agora quero dormir! Deixa-me!...

CAPÍTULO VI

Logo que a moça saiu, Raskolnikov correu o fecho da porta e começou a vestir a roupa que Razoumikhine lhe trouxera. Caso singular: à exasperação de há minutos e ao pânico dos últimos dias, parecia haver sucedido uma absoluta tranquilidade. Era o primeiro instante duma serenidade estranha e repentina. Os seus movimentos, regulares e precisos, denotavam uma resolução enérgica. "Hoje mesmo!...", murmurava ele. No entanto não compreendia que estava muito fraco. A forte tensão moral, que lhe restituíra a calma, dava-lhe vigor e confiança; julgava poder aguentar-se de pé, na rua. Depois de se ter vestido, olhou de novo para o dinheiro espalhado sobre a mesa, refletiu um momento e meteu-o na algibeira. Eram vinte e cinco rublos. Guardou também o troco dos dez rublos dispendidos por Razoumikhine na compra da roupa. Abriu depois com precaução a porta, saiu e desceu a escada. Ao passar em frente da cozinha, cuja porta estava aberta, lançou um olhar para o interior; Nastássia, de costas para a porta, soprava o samovar da hospedeira e não o viu. De resto, quem poderia prever aquela fuga? Momentos depois estava na rua. Eram oito horas. Tinha acabado de se pôr o sol. Conquanto a atmosfera estivesse asfixiante, Raskolnikov respirava com avidez o ar poeirento, portador das exalações mefíticas da grande cidade. Sentia a cabeça andar-lhe à roda. Os olhos inchados, o rosto emagrecido e lívido exprimiam uma alegria selvagem. Não sabia para onde dirigir-se, nem pensava em tal. Sabia apenas que era preciso acabar com isso hoje mesmo, e duma vez. Doutra forma não tornaria a entrar em casa, porque não queria viver assim. Como acabar com aquilo? Não tomara sobre o caso resolução alguma e diligenciava afastar essa ideia — pergunta que o atormentava. Sentia e sabia somente, que precisava que tudo mudasse, fosse como fosse, "custe o que custar", repetia. Obedecendo a um velho hábito, caminhou em direção ao mercado do feno. Antes de chegar, encontrou, parado em frente a uma loja, um tocador de realejo, um rapazinho de cabeleira negra, que ia fazendo com que o instrumento gemesse uma melodia sentimental. O pequeno músico acompanhava ao realejo uma mocinha de quinze anos, aprumada em frente dele, vestindo como uma dama, mantilha, luvas e chapéu de palha preta ornado com uma pluma cor de fogo, tudo velho e desbotado. Cantava romanza com voz áspera, mas extensa e suportável, esperando que da loja lhe atirassem alguma moeda de dois copeques. Duas ou três pessoas tinham parado a ouvi-la. Raskolnikov deteve-se um momento, tirou da algibeira uma piastra e meteu-a na mão da moça. Esta sustentou a romanza na nota mais aguda e sentimental, gritou ao companheiro que parasse e seguiram ambos para o estabelecimento imediato.

— O senhor gosta das canções da rua? — perguntou Raskolnikov com modo brusco a um transeunte de certa idade, que ao lado dele estivera escutando os músicos ambulantes. O interpelado olhou surpreendido para ele. — Eu — prosseguiu Raskolnikov, como se falasse de coisa muito diversa da música das ruas —, eu aprecio o canto, ao som do realejo, por uma tarde de outono sombria, úmida e fria, em especial quando há umidade; quando os transeuntes têm um aspecto mórbido e esverdeado ou, o que é melhor, quando a neve cai verticalmente, sem ser impelida pelo vento, e os candieiros da iluminação pública brilham através dela!

— Não sei!..., desculpe... — balbuciou o outro admirado da pergunta e assustado com o modo estranho de Raskolnikov. E passou para o outro lado da rua.

Raskolnikov pôs-se a caminho, chegando pouco depois à esquina do mercado, ao local onde, dias antes, o quinquilheiro e a mulher conversavam com Isabel. Já lá não estavam. Reconhecendo o local, parou, olhou em volta, e dirigia-se a um rapaz de camisola encarnada, que bocejava à porta duma padaria.

— Naquela esquina não costumam estar a vender um quinquilheiro e a mulher?

— Aqui toda a gente vende — respondeu o outro, medindo o interpelante com um olhar desdenhoso.

— Como se chama esse homem?

— Chama-se pelo nome!

— Tu não és de Zaraisk? A que província pertences?

O rapaz olhou de novo o seu interlocutor.

— Alteza, não pertencemos a uma província, mas sim a um distrito. Meu irmão saiu e eu nada sei... Queira Vossa Alteza perdoar-me.

— Aquilo ali em cima é uma taberna?

— É um café, com bilhar, frequentado por princesas... Vai lá muito boa gente!

Raskolnikov seguia para a outra extremidade da praça, onde estacionava uma multidão de mujiques. Meteu-se entre eles, lançando um olhar a cada um e desejando dirigir a palavra a toda a gente. Porém os aldeões não reparavam nele e, em pequenos grupos, conversavam animadamente sobre os seus negócios. Após um momento de reflexão, saiu do mercado e entrou no bairro... Já por várias vezes seguira este caminho, que forma um ângulo e conduz à praça de Sadovaia. Nestes últimos tempos gostava de passar em todos esses sítios, quando começava a aborrecer-se, para se aborrecer ainda mais. Agora dirigia-se para aquele lado, sem um propósito determinado. Havia aí uma vasta casa, cujas lojas eram ocupadas por depósitos de vinho e tabernas. Destas baiucas saíam, a cada momento, marafonas em cabelo e malvestidas. Juntavam-se em grupos, em vários pontos do passeio, muito em especial junto das escadas que davam acesso a subterrâneos duvidosos. Num destes havia, naquele momento, alegre vozearia. Cantava-se, tocava-se, gritava-se e a algazarra que ia por lá, ouvia-se dum extremo ao outro da rua. À entrada desse antro havia grande número de mulheres, umas sentadas nos degraus, outras no passeio, outras de pé, conversando. Um soldado bêbado, de cigarro na boca, andava aos bordos, vociferando. Parecia querer entrar em qualquer parte de que não se recordava. Dois maltrapilhos insultavam-se mutuamente. Um homem, em completo estado de embriaguez, estava estendido na rua. Raskolnikov parou junto do maior grupo de mulheres, que conversavam em voz alta. Estavam todas vestidas de cassa, cabeça descoberta e nos pés, sapatos de pele de cabrito. Algumas tinham já dobrado o cabo dos quarenta anos, outras não teriam mais de dezessete. Quase todas tinham os olhos inchados. A algazarra que se elevava do subterrâneo atraiu a atenção do nosso Ródia. Por entre as gargalhadas e o vozear, uma guitarra acompanhava uma voz esganiçada, enquanto alguém dançava com desespero, batendo com os tacões. Raskolnikov, no alto da escada, escutava, sombrio e pensativo, não querendo perder uma palavra da canção, como se para ele fosse caso da maior importância. “Se eu entrasse?”, pensava ele. “Estão satisfeitos, estão bêbados!... E se me embebedasse também?”

— Não entra, querido fidalgo? — perguntou uma das do grupo, de voz um pouco timbrada e conservando ainda alguma frescura. Era ainda nova e a única do grupo que não causava repulsão.

— Que bonita moça! — disse Raskolnikov, olhando-a.

Ela sorriu, lisonjeada com o cumprimento.

— Também o senhor é bonito — respondeu.

— Bonito, este esqueleto! — observou com voz rouca, outra mulher. Parece que saiu agora do hospital!

Neste momento aproximou-se do grupo um mujique, com ar abandalhado, vestuário em desordem, cara radiante.

— Parecem filhas de generais, porém têm o nariz chato! Oh! formosas!

— Entra, já que cá vieste!

— Vou entrar, minha beldade!

E desceu ao subterrâneo.

Raskolnikov ia afastar-se.

— Olhe lá, fidalgo! — gritou-lhe a moça.

— Que é?

— Querido, desejava passar uma hora consigo, mas agora não me sinto muito à vontade na sua presença. Dá-me seis copeques para uma bebida?

Raskolnikov tirou da algibeira três piastras.

— Ai que lindo fidalgo!

— Como te chamas?

— Pergunte pela Douklida.

— Olhem para aquilo! — exclamou uma das do grupo, indicando Douklida com um aceno de cabeça. — Não sei como se tem descaramento para pedir! Parece-me que morria de vergonha...

Raskolnikov olhou com curiosidade para a mulher que falara deste modo. Era uma trintona, picada das bexigas, coberta de equimoses, com o lábio superior inchado. Censurava a outra em tom sereno e grave.

"Onde li eu", pensava Raskolnikov, afastando-se, "aquela frase, atribuída a um condenado à morte, uma hora antes do suplício? Se tivesse de passar a vida sobre um alcantil, sobre um rochedo perdido na imensidade do mar, que me oferecesse apenas o espaço suficiente para firmar os pés; se tivesse de viver assim mil anos, sobre o espaço dum pé quadrado, na solidão, na treva, exposto a todas as intempéries — preferiria a morte a tal existência! Viver, seja como for, mas viver!... Como isto é verdadeiro, meu Deus, como é verdadeiro! O homem é covarde! E também é covarde o que covarde lhe chama!", acrescentou ele, um momento depois.

Havia muito tempo que caminhava ao acaso quando reparou na tabuleta dum café: "O Palácio de Cristal!... Razoumikhine falou no Palácio de Cristal, ainda agora... E que queria eu?... Ah! sim, ler!... Zozimov disse que tinha lido nos jornais..."

— Há jornais? — perguntou, entrando no estabelecimento, posto com luxo, mas onde estava pouca gente. Dois ou três fregueses tomavam chá. Numa sala afastada, quatro indivíduos sentados a uma mesa bebiam champanhe. Pareceu-lhe que um deles era Zametov, porém a distância não lhe permitiu distinguir. "Afinal, o que importa?", pensou ele.

— Que deseja? — perguntou um criado.

— Traga-me chá, bem como os jornais dos últimos cinco dias. — E deu-lhe uma boa gorjeta.

— Aqui estão os de hoje. Quer também vodca? Quando o criado trouxe os jornais, pôs-se a procurar: "Izler — Izler — Os Azteques — Os Azteques — Izler... Bartola — Máximo — Oh! que estopada... Ah! cá está enfim o noticiário: Mulher que caiu por uma escada — Um negociante embriagado — Incêndio no Areal — O incêndio de Petersburgskaia — Izler — Izler — Izler — Izler — Máximo... Ah! cá está..."

Tendo achado o que procurava, começou a leitura. As linhas dançavam-lhe diante dos olhos. Conseguia ainda assim ler a notícia até ao fim, passando com crescente curiosidade aos "novos pormenores" nos números seguintes. Folheava os jornais com mão trêmula, sentindo uma impaciência febril. De repente alguém se sentou ao seu lado. Raskolnikov ergueu os olhos. Era Zametov, trajando como naquele dia em que o encontrara no comissariado. Eram os mesmos anéis, a mesma corrente, o mesmo cabelo preto, frisado, lustroso de cosméticos, apartado por uma risca até à nuca, a sobrecasaca um pouco sovada e a camisa um pouco amarrotada. O chefe da repartição de polícia parecia alegre, sorrindo com jovial bonomia. O seu rosto trigueiro estava um tanto rosado, por conta do champanhe que acabara de ingerir.

— O senhor por aqui? — interrogou ele, com ar atônito e no tom com que falaria a um camarada. — Ainda ontem Razoumikhine me disse que o senhor continuava doente. É extraordinário! Sabe que estive em sua casa!...

Raskolnikov percebeu que o funcionário policial queria entabular conversa. Pôs de parte os jornais e voltou-se para Zametov com um sorriso constrangido.

— Soube da sua visita — respondeu. — Sei que procurou a minha bota... Razoumikhine está perdido pelo senhor. Ouvi dizer que tinha ido com ele a casa de Luisa Ivanovna, aquela cuja defesa quis tomar há dias, recorda-se? O meu amigo fazia sinais ao tenente Pólvora, que não os percebia. Não era preciso ter uma inteligência excepcional para os entender. A coisa era clara... hein?

— É tempestuoso!

— O Pólvora?

— Não! o seu amigo Razoumikhine.

— A si é que a vida corre bem, senhor Zametov.

Tem entrada gratuita em toda parte. Quem lhe ofereceu há pouco champanhe?

— Porque me haviam de oferecer champanhe?

— Como gratificação!... O meu amigo faz render tudo! — disse Raskolnikov escarninho. — Não se zangue, excelente amigo! — acrescentou, batendo uma palmada familiar no ombro do Zametov. — Disse isto sem intenção de o ofender, brincadeira, como dizia, a propósito dos socos que deu no Mitka, o pintor que prenderam por causa do assassinato da velha.

— Mas como sabe isso?

— Talvez saiba mais do que o meu amigo.

— O senhor é um homem muito singular! Na verdade está ainda muito doente. Não fez bem em sair.

— Acha-me singular?

— Muito. O que estava o senhor aí a ler?

— Jornais.

— Fala-se muito em incêndios.

— Ora, que me importam os incêndios! — Olhou dum modo estranho Zametov, e aos lábios assomou-lhe novo sorriso de escárnio. — Não, os incêndios não me interessam — continuou, piscando os olhos. — Confesse, no entanto, meu caro, que tinha empenho em saber o que estava lendo.

— Eu? Tenho lá empenho algum! Perguntei-lhe o que lera, para dizer alguma coisa. Havia inconveniente em perguntar-lho? Porque é que o senhor...

— Ouça: o meu amigo é um homem instruído, ilustrado, não é verdade?

— Tenho o curso de preparatórios até ao sexto ano. — respondeu com ar desvanecido Zametov.

— Até ao sexto ano! Oh, que maganão! E traz o cabelo bem apartado, anéis..., é um felizardo! E bonito! — Dizendo isto, Raskolnikov desatou a rima cara do chefe da repartição de polícia, que recuou, não ofendido, mas muito surpreendido.

— Que singular criatura! — repetiu com grande seriedade, Zametov. — Quer-me parecer que ainda está delirando.

— Eu? Delirando? Está a caçoar, meu amigo! Com que então sou uma criatura singular? Quer o meu amigo dizer, na sua, que me acha curioso, hein?... Curioso?

— Sim.

— E deseja saber o que há nos jornais? Veja os números que mandei vir. Isso dá-lhe que pensar, não é assim?

— Vamos, diga lá...

— Imagina então que acertou?

— Com quê?

— Depois lho direi. Agora, meu caro, declaro-lhe, antes, confesso... Não, não é bem isto. Faço um depoimento e o senhor toma nota, é o que é! Pois bem, digo que procurava e achei... — Raskolnikov piscou os olhos e esperou — ... foi até para isso que aqui entrei!... os pormenores relativos ao assassinato da velha que emprestava sobre penhores.

Raskolnikov pronunciou as últimas palavras em voz baixa, aproximando o rosto de Zametov, que sustentou, sem pestanejar nem afastar a cabeça, o olhar do rapaz. O que mais tarde pareceu muito estranho ao funcionário policial foi que, durante um minuto, os dois se olharam sem dizer palavra.

— Que me importa o que o senhor leu? — exclamou por fim Zametov, irritado, pelos modos enigmáticos do outro. — Que tenho com isso?

— Sabe? — continuou em voz baixa Raskolnikov, sem reparar na exclamação de Zametov — É aquela mesma velha de quem falavam outro dia, no comissariado, quando perdi os sentidos. Percebe agora?

— O quê? Percebo agora o quê? — perguntou Zametov, quase assustado.

A fisionomia imóvel e grave do rapaz mudou subitamente de expressão, soltando em seguida uma gargalhada nervosa, como se lhe fora impossível conter-se. Invadira-o uma sensação idêntica à que experimentara no dia do crime, quando sitiado no quarto da velha por Koch e Pestriakov, sentira vontade de os interpelar, de os insultar, de lhes rir na cara.

— Olhe, ou o senhor está doido, ou... — começou Zametov, e deteve-se, impressionado por uma ideia súbita.

— O quê?... Que ia dizer?... Acabe!

— Não! — replicou Zametov. — Tudo isto é absurdo!

Calaram-se. Depois do excesso de hilaridade, Raskolnikov caiu em sombria meditação. Com o cotovelo apoiado na mesa, a cabeça encostada à mão, parecia ter esquecido por completo Zametov.

O silêncio prolongava-se.

— Tome o seu chá. Está a esfriar — observou o chefe da repartição de polícia.

— Hein?... O quê?... O chá?... Ah! sim!

Raskolnikov levou a chávena aos lábios, mastigou um pedaço de pão, e lançando um olhar a Zametov, abandonou as suas preocupações. Na fisionomia desenhou-se-lhe de novo a expressão sarcástica.

— Estes crimes são agora muito frequentes. Ainda há pouco tempo li na *Moskovskia Viedomosti* que tinham prendido em Moscou uns moedeiros falsos. Foi uma quadrilha inteira. Falsificavam notas de banco.

— Ora, onde vai isso! Há de haver um mês que li esse caso — respondeu com toda a fleugma Raskolnikov. — Acha que são ladrões? — acrescentou ele, sorrindo.

— Então o que hão de ser?

— Eles? Uns criançolas, uns patetas, e nunca uns ladrões. Vão juntar-se cinquenta para tal fim! Isso é coisa que se conceba? Num tal caso, três já são de mais, e é necessário que cada um dos membros da associação tenha mais confiança nos sócios do que em si próprio. Não sendo assim, basta que um deles diga uma palavra imprudente, e lá vai tudo por água abaixo. Uns imbecis! Mandam sujeitos, em que não têm confiança absoluta, trocar as notas ao Banco, como se essa missão se pudesse confiar a qualquer! Porém, admitamos a hipótese de que esses parvos se saiam bem, e suponhamos que a operação renda um milhão a cada um. E depois? Ficavam para toda a vida sob a dependência uns dos outros. Mais vale enforcar-se, do que viver assim! Nem mesmo souberam dar saída ao papel. Um deles apresenta-se num Banco, dão-lhe o troco de cinco mil rublos e tremem-lhe as mãos ao receber o dinheiro. Conta quatro mil, e mete o quinto milhar ao bolso sem o contar, tal é a pressa que tem de se ver dali para fora. Foi assim que nasceram as suspeitas e o negócio deu em vaza-barris devido a um único imbecil. Compreende-se isto?

— O quê? que as mãos lhe tremessem? — perguntou Zametov. — É claro que se compreende e chego mesmo a achar o fato muito natural. Num certo número de casos não se é facilmente senhor de si. Aqui temos nós uma prova bem recente. O assassino dessa velha deve ser um mariola bem audacioso, porque não hesitou em perpetrar o crime de dia e nas condições mais arriscadas. Só por milagre é que escapou. Pois, apesar disso, as mãos tremiam-lhe. Não soube roubar. Perdeu a serenidade. Os fatos demonstram-no à evidência...

Estas palavras estimularam Raskolnikov.

— Parece-lhe? Pois deitem-lhe a mão, descubram-no — vociferou, sentindo um enorme prazer em excitar o funcionário policial.

— Deixe estar, lá iremos... Havemos de descobri-lo.

— Quem? O senhor?... O senhor é quem o vai descobrir? Oh! meu caro, perde o seu tempo. O ponto de partida dos senhores é sempre o mesmo: se fulano faz ou não faz despesas. Fulano, que não tinha um copeque, começa dum momento para o outro a gastar dinheiro como um perdulário: é ele o culpado. Regalando-se por essa lógica, uma criança, se quiser, escapa às suas pesquisas.

— O que é certo é que todos caem pela mesma forma — redarguiu Zametov — Depois de procederem com uma habilidade e astúcia inexcedíveis, deixam-se apanhar numa taberna, são sempre as despesas que os traem. Nem todos são espertos como o meu amigo. Aposto que o senhor não ia frequentar tabernas!

Raskolnikov franziu o sobrolho e fitou Zametov.

— Parece que também deseja saber como eu procederia em tais circunstâncias? — perguntou em tom de enfado.

— Desejava — replicou logo o empregado de polícia.

— Tem muito empenho nisso?

— Tenho.

— Perfeitamente. Pois vai ouvir o que eu faria — começou Raskolnikov em voz baixa e aproximando-se de Zametov, a quem fitou com insistência, olhos nos olhos. Desta vez o chefe da repartição de polícia estremeceu. — Aqui está o que eu faria: colocaria na algibeira o dinheiro e as joias e procurava sem perda dum minuto um local ermo e vedado, um pátio ou uma horta, por exemplo. Depois verificava se a um canto do pátio, encostada à vedação, haveria alguma pedra de quarenta ou sessenta quilos de peso. Deslocaria essa pedra, e na depressão do terreno, causada pelo peso dela, depositaria o dinheiro e as joias, depois do que removeria a pedra para o seu lugar, chegava-lhe alguma terra junto da base, calcava-a e ia-me embora. Deixava ali ficar o roubo um, dois, três anos...E que o procurassem!

— O senhor está doido! — respondeu Zametov. Sem que possamos dizer porquê, pronunciou também estas palavras em voz baixa e afastou-se de Raskolnikov. Os olhos deste brilhavam, o rosto estava deveras pálido e um tremor convulso agitava-lhe o lábio superior. Inclinou-se tanto quanto lhe era possível para o lado do funcionário policial, com os lábios, sem proferir uma única palavra.

Assim decorreu meio minuto. Raskolnikov sabia o que fazia, porém não podia conter-se. A terrível confissão estava prestes a escapar-lhe.

— E se fosse eu o assassino? — perguntou de repente. Mas logo o sentimento do perigo lhe voltou.

Zametov olhou para ele com ar estranho e fez-se branco como a cal. A boca franziu-se-lhe num sorriso contrafeito.

— Será possível? — balbuciou com voz tão débil, que mal se ouviu.

Raskolnikov fitou-o com um mau olhar.

— Confesse que acreditou. Ora, confesse...

— De modo algum. Agora acredito-o menos do que nunca. — apressou-se Zametov a protestar.

— Afinal sempre confessa, meu caro. Assim, acreditou-o antes, visto agora dizer que acredita menos do que nunca.

— Não, de modo nenhum — repetia Zametov um pouco incomodado. — Foi o senhor que quis insinuar essa ideia!

— Nesse caso, não acredita? E acerca de que conversavam, outro dia, quando saí do seu gabinete? Para que interrogou o Pólvora, depois de eu recuperar os sentidos? — Olá, rapaz quanto devo? — gritou ele ao criado, levantando-se e pegando na boina.

— Trinta copeques — respondeu o criado.

— Aqui os tens e mais vinte de gorjeta. Veja que dinheirão possuo! — prosseguiu, mostrando a Zametov algumas notas. — Entre vermelhas e azuis, vinte e cinco rublos. Donde me vem tanto dinheiro? E como se explica que apareça agora de ponto em branco? O senhor bem sabe que não possuía um copeque! A estas horas já obrigou a Pachenka a dar à língua... Vamos, basta de conversa... Até à vista!...

Saiu, agitado por uma sensação estranha. O rosto convulsionado parecia o dum homem que acabasse de ter um ataque apoplético. Entretanto a fadiga foi se apoderando dele. Há pouco, estimulado por uma grande excitação, recuperara de súbito as forças; agora, tendo cessado o efeito desse estimulante transitório, surgiu em seu lugar uma prostração crescente. Zametov permaneceu ainda por muito tempo no mesmo lugar onde tivera a conversa antecedente. Raskolnikov transtornara inopinadamente todas as suas ideias sobre determinado caso e o funcionário da polícia estava deveras perplexo.

— Iliá Petrovitch é um asno! — concluiu por fim.

Abrindo a porta da rua, Raskolnikov encontrou-se com Razoumikhine, que ia a entrar. A distância dum passo ainda se não tinham avistado e por um triz não esbarraram um com o outro. Durante algum tempo olharam-se sem trocar palavra. Razoumikhine estava pasmado, mas de repente o seu olhar brilhou de cólera.

— Até que afinal apareceste! — gritou com voz atroadora. — Safou-se da cama, este traste! E eu a procurá-lo por toda parte, até debaixo do sofá! E por causa dele estive quase a fazer um feixe com os ossos da Nastássia!... E aqui está para onde sua excelência veio! Que quer isto dizer? Diz a verdade, confessa... Ouves?

— Isto quer dizer que todos me estão aborrecendo muito e que quero estar só, — respondeu Raskolnikov com a maior tranquilidade.

— Queres ficar só, quando ainda te não aguentas nas pernas, quando estás pálido como um cadáver, quando te não podes mexer? Imbecil!... Que vieste fazer ao Palácio de Cristal?...Diz lá!

— Deixa-me passar! — replicou Raskolnikov querendo afastá-lo.

Razoumikhine exasperou-se e agarrou o amigo pelo ombro.

— Deixa-me passar!... Tu ousas dizer “deixa-me passar?” Sabes o que vou já fazer? Vou levar-te como um embrulho, debaixo do braço, para o teu quarto, onde te fecharei à chave.

— Ouve, Razoumikhine — começou Raskolnikov em voz baixa e num tom um tanto mais severo. — Ainda não percebeste que dispenso os teus favores! E que mania é essa de me obsequiares à força e contra a minha vontade? Que ideia foi essa de te instalares à minha cabeceira, quando adoeci? Quem te diz que a morte não seria para mim a felicidade? Não te disse hoje, duma forma mais terminante, que me martirizavas, que me eras insuportável? Tens prazer em me apoquentar? Crê que tudo isto atrasa a minha cura, trazendo-me numa contínua irritação. Bem viste que o Zozimov se foi embora para não me afligir. Deixa-me pois também tu, por amor de Deus!

Razoumikhine ficou por um momento pensativo. Depois, largou o braço do amigo.

— Pois então vai para o diabo! — exclamou com voz desalentada.

Porém, logo que Raskolnikov deu o primeiro passo, prosseguiu:

— Ouve lá! Sabes que festejo hoje a estreia da minha nova casa. Talvez mesmo já lá estejam os convidados. Meu tio foi incumbido de os receber. Ora, se não fosses um imbecil, um grande imbecil..., olha, Raskolnikov, bem sei que és inteligente, mas és também imbecil! Ora, pois! Se não fosses um imbecil, vinhas passar a noite conosco, em vez de gastares as botas a vadiar por essas ruas, sem destino. Já que fizeste a asneira de sair, aceita o meu convite. Mando-te para lá uma cadeira estofada, que os meus hospedeiros têm... Tomas uma chávena de chá e estás na nossa companhia... Se não te deres bem com a cadeira, podes deitar-te numa cama. Ao menos estarás conosco! Olha, o Zozimov vai. E tu?

— Não.

— Essa resposta não vale nada — replicou com vivacidade Razoumikhine. — Como sabes tu que não vais? Não podes responder por ti... Quantas vezes me aconteceu mandar ao diabo a sociedade, e depois de a abandonar, voltar para ela a toda pressa... Envergonhamo-nos da nossa misantropia e procuramos de novo o nosso semelhante! Vê lá, não te esqueças, casa Potchinkov, terceiro andar...

— Não vou, Razoumikhine! — E dizendo isto, afastou-se.

— Ora, se vais! — gritou-lhe o amigo. — Se não..., nunca mais nos falamos. Espera!... Olha, está cá o Zametov?

— Está.

— Viu-te?

— Viu.

— E falou-te?

— Falou.

— A propósito de quê?... Se não queres dizer, não digas... Casa Potchinkov, número 47, compartimento Babouchkine. Não te esqueça!

Chegando à Sadovaia, Raskolnikov voltou à esquerda. Depois de o ter seguido com um olhar inquieto, Razoumikhine decidiu-se a entrar, porém, chegando a meio da escada, estacou.

— Que os diabos o levem! — continuou ele, quase em voz alta. — Fala com lucidez e como se... Mas que parvo eu sou!... Os doidos nem sempre dizem incoerências! Parece-me que o Zozimov também receava... e pôs a ponta do indicador na testa — E se..., como é possível deixá-lo entregue... É capaz de se deitar ao rio... Fiz asneira, não há dúvida. Nada, não há um momento a perder! — E deitou a correr na direção que Raskolnikov seguira. Não o encontrou e teve de voltar a largos passos ao Palácio de

Museu Memorial Fiódor Dostoiévski, em Staraya Russa, onde
o escritor passou verões com sua família de 1872 a 1880.

Cristal, para interrogar Zametov. Raskolnikov caminhou direto à ponte, parou no meio e, encostando-se ao parapeito, pôs-se a olhar ao acaso. A fraqueza aumentara-lhe a tal ponto, depois de deixar Razoumikhine, que se arrastara até ali com dificuldade. Sentia necessidade de se sentar ou deitar em qualquer parte, mesmo na rua. Inclinado sobre a água, fitava distraidamente o último reflexo do sol no ocaso, e a casaria sobre que vinham caindo as sombras da noite.

— Isto tem de ser! — resolveu ele. Saindo da ponte, tomou a direção do comissário da polícia. No seu coração fizera-se um grande vácuo. Não sentia a menor angústia. A energia que há pouco se lhe manifestara, quando saíra de casa para acabar com aquilo, cedera o passo a uma grande apatia. "Afinal, é uma saída!", resmungava ele, enquanto seguia muito devagar pelo cais do canal. "Assim, ao menos, o desenlace é uma consequência da minha vontade. Mas que fim este! E será possível que seja o fim? Confessarei ou não? Ai! que diabo! já não posso mais. Se pudesse deitar-me ou sentar-me em qualquer parte! O que mais me incomoda é a estupidez do caso! Acabou-se, não pensemos mais nisso! Que tolas ideias nos ocorrem às vezes!..."

Para ir ao comissariado da polícia, Raskolnikov tinha de seguir em linha reta e voltar pela segunda rua, à esquerda, No entanto, quando chegou à primeira esquina, parou, consultou-se por um momento e entrou num bairro. Percorreu duas ou três ruas, talvez sem fim determinado, talvez para ganhar tempo e refletir. De súbito, parecendo que alguém lhe murmurava alguma coisa ao ouvido, levantou os olhos e viu que estava em frente da porta daquela casa. Não voltara ali depois do crime. Impelido por uma tentação tão irresistível, como inexplicável, entrou, tomou pela escada à direita e dispôs-se a subir ao quarto andar. Parava em cada patamar e olhava em volta com curiosidade. No primeiro andar tinham posto um vidro novo na janela. "Este vidro ainda aqui não estava", pensou ele. Chegou ao segundo andar, junto do quarto onde trabalhavam Mikolai e Mitka. "Está fechado. A porta está pintada de fresco e a casa está por certo alugada". Continuou a subir: terceiro andar, quarto... "É aqui". Teve um momento de hesitação. A porta estava aberta. Havia gente lá dentro, pois ouvia-se falar. Raskolnikov não previra essa eventualidade, mas depressa tomou uma resolução: subiu os últimos degraus e entrou.

Estavam tratando de proceder a obras. Andavam lá operários, o que causou a Raskolnikov profundo espanto. Pensava ir encontrar o compartimento da velha tal qual o deixara; talvez mesmo pensasse que os cadáveres estavam ainda estendidos no chão. Agora, com grande surpresa, via as duas paredes nuas e os quartos desguarnecidos de mobília. Aproximou-se da janela e sentou-se no peitoril. Na sala estavam apenas os operários, dois rapazes mais ou menos da mesma idade. Substituíam o antigo papel amarelo, já muito sujo, por papel branco matizado de flores roxas. Esta circunstância — ignoramos porquê — desagradou a Raskolnikov. Olhava irritado para o papel novo, como se todas estas modificações o contrariassem. Os operários preparavam-se para sair. Mal atentaram no visitante e continuaram conversando. Raskolnikov levantou-se e entrou na alcova, onde noutros tempos estavam a caixa, o leito e a cômoda. O quarto, sem o mobiliário, pareceu-lhe muito pequeno. O papel não fora ainda substituído. Ao canto ainda se conhecia o lugar que o oratório ocupava. Depois de satisfazer a sua curiosidade, voltou a sentar-se no peitoril da janela. Um dos operários olhou para ele de soslaio e dirigiu-se-lhe:

— O que faz aí?

Em vez de responder, Raskolnikov levantou-se, dirigiu-se à porta e pôs-se a puxar o cordão da campainha. Era a mesma, dando o som da folha de Flandres! Tocou segunda, terceira vez, aplicando o ouvido e concentrando as suas reminiscências. A impressão horrível que sentira no dia do assassinato à porta da velha voltava-lhe com uma nitidez e vivacidade crescentes. A cada toque da campainha, estremecia sentindo nisso um prazer indescritível.

— Quem é o senhor? — interrogou com sobranceria um dos operários.

Raskolnikov entrou no compartimento.

— Quero alugar uma casa e vim ver esta — respondeu.

— Não se veem casas de noite e quem as pretende, faz-se acompanhar pelo porteiro.

— Lavaram o soalho... e vão pintá-lo? — prosseguiu Raskolnikov — Já não se percebem as manchas de sangue.

— Qual sangue?

— O da velha e da irmã, que foram assassinadas. Havia aqui uma poça de sangue.

— Mas quem é o senhor? — perguntou o operário desconfiado.

— Eu?

— Sim.

— Desejas sabê-lo?... Acompanha-me ao comissariado e lá o direi.

Os dois operários olharam para ele estupefatos.

— São horas de nos irmos. Andai Alechka, vamos fechar os compartimentos; — disse um para o outro.

— Então vamos — disse Raskolnikov com ar indiferente. E saiu adiante, descendo passo a passo a escada. — Eh, porteiro! — gritou, quando chegou ao portal.

Dirigia-se a um grupo de pessoas que estavam à porta, entre as quais dois porteiros, uma aldeã e um burguês de roupão.

— O que deseja? — perguntou um deles.

— Foi ao comissariado da polícia?

— Vim agora mesmo de lá, por quê?

— Ainda lá estão?

— Estão.

— E o adjunto do comissário também lá está?

— Estava há pouco. Mas o que queria?

Raskolnikov não respondeu.

— Este senhor veio ver o andar — disse um dos operários, aproximando-se do grupo.

— Que andar?

— Aquele onde estamos trabalhando.

O porteiro examinou melhor Raskolnikov e de sobrecenho carregado, interrogou:

— Quem é o senhor?

— Rodion Romanovitch Raskolnikov, estudante. Moro aqui próximo, no bairro vizinho, casa Chill quarto número onze. Pergunte ao porteiro...

Deu esta informação com a maior indiferença e tranquilidade, olhando obstinadamente para a rua, sem voltar uma só vez a cabeça para o interlocutor.

— Que foi fazer lá em cima?

— Fui ver o andar.

— Para quê?

— E se o prendêssemos e levássemos à delegação? — propôs o burguês.

Raskolnikov olhou para ele com atenção.

— Vamos. — respondeu sem se alterar.

— É claro que o devemos levar à polícia! — repetiu com vivacidade o outro. — Ele que lá foi em cima, é porque tem alguma coisa a pesar-lhe na consciência.

— Talvez esteja bêbado — lembrou um dos operários.

— O que queres? — interrogou outra vez, em tom ameaçador, o porteiro, que já estava irritado. — Para que vieste apoquentar-nos?

— Tens medo de ir ao comissariado? — perguntou Raskolnikov em tom escarninho.

— Medo de quê?... Que tal está o homem!...

— É um gatuno — disse a aldeã.

— Para que havemos de estar a discutir com ele? — interveio o outro porteiro, que era um mujique enorme, com o gibão desabotoado, trazendo à cintura um molho de chaves. — É talvez um gatuno! Já daqui para fora! Rua!

E agarrando Raskolnikov por um braço, empurrou-o com violência. Por um triz não foi à terra. Equilibrando-se, olhou toda aquela gente sem proferir palavra e afastou-se.

— Que figura tão singular! — observou um dos operários.

— Há agora tanta gente assim! — exclamou a aldeã.

— Devíamos tê-lo levado à delegação! — insistiu o burguês.

"Irei ou não?", pensava Raskolnikov, parado e olhando em redor, como se esperasse ouvir a opinião de alguém. A pergunta, porém, ficou sem resposta. Tudo em volta dele era mudo como as pedras da calçada... De repente, a duzentos passos de distância, no extremo duma das ruas, distinguiu um grupo, donde saíam gritos e palavras proferidas com vivacidade. Rodeavam uma carruagem... "Que será aquilo?". Raskolnikov seguia à direita, no sentido dos gritos, detendo-se entre a multidão. Dir-se-ia que queria distrair-se, preocupar-se com o menor incidente, e este pueril desejo fazia-o sorrir, porque tomara uma resolução e chegara a convencer-se de que, momentos depois, acabaria com tudo aquilo.

CAPÍTULO VII

No meio da rua estava parada uma magnífica carruagem particular, atrelada com uma parelha de cavalos baios. Dentro não havia ninguém e o próprio cocheiro descera da almofada. Os cavalos estavam seguros pelo freio. Em volta da carruagem uma multidão de curiosos era com dificuldade contida pela polícia. Um deles, com uma lanterna, curvado sobre a calçada, iluminava o quer que fosse, que estava junto das rodas do carro. Toda aquela gente falava e gesticulava com consternação.

O cocheiro, desorientado, só dizia de quando em quando:

— Que desgraça, que desgraça!

Raskolnikov abriu a custo caminho por entre a multidão e viu, por fim, o que dera causa a tal ajuntamento. Por terra, ensanguentado e inerte, jazia um homem que acabava de ser atropelado pelos cavalos. Com quanto estivesse malvestido, via-se que não era um homem do povo. O crânio e o rosto jorravam sangue por feridas horríveis. Ao vê-lo, compreendia-se logo que o desastre fora muito grave.

— Meu Deus! — exclamava o cocheiro — não foi possível evitar isto! Se os cavalos viessem a galope, a culpa era minha; porém a carruagem vinha devagar, como muita gente viu. Infelizmente um bêbado nunca atende a coisa alguma. Vi-o atravessar a rua cambaleando e por isso gritei-lhe que se arredasse, uma, duas e três vezes! Segurei os cavalos, contudo o homem caminhou direto a eles, como se o fizesse de propósito! Os animais são fogosos, não pude contê-los tão depressa como queria, e ele gritou, o que ainda os assustou mais... E foi assim que se deu esta desgraça!

— Sim, foi tal e qual — confirmou alguém que presenciara o desastre.

— Exatamente, o cocheiro gritou-lhe três vezes que se arredasse — disse outro sujeito.

— Lá isso gritou, que toda a gente ouviu — informou um terceiro.

O cocheiro, no entanto, não parecia muito preocupado com as consequências do caso. O dono da carruagem era um personagem rico e bem colocado, e esta circunstância determinou, em especial, a benevolência dos agentes da polícia. Entretanto, era necessário remover sem demora o ferido para o hospital. Ninguém o conhecia.

Raskolnikov, que à força de encontrões conseguira aproximar-se, reconheceu à luz da lanterna o infeliz.

— Eu conheço-o! Eu conheço-o! — exclamou ele, entretanto e, afastando as pessoas que o rodeavam, chegava à primeira fila de curiosos. — É um antigo funcionário, o conselheiro honorário Marmeladov! Mora aqui perto, na casa Kozel... Chamem um médico, depressa! Eu pago tudo. Aqui está o dinheiro!

E tirando dinheiro da algibeira, mostrou-o a um policial. Estava dominado por uma agitação extraordinária. Os agentes da polícia ficaram satisfeitos por se ter reconhecido a identidade do atropelado. Raskolnikov deu o nome e o endereço, e solicitou com a maior energia que o ferido fosse imediatamente transportado para casa. Se se tratasse do próprio pai, não teria mostrado mais zelo.

— É já aqui adiante — dizia ele — em casa do Kozel, um alemão rico... Talvez recolhesse a casa bêbado... Conheço-o, é um caso avinhado... Vive com a família; tem mulher e filhos. Antes de o levarem para o hospital, será bom que o médico o veja. Aqui perto deve haver algum. Eu pago, eu pago!... No estado em que está, se não o socorrem já, não chega vivo ao hospital.

Meteu algum dinheiro na mão dum dos agentes da polícia. Afinal, o que ele exigia era perfeitamente regular. Levantaram Marmeladov e alguns homens ofereceram-se logo para o transportarem ao seu domicílio. A casa Kozel ficava a uns trinta passos do local do desastre. Raskolnikov seguia atrás, sustentando com caridosa precaução a cabeça do ferido e indicando o caminho.

— Aqui! Aqui! Cuidado na escada. É preciso que não vá com a cabeça pendente. Virem..., assim! Eu pago, eu pago tudo! Obrigado!

Nesse momento Catarina Ivanovna passeava, tal como lhe sucedia, sempre que tinha um instante de descanso, a todo o comprimento do cubículo; ia da janela ao fogão e do fogão à janela, com os braços cruzados sobre o peito, monologando e tossindo. Nos últimos tempos conversava mais a miúdo com a filha mais velha, Polenka. Conquanto a criança, que apenas tinha dez anos, não percebesse muita coisa, compreendia, no entanto, a necessidade que a mãe tinha dela. Os seus olhos inteligentes fitavam-se em Catarina Ivanovna e, sempre que a mãe se lhe dirigia, diligenciava compreender, ou pelo menos parecer que compreendia. Polenka despia o irmão, que durante o dia estivera doente e ia deitar-se. Enquanto esperava que lhe tirassem a camisa, para a lavarem durante a noite, a criança, com a fisionomia muito grave, mantinha-se sentada numa cadeira, calada e imóvel, escutando, com os olhos muito abertos, o que a mãe dizia à irmã. A pequenina Lidotchka, vestida de farrapos, esperava a sua vez, de pé, junto do biombo. A porta que dava para o patamar estava aberta, para deixar sair o fumo do tabaco que vinha do quarto próximo, e que, a cada momento, fazia tossir cruelmente a pobre tuberculosa. Catarina parecia mais abatida do que há oito dias antes. As sinistras rosetas das faces tinham agora um colorido mais intenso.

— Não podes fazer ideia, Polenka — dizia ela, passeando sempre — como a vida era brilhante e alegre em casa de meu pai e quanto aquele bêbado nos fez a todos desgraçados. Meu pai tinha um emprego civil que correspondia ao posto de coronel. Era quase governador; mais um degrau na escada, e seria governador. Toda a gente lhe dizia: Ivan Mikhailitch, já o consideramos nosso governador... Cá-Cá-Cá...Oh! vida três vezes maldita!

Cuspiu e apertou as mãos contra o peito.

— A água está pronta. Dá-me a camisa. E as meias?... Lídia — disse ela, dirigindo-se à pequenina —, esta noite dormes sem camisa..., põe as meias para lavar-se tudo junto.

E aquele bêbado sem voltar!... Queria lavar-lhe também a camisa, para não ter de me fatigar duas noites seguidas!... Senhor! Cá-Cá-Cá! O que será? — disse, vendo o vestíbulo encher-se de gente, ao mesmo tempo que alguns homens entravam no quarto, trazendo uma espécie de fardo. — O que é isso? Que trazem aí? Meu Deus!

— Onde o pousamos? — perguntou um policial; olhando em redor, enquanto introduziam no quarto Marmeladov, coberto de sangue e sem sentidos.

— No sofá! Estendam-no ao comprido no sofá!... A cabeça para este lado — indicou com solicitude Raskolnikov.

— É um bêbado atropelado! — informou alguém no vestíbulo.

Catarina Ivanovna, muito pálida, respirava a custo. As crianças estavam aterradas. Lidotchka correu para a irmã mais velha e, toda trêmula, abraçou-a. Depois de ter ajudado a deitar Marmeladov sobre o sofá, Raskolnikov dirigiu-se a Catarina Ivanovna:

— Tranquilize-se, não se assuste! — disse ele com vivacidade. — Ia a atravessar a rua e uma carruagem atropelou-o. Não se aflija, vai recuperar os sentidos... Mandei transportá-lo para aqui... Já aqui estive, mas talvez não se lembre... Há de voltar a si..., eu pagarei tudo!

— Não resiste a esta! — exclamou Catarina, correndo para o marido inanimado.

Raskolnikov percebeu logo que esta mulher não era das que perdem facilmente a presença de espírito. A cabeça do infeliz já descansava numa almofada, o que a ninguém ainda ocorrera. Catarina começou a despir Marmeladov, a examinar-lhe as feridas e a prodigalizar-lhe os mais inteligentes cuidados. Apesar da comoção, não perdia a serenidade; mordia os lábios trêmulos e reprimia no peito gritos de angústia.

Entretanto, Raskolnikov conseguira que alguém fosse chamar um médico que morava numa casa próxima.

— Mandei chamar um médico — disse ele a Catarina. — Não se aflija, eu pago tudo! Não tem água. Dê-me também uma toalha, um guardanapo, um pano qualquer... Ainda não se pode avaliar a gravidade dos ferimentos... Está ferido, mas não está morto, creia!... Veremos o que diz o médico...

Catarina correu à janela, junto da qual, ao canto e sobre uma velha cadeira, estava uma bacia cheia de água, que destinava à lavagem da roupa do marido e dos filhos. Esta barrela noturna fazia-a Catarina por suas próprias mãos, pelo menos duas vezes por semana, porque os Marmeladov tinham chegado a tal miséria, que lhes faltava em absoluto a roupa para mudarem. Cada um possuía apenas a camisa que trazia vestida. Ora, Catarina não tolerava a falta de asseio, e preferia fatigar-se, lavando de noite a roupa de toda a família, para que no dia imediato a encontrassem lavada e engomada, a consentir que na sua miserável casa houvesse falta de limpeza. Logo que Raskolnikov lhe pediu água, trouxe a bacia, cujo peso a fazia vergar. O rapaz, tendo encontrado uma toalha, molhou-a e lavou o rosto ensanguentado de Marmeladov, Catarina, de pé, ao lado de Raskolnikov, respirava a custo e apertava as mãos contra o peito. “Talvez procedesse mal, mandando-o transportar para aqui”, pensou Raskolnikov.

O policial não sabia também o que havia de fazer.

— Polencka! — gritou Catarina. — Corre a casa da Sofia e diz-lhe que o pai foi atropelado por uma carruagem; que venha já. Se não a encontrares em casa, diz aos Kapernaoumov que lhe deem a notícia logo que ela volte. Depressa! Põe este lenço na cabeça!

Entretanto, entrava tanta gente no quarto, que um alfinete não cairia no chão. Os policiais saíram. Ficou apenas um, que fazia recuar a multidão para o patamar. Enquanto procedia a esta operação, pela porta interior entravam, no quarto, quase todos os inquilinos da senhora Lippewehzel, aglomerando-se primeiro à entrada e invadindo depois o aposento. Catarina Ivanovna encolerizou-se.

— Ao menos deixem-no morrer em paz! — gritou ela. — Vêm ver o espetáculo, de cigarro na boca? Cá-cá-cá!... De chapéu na cabeça!... Saiam! Tenham respeito pela morte!

A tosse que a sufocava não lhe deixou proferir nem mais uma palavra. A severa reprimenda, porém, produziu o efeito desejado. Os inquilinos, que pareciam ter um certo receio de Catarina, foram saindo um a um, levando no coração aquele estranho sentimento de satisfação que o homem mais compassivo não deixa de experimentar à vista da desgraça alheia.

Logo que saíram, as suas vozes fizeram-se ouvir do outro lado da porta, dizendo que se devia mandar o ferido para o hospital, a fim de não se perturbar o sossego da casa.

— Já a morte perturba! — vociferou Catarina, preparando-se para os fulminar com a sua indignação. Todavia, quando corria para a porta de comunicação, encontrou-se com a senhora Lippewehzel, que acabava de ser informada do desastre e vinha estabelecer a ordem. Era uma alemã bastante malcriada.

— Meu Deus! — exclamou ela, juntando as mãos. — O seu marido estava bêbado e foi atropelado por uma carruagem!... Que vá para o hospital! Sou dona da casa...

— Amália Ludvigovna, pense no que está dizendo! — começou Catarina, em tom exaltado. Era assim que costumava falar-lhe, para a chamar ao caminho das conveniências, e mesmo em tal momento não pôde eximir-se a esse prazer. — Amália Ludvigovna!...

— Já lhe disse mil vezes que não me chamo Amália Ludvigovna, mas sim Amália Ivanovna!

— A senhora não é Amália Ivanovna, mas sim Amália Ludvigovna, assim como não faço parte do grupo dos seus aduladores, tal como o senhor Lébéziatnikov, que deve estar agora a rir-se por trás daquela porta.

— Lá vão elas a gatanhar-se! qss! qss! — diziam de fato no quarto próximo.

— Hei de chamar-lhe sempre Amália Ludvigovna, embora não perceba o motivo porque não lhe agrada esse apelido. A senhora sabe o que sucedeu a Semen Zakharovitch, o qual está quase a expirar. Faça o favor de fechar aquela porta e de não deixar entrar aqui ninguém. Deixem-no morrer em paz! Se não, afianço-lhe que amanhã o governador geral saberá do seu procedimento. O príncipe conhece-me desde pequena e lembra-se muito bem de Semen Zakharovitch, a quem mais duma vez prestou serviços. Toda a gente sabe que meu marido tinha muitos amigos que o protegiam. Foi ele próprio que, cônscio do seu desgraçado vício, deixou de os procurar, por um sentimento de nobre delicadeza. Agora, porém — continuou ela, indicando Raskolnikov —, encontramos proteção neste generoso rapaz, que é rico, está bem relacionado e era desde criança amigo de Semen Zakharovitch. Não tenha dúvida, Amália Ludvigovna...

Esta tirada foi dita com grande rapidez, mas a tosse interrompeu bruscamente a eloquência de Catarina. Neste momento, Marmeladov, voltando a si, soltou um gemido. Ela correu para junto do marido, que abrira os olhos e, sem perceber o que se passava, olhava para Raskolnikov, que estava de pé, à cabeceira. Respirava a custo, com os cantos da boca tintos de sangue e a fronte aljofrada de suor. Catarina dirigiu-lhe um olhar aflito e severo, mas bem depressa as lágrimas lhe saltaram dos olhos.

— Meu Deus! Tem o peito esmagado! Que quantidade de sangue! É preciso tirar-lhe a roupa. Vira-te, se podes, Semen Zakharovitch — disse-lhe ela. Marmeladov reconheceu-a.

— Um padre! — murmurou.

Catarina foi para junto da janela, encostou a cabeça aos vidros e exclamou no auge da angústia:

— Oh! vida três vezes maldita!

— Um padre! — repetiu o moribundo, depois dum minuto de silêncio.

— Chut! — fez Catarina. O doente obedeceu e calou-se. Os seus olhos procuravam a mulher com uma expressão de timidez e ansiedade. Ela voltou para a cabeceira. Marmeladov sossegou um pouco. Não foi por muito tempo. O olhar vago demorou-se sobre a sua favorita, Lidotchka, que tremia toda e o fitava com uns olhos de criança aterrada.

— Ah!... Ah!... — disse ele, agitando-se e indicando a criança. Percebia-se que queria dizer alguma coisa.

— Que é? — perguntou Catarina.

— Não tem sapatos! Não tem sapatos! — murmurou, soluçando, entretanto que o seu olhar se não desviava dos pés descalços da pequenina.

— Cala-te! Bem sabes porque não tem sapatos!

— Graças a Deus, aí vem o médico! — exclamou Raskolnikov.

Entrou um velho alemão, com ar de pessoa metódica, olhando em redor, desconfiado. Aproximou-se do ferido, tomou-lhe o pulso e examinou com atenção a cabeça. Depois, auxiliado por Catarina, desabotoou a camisa ensanguentada e descobriu o peito, que apareceu horrorosamente esmagado. No lado direito havia algumas costelas partidas; no esquerdo, junto do coração, via-se uma grande nódoa negra, orlada de amarelo, causada por uma patada de cavalo. O médico não estava satisfeito. O agente da polícia que o fora chamar contara-lhe que o atropelado ficara entalado numa roda e assim fora arrastado numa distância de trinta passos.

— Parece incrível que ainda viva — disse, dirigindo-se a Raskolnikov.

— Então? — perguntou este.

— Não há que fazer. Está perdido.

— Não tem esperança?...

— Nenhuma! Está a expirar... A ferida da cabeça é gravíssima... Podia tentar uma sangria. Tudo, porém, o que se fizesse, seria inútil. Não pode viver mais de cinco ou seis minutos.

— Mas tente...

— Pois sim. Contudo fica prevenido de que isso de nada servirá.

Neste momento ouviu-se um novo ruído de passos. A gente que se aglomerava no patamar abriu passagem. No limiar apareceu um padre de cabelos brancos. Trazia a extrema-unção ao moribundo. O médico cedeu logo o lugar ao padre, com quem trocou um olhar de inteligência. Raskolnikov pediu-lhe que se demorasse um pouco, ao que acedeu, encolhendo os ombros. Afastaram-se todos. A confissão durou instantes: Marmeladov já não compreendia o que se lhe dizia e apenas proferia sons ininteligíveis. Catarina ajoelhou ao canto, próximo do fogão, e mandou ajoelhar os filhos. A pequenina Lidotchka tremia sempre e o pequeno, em camisa, imitava os sinais da cruz que a mãe fazia e prosternava-se, rojando a fronte pelo chão. Dir-se-ia que tinha nisto um prazer especial. Catarina, mordendo os lábios, continha as lágrimas. Ao passo que rezava, ia compondo a criança irrequieta. Sem interromper a oração, nem se levantar, tirou da gaveta da cômoda um lenço que lançou sobre os ombros nus de Lidotchka. Entretanto a porta de comunicação foi de novo aberta pelos inquilinos, e no vestíbulo crescia também o número de espectadores. Todos os inquilinos dos outros andares estavam ali reunidos, não ousando transpor o limiar. A cena era apenas iluminada por um toco de vela. Polencka, que fora buscar a irmã, atravessou neste momento, a toda a pressa, por entre a gente que se apinhava à porta. Quando entrou, mal podia respirar. Depois de se desembaraçar do lenço, procurou com o olhar a mãe, aproximou-se dela e disse-lhe:

— Vem já. Encontrei-a na rua! — Catarina Ivanovna mandou-a ajoelhar. Sofia, timidamente e sem espalhafato, abriu caminho por entre a multidão. Nesse cubículo, onde reinavam a miséria, o desespero e a morte, a sua aparição produziu um efeito estranho. Conquanto pobremente vestida, trajava com a elegância especial das Messalinas da viela. Chegando à porta, a rapariga não transpôs o limiar e lançou em volta um olhar de espanto.

Parecia ter perdido a consciência de tudo e ter-se esquecido do seu vestido de seda, comprado em segunda mão, cuja cor berrante e cauda exagerada estavam ali muito deslocadas; da sua enorme saia de balão, que tomava a porta em toda a largura; das suas garridas botas; do guarda-chuva que trazia sem necessidade; e do seu espantoso chapéu de palha, ornado com uma pluma encarnada. Por sob esse chapéu, inclinado a um lado com petulância, via-se um rostozinho doentio e pálido, com a boca entreaberta e os olhos numa imobilidade de terror. Sofia tinha dezoito anos. Era loura, pequena e magra, e um tanto formosa: os olhos claros eram realmente bonitos. Ora olhava para o corpo inanimado do pai, ora para o padre. Tal como sucedeu à irmã, estava cansadíssima pela pressa com que viera. Por fim, algumas palavras proferidas pela multidão chegaram-lhe aos ouvidos. Baixando um pouco a cabeça, transpôs o limiar entrou no quarto. Parou, porém, logo à entrada. O moribundo recebera a bênção e a esposa voltara para junto dele. Antes de se retirar, o padre dirigiu a Catarina algumas palavras consoladoras.

— O que será deles! — murmurava ela com desespero, indicando as crianças.

— Deus é infinitamente bom e misericordioso, por isso espere o seu socorro, — respondeu o sacerdote.

— É, é bom e misericordioso, mas não para nós!...

— Isso é um pecado, minha senhora, uma blasfêmia! — observou o padre.

— E isto que é? — perguntou ela, apontando o moribundo.

— É possível que aqueles que sem querer a privaram do marido, que era o seu amparo, a socorram.

— O senhor não me entende — exclamou assustada Catarina. — Por que me haviam de socorrer? Foi ele que, embriagado, se atirou para debaixo das patas dos cavalos! Ele, o meu amparo! Nunca foi para mim senão um tormento. Deixava-nos sem pão, para ir beber na taberna o dinheiro que ganhava. Deus foi misericordioso livrando-nos dele. Para nós foi uma verdadeira esmola!

— A um moribundo perdoa-se, minha senhora. Esses sentimentos são um enorme pecado!

Enquanto conversava com o padre. Catarina não deixava de atender ao marido. Dava-lhe de beber, limpava-lhe o suor e o sangue da cabeça, e ajeitava-lhe a cabeceira. As últimas palavras do padre encolerizaram-na.

— Ora, palavras, palavras e mais nada! Perdoar! Hoje, se não tivesse sido atropelado, teria voltado bêbedo. Como não tem outra camisa senão a que traz vestida, teria de lavá-la, enquanto ele dormia, juntamente com a roupa dos pequenos. Depois tinha de pôr tudo a secar para passar a ferro pela manhã. Aí está como passo as noites. E ainda me vem falar de perdão! Mais do que devia, já eu lhe perdoei!...

Um violento acesso de tosse impediu-a de continuar. Escarrou num lenço, entretanto guardou-o e comprimiu o peito dolorido. O lenço estava todo manchado de sangue.

O padre curvou a cabeça e não disse mais nada. Marmeladov estava agonizante. Os seus olhos fixaram-se no rosto da mulher, que de novo se inclinara sobre ele. Parecia querer dizer alguma coisa, percebia-se que tentava um esforço para falar, mas só proferia sons inarticulados. Catarina, compreendendo que ele queria pedir perdão, gritou-lhe:

— Cala-te!... escusado... Já sei o que queres dizer.

O ferido calou-se e o seu olhar, seguindo na direção da porta, encontrou-se com o de Sofia... Até então não dera pela sua presença, no canto mal-iluminado onde a moça se deixara ficar.

— Quem está aí?... Quem é? — perguntou com voz débil e estertorosa, olhando aterrado para a porta junto da qual a filha se conservava de pé, e tentando erguer-se.

— Não te levantes, deixa-te estar quieto! — gritou Catarina.

Todavia, por um esforço sobre-humano, Marmeladov conseguiu erguer-se sobre o cotovelo. Fitou a filha por algum tempo. Parecia não a reconhecer, pois era a primeira vez que a via assim vestida. Tímida, corando de humilhação e vergonha sob as suas garridices canalhas de prostituta, a infeliz esperava com humildade que lhe fosse permitido despedir-se do pai. De repente reconheceu-a e no seu rosto já desfigurado espalhou-se uma nuvem de imensa amargura.

— Sofia!... Minha filha!... perdoa-me! — exclamou. Quis estender-lhe a mão, porém, perdendo o ponto de apoio, caía pesadamente no chão. Levaram-no e estenderam-no na cama. Sofia soltou um grito, correu para o pai e abraçou-o. Marmeladov expirou nos seus braços.

— Está morto! — exclamou Catarina, contemplando o cadáver do marido. — Que hei de fazer agora? Onde hei de ir arranjar dinheiro para o enterro? O que hão de estas crianças comer amanhã?

Raskolnikov aproximou-se dela.

— Catarina Ivanovna — disse ele — há dias Marmeladov contou-me a sua vida. Sei das suas circunstâncias... Referiu-se à senhora com uma estima que era quase adoração. A partir desse dia, vendo o quanto ele amava os seus, o quanto, em especial, a admirava e apreciava, a despeito do seu desgraçado vício, concedi-lhe a minha amizade... Consinta, por isso, que neste doloroso momento... a auxilie no cumprimento dos últimos deveres para com o meu falecido amigo. Aqui ficam vinte rublos, e se lhe for necessário para alguma coisa, enfim..., numa palavra, virei com certeza vê-los amanhã... Sim, amanhã... Adeus!

E saía a toda a pressa. No vestíbulo encontrou-se com Nikodim Fomitch que, tendo tido conhecimento do desastre, vinha cumprir os deveres que o seu cargo lhe impunha. Não tornara a avistar Raskolnikov depois que o encontrara no comissariado, mas reconheceu-o logo.

— O senhor aqui? — perguntou ele.

— Morreu agora — disse Raskolnikov. — Teve os socorros da ciência e da religião. Nada lhe faltou. Não apoquente muito a infeliz mulher. É uma tuberculosa e esta desgraça talvez a atire mais depressa para a cova. Anime-a, se puder... Sei que o senhor é bondoso... — acrescentou, sorrindo e encarando o comissário.

— Mas o senhor está manchado de sangue, observou Nikodim Fomitch, que vira umas nódoas no colete de Raskolnikov.

— Sim, de fato estou todo enodoado de sangue! — disse Raskolnikov com ar estranho. Depois sorriu, sondou o comissário com uma ligeira mesura e afastou-se. Desceu a escada, sem se apressar. Agitava-lhe todo o corpo um arrepio. Sentia afluir-lhe ao coração um sangue novo e rico. Essa sensação poderia comparar-se à dum condenado à morte, a quem de súbito viessem dar a notícia de que estava perdoado. A meio da escada afastou-se, para deixar passar o padre. Os dois trocaram uma saudação cerimoniosa e muda. Contudo, ao chegar aos últimos degraus, Raskolnikov ouviu atrás de si passos apressados de alguém que queria alcançá-lo. Era Polenka, que galgava os degraus, gritando-lhe:

— Olhe, ouça lá!

Voltou-se para a jovem, que já vinha no último lance e parou em frente dele. Do pátio vinha uma luz tenuíssima. Raskolnikov fixou o rosto, chupado, mas formoso, da pequenina, que sorria para ele e o fitava com os seus olhos grandes e ternos. Tinham-na encarregado duma missão que lhe era muito agradável.

— O senhor como se chama?...e... onde mora? — perguntou rapidamente.

Raskolnikov apoiou as mãos sobre os ombros da criança e pousou nela os olhos, que brilhavam de felicidade. Por que experimentava um tal prazer ao contemplar a pequenina? Nem ele próprio o sabia.

— Quem a mandou fazer-me essas perguntas?

— Foi Sofia. — respondeu ela, sorrindo.

— Já calculava que vinha a mando de Sofia.

— E da minha mãe, também. Sofia foi quem me mandou, mas a mãe disse logo: "Vai depressa, Polenka!..."

— É amiga da Sofia?

— Mais do que qualquer outra pessoa! — respondeu com vivacidade Polenka, e o seu sorriso tomou uma expressão grave.

— E de mim?... Há de ser minha amiga?

Por única resposta a criança chegou o rosto ao de Raskolnikov e estendeu os lábios para o beijar. Os seus bracinhos magros cingiram-lhe o pescoço, e inclinando a cabeça sobre o ombro de Rodion, desatou a chorar.

— Pobre pai! — exclamou ao cabo de meio minuto, erguendo a cabeça e limpando as lágrimas com as mãos — Para nós não há senão desgraças! — acrescentou num tom grave, como se compreendesse toda a sua desventura.

— O paizinho era seu amigo?...

— Gostava mais da Lidotchka — respondeu ela. — Era a sua predileta, por ser a "mais pequena" e porque é muito doentinha. Trazia-lhe sempre presentes. Ensinava-nos a ler e a mim dava-me lições de gramática e doutrina — acrescentou com dignidade. — A mãe não dizia nada, porém percebíamos que isso lhe agradava e o paizinho também o sabia. A minha mãe quer me ensinar o francês, porque diz que já é tempo de principiar a minha educação.

— E já sabe rezar?

— Que pergunta! Se sei rezar!... Há muito tempo. Como sou a mais velha, rezo só. Polia e a Lidotchka rezam em voz alta com a mãe. Dizem primeiro a ladainha de Nossa Senhora, depois o Meu Deus, concedei o vosso perdão e a vossa benção à nossa irmã Sofia, e depois o Meu Deus, concedei o vosso perdão e a vossa benção ao nosso outro pai, porque tínhamos um pai que morreu há muito tempo. Este era outro, no entanto também rezávamos pelo primeiro.

— Polenka, eu chamo-me Rodion. Quando se lembrar, reze também por mim e basta apenas isto: Perdoai também ao vosso servo Rodion.

— Hei de rezar sempre por si — respondeu com vivacidade a criança, voltando a abraçá-lo com ternura.

Raskolnikov disse-lhe o nome e a morada e prometeu voltar no dia seguinte. A pequena estava encantada. Tinham dado dez horas quando Rodion saiu.

"Basta", disse ele consigo "acabaram os espectros, os fantasmas e os vãos terrores! Ainda vivo!... Não senti há pouco que vivia? A minha vida não terminou com a da velha. Deus tenha em paz a tua alma, mulher, e vai sendo tempo de deixares a minha em sossego. Agora que reavi a inteligência, a vontade e a energia, veremos!" — Agora nós! — exclamou, como que lançando um repto a algum poder invisível. "Por enquanto estou muito fraco, no entanto... estou convencido de que já não estou doente. Quando saí de casa, sabia bem que a doença não tardaria a abandonar-me. Espera... A casa Potchinkov fica aqui próximo. Vou ter com o Razoumikhine... Deixá-lo ganhar a aposta. Vai talvez caçoar de mim, mas não me importo. A força é necessária, e sem ela nada se faz. Uma força origina outra, e isso é o que eles ignoram", concluiu com convicção. A sua audácia, a confiança em si mesmo aumentavam de momento a momento. Raskolnikov sentia que se operava nele como que uma mutação. Não teve dificuldade em encontrar o compartimento de Razoumikhine.

Na casa Polchinkov o novo inquilino era já conhecido. A meio da escada Raskolnikov ouviu o rumor produzido pela animada reunião. A porta que dava para o patamar estava aberta.

A parte do andar ocupada por Razoumikhine era bastante espaçosa. Estavam lá umas quinze pessoas. O visitante parou na primeira sala, onde estavam dois samovares, garrafas, pratos, tabuleiros cheios de pastéis e sanduíches, e duas criadas que andavam açodadas à roda de tudo isto. Raskolnikov mandou chamar Razoumikhine, que se não fez esperar, muito bem-disposto. Percebia-se logo à primeira vista que bebera bem, e conquanto, em geral, fosse quase impossível ao estudante embriagar-se, nesta ocasião via-se que a regra sofrera especial exceção.

— Sabes? — começou Raskolnikov — vim só para te dizer que tinhas ganhado a aposta, confirmando-se o preceito de que ninguém sabe o que virá a acontecer-lhe. Mas não entro. Sinto-me ainda muito fraco. Não me aguento nas pernas. Adeus. Passa amanhã lá por casa.

— Espera, vou acompanhar-te, se estás assim...

— E os teus convidados?... Quem é aquele homenzinho de cabelo frisado que entreabriu a porta?

— Creio que nem o diabo sabe quem ele é. Talvez algum amigo de meu tio ou talvez alguém que veio sem convite... Ficam com meu tio... É uma criatura que vale o que pesa em ouro. Sinto que não possas hoje relacionar-te com ele. De resto, que o diabo os leve a todos. Já não os posso suportar!... Tenho necessidade de ar! Nunca chegaste tanto a propósito, meu amigo. Se não aparecesses, dentro de dois minutos toda esta malta sentiria o peso das minhas mãos. Dizem tanta parvoíce!... Não podes imaginar as divagações de que um homem é capaz. E no fim das contas podes!... Não estamos nós aqui a divagar? Deixá-los a dizer tolices... Hão de acabar... Espera um momento, vou buscar o Zozimov.

O médico veio logo. Avistando o doente, desenhou-se-lhe no rosto a surpresa.

— É preciso ir-se deitar já, sem perda dum momento — disse ele. — Seria conveniente tomar qualquer coisa que lhe provocasse um sono tranquilo. Olhe, aqui tem um medicamento que preparei de propósito para si. Toma-o?

— Tomarei — respondeu Raskolnikov.

— Acompanha-o — observou Zozimov a Razoumikhine. — Amanhã veremos como está. Por agora não vai mal. Operou-se uma diferença notável de há pouco para cá. Viver para aprender...

— Queres saber o que Zozimov me disse há pouco? — começou Razoumikhine, com a voz presa pela embriaguez, logo que chegou à rua. — Recomendou-me que te fizesse falar e lhe desse conta, depois, das tuas palavras. Cisma que estás doido ou pouco menos! Já viste pateta igual? Em primeiro lugar és muitíssimo mais inteligente do que ele. Depois, como não estás doido, podes rir-te da opinião que faz de ti, e em terceiro lugar, aquela bola de carne, cuja especialidade é a cirurgia, há tempos a esta parte só pensa apenas em afecções mentais. Todavia modificou o seu diagnóstico, por causa da conversa que tiveste com Zametov.

— Zametov contou-te?

— Disse-me tudo e fez muito bem. Agora já percebemos toda a história. Sim, em resumo, Rodion..., o caso é... Olha que estou meio embriagado, mas não há dúvida... O caso é que aquela ideia... entendes?... Aquela ideia tinha ocorrido aos dois... entendes? Nenhum deles se atrevia a dizer o que pensava, porque era um tremendo absurdo; mas logo que prenderam o pintor, tudo caía por terra. Então virei-me contra Zametov, e aqui para nós: peço-te, por tudo quanto há, que não dês a entender que sabes. Ele é todo cheio de susceptibilidades. Foi na casa da Luísa que o caso se passou. Agora está tudo explicado e devido, em especial, ao Iliá Petrovitch. Desconfiava por causa da síncope que tiveste no comissariado, contudo foi o primeiro a arrepender-se de tal suposição, segundo me disse...

Raskolnikov escutava com atenção e ansiedade. Sob a ação do álcool, o outro ia falando sempre.

— A síncope foi resultado do excessivo calor e do cheiro das tintas... Sufocava! — informou Raskolnikov.

— E tu ainda a dares explicações!... Nem era necessário o cheiro das tintas. Há um mês que trazias a doença incubada. Zozimov que o diga. Não calculas a cara com que o parvo do Zametov está. "Nada valho, a par daquele homem", diz ele, referindo-se a ti. Não é mau rapaz... mas a lição que hoje lhe deste no Palácio de Cristal foi de mestre! Ao princípio meteste-lhe medo. Estava aterrado e quase o levaste a acreditar de novo no estúpido despropósito... porém de repente convenceste-o de que estavas a brincar com ele. De primeiríssima ordem!... Ficou de cara à banda! És um mestre, meu amigo, e permitisse Deus que todos fossem como tu. Que pena tive de não estar presente para gozar essa cena! Zametov estava lá em casa. Havia de ter prazer em ver-te!... O Porfírio também deseja conhecer-te.

— Ah!... também esse... Por que julgam eles que estou doido?

— Não é bem isso. Não te julgam doido. Parece-me que estou dando de mais à língua!... O que causou impressão ao Zametov, há pouco, foi interessares-te em absoluto por aquele caso. Agora porém sabe-se já o motivo por que te interessa. Conhecendo todas as circunstâncias do caso, a impressão que te produziu na ocasião e a correlação que teve com a tua doença... Estou com uma tremenda bebedeira!... Olha, o que te sei dizer é que ele lá tem as suas razões!... É um mágico que só pensa apenas em afecções mentais. Não te importes com isso...

Durante meio minuto os dois não pronunciaram uma única palavra.

— Ouve, Razoumikhine, vou falar-te com franqueza — começou Raskolnikov. — Venho da casa dum morto, um antigo funcionário público... Deixei lá todo o meu dinheiro... e depois fui beijado por uma criança que, ainda que eu tivesse assassinado alguém... por fim vi lá outra criatura... com uma pluma cor de fogo... Cá estou eu a divagar.... Sinto-me muito fraco..., ampara-me... Cá está a escada...

— O que tens? O que tens tu? — inquiria Razoumikhine assustado.

— Estou atordoado, mas isto não é nada... O pior é que estou muito, muito triste!... como uma mulher!... Olha! que é aquilo?... Olha, olha!

— O quê?

— Não vês?... Há luz no meu quarto! Pela fenda da porta, repara.

Estavam no penúltimo patamar, junto à porta da hospedeira; daí via-se realmente luz no quarto de Raskolnikov.

— É boa!... Talvez a Nastássia lá esteja — lembrou Razoumikhine.

— Nunca vai ao meu quarto a estas horas e deve estar deitada há muito. Mas... que importa isso!... Adeus!

— Não, acompanho-te.

— Bem sei, porém quero apertar-te a mão aqui, despedir-me aqui de ti. Dá cá a tua mão e adeus!

— O que tens tu, Rodion?

— Nada!... Subamos. Vais ver...

Enquanto subiam, acudiu a Razoumikhine o pensamento de que talvez Zozimov tivesse razão.

— É possível que o perturbasse com a minha bisbilhotice. — pensou ele.

Quando se aproximaram da porta, ouviram vozes quarto.

— O que será isto? — perguntou Razoumikhine. Raskolnikov, que ia adiante, empurrou a porta e estacou, como petrificado.

Sua mãe e sua irmã, sentadas no sofá, esperavam-no havia meia hora. Como explicar que a visita das duas o encontrasse desprevenido? Por que não pensou nisso, quando, nesse mesmo dia, lhe tinham anunciado a chegada da família dum momento para o outro? As duas senhoras não haviam feito outra coisa senão interrogar Nastássia, que ainda ali estava junto delas. A criada dera já todas as informações possíveis acerca de Raskolnikov. Quando souberam que saíra doente, e talvez durante um acesso febril, a acreditar nas palavras de Nastássia, ficaram aterradas e julgaram-no perdido. Quantas lágrimas choradas e que aflição a dessa meia hora de espera! Quando os viram aos dois, as duas senhoras soltaram gritos de alegria e correram para Raskolnikov. Este ficou imóvel como uma estátua. Um pensamento horrível gelara-lhe o sangue nas veias. Nem pôde abrir-lhe os braços. Mãe e irmã apertaram-no contra o peito e beijaram-no com ternura, rindo e chorando ao mesmo tempo. Raskolnikov deu um passo e caiu sem sentidos. Susto, gritos de aflição, soluços... Razoumikhine, que se conservara à porta, correu para Raskolnikov, ergueu-o nos vigorosos braços e deitou-o no sofá.

— Isto não é nada, não vale nada! — disse ele, tranquilizando as duas senhoras. — Um simples desmaio, sem consequências. O médico disse ainda agora que está muito melhor, quase restabelecido...

— Água! Olhem, volta a si, veem?...

E ao passo que ia falando, apertava sem querer o braço de Dounia, obrigando-a a curvar-se sobre o sofá, a fim de se convencer de que, realmente, o irmão recuperava os sentidos. Razoumikhine assumia proporções de verdadeira providência. Nastássia contara às duas quantas provas de dedicação tinha dado, durante a doença de Rodion, "aquele desembaraçado moço", como nessa mesma noite lhe chamara Pulquéria Alexandrovna, ao conversar com Dounia.

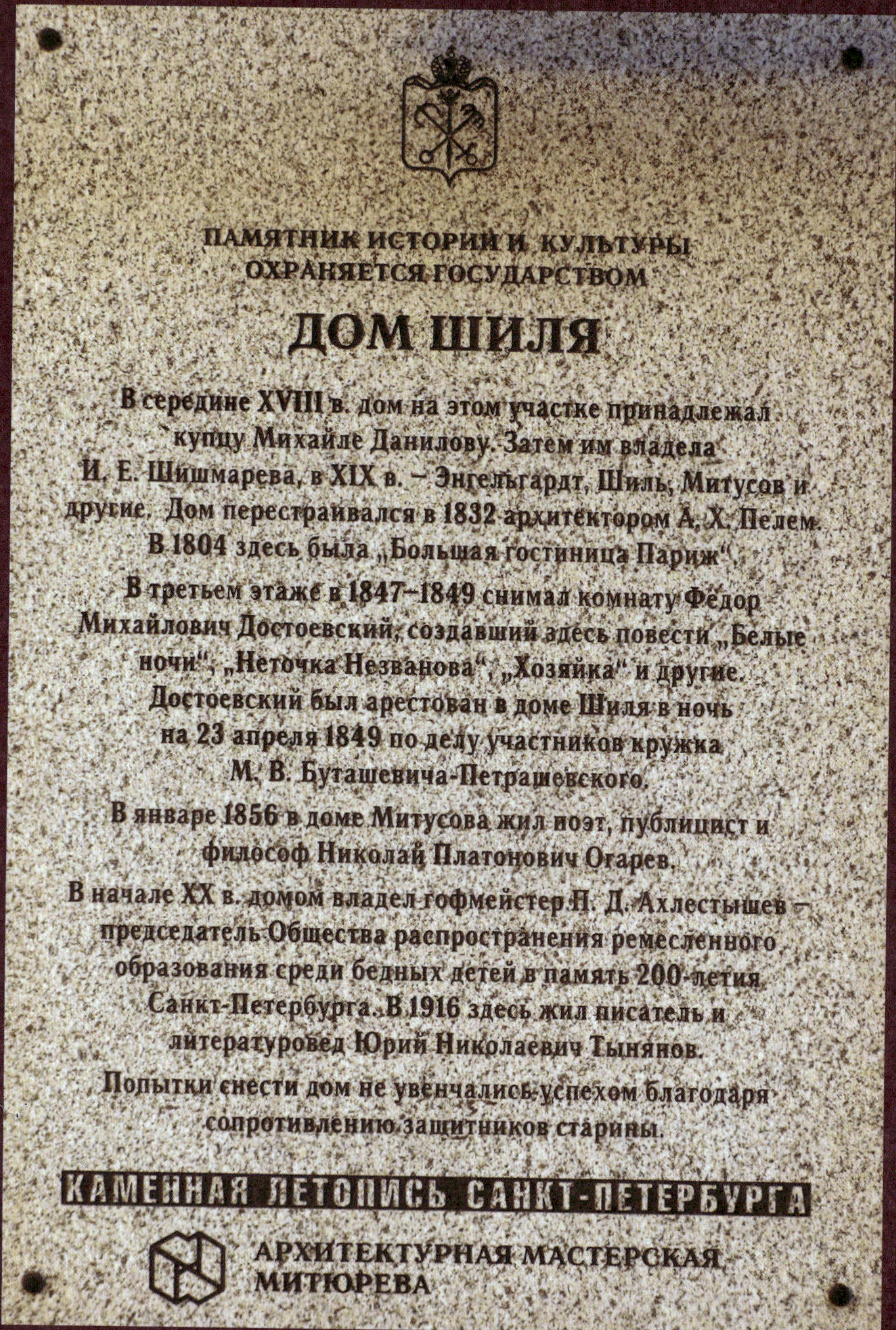

ПАМЯТНИК ИСТОРИИ И КУЛЬТУРЫ
ОХРАНЯЕТСЯ ГОСУДАРСТВОМ
ДОМ ШИЛЯ
В середине XVIII в. дом на этом участке принадлежал купцу Михайле Данилову. Затем им владела И. Е. Шишмарева, в XIX в. – Энгельгардт, Шиль, Митусов и другие. Дом перестраивался в 1832 архитектором А. Х. Пелем. В 1804 здесь была „Большая гостиница Париж".
В третьем этаже в 1847–1849 снимал комнату Фёдор Михайлович Достоевский, создавший здесь повести „Белые ночи", „Неточка Незванова", „Хозяйка" и другие. Достоевский был арестован в доме Шиля в ночь на 23 апреля 1849 по делу участников кружка М. В. Буташевича-Петрашевского.
В январе 1856 в доме Митусова жил поэт, публицист и философ Николай Платонович Огарев.
В начале XX в. домом владел гофмейстер П. Д. Ахлестышев – председатель Общества распространения ремесленного образования среди бедных детей в память 200-летия Санкт-Петербурга. В 1916 здесь жил писатель и литературовед Юрий Николаевич Тынянов.
Попытки снести дом не увенчались успехом благодаря сопротивлению защитников старины.
КАМЕННАЯ ЛЕТОПИСЬ САНКТ-ПЕТЕРБУРГА
АРХИТЕКТУРНАЯ МАСТЕРСКАЯ
МИТЮРЕВА

Placa memorial no edifício situado à Rua Malaya Morskaya, em São Petersburgo, onde Dostoiévski alugou um apartamento de 1847 a 1849. Neste local foram escritos romances como "Noites Brancas" e "A Anfitriã".

TERCEIRA PARTE

CAPÍTULO I

Raskolnikov ergueu meio corpo e sentou-se no sofá.

Com um aceno convidou Razoumikhine a suspender o curso da sua eloquência consoladora. Em seguida, tomando nas suas mãos as de sua mãe e de sua irmã, contemplou-as alternadamente por largo espaço, sem proferir palavra. No seu olhar, onde se estampava uma dolorosa sensibilidade, havia ao mesmo tempo o quer que fosse de insensatez. Pulquéria Alexandrovna, aterrada, desatou a chorar. Dounia Romanovna estava pálida e a mão tremia-lhe na de Raskolnikov.

— Voltem para casa... com ele — disse o rapaz com a voz entrecortada, apontando Razoumikhine. — Amanhã, amanhã, tudo... Quando chegaram?

— Chegamos esta noite, Rodion — respondeu Pulquéria Alexandrovna. — O comboio veio muito atrasado. Agora, por nada deste mundo consentiria em separar-me de ti. Passarei a noite aqui, junto do...

— Não me apoquentem — replicou ele com um gesto de irritação.

— Eu fico com ele — atalhou Razoumikhine. — Não me afasto de junto dele e que os meus convidados vão para o diabo!... Que se zanguem, se quiserem. Demais, lá está meu tio para lhe fazer as honras da casa.

— Como havemos de agradecer-lhe? — começou Pulquéria, apertando entre as suas mãos as de Razoumikhine.

O filho, porém, cortou-lhe a palavra.

— Não posso, não posso... — repetia ele enfadado. — Não me apoquentem!... Basta, vão-se embora. Não posso!...

— Retiremo-nos, minha mãe — disse em voz baixa, Dounia, inquieta. — Saiamos do quarto, por um instante que seja. É evidente que a nossa presença o aflige. E não me há de ser dado passar um momento junto dele, depois duma separação de três anos! — murmurou Pulquéria Alexandrovna.

— Esperem um instante! — disse Raskolnikov. — Interrompem-me sempre e fazem-me perder o fio das ideias... Viram o Loujine?

— Não, Rodion, mas já sabe que chegamos. Soubemos que teve a bondade de vir hoje procurar-te. — acrescentou, com timidez, Pulquéria Alexandrovna.

— Sim..., teve essa bondade..., porém disse-lhe que o atirava pela escada fora e mandei-o para o diabo.

— Que dizes, Rodion?!... Pois tu... não é possível! — começou a mãe aterrada. Um volver de olhos de Dounia obrigou-a a calar-se.

Esta, com os olhos fitos no irmão, aguardava que ele explicasse mais claramente. Já informadas da ocorrência pela Nastássia, que lhe relatara a seu modo e da maneira como lhe fora possível compreender, as duas senhoras estavam numa cruel perplexidade.

— Dounia — prosseguiu com esforço Raskolnikov — não consinto nesse casamento. Por consequência, amanhã mesmo, despede o Loujine, e não falemos mais nisso.

— Meu Deus! — exclamou Pulquéria Alexandrovna.

— Meu irmão, pensa bem no que dizes! — observou com veemência Dounia. Contendo-se, porém, logo continuou: — Neste momento não estás no teu estado normal!... Estás fatigado! — concluía ela com brandura.

— Estou delirando?... Não estou.... Casavas com o Loujine por minha causa, mas eu não aceito esse sacrifício. Portanto escreves-lhe uma carta... para o desobrigares do seu compromisso... Dê-me de manhã para eu a ler e acabou-se.

— Não posso fazer isso! — exclamou ela, ofendida. — Com que direito?...

— Dounia, também começas a encolerizar-te! Basta!... amanhã... Pois não vês... — balbuciou a mãe assustada, detendo a filha. — É melhor irmo-nos embora!

— Está com a cabeça transtornada — bradou Razoumikhine, numa voz que traía a embriaguez. — A não ser assim, não se atrevia... Amanhã terá recuperado a razão... Hoje, com efeito, pôs o sujeito na rua. O homem zangou-se... Estava aqui a discursar, a explanar as suas teorias, mas lá se foi indo embora. Ia com o rabo entre as pernas!

— Então, é verdade! — exclamou Pulquéria Alexandrovna.

— Até amanhã meu irmão — disse em tom compassivo Dounia. — Vamos, minha mãe. Adeus, Rodion!

Este fez um esforço para lhe dirigir algumas palavras.

— Ouve, Dounia, não estou delirando: esse casamento seria uma infâmia. Embora seja eu um infame, tu é que não o deves ser... Um já é demais!... Por mais miserável que seja, renegar-te-ia como irmã, se contraísses uma tal união. Ou eu ou Loujine... Vão-se embora!...

— Perdeste a cabeça!... Estás um déspota! — vociferou Razoumikhine.

Raskolnikov não respondeu. Talvez já não estivesse em estado de responder. Exausto, estendeu-se no sofá e voltou-se para a parede. Dounia Romanovna olhou, cheia de curiosidade, para Razoumikhine: os seus olhos negros brilhavam. O estudante estremeceu sob este olhar. Pulquéria Alexandrovna estava consternada.

— Não posso resolver-me a ir-me embora! — murmurou ela, aflita, ao ouvido de Razoumikhine. — Fico aqui em qualquer parte... Acompanhe a Dounia.

— Vai agravar a situação! — respondeu no mesmo tom o estudante, com vivacidade. — Saiamos ao menos do quarto. Nastássia, alumia-nos!

— Juro-lhe — continuou ele, logo que saíram para o patamar — que há pouco vi jeitos de nos bater, ao médico e a mim!... Entende?... Ao próprio médico! Além disso é impossível deixar Dounia Romanovna sozinha naquela hospedaria. Imagina em que casa as alojaram!... Aquele patife do Petrovitch devia ter-lhes dado uma casa mais respeitável!... Devo dizer-lhes que bebi uma pinga a mais e aí está o porquê das minhas expressões... são um tanto arrebatadas... Não façam caso...

— Pois bem — prosseguiu Pulquéria Alexandrovna — vou ter com a hospedeira do Rodion e peço-lhe que nos dê qualquer canto, para eu e a Dounia aqui ficarmos esta noite. Não posso abandoná-lo neste estado, não posso!...

Esta conversa travara-se no patamar, em frente da porta da hospedeira. Nastássia, em pé, no último degrau, ficara alumiando. Razoumikhine estava muitíssimo animado. Meia hora antes, quando acompanhara Raskolnikov a casa, tagarelava demais, como ele próprio reconhecera; porém nesta altura já tinha a cabeça desanuviada, apesar da enorme quantidade de vinho que havia ingerido. Contudo agora estava mergulhado numa espécie de êxtase e a influência capitosa do vinho fazia-se sentir com dupla intensidade. Apoderara-se das mãos das duas senhoras e dirigia-se-lhes numa linguagem bastante íntima. Talvez no intuito de as convencer melhor, acentuava quase todas as palavras com uma formidável pressão nos dedos das suas interlocutoras. Ao mesmo tempo, com a maior sem-cerimônia, devorava com os olhos Dounia Romanovna. De quando em quando, vencidas pela dor, as pobres senhoras tentavam soltar os dedos presos por aquela grande mão ossuda; mas ele resistia e continuava a apertar. Se lhe pedissem, como um favor especial, que se atirasse pela escada, de cabeça para baixo, o rapaz não hesitaria um segundo em lhes satisfazer o desejo. Pulquéria Alexandrovna bem percebia que Razoumikhine era muito excêntrico e, sobretudo, que as suas mãos eram de ferro. Todavia, entregue por completo ao pensamento do seu Rodion, fechava os olhos às maneiras originais do rapaz, que naquele momento era para ela uma Providência. Quanto a Dounia Romanovna, posto partilhasse das preocupações de sua mãe e não fosse tímida de natureza, não era, contudo, sem surpresa e até sem certo receio que via fixarem-se nela os olhares inflamados do amigo de seu irmão. Se não fosse o ter-lhe inspirado ilimitada confiança, naquele homem singular, a entusiástica narrativa da Nastássia, não teria resistido à tentação de deitar a fugir, arrastando consigo a mãe. Depois compreendia que naquele momento o estudante lhes era indispensável. De resto, ao cabo de dez minutos, serenaram as apreensões da jovem: em qualquer disposição de espírito que Razoumikhine se encontrasse, a feição especial do seu caráter era revelar-se por completo, logo à primeira vista, de modo que se percebia sem dúvida com que gênero de indivíduo se tratava.

— É impossível pedir isso à hospedeira, minha senhora. Isso era o cúmulo do absurdo! — replicou com vivacidade Pulquéria Alexandrovna. — O fato de ser mãe de Rodion não obstará que ele fique desesperado, em sabendo que ficou aqui, e então sabe Deus o que acontecerá! Ouça o que vou propor-lhe enquanto Nastássia fica a tomar conta dele, vou acompanhá-las a sua casa, porque é imprudente aventurarem--se sozinhas, a estas horas, pelas ruas de S. Petersburgo. Depois de as deixar em casa, volto aqui num pulo e daí a um quarto de hora dou-lhes a minha palavra de honra, voltarei a fazer-lhes o relatório, dizendo-lhes como ele está, se pôde conciliar o sono etc. Em seguida corro a minha casa — estão lá alguns amigos meus, todos bêbados, por sinal — buscar o Zozimov, que não está bêbado, pois nunca bebe. É o médico que está tratando do Rodion. Trago-o aqui para ver o doente e em seguida levo-o a sua casa. No intervalo duma hora terá, assim, duas vezes notícias de seu filho: primeiro por mim o depois pelo médico, o que é muito mais positivo. Se estiver pior, juro-lhes que as tornarei a trazer aqui; se estiver melhor, deitam-se. Por mim, passarei a noite aqui na saleta — ele não o saberá — e mando deitar o Zozimov em casa da hospedeira para o ter à mão, em caso de necessidade. Neste momento parece-me que a presença do médico sempre será mais útil ao Rodion do que a das senhoras. Assim, voltem para casa! Quanto a ficarem em casa da hospedeira, é impossível. Eu posso fazê-lo, mas as senhoras não. Não consentiria em hospedá-las porque... é tola. A dizer a verdade, gosta muito de mim e era capaz de ter ciúmes de Dounia Romanovna e da senhora também... mas de Dounia Romanovna com toda a certeza!... Tem um gênio muito especial!... No fim de contas sou também um grande burro... Vamos, venham daí! Têm confiança em mim? Têm ou não têm?

— Vamos, minha mãe — disse Dounia Romanovna. — Estou certa de que fará o que prometeu. Meu irmão deve a vida aos seus cuidados e se o médico consentir, com efeito, em passar aqui a noite, que melhor poderíamos desejar?

— Ora aí está!... A menina compreende-me porque é um anjo! — exclamou Razoumikhine com exaltação. — Vamos embora! Nastássia, sobe já para cima e deixa-te estar junto do doente; eu não demoro.

Posto não estivesse ainda muito convencida, Pulquéria Alexandrovna não fez mais objeções. Razoumikhine tomou um braço a cada uma das senhoras e obrigou-as a descer a escada. A mãe não estava livre de cuidados."É evidente que é desembaraçado e que se interessa por nós. Poderemos, porém, contar com as suas promessas no estado em que se encontra?..."

O mancebo adivinhou este pensamento.

— Percebo! Imaginam que estou sob a influência das bebidas! — disse ele, enquanto seguia pelo passeio, a largos passos, sem perceber que as senhoras mal podiam acompanhá-lo. — Isto não quer dizer nada! Isto é, bebi como uma cabra, vale a pena pensar nisso. Não é o vinho o que me embriaga. Logo que as vi, deu-me a impressão que me tinham descarregado uma paulada na cabeça... Não reparem... Estou a dizer disparates e sou indigno de as acompanhar. Logo que as deixe em casa, vou aqui ao Canal, despejo dois baldes de água na cabeça e fico fino... Se soubessem que afeição me inspiram ambas... Não se riam, nem se zanguem comigo!... Sou amigo dele e por consequência também o quero ser das senhoras... Bem tinha o pressentimento do que havia de suceder!... No ano passado houve um momento... Mas qual, não podia ter esse pressentimento, visto que, por assim dizer, caíram do céu. Já sei que não prego olho esta noite. Zozimov há bocado estava com medo que ele endoidecesse... É por isso que não devemos irritá-lo.

— O que diz? — exclamou a mãe.

— Será possível que o médico tivesse dito isso? — perguntou, assustada, Dounia Romanovna.

— Disse, mas engana-se, engana-se por completo.Também deu ao Rodion um medicamento em pó, que eu vi; neste meio-tempo, porém, chegaram as senhoras! Seria melhor se tivessem chegado amanhã. Bom foi que nos retirássemos. Daqui por uma hora, já o Zozimov vem trazer-lhes notícias. Esse não está bêbado e por mim também já o não estarei. Por que motivo me deixei excitar? Porque me fizeram discutir, os malditos. Já havia feito o protesto de não me tornar a meter naquelas discussões!... Dizem tanto disparate! Por pouco não me peguei com eles. Lá ficou o meu tio para fazer as honras da casa... Pois não querem saber?... Então não são partidários da impersonalidade completa? Lá para eles o progresso supremo consiste em parecer-se a gente o menos possível consigo mesmo. Apraz-nos, a nós russos, vivermos das ideias dos outros e saturamo-nos delas. É isto ou não verdade? — bradou Razoumikhine, apertando as mãos das duas senhoras.

— Oh! meu Deus! não sei! — disse a pobre Pulquéria Alexandrovna.

— Sim, sim... No entanto não estou de acordo com o senhor — acrescentou com gravidade Dounia Romanovna.

Mal acabara, porém, de pronunciar estas palavras, soltou um grito de dor, provocado por um enérgico aperto de mão de Razoumikhine.

— Sim? disse que sim? Então nesse caso a menina é... — bradou Razoumikhine num transporte de júbilo — ... é um conjunto de bondade, de bom senso e... de perfeições! Dê-me a sua mão, dê...; dê-me também a sua, minha senhora. Quero beijar-lhes já as mãos, aqui mesmo, de joelhos!

E ajoelhou-se no meio da rua que, por felicidade, estava deserta nesse momento.

— Basta, peço-lhe! O que faz? — exclamou Pulquéria Alexandrovna assustadíssima.

— Levante-se! — disse Dounia rindo, mas também com um certo receio.

— Isso nunca!... Pelo menos enquanto não me derem as mãos. Ora bem, aqui estou já de pé... Vamos lá!... Não passo dum imbecil, indigno das senhoras, e de mais a mais nesta ocasião, avinhado!... Sinto vergonha... Bem sei que não sou digno de as amar, no entanto prostrar-se na sua frente é dever de todo aquele que não for uma cavalgadura! Foi por isso que me prostrei... Aqui está a sua casa... Ainda que não fosse senão por causa dela, o Rodion fez muito bem em correr com o tal Pedro Petrovitch! Como ousou metê-las nesta hospedaria? É escandaloso! Sabem que espécie de gente mora aqui? E é a sua noiva!... Declaro-lhe que depois de tal ação o seu futuro marido é um patife.

— Ouça, senhor Razoumikhine, esquece-se... — começou Pulquéria Alexandrovna.

— Sim, sim, tem razão. Esqueci-me, com efeito, e sinto-me envergonhado — desculpou-se o estudante — mas..., mas..., não devem querer-me mal pelas minhas palavras. Se disse isto, é porque sou franco e não porque... Hum!... Seria ignóbil. Numa palavra, não é pelo fato de eu a... Há pouco, por ocasião da sua visita, todos percebemos que aquele homem não era do nosso meio. Mas basta! Está tudo perdoado. Não é verdade que me perdoam? Pois então vamos lá!... Conheço este corredor. Já aqui vim uma vez. Olhem, aqui no número três houve um escândalo... Em que quarto estão? Em que número? No oito?... Nesse caso fechem bem a porta por dentro e não abram a ninguém. Daqui a um quarto de hora trago-lhes notícias e meia hora depois voltarei com o Zozimov. Adeus, até já!

— Meu Deus!... O que será de Dounia! — exclamou Pulquéria Alexandrovna.

— Tranquilize-se, minha mãe — respondeu Dounia, tirando o chapéu e a mantilha. — Foi a Providência que nos enviou este rapaz. Apesar de ter vindo duma orgia, sinto confiança nele. E o que tem feito pelo Rodion!...

— Deus sabe se ele voltará! Como pude resolver-me a abandonar o Rodion!... Quem diria que havia de encontrar assim!... E de que maneira nos recebeu! Parece que a nossa vinda o contrariou! — E dizia isto a chorar.

— Não, minha mãe, não é isso. É que não o viu bem. As lágrimas não lho deixaram ver. Acaba de passar por uma crise gravíssima e é essa a causa de tudo.

— Ah! Essa doença!... Como acabará tudo isto? E como ele te falou, Dounia! — continuou a pobre mãe, procurando ler nos olhos da filha, e mais tranquilizada por ver que Dounia tomara a defesa do irmão e por consequência lhe perdoara. — Estou convencida de que amanhã terá outra opinião — acrescentou ela, desejando continuar o seu inquérito.

— E eu afirmo-lhe que há de dizer a mesma coisa... a tal respeito — respondeu Dounia Romanovna.

O caso era tão melindroso que Pulquéria Alexandrovna não ousou prosseguir. Dounia beijou a mãe, que, sem dizer uma única palavra, a apertou muito ao coração. Em seguida Pulquéria sentou-se, esperando com ansiedade a chegada de Razoumikhine. Com os olhos ia seguindo a filha, que, pensativa e com os braços cruzados, passeava a todo o comprimento do quarto. Sempre que alguma coisa a preocupava, Dounia Romanovna passeava dum extremo ao outro da casa, sem que a mãe lhe perturbasse as reflexões.

Razoumikhine, animado pelo álcool e enamorando-se logo de Dounia, tornou-se deveras ridículo. Mas, contemplando a gentil rapariga, enquanto pensativa e triste passeava com os braços cruzados sobre peito, qualquer pessoa desculparia o estudante, sem mesmo levar em linha de conta a atenuante da embriaguez. A figura de Dounia Romanovna era digna de atenção: de estatura elevada, muito bem constituída, duma singular pureza de linhas, cada um dos seus gestos varonis acusava uma confiança em si que nada prejudicava a graça e a delicadeza tão próprias do sexo fraco. O rosto, que se parecia com o do irmão, era uma beleza. Como Rodion, Dounia tinha cabelos castanhos, mas mais claros. Nos seus olhos negros lia-se aquela altivez que não exclui a bondade. Era pálida, porém a sua palidez nada tinha de mórbida: o rosto irradiava frescura e saúde. A boca era pequena, tendo o lábio inferior dum vivo carmim, um pouco saliente, bem como a extremidade do queixo. Esta irregularidade, única que se podia notar naquele formoso rosto, dava-lhe, ainda assim, uma singular expressão de firmeza e orgulho. Razoumikhine nunca vira criatura semelhante. Jovem e perturbado pelos vapores do álcool, sentiu-se impressionado. Demais, quis o acaso que ele se encontrasse pela primeira vez com Dounia, no momento em que o júbilo de voltara ver o irmão nimbava duma luz de ternura o rosto da rapariga. Depois vira-a, soberba de indignação ante as palavras insolentes de Rodion. O seu coração não pôde resistir. De resto, dissera a verdade, quando há pouco, nas suas divagações, dera a entender que a hospedeira de Raskolnikov, Prascovia Pavlovna, teria ciúmes, não só de Dounia Romanovna, como também de Pulquéria Alexandrovna. Conquanto tivesse quarenta e três anos, a mãe de Raskolnikov conservava vestígios da sua antiga formosura. Parecia ter menos idade, caso que se verifica frequentes vezes nas mulheres que chegam à velhice com o coração puro e o espírito lúcido. Os cabelos começavam a branquear e os contornos dos olhos apergaminhavam-se. As atribulações tinham-lhe cavado as faces; no entanto o seu rosto era ainda formoso. Era o retrato de Dounia, com vinte anos mais e sem a saliência do lábio inferior, que caracterizava a fisionomia da filha. Pulquéria Alexandrovna era uma alma sensível, mas dessa sensibilidade que exclui a pieguice. Tímida por índole, cedendo por hábito, sabia, contudo, deter-se no caminho das concessões, desde que a sua honestidade ou as suas convicções lhe impusessem essa atitude.

Vinte minutos precisos, após a partida, Razoumikhine batia à porta.

— Não entro, não tenho tempo! — apressou-se ele a dizer, quando abriram a porta. — Dorme como um justo, um sono sossegadíssimo, que Deus permita se prolongue por dez horas! Nastássia está junto dele, com ordem de não o abandonar um momento, até que eu volte. Agora vou buscar Zozimov. Ele diz-lhes o que tem a dizer e as senhoras vão logo deitar-se, porque estão a cair de fadiga.

E deitou a correr pelo corredor.

— Que rapaz tão desembaraçado..., que delicadeza! — exclamou Pulquéria, sorrindo.

— Parece de boa índole! — respondeu com certa vivacidade Dounia Romanovna, continuando no seu passeio.

Uma hora depois ouviram-se passos no corredor e de novo bateram à porta. Razoumikhine voltava com Zozimov, que não hesitara em abandonar o banquete para ir ver Raskolnikov. Todavia, não foi sem relutância que se decidira a ir à casa da mãe e da irmã do doente, porque não queria acreditar nas palavras de Razoumikhine, que lhe parecia ter deixado uma boa parte da razão no fundo dos copos. Não tardou, porém, que a vaidade do médico se sentisse lisonjeada: Zozimov compreendeu que era esperado como um oráculo. Nos dez minutos que a sua visita durou, conseguiu tranquilizar em absoluto Pulquéria Alexandrovna. Com o ar grave e a circunspecção que convêm a um médico, chamado em circunstâncias excepcionais, testemunhou pelo doente o maior interesse. Não ultrapassou o assunto exclusivo da sua visita, nem mostrou desejar estabelecer relações de intimidade com as duas interlocutoras. Tendo, logo à entrada, notado a formosura de Dounia Romanovna; hesitava em olhar para a jovem e dirigia-se quase que exclusivamente a Pulquéria.

Encontrara Raskolnikov em estado satisfatório. A doença tinha origem em parte devido às más condições materiais em que Rodion vivia há alguns meses e a outras causas de ordem moral. Era, por assim dizer, o resultado complexo de influências múltiplas, tanto físicas como psicológicas, tais como: preocupações, cuidados, receios etc. Percebendo, sem o dar a entender, que Dounia o escutava com manifesta atenção, demorou-se por condescendência neste tema. Interrogado pela inquieta mãe se notara no filho qualquer sintoma de loucura, respondeu, sorridente, que tinham exagerado o alcance das suas palavras: apenas se notava no doente uma ideia fixa, uma espécie de monomania, porém devia sossegar, pois ele estudava em especial este interessante ramo da medicina.

— Mas — prosseguiu — devemos não esquecer que o doente esteve até hoje quase sempre delirante. A chegada das senhoras deve ser para ele benéfica, contribuindo para a restauração das forças, exercendo uma forte ação salutar..., caso seja possível evitar-lhe novos abalos — concluía com intenção.

Levantou-se e depois de fazer um cumprimento, ao mesmo tempo cerimonioso e cordial, saía, coberto de bençãos e efusões de reconhecimento. Dounia chegou mesmo a estender-lhe a mão. Enfim, Zozimov estava muito contente com a sua pessoa e com o efeito da sua visita.

— Amanhã conversaremos muito. Agora vão descansar, que já vai sendo tempo! — aconselhou Razoumikhine, saindo com Zozimov. — De manhã virei trazer-lhes notícias.

— Que deliciosa criatura esta Avdotia! — observou Zozimov, logo que os dois chegaram à rua.

— Deliciosa?... Disseste deliciosa?... — gritou Razoumikhine, deitando as mãos ao pescoço do médico. — Se tiveres o atrevimento... Entendes... Percebes?... — bradava ele, segurando-o pela gola do casaco e levando-o de encontro à parede. — Percebeste-me bem?

— Larga-me, beberrão! — exclamou Zozimov, tentando ver-se livre dele. Depois, quando Razoumikhine o largou, fitou-o com atenção e deu uma gargalhada. O estudante estava em frente dele com os braços pendentes e um ar de tristeza.

— Não há dúvida nenhuma! Sou um pedaço de asno! — disse ele com o sobrolho carregado. — Tu és outro.

— Não, meu caro, não sou. Não penso em disparates.

Caminharam sem trocar palavra e só quando chegaram próximo do prédio onde Raskolnikov morava é que Razoumikhine, preocupado, disse:

— Olha lá, tu és um bom rapaz, porém tens uma linda coleção de vícios. És, em especial, um voluptuoso, um miserável sibarita. Gostas das tuas comodidades, engordas como um porco, não te recusas coisa alguma. Ora eu sou de opinião que isso é ignóbil, porque conduz em linha reta à torpeza. Sendo, como és, uma criatura efeminada, não posso compreender como, apesar disso, és também um bom médico, e o que é mais, um médico dedicado. Dormes em colchão de penas — um médico! — e, no entanto levantas-te a qualquer hora para visitar um doente! Diabos me levem se daqui a três anos fores capaz de te levantar, por mais que te batam à porta! Mas não é a isso que pretendo chegar. Aqui está o que queria dizer-te: vou-me deitar na cozinha e tu passas a noite nos aposentos da hospedeira. Não foi sem grande dificuldade que obtive o seu consentimento! Terás ensejo de travar com Pachenka um conhecimento mais íntimo. Não é o que tu pensas!... Meu amigo, nem por sombras!...

— Mas eu não penso nada, absolutamente nada.

— Meu amigo, é uma criatura pudibunda, tímida, duma castidade a toda a prova e ao mesmo tempo duma meiguice e duma ternura!... Livra-me dela, peço-te, por quantos diabos há! É muito amável, sem dúvida..., mas já a não posso aturar. Dou homem por mim.

Zozimov soltou uma gargalhada.

— Não sabes o que dizes! Porque lhe havia de fazer a corte?

— Afirmo-te que te não será difícil captar-lhe a simpatia. Basta que lhe fales seja sobre o que for; o caso está em te sentares ao pé dela e dar à língua. Depois és médico: cura-a de qualquer coisa. Afianço-te que te não hás de arrepender. Tem um piano, e eu, como sabes, canto. Pois cantei-lhe uma canção que começa assim: "Choro lágrimas amargas!..." Ela adora as melodias sentimentais! Foi aí que a coisa começou. Ora, tu és um mestre de piano, um virtuose da força de Rubinstein... Crê que te não hás de dar mal!

— Mas que ganho eu com isso?

— Parece que não me faço entender! Ouve lá: estais, o que chama, talhados um para o outro. Não foi hoje nem ontem que pensei em ti... Uma vez que hás de acabar fatalmente por isso, que diabo te pode importar que seja agora ou depois? Aqui tens colchão de penas e coisa melhor! Aqui encontrarás tudo, desde o abrigo até aos excelentes *blinis*[18], não contando com o samovar à noite, e a botija aos pés. Estarás como um morto, com uma simples diferença — viverás. — Uma dupla vantagem! Basta, porém, de palavreado. São horas de nos deitarmos. Olha lá: sucede-me acordar muitas vezes; aproveitarei essas ocasiões para ir ver o Ródia. Se me ouvires subir, não te preocupes. Se te parecer conveniente vai vê-lo, no caso de notares qualquer alteração para pior, acorda-me. No entanto, estou certo de que não será necessário...

CAPÍTULO II

No dia seguinte Razoumikhine acordou, depois das sete horas, preocupado com cuidados que até esse momento nunca haviam perturbado a sua existência. Recapitulou todos os incidentes da noite antecedente e percebeu que sofrera uma impressão diferente de todas as que até então experimentara. Ao mesmo tempo tinha a convicção de que o sonho que lhe atravessara a mente era em absoluto irrealizável. Pareceu-lhe a tal ponto absurda essa quimera, que teve pejo de demorar nela o pensamento. Por isso deu-se pressa a passar a outras questões de ordem prática, que o malfadado dia da véspera igualmente lhe legara.

O que mais o apoquentava era ter se mostrado no dia anterior sob a aparência dum patife. Não somente o tinham visto bêbado, como além disso, abusando da vantagem que a situação de protetor lhe dava sobre uma moça obrigada a recorrer a ele, vilipendiara por um sentimento infundado e súbito de ciúme em relação ao noivo dessa moça, sem saber que relações existiam entre um e outro, nem quem fosse, ao certo, esse indivíduo. Que direito lhe assistia para apreciar de tal forma Pedro Petrovitch? E quem lhe perguntara a sua opinião? Além disso, seria admissível que uma mulher como Avdotia Romanovna fosse casar por interesse com um homem indigno dela? Logo, Pedro Petrovitch devia ter de fato algum merecimento. Havia na verdade a questão da casa que lhes arranjara. Porém, saberia ele o que era essa casa? De resto, aquelas senhoras achavam-se ali provisoriamente, pois estava tratando de lhes preparar outra casa... Oh! tudo isto era miserável! E poderia justificar-se, alegando a sua embriaguez? Esta tola desculpa ainda o aviltava mais. No vinho reside a verdade, e sob a influência do vinho revelara toda a verdade, isto é, os baixos sentimentos dum coração deveras ciumento. Era-lhe porventura lícito ter semelhante sonho? O que valia ele, comparado com essa moça, ele, o bêbado grulha e brutal da véspera? O que haveria de mais odioso e de mais ridículo do que a ideia duma ligação entre dois entes tão dessemelhantes? Já sucumbido, em presença dum tão estulto pensamento, recordou-se de repente de haver dito na véspera, na escada, que a hospedeira o amava e que teria ciúmes de Avdotia Romanovna... Esta lembrança veio a talho de foice para

18 Panqueca tradicional da Rússia. (N. do E.)

pôr remate à sua turbação. Era demais!... Descarregou um formidável murro sobre o fogão da cozinha e partiu um tijolo.

— Sem dúvida — murmurou ele, ao cabo dum minuto, com um sentimento de profunda humilhação — sem dúvida, agora não há meio de apagar todas aquelas torpezas... É escusado, portanto, pensar nisso, sem dizer nada, desempenhar-me-ei em silêncio da minha tarefa e... não apresentarei desculpas, nada direi... Agora é tarde e o mal está feito! E, contudo, cuidava do seu vestuário com particular esmero. Tinha apenas um terno, porém ainda que tivesse mais, talvez vestisse o da véspera, só para não parecer que se arranjava de propósito... E no entanto uma falta de asseio seria do pior gosto. Não lhe assistia o direito de ferir os sentimentos alheios, muito em especial quando, como no caso presente, se tratava de pessoas que tinham necessidade dele e lhe haviam pedido espontaneamente que viesse vê-las. Por consequência escovou com cuidado o terno. Pelo que dizia respeito à roupa branca, Razoumikhine trazia-a sempre muitíssimo limpa.

Tendo encontrado sabão no quarto da Nastássia, procedeu às suas abluções: lavou o cabelo, o pescoço, e com mais cuidado as mãos. Quando chegou o momento de decidir se faria a barba, "Prascovia Pavlovna tinha excelentes navalhas, herança do seu falecido marido, o senhor Zarnitzine", resolveu a questão negativamente e até mesmo com uma certa irritação, resolveu a questão negativamente. "Nada, estou assim muito bem! Eram capazes de pensar que tinha feito a barba para... Isso nunca!"

Este monólogo foi interrompido pela chegada de Zozimov. Depois de ter passado a noite em casa de Prascovia Pavlovna, o doutor fora a sua casa e voltava agora para visitar o doente. Razoumikhine disse-lhe que Raskolnikov estava dormindo como um arganaz. Zozimov proibiu que o despertassem e prometeu voltar das dez para as onze horas.

— Contanto que esteja em casa, porque, com um doente que se escapa com tanta facilidade, nunca se pode contar! Sabes se ficou de ir a casa delas, ou se elas virão cá?

— Presumo que virão — respondeu Razoumikhine, percebendo o motivo porque lhe era dirigida esta pergunta. — É de crer que tenham de conversar em negócios de família e por isso sairei. Tu, na tua qualidade de médico, tens mais direito que eu a ficar.

— Eu não sou confessor. Além disso tenho mais que fazer do que estar a escutar-lhes os segredos. Também me irei embora.

— Há uma coisa que me preocupa — prosseguiu Razoumikhine franzindo o sobrolho. — Ontem estava bêbado e, quando acompanhei aqui o Ródia, não tive cuidado com a língua. Entre outras tolices, disse-lhe que receava que tivesse predisposição para a loucura...

— Foste dizer o mesmo às senhoras?!

— Bem sei que foi asneira! Bate-me, se queres! Mas aqui para nós, e com toda a sinceridade, qual é a tua opinião sobre o caso?

— Que te hei de eu dizer? Tu mesmo me apresentaste como um monomaníaco, quando me trouxeste aqui. E ontem ainda nós lhe perturbamos mais o espírito; digo nós, porém foste mais tu, com a história do pintor! Ora aí está um belo assunto para conversar, em presença dum homem cujo desarranjo intelectual provém exatamente desse caso. Se a esse tempo conhecesse em todos os seus pormenores a cena que se passou no comissariado da polícia, se soubesse que tinham recaído sobre ele as suspeitas dum canalha, ter-te-ia cortado a loquacidade logo às primeiras palavras. Para estes monomaníacos uma gota de água é um oceano, as fantasias da sua imaginação aparecem-lhes como se fossem realidade. Pelo que o Zametov nos contou ontem na tua ceia, começo agora a compreender metade do caso. A propósito, aquele Zametov é muito boa pessoa, no entanto, hum!... fez mal em dizer ontem tudo aquilo. É um terrível tagarela!

— Mas a quem contou ele o caso? A ti e a mim...

— E ao Porfírio...

— E então!... Que tem que ele contasse ao Porfírio?

— E antes de mais nada, tens alguma influência sobre a mãe e a irmã? Era conveniente que elas fossem circunspectas com ele...

— Eu lho direi! — respondeu com ar contrariado Razoumikhine.

— Bem, até logo. Agradece por mim a Prascovia Pavlovna a sua hospitalidade. Ela fechou-se no quarto. Gritei-lhe "Bons dias" através da porta, e não me respondeu. No entanto estava levantada desde as sete horas. Encontrei-me no corredor com a criada, que lhe levava o samovar... Não se dignou de me receber...

Às nove horas em ponto chegava Razoumikhine à casa Bakaleiev. As duas senhoras esperavam-no havia muito, com uma impaciência febril: tinham-se levantado antes das sete horas. Entrou, sombrio como a noite, cumprimentou secamente e logo em seguida sentiu um amargo despeito por se ter apresentado por tal forma. Calculara mal a ansiedade com que era esperado: Pulquéria Alexandrovna correu ao seu encontro, agarrou-lhe ambas as mãos e por pouco não as beijou. O visitante lançou um olhar tímido a Avdotia Romanovna e, em vez do olhar motejador, do desdém voluntário, o mal dissimulado que esperava encontrar naquele altivo semblante leu nele uma tal expressão de gratidão e de afetuosa simpatia, que a sua confusão aumentou. Por sorte tinha um assunto obrigatório e deu-se pressa em encetar a conversa. Ao saber que o filho não estava ainda acordado, mas que o seu estado era satisfatório, declarou que tudo estava correndo pelo melhor, pois tinha grande necessidade de conferenciar com Razoumikhine. A mãe e a filha perguntaram em seguida ao estudante se já havia tomado chá e, como ele respondesse negativamente, convidaram-no a tomá-lo na sua companhia, porque tinham aguardado a sua chegada para se sentarem à mesa. Avdotia Romanovna agitou a campainha e apareceu um criado. Ordenou-lhe que trouxesse o chá, que foi servido dum modo tão inconveniente, tão pouco asseado, que as duas senhoras se sentiram corar de pejo Razoumikhine proferiu enérgicos impropérios contra uma tal espelunca. Pensando todavia em Loujine, calou-se e ficou perturbado, para logo se sentir feliz por escapar a tão desagradável situação, à mercê dum cem número de perguntas que Pulquéria Alexandrovna lhe fez. Interrogado a cada momento, falou durante três quartos de hora e contou tudo quanto sabia com relação aos principais fatos da vida de Ródia Romanovitch no último ano. É bem de ver que não se referiu ao que convinha calar; por exemplo, à cena do comissariado e às suas consequências. As duas senhoras escutaram-no avidamente. Já ele julgava ter-lhes referido todos os pormenores suscetíveis de as interessar e ainda a sua curiosidade não se dava por satisfeita.

— E diga-me, diga-me, como lhe parece... perdão! ainda não sei o seu nome — disse com vivacidade Pulquéria Alexandrovna.

— Dmitri Prokofitch Razonmikhine.

— Pois bem, Dmitri Prokofitch! Tinha vontade de saber como, em geral, ele agora encara as coisas, ou, para melhor dizer, o que lhe agrada e o que lhe desagrada. Continua a irritar-se com frequência? Quais são os seus desejos, as suas aspirações, para melhor dizer? Que influência particular o está dominando neste momento?

— O que posso eu responder... Conheço Ródia há dezoito meses: é taciturno, reservado, orgulhoso e altivo. Nestes últimos tempos — mas talvez esta disposição existisse nele há muito — tornou-se desconfiado e hipocondríaco. Tem bom coração e é generoso. Não gosta de revelar os seus sentimentos e custa-lhe menos ferir as pessoas do que mostrar-se expansivo. Outras vezes nada tem de carrancudo; mostra-se, porém, frio e insensível até à desumanidade. Dir-se-ia que há nele dois caracteres opostos, que alternadamente se manifestam. Em certas ocasiões é duma extrema taciturnidade: tudo lhe pesa, todos o incomodam e fica dias inteiros deitado, sem fazer coisa alguma. Não gosta de escarnecer dos outros, não porque ao seu espírito falte causticidade, mas porque despreza a zombaria como um passatempo demasiado frívolo. Não ouve até ao fim o que se lhe diz: nunca se interessa pelas coisas que interessam a toda a gente. Tem-se num alto conceito, e nesse ponto quer-me parecer que não deixa de ter razão. Que posso acrescentar mais? Estou convencido de que a presença da mãe e da irmã hão de exercer sobre ele uma ação das mais salutares.

— Ai! Deus queira! — exclamou Pulquéria Alexandrovna, a quem estas revelações sobre o caráter do seu Ródia haviam deixado inquieta.

Por fim Razoumikhine atreveu-se a olhar com mais audácia para Avdotia Romanovna. Enquanto falava, tinha-a por várias vezes examinado, porém rapidamente e desviando logo os olhos. A moça, ora se sentava junto da mesa, escutando com atenção, ora se levantava e, segundo o seu costume, passeava dum para o outro lado do quarto, com os braços cruzados e os lábios comprimidos, fazendo de quando em quando uma pergunta, sem interromper o passeio. Tinha também o costume do irmão, de não escutar até ao fim o que se lhe dizia. Trazia um vestido leve, de tecido escuro, e em volta do pescoço uma gola branca de renda. Razoumikhine não tardou em reconhecer por diversos indícios que as duas mulheres eram muito pobres. Se Avdotia Romanova trajasse como uma rainha, talvez se não tivesse intimidado tanto; entretanto que ao vê-la tão pobremente vestida, experimentava junto dela um grande receio e media com extremo cuidado cada uma das suas expressões, cada um dos seus gestos, o que ainda mais aumentava a perturbação dum homem já pouco senhor de si.

— Deu-nos muitos pormenores curiosos acerca do caráter de meu irmão e... deu-no-los com imparcialidade. Antes assim. Cheguei a pensar que ele lhe inspirava admiração — observou Avdotia Romanovna com um sorriso. — Quer-me parecer que ele precisa de uma mulher — acrescentou ela, pensativa.

— Não digo isso, mas pode ser que tenha razão, somente...

— O quê?

— Ele não ama ninguém. Talvez nunca venha a amar — prosseguiu Razoumikhine,

— Quer dizer que o julga incapaz de amar?

— Sabe, Avdotia Romanovna, acho-lhe em todos os sentidos uma extraordinária semelhança com seu irmão! — deixou escapar irrefletidamente o rapaz.

Depois recordou-se, de súbito, do juízo que acabava de fazer de Raskolnikov, perturbou-se e fez-se vermelho como uma lagosta. Avdotia Romanovna não pôde deixar de sorrir ao vê-lo assim.

— É possível que ambos se enganem a respeito do Ródia — notou Pulquéria Alexandrovna um tanto familiarizada. — Não falo do presente, Dounia. O que Pedro Petrovitch escreve naquela carta... e o que ambas supusemos, pode não ser verdade. O senhor não pode imaginar até que ponto é original e caprichoso. Tinha apenas catorze anos e já o seu caráter era para mim uma contínua surpresa. Agora mesmo, julgo-o capaz de cometer um despropósito que não viesse ao pensamento de nenhum outro homem... Sem mais longe: sabe que há dezoito meses esteve a ponto de ser a causa da minha morte quando se lhe meteu na cabeça casar com a filha daquela senhora Zarnitzine, sua hospedeira...

— Conhece os pormenores dessa história?... — perguntou Avdotia Romanovna.

— Supõe talvez — prosseguiu a mãe com animação — que tivesse contemplação com as minhas instâncias, com as minhas lágrimas, com a minha doença com o receio de me ver morrer, ou até mesmo que a nossa miséria o comovesse? Qual!...Teria posto em prática o seu projeto, com a máxima tranquilidade, sem se deixar demover por qualquer consideração. E, todavia, pode admitir que não nos adore?

— Nunca me disse coisa alguma a esse respeito — respondeu com reserva Razoumikhine. — O que sei, foi-me dito pela senhora Zarnitzine, que também não é muito expansiva e o que chegou até mim não deixa de ser muito extraordinário.

— Então o que foi que soube? — perguntaram as duas senhoras.

— Oh! alguma coisa de particularmente interessante, na verdade! Sei que esse casamento, que já era assunto combinado e que ia realizar-se quando a noiva faleceu, desagradava em extremo à própria senhora Zarnitzine... Dizem, também, por outro

Foi na casa de madeira hoje apresentada como Museu Memorial que nasceu o filho do escritor russo, Alyosha, no verão de 1875.

Na escrivaninha do escritor, situada no escritório, notam-se cópias de seus manuscritos com marcações e desenhos.

lado, que a moça não era bonita, ou, o que é melhor, que era feia; ademais, parece que era muito doente e... excêntrica. No entanto é possível que tivesse certas qualidades..., devia tê-las, com certeza, doutra forma não se compreenderia...

— Estou convencida de que essa moça era aceitável — observou Avdotia Romanovna.

— Deus me perdoe, mas regozijei-me com sua morte e, no entanto, não sei a qual dos dois teria sido mais funesto — concluiu a mãe.

Em seguida, com cautela, e depois de muitas hesitações, deitando de quando em quando os olhos para Dounia, a quem parecia desagradar sobremaneira esta conversa, pôs-se a interrogar de novo Razoumikhine acerca da cena da véspera, entre Ródia e Loujine. Este incidente parecia dar-lhe mais cuidado do que qualquer outra coisa e causar-lhe verdadeiro terror. O mancebo voltou a fazer a narrativa circunstanciada da altercação de que fora testemunha, e acrescentou desta vez a conclusão. Acusou Raskolnikov de haver insultado, de caso pensado, Pedro Petrovitch, e não invocou a doença para desculpar o procedimento do seu amigo.

— Antes de adoecer já tinha premeditado isso — concluía ele.

— Assim penso também — disse Pulquéria Alexandrovna, em cujo rosto se desenhava a consternação.

Ficou muito surpreendida, vendo que desta vez Razoumikhine falara de Pedro Petrovitch em termos convenientes e até mesmo com tal ou qual estima. Esta circunstância não passou também despercebida a Avdotia Romanovna.

— E é essa a sua opinião com respeito a Pedro Petrovitch? — perguntou Pulquéria Alexandrovna.

— Não posso ter outra acerca do futuro esposo de sua filha — respondeu Razoumikhine, em tom firme e veemente. — E não é uma formalidade banal o que assim me faz falar: digo isto porque..., porque..., acabou-se!... Basta ser o homem a quem Avdotia Romanovna, por sua livre vontade, honrou com sua escolha. Se ontem me exprimi em termos injuriosos a seu respeito, é que estava muito bêbado e além disso, doido. Perdi a cabeça, estava por completo perturbado..., e hoje envergonho-me do que fiz e disse!

Corou e calou-se. As faces de Avdotia Romanovna avermelharam-se, mas a gentil moça conservou-se calada. Desde que falava a respeito de Loujine não mais proferia uma palavra. No entanto, privada do auxílio da filha, Pulquéria Alexandrovna encontrava-se em visíveis embaraços. Por fim tomou a palavra com voz hesitante e, levantando a todos os momentos os olhos para Dounia, declarou que uma circunstância a preocupava muitíssimo nesse momento.

— Diz-me, Dounia! — começou ela. — Achas que devo ser franca com Razoumikhine?

— Sem dúvida, minha mãe — respondeu com certo tom autoritário Avdotia Romanovna.

— Trata-se do seguinte — apressou-se a dizer a mãe, como se lhe tivessem tirado um grande peso de cima do peito, permitindo-lhe comunicar aos outros as suas mágoas. — Esta manhã recebemos uma carta de Pedro Petrovitch, em resposta a uma que lhe enviamos ontem a participar-lhe a nossa chegada. Pedro devia esperar-nos na estação, como tinha prometido. Em seu lugar encontramos um criado, que nos conduziu até aqui, anunciando-nos para hoje de manhã a visita do seu senhor. Ora, sucede que, em vez de vir, mandou-nos esta carta... Há aí uma coisa que me inquieta bastante... Vai ver já o que é, e dir-me-á francamente a sua opinião!... Conhece melhor que ninguém o caráter do Ródia e melhor que ninguém poderá aconselhar-nos. Devo dizer-lhe que Dounia decidiu logo a questão. Por minha parte, confesso que não sei qual o partido que deva tomar...

Razoumikhine desdobrou a carta, datada da véspera, e leu o que se segue:

Sra. Pulquéria Alexandrovna:

Tenho a honra de a informar que circunstâncias imprevistas me impediram de a ir esperar à estação do caminho de ferro, motivo por que me fiz substituir por pessoa da minha inteira confiança. Os negócios privar-me-ão também da honra de a ver amanhã de manhã, além de que não desejo servir de estorvo à sua entrevista com seu filho, nem à de Avdotia Romanovna com seu irmão. Por conseguinte, só às oito da noite é que terei o prazer de lhe ir apresentar os meus cumprimentos. Rogo-lhe com insistência que me poupe, durante essa entrevista, ao dissabor de me encontrar com Ródia Romanovitch, porque esse cavalheiro insultou-me, da forma mais grosseira, por ocasião da visita que lhe fiz ontem. Independentemente desta circunstância, é-me forçoso ter com a senhora uma explicação pessoal a respeito dum ponto que os dois não interpretaremos talvez da mesma forma. Tenho a honra de a prevenir com antecedência de que se, apesar do formal desejo expresso na presente carta, encontrar em sua casa, Ródia Romanovitch, forçado serei a retirar-me logo, e então não terá de que se queixar que não seja de si própria. Faço esta prevenção, partindo do princípio que Ródia Romanovitch, que parecia estar tão doente por ocasião da minha visita, recobrou a saúde duas horas depois, e pôde, por conseguinte, ir a sua casa. Com efeito, ontem vi-o em casa dum bêbedo que pouco antes fora esmagado por uma carruagem. E, a pretexto de pagar o funeral, deu vinte e cinco rublos à filha do falecido, uma moça cuja crônica escandalosa é conhecida de toda a gente. Causou-me o fato grande admiração, porque sei à custa de quantas privações a senhora conseguiu aquela quantia! Resta-me agora pedir-lhe que transmita as minhas homenagens a Avdotia Romanovna e permitir que me assine, com respeitosa dedicação.

Seu obediente criado,

P. Loujine.

— Que fazer agora? — perguntou Pulquéria Alexandrovna, quase a chorar. — Como poderemos dizer a Ródia que não venha? É capaz de vir aqui, quando souber disto e... que acontecerá então?

— Siga o conselho de Avdotia Romanovna — respondeu tranquilamente e sem a menor hesitação Razoumikhine.

— Deus meu!... — disse Pulquéria. — Então é também de opinião que é preferível, ou antes, indispensável que Ródia venha esta noite aqui, pelas oito horas, e se encontre com Pedro Petrovitch... Por mim, preferiria não lhe mostrar a carta e usar de subterfúgios para o impedir de vir. Contava sair-me bem deste passo difícil com o seu auxílio... Não sei de que bêbado esmagado por um carro e de que filha se trata nesta carta. Não posso compreender como deu a esta as últimas moedas de prata... que...

— Que representam tantos e tantos sacrifícios para a mãe. — concluiu Avdotia.

— Ontem não estava no seu estado normal — disse Razonmikhine com ar pensativo. — Se soubesse a que passatempo se entregou num café! De resto, fez muito bem! Com efeito, falou-me dum morto e duma moça, na ocasião em que o acompanhei a casa, porém não compreendi nem uma palavra... É verdade que eu estava também...

— O melhor, mãe, é ir a casa dele e aí, afianço-lhe que havemos de ver qual é o melhor caminho a seguir. E é tempo de tomar uma resolução. Deus do céu! já são dez horas!... — exclamou Dounia, consultando um soberbo relógio de ouro esmaltado, que usava suspenso no pescoço por uma delicada cadeia de Veneza e que contrastava duma forma singular com o conjunto do vestuário.

"É um presente do noivo", pensou Razoumikhine.

— Ah! é muito tarde! O tempo foge! — disse Pulquéria Alexandrovna.

— Pensa talvez que ficamos sentidas com a recepção que nos fez ontem e não estranhará a nossa demora.

E assim falando, apressou-se a pôr o chapéu e a mantilha. Dounia preparou-se também para sair. As luvas, não somente eram muito usadas, como estavam até esburacadas, o que não passou despercebido a Razoumikhine. No entanto, estes trajos, cuja pobreza saltava logo aos olhos de toda a gente, davam às duas senhoras um certo ar de dignidade, como acontece sempre às mulheres que sabem trajar modestamente.

— Meu Deus! — exclamou Pulquéria Alexandrovna — Quem havia de sonhar que iria recear uma entrevista com meu filho, com o meu querido Ródia!... Tenho medo! acrescentou ela, olhando com timidez o mancebo.

— Nada receie, mãezinha — disse Dounia, beijando-a. — Quanto a mim, tenho confiança.

— Ah! meu Deus, por minha parte tenho confiança também, todavia não dormi durante toda a noite — tornou a pobre mulher.

Os três saíram.

— Sabes tu — disse, dirigindo-se a Dounia — que esta manhã; ao romper do dia, meio adormecida vi em sonhos a falecida Marfa Petrovna?... Estava vestida de branco!... Ah! meu Deus! Com certeza Razoumikhine não sabe ainda que Marfa Petrovna morreu!

— Não, não sabia... Que Marfa Petrovna essa?

— Morreu de repente! E imagine que...

— Logo contará isso — interveio Dounia. — Ele não sabe ainda de que Marfa se trata.

— Ah! não a conhece? Pensei que já lhe havia explicado toda esta história. Desculpe-me, ando com a cabeça transtornada há dois dias! Já o considero como a nossa providência, e daí a razão por que me persuado de que Dmitri já sabia de todos os nossos negócios. Trato-o como pessoa de família... Ah! meu Deus! que tem na mão? Está ferido?

— Sim, feri-me. — murmurou Razoumikhine com satisfação.

— Às vezes sou muito expansiva e Dounia até me censura por isso... Ora, vejam em que pocilga ele vive! E aquela mulher, a hospedeira, chama àquilo um quarto! Ora, ouça: disse-me que ele não gosta de abrir-se com pessoa alguma! Quem sabe se não lhe irei causar aborrecimento com as... minhas fraquezas!... Não me dá algumas indicações a este respeito?... Como devo proceder para como ele? Bem vê que estou sem saber o que faço.

— Não lhe faça muitas perguntas, se vir que franze a testa. Evite, sobretudo, falar-lhe da saúde, porque o Ródia não gosta disso.

— Ah! como é triste, algumas vezes, a posição de quem é mãe! Olhem para a escada... Que horror!

— Está branca como a cal da parede. Sossegue! — exclamou Dounia, acariciando a mãe. — Para que amofinar-se dessa forma, quando deve ser para ele uma felicidade vê-la? — acrescentou Dounia, cujos olhos tinham um fulgor estranho.

— Ouçam, vou adiante para ver se está acordado.

Razoumikhine tomou a dianteira e as duas senhoras subiram, sem fazer ruído, atrás dele. Chegadas ao quarto, notaram que a porta da hospedeira estava entreaberta e que, pela estreita abertura, dois olhos pretos e penetrantes as observavam. Quando os olhares se cruzaram, fecharam logo a porta, e com um tal estrondo que Pulquéria Alexandrovna quase deixou escapar um grito de terror.

CAPÍTULO III

— Está melhor! Muito melhor! — disse alegremente Zozimov, vendo entrar as duas senhoras. Estava ali havia dez minutos, sentado no mesmo lugar da véspera. Raskolnikov, na outra extremidade do sofá, estava todo vestido, tendo-se dado mesmo ao incômodo de lavar a cara e de se pentear, operações que não praticava havia muito tempo. Conquanto da chegada de Razoumikhine e das duas senhoras resultasse a ocupação literal do aposento, Nastássia encontrou meio de entrar com eles e achar sítio próprio para ouvir o que se dissesse. De fato o doente estava muito melhor, porém muito pálido e mergulhado em profunda meditação. Quando Pulquéria entrou com a filha, Zozimov notou com surpresa o sentimento que a fisionomia do enfermo denunciou. Não era a alegria, antes, pelo contrário, era uma espécie de resignado estoicismo. Ródia parecia chamar em seu auxílio toda a coragem para suportar durante uma ou duas horas uma tortura que não podia evitar. Assim que se entabulou a conversa, o médico observou que, por assim dizer, cada palavra parecia reabrir uma ferida na alma do seu doente; mas, ao mesmo tempo, surpreendia-se em vê-lo relativamente senhor de si. O monomaníaco furioso da véspera dominava-se agora, até certo ponto, e conseguia dissimular as próprias impressões.

— Sim, sinto que estou quase restabelecido — disse Raskolnikov abraçando a mãe e a irmã com uma cordialidade que fez surgir a alegria no rosto de Pulquéria. — E hoje não digo isto como o dizia ontem — acrescentou, dirigindo-se a Razoumikhine e apertando-lhe a mão com afeto.

— Eu próprio me declaro encantado ao vê-lo hoje tão bem-disposto — disse Zozimov. — Continuando assim, dentro de três ou quatro dias temos o homem, temos o Raskolnikov de há um mês ou dois..., ou talvez mesmo três. Esta doença estava incubada há muito, não é assim? Confesse que até certo ponto contribuía para este resultado — terminou, sorrindo, porém receando ainda que o doente se irritasse.

— É muito possível — respondeu friamente Raskolnikov.

— Agora que podemos conversar — continuou Zozimov — desejo convencê-lo de que é em absoluto necessário afastar as causas primárias do desenvolvimento da sua doença. Se fizer isto, curar-se-á; se fizer o contrário, o mal agravar-se-á sem remédio. Ignoro quais sejam as causas primárias a que aludi; no entanto o meu amigo deve conhecê-las. O senhor é um homem inteligente e sem dúvida ter-se-á observado a si próprio. Quero crer que a saúde começou a alterar-se após a sua saída da universidade. É opinião minha que o meu amigo não deve entregar-se à ociosidade, como tem feito. Ser-lhe-ia muito útil que se entregasse ao trabalho, que tivesse um fim qualquer em vista, seguindo-o com persistência.

— Sim, sim. Tem razão... Voltarei o mais depressa possível para a universidade, e então tudo volverá à normalidade.

O médico dera estes sensatos conselhos, em especial, para produzir efeito diante das senhoras. Quando terminou, olhou para Raskolnikov, e ficou um tanto desconsertado, por lhe ler no rosto um ar de troça. Em breve, porém, teve a recompensa da sua profunda decepção. Pulquéria agradeceu-lhe os bons serviços prestados e confessou-se muito reconhecida pela visita que lhe fizera e à filha na noite anterior.

— Como?... o senhor Zozimov foi a sua casa ontem à noite? — perguntou Raskolnikov com a voz um pouco alterada. — De modo que não descansaram ainda, depois duma tão longa viagem?

— Não eram ainda duas horas. Em nossa casa nunca nos deitávamos cedo.

— Não sei como agradecer-lhe tantos favores — continuou Raskolnikov, que franziu o sobrolho, fazendo uma vênia. — Pondo de parte a questão de dinheiro, e desculpe-me aludir a ela, não sei por que motivo lhe pude merecer um tal interesse. Não percebo, e... direi até que me pesa uma tão excessiva benevolência, porque, quanto a mim, nada a justifica. Como vê, sou muito franco...

— Não se preocupe — respondeu Zozimov afetando um sorriso. — Suponha que é o meu primeiro cliente. Ora, nós, os médicos, ficamos tão amigos dos nossos primeiros clientes como se fossem nossos próprios filhos. E, pelo que me diz respeito, deve compreender que não tenho ainda uma clientela numerosa.

— Não digo uma palavra a seu respeito — disse Raskolnikov, designando Razoumikhine —, que não seja uma injúria e causo-lhe as maiores sensaborias.

— Que tolices estás para aí a dizer? Já vejo que estás hoje sentimental — disse Razoumikhine.

Se fosse mais perspicaz teria visto que, longe de estar sentimental, o seu amigo encontrava-se numa disposição de espírito por completo oposta. Todavia Avdotia não era tão falta de perspicácia e pôs-se a observar o irmão, um tanto inquieta.

— De si, minha mãe, quase que nem ouso falar — disse ainda Raskolnikov, com ar de quem repetia uma lição decorada de manhã. — Só hoje pude atingir quanto teria sofrido ontem, esperando a minha volta.

Proferiu estas palavras sorrindo e estendeu a mão à irmã, sem nada dizer. O seu sorriso exprimia agora um sentimento verdadeiro. No rosto não se notava qualquer dissimulação. Dounia apertou com efusão a mão que se lhe oferecia. Era o primeiro momento de atenção que o irmão lhe dava, depois da altercação da véspera. Esta cena muda de reconciliação entre os dois irmãos encheu de satisfação Pulquéria Alexandrovna.

Razoumikhine deu um pulo na cadeira.

— Só por isto, amá-la-ia sempre! — disse ele, com a sua tendência para exagerar tudo.

"Que bonita ação!", pensou a mãe, "Que nobres sentimentos ele tem! Este simples fato de estender a mão à sua irmã, olhando-a com afetuosidade, não seria a forma mais franca e delicada de pôr termo ao incidente da véspera?"

— Ah! Ródia, não podes imaginar — apressou-se a responder à observação do filho — quanto eu e Dounia fomos ontem... infelizes! Agora que tudo terminou e estamos satisfeitas, agora pode-se contar. Ora, ouve lá, mal saímos do comboio, viemos numa grande corrida para te abraçar, e a criada... — olha, ela está aqui! Bom dia, Nastássia!... disse-nos, mal entramos, que estando de cama com febre, tinhas acabado de sair, delirando, e que andavam à tua procura. Não podes calcular em que estado ficamos!

— Sim, sim, isso foi realmente pouco agradável... — murmurou Raskolnikov. Disse isto duma maneira tão distraída, para não dizer com indiferença, que Dounia contemplou-o surpreendida. — Que mais ia eu dizer? — continuou ele, fazendo um esforço para se recordar. — Ah, sim! Peço-lhes que não suponham que não quisesse ser o primeiro a ir visitá-las hoje e que esperasse que me viessem ver...

— Mas por que dizes isso? — exclamou Pulquéria, desta vez não menos espantada do que a filha.

"Dir-se-ia que nos atende por simples delicadeza", pensou Dounia. "Reconcilia-se, como se cumprisse uma simples formalidade ou recitasse uma lição!"

— Logo que acordei quis ir procurá-las, porém não tinha roupa. Tencionava dizer ontem à Nastássia que lavasse este sangue... Só há bocado é que pude vestir-me.

— Sangue? — perguntou Pulquéria assustada.

— Não é nada, não se aflija. Ontem, enquanto passeava delirante, socorri um homem que acabava de ser esmagado por um carro. Daí a razão por que ensanguentei a roupa...

— Enquanto estavas com delírio?... Mas então recordas-te de tudo! — interrompeu Razoumikhine.

— Lembro-me, sim! — respondeu Raskolnikov pensativo. — Lembro-me de tudo, até das coisas mais insignificantes. O que é singular é que não consigo explicar a mim próprio por que razão fiz isto, por que disse aquilo, por que fui a tal lugar...

— É um fenômeno muito vulgar — observou Zozimov. — O ato é às vezes praticado com uma destreza e habilidade extraordinárias. Todavia, o princípio de que emana altera-se no alienado e depende de diversas impressões mórbidas.

A palavra "alienado" produziu uma impressão desagradável. Zozimov deixara-a escapar distraidamente, todo entregue ao prazer de fazer frases sobre o seu tema predileto. Raskolnikov, sempre absorto, pareceu não ter dado atenção alguma às palavras do médico. Um sorriso singular pairava nos seus lábios descorados.

— Quem é esse homem esmagado?... — apressou-se a atalhar Razoumikhine.

— O quê? — perguntou Raskolnikov, como se acordasse. — Ah! Sim..., ensanguentei-me quando o ajudei a conduzir à casa... A propósito, minha mãe, fiz ontem uma coisa imperdoável: era preciso de fato que estivesse com a cabeça perdida!... Todo o dinheiro que me mandou dei-o... à viúva do tal homem..., para o enterro. A pobre mulher faz pena. Tuberculosa... Ficou com três crianças sem ter o que lhes dar de comer. E há ainda outra moça... A mãe talvez fizesse o mesmo que eu fiz, se visse aquele horror. No entanto, reconheço-o, não tinha o direito de dar aquele dinheiro, sabendo quanto lhe custou a arranjar-mo.

— Não penses nisso! Para mim, tudo quanto fazes é bem-feito! — respondeu a mãe.

— Pois não tem muitas razões para pensar assim — replicou, dissimulando um sorriso.

A conversa ficou suspensa durante algum tempo. Palavras, silêncio, reconciliação, perdão, tudo era um tanto forçado e todos o sentiam.

— Sabes que morreu Marfa Petrovna? — disse de repente Pulquéria.

— Qual Marfa Petrovna?

— A mulher de Svidrigailov, não te recordas? Falei-te tanto dela na minha última carta!

— Ah, sim, lembro-me agora... Então morreu!... Essa agora!... — disse ele, estremecendo de súbito, como quem acorda. — Custo a acreditar que ela morresse... De que morreu?

— Morreu de repente! — apressou-se a dizer Pulquéria, animada a prosseguir pela curiosidade que o filho manifestava. — Morreu no mesmo dia que te escrevi a carta... Segundo dizem, foi o miserável do marido o causador da morte. Disseram que a moeu com pancadaria.

— Era costume dele? — perguntou Raskolnikov, dirigindo-se à irmã.

— Não, pelo contrário: mostrava-se até muito atencioso e delicado com ela. Ocasiões havia em que lhe dava mesmo provas de grande indulgência, e isso durou sete anos... Contudo, um belo dia, perdeu a paciência.

— Então não era tão mau como o pintam, uma vez que teve paciência durante sete anos! Parece que o desculpas?

Avdotia Romanovna franzia as sobrancelhas.

— Era realmente um homem terrível. Não posso imaginar nada pior — respondeu ela com ar pensativo.

— Diz-se à boca pequena que de manhã houve entre eles uma grande cena — continuou Pulquéria. — Depois disso parece que mandou preparar a carruagem para ir à cidade, após o jantar, como costumava fazer. Dizem que comeu com bastante apetite...

— Apesar da sova?

— Estava habituada. Depois de jantar tomou um banho... Tratava-se pela hidroterapia e tomava banho numa fonte que há na casa deles. Mal entrou na água, teve uma apoplexia.

— Pudera! — observou Zozimov.

— E tendo apanhado uma tremenda sova...

— Mas a que vem tudo isso? — perguntou Avdotia Romanovna.

— Hum! Não sei porque conta tais tolices. — disse Raskolnikov bastante irritado.

— Oh, filho! Não sabia sobre o que falar... — confessou Pulquéria com ingenuidade.

— Parece que ambas têm medo de mim! — continuou ele com um sorriso contrafeito.

— E é verdade — respondeu Dounia, fixando nele um severo olhar. — Quando subíamos a escada, a mãe até se persignou, tão assustada vinha.

A expressão severa do rosto de Ródia transformou-se.

— Que estás para aí a dizer? Não te zangues. Ródia... Como dizes essas coisas, Dounia!... — desculpou-se Pulquéria, toda confusa. — A verdade é que durante a viagem, sentada ao canto da carruagem, não deixei de pensar na grande felicidade de te tornar a ver e de estar contigo... Felicidade tão grande, que até a viagem me pareceu pequena, tão enlevada vinha nessa ideia. E agora sinto-me feliz, feliz por estar ao teu lado, Ródia!

— Basta, minha mãe — murmurou ele agitado, sem a encarar e apertando-lhe a mão. — Temos tempo de conversar!

Pronunciou estas palavras perturbado e pálido. De novo sentiu um frio de morte na alma, de novo reconheceu que acabava de mentir horrivelmente e que daí em diante já não podia conversar à vontade nem com sua mãe, nem com pessoa alguma. E a pressão desse pensamento cruel foi tão viva que, esquecendo-se dos seus visitantes, levantou-se e encaminhou-se para a porta.

— Aonde vais? — gritou-lhe Razoumikhine, agarrando-o por um braço.

Raskolnikov voltou a sentar-se e volveu os olhos em redor: todos o examinavam com espanto.

— Parece que estão empenhados em me aborrecer! — exclamou ele, por fim. — Digam alguma coisa!... Por que estão para aí mudos? Falem! É para estarmos calados que nos reunimos. Conversemos!...

— Louvado seja o Senhor! Já pensava que ias ter outro acesso como ontem — disse Pulquéria, que se tinha persignado.

— Mas que tens tu, Ródia? — perguntou com inquietação Avdotia Romanovna.

— Nada. Foi um disparate que me passou pelo espírito — respondeu ele, desatando a rir.

— Está bem, se é um disparate, tanto melhor! Eu por mim receava... — murmurou Zozimov, levantando-se. — Agora vou deixá-los. Verei se posso voltar logo....

Despediu-se e saiu.

— Que excelente rapaz! — observou Pulquéria...

— É um bom rapaz, com efeito, filho de boa família, instruído e inteligente — disse Raskolnikov com uma animação desusada. — Já não me recordo onde o encontrei antes da minha doença... Creio que o encontrei em qualquer parte... E aqui está outro rapaz excelente! — acrescentou ele, indicando Razoumikhine. — Mas aonde vais?

Razoumikhine, com efeito, tinha-se levantado.

— Preciso de me ir embora também... tenho que fazer... — disse ele.

— Não tens tal que fazer. Deixa-te estar. Porque Zozimov saiu, também te queres ir embora. Não vás... Mas que horas são? É meio-dia? Que bonito relógio tens! — disse, dirigindo-se a Dounia. — Por que se tornam a calar outra vez? Ninguém fala senão eu!...

— Foi um presente de Marfa Petrovna — respondeu Dounia.

— E foi muito caro! — continuou Pulquéria.

— Julguei que fosse um presente do Loujine.

— Não, ainda não lhe deu nada.

— Ah! Lembra-se, mãe, que estive enamorado e quis casar? — disse ele bruscamente, voltando-se para ela, admirada da feição imprevista que Ródia acabava de dar à conversa e do tom com que falava.

— Ah! sim, meu filho! — respondeu Pulquéria, trocando um olhar com Dounia e Razoumikhine.

— É verdade! Que direi eu?... Já não me lembro de nada disso. Era uma moça fraquinha, sempre adoentada — continuou ele pensativo e de olhos baixos. — Gostava de dar esmolas aos pobres e o seu pensamento constante era entrar para um convento. Um dia via desfazer-se em lágrimas, quando me falou nisso. Lembro-me muito bem e parece que a estou vendo. Era mais feia do que bonita. A dizer a verdade, nem sei por que me afeiçoei a ela. Talvez por ser muito doente... Se, além disso, fosse também coxa ou corcunda, parece-me que a teria amado mais ainda... — e sorriu tristemente. — Enfim, isso não tinha importância... Foi uma doidice de rapaz...

— Não, não foi só uma doidice de rapaz... — observou Dounia, muito convicta.

Raskolnikov fitou a irmã, mas não ouviu bem, ou antes, não entendeu as suas palavras. Depois, com um ar melancólico, levantou-se, abraçou a mãe e tornou a sentar-se no mesmo lugar.

— E ainda a amas? — disse, com voz sentida, Pulquéria.

— Ainda a amo? Ah! Sim..., fala dela? Não. Tudo isso está agora muito longe de mim... e já há muito tempo. De resto, tudo quanto me rodeia, me dá a mesma impressão...

Olhou com atenção as duas mulheres.

— Ora, vejam: a mãe e a Dounia estão aqui junto de mim.... Pois bem, parece-me que as vejo a uma distância de mil *verstas*... Mas para que diabo falamos nisto! E para que me estão interrogando? — acrescentou ele, agastado. Depois começou a roer as unhas e voltou a cair no seu devaneio.

— Que medonho quarto arranjaste! Parece um túmulo — disse Pulquéria, para quebrar o silêncio. — Estou certa de que foi ele que contribuiu mais para a tua hipocondria.

— Este quarto? — replicou ele abstrato. — Sim, talvez contribuísse, já tenho pensado nisso... No entanto, se a mãe soubesse que singular ideia acaba de exprimir! — acrescentou ele de súbito, com um sorriso enigmático.

Raskolnikov estava de tal forma que lhe custava suportar a presença da mãe e da irmã, de quem tinha estado separado durante três anos, mas com as quais sentia ser impossível sustentar qualquer conversa. Havia porém uma questão que não podia sofrer adiamento: pouco antes, quando se levantou, dissera a si mesmo que havia de ser decidida nesse mesmo dia dum modo ou doutro. Neste momento foi para ele uma fortuna encontrar nessa questão um meio de sair do embaraço.

— Eis o que quero dizer-te — começou ele, num tom seco, voltado para Dounia. — Peço-te que me desculpes do incidente de ontem, porém julgo do meu dever recordar-te que mantenho os termos do meu dilema: ou eu, ou Loujine. Posso ser infame, mas tu não deves vê-lo. Um é bastante. Portanto, se casas com Loujine, deixo desde esse instante de te considerar minha irmã.

— Ródia! Ródia! Lá estás outra vez a falar como ontem! — exclamou Pulquéria, desconsolada. — Por que te chamas sempre infame? Não posso suportar isso. Já ontem dizias a mesma coisa.

— Meu irmão — respondeu Dounia, num tom que não ficava atrás, nem em secura, nem em aspereza, ao de Raskolnikov — o equívoco que nos desune provém dum erro em que estás. Refleti muito nisso esta noite e descobri em que consiste. Supões que me sacrifico por alguém. Ora, aí é que te enganas. Caso única e simplesmente por minha causa, porque a minha situação pessoal é difícil. Sem dúvida, mais tarde, estimarei muito ser útil à minha família, podendo fazê-lo; porém não é esse o motivo principal da minha resolução...

"Mente", pensou com ele Raskolnikov, que, de raiva, voltou a roer as unhas. "Orgulhosa! Não confessa que quer ser minha benfeitora. Que arrogância! Oh! que carateres baixos! O seu amor parece-se com o ódio... Como eu... os detesto a todos!"

— Numa palavra — continuou Dounia — caso com Pedro Petrovitch, porque de dois males, escolho o menor. Tenho intenção de cumprir com lealdade tudo quanto espera de mim. Por conseguinte não o engano... Por que te sorriste ainda agora?

Corou e um relâmpago de cólera brilhou-lhe nos olhos.

— Cumprirás tudo? — perguntou ele, sorrindo com amargura.

— Até um certo limite. Pela maneira como Pedro Petrovitch pediu a minha mão, percebi logo o que lhe é necessário. Ele forma talvez um alto conceito de si próprio; no entanto espero que também saberá apreciar-me... Por que voltas a rir-te?

— E tu porque tornas a corar? Mentes, minha irmã. Não podes estimar Loujine. Vi-o e conversei com ele. Por conseguinte, casas por interesse. Em qualquer caso, porém, cometes uma baixeza. Ao menos estimo ver que ainda sabes corar!

— Isso não é verdade. Eu não minto! — gritou a jovem, perdendo todo o sangue-frio. — Não me casarei sem estar bem certa de que me aprecia e estima. Não casarei sem estar plenamente convencida de que eu própria posso estimá-lo. Por felicidade tenho um meio de ficar com essa certeza duma maneira decisiva e, o que é mais, já hoje mesmo. Todavia, mesmo que tivesses razão, mesmo que de fato estivesse resolvida a uma baixeza, não é uma crueldade de tua parte falares-me dessa maneira? Por que exiges de mim um heroísmo que talvez não tenhas? Isso é tirania, é uma violência! Se prejudico alguém, sou eu a prejudicada... Ainda não matei ninguém... Por que estás a olhar para mim desse modo? Por que empalideces? Ródia, que tens? Ródia, querido!...

— Meu Deus! desmaiou, e tu é que foste a causa! — exclamou Pulquéria.

— Não, isto não é nada, que disparate!... Foi a cabeça que se me transtornou um pouco. Não foi desmaio... Os desmaios são bons para as senhoras... Mas!... o que queria eu dizer?... Ah! como hás de convencer-te ainda hoje que podes vir a estimar Loujine e que... ele te aprecia..., porque era isto o que dizias ainda agora, não é verdade ou eu não ouvi bem?

— Mostre a meu irmão a carta de Pedro Petrovitch — disse Dounia, virando-se para a mãe.

Pulquéria estendeu a carta com mão trêmula. Raskolnikov leu-a com atenção, por duas vezes. Todos ficaram à espera dalguma cena. A mãe, em especial, estava muito inquieta.

Depois de pensar um instante, o mancebo entregou-lhe a carta.

— Não compreendo nada — começou ele, sem se dirigir a ninguém em particular. — É advogado, tem pretensões a orador e escreve como um ignorante.

Estas palavras provocaram o pasmo em todos. Ninguém esperava tal resposta.

— Pelo menos não escreve muito literariamente. O estilo é o dum ignorante. Escreve como um homem de negócios — acrescentou Raskolnikov.

— Pedro Petrovitch também não oculta que recebeu pouca instrução e orgulha-se de dever tudo ao seu trabalho — disse Dounia, um pouco melindrada pelo tom em que o irmão falara.

— Sim, poderá orgulhar-se com razão, não digo o contrário. Parece que estás magoada, porque, tendo-se feito frívola a respeito dessa carta, julgas que insisto de propósito em tais ninharias para to arreliar? De modo nenhum. Em relação ao estilo, reparei que, no caso presente, está longe de não ter importância. Esta frase: "Não terá de que se queixar, se não de si mesma", não deixa nada a desejar sob ponto de vista de clareza. Além disso, adverte que se retirará logo, se me encontrar quando as for visitar. Esta ameaça significa simplesmente que, se não lhe obedecerem as abandonará, depois de as ter obrigado a vir a S. Petersburgo. Então que te parece? Estas palavras da parte de Loujine ofendem do mesmo modo, como se tivessem sido escritas por este, — apontou para Razoumikhine — por Zozimov ou por qualquer de nós?

— Não — respondeu Dounia. — Compreendo que traduziu com pouca delicadeza o seu pensamento e que não é talvez muito hábil escritor... A tua observação é muito judiciosa. Nem esperava...

— Admitindo que escreve como um homem de negócios, não podia exprimir-se doutra forma e não foi talvez por sua culpa que se mostrou tão grosseiro. De resto, devo desiludir-te um pouco. Nessa carta há uma outra frase que contém uma calúnia bem vil. Dei ontem algum dinheiro a uma viúva tísica e desesperada pela desgraça, e não como ele escreve: a pretexto de pagar o funeral, mas sim para o funeral. Essa quantia entreguei-a à própria viúva e não à filha do falecido — essa moça cuja crônica escandalosa é conhecida de toda a gente, segundo ele diz, e que vi ontem pela primeira vez. Em tudo isto descubro apenas o propósito de me desacreditar na tua opinião e na da nossa mãe. Ainda neste ponto escreve em estilo jurídico, isto é, revela em absoluto o seu fim, e prossegue no seu caminho, sem rodeios, nem cerimônias. É inteligente, mas, para se proceder acertadamente; inteligência só não basta. Tudo isto retrata o homem e não creio que te aprecie muito. Falo-te assim para teu governo, porque desejo com sinceridade a tua ventura.

Dounia não respondeu. Desde o princípio que sua resolução estava tomada e só esperava pela noite.

— Então, Ródia, o que decides? — perguntou Pulquéria, cuja inquietação aumentara, desde que ouvira o filho discutir como um homem de negócios.

— Que quer a mãe dizer com isso?

— Viste o que escreveu Pedro Petrovitch: deseja que não vás a nossa casa esta noite e declara que se irá embora..., se lá fores. É por isso que pergunto o que pensas fazer.

— Não tenho que decidir coisa nenhuma. A mãe e a Dounia é que devem ver se essa exigência de Pedro Petrovitch não é ofensiva para ambas. Farei o que lhes agradar — acrescentou friamente.

— Dounia já resolveu essa questão e sou também do seu parecer — apressou-se a responder Pulquéria.

— Por mim entendo que é indispensável que assistas a essa entrevista e peço-te por tudo para lá ires — disse Dounia. — Vais?

— Vou.

— Peço-lhe também o favor de ir a nossa casa às oito horas — continuou ela, dirigindo-se a Razoumikhine.

— Fazes bem, Dounia. Está decidido. Faça-se conforme o teu desejo — acrescentou Pulquéria. — De resto, para mim é um alívio. Não gosto de fingir, nem de mentir, e mais vale uma explicação franca... agora Pedro Petrovitch que se zangue à vontade!

CAPÍTULO IV

Neste momento alguém abriu a porta. Uma moça entrou, olhando timidamente em volta. A sua presença causou surpresa geral e todos os olhares se fixaram nela. A princípio Raskolnikov não a conheceu. Era Sofia Semanovna Marmeladov. Vira-a na véspera pela primeira vez, porém, em tais circunstâncias e com um vestuário tão diferente, que outra havia sido a imagem que se lhe tinha fixado na memória. Agora era uma rapariga modesta e pobre, de maneiras honestas e humildes. Trajava um vestidinho simples e um chapéu velho, fora de moda. Dos enfeites da véspera, nenhum trazia, a não ser o guarda-sol. Vendo todas aquelas pessoas que não esperava encontrar, sentiu-se envergonhada e ia retirar-se.

— Ah! é a Sofia?... — exclamou Raskolnikov admiradíssimo e sentindo-se ele próprio, de repente, perturbado.

Lembrou-se da carta de Pedro Petrovitch, que a mãe e a irmã tinham lido, e que continha uma alusão a certa pessoa de notório mau comportamento. Acabava de protestar contra a calúnia de Loujine e de declarar que só na véspera vira aquela rapariga pela primeira vez. E era precisamente nessa ocasião que ela entrava em sua casa. Lembrou-se também de que não protestara contra as palavras do notório mau comportamento. Contudo, observando com mais atenção a pobre criatura, viu-a muito envergonhada, e teve piedade dela, quando, assustada, ia retirar-se. Operou-se nele uma certa revolta.

— Não a esperava! — disse-lhe logo, convidando-a com o olhar a que ficasse. — Queira sentar-se. Vem decerto da parte de Catarina Ivanovna. Com licença, aí não. Sente-se aqui...

À chegada de Sofia, Razoumikhine, sentado junto da porta, numa das três cadeiras que havia no quarto, levantou-se para a deixar passar. A vontade de Raskolnikov fora oferecer-lhe um lugar no sofá, onde Zozimov estivera sentado; porém pensando na aplicação especial desse móvel, que lhe servia de cama, mudou de parecer e ofereceu a Sofia a cadeira de Razoumikhine.

— Tu sentas-te aqui — disse ele ao amigo, indicando-lhe o lugar que o médico tinha ocupado.

Sofia sentou-se, trêmula, e olhou, tímida, para as duas senhoras, sentindo quanto era humilhante a sua situação junto delas. E tal comoção lhe causou esta ideia que se levantou com um modo brusco e muito agitada dirigiu-se a Raskolnikov.

— Eu..., eu vim apenas por um momento. Desculpe-me tê-lo incomodado. Catarina Ivanovna mandou-me cá porque não tinha mais ninguém. Pede-lhe com empenho que assista amanhã, de manhã... à cerimônia fúnebre... em S. Mitrofane, e passe depois por nossa casa... para tomar alguma coisa... Espera que lhe dê essa honra.

Tendo pronunciado estas palavras com muita dificuldade, calou-se.

— Farei a diligência..., farei todo o possível — respondeu Raskolnikov, já levantado. — Tenha a bondade de se sentar — disse-lhe de repente — peço-lhe... Está com pressa... Precisava falar-lhe... Conceda-me dois minutos...

Ao mesmo tempo, com o gesto, convidava-a a sentar-se. Sofia obedeceu. Olhou de novo, com timidez, para as duas senhoras, e baixou os olhos. A fisionomia de Raskolnikov contraiu-se, o rosto, de pálido, tornou-se carmesim, e os olhos chamejaram.

— Minha mãe — disse em voz alta —, esta é Sofia Semanovna Marmeladov, filha do infeliz Marmeladov, que ontem foi esmagado por uma carruagem e de quem lhe falei há pouco.

Pulquéria olhou para Sofia e cerrou as pálpebras. Apesar dos receios que sentia diante do filho, não pôde deixar de permitir-se essa satisfação. Dounia voltou-se para a pobre moça e examinou-a com ar severo. Chamada por Raskolnikov, Sofia levantou outra vez os olhos, sentindo-se mais embaraçada.

— Queria perguntar-lhe — disse ele — o que se passou hoje em sua casa... Incomodaram-nas muito? O inquérito da polícia deve tê-las apoquentado?

— Não, não houve nada... A causa da morte era evidente, e por isso deixaram-nos em paz. Apenas os inquilinos se mostram descontentes.

— Por quê?

— Dizem que o corpo está em casa há muito tempo... Com este calor, o cheiro..., de modo que hoje à tarde é removido para a capela do cemitério, onde ficará depositado até amanhã. A princípio Catarina não queria, mas acabou por concordar, pois não podia deixar de ser...

— Então o cadáver é trasladado esta noite?

— Catarina espera que nos dará a honra de assistir amanhã ao funeral, e que em seguida irá a nossa casa tomar parte na refeição fúnebre...

— Ela dá banquete?

— Dá uma pequena refeição... Encarregou-me também de lhe transmitir os seus agradecimentos pelo auxílio que nos prestou. Se não fosse o senhor, não poderíamos fazer o enterro.

Um tremor repentino agitou os lábios e o queixo da rapariga, mas dominando a comoção, baixou de novo os olhos. Durante este diálogo, Raskolnikov observou-a com atenção, Sofia era magra e pálida; o nariz arrebitado e o queixo anguloso prejudicavam o conjunto, que não lhe dava foros de beleza. Em compensação, os olhos azuis eram duma doce limpidez e, quando se animavam, davam-lhe à fisionomia uma grande expressão de bondade. Ainda uma outra particularidade lhe caracterizava o rosto: parecia mais nova do que na verdade era e, conquanto tivesse dezoito anos, tinha o aspecto duma menina.

— Mas poderá Catarina satisfazer tantas despesas com tão poucos recursos? E pensa ainda num banquete?... — perguntou Raskolnikov.

— O enterro será modesto..., não custará caro... Calculamos as despesas e chega ainda para a refeição... Catarina faz empenho nela... Não se deve contrariar. Sempre é uma consolação... Bem sabe como ela está...

— Compreendo... sem dúvida... Está reparando no meu quarto?... Minha mãe disse já que parecia um túmulo.

— Ontem despojou-se do que possuía, por nossa causa! — respondeu Sofia, com a voz entrecortada e pondo os olhos no chão. Os lábios e o queixo começaram de novo a tremer. Logo que entrara, havia notado a pobreza de Raskolnikov e aquelas palavras escaparam-lhe sem querer. Houve um silêncio. Os olhos de Dounia iluminaram-se e Pulquéria olhou Sofia com ternura.

— Ródia — disse ela, levantando-se — fica combinado que jantas conosco. Vamos, Dounia. Entretanto, deves sair e dar um pequeno passeio; depois descansas um pouco e vais ter conosco o mais cedo possível. Receio que te tivesses fatigado...

— Sim, vou — respondeu apressado Ródia, levantando-se também. — Ademais, tenho ainda que fazer...

— Olha lá, não deixes de ir jantar — insistiu Razoumikhine, olhando admirado para Raskolnikov.

— Vê o que fazes...

— Vou, com certeza... Porém tu ficas aqui um bocado... mãe não precisa já dele?... Não lhe faz agora falta...

— Não... Dmitri Prokofitch, que é muito amável, acederá também em vir jantar conosco.

— Sou eu que lhe peço — acrescentou Dounia.

Razoumikhine inclinou-se radiante. Durante um momento todos se sentiram contrafeitos.

— Adeus, Ródia, isto é, até logo. Não gosto nunca de dizer adeus.

Pulquéria teve a intenção de cumprimentar Sofia, porém, apesar de toda a sua boa vontade, não se resolveu e saiu precipitadamente. Dounia não procedeu da mesma forma e parecia mesmo ter esperado com impaciência aquele momento. Quando, depois de sua mãe, passou junto de Sofia, fez-lhe um cumprimento em regra. A pobre moça comoveu-se, inclinou-se, e no rosto leu-se-lhe uma impressão dolorosa, como se a delicadeza de Dounia a tivesse magoado.

— Adeus, Dounia — gritou Raskolnikov, à saída — Dá-me a tua mão!

— Já te disse adeus — respondeu Dounia, voltando-se para ele afavelmente, apesar de se sentir pouco à vontade. — Esqueceste-te.

— Bem, aperta-me a mão outra vez!

Apertou com força os pequeninos dedos da irmã. Dounia sorriu, corando, e retirando a mão de repente, seguiu a mãe. Também ela se sentia feliz, sem que soubesse por quê.

— Está muito bem! — disse Raskolnikov voltando para junto de Sofia e encarando-a com serenidade. — Que o Senhor conceda a paz aos mortos e nos deixe viver os vivos!... Não é assim?

Sofia notou que Raskolnikov estava agora mais satisfeito. Durante algum tempo olhou para ela em silêncio: recordava-se de tudo o que Marmeladov lhe dissera da filha...

— Aqui está o que te quero dizer — informou Raskolnikov, chamando Razoumikhine, que ficara no vão da janela...

— Posso então dizer a Catarina que vai?...

— Já a atendo, Sônia. Não temos segredos e creia que não incomoda... Tinha ainda que dizer-lhe... — E interrompendo-se, disse a Razoumikhine:

— Tu conheces um... como se chama ele? Porfírio Petrovitch?...

— Se conheço! É meu parente! — respondeu Razoumikhine muito intrigado com a pergunta.

— Não disseram ontem que era ele quem instruía o processo do homicídio?

— Sim, e então?... — perguntou Razoumikhine, abrindo muito os olhos.

— Disse que vai interrogar todos aqueles que tinham penhores na casa da velha. Ora, tinha lá empenhado algumas coisas. Um anel de minha irmã, que me deu quando vim para S. Petersburgo, e um relógio de prata que pertenceu a meu pai. Não valerá a pena falar nisso. É certo que só vale tudo cinco rublos, mas têm grande valor estimativo, para mim. Que devo fazer? Não queria perder esses objetos, sobretudo o relógio. Receei há pouco que minha mãe me pedisse para lhe mostrar, quando se falou no de Dounia, o único objeto que possuíamos de meu pai. Se o relógio se perde, minha mãe adoece!... As mulheres!... Diz-me o que devo fazer!... Ir à polícia, bem sei. Contudo, não seria melhor dirigir-me ao próprio Porfírio? Que te parece? Preciso tratar disto já. Verás que, antes do jantar, minha mãe me pergunta pelo relógio.

— Não é à polícia que deves ir, mas a casa do Porfírio! — disse Razoumikhine. — Poderemos lá ir já. É a dois passos daqui. Tenho a certeza de que o encontraremos.

— Pois sim, vamos...

— Há de gostar de te conhecer. Falei-lhe diversas vezes em ti..., ainda ontem... Vamos!... Tu, então, conhecias a velha?... Tudo se liga admiravelmente!... Ah! sim... Sofia Ivanovna...

— Sofia Semanovna — retificou Raskolnikov. — Este meu amigo Razoumikhine é um belo rapaz.

— Se tem que sair... — começou por dizer Sofia, a quem esta apresentação embaraçou e que não se atrevia a erguer os olhos para Razoumikhine.

— Pois sim, vamos! — decidiu Raskolnikov. — Irei a sua casa ainda de dia. Porém diga-me a sua morada.

Disse isto com dificuldade e querendo evitar os olhares dela. Sofia deu-lhe a morada, corando. Os três saíram juntos.

— Não fechas a porta?— perguntou Razonmikhine.

— Nunca a fechei... Há dois anos que estou para comprar uma fechadura... Felizes aqueles que não têm que fechar, não é verdade? — acrescentou rindo-se e dirigindo-se a Sofia.

No portal pararam.

— Segue para a direita, Sofia?...a propósito, como soube a minha morada?...

Percebia-se que não era isto o que queria dizer, fixando os olhos meigos e claros da rapariga.

— O senhor disse-o a Poletchka.

— Que Poletchka?... Ah! sim a pequena sua irmã? Foi a ela então que eu disse?

— Já se tinha esquecido?

— Não, agora me lembro...

— Tinha já ouvido falar de si a meu pai... No entanto, não sabia o seu nome, nem ele também... E quando ontem o soube... perguntei hoje: "Mora aqui o senhor Raskolnikov?" Não sabia que vivia também numa casa de pensão... Adeus... Direi a Catarina...

Muito contente por poder, afinal, ir-se embora, Sofia afastou-se a toda a pressa, baixando os olhos. Desejava chegar à esquina da rua para fugir às vistas dos dois rapazes e refletir, sem testemunhas, nas peripécias desta visita. Nunca experimentara sensações semelhantes. Um mundo ignorado surgia confusamente na sua alma. Lembrou-se de que Raskolnikov tinha, sem lhe pedir, manifestado a intenção de ir vê-la nesse dia. Talvez fosse em seguida.

— E se não fosse hoje? — murmurou ela, aflita. — Meu Deus! Em minha casa..., naquele quarto compreenderá... Oh! meu Deus! — Ia muito preocupada para notar que um desconhecido a seguia desde que saíra da casa do Raskolnikov. Na ocasião em que os três pararam na rua a conversar, o acaso quis que esse sujeito passasse por eles. As palavras dela "perguntei hoje: Mora aqui o senhor Raskolnikov?" — chegaram-lhe ao ouvido e fizeram-no estremecer. Olhou de soslaio para os três e em especial para Raskolnikov, com quem ela falava: depois examinou-lhe o rosto para a reconhecer mais tarde. Tudo isto foi feito num instante e sem chamar a atenção. Em seguida o desconhecido afastou-se devagar, como se esperasse alguém. Esperava pela Sofia. Viu-a despedir-se deles e seguir o seu caminho.

— Onde mora ela? Já vi esta cara em qualquer parte. Preciso saber.

Quando chegou à esquina, passou para o outro lado da rua, ao mesmo tempo que se voltou para ver a moça. Esta caminhava no mesmo sentido que ele, mas não o viu. Ao cabo duns sessenta passos, atravessou de novo a rua, aproximou-se dela e seguiu-a a pequena distância. Era um homem de cinquenta anos, bem conservado, parecendo mais novo. De estatura mais que mediana, era corpulento, tendo os ombros largos e um pouco abaulados. Vestido com elegância, levava luvas novas e segurava uma bela bengala com que batia no passeio a cada passo que dava. Tudo denunciava um homem da sociedade. A fisionomia era agradável. Os cabelos louros começavam a tornar-se grisalhos. A barba comprida, forte, abundante, era mais clara que a cabeleira. Nos olhos azuis lia-se a firmeza e a severidade. O desconhecido tivera muito tempo para observar Sofia e certificar-se de que ela ia distraída e pensativa. Ao chegar diante da casa, a moça atravessou o pátio de entrada. Ele continuou a segui-la um pouco admirado. Depois de transpor o pátio, subiu a escada da direita; a que ia dar à sua porta.

— Ah! — exclamou o indivíduo e subiu também a mesma escada. Só então Sofia deu pelo desconhecido. Chegando ao terceiro andar, tomou por um corredor e bateu no número nove, onde se liam, no cimo da porta, estas palavras escritas a giz: Kapernaumov, alfaiate. — Ah! — repetiu o desconhecido, surpreendido com a coincidência, e bateu ao lado, no número oito. As duas portas ficavam a seis passos uma da outra.

— Mora com o Kapernaumov? — perguntou ele, rindo. — Ainda ontem me consertou este colete. Vivo junto de si, aqui em casa da senhora Gertrudes.

Sofia olhou-o com atenção.

— Somos vizinhos — continuou ele alegremente. — Estou aqui desde anteontem. Não sou de S. Petersburgo. Quando terei o prazer de a voltar a ver?

Sofia não respondeu. Abriram a porta e ela entrou apressada. Sentia-se com medo e envergonhada...

***

Razoumikhine ia, muito satisfeito, com Raskolnikov a casa do Porfírio.

— Está muito bem! — repetia ele muitas vezes. — Estou satisfeito!... Não sabia que também tinha penhores na casa da velha. E... e... há já muito tempo? Quer dizer, há muito tempo que estiveste na casa dela?

— Deixa-me ver... quando foi? — respondeu Raskolnikov, como que interrogando a memória. — Parece-me que estive lá na antevéspera do dia do assassinato. De resto, não se trata de desempenhar os objetos — acrescentou logo, como se fosse isso o que mais o preocupasse — pois não tenho mais que um rublo, devido às tolices que fiz ontem, sob a influência daquele maldito delírio!

Acentuou dum modo especial a palavra delírio.

— Sim, sim! — continuou Razoumikhine, respondendo a um pensamento íntimo. — Tinha já percebido!... Enquanto durou o delírio só falavas em anéis, cadeias, relógios. Agora tudo se explica.

“Ora aí está!”, pensou com ele Raskolnikov. “Esta ideia assenhoreou-se do seu espírito!... Isto é uma prova... Este homem deixava-se crucificar por minha causa e sente-se feliz por poder explicar a razão por que falei em anéis durante todo o tempo que delirei. As minhas palavras confirmaram-lhe todas as suspeitas!...”

— E encontrá-lo-emos? — perguntou em voz alta.

— Com certeza — respondeu sem hesitar Razoumikhine. — É um belo sujeito, vais ver! Um pouco brusco, é certo, porém nada tolo; antes pelo contrário, muito inteligente e tem um modo de pensar estranho... É incrédulo, cético, cínico..., e gosta de mistificar... Fiel a processos antigos, só admite provas materiais... Sabe do ofício. O ano passado esclareceu um processo de assassínio, onde não havia a menor pista! Tem o maior desejo de conhecer-te.

— Por quê?

— Oh! nada imagines!... É que nestes últimos tempos, durante tua doença, ouviu muitas vezes falar a teu respeito... Assistia às nossas conversas... Quando soube que eras estudante da universidade, exclamou: “Que pena!” Daí concluí..., quero dizer, disse muitas outras coisas de ti, ontem, Zametov... Ouve: ontem, quando te levei a casa, ia embriagado, por isso falava de tudo. Receio que tivesses tomado a sério as minhas palavras...

— Não!... Que me importa que digam que sou doido?...E talvez tenham razão!... — respondeu Raskolnikov, com um riso forçado.

Calaram-se. Razoumikhine estava satisfeitíssimo, o que desesperava Raskolnikov. O que o amigo acabava de lhe dizer acerca do juiz de instrução não podia deixar de o inquietar.

— Nessa casa cinzenta... — disse Razoumikhine.

“O essencial é saber”, pensou Raskolnikov, “se Porfírio soube da visita que fiz ontem à casa da bruxa e do que perguntei a propósito do sangue. É preciso que, ao entrar na sala, leia no rosto desse homem... Doutra forma...”

— Sabes uma coisa? — disse de repente a Razoumikhine, com um sorriso malicioso. — Parece-me que desde pela manhã andas numa agitação extraordinária. Será certo?

— Isso sim! — respondeu Razoumikhine vexado.

Museu Memorial Dostoiévski: ao lado, grande vitral com vidros multicoloridos, para os quais os filhos de Dostoiévski adoravam olhar quando o dia estava chuvoso e acinzentado. Abaixo, na espaçosa sala, nota-se um antigo espelho com moldura ricamente trabalhada em madeira, pendurado entre as janelas.

— Parece-me que não me engano. Há pouco, quando estavas sentado, parecia que tinhas câimbras. Não podias estar quieto. O teu humor variava a cada momento. De vez em quando irritavas-te e em seguida ficavas doce como o mel. Até coravas; em especial quando te convidaram para jantar, ficaste vermelho como uma papoula.

— Não, que tolice... Mas por que dizes isso?

— Francamente, tens ingenuidades de colegial.

— Estás insuportável.

— Mas o que significa essa confusão, Razoumikhine... Deixa estar que ainda hoje hei de contar o caso em certo lugar. O que minha mãe se há de rir..., e ainda outra pessoa!...

— Ouve, ouve, isso é sério? Repara que... Olha que... — titubeou Razoumikhine, gelado de medo. — Que vais dizer? Sempre és de má raça!

— Uma verdadeira rosa de primavera! Um Romeu de dois *archines* e doze *verchoks*! Espera, hoje lavaste e limpaste as unhas, não é verdade? Quando fizeste isso? Deus me perdoe se não puseste pomada no cabelo. Deixa-me cheirar!

— Atrevido!!!

Raskolnikov desatou a rir, com uma hilaridade que parecia não ter fim e que durava ainda quando chegaram à casa de Porfírio Petrovitch. Da sala podiam ouvir-se as gargalhadas do visitante, no vestíbulo, e Raskolnikov desejava que fossem ouvidas.

— Se dizes uma palavra, desanco-te! — exclamou Razoumikhine furioso, agarrando o amigo por um braço.

CAPÍTULO V

Raskolnikov entrou na casa do juiz de instrução com a fisionomia dum homem que faz todo o possível por se manter sério, mas que só o consegue a muito custo. Atrás dele caminhava, com ar comprometido, Razoumikhine, vermelho como uma papoula, com as feições transtornadas pela cólera e pela vergonha. A figura desengonçada a fisionomia atarantada do rapaz eram naquela ocasião suficientemente cômicas para justificarem a hilaridade do seu companheiro. Porfírio Petrovitch, em pé, no meio da sala, interrogava com o olhar os dois visitantes. Raskolnikov inclinou-se diante do dono da casa, trocou com ele um aperto de mão e pareceu fazer um violento esforço para abafar a vontade de rir, enquanto declinava o nome e a qualidade. Porém, apenas recobrou o seu sangue-frio e balbuciou algumas palavras, mesmo no meio da apresentação, os seus olhos encontraram Razoumikhine. Nessa altura não pôde conter-se e toda a sua serenidade foi substituída por uma gargalhada tanto mais estrondosa quanto é certo que tinha sido muito tempo reprimida. Razoumikhine serviu, sem saber, aos intuitos do amigo, porque aquele riso escarninho pô-lo numa irritação, que acabou por dar a toda esta cena a aparência duma alegria franca e natural.

— Oh! que grande patife! — gritou ele, com um movimento furioso do braço.

Este gesto brusco deu em resultado fazer cair uma pequena mesa redonda, sobre a qual se achava um copo com chá.

— Não é preciso estragar a mobília, meus senhores! É um prejuízo que causam ao Estado! — exclamou dum modo alegre Porfírio.

Raskolnikov ria de tal maneira que, durante alguns momentos esqueceu a mão na do juiz de instrução. Teria sido, contudo, pouco natural o lá deixá-la muito tempo e por isso a retirou no momento próprio, para dar verossimilhança ao seu papel. Quanto a Razoumikhine, estava mais atrapalhado do que nunca, depois de ter feito cair a mesa e ter partido o copo. Tendo considerado com um olhar sombrio as consequências do seu arrebatamento, dirigiu-se para sacada e já, voltando as costas aos dois, pôs-se a olhar pela vidraça, sem de resto ver coisa nenhuma. Porfírio ria também por delicadeza, mas, como era natural, aguardava explicações. A um canto, numa cadeira, estava sentado Zametov. À aparição dos visitantes tinha-se levantado um pouco, esboçando um sorriso. Todavia não parecia ter muita fé na sinceridade daquela cena e observava Raskolnikov com particular curiosidade. Este último não esperava encontrar o chefe da polícia, por isso a sua presença causou-lhe uma desagradável surpresa.

"Mais uma circunstância a ponderar", pensou ele.

— Peço-lhe o favor de me desculpar... — começou, com embaraço simulado.

— Ora essa, dá-me muito gosto... O senhor entrou duma maneira tão agradável... Então, nem sequer me dás os bons-dias? — acrescentou Porfírio, dirigindo-se a Razoumikhine.

— A dizer a verdade não sei porque se zangou comigo. Apenas lhe disse no caminho que parecia um Romeu... e... demonstrei-lhe... Não houve mais nada...

— Malandrim! — gritou Razoumikhine sem voltar a cabeça.

— Deve ter tido motivos muito fortes para se ofender desta maneira, com um gracejo tão insignificante — observou, rindo, Porfírio.

— Basta de asneiras! Vamos ao nosso caso. Apresento-te o meu amigo Ródia Romanovitch Raskolnikov, que tem ouvido falar muito de ti e desejava conhecer-te para tratar contigo um pequeno assunto. Olá, Zametov!... Que acaso o trouxe por aqui?... Conhecem-se?... Desde quando?

"Que quer dizer mais isto agora?", perguntou a si mesmo Raskolnikov, um tanto inquieto.

A pergunta de Razoumikhine pareceu embaraçar um pouco Zametov.

— Foi ontem em tua casa que travamos relações — informou ele com desembaraço.

— Pois então foi a mão de Deus que fez tudo. Imagina, Porfírio, que ainda na semana passada me havia manifestado um vivo desejo de te ser apresentado!... Parece que não foi precisa a minha intervenção... Tens tabaco?

Porfírio estava em trajos da manhã: roupão e pantufas. Era um homem dos seus trinta e cinco anos, estatura menos que mediana, cheio e até um pouco ventrudo. Não usava barba e trazia o cabelo cortado rente. A sua grande cabeça redonda apresentava uma rotundidade particular na nuca. O rosto gordo e um pouco chato tinha certa vivacidade e inspirava simpatia. Notar-se-ia uma certa harmonia na sua figura, se não fosse a expressão dos olhos, que, abrindo sob as pestanas quase brancas, piscavam a cada instante como para fazer sinais de inteligência a alguém. À primeira vista o físico do juiz de instrução oferecia uma certa analogia com o de uma camponesa, no entanto a sua máscara não enganava por muito tempo um observador perspicaz. Desde que soube que Raskolnikov tinha um pequeno assunto a tratar com ele, Porfírio convidou-o a tomar lugar no sofá, sentou-se ele próprio na outra extremidade e pôs-se à disposição do mancebo com a maior solicitude. Quase sempre nos sentimos um pouco constrangidos quando um homem que mal conhecemos manifesta uma tal curiosidade em nos escutar; porém o nosso embaraço é ainda maior se o assunto que temos de tratar é, aos nossos próprios olhos, pouco digno da extrema atenção que se nos demonstra. Todavia, Raskolnikov, nalgumas palavras breves e precisas, expôs claramente o caso. Pôde até, ao mesmo tempo, observar muito bem Porfírio Petrovitch. Este, pelo seu lado, não despregava os olhos dele. Razoumikhine, sentado na frente dos dois, escutava com impaciência e os seus olhares iam sem descanso do amigo para o juiz de instrução, ou vice-versa, talvez um pouco demasiadamente.

"Imbecil!", praguejava no íntimo Raskolnikov.

— É preciso fazer uma declaração à polícia — respondeu Porfírio com o ar mais indiferente. — O senhor declarará que, informado de tal acontecimento, isto é, daquela morte, deseja fazer saber ao juiz de instrução, encarregado dessa questão, que tais e tais objetos lhe pertencem e quer desempenhá-los..., ou... mas, de resto... depois lhe escreverão.

— Infelizmente — prosseguiu Raskolnikov, com uma confusão fingida — estou longe de possuir grandes fundos neste momento... e os meus meios não me permitem mesmo desempenhar essas ninharias... Queria apenas por agora limitar-me a declarar que esses objetos são meus e que, quando tiver dinheiro...

— Isso não faz nada ao caso — respondeu Porfírio, que acolheu com frieza esta explicação financeira. — Do resto, se o senhor quiser, pode-me escrever diretamente, declarando que, sabendo do caso, me deseja fazer ciente de que tais objetos lhe pertencem e que...

— Posso fazer essa declaração em papel comum? — interrompeu Raskolnikov, afetando sempre não ver mais que o lado pecuniário da questão.

— Oh! sim, em qualquer papel!...

Porfírio Petrovitch pronunciou estas palavras com um ar de troça, piscando os olhos a Raskolnikov. Pelo menos iria jurar que esse piscar de olhos se lhe dirigia e traía, porventura, algum pensamento reservado. Talvez, no fim das contas, se enganasse, porque isso durou um segundo.

"Sabe!", pensou ele.

— Peço-lhe desculpa de o ter incomodado por tão pouca coisa — replicou bastante desanimado. — Esses objetos valem ao todo cinco rublos, porém a sua proveniência torna-os para mim muitos valiosos e queridos, e confesso que fiquei muito inquieto quando soube...

— Foi por isso que ontem barafustaste tanto, quando me ouviste dizer a Zozimov que Porfírio interrogava os proprietários dos objetos penhorados! — notou com evidente intenção Razoumikhine.

Era demais!... Raskolnikov não se pôde conter e lançou ao desastrado falador um olhar faiscante de cólera. Compreendeu logo que acabara de cometer uma imprudência e esforçou-se por a reparar.

— Parece que estás a troçar comigo — disse ele a Razoumikhine, afetando uma viva contrariedade. — Reconheço que me preocupo talvez demais com coisas em absoluto insignificantes aos teus olhos. Todavia, isso não é razão para me considerares ávido e egoísta. Essas misérias podem ter um grande valor para mim. Como te dizia ainda agora, aquele relógio de prata, que vale um *groch*, é tudo quanto me resta de meu pai. Podes rir-te de mim à vontade, mas a minha mãe veio visitar-me — dizendo isto, voltou-se para Porfírio — e se ela soubesse, — continuou, dirigindo-se de novo a Razoumikhine com voz trêmula — se ela soubesse que não estava de posse desse relógio, juro-te que ficaria desesperada. São mulheres!

— Absolutamente!... Não era isso que eu queria dizer!... Não compreendeste o sentido das minhas palavras! — protestava Razoumikhine desolado.

"Andei bem? Fui natural? Não forcei a nota?", perguntava a si mesmo Raskolnikov. "Para que disse eu: São mulheres!"

— Ah! sua mãe veio visitá-lo? — perguntou Porfírio.

— Veio.

— Quando chegou ela?

— Ontem à noite.

O juiz de instrução ficou um momento calado. Parecia refletir.

— Os seus objetos não podiam perder-se de maneira nenhuma — prosseguiu ele em tom sereno e frio. — Há muito que esperava a sua visita.

Dizendo estas palavras aproximou o cinzeiro de Razoumikhine, que sacudia nervoso, sobre o tapete, a cinza do cigarro. Raskolnikov estremeceu, mas o juiz de instrução não mostrou ter dado por isso, tão ocupado estava em preservar o tapete.

— Como? Esperavas a visita dele? Sabias que tinha empenhado lá alguma coisa? — perguntou Razoumikhine.

Sem lhe responder, Porfírio dirigiu-se a Raskolnikov.

— Os seus objetos, um anel e um relógio, estavam na casa dela, embrulhados num papel, e sobre esse papel estava escrito a lápis o seu nome, com a indicação do dia em que os recebeu do senhor...

— Que memória o senhor tem para tudo isto! — disse Raskolnikov, com um sorriso contrafeito. Esforçava-se, sobretudo, por olhar com firmeza para o juiz de instrução. Todavia não pôde impedir-se de acrescentar dum modo brusco:

— Fiz esta observação porque, sendo muitos os proprietários dos objetos empenhados, o senhor devia ter uma certa dificuldade em se lembrar de todos...Ora vejo, pelo contrário, que não lhe esqueceu um... e... e...

"Parvo! Idiota! que necessidade tinha de acrescentar isto?"

— Quase todos se deram já a conhecer. Só o senhor é que ainda não tinha vindo. — respondeu Porfírio num tom um pouco motejador.

— Tenho estado um pouco doente.

— Ouvi dizer isso. Disseram-me até que estava muito mal. Agora mesmo está bastante pálido...

— Ora essa!... Não estou pálido... Pelo contrário, passo muito bem! — replicou Raskolnikov, num tom brutal e violento.

Sentia ferver dentro de si a cólera que não podia dominar.

"O arrebatamento vai-me fazer dizer algum disparate!", pensou de novo. "Mas para que me fazem eles desesperar?"

— Tem estado um pouco doente! Ora aí está um eufemismo! — gritou Razoumikhine — A verdade é que até ontem esteve quase sempre sem dar acordo de si... Queres saber, Porfírio?... ontem, mal podendo ter-se nas pernas, aproveitou o momento em que Zozimov e eu o acabávamos de deixar, para se vestir, safar-se às escondidas e ir passear. Deus sabe para onde, até à meia-noite... Isto, em completo estado de delírio. Podes imaginar uma coisa semelhante?... É um caso dos mais extraordinários!

— Sim! realmente! Em estado de completo delírio? — disse Porfírio com um gesto de cabeça, peculiar das camponesas russas.

— É falso!... Não acreditem!... De real, não vale a pena cansar-me: a sua convicção está formada!... — disse Raskolnikov, arrebatado pela cólera. Porfírio pareceu não ter ouvido essas palavras singulares.

— Como poderias ter saído se não estivesses delirando? — replicou Razoumikhine, excitando-se. — Para que tinhas de sair? Com que fim? E sobretudo a circunstância de te safares assim às escondidas! Vamos, reconhece que não estavas em teu juízo. Agora que o perigo passou, digo-te com toda a franqueza.

— Ontem tinham-me aborrecido todos muitíssimo — disse Raskolnikov, dirigindo-se ao juiz de instrução, com um sorriso de desafio. — Para me desembaraçar deles, saí, a fim de alugar um quarto onde não pudessem dar comigo. Levei para isso uma certa quantia. O senhor Zametov viu o dinheiro. Pois bem, senhor Zametov, estava ontem em meu juízo ou delirava? Queira ser juiz nesta questão.

Neste momento teria de boa vontade estrangulado o chefe da polícia, que o irritou pelo seu mutismo e pela expressão equívoca do olhar.

— Na minha opinião o senhor falava muito sensatamente e até mesmo com muita sutileza, apenas o que estava era irascível — declarou Zametov, sem mais rodeios.

— E hoje — acrescentou Porfírio — Nikodim Fomitch disse-me que o tinha encontrado ontem, a uma hora muito avançada da noite, na casa dum funcionário que acabava de ser esmagado por uma carruagem...

— Tudo isso vem em apoio do que acabo dizer! — prosseguiu Razoumikhine. — Não procedeste como um doido em casa desse tal funcionário? Privaste-te de todos os recursos para lhe pagar o enterro! Admito que quisesses socorrer a viúva, porém podias dar-lhe quinze rublos, vinte mesmo, e guardar alguma coisa para ti. Mas não. Em vez disso, deixas lá tudo quanto tinhas, isto é, os vinte e cinco rublos!

— Mas encontrei talvez um tesouro! E isso não sabes tu... Ontem estava com a mania da generosidade... O senhor Zametov, que me não deixará mentir, sabe que encontrei um tesouro... Peço-lhes mil vezes perdão por os ter enfastiado com tanto palavreado inútil — continuou ele, com os beiços trêmulos e dirigindo-se a Porfírio. — O senhor está aborrecidíssimo, não é verdade?

— Não diga tal coisa, por quem é! Pelo contrário!... Se soubesse como simpatizo consigo! Acho-o muito interessante, tanto só vê-lo, como ouvi-lo... Confesso que me felicito por finalmente haver recebido a sua visita...

— E se mandasses vir chá, hein?... Temos as gargantas secas — exclamou Razoumikhine.

— Boa ideia!... No entanto, antes do chá, talvez tomasses alguma coisa mais sólida?

— Não o digas outra vez. Manda vir já isso!

Porfírio saiu para mandar fazer o chá. Um tumulto de pensamentos redemoinhavam no cérebro de Raskolnikov. Estava muito excitado.

“Nem ao menos se dão ao trabalho de fingir. Não fazem cerimônias comigo, não há dúvida! Se o Porfírio não me conhecia, que tinha que conversar a meu respeito com Nikodim Fomitch? Nem pensam em reservas, dando a entender que me andam no encalço como uma matilha de cães!... positivamente, escarram-me na cara!”, pensou, tremendo de raiva. “Pois bem! Procedam com franqueza; nada de brincar comigo como um gato com um rato! É uma grosseria, Porfírio Petrovitch, e isso não admito! Se chego a perder a cabeça, digo-vos toda a verdade na cara e vereis como vos desprezo!”

Respirou com esforço.

“Mas... se tudo isto não existisse senão na minha imaginação? Se tudo isto fosse uma ilusão? Se tivesse interpretado mal? Diligenciemos sustentar o nosso ignóbil papel, e não vamos perder-nos como um idiota! Quem sabe se lhes atribuo intenções que não têm? De fato as suas palavras nada têm de extraordinário; sob elas deve ocultar-se um pensamento reservado. Por que é que o Porfírio disse somente na casa dela, referindo-se à velha? Por que é que Zametov observou que eu tinha falado com muita sutileza?... Por que falam eles assim? Sim, é bastante esquisito... E como é que nada disto impressionou Razoumikhine? Esse idiota não dá por coisa alguma... Bonito, cá estou com febre outra vez! Será verdade que Porfírio me piscou os olhos há pouco, ou me enganou com uma simples aparência?... É um absurdo. Para que havia de me piscar os olhos? Talvez queiram bulir-me com os nervos, irritar-me, provocar-me... Ou isto é uma fantasmagoria, ou eles sabem tudo! O próprio Zametov é insolente. Deve ter refletido depois da cena de ontem. Bem me parecia que havia de mudar de opinião. Está como em sua casa e é a primeira vez que aqui vem!... hum!... Porfírio não o trata como a uma pessoa de cerimônia: senta-se, voltando-lhe as costas. Estes dois homens são amigos e a sua amizade tem com certeza certa correlação comigo. Estou capacitado de que falavam a meu respeito quando entramos. Saberão da minha visita à casa da velha? Quem me dera saber... Quando disse que tinha saído para ir alugar um quarto, Porfírio não fez a menor observação... Foi bom dizer isso, pois talvez mais tarde essa mentira me sirva!... Pelo que respeita ao delírio, o juiz de instrução não pareceu acreditar muito nele... Parece bem informado sobre a maneira como passei a noite! Ignorava a chegada de minha mãe!... E aquela bruxa que tomou nota do dia em que fui empenhar os objetos!... Não, não, com a confiança que afetam não me iludem: até agora, não têm fatos, fundam-se em vagas conjecturas! Citem-me um fator se podem, se lhes é possível alegar um único contra mim!

"A minha ida à casa da velha não tem significação alguma. Explica-se em absoluto pelo delírio. Recordo-me muito bem do que disse aos operários e ao porteiro. Saberão que fui lá? Não sairei daqui ignorando o que há a esse respeito! Para que vim cá?... Lá me vou irritar agora, e isso é que é diabo!... Afinal, vale mais, talvez, que assim seja. Estou o melhor possível na minha situação de doente... Este diabo vai provocar-me e eu perco a trasmontana! Ora, para que vim cá!"

Todas estas ideias atravessaram o espírito de Ródia com a rapidez dum relâmpago. Passados alguns momentos Porfírio voltou. Parecia de muito bom humor.

— Ontem, quando saí da tua casa, meu amigo, tinha uma dor de cabeça horrível — começou ele, dirigindo-se a Razoumikhine, com uma afabilidade que ainda não usara até então. — Felizmente, passou...

— E então, foi interessante a conversa? Abandonei-os no melhor momento... A quem coube a vitória?

— A ninguém, como é natural. Fartaram-se de discutir as suas velhas teses.

— Imagina, Ródia, que a discussão versava sobre a seguinte questão; há crimes ou não há crimes? Que quantidade de asneiras não disseram a esse respeito!...

— Que há nisso de extraordinário? É uma questão social, que nem sequer tem o mérito da novidade — respondeu distraidamente Raskolnikov.

— A questão não foi posta dessa maneira — observou Porfírio.

— Não era bem assim, de fato — concordou Razoumikhine, que exagerara, na forma de costume. — Ouve, Ródia, e dá-nos a tua opinião, que desejo conhecer. Ontem excitaram-me e fizeram-me sair do meu normal. Esperava-te, tendo-lhes prometido a tua comparência... Os socialistas começaram por expor a sua teoria, que é conhecida: — o crime é um protesto contra uma ordem social mal organizada, nada mais.— Tendo dito isto, disseram tudo. Não admitem outra causa para os atos criminosos. Para eles, o homem é levado ao crime pela influência irresistível do meio e só por ela. É o seu cavalo de batalha.

— A propósito de crime e de meio — disse Porfírio, dirigindo-se a Raskolnikov — recordo-me dum trabalho seu que me interessou muito: — Acerca do crime... não me recordo bem de todo o título. Li-o há dois meses na Palavra periódica.

— Meu artigo? Na Palavra periódica? — perguntou Raskolnikov, surpreendido. — Há seis meses, quando abandonei a universidade, escrevi um artigo a propósito dum livro, mas mandei-o para a Palavra hebdomadária e não para a Palavra periódica.

— Porém foi nesta que apareceu.

— Entretanto a Palavra hebdomadária suspendeu a publicação e foi por isso que o meu artigo não foi publicado.

— Sim, mas quando suspendeu, a Palavra hebdomadária fundiu-se com a Palavra periódica, e aí está como há quase dois meses esta última gazeta publicou o seu artigo! Não sabia disso?

Raskolnikov ignorava-o.

— Pois pode ir reclamar a importância do artigo. Que criatura tão singular o senhor é!... Vive tão retirado que, até aquilo que mais lhe diz respeito, não chega ao seu conhecimento!... É extraordinário!

— Bravo, Ródia! Aqui estou eu, que também não sabia disso! — exclamou Razoumikhine. — Hoje mesmo vou procurar o jornal ao gabinete de leitura. Há dois meses que o artigo foi publicado? Em que data? Não importa, encontrá-lo-ei. Ora aí está um caso engraçado. E o maroto muito calado!...

— Mas como soube o senhor que o artigo era meu? Assinei apenas com uma inicial.

— Soube-o por acaso e ainda há bem pouco tempo. O redator principal é um dos meus melhores amigos e foi ele quem traía o segredo do seu anonimato... Esse artigo interessou-me muitíssimo.

— Eram umas observações, se bem me lembro, sobre o estado psicológico do criminoso durante a prática do crime.

— Isso mesmo. Pretendia demonstrar que o criminoso, no momento em que pratica o crime, é sempre um doente. É uma opinião muito original, porém não foi essa parte do seu trabalho que mais me interessou. Notei, em especial, um pensamento que vinha no fim do artigo, e que por infelicidade o senhor se limitou a indicar muito sumariamente... Em resumo, se a memória me não falha, o senhor dava a entender que existem na Terra homens que podem, ou melhor dizendo, que têm o direito absoluto de cometer toda a casta de ações criminosas, homens para quem, de certo modo, não existe a lei.

Ante esta pérfida interpretação do seu pensamento, Raskolnikov sorriu.

— Como assim? O quê? O direito ao crime? Não quereria dizer antes que o criminoso é impelido ao crime pela influência irresistível do meio? — perguntou Razoumikhine com surpresa e inquietação.

— Não, não, não é isso — respondeu Porfírio. — No artigo de que se trata, os homens são divididos em ordinários e extraordinários. Os primeiros devem viver na obediência e não têm o direito de desrespeitar a lei, por isso são ordinários; os segundos tem o direito de cometer todos os crimes e de violar todas as leis, pela razão simplíssima de que são criaturas extraordinárias. Foi isto o que o senhor escreveu, se me não engano!

— Isso não pode ser assim! — balbuciou Razoumikhine estupefato.

Raskolnikov sorriu de novo. Compreendeu que lhe queriam arrancar uma profissão de fé, uma declaração de princípios, e, recordando-se do artigo, não hesitou em explicá-lo.

— Não é bem isso — começou ele, com uma certa modéstia. — Confesso, de resto, que o senhor reproduziu quase o meu pensamento; direi mesmo... todo ele... — e disse estas últimas palavras com manifesto prazer. — Simplesmente não disse, como o senhor insinuou, que os homens extraordinários podem cometer toda a série de crimes. De resto, é evidente que a censura não permitiria a publicação dum artigo, sustentando tal doutrina. Eis o que afirmei: o homem extraordinário tem o direito, não oficialmente, mas por sua própria vontade, de autorizar a consciência a saltar por cima de certos obstáculos, no caso especial em que assim o exija a realização da sua ideia, a qual pode muitas vezes ser útil ao gênero humano. Diz o senhor que o meu artigo não é claro. Vou tentar explicar-lhe, e talvez não me engane, supondo que é esse o seu desejo. Na minha opinião, se as invenções de Kepler ou de Newton, em virtude de circunstâncias especiais, só tivessem podido fazer-se conhecer mediante o sacrifício de uma, de dez, de cem ou de maior número de vidas, que fossem obstáculos a essas descobertas, Newton ou Kepler teriam tido o direito, ainda mais, teriam sido obrigados a suprimir esses dez ou cem homens, a fim de que essas descobertas aproveitassem ao mando inteiro. Isto, é evidente, não quer dizer que Newton ou Kepler tivessem o direito de assassinar à vontade, ou de ir todos os dias roubar ao mercado. Recordo-me de que, em vários pontos do artigo, insisto sobre a ideia de que todos os legisladores e guias da humanidade, a principiar pelos mais antigos e a continuar em Licurgo, Sólon, Mahomet, Napoleão etc., que todos, sem exceção, foram criminosos, promulgando novas leis, violando, portanto, as antigas, observadas religiosamente pela sociedade e transmitidas pelos antepassados. Com certeza que não recuavam ante a efusão de sangue, desde o momento que ela lhes pudesse ser útil. É notável até que quase todos esses benfeitores e guias da espécie humana foram bastante sanguinários. Por consequência, não somente todos os grandes homens, mas todos os que se elevam um pouco acima do nível comum, que são capazes de dizer alguma coisa de novo, devem, em razão da sua própria natureza, ser criminosos, mais ou menos, é claro. Doutra forma, lhes seria difícil sair da obscuridade. Quanto a ficar nela, talvez não estejam para aí voltados, e creio até que o próprio Deus o proíbe. Em suma: está vendo que, até aqui, não há nada de particular ou de novo no meu artigo. Isto tem sido dito e impresso muitas vezes. Quanto à minha divisão dos indivíduos em ordinários e extraordinários, convenho em que é um pouco arbitrária, mas ponho de parte a questão de egoísmo, que não faz nada ao caso. Suponho que, no fundo, o meu pensamento é justo. Quero estabelecer o princípio de que a natureza divide os homens em duas categorias: uma inferior, a dos ordinários, espécie de matéria, tendo por única missão reproduzir-se; a outra, superior, compreendendo os homens que têm o dever de se fazer ouvir no seu meio uma palavra nova. As subdivisões são talvez inumeráveis, todavia as duas categorias apresentam traços distintos muito característicos. À primeira pertencem, na generalidade, os conservadores, os homens da ordem, que vivem na obediência e têm por ela um culto. Na minha opinião, são mesmo obrigados a obedecer, porque é essa a missão que o destino lhes impõe, e isso nada tem de humilhante para eles. O segundo grupo compõe-se apenas de homens que transgridem a lei, ou tentam transgredi-la, segundo as circunstâncias. Como é natural, os seus crimes são relativos e duma gravidade variável. A maior parte deles reclama a distinção do que é esse nome e do que deve ser. No entanto, se em defesa da sua ideia, forem obrigados a derramar sangue, a passar por sobre cadáveres, podem em consciência fazer uma coisa e outra — no interesse dessa ideia, é claro. É nesse sentido que o meu artigo lhes reconhece o direito ao crime. O senhor lembra-se que o nosso ponto de partida foi uma questão jurídica. De resto, não há motivos para nos inquietarmos a esse respeito: quase sempre as massas lhes reconhecem esse direito. Cortam-lhes a cabeça ou enforcam-nos — mais ou menos — e dessa maneira exercem a sua missão conservadora, até ao dia em que essas mesmas massas erigem estátuas a esses mesmos supliciados e os veneram — mais ou menos. — O primeiro grupo é sempre o senhor do presente, o segundo é o senhor do futuro. Um conserva o mundo e multiplica-lhe os habitantes; o outro move o mundo e dirige-o ao seu fim. Estes e aqueles têm em absoluto o mesmo direito à existência e — Viva a guerra eterna! — até à nova Jerusalém, bem entendido.

— Então o senhor acredita na nova Jerusalém?

— Creio — respondeu com convicção Raskolnikov que, durante o seu longo exórdio, tinha conservado os olhos baixos, olhando sempre para o tapete.

— E... crê em Deus?... Desculpe-me esta curiosidade.

— Creio — repetiu o mancebo, erguendo os olhos para Porfírio.

— E... na ressurreição de Lázaro?

— Também. Por que me pergunta tudo isso?

— Acredita nela de certeza?

— Em absoluto.

— Desculpe-me ter-lhe feito estas perguntas, que me interessam. Mas, dê-me licença — volto ao assunto de que falamos há pouco — nem sempre eles são executados. Há pelo contrário alguns que...

— Que triunfam na vida?

— Sim, isso acontece a alguns, e então...

— São esses que conduzem os outros ao suplício.

— Sendo necessário, e a dizer a verdade, é o caso frequente. Dum modo geral, a sua observação é muito justa.

— Muito obrigado. Porém, diga-me: como é que se podem distinguir esses homens extraordinários dos homens ordinários? Trazem alguns sinais quando nascem? Parece-me que seria conveniente, nesse ponto, um pouco mais de precisão, uma delimitação dalgum modo mais aparente. Desculpe esta inquietação natural num homem prático e bem intencionado. Todavia, não poderiam trazer, por exemplo, um vestuário particular, um emblema qualquer?... Porque, o senhor deve concordar, se houver uma confusão, se um indivíduo duma categoria imagina que pertence a outra e entra, segundo a sua feliz expressão, a "suprimir todos os obstáculos," então...

— Oh! isso sucede muitas vezes! Essa segunda observação é mais sutil ainda que a primeira...

— Muito obrigado.

— Não há de quê. Lembre-se de que o erro só é possível na primeira categoria, isto é, naqueles a que chamei, talvez sem razão, homens ordinários. Não obstante a sua tendência inata para a obediência, muitos de entre eles, em virtude dum capricho da natureza, querem passar por homens da vanguarda, por destruidores, creem-se chamados a fazer ouvir uma palavra nova, e essa ilusão é neles muitíssimo sincera. Ao mesmo tempo, quase nunca reparam nos verdadeiros inovadores, desprezam-nos até, como gente atrasada e sem elevação de espírito. Porém, quanto a mim, não pode haver nisso grande perigo e o senhor não tem de que se inquietar, porque nunca vão muito longe. Poder-se-iam, sem dúvida, açoitar uma vez por outra para os punir da sua loucura e colocá-los no devido lugar. Seria o bastante, e ainda assim não seria preciso incomodar o executor. Eles próprios se açoitam, porque são pessoas muito virtuosas; ora fazem esse serviço uns aos outros, ora se fustigam por suas próprias mãos... Veem-se, em público infligindo-se diversas penitências, o que não deixa de ser edificante. Numa palavra, o senhor não tem que se preocupar com eles.

— Bom, por esse lado, pelo menos, o senhor tranquilizou-me um pouco. Por outro lado, no entanto, há ainda uma coisa que me apoquenta. Diga-me, por favor: há muitos desses indivíduos extraordinários, que têm o direito de assassinar os outros? Estou pronto a inclinar-me diante deles, mas se forem muito numerosos, devo confessar que o caso será um pouco desagradável, não?

— Oh! Também não se deve inquietar por isso — prosseguiu no mesmo tom, Raskolnikov. — Em geral nasce um número muito restrito de homens que tenham uma ideia nova, ou mesmo capazes de dizerem o quer que seja de novo. É evidente que a distribuição dos nascimentos pelas diversas categorias e subdivisões da espécie humana deve ser determinada com exatidão por alguma lei da natureza. Essa lei, bem entendido, é-nos desconhecida até hoje, todavia creio que ela existe e que poderá mesmo ser conhecida um dia. Uma enorme massa de pessoas só existe sobre a Terra para, depois de demorados e misteriosos cruzamentos de raças, dar enfim nascimento a um homem que, entre mil, terá alguma independência. À medida que o grau de independência aumenta, encontra-se apenas um homem, em dez mil, em cem mil, números aproximados. — Conta-se um gênio em muitos milhões de indivíduos e milhares de milhões de homens passam talvez sobre a Terra sem que surja uma dessas altas inteligências que renovam a face do mundo. Em suma, não fui espreitar pela retorta onde tudo isto se opera, contudo deve haver a este respeito uma lei fixa. Nisto não pode existir o acaso.

— Estais a gracejar? — exclamou Razoumikhine. — Estais a mistificar-vos reciprocamente, não é verdade? Não estais a divertir-vos um à custa do outro?!... Estás a falar sério, Ródia?

Sem lhe responder, ergueu para ele o rosto pálido. Examinando a fisionomia serena e triste do seu amigo, achou esquisito o tom cáustico, provocante e indelicado que Porfírio tinha tomado.

— Na verdade, estás de fato a falar sério... Tens com efeito razão quando dizes que isso não é novidade nenhuma e que se parece muito com o que temos lido e ouvido mil vezes. Entretanto, o que há de fato nisso tudo de original, e que só a ti pertence, digo-o contristado, é o direito moral de derramar sangue, que tu concedes e defendes, perdoa-me dizê-lo, com tanto fanatismo... Eis, por consequência, o pensamento principal do teu artigo. Essa autorização moral de matar é, na minha opinião, muito mais espantosa do que seria a autorização legal.

— Tal qual. É muito mais espantosa, com efeito — observou Porfírio.

— Não pode ser. A expressão ultrapassou o teu pensamento e não foi isso o que quiseste dizer!... Hei de ler o teu artigo... A conversar, às vezes deixamo-nos arrastar!... Não podes pensar desse modo... Hei de ler...

— Nada disso está no meu artigo, pois mal toquei na questão — disse Raskolnikov.

— Sim, sim — prosseguia Porfírio — agora compreendo a sua maneira de encarar o crime. Contudo..., desculpe a minha insistência: se um jovem imaginar ser um Licurgo ou um Maomé, compreende-se que deva principiar por suprimir todos os obstáculos que o impeçam de cumprir a sua missão... "Empreendo uma longa campanha", dirá ele, e para uma campanha é necessário dinheiro... Por consequência procurará recursos... o senhor adivinha de que maneira?

A estas palavras Zametov respirou fundo no seu canto. Raskolnikov nem levantou os olhos para ele.

— Sou obrigado a reconhecer — respondeu com placidez — que tais casos possam suceder de fato, uma armadilha que o amor-próprio arma aos vaidosos e aos tolos. Os mancebos, sobretudo, deixam-se agarrar por ela muitas vezes.

— Isso é verdade!... E então?

— Então, o quê? — replicou rindo Raskolnikov. — Não tenho culpa de que assim seja. Isso vê-se e ver-se-á sempre. Ainda há pouco este me acusava de autorizar o assassinato — acrescentou, indicando Razoumikhine. — Que importa? A sociedade não é suficientemente protegida pelas deportações, pelas prisões, pelos juízes de instrução e pelas galés? Por que havemos, pois, de nos inquietar? Procurem o ladrão!

— E se o encontrarmos?

— Tanto pior para ele.

— O senhor ao menos é lógico. Mas o que lhe dirá a sua consciência?

— O que tem o senhor com isso?

— É uma questão que interessa ao sentimento humano.

— Aquele que tem consciência, sofre, reconhecendo o erro. E o castigo, independente das galés.

— Então — perguntou Razoumikhine, franzindo as sobrancelhas — os homens de gênio, aqueles a quem é dado o direito de matar, não devem sentir, nem mesmo quando derramam sangue?

— Que vem fazer a palavra *devem*? O sofrimento não lhes é permitido, nem proibido. Que sofram à vontade, se têm piedade da vítima... O sofrimento acompanha sempre uma inteligência elevada e um coração profundo. Os homens que são de fato superiores, devem, parece-me, experimentar uma grande tristeza — acrescentou Raskolnikov, acometido duma melancolia súbita, que contrastava com o tom da conversa precedente.

Levantou os olhos, encarou todos os assistentes com ar distraído, sorriu e pegou no boné. Estava muito sereno, comparando com a atitude que tinha ao entrar, e notava essa diferença. Todos se levantaram. Porfírio Petrovitch voltou ainda à questão.

— Quer me injurie ou não, quer se zangue ou não, preciso ainda dirigir-lhe uma pequena pergunta, que não resisto à tentação de deixar de lhe fazer... Na verdade tenho vergonha de abusar desta maneira. Enquanto penso nisto e para não me esquecer, queria ainda dar-lhe parte duma ideia que me acudia...

— Diga a sua ideia — respondeu Raskolnikov, em pé, pálido e sério, em frente do juiz de instrução.

— É o seguinte... verdade, não sei como hei de exprimir-me. É uma ideia bizarra..., psicológica... Ao escrever o seu artigo, é muito provável, é..., é..., que o senhor se considerasse um desses homens extraordinários de que falava... É ou não verdade?

— É muito — respondeu Raskolnikov sorrindo com desdém.

Razoumikhine fez um movimento.

Entre os itens infantis, ganham evidência brinquedos como o cavalo sobre rodas e as bonecas no sofá.

O Museu Memorial de Dostoiévski apresenta móveis, utensílios e outros itens que pertenceram ao escritor e aos membros de sua família. Entre os ambientes, ganha destaque a grande mesa de jantar posta para seis pessoas, com serviço de porcelana doado ao museu pelos descendentes do autor.

— Sendo assim, não estaria o senhor decidido também — quer para triunfar de embaraços materiais, quer para fazer progredir a humanidade — não estaria o senhor resolvido a transpor esse tal obstáculo?... Por exemplo, a matar e a roubar?...

Ao mesmo tempo piscava o olho esquerdo e ria em silêncio, tal qual como há pouco.

— Se estivesse decidido a isso, com certeza, não lhe dizia — replicou Raskolnikov, com um acento altivo de desafio.

— A minha pergunta era uma simples curiosidade literária. Fiz-lhe com o único fim de melhor interpretar o sentido do seu artigo...

"Oh! como o laço é grosseiro! Que malícia cosida a linha branca", pensou Raskolnikov, desanimado.

— Permita-me que lhe observe — respondeu ele, dum modo seco — que não me creio um Maomé, nem um Napoleão..., nem qualquer outro personagem desse gênero. Por conseguinte não posso informá-lo sobre o que faria se estivesse nessas circunstâncias.

— Ora, adeus! Quem é que entre nós, na Rússia, não se julga um Napoleão? — disse com brusca familiaridade o juiz de instrução.

Desta vez a própria entonação da voz traía um pensamento reservado.

— Não teria sido um futuro Napoleão que trucidou a Alena Ivanovna na passada semana! — disse de repente Zametov, do seu canto.

Sem pronunciar uma palavra, Raskolnikov fitou Porfírio com um olhar firme e penetrante. As feições de Razoumikhine alteraram-se. Parecia estar um pouco desconfiado dalguma coisa. Volveu em volta de si um olhar irritado. Durante um minuto houve um silêncio pesado. Raskolnikov preparou-se para sair.

— Parte já! — disse graciosamente Porfírio, estendendo a mão ao mancebo, com uma extrema amabilidade. — Estou encantado por o haver conhecido. E quanto à sua petição, esteja descansado. Escreva no sentido que lhe indiquei. Ou melhor, vá o senhor mesmo procurar-me..., um dia destes..., amanhã, por exemplo. Estarei na repartição, sem falta, às onze horas. Arranjaremos tudo... Conversaremos um pouco... Como o senhor foi um dos últimos que lá esteve, poderá talvez dizer-me alguma coisa — acrescentou, com ar ingênuo.

— O senhor quer interrogar-me com todas as regras? — perguntou Raskolnikov em tom ríspido.

— Para quê? Não se trata disso. O senhor não me compreendeu. Aproveito todas as ocasiões, compreende? — e... e conversei já com todos aqueles que tinham objetos empenhados na casa da vítima. Muitos forneceram-me esclarecimentos úteis..., e como o senhor foi o último... A propósito! — exclamou com uma alegria súbita. — Ainda bem que me lembrou a tempo, pois já ia a esquecer-me!...

Dizendo isto, voltou-se para Razoumikhine.

— Outro dia aturdias-me os ouvidos a respeito daquele Mikolai... Pois bem, eu próprio estou convencido da sua inocência — prosseguiu, dirigindo-se de novo a

Raskolnikov. — Mas que fazer? Foi necessário inquietar também Mitka... Eis o que lhe queria perguntar: quando subiu as escadas..., foi entre as sete e as oito horas que o senhor foi lá a casa?

— Foi — respondeu Raskolnikov, e logo em seguida se arrependeu de ter dado esta resposta, que poderia não ter dado.

— Bem! E subindo as escadas entre as sete e as oito horas, não viu no segundo andar, num quarto que tinha a porta aberta; — está lembrado? — não viu dois operários, ou pelo menos um deles? Andavam a pintar o quarto. Não reparou por acaso neles? Isto é muito importante!

— Pintores? Não vi... — respondeu muito devagar Raskolnikov, com ar de quem interroga as suas lembranças. Durante um segundo retesou todas as molas do espírito para descobrir, o mais depressa possível, qual o laço que se escondia na pergunta do juiz de instrução. — Não, não os vi, e nem mesmo tenho ideia de nenhum quarto aberto; — continuou ele muito satisfeito por se ter livrado desta. — No quarto andar, sim, recordo-me que o empregado que vivia em frente de Alena andava a fazer a mudança. Lembro-me muito bem... encontrei alguns homens que transportavam um sofá e até tive de me encostar à parede... Agora pintores não, não me recordo de os ter visto..., não tenho mesmo ideia nenhuma dum quarto com a porta aberta.

— Que estás tu a dizer? — bradou de repente Razoumikhine, que até então tinha escutado, parecendo refletir. — No próprio dia do assassinato é que os pintores trabalharam nesse aposento e dois dias antes é que ele foi à casa da velha. Por que lhe estás a perguntar isso?

— É verdade! Ora, esta! Confundi as datas! — exclamou Porfírio batendo na testa. — Diabos me levem! Este caso faz-me perder a cabeça — acrescentou, como que desculpando-se, dirigindo-se a Raskolnikov. — É tão importante para nós saber se alguém os viu no aposento, entre as sete e as oito horas, que, sem mais reflexão, julguei que o senhor me poderia dar esse esclarecimento... Confundi por completo as datas!

— Pois seria bom que desses mais atenção ao que dizes — resmungou Razoumikhine.

Estas últimas palavras foram ditas na antecâmara. Porfírio acompanhou os visitantes até à porta, sempre muito amável. Estes estavam de aspecto carrancudo quando saíram e seguiram sem trocar uma palavra, Raskolnikov respirava, como quem acaba de passar por uma prova difícil.

CAPÍTULO VI

— ... Não acredito! Não posso acreditar nisso! — repetiu Razoumikhine, que fazia todos os esforços por repetir as conclusões de Raskolnikov. Estavam já próximos da casa Bakaleiev onde, desde há muito, os esperavam Pulquéria e Dounia. No decorrer da discussão Razoumikhine parava a cada instante na rua. Estava muito agitado, pois era a primeira vez que os dois conversavam abertamente a respeito daquilo.

— Não acredites, se queres! — respondeu Raskolnikov com um sorriso frio e indiferente. — Segundo o teu costume não reparaste em nada, porém eu pesei todas as palavras.

— És desconfiado e é por isso que descobres em tudo pensamentos reservados... Hum!... Com efeito, concordo que o tom em que Porfírio falou era bastante singular e sobretudo aquele aparte de Zametov... Tens razão. Havia nele um não sei quê... Mas como pode isso ser, como?

— Mudando de opinião de ontem para cá.

— Não, estás enganado! Se tivessem essa estúpida ideia, teriam, pelo contrário, tratado de a dissimular. Esconderiam o jogo para te inspirarem uma confiança capciosa, esperando o momento de descobrirem as baterias... Na hipótese em que te colocas, a tua maneira de proceder de hoje seria tão desastrada como insolente!

— Se tivessem fatos, ou presunções um pouco fundadas, sem dúvida que se esforçariam por esconder o jogo, na esperança de obterem novas vantagens sobre mim — de resto, já teriam feito há muito uma busca no meu domicílio. Porém não têm uma única prova. Tudo para eles se reduz a conjecturas, a suposições, e é por isso que recorrem ao descaramento. Não devemos talvez ver nisso mais que o despeito de Porfírio, que está furioso por não encontrar provas. Ou talvez tenha as suas intenções... Parece inteligente... Talvez me quisesse amedrontar. Também tem a sua psicologia, meu amigo. De resto, todas essas questões são repugnantes de esclarecer. Deixemos isso.

— É odioso, isso é! Compreendo-te! E... visto que abordamos este assunto — acho que fizemos bem —, não hesitarei em confessar-te que já há muito tempo tinha notado neles essa ideia. Bem entendido, ela mal ousava formular-se. Flutuava no seu espírito em estado de dúvida vaga, mas já não é pouco que eles a pudessem conceber, mesmo sob essa forma! E o que foi que lhes despertou tão abomináveis desconfianças? Se soubesses que furor isto me faz! Pois quê! aparece um pobre estudante em luta com a miséria e a hipocondria, em vésperas, talvez, duma doença grave; um rapaz desconfiado, cheio de amor próprio, tendo consciência do seu valor, há seis meses fechado num quarto, onde não vê ninguém; apresenta-se vestido de farrapos, calçando botas sem solas, perante miseráveis chefes de polícia, dos quais sofre as insolências; reclamam-lhe à queima-roupa o pagamento duma protestada; a sala está repleta de gente e há um calor de trinta graus Reaumur; o cheiro das tintas torna a atmosfera ainda mais insuportável, e o desgraçado, com o estômago vazio, ouve falar do assassinato duma pessoa à casa de quem fora na véspera e desmaia. Em tais condições, quem não desmaiaria!? E é sobre esta síncope que se baseia tudo. Eis o ponto de partida da acusação! Que os leve o diabo! Compreendo que estejas vexado. No teu lugar, ria-me na cara deles todos, ou melhor, atirava-lhes o meu desprezo num jato de cuspe. Assim é que eu lhes responderia. Coragem! Escarrar-lhes na cara! É vergonhoso!

"Disse o seu exórdio com convicção!", pensou Raskolnikov.

— Escarrar-lhes na cara? Isso é bom de dizer... E amanhã tenho outro interrogatório! — respondeu ele. — Será preciso baixar-me a dar-lhes explicações! Já estou arrependido de ter conversado ontem com Zametov no café...

— Que o leve o diabo! Irei a casa do Porfírio! É meu parente. Hei de aproveitar-me disso para lhe tirar uns macaquinhos do sótão. Há de pôr para ali tudo em pratos limpos. E quanto a Zametov...

"Enfim, o peixe mordeu a isca!", disse consigo Raskolnikov.

— Espera! — disse de repente Razoumikhine, agarrando o amigo pelo ombro — Espera!... Divagavas ainda agora! Onde vias um ardil?... Dizes que a pergunta relativa aos operários ocultava um laço? Ora, raciocina um pouco: se tivesses feito *aquilo*, serias tão tolo, que fosses dizer que tinhas visto os pintores a trabalhar no segundo andar? Pelo contrário ainda mesmo que os tivesses visto, terias negado! Quem faz declarações que o comprometam?

— Se tivesse feito *aquilo*, não teria omitido a declaração de ter visto os operários — replicou Raskolnikov, que parecia continuar a conversa com grande repugnância.

— Para que se hão de fazer declarações nocivas à própria causa?

— Porque só os mujiques e os estúpidos é que negam tudo de caso pensado. Um acusado, de mediana inteligência, confessa todas as provas materiais que não pode destruir. Apenas explica doutra maneira, modifica-lhes a significação e apresenta-as sob um aspecto novo. Muito provavelmente Porfírio contava que eu fosse responder desse modo. Julgava que, para dar mais verossimilhança às minhas declarações, iria confessar ter visto os operários, explicando depois o fato num sentido favorável à minha causa.

— Porém responder-te-ia logo que, na antevéspera do dia do crime, não podias ter lá encontrado os operários e que, por conseguinte, tinhas estado em casa da vítima no próprio dia do assassinato, entre as sete e as oito horas. Estavas apanhado!

— Contava que não tivesse tempo de refletir e que, obrigado a responder da maneira mais verosímil, esquecesse essa circunstância, a impossibilidade dos operários estarem na casa, na antevéspera do dia do crime.

— Mas como se podia esquecer isso?

— Nada mais fácil! Esses pormenores são o escolho dos maliciosos. Quando são interrogados por essa forma é que se contradizem. Quanto mais fino é um homem, menos suspeita o perigo das perguntas insignificantes. Porfírio sabe-o bem. Está longe de ser tão parvo como julgas...

— Se é como dizes, o que é então, é um canalha!

Raskolnikov não pôde deixar de sorrir. No mesmo instante, porém, admirou-se de ter ouvido esta última explicação com verdadeiro prazer, ele que até então não sustentara a conversa senão contra vontade e por ser obrigado a isso pelo fim que queria atingir.

"Parece que estou a tomar gosto por estas questões!", pensou.

Quase ao mesmo tempo apoderou-se dele uma inquietação súbita. Os dois estavam já à porta do casa Bakaleiev.

— Entra — disse bruscamente Raskolnikov. — Eu volto já.

— Onde vais?

— Tenho que fazer uma coisa...Volto daqui a meia hora. Diz-lhes...

— Está bem, acompanho-te!

— Que diabo! também juraste perseguir-me até à morte?

Esta exclamação foi proferida com tal acento de furor e com um ar tão desesperado, que Razoumikhine não insistiu. Ficou algum tempo à porta, seguindo, com um olhar sombrio, Raskolnikov, que caminhava a grandes passadas na direção do seu bairro. Enfim, depois de ter rangido os dentes, cerrado os punhos e haver prometido espremer Porfírio como um limão, nesse mesmo dia, subiu, para tranquilizar Pulquéria, já inquieta por aquela longa ausência. Quando Raskolnikov chegou à casa tinha as fontes a latejar e úmidas de suor. Respirava com dificuldade. Subiu as escadas a quatro e quatro, entrou no quarto, que tinha ficado aberto, e fechou a porta com o gancho. Em seguida, trêmulo de medo, correu ao esconderijo, introduziu a mão sob o papel e explorou o buraco em todos os sentidos. Não encontrando coisa alguma, depois de ter apalpado com cuidado, levantou-se e deu um suspiro de desafogo. Havia pouco, ao chegar à casa Bakaleiev, surgiu-lhe de repente a ideia de que algum dos objetos roubados tivesse podido escorregar para qualquer fenda da parede. Se um dia lá fossem encontrar uma cadeia de relógio, uns botões de punho ou mesmo um dos papéis que envolviam esses objetos e que tinham anotações escritas pela mão da velha, que terrível prova contra ele! Ficou mergulhado numa vaga meditação e um sorriso singular, quase demente, flutuava-lhe nos lábios. Por fim, pegou no chapéu e saiu do quarto sem ruído. As ideias baralhavam-se-lhe. Pensativo, desceu as escadas e chegou à porta.

— Olhe, ele ali está! — bradou uma voz forte. O mancebo levantou a cabeça.

O porteiro, de pé, à porta do cubículo, indicava Raskolnikov a um homem de pequena estatura e de aparência burguesa. Esse indivíduo vestia uma espécie de capa e um jaquetão. De longe parecia uma camponesa. A cabeça, coberta por um chapéu sebento, inclinava-se-lhe sobre o peito. A julgar pelo rosto pálido e cheio de rugas, devia ter passado dos cinquenta. Os olhos pequenos tinham o quer que fosse de mau.

— O que há? — perguntou Raskolnikov, aproximando-se do porteiro.

O burguês mirou-o de lado, examinando-o com cuidado; depois, sem proferir palavra, voltou-lhe as costas e afastou-se.

— Mas o que é isto? — exclamou Raskolnikov.

— O quê?... É um homem que veio informar-se se habitava aqui um estudante. Disse o seu nome e perguntou na casa de quem o senhor morava. Nesse meio-tempo o senhor desceu, indiquei-lhe e foi-se, sem nada dizer... Ora aí está!

O porteiro estava também um pouco admirado. Depois de ter refletido um momento, entrou para o cubículo. Raskolnikov seguiu na pegada do burguês. Apenas saiu de casa, viu-o caminhando do outro lado da rua com passo lento e regular, olhos fitos, no chão, meditativo. O mancebo alcançou-o a breve trecho, mas durante algum tempo limitou-se a seguir-lhe os passos. Por último, colocou-se-lhe ao lado e mirou-lhe obliquamente o rosto. O burguês notou-o também, lançou-lhe um golpe de vista rápido e depois baixou de novo os olhos. Durante um minuto caminharam assim ambos, lado a lado, sem dizerem uma palavra.

— O senhor perguntou por mim... ao porteiro? — começou Raskolnikov, sem elevar a voz. O burguês não deu resposta e nem mesmo olhou para quem lhe falava. Houve novo silêncio. — O senhor veio procurar-me e não diz nada... O que quer isso dizer? — prosseguiu Raskolnikov com voz entrecortada.

Desta vez o outro levantou os olhos e olhou para o mancebo com ar sinistro.

— Assassino! — exclamou ele em voz baixa, dum modo brusco, mas nítido e distinto...

Raskolnikov caminhava ao lado dele. Sentiu de repente que lhe enfraqueciam as pernas e um arrepio perpassou-lhe pela espinha. Durante um segundo, o coração teve como que um delíquio, mas bem depressa bateu com uma violência extraordinária. Os dois homens andaram assim uma centena de passos, um ao lado do outro, sem proferirem uma só palavra.

— Mas quem é o senhor?... Que disse?... Quem é um assassino? — balbuciou Raskolnikov, com voz quase ininteligível.

— És tu que és um assassino — disse o outro, acentuando a réplica com mais nitidez e energia do que da primeira vez. Ao mesmo tempo parecia ter nos lábios um sorriso de ódio triunfante e olhava fixamente para o rosto pálido de Raskolnikov, cujos olhos se tinham tornado vítreos.

Aproximavam-se então duma encruzilhada. O burguês tomou por uma rua à esquerda e seguia o seu caminho sem olhar para trás. Raskolnikov deixou-o afastar-se, mas acompanhou-o por muito tempo com os olhos. Depois de ter andado cinquenta passos o desconhecido voltou-se, para observar o rapaz, sempre parado no mesmo sítio. A distância não permitia ver bem. Todavia, Raskolnikov julgou notar que o outro o olhava ainda com o seu sorriso de ódio frio e vencedor. Transido do terror, foi-se arrastando até casa e meteu-se no quarto. Depois de atirar com o chapéu sobre a mesa, ficou em pé, imóvel, durante dez minutos. Quando, já sem forças, deitou-se no sofá e estendeu-se devagar, com um fundo suspiro. Meia hora depois ouviu passos precipitados e a voz de Razoumikhine. Fechou os olhos e fingiu que dormia. Razoumikhine abriu a porta e durante alguns minutos ficou no limiar, parecendo não saber o que devia fazer. Resolveu-se a entrar e, pé ante pé, aproximou-se com precaução do sofá.

— Não o acordes, deixa-o dormir. Comerá depois — disse Nastássia em voz baixa.

— Tens razão — respondeu Razoumikhine.

Saíram nas pontas dos pés e fecharam a porta. Passou ainda mais meia hora. Raskolnikov abriu os olhos, levantou o corpo por um movimento brusco e cruzou as mãos sob a cabeça.

"Quem é ele? Quem é este homem saído das entranhas da Terra? Onde estava ele e o que viu? Que viu tudo, é indubitável. Onde se achava ele, então? De que sítio viu aquilo? Como é que só agora dá sinal de vida? Como pôde ver? Pois será possível... Hum!...", continuou Raskolnikov, tomado dum tremor glacial. "O estojo que Nicolau encontrou atrás da porta, quem poderia esperar tal coisa?"

Sentia que as forças físicas o abandonavam e teve nojo de si mesmo.

"Devia saber isto", pensou ele, com um sorriso amargo. "Como me atrevi a praticar um crime? Tinha obrigação de saber isto antes..., e de resto bem o sabia!...", murmurou desesperado.

Por momentos demorou-se num certo pensamento:

"Não, essas criaturas não são assim; o verdadeiro dominador, a quem tudo é permitido, bombardeia Toulon, massacra Paris, esquece um exército no Egito, perde meio milhão de homens na batalha de Moscou, salva-se em Vilna por um trocadilho, e depois de morto, levantam-lhe estátuas. Tudo, portanto, lhe é permitido. Não, esses indivíduos não são feitos de carne, mas de bronze!"

Uma ideia que lhe ocorreu de momento quase o fez rir.

— Napoleão, as pirâmides, Waterloo, e uma velha, viúva dum prefeito de colégio, uma ignóbil usurária que tem um cofre de marroquim vermelho debaixo da cama, como poderia Porfírio fazer uma tal comparação?... A estética opõe-se a tal. Napoleão ter-se-ia escondido porventura debaixo da cama duma velha — dizia — Eh! que disparate!

Apoderara-se dele uma intensa exaltação febril.

"A velha não significa nada", continuou. "Suponhamos que a velha é um erro, não se trata dela! A velha não foi mais que um acidente... Queria dar o salto o mais breve possível... Não foi uma criatura humana que matei, foi um princípio! De fato matei o princípio, mas não soube passar por cima dele. Fiquei do lado de cá. Não soube senão matar... E ainda assim, parece que não foi muito bem... Um princípio? Por que é que esse imbecil do Razoumikhine atacava ainda há pouco os socialistas? São homens de negócios laboriosos. Ocupam-se da felicidade comum... Não. Tenho apenas uma vida, e não estou para esperar pela felicidade universal! Quero viver para mim próprio, pois doutra maneira não vale a pena existir. Não quero viver ao lado dessa mãe esfomeada guardando o meu rublo no bolso, sob o pretexto de que um dia todo o mundo será feliz. Coloco, dizem, a minha pedra no edifício da felicidade e isso basta para a tranquilidade do coração. Ah! Ah! Então por que se esqueceram de mim? Visto que só vivo uma vez, quero desde já a minha parte de felicidade... Eh! Sou um verme esteta, nada mais", acrescentou de repente, rindo como um louco. Agarrou-se a esta ideia e experimentou um prazer acre a sondá-la em todos os sentidos e a voltá-la sob todas as faces.

"Sim, sou com efeito um verme: primeiro, porque estou meditando agora se o sou ou não; depois, porque durante um mês importunei a divina Providência, tomando-a por testemunha de que me decidia àquela empresa, não para procurar satisfações materiais, mas tendo em vista um fim grandioso. Ah! Ah! Em terceiro lugar, porque na execução quis proceder com a maior justiça possível entre todas as pragas sociais escolhi a mais nociva e, matando-a, contava encontrar na casa dela aquilo que me era preciso para garantir a minha entrada na vida, nem mais, nem menos — o que sobrasse iria para o mosteiro a que tinha legado a fortuna — Ah! Ah!... Sou, sem dúvida, uma praga", acrescentou, rangendo os dentes, "porque sou talvez ainda mais vil e mais ignóbil que a praga que matei e porque pressentia que, depois de a ter matado, diria isto mesmo! Há alguma coisa comparável a um tal horror? Oh! baixeza! Oh! vergonha! Oh! como compreendo o Profeta, a cavalo, de alfange em punho! Allah manda, logo obedece, pusilânime criatura! Tem razão, tem razão, o profeta!... quando dispõe a sua tropa no campo e fere sem distinção o justo e o pecador, sem mesmo se dignar explicar-se! Obedece, pusilânime criatura, e livra-te de querer, porque isso não te é dado... Oh! nunca perdoarei a velha!..."

Tinha os cabelos ensopados em suor, os lábios ressequidos agitavam-se e o olhar imóvel não desfitava o teto.

"Minha mãe, minha irmã, como eu as amava! Por que as detesto agora? Sim, detesto-as, fisicamente não posso suportá-las junto de mim... Ainda há pouco, se bem me lembro, aproximei-me da minha mãe e beijei-a... Beijei-a..., e pensar que, se ela soubesse!...Oh! como odeio agora a velha! Parece-me que, se ressuscitasse, a matava ainda outra vez. Pobre Isabel, por que acaso foi ela lá ter? É singular. Quase que nem penso nela, como se não a tivesse matado! Isabel, Sofia! Pobres e ternas criaturas de olhos meigos... Queridas!... Por que não choram elas? Por que se não lamentam? Vítimas resignadas, aceitam tudo em silêncio. Sofia, Sofia, encantadora Sofia!..."

Perdera a consciência de si próprio e, com grande surpresa, percebeu que estava na rua. A noite ia muito adiantada. As trevas condensavam-se, a lua cheia resplandecia com um brilho cada vez mais vivo, mas a atmosfera era sufocante. Havia muita gente nas ruas; alguns operários e pequenos empregados recolhiam-se a casa, outros passeavam. Havia no ar um cheiro de cal, de pó, de água estagnada. Raskolnikov caminhava aflito e preocupado. Lembrava-se de que tinha saído de casa com um fim, que tinha de fazer qualquer coisa urgente..., mas o quê? Esquecera-se. Num repelão parou e viu que do outro passeio, um homem lhe fazia sinal com a mão. Atravessou a rua para ir ter com ele, mas de súbito esse homem voltou-se e continuou o seu caminho, com a cabeça inclinada, sem se voltar.

"Enganar-me-ia", pensou Raskolnikov. Todavia continuou a segui-lo. Ainda não tinha dado dez passos quando de repente o conheceu e ficou; era o burguês de há pouco, curvado do mesmo modo, vestindo o mesmo casacão. Raskolnikov, cujo coração batia com violência, caminhava à distância. Entraram num bairro e o outro continuava a caminhar sem se voltar. "Perceberá que o sigo?", perguntava a si próprio Raskolnikov. O burguês transpôs o limiar duma grande casa. Raskolnikov apressado, para a porta e pôs-se a olhar, pensando que talvez esse misterioso personagem se voltasse e o chamasse. De fato, logo que o burguês entrou no pátio, voltou-se dum salto e pareceu chamar outra vez o rapaz com um gesto. Este obedeceu, mas, chegando ao pátio, já não encontrou o desconhecido. Presumindo que tivesse tomado pelas primeiras escadas, subiu-as. Com efeito, quando chegou ao segundo andar, ouviu passos lentos e regulares. Coisa singular, parecia-lhe conhecer aquelas escadas! Eis a janela do primeiro andar. Através dos vidros entrava, misteriosa e triste, a luz da lua. Eis o segundo andar. O quê?! era o aposento onde trabalhavam os pintores... Por que não reconhecera logo a casa? Os passos do homem que o precedia cessaram de se ouvir. Por conseguinte parou ou escondeu-se nalgum lado. Este é o terceiro andar. Terei de subir ainda mais? E que silêncio! Tal silêncio é aterrador... Todavia prosseguia na ascensão pela escadaria. O ruído dos seus próprios passos metia-lhe medo. "Meu Deus, que escuridão! O burguês escondeu-se, com certeza, por aqui, nalgum canto." Ah! O aposento que dava para o patamar estava aberto de par em par. Raskolnikov refletiu um instante e depois entrou. A antecâmara estava vazia e muito escura. O rapaz passou à sala nas pontas dos pés. A luz da lua iluminava por completo o recinto e a mobília não fora mudada; viu nos seus antigos lugares as cadeiras, o espelho, o sofá amarelo e as estampas emolduradas. Pela janela via-se a enorme face redonda e vermelho acobreada da lua. Esperou por muito tempo num profundo silêncio. De repente ouviu um ruído seco, igual ao que se faz quando se parte uma lasca, recaindo logo de novo no silêncio. Uma mosca que acordara foi, voando, esbarrar na vidraça e pôs-se a zumbir. No mesmo instante, num canto, entre o pequeno armário e a janela, Raskolnikov julgou ver uma capa de mulher pendurada na parede. "Por que está ali aquela capa?", pensou. "Antes não estava lá..." Aproximou-se devagarinho e desconfiou que, por detrás da capa, alguém devia estar escondido. Afastou-a com precaução e viu que numa cadeira, ao canto, estava sentada a velha, dobrada em duas, com a cabeça de tal maneira pendida, que não pôde distinguir-lhe as feições. Era na verdade Alena Ivanovna. "Tem medo!", disse consigo Raskolnikov. Desprendeu com cautela o machado do laço e por duas vezes lhe descarregou sobre a nuca. Mas coisa singular, Alena nem se mexeu. Dir-se-ia que era de pedra. Estupefato, curvou-se sobre ela para a examinar; porém esta baixou ainda mais a cabeça. Curvou-se então até ao sobrado, mirou-a do baixo para cima e, divisando-lhe o rosto, ficou abismado; Alena ria, sim, ria com um riso silencioso, contendo-se, para não ser ouvida. No mesmo instante pareceu-lhe que a porta do quarto de dormir estava aberta e que lá dentro alguém ria e cochichava. Enfurecido, começou a vibrar golpes na cabeça da velha, mas a cada machadada os risos e as murmurações do quarto de dormir percebiam-se cada vez mais. A velha estorcia-se com riso. Quis fugir, porém a antecâmara estava cheia de gente, bem como o patamar e a escada. Todos olhavam, mas escondidos e esperando em silêncio... O coração comprimiu-se-lhe. Sentia os pés chumbados ao chão...

Respirou com esforço e julgava ainda sonhar, quando avistou, de pé, no limiar da porta do quarto, aberta de par em par, um desconhecido que o examinava com atenção. Raskolnikov, que mal abrira os olhos, voltou a fechá-los. Deitado de costas, nem se mexeu. "Será a continuação do sonho?", pensou ele e levantou um pouco as pálpebras para lançar um olhar tímido sobre o desconhecido. Este, sempre no mesmo lugar, não deixava de o observar. Dum salto transpôs o limiar, fechou devagar a porta, aproximou-se da mesa e, depois de ter esperado um minuto, sentou-se sem ruído na cadeira, perto do sofá. Durante todo este tempo não tinha perdido de vista Raskolnikov. Em seguida, pousou o chapéu no chão, apoiou-se ao castão da bengala e encostou o queixo às mãos, como quem se prepara para esperar muito tempo. Pelo que Raskolnikov pudera julgar, por um olhar furtivo, aquele homem já não era jovem. Tinha uma aparência robusta e usava barba espessa, dum louro quase branco... Dez minutos se passaram assim. Ainda se via, mas era já tarde. No aposento reinava o mais profundo silêncio. Das escadas não vinha ruído algum. Ouvia-se apenas o zumbido duma grande mosca, que, voando, esbarrara na janela. Por fim aquele silêncio tornou-se insuportável. Raskolnikov não pôde conter-se e sentou-se subitamente no sofá.

— Fale, o que deseja o senhor?

— Bem sabia que o seu sono era apenas aparente — respondeu o desconhecido com um sorriso. — Permita que me apresente: Arcade Ivanovitch Svidrigailov...

O monumento erguido no túmulo de Fiódor Dostoiévski em 1883 no Cemitério Tikhvin (São Petersburgo) traz as palavras favoritas do autor: "Se o grão de trigo não cair na terra, fica só; mas, se morrer, dará muio fruto." (João, 12:24)

QUARTA PARTE

CAPÍTULO I

“Estarei bem acordado?”, pensou Raskolnikov, olhando desconfiado para essa inesperada visita.

— Svidrigailov? Isso não pode ser! — disse por fim, não podendo acreditar no que ouvira.

Esta exclamação não surpreendeu Svidrigailov.

— Vim a sua casa por duas razões: primeira, porque desejava conhecê-lo pessoalmente, pois que durante muito tempo ouvi falar do senhor nos termos mais lisonjeiros; segunda, porque espero que não me recusará o seu auxílio numa empresa que interessa em especial à sua irmã. Só, sem apresentação, seria difícil que ela me recebesse, visto que está ressentida comigo. Apresentado, porém, pelo senhor, calculo que o caso será diferente.

— Fez mal em contar comigo — tornou Raskolnikov.

— Essas senhoras só chegaram ontem? Permita-me que lhe faça esta pergunta.

Raskolnikov não respondeu.

— Foi ontem, já sei. Eu mesmo só vim anteontem. Pois bem, ouça o que vou dizer-lhe a tal respeito. É supérfluo justificar-me, no entanto permita-me que o interrogue: o que há, afinal, em tudo isto de procedimento criminoso da minha parte, bem entendido, se se apreciarem as coisas com serenidade e sem preconceitos?

Raskolnikov continuava a observá-lo, calado.

— Vai dizer-me (não é verdade?) que tentei seduzir em minha casa uma moça indefesa e que a insultei com propostas vergonhosas? Eu próprio faço a acusação! Todavia pense apenas que sou um homem *et nihil humanum*... numa palavra, que sou suscetível de um arrebatamento, de me apaixonar (o que é independente da nossa vontade) e então tudo se explica da maneira mais natural. Toda a questão é esta. Serei um monstro ou antes uma vítima? Sim, sou uma vítima. Quando propus à pessoa amada fugir comigo para a América ou para a Suíça dominavam-me, sem dúvida, os mais respeitosos sentimentos e pensava assegurar-lhe uma felicidade comum! A razão não é mais que uma escrava da paixão. Foi a mim próprio sobretudo que prejudiquei...

— Não é disso que se trata — respondeu Raskolnikov. — Procedesse bem ou mal, não posso evitar o ódio que lhe tenho. Não quero saber quem é. Saia!

Svidrigailov soltou uma gargalhada.

— Não há maneira de o iludir — disse ele, continuando a rir. — Quis servir-me de um estratagema, mas vejo que não deu resultado.

— Agora mesmo continua a enganar-me.

— Mas em quê? Em quê? — repetia Svidrigailov, rindo com vontade. — É uma guerra leal, como dizem os franceses. A minha astúcia era permitida! Porém não me deixou acabar. Ora, voltando ao assunto, devo dizer-lhe que nada houve de desagradável a não ser o caso do jardim. Marfa Petrovna...

— Diz-se ainda que foi o senhor que matou Marfa Petrovna! — interrompeu bruscamente Raskolnikov.

— Ah, também lhe falaram nisso? De resto, não é para admirar... Com respeito a essa história, apesar da tranquilidade da minha consciência, não sei o que devo responder-lhe. Não imagine que receio a continuação desse processo. Todas as formalidades foram cumpridas da forma mais minuciosa possível. Os médicos afirmaram que morreu de uma apoplexia em resultado de um banho que tomou depois de uma refeição abundante em que bebeu quase uma garrafa de vinho... Nada mais! Não é isso, porém, o que me inquieta. Por várias vezes, na minha viagem para S. Petersburgo, perguntei a mim próprio se não haveria contribuído para essa... desgraça com qualquer desgosto que desse a Marfa ou de qualquer outra forma. Acabei por concluir que não tinha motivo para essas apreensões.

Raskolnikov riu-se.

— Que preocupações as suas!

— Por que se ri? Bati-lhe apenas com um chicote, algumas vergastadas, que não deixaram o menor vestígio... Não me julgue um cínico. Sei muito bem que foi ignóbil da minha parte etc., mas sei também que os meus excessos de brutalidade não desagradavam a Marfa Petrovna. O que se passou com sua irmã foi espalhado por toda a cidade por minha mulher, que aborreceu todas as pessoas que conhecia com a famosa carta... soube decerto que a dava a ler a toda a gente? Foi então que o chicote entrou em ação!

— Gostava muito de se servir dele? — perguntou-lhe, distraído.

— Nem por isso — respondeu, com a maior calma, Svidrigailov. — Raras vezes tínhamos discussões. Vivíamos em muito boa harmonia e ela estava sempre contente comigo. Durante os sete anos da nossa vida de casados, o chicote trabalhou apenas duas vezes (ponho de parte um terceiro caso, de resto um pouco duvidoso): a primeira foi dois meses depois do nosso casamento, quando chegamos a uma casa de campo, onde tencionávamos passar um certo tempo; a segunda e última foi nas circunstâncias que referi há pouco. Considera-me por isso um monstro, um retrógrado, um partidário da escravidão?

Raskolnikov estava convencido de que este homem tinha algum plano habilmente oculto e que era um grande velhaco.

— Deve ter passado muitos dias consecutivos sem falar a ninguém.

— Essa suposição é quase verdadeira. Todavia admira-se (não é verdade?) que eu tenha um tão bom caráter?

— Acho-o até excelente!

— Por que não me sinto ofendido com as perguntas atrevidas que me faz? Por que havia de me melindrar? Tal como me interrogou, respondi-lhe — disse Svidrigailov com singular expressão de bonomia. — Na verdade, quase nada ou mesmo nada me interessa — continuou ele. — Agora, em especial, não tenho onde empregar o meu tempo... Fica-lhe o direito de supor que tento captar as suas boas graças, tanto mais que preciso falar a sua irmã, como já lhe disse. Afirmo-lhe com franqueza: aborreço-me muito! Nestes três últimos dias, então, foi demais, de forma que estou contentíssimo em o ver... Não se zangue se lhe disser que me parece um homem como não é vulgar encontrar-se. Há em si qualquer coisa de anormal, sobretudo agora; não neste momento, mas desde certa época. Contudo calo-me, e não tome esse aspeto severo! Não sou a fera que imagina.

— Talvez não seja uma fera — disse Raskolnikov. — Afigura-se-me uma pessoa de boa sociedade, ou pelo menos que o sabe ser quando é preciso.

— Não me importo com a opinião que se faça a meu respeito — respondeu Svidrigailov com um ligeiro ar de desprezo. — E por que não se hão de aceitar as maneiras de um homem pouco educado, num país onde elas são tão cômodas, e... e sobretudo quando há para isso uma propensão natural? — acrescentou, rindo.

Raskolnikov olhou para ele de semblante carregado.

— Se assim é, para que veio a minha casa não tendo em vista algum fim?

— Realmente estou muito relacionado em S. Petersburgo — tornou o visitante, sem responder à pergunta que lhe era feita. — Há três dias que passeio pelas ruas da capital e já encontrei algumas pessoas amigas. Reconheci-as e creio que também me reconheceram. Apresento-me bem e sou tido por homem de fortuna. A abolição da escravatura não me arruinou: no entanto... não desejo reatar as antigas relações. Já outrora as achava insuportáveis. Cheguei anteontem e ainda ninguém se lembrou de que existo. É preciso que a sociedade dos clubes e os frequentadores do restaurante Dussand passem sem mim. E afinal, que prazer há em roubar no jogo?

— Ah, roubava no jogo?

— Decerto! Há oito anos formávamos uma sociedade completa (homens da mais elevada posição, capitalistas, poetas que entretínhamos o tempo a jogar e a roubarmos uns aos outros o mais que podíamos. Já reparou que na Rússia as pessoas de distinção são gatunos? Naquela época, um grego de Niejine a quem devia 70.000 rublos mandou-me prender por dívidas. Apareceu então Marfa Petrovna. Entrou em combinações com o meu credor e, mediante 30.000 rublos que lhe pagou, obteve a minha liberdade. Casamos e em seguida levou-me para a sua terra como um tesouro. Era mais velha que eu cinco anos e amava-me muito. Durante sete anos não saí da aldeia. Note que manteve sempre em seu poder, como precaução, a letra que tinha assinado ao grego e que ela comprara: se tentasse sacudir o jugo, mandar-me-ia logo para a prisão. Oh, apesar de todo o seu afeto, não hesitaria! As mulheres têm destas contradições!

— E se não procedesse assim, o senhor abandonava-a?

— Não sei que responder-lhe. Esse documento, no entanto, incomodava-me. Não tinha vontade de sair dali. Por duas vezes, Marfa Petrovna, vendo que me aborrecia, disse-me para ir ao estrangeiro viajar. Porém tinha já visitado a Europa e andei sempre muito e muito aborrecido. Não há dúvida de que os grandes espetáculos da Natureza provocam a nossa admiração, mas enquanto se contempla um nascer do sol ou o mar, ou a baía de Nápoles, sente-se uma enorme tristeza, e o mais humilhante é que não se sabe por quê. Não se está melhor na nossa casa? Agora partiria talvez para o Polo Norte, porque o vinho, que era o meu último recurso, acabou por não me cair bem. Já não o posso beber. Diz-se que no domingo há uma ascensão aerostática no jardim Iousoupov: Berg tenta uma grande viagem aérea e aceita companhia por um certo preço. Será verdade?

— Deseja viajar em um balão?

— Eu? Não... Sim... — murmurou Svidrigailov, que parecia cismar.

“Que espécie de homem será este?”, pensou Raskolnikov.

— Não, a letra não me incomodava — continuou Svidrigailov. — Foi por minha vontade que ficamos na aldeia. Haverá talvez um ano, minha esposa, no dia do meu aniversário, deu-me esse papel, com uma importante quantia, a título de presente. Era muito rica”. Vê como confio em ti, disse-me ela. Foram estas as suas palavras. Deve-se acreditar? Como sabe, desempenhava-me por completo dos meus deveres de proprietário rural: todos lá me estimavam. De resto, para me entreter mandava vir livros. Marfa Petrovna, a princípio, aprovava o meu gosto pela leitura: mais tarde receou que tanta aplicação me fatigasse.

— A morte de Marfa Petrovna devia deixar um grande vácuo na sua existência?

— Talvez... Sim... É possível... A propósito, acredita em visões?

— Em que visões?

— Em visões, no sentido vulgar da palavra.

— E o senhor acredita?

— Sim e não; se quer, não acredito, contudo...

— Já lhe apareceu alguma?

Svidrigailov olhou para o seu interlocutor de um modo estranho.

— Marfa Petrovna vem visitar-me — disse ele enquanto a boca se lhe torceu num sorriso indefinível.

— Vem visitá-lo?

— Sim, já por três vezes. A primeira vez vi-a no próprio dia do enterro, uma hora depois de ter voltado do cemitério. Foi na véspera da minha partida para S. Petersburgo. Voltei a vê-la depois, durante a viagem. Apareceu-me anteontem de madrugada na estação de Malaia Vichera; a terceira vez foi há duas horas, no quarto que habito, onde me achava só.

— Estava acordado?

— Estava. De todas as três vezes estava acordado. Ela vem, conversa um momento e sai pela porta, sempre pela porta. Parece que a ouço caminhar.

— Sempre pensei que deviam dar-se fatos dessa natureza — disse rápido Raskolnikov, ao mesmo tempo que se admirava de ter pronunciado esta frase. Sentia-se muito agitado.

— Será? Já o tinha pensado? — perguntou Svidrigailov surpreendido. — Será possível? Veja como tinha razão quando dizia existir entre nós um ponto de contato!

— Nunca me disse tal! — respondeu irritado Raskolnikov.

— Não disse?

— Não!

— Julguei que tinha dito. Há pouco, quando aqui entrei e o vi deitado com os olhos fechados, parecendo que dormia, pensei comigo: "É aquele mesmo!"

— Aquele mesmo! Que significam essas palavras? A quem aludia? — perguntou Raskolnikov.

— A quem? Com franqueza, não sei... — respondeu embaraçado Svidrigailov.

Por momentos os olhares dos dois cruzaram-se.

— Isso, afinal, não significa nada — exclamou com violência Raskolnikov. — Que lhe diz ela quando aparece?

— Ela fala-me de futilidades, de coisas insignificantes, e veja o que é o homem: isso irrita-me! Da primeira vez que me apareceu, estava muito cansado: a cerimônia fúnebre, o Réquiem, o jantar, tudo isso me fatigara. Estava só no meu gabinete, fumando, absorvido nas minhas reflexões, quando a vi entrar pela porta: "Arcade Ivanovitch, disse-me, com a lida que tiveste hoje, esqueceu-te dar corda ao relógio da casa de jantar." Fui eu, de fato, que durante sete anos dei corda a esse relógio todas as semanas, e se me esquecia era ela que vinha lembrar-mo. No dia seguinte parti para S. Petersburgo. De madrugada, tendo chegado a uma estação, apeei-me e entrei no bufê. Como dormira mal, tinha os olhos inchados. Tomei uma chávena de café. De repente, que vejo? Marfa Petrovna sentada a meu lado, com um baralho de cartas na mão: "Queres que adivinhe o que acontecerá durante a tua viagem?", perguntou-me. Ela deitava muito bem as cartas. Estou arrependido de não ter sabido então a minha sina. Fugi, aterrado, tanto mais que a sineta chamava os

Busto de Fiódor Dostoiévski em frente ao centro de cultura russa situado no centro da cidade de Talín, capital da Estônia.

Um dos ambientes do Centro Museológico dedicado a Dostoiévski, em Moscou, situado no prédio que abrigava o antigo hospital Mariinsky, onde o escritor nasceu e passou parte de sua infância, já que era o lugar onde seu pai trabalhava como médico.

viajantes. Hoje, depois de um jantar detestável que custou a digerir, estava sentado no meu quarto e tinha acendido um charuto quando a vi aparecer de novo, muito bem--vestida: um vestido novo, de seda verde, com cauda comprida: "Bom dia! Gostas do meu vestido? Aviska ainda não fez outro igual."Aviska era uma costureira da nossa aldeia, que foi criada e veio aprender para casa de uma modista de Moscovo. Era um apetitoso pedacinho de mulher! Olhei para o vestido, depois fixei com atenção minha mulher e disse-lhe: "É inútil incomodares-te para me falares de semelhantes bagatelas." "Ah! meu Deus!", exclamou ela, "não há maneira de te meter medo!" "Vou casar-me, continuei eu, querendo irritá-la um pouco. "Sou livre." "Contudo não fazes bem, tendo enviuvado há tão pouco tempo. Ainda que faças uma boa escolha, não terás os aplausos da gente séria." Dito isto saiu e eu julguei ter ouvido o arrastar da cauda do vestido! Não acha curioso?

— Mas quem me garante que não está a mentir?

— É raro mentir — respondeu Svidrigailov pensativo e sem fazer reparo na rudeza da pergunta.

— E antes disso, alguma vez lhe tinham aparecido visões?

— Uma vez, há seis anos. Um criado meu, chamado Filka, tinha morrido. No dia em que foi enterrado, por distração, chamei-o, como de costume: "Filka, o meu cachimbo!" Apareceu e foi direito ao armário onde estavam os meus objetos de fumar. "Não está contente comigo!", pensei, porque pouco tempo antes da sua morte tínhamos tido uma altercação. "Como te atreves", disse-lhe, "apresentar-te diante de mim com o casaco roto nos cotovelos? Sai já daqui!" Deu meia volta, saiu e nunca mais voltou. Não contei o caso a Marfa Petrovna. A princípio tencionei mandar dizer uma missa pela alma do pobre homem, mas depois refleti que era uma criancice.

— Consulte o médico!

— Esse conselho é supérfluo. Compreendo que estou doente, conquanto, na verdade, não saiba de quê. Parece-me, contudo, que passo muito melhor que o senhor. Não lhe perguntei: acredita que se vejam essas aparições? Ou melhor: acredita que há visões ou espectros?

— Não, não acredito! — respondeu logo Raskolnikov, bastante irritado.

— Regra geral que se diz? — monologou Svidrigailov, com a cabeça pendida, olhando de revés. — Todos dizem: o senhor está doente, por consequência o que julga ver é apenas um sonho próprio do delírio. Isto não é raciocinar com toda a severidade da lógica. Admito que essas visões só aparecem aos doentes, o que prova apenas que é preciso estar doente para as observar, mas não que elas não existam.

— Com certeza não existem! — replicou bruscamente Raskolnikov.

Svidrigailov fitou-o por momentos.

— Não existem? É a sua opinião? Então não se poderá deduzir: "As visões ou os espectros são, por qualquer forma, fragmentos ou pedaços doutros mundos. O homem saudável não tem, como é natural, motivo para as ver, visto que é, sobretudo, um ser material e por consequência vive apenas a vida terrestre. Porém, desde que seja um doente, desde que saia da normalidade, da Terra ou do seu organismo, começa logo a manifestar-se-lhe a possibilidade de um outro mundo; à medida que a doença se agrava, multiplicam-se as suas relações com o outro mundo até que a morte o faça lá entrar a pé firme." Há muito tempo que faço este raciocínio, e se acredita na vida futura tem por força de o aceitar.

— Não acredito na vida futura — respondeu Raskolnikov.

Svidrigailov meditava.

— E se lá houvesse somente aranhas ou outras coisas semelhantes? — perguntou de repente.

"É doido", pensou Raskolnikov.

— Imaginamos sempre a eternidade de uma forma que não pode compreender-se; uma coisa imensa, imensa! Mas por que há de ser assim? E se em vez disso supusermos que é um quarto pequeno, uma espécie de quarto de banho enegrecido pelo fumo, com aranhas em todos os cantos? Assim a imagino muitas vezes.

— Será possível que não tenha sobre o assunto uma ideia mais consoladora e mais justa? — exclamou Raskolnikov contrafeito.

— Mais justa? Quem sabe? Talvez que essa maneira de ver seja a melhor, e sê-lo-ia de certeza se dependesse de mim! — respondeu Svidrigailov, esboçando um vago sorriso.

Esta cínica resposta causou calafrios a Raskolnikov. Svidrigailov ergueu a cabeça, fitou bem o interlocutor e desatou a rir.

— É curioso! — disse. — Há meia hora ainda não nos tínhamos visto e considerávamo-nos como inimigos. Entre nós havia um assunto a tratar: pusemos de parte esse assunto e começamos a filosofar! Bem dizia eu que somos plantas do mesmo terreno!

— Perdão — objetou Raskolnikov, contrariado. — Faça o favor de me explicar, sem mais delongas, a que devo a honra da sua visita. Tenho pressa, pois preciso sair...

— Já! Sua irmã vai casar com o senhor Loujine?

— Peço-lhe que não fale em minha irmã e que nem mesmo pronuncie o seu nome. Nem compreendo como se atreve a tal na minha presença, e se é de verdade Svidrigailov!

— Mas se vim para lhe falar nela, como hei de deixar de pronunciar o seu nome?

— Então fale, mas depressa.

— Esse senhor Loujine é meu parente por afinidade. Creio que o senhor deve ter já formado opinião a seu respeito, se é que já o viu, por pouco tempo que fosse, ou se alguma pessoa digna de crédito lhe falou nele. Não é partido que convenha a Dounia. Quanto a mim, sua irmã sacrifica-se de uma forma tão magnânima, como impensada, pela família. Tudo o que sabia de si levava-me a crer que estimaria o rompimento desse enlace, se fosse possível fazê-lo, sem prejuízo para os interesses de sua irmã. Agora que o conheço pessoalmente não tenho dúvida alguma a tal respeito.

— Tudo isso da sua parte parece-me bastante imprudente — respondeu Raskolnikov.

— Calcula então que tenho intuitos reservados? Sossegue. Se trabalhasse para mim, escondia melhor o jogo. Não sou assim tão imbecil. Vou, a propósito, contar-lhe uma singularidade psicológica. Há pouco desculpava-me de ter amado sua irmã, dizendo que eu próprio fora uma vítima. Pois bem, agora não tenho por ela nenhum amor, o que me chega a surpreender, visto que estive bastante apaixonado...

— Era um capricho de homem sem ocupação e além disso vicioso — interrompeu Raskolnikov.

— Na verdade sou ocioso e vicioso. De resto, sua irmã possui bastantes atrativos para impressionar mesmo um libertino como eu. Reconheço agora, porém, que tudo isso era fogo de vista.

— Desde quando pensa assim?

— Desde há muito. Contudo só anteontem me convenci em definitivo, ao chegar a S. Petersburgo. Em Moscovo ainda estava decidido a conseguir a mão de Dounia, apresentando-me como rival de Loujine.

— Desculpe-me interrompê-lo. Não poderia resumir e entrar desde já no assunto, objeto da sua visita? Repito-lhe que tenho pressa e preciso dar umas voltas...

— Pois não! Resolvido agora a fazer certa... viagem, queria, primeiro, regular diferentes negócios. Os meus filhos ficam com a tia. São ricos, não precisam de mim. Está a observar-me no meu papel de pai? Não trouxe mais que o dinheiro que Marfa Petrovna me deu há um ano. Chega. Desculpe-me, mas vou agora entrar no assunto. Antes de partir hei de conseguir que Loujine desapareça. Não é porque o deteste, no entanto foi ele a causa da última desinteligência que tive com minha mulher. Indignei-me quando soube que projetava este casamento. Dirijo-me a si para conseguir avistar-me com Dounia: se quiser, pode assistir à entrevista. Desejaria que sua irmã pesasse bem os inconvenientes resultantes do casamento com Loujine, que me perdoasse todos os desgostos causados e me desse licença para lhe oferecer dez mil rublos, os quais compensariam o rompimento que, estou persuadido, não lhe repugnaria se visse a possibilidade de o realizar.

— O senhor é doido, positivamente doido! — gritou Raskolnikov, mais surpreendido do que encolerizado. E como se atreve a falar assim?

— Já sabia que havia de se exaltar outra vez, mas começarei por lhe dizer que, não sendo rico, posso dispor muito bem desses dez mil rublos, pois não me fazem falta alguma. Se Dounia não os aceitar, Deus sabe que loucuras farei com eles! Além disso a minha consciência está tranquila; este oferecimento não obedece a qualquer premeditação. Acredite ou não acredite, o futuro lhe provará, tanto a si como à Dounia. Em resumo, procedi muito mal com a sua digna irmã. Sinto por isso um profundo arrependimento e desejo muitíssimo não reparar, com uma compensação pecuniária, as contrariedades que sofreu, mas prestar-lhe um pequeno serviço para que não se diga que só lhe fiz mal. Se a minha proposta ocultasse algum pensamento reservado, não a faria de uma maneira tão franca e não me limitaria a oferecer hoje dez mil rublos quando há cinco semanas ofereci muito mais. De resto, vou casar muito em breve com uma menina daqui; portanto, também não poderão suspeitar que pretendi seduzir Dounia. Por último, dir-lhe-ei que, embora ela venha a ser esposa de Loujine, receberá essa quantia por outra forma... Mas não se zangue e aprecie a sangue-frio!

Svidrigailov pronunciou estas palavras com extraordinária fleuma.

— Peço-lhe que termine — disse Raskolnikov. Essa proposta é de uma insolência imperdoável.

— Não acho. Além disso, o homem, neste mundo, só pode fazer mal ao seu semelhante. Tendo de vingar-se, não lhe assiste o direito de fazer o menor bem. As conveniências sociais opõem-se. É absurdo? Por exemplo se eu morresse e deixasse em testamento esta importância a sua irmã, ela recusava-a?

— E muito possível.

— Não falemos mais nisso. Seja como for, peço-lhe que faça o meu pedido a sua irmã.

— Nada lhe direi.

— Nesse caso empregarei outros meios para me encontrar com ela, o que decerto a incomodará.

— E se lhe comunicar a sua proposta, não pretenderá falar-lhe em particular?

— Não sei o que hei de responder-lhe. Desejava estar com ela uma vez, ao menos.

— Perca as esperanças.

— Mau é isso. O senhor não me conhece. Poderíamos estabelecer relações de amizade.

— Julga isso?

— Por que não? — disse, sorrindo, Svidrigailov, levantando-se e pegando o chapéu. — Não desejo impor-me à sua simpatia e mesmo vindo aqui, não contava... Esta manhã impressionou-me...

— Onde me viu esta manhã? — perguntou sobressaltado Raskolnikov.

— Vi-o por acaso... Imagino sempre que somos dois frutos da mesma árvore.

— Está bem. Permita-me que lhe pergunte se tenciona partir muito breve.

— Partir?

— Não me falou há pouco numa viagem?

— Eu? Numa viagem? Ah! sim! Se soubesse o que veio despertar em mim! — acrescentou secamente. — Talvez que em vez de viajar, case. Estão tratando de me arranjar um casamento.

— Aqui?

— Sim.

— Desde que chegou a S. Petersburgo não tem perdido o tempo.

— Até mais ver... Ah! Já me esquecia! Diga a sua irmã que Marfa Petrovna lhe legou três mil rublos. Minha mulher fez as suas disposições testamentárias oito dias antes de morrer.

— Isso é verdade?

— É. Diga-lho. Um seu criado... Moro muito perto daqui.

À saída, Svidrigailov encontrou-se na escada com Razoumikhine.

CAPÍTULO II

Eram quase oito horas. Os dois dirigiram-se logo para a casa Bakaleiev, pois queriam lá estar antes de Loujine.

— Quem saía de tua casa quando entrei? — perguntou Razoumikhine ao chegarem à rua.

— Svidrigailov, o proprietário na casa de quem minha irmã esteve como professora e de onde saiu porque ele lhe fazia a corte. Marfa Petrovna, a mulher desse sujeito, despediu-a. Mais tarde, porém, pediu perdão a Dounia. Morreu há dias, de repente. Era dela que minha mãe falava às vezes. Não sei por quê, esse homem assustou-me. É muito extraordinário e tem alguma firme resolução tomada... Dir-se-ia que sabe alguma coisa. Chegou aqui, logo depois do enterro da mulher... E preciso proteger Dounia contra ele. Aqui tens o que queria dizer-te, ouviste?

— Protegê-la! Que pode ele fazer contra Dounia? Agradeço-te por me teres avisado. Protegê-la-emos, descansa! Onde mora ele?

— Não sei.

— Por que não lhe perguntaste? Que demônio! Hei de reconhecê-lo!

— Viste-o? — perguntou Raskolnikov, depois de um curto silêncio.

— Oh, vi! Reparei bem nele!

— Estás bem certo? Viste-o bem? — insistiu Raskolnikov.

— Perfeitamente. Lembro-me muito bem da sua fisionomia. Reconhecê-la-ia entre mil.

Calaram-se outra vez.

— Olha, sabes, parece-me sempre que sou vítima de uma ilusão — murmurou Raskolnikov.

— Por que dizes isso? Não te compreendo.

— Queres ver — continuou Raskolnikov, fazendo uma careta que pretendia ser um sorriso. Todos dizem que sou doido e há pouco julguei que tinham razão. Tive a impressão que via apenas um espectro.

— Que ideia!

— Quem sabe? Talvez seja de fato doido e os acontecimentos dos últimos dias só teriam existido na minha imaginação.

— Perturbaram-te mais o espírito! Que te disse ele? Para que foi a tua casa?

Raskolnikov não respondeu. Razoumikhine refletiu um momento.

— Escuta, vou dizer-te o que fiz — começou ele. — Fui por tua casa, mas dormias ainda. Depois jantamos e em seguida fui à casa do Porfírio. Zametov ainda lá estava. Comecei a arengar, porém não fui feliz ao princípio; não conseguia entrar na matéria. Os dois pareciam não me perceber, sem contudo apresentarem a menor objeção. Levei Porfírio para a janela. Recomecei, mas não fui mais bem-sucedido. Cada um de nós olhava para o seu lado. Por fim aproximei-lhe a mão fechada da cara, em atitude agressiva, e disse-lhe que o esmagava. Olhou para mim sem dizer palavra. Escarrei e voltei-lhe as costas. Uma tolice. Com Zametov não troquei palavra. Vinha zangado comigo mesmo, pela forma estúpida como tinha procedido, quando uma súbita reflexão me consolou. Ao descer a escada perguntei a mim próprio: valerá a pena preocuparmo-nos tanto com isto? É evidente que se algum perigo corresse, as coisas passavam-se de outra maneira. Que tens a recear? Não és culpado e portanto não te podem inquietar. Mais tarde rir-nos-emos da sua parvoíce e no seu lugar sentia até grande prazer em troçar deles. Como essa gente pode cometer um erro tão grosseiro! Manda-os passear. Esses asnos só merecem desprezo.

— É justo! — respondeu Raskolnikov. — "Que dirás tu amanhã?", disse consigo. "E caso curioso, até então nunca pensara em interrogar-se: o que dirá Razoumikhine quando souber que sou culpado?"

Olhou com insistência para o amigo. A descrição da visita a Porfírio interessara-o pouco. A sua preocupação era outra. No corredor encontraram Loujine. Tinha chegado às oito horas em ponto. Devido, porém, a ter esquecido o número, entraram juntos sem se olharem, nem cumprimentarem. Raskolnikov e Razoumikhine entraram logo. Loujine, sempre fiel observador das conveniências, demorou-se na antecâmara a despir o sobretudo. Pulquéria dirigiu-se-lhe logo. Dounia e Raskolnikov cumprimentaram-se, dando as boas-tardes. Loujine cumprimentou as senhoras de uma forma muito amável, mas com extrema gravidade. Via-se que estava preocupado. Pulquéria, que também parecia não estar à vontade, pediu a todos que se sentassem à mesa. Dounia e Loujine ficaram em frente um do outro, nas extremidades da mesa. Razoumikhine e Raskolnikov, em frente de Pulquéria: o primeiro ao lado de Loujine e o segundo junto da irmã. Durante algum tempo ninguém proferiu palavra. Loujine tirou da algibeira um lenço de cambraia perfumado e assoou-se. As suas maneiras eram as de um bom homem, ferido na sua dignidade e firmemente resolvido a exigir explicações. Na ocasião em que despira o sobretudo, chegara a pensar se o melhor castigo a infligir a essas senhoras não seria o retirar-se desde logo! Todavia não o fizera porque gostava das situações definidas. Elas que assim procediam é porque tinham alguma razão para o fazer. Mas que razão? Mais valia pôr as coisas a claro; era sempre tempo de castigar e a punição pela demora não era menos certa.

— Fez boa viagem, não é verdade? — perguntou, por delicadeza, Pulquéria.

— Graças a Deus!

— Estimo muito. E Dounia também se fatigou ou não?

— Sou nova e forte, nada me fatiga; porém, para a minha mãe a viagem foi bastante incômoda — respondeu Dounia.

— Tem de ser assim! Os nossos caminhos de ferro são muito extensos, a Rússia é muito grande... Apesar dos meus bons desejos, não pude ir ontem esperá-las. Como chegaram bem...

— Oh, desculpe-me, mas encontramo-nos numa situação embaraçosa — respondeu desde logo Pulquéria, com uma entoação reservada. — E se Deus não nos enviasse Dmitri Prokofitch não saberíamos na realidade o que havíamos de fazer... Permita-me que lhe apresente o nosso salvador: Dmitri Prokofitch Razoumikhine.

— Já ontem tive o prazer de... — interrompeu Loujine, lançando a Razoumikhine um olhar de antipatia.

Loujine era uma dessas criaturas que se esforçam por parecer amáveis e educadas, mas que à menor contrariedade perdem logo a serenidade, a ponto de mais parecerem rapazolas amuados do que cavalheiros de fino trato. O silêncio reinou de novo. Raskolnikov mantinha-se numa obstinada mudez. Dounia não julgava a ocasião oportuna para falar. Razoumikhine não tinha que dizer, e portanto Pulquéria viu-se ainda na necessidade de manter a conversa.

— Já sabe que morreu Marfa Petrovna? — começou ela, empregando este supremo recurso em semelhante caso.

— Já sei! Fui logo informado do triste acontecimento e posso até dizer-lhes que depois do enterro de sua mulher, Arcade Ivanovitch Svidrigailov veio a toda a pressa para S. Petersburgo. Recebi esta notícia de boa fonte.

— Aqui? — perguntou assustada Dounia, trocando um olhar com a mãe.

— Em S. Petersburgo?

— É verdade. E deve supor-se que não veio sem alguma intenção; a precipitação da partida e o conjunto de circunstâncias precedentes assim o levam a crer.

— Meu Deus! Virá apoquentar de novo a Dounia? — exclamou Pulquéria.

— Parece-me que não têm razões para se inquietarem com a presença dele em S. Petersburgo, pelo menos por agora. Por mim, estou de atalaia.

— Ah!... Não calcula como me assustou! — disse Pulquéria. — Vi esse homem somente duas vezes e pareceu-me terrível... terrível! Tenho a certeza de que foi ele o causador da morte da infeliz Marfa Petrovna.

— As informações que recebi não levam a essa conclusão. De resto, não vejo que o seu procedimento tivesse, até certo ponto, abreviado o curso natural das coisas. Agora quanto ao seu comportamento e às suas qualidades morais, estamos de acordo. Ignoro se ficou rico com o que Marfa Petrovna lhe deixou. Sabê-lo-ei em breve. O que é certo é que, achando-se em S. Petersburgo, não tardará a voltar aos antigos hábitos, por poucos que sejam os seus recursos pecuniários. Não há homem mais vicioso e depravado! Marfa Petrovna, que teve a infelicidade de se apaixonar por ele, que há oito anos lhe pagou todas as dívidas, ainda lhe foi útil noutra questão: à custa de muitos esforços e sacrifícios conseguiu abafar um processo que podia muito bem ter levado o senhor Svidrigailov à Sibéria. Tratava-se de um assassinato cometido em terríveis condições, por assim dizer fantásticas! Aqui tem o que é esse homem.

— Oh! Meu Deus! — exclamou Pulquéria.

Raskolnikov escutava com atenção.

— Segundo nos disse, as suas informações são de origem segura? — perguntou Dounia.

— Limito-me a repetir o que ouvi à própria Marfa Petrovna. E preciso notar que, sob o ponto de vista jurídico, esse caso era muito obscuro. Naquela época vivia aqui (e parece que ainda vive) uma tal Resslich, estrangeira, que emprestava a juros e exercia ainda outras profissões. Entre essa mulher e Svidrigailov existiam desde há muito tempo relações íntimas e misteriosas. Vivia com ela uma parenta afastada, sobrinha, suponho eu, moça de catorze ou quinze anos, surda-muda. Resslich não podia aturar a moça e por isso dava-lhe maus-tratos, batendo-lhe sem piedade. Um dia a infeliz foi encontrada enforcada. As investigações do costume concluíram que se tratava de um suicídio. O caso ficava por ali quando a polícia recebeu denúncia de que a pequena tinha sido violada por Svidrigailov. Com franqueza, tudo isto era pouco claro; a denúncia fora feita por uma outra alemã, mulher de imoralidade notória e cujo depoimento não podia valer muito. Daí a pouco tempo ninguém mais falou do processo. Marfa Petrovna pusera-se em campo, espalhara dinheiro e conseguira travar a ação da justiça. Nem por isso deixaram de se formar as mais desagradáveis opiniões acerca de Svidrigailov. Conhecem também o que se passou com o criado Filipe, que morreu vítima de maus-tratos. O caso passou-se há seis anos, quando havia ainda a escravatura.

— Ouvi dizer que Filipe se enforcara.

— Pois sim, mas foi levado a isso, ou melhor dizendo, obrigado a isso pelas brutalidades incessantes e vexames contínuos a que o patrão o sujeitava.

— Não sabia — respondeu apenas Dounia. — Ouvi a esse respeito uma história bastante curiosa: esse Filipe parece que era hipocondríaco, uma espécie de criado filósofo. Os companheiros diziam que as leituras o tinham perturbado, e pelo que eles contam conclui-se que se enforcou não por causa dos maus-tratos de Svidrigailov, mas pelas troças de que era alvo. Sempre vi Svidrigailov tratar os criados com humanidade; todos gostavam dele, conquanto lhe atribuíssem a morte do Filipe.

— Vejo que toma a peito defender Svidrigailov. — respondeu Loujine com um sorriso equívoco. — É verdade que é homem hábil para se insinuar no coração das senhoras. A infeliz Marfa Petrovna, morta em circunstâncias tão singulares, provou-o tristemente. Quero preveni-las apenas, a si e a sua mãe, prevendo quaisquer tentativas que não deixará de renovar. Quanto a mim, estou em absoluto convencido de que esse homem acabará na prisão por dívidas. Marfa Petrovna pensava muito no futuro dos filhos e por isso não deve ter deixado ao marido uma parte importante da fortuna. Legou-lhe o bastante para viver sem dificuldades, mas com o seu gênio dissipador, antes de um ano terá gastado tudo.

— Peço-lhe que não fale mais de Svidrigailov. Desagrada-me essa conversa.

— Foi a minha casa procurar-me — disse de súbito Raskolnikov, que até então se mantivera calado.

Todos se voltaram para ele com exclamações de surpresa. Até Loujine pareceu intrigado.

— Há uma hora, estava eu a dormir, entrou no meu quarto, acordou-me e apresentou-se — continuou Raskolnikov. — Mostrava-se alegre e muito à vontade. Espera que eu venha a ser seu amigo. Entre outras coisas deseja muito falar contigo, Dounia, e pediu-me para servir de medianeiro nesse sentido. Tem uma proposta a fazer-te e disse-me em que consistia. Assegurou-me que Marfa Petrovna te deixara, em testamento, três mil rublos, e que podes receber esse dinheiro quando bem entenderes.

— Louvado seja Deus! — exclamou Pulquéria, benzendo-se.

— Reza por ela, Dounia, reza!

— O fato é verdadeiro — disse Loujine.

— E depois? — perguntou com interesse Dounia.

— Depois, disse-me que não tinha ficado rico e que toda a fortuna pertencia aos filhos, que estão agora na casa de uma tia. Disse-me também que morava perto de mim... mas onde? Ignoro-o, porque não lhe perguntei.

— Que proposta quer então fazer à Dounia? — perguntou Pulquéria, sobressaltada.

— Disse-te?

— Disse.

— Então o que é?

— Mais tarde contarei.

Depois de ter dado esta resposta, começou a tomar o chá.

Loujine consultou o relógio.

— Um negócio urgente obriga-me a deixá-las e assim não me torno importuno para o que têm a dizer — acrescentou num tom que revelava sentir-se melindrado. E levantou-se.

— Fique. Tinha prometido passar a noite conosco. Ademais, dizia na sua carta que desejava falar com minha mãe.

— É verdade — respondeu, voltando a sentar-se, mas ficando com o chapéu na mão. — Desejava, com efeito, falar com sua mãe e consigo sobre um assunto da mais alta gravidade. Porém como seu irmão não pode contar diante de mim as propostas de Svidrigailov, não posso também, nem quero, explicar-me diante... de terceiras pessoas... sobre uma questão de extrema importância. De resto, manifestei, nos termos mais positivos, um desejo de que não fez caso.

A fisionomia de Loujine tomou um aspeto severo e altivo.

— Tinha-nos pedido, de fato, para que meu irmão não assistisse a esta nossa entrevista; porém se ele não respeitou a sua vontade foi a meu pedido — respondeu Dounia. — Na sua carta dizia-nos que meu irmão o insultou: ora, desejo que se reconciliem, pondo termo ao mal-entendido que há entre os dois. Se Ródia o ofendeu, deve pedir-lhe desculpa, e com certeza o fará.

Ouvindo estas palavras, Loujine sentiu-se menos do que nunca disposto a fazer concessões.

— Apesar da minha melhor vontade, querida Dounia, há certas injúrias que não podem esquecer-se. Em tudo há um limite que é perigoso ultrapassar, porque uma vez que tal suceda é impossível voltar para trás.

— Então — interrompeu Dounia, comovida — seja o homem inteligente e nobre que sempre conheci, e que desejo ver sempre em si. Fiz-lhe a promessa de ser sua mulher. Confie, pois, em mim nesta questão e creia que a julgarei com imparcialidade. O papel de árbitro que estou tomando não deve ser surpresa para nenhum dos dois. Quando hoje, depois de receber a sua carta, instei com meu irmão para vir aqui, nada lhe disse das minhas intenções. Compreendem que, se recusam reconciliar-se, serei forçada a optar por um e a excluir o outro. É assim que a questão fica posta para os dois. Não quero, nem devo enganar-me na escolha que fizer. Se o escolher, abandonarei meu irmão; escolhendo meu irmão, abandoná-lo-ei a si. Posso e quero agora julgar dos seus sentimentos a meu respeito. Vou saber se tenho em Ródia um irmão e se tenho em si um marido disposto a estimar-me.

— Dounia — respondeu Loujine — as suas palavras prestam-se a diversas interpretações. Direi mais, são ofensivas para a situação em que tenho a honra de estar para consigo. Sem falar no quanto magoam, e por me ver considerado como indivíduo orgulhoso, elas parecem significar a possibilidade de que o nosso casamento se não realizará. Disse que vai escolher entre mim e seu irmão! Assim me mostra quanto lhe mereço! Não posso aceitar isso, dadas as nossas relações e... os compromissos recíprocos.

— Como! — exclamou Dounia corando. — Então ligo os seus interesses ao que tenho de mais caro na vida e diz-me que me merece pouco!

Raskolnikov mostrou um sorriso cruel, Razoumikhine fez uma careta e Loujine não se sentiu sossegado com a resposta de Dounia, pois cada vez estava mais corado e mais rude.

— O amor pelo marido, pelo futuro companheiro da vida, deve ser superior ao amor fraterno — declarou ele, sentenciosamente — e por isso não posso ser posto a par... Conquanto tivesse dito há pouco que não queria, nem podia explicar-me na presença de seu irmão acerca do principal motivo da minha visita, há um ponto muito importante para mim que desejava esclarecer desde já com sua mãe. Seu filho — continuou ele, dirigindo-se a Pulquéria — ontem, diante do senhor Razoumikhine... Não é assim que se chama? Desculpe-me, esqueci-me o seu nome — disse ele a Razoumikhine, cumprimentando-o todo amável — ofendeu-me pelo modo como alterou uma frase pronunciada por mim na ocasião em que tomava café em sua casa. Disse que, quanto a mim, uma moça pobre e que já sofreu privações dava a um marido mais garantias de moralidade e felicidade do que uma que nunca sentiu a falta de coisa alguma. Seu filho, de propósito, deu um sentido absurdo às minhas palavras, atribuindo-me intenções odiosas, e presumo que se findou, para o fazer, nas suas cartas. Far-me-ia um grande favor se me provasse que estou enganado. Diga-me, com a máxima exatidão, por que palavras reproduziu o meu pensamento na carta que escreveu a Ródia Romanovitch.

— Não me lembro — respondeu embaraçada Pulquéria — mas reproduziu-o conforme o percebi. Não sei como Ródia lhe repetiu essa frase. É possível que tenha alterado ou trocado as palavras.

— Se o fez, foi por inspiração da sua carta.

— Senhor — repostou com dignidade Pulquéria — a prova de que Dounia e eu não demos um mau sentido às suas palavras é que estamos aqui.

— Exatamente, minha mãe — aprovou Dounia.

— Então fui eu que andei mal! — disse Loujine magoado.

— O senhor parece que se compraz em acusar sempre o Ródia: ainda há pouco a sua carta o culpava de um fato que é falso — disse Pulquéria, animada pela aprovação da filha.

— Não me lembro de ter escrito nenhuma falsidade.

— Segundo a sua carta — interrompeu com dureza Raskolnikov sem se voltar para Loujine — o dinheiro que ontem deixei à viúva de um homem que foi esmagado por uma carruagem, dei-lhe por causa da filha, que eu via pela primeira vez. O senhor escreveu isso com a intenção de me indispor com a minha família e, para melhor o conseguir, qualificou do modo mais ignóbil a vida de uma moça que não conhece. Isso é uma reles difamação.

— Desculpe, senhor — respondeu Loujine, trêmulo de cólera. Se na minha carta fiz considerações a seu respeito foi apenas porque sua mãe e sua irmã me pediram para lhes dizer a situação em que o encontrara e a impressão que me causara. De resto, desafio-o a provar a falsidade da passagem a que se refere. Negará que gastou o dinheiro em extravagâncias, e quanto à família de que se trata, atrever-se-á a garantir a respeitabilidade de todos os seus membros?

— Na minha opinião, apesar de toda a sua respeitabilidade, o senhor não vale um dedo da pobre moça que caluniou.

— Dessa forma não hesitará em introduzi-la em casa de sua mãe e de sua irmã?

— Se o deseja saber, dir-lhe-ei que já as apresentei. Hoje mesmo, a meu pedido, esteve sentada junto de minha mãe e de Dounia.

— Ródia! — exclamou Pulquéria.

Dounia corou, Razoumikhine franziu as sobrancelhas e Loujine teve um sorriso de desprezo.

— Veja — disse ele, dirigindo-se a Dounia — se é possível chegarmos a um acordo. Espero que esta questão fique por aqui e que nunca mais falemos em tal. Retiro-me para não interromper esta reunião de família; de mais, devem ter confidências a fazer.

Levantou-se e pegou no chapéu.

— Permitam que lhes diga, antes de me ir, que desejo, de hoje para o futuro, nunca mais ter de me encontrar com semelhantes companhias. É a si, em especial, minha senhora, que faço este pedido, tanto mais que a minha carta foi dirigida a si e a mais ninguém.

Pulquéria irritou-se.

— Imagina que nos governa, Loujine? Dounia já lhe disse porque não foi satisfeito o seu desejo; as intenções dela eram boas. Mas, com franqueza, a sua carta era muito imperiosa. Devemos aceitar os seus desejos como ordens? Pelo contrário, e agora muito mais, deve tratar-nos com muita consideração, porque a nossa confiança em si é tanta que tudo deixamos para vir até aqui, e por consequência colocar-nos à sua discrição.

— Isso não é bem assim, sobretudo no momento em que sabe do legado de Marfa Petrovna a sua filha. Esses três mil rublos chegam muito a propósito, a julgar pelo tom arrogante como me fala — disse Loujine.

— Essa observação faz supor que o senhor especulou com as nossas privações — observou irritada Dounia.

— Mas agora já não posso fazer o mesmo e não quero impedi-las de ouvirem as propostas secretas de Svidrigailov, que seu irmão está encarregado de lhes transmitir. Pelo que vejo ligam-lhes importância capital e talvez até lhes sejam muito agradáveis!

— Oh, meu Deus! — exclamou Pulquéria.

Razoumikhine parecia inquieto.

— Não te sentes envergonhada, minha irmã? — perguntou Raskolnikov.

— Sinto, Ródia — respondeu Dounia. — Saia, Loujine! — exclamou ela, pálida de cólera.

Este não esperava semelhante desfecho. Presumira muito da sua pessoa e contara ainda mais com a sua força e com a fraqueza das suas vítimas. Mesmo agora ainda não acreditava no que ouvira.

— Dounia — disse ele mudando de cor e com os lábios trêmulos — se eu sair neste momento, fique certa de que nunca mais volto. Pense bem! Tenho uma só palavra.

— Que arrojo! — exclamou Dounia. — Não compreendeu ainda que não quero que volte?

— Sério? — gritou Loujine, fora de si, ao ver realizado um rompimento que julgara impossível. — Pois seja! Mas saiba que posso protestar...

— Que significa esse modo de falar? — perguntou com energia Pulquéria. — Como pode protestar? Que direito tem para isso? Vou lá entregar a minha filha a um homem como o senhor? Saia, vá-se embora, deixe-nos em paz. No que andamos muito mal foi em consentir intimidades, e eu então, eu...

— Contudo — respondeu Loujine, furioso — tinha a sua palavra, que vejo retira agora, e enfim... enfim... sempre fiz despesas...

Estas palavras tão próprias do caráter de Loujine fizeram rir Raskolnikov, apesar da raiva que o dominava. Pulquéria, porém, é que não pôde conter-se:

— Despesas? — perguntou com violência. — Vai falar da mala que nos mandou? Então não nos disse que obtivera o seu transporte gratuito... Tínhamos dado a nossa palavra? Mas as situações mudaram. Éramos nós que estávamos às suas ordens e não o senhor que estava às nossas.

— Basta, minha mãe, basta! — disse Dounia. — Pedro Petrovitch, faça-nos o favor de se retirar.

— Eu saio, mas uma última palavra apenas — respondeu ele, muito exaltado. — Sua mãe parece ter esquecido que lhe pedi a sua mão numa ocasião em que toda a gente dizia a seu respeito coisas bem pouco agradáveis. Afrontei a opinião pública, restabeleci o seu bom nome. Tinha motivos para esperar algum reconhecimento... Porém agora abriram-me os olhos! Vejo que o meu procedimento foi pouco refletido e que talvez fizesse mal em desprezar o que se dizia.

— Quer que lhe quebrem a cara! — exclamou Razoumikhine, pondo-se de pé para castigar o insolente.

— O senhor é um vilão, um miserável! — disse Dounia.

— Nem uma palavra! Nem um gesto! — objetou Raskolnikov, sustendo Razoumikhine. — Vá-se embora — disse em voz baixa, mas perfeitamente distinta — e nem mais uma palavra, se não...

Pedro Petrovitch, com o rosto pálido e contraído pela cólera, olhou para ele durante alguns segundos. Em seguida voltou as costas e desapareceu, levando no coração um ódio mortal contra Raskolnikov, a quem atribuía toda a sua desgraça. Deve notar-se que enquanto descia a escada ia pensando que não estava tudo perdido e que a reconciliação era possível — quanto à mãe e quanto à filha!

CAPÍTULO III

Durante cinco minutos todos se sentiram contentes, traduzindo-se mesmo a satisfação por gargalhadas. Apenas a fisionomia de Dounia era de vez em quando de um aspecto sombrio, como se a formosa moça se lembrasse da cena anterior. De todos, o que ficou mais satisfeito foi Razoumikhine. A alegria que não se atrevia ainda a manifestar abertamente traía-se por uma excitação febril que o dominava em absoluto. Agora tinha o dever de consagrar toda a sua vida àquelas senhoras, de lhes prestar todos os serviços. Contudo, afastava estas ideias para longe, receando que elas tomassem corpo. Raskolnikov conservava-se imóvel e aborrecido, não tomando parte na alegria geral: podia dizer-se que o seu espírito não estava ali. Tanto insistira nesse rompimento com o Loujine, e agora que ele se efetuara era quem menos importância lhe ligava. Pulquéria observava-o com inquietação.

— Que te disse Svidrigailov? — perguntou Dounia, aproximando-se do irmão.

— Ah, é verdade! — exclamou Pulquéria.

Raskolnikov ergueu a cabeça.

— Svidrigailov quer por força dar-te dez mil rublos e deseja ver-te uma única vez, estando eu presente.

— Vê-la! Isso nunca! — exclamou Pulquéria. — E como se atreveu a vir oferecer-te dinheiro?

Raskolnikov contou o que se passara entre ele e Svidrigailov. Dounia ficou pensativa por muito tempo.

— Preparou algum indigno projeto! — murmurou sobressaltada. Raskolnikov impressionou-se com os receios da irmã.

— Hei de tornar a encontrar-me com ele — disse.

— Havemos de dar com ele! Descobri-lo-ei! — acrescentou com vivacidade Razoumikhine. — Não o perco de vista, pois Ródia autorizou-me. Ainda há pouco me disse: Protege minha irmã. Consente, Dounia?

Dounia sorriu e estendeu-lhe a mão; todavia notava-se no seu rosto que continuava apreensiva. Pulquéria olhou para ela com ar tímido; de resto, os três mil rublos tinham-na tranquilizado bastante.

Um quarto de hora depois conversavam com animação. Raskolnikov, mantendo-se calado, prestava no entanto atenção ao que se dizia.

— Por que se há de ir embora? perguntava Razoumikhine com convicção. — Que vai fazer para a sua terra, tão pequena e tão ruim? O ponto capital a considerar é que, estando aqui, estão todos juntos, e como precisam uns dos outros, quanto mais próximos estiverem, tanto melhor. Fiquem algum tempo... Aceitem-me como amigo ou como sócio, e asseguro-lhes que faremos um excelente negócio. Vou explicar-lhes com todas as minúcias o meu projeto. Esta manhã, antes de tudo o que se passou, já tinha tido esta ideia... Quer ver? Tenho um tio (hei de apresentar-lhe: é um velho muito gentil e muito agradável) e creio que possui um capital de mil rublos, porque apenas gasta o ordenado que lhe garante as despesas. Há dois anos que não se cansa de me oferecer essa quantia a seis por cento. Compreende: é um modo de querer auxiliar-me. O ano passado não precisava de dinheiro, porém este ano espero apenas que o velhote chegue para lhe dizer que aceito o oferecimento. Aos mil rublos de meu tio juntam-se os mil rublos seus e aqui temos a sociedade formada! E que vamos fazer?

Então Razoumikhine pôs-se a desenvolver os seus projetos: segundo o seu modo de ver, a maior parte dos livreiros e dos editores faziam maus negócios porque não sabiam do ofício. Com boas obras, devia-se e podia-se ganhar muito dinheiro. Havia já dois anos que trabalhava para diversas livrarias e por isso estava ao fato do negócio, e sabia muito bem três línguas europeias. Seis dias antes dissera a Raskolnikov que sabia pouco de alemão; este porém não percebera a mentira, dita apenas com o intuito de o decidir a colaborar numa tradução que lhe devia dar alguns rublos.

— Por que havemos de deixar de fazer um bom negócio se dispomos do mais essencial dos meios de ação: o dinheiro? — continuou, animando-se. — Sem dúvida é preciso trabalhar muito, mas trabalharemos. Dedicar-nos-emos todos a essa empresa: Dounia, eu e Ródia... Há publicações que dão grandes lucros. Temos ainda a vantagem de saber escolher o que se há de traduzir. Seremos ao mesmo tempo tradutores, editores e professores. Agora posso ser útil, porque já tenho a experiência. Há dois anos que ando metido com livreiros, conheço todos os segredos do negócio e não se trata de beber o mar. Quando se oferece a ocasião para ganhar alguma coisa, por que não se há de aproveitar? Posso citar dois ou três livros estrangeiros cujas traduções hão de dar muito dinheiro. Se os indicasse a um dos nossos editores, só por isso receberia mais de quinhentos rublos. Estão porém bem livres de que o faça! E talvez esses imbecis hesitassem! Quanto à parte material da empresa (impressão, papel, venda), encarrego-me eu dela! Sei bem como tudo isso se faz! Começaremos modestamente. Pouco a pouco iremos desenvolvendo o negócio e havemos de fazer fortuna.

Os olhos de Dounia brilharam.

— A sua proposta agrada-me muito — disse ela.

— Não percebo nada dessas coisas — acrescentou Pulquéria — mas talvez o projeto seja bom. Deus o sabe! Decerto seremos obrigadas a ficar aqui algum tempo. — disse, relanceando um olhar para o filho.

— E que pensas a tal respeito? — perguntou Dounia.

— Acho a ideia excelente — respondeu Raskolnikov. — Claro está que não se improvisa de um dia para o outro uma grande livraria, no entanto há cinco ou seis livros que garantem um sucesso. Podem ter toda a confiança na competência de Razoumikhine. Sabe do ofício... Porém têm tempo para falar sobre o assunto.

— Hurra! — gritou Razoumikhine. — Agora, esperem, há aqui neste mesmo prédio uma casa independente que se aluga; não é cara, está mobilada e tem três compartimentos. Aconselho-as a que a aluguem. Ficam lá muito bem, podendo viver todos juntos.

— Aonde vais tu, Ródia? — perguntou Pulquéria, inquieta.

— Nesta ocasião? — gritou Razoumikhine.

Dounia olhou para o irmão surpreendida e desconfiada. Este tinha o chapéu na mão e preparava-se para sair.

— Dir-se-ia que é uma separação eterna! Reparem que não vou a enterrar! — disse com modo estranho. Sorriu... Mas que sorriso!— E, quem sabe, talvez seja a última vez que nos vemos! — acrescentou de repente.

Estas palavras vieram-lhe sem querer aos lábios.

— Que tens tu? — perguntou, ansiosa, a mãe.

— Aonde vais? — interrogou a irmã, dando à pergunta uma acentuação particular.

— Preciso partir — respondeu ele. A voz era hesitante, mas o rosto pálido exprimia uma resolução firme. — Queria-lhes dizer... ou antes, vindo aqui... queria dizer a uma e à outra que era melhor separarmo-nos por algum tempo. Não me sinto bem e necessito de repouso. Voltarei mais tarde... voltarei logo que possa. Não as esqueço e amá-las-ei muito... Mas deixem-me! Deixem-me só! A minha resolução é irrevogável. Aconteça o que acontecer, quero estar só. Esqueçam-me por completo. Vale mais... Não queiram saber de mim. Quando for preciso, virei. Tudo se há de arranjar, talvez... Do contrário, havia de odiá-las... Sinto-o... Adeus!

— Meu Deus! — suspirou Pulquéria.

As duas mulheres e Razoumikhine estavam aterrados.

— Ródia! Ródia! Faz as pazes conosco, sejamos amigos como dantes! — suplicava a pobre mãe.

Raskolnikov encaminhou-se para a porta. Dounia acercou-se dele.

— Meu irmão! Como podes tratar assim a nossa mãe? — O seu olhar chamejava de indignação.

Fez um grande esforço para olhar para ela.

— Não é nada! Voltarei! — disse a meia voz. E saiu.

— Egoísta! Coração sem piedade! — exclamou Dounia.

— Não é um egoísta, é um alienado! Está doido, digo-lhe eu. Talvez não pareça. Porém, nestas circunstâncias nós é que não temos piedade — disse Razoumikhine ao ouvido de Dounia, apertando-lhe a mão com força.

— Já volto! — disse ele em voz alta a Pulquéria, sucumbida, e saiu.

Raskolnikov esperava-o ao fundo do corredor.

— Bem sabia que vinhas ter comigo — disse-lhe ele. — Vai para junto delas e não as abandones... Fica ao pé delas até amanhã... e sempre... Eu... voltarei... se puder... talvez... Adeus!

Ia a afastar-se sem apertar a mão de Razoumikhine.

— Mas aonde vais? — perguntou este, estupefato. O que tens? Por que procedes assim?

Raskolnikov parou de novo.

— Uma vez por todas: nunca mais me interrogues, que não te posso responder... Não voltes a minha casa. Talvez aqui venha... Deixa-me, mas a elas... não as abandones. Compreendes-me?

O corredor era escuro, porém os dois estavam perto de um candeeiro. Olharam-se em silêncio. O estudante viu nessa ocasião toda a vida de Raskolnikov, cujo olhar fixo e fulgurante parecia querer penetrar-lhe até ao fundo da alma. De repente Razoumikhine estremeceu, tornou-se pálido como um cadáver: a horrível verdade acabava de se lhe revelar.

— Compreendes agora? — perguntou de súbito Raskolnikov, com a fisionomia horrivelmente alterada. — Volta para junto delas — disse, e afastou-se a passos rápidos.

É inútil descrever a cena que se passou à volta de Razoumikhine. Como se compreende, o estudante empregou todos os meios para tranquilizar as senhoras. Assegurou-lhes que Ródia estava doente e precisava descansar. Jurou-lhes que havia de voltar e que o veriam todos os dias. Ródia estava muito afetado no seu moral e era preciso não o contrariar. Prometeu vigiá-lo e fazê-lo tratar por um bom médico, pelo melhor até. Se fosse necessário, chamaria os príncipes da ciência para o observarem.

A partir daquela noite Razoumikhine foi considerado pelas duas como um filho e um irmão.

CAPÍTULO IV

Raskolnikov dirigiu-se para a casa de Sofia. O prédio, que tinha três andares, era uma velha construção pintada de verde. Não sem custo encontrou o porteiro e por ele soube onde morava o alfaiate Kapernaoumov. Depois de ter descoberto ao canto do pátio uma escada estreita e escura, subiu ao segundo andar e seguiu pela galeria em frente. Ao fundo encontrou uma porta, onde bateu maquinalmente.

— Quem está aí? — perguntou uma voz trêmula de mulher.

— Sou eu... Venho visitá-la — respondeu Raskolnikov, e entrou para um cubículo onde, em cima de uma mesa ordinária, ardia uma vela numa palmatória de cobre amolgada.

— Ah, é o senhor! — disse Sofia, muito abatida, parecendo não ter forças para se mexer.

— É aqui que mora? Aqui?

E Raskolnikov passou em seguida para o quarto da cama sem olhar para a moça.

Momentos depois Sofia estava junto dele, com a palmatória na mão, de pé, dominada por uma agitação indefinida. Essa inesperada visita incomodava-a, assustava-a. De repente corou e as lágrimas umedeceram-lhe os olhos. Sentia um enternecido acanhamento... Raskolnikov desviou-se um pouco, sentando-se na cadeira, junto da mesa. Num relance analisou tudo o que havia no quarto.

Só essa casa grande, mas muito baixa, é que os Kapernaoumov tinham alugado a Sofia: à esquerda havia uma porta que dava para o quarto deles e, à direita, uma outra que estava sempre fechada. O quarto de Sofia parecia um armazém com a forma de um retângulo muito irregular. A parede, em que havia três janelas deitando para o canal, fazia um ângulo muito agudo em cujo vértice nada se podia distinguir porque a luz da vela era muito fraca. O ângulo oposto era, pelo contrário, muito obtuso. No quarto quase não havia móveis. No canto da direita havia uma cama; entre a cama e a porta uma cadeira; do mesmo lado, mas em frente da porta fechada, uma mesa de madeira coberta com um pano azul; e junto da mesa, duas cadeiras de verga. Encostada

Local histórico da prisão de Omsk, na Sibéria, onde Dostoiévski foi preso por motivos políticos.

à outra parede, próxima do ângulo agudo, uma cômoda que nunca fora envernizada parecia perdida no espaço. E era tudo. O papel que forrava as paredes, amarelado e sujo, estava muito negro nos cantos, talvez por efeito da umidade e do fumo do carvão. Tudo respirava pobreza. A cama nem tinha cortinas.

Sofia observou, silenciosa, o visitante, que examinava o quarto com muita atenção e sem cerimônia; por fim começou a tremer de medo, como se tivesse diante de si o juiz da sua sorte.

— Venho vê-la pela última vez — disse, todo triste, Raskolnikov, parecendo esquecer-se de que era também a primeira vez que ali ia. Talvez nunca mais a veja...

— Vai... para fora?

— Não sei... amanhã tudo...

— Então não vai amanhã a casa da Catarina Ivanovna? — disse Sofia com voz trêmula.

— Não sei... amanhã tudo... Não se trata disso: vim para lhe dar uma palavra.

Olhou para ela pensativo e só então notou que a moça estava de pé.

— Então, por que está de pé? Sente-se! — disse ele com voz suave e carinhosa.

Sofia obedeceu. Durante algum tempo Raskolnikov olhou-a com ternura.

— Como está magra! Que mãos! Através delas pode ver-se o sol.

Os seus dedos parecem de um cadáver.

Tomou-lhe a mão. Sofia sorriu.

— Fui sempre assim...

— Mesmo quando vivia com seus pais?

— Sim!

— Ah, decerto! — disse ele com mau modo. Uma súbita mudança se lhe operou de novo no rosto e nas palavras. Olhou ainda uma vez em volta de si. — É em casa do Kapernaoumov que mora?

— É.

— Eles moram ali?

— Moram. O quarto é igual a este.

— Têm só um quarto para todos?

— Só.

— Eu, num quarto assim, de noite, tinha medo — disse ele com aspeto taciturno.

— Estes vizinhos são boas pessoas, muito delicados — respondeu Sofia sem ter recobrado ainda toda a presença de espírito — e toda a mobília, tudo... é deles. São muito bondosos e os filhos vêm muitas vezes ver-me.

— Eles são gagos?

— São. O pai é gago e coxo, e a mãe também. Não gagueja, mas tem um defeito na pronúncia. É uma boa mulher. Kapernaoumov foi escravo. Tem sete filhos. O mais velho também é gago e os outros são doentes, mas não gaguejam. Mas como sabe tudo isto? — perguntou admirada.

— Foi seu pai quem me contou. Também foi por ele que soube toda a sua história. Disse-me que Sofia saiu às seis horas, que quando voltou passava das oito e que a Catarina se ajoelhara junto da cama.

Sofia perturbou-se.

— Parece-me que já hoje o vi — disse ela hesitante.

— A quem?

— A meu pai, na rua, na esquina mais próxima, seriam nove ou dez horas. Parecia caminhar diante de mim. Ia jurar que era ele. Estive para o dizer a Catarina...

— Passeou?

— Passeei — respondeu Sofia, baixando os olhos, confusa.

— Catarina batia-lhe?

— Oh, não! Por que diz isso? Não! — repetia a moça, olhando com medo para Raskolnikov.

— Gostava dela?

— Mas por que pergunta isso?! — interrogou Sofia com a voz sufocada e juntando as mãos, como a pedir piedade. — Ah, o senhor não a... não a conhece, não! Ela é uma criança. Tem o espírito afetado... pela desgraça. Noutros tempos era tão inteligente! Como é boa e generosa... O senhor não sabe nada, nada... Ah!

Sofia proferiu estas palavras com desespero. Dominava-a uma grande agitação e torcia as mãos. As faces pálidas tinham-se colorido outra vez e nos olhos lia-se-lhe uma grande dor. Via-se que lhe haviam tocado na corda mais sensível e ela tomara a peito a defesa de Catarina.

— Ela, bater-me... Que diz o senhor! Ela, bater-me! E ainda que o fizesse! O senhor não sabe nada, nada... É tão infeliz, ah! tão infeliz! E doente... O seu ideal é a justiça... É pura... e boa, uma santa! Podem dizer mal dela, porém tudo o que diz e faz é justo.

— E a Sofia, o que vai ser de si?

A moça interrogou-o com o olhar.

— Agora toda aquela gente fica ao seu cuidado. É verdade que já agora era a mesma coisa: até o morto lhe vinha pedir dinheiro para se embebedar! Mas agora como há de ser?

— Não sei. — respondeu ela tristemente.

— Eles ficam naquela casa?

— Não sei. Devem muito à senhoria e parece que ela já hoje disse que ia despedi-los. Por sua vez Catarina também diz que não fica ali nem mais um minuto.

— E em que se fia ela? É consigo que conta?

— Não, não diga isso. A nossa bolsa é comum, os nossos interesses são os mesmos! — respondeu logo Sofia com uma irritação que se assemelhava à inofensiva cólera de um passarinho. — De resto, que havia ela de fazer? — perguntou, animando-se cada vez mais. — E como chorou hoje! Ela não está bem da cabeça, já reparou? Às vezes apoquenta-se como uma criança com o que tem a fazer no dia seguinte, para que tudo esteja bem arranjado. E o jantar, a casa... Outras vezes desespera-se, torce as mãos, deita escarros de sangue, bate com a cabeça nas paredes. Depois resigna-se, põe todas as suas esperanças no senhor, em quem vê agora o seu protetor. Fala em pedir dinheiro emprestado para voltar para a sua terra comigo: aí fundará um pensionato para meninas nobres e dar-me-á o lugar de inspetora da casa. Uma vida nova por completo, uma vida feliz vai começar para nós, disse-me, beijando-me muito. Estas ideias consolam-na e tem-nas como certas. Pergunto: deve-se contrariá-la? Passou todo o dia de hoje a lavar e a arranjar a casa. Fraquinha como está, armou uma peça no quarto; porém muito cansada, não podendo mais, caiu de cama. De manhã, tínhamos ido ambas às lojas comprar calçado para a Poletchka e para a Lena, que andavam descalcinhas. Infelizmente o dinheiro era pouco, não chegava. Tinha escolhido umas botas muito bonitas, porque tem muito gosto. Não imagina... Na própria loja pôs-se a chorar diante de toda a gente porque não podia comprá-las... Que espetáculo tão triste!

— Depois disso, compreende-se que Sofia... viva assim — observou Raskolnikov com um sorriso forçado.

— E não tem pena dela? — perguntou Sofia. — O senhor mesmo, eu sei, gastou com ela os seus últimos recursos e contudo não sabia de nada. Mas se visse tudo! Quantas vezes, quantas vezes eu a fiz chorar! Ainda na semana passada! Que desgosto tive durante todo o dia ao lembrar-me disso.

Sofia torcia as mãos, tanto essa lembrança lhe era dolorosa.

— Era, então, muito má?

— Era, sim. Tinha ido vê-los — continuou ela a chorar — meu pai disse-me: "Sofia, dói-me a cabeça, lê-me alguma coisa... Aqui tens um livro." Era um volume de André Semenitch Lebeziátnikov, que, como deve saber, são sempre muito realistas. "Tenho de sair", respondi. Não gostava nada de ler e fora lá apenas para mostrar a Catarina uma compra que fizera. Isabel tinha-me vendido uns punhos e uma gola de renda quase novos por uma bagatela. Catarina gostou muito deles, pô-los, vendo-se ao espelho, e achou-os muito bonitos. "Dás-mos, Sofia? Peço-te!", disse-me ela. Não lhe serviam para nada, mas Catarina é assim; lembra-se sempre do tempo feliz da sua mocidade. Vê-se muito ao espelho e há quantos anos ela não tem vestidos, nem nada. A mim custava-me dar-lhos. "Para que queres tu isso, Catarina?", perguntei-lhe. Olhou para mim tão aflita que fazia impressão vê-la... E não era porque tivesse pena da gola e dos punhos, não; o que a desgostou foi a minha recusa, bem o percebi. Ora, isso para o senhor é indiferente!

— Conheceu essa Isabel?

— Conheci... E o senhor também? — perguntou Sofia, um pouco admirada.

— Catarina está tuberculosa no último grau. Não vive muito tempo — disse Raskolnikov depois de uma pausa, sem responder à pergunta.

— Oh, não, não! — E Sofia, sem consciência do que fazia, apertava-lhe as mãos, como se a sorte de Catarina dependesse dele.

— Melhor será que ela morra!

— Oh, não, isso não! — disse ela aterrorizada.

— E os filhos! Que fará deles, visto não os poder ter aqui?

— Oh, nem sei! — exclamou muito desolada, encostando a cabeça à mão. Era evidente que este pensamento a preocupava muitas vezes.

— Suponhamos que Catarina vive ainda algum tempo. Entretanto Sofia pode adoecer, e se a levarem para o hospital, o que sucederá então? — prosseguiu cruelmente Raskolnikov.

— Ah, que quer dizer? É impossível!

O terror transtornava o rosto de Sofia.

— Como, impossível? — tornou ele com um riso sarcástico.

— Ninguém tem a certeza de não adoecer. E depois? Toda a família ficará na rua: a mãe a pedir esmola e a tossir, batendo com a cabeça nas paredes, como hoje, e os pequenos a chorar... Catarina cairá na rua, levá-la-ão para o hospital, onde morrerá, e os filhos...— Oh, não! Deus não há de permitir! — disse Sofia com a voz estrangulada.

Até então escutara tudo sem lhe responder, com as mãos erguidas numa súplica muda, como se ele pudesse conjurar as desgraças que profetizava. Raskolnikov levantou-se e começou a passear pelo quarto. Sofia continuava de pé, os braços caídos e a cabeça baixa, sofrendo atrozmente.

— E Sofia não pode fazer economias, pôr algum dinheiro de parte, para quando chegarem esses dias maus? — perguntou Raskolnikov, parando de repente junto dela.

— Não.

— Não é como quem diz! Já experimentou? — perguntou ainda com ironia.

— Já.

— E não tirou resultado? Compreende-se! Não se lhe pode exigir mais...

E continuou a passear no quarto. Houve um momento de silêncio. Depois, Raskolnikov perguntou:

— Não ganha dinheiro todos os dias?

A esta pergunta Sofia perturbou-se ainda mais, corando.

— Não — respondeu ela em voz baixa, com grande esforço.

— O mesmo acontecerá a Poletchka — disse ele com mau modo.

— Não, não, não é possível! — gritou Sofia, como se aquelas palavras fossem uma punhalada que lhe atravessasse o coração. Deus não há de consentir semelhante abominação!

— Ele consente tantas!

— Deus há de protegê-la! — repetiu a moça fora de si.

— Mas talvez Deus não exista — insistiu Raskolnikov, rindo e olhando muito para ela.

Uma mudança repentina se operou na fisionomia de Sofia: todos os músculos da face se lhe contraíram. Lançou ao interlocutor um olhar severo, cheio de censuras, e quis falar; porém nenhuma palavra lhe saiu dos lábios e começou a soluçar, cobrindo o rosto com as mãos.

— Disse-me que Catarina tem o espírito afetado; vejo que o seu também está na mesma.

Decorreram cinco minutos. Continuava a passear, sempre sem falar, nem olhar para a Sofia. Por fim aproximou-se dela. Tinha os olhos brilhantes e os lábios trêmulos. Pondo-lhe as mãos nos ombros, lançou um olhar de fogo sobre aquele rosto umedecido pelas lágrimas. De repente curvou-se até ao chão e beijou-lhe os pés. Ela recuou, assustada, como se estivesse diante de um doido. E nesse momento Raskolnikov parecia de fato ter perdido o juízo.

— Que faz? — exclamou, empalidecendo e sentindo o coração oprimido.

Levantou-se logo.

— Não foi diante de ti que me curvei, mas diante de todo o sofrimento humano — disse, indo encostar-se à janela. — Escuta — prosseguiu, voltando outra vez para junto de Sofia — disse há pouco a um insolente que não valia o teu dedo mínimo e que tinha honrado deveras minha irmã dizendo-lhe que se sentasse ao pé de ti.

— Ah, como pôde dizer semelhante coisa? E diante dela? — perguntou Sofia, estupefata. — Sentar-se ao pé de mim é uma honra! Mas eu sou... uma criatura sem honra... Para que disse isso?

— Falando assim, não pensava nos teus erros nem na tua desonra, mas só no teu grande sofrimento. Sem dúvida, és culpada — continuou ele com uma comoção cada vez maior — mas se o és, é somente para bem de outros. Sei que és uma infeliz. Viver nesta lama que detestas e ao mesmo tempo saber (porque não podes ter ilusões a tal respeito) que isso de nada serve e que o teu sacrifício não salva ninguém! Mas diz-me, — terminou ele, exaltando-se cada vez mais — como, com tantas delicadezas de alma, te resignas a semelhante opróbrio? Mais valia que te afogasses!

— E eles? Que havia de ser deles? — perguntou Sofia com voz fraca, erguendo uns olhos de mártir, ao passo que não se admirava do conselho que ele lhe dava.

Raskolnikov analisava-a com singular curiosidade. Aquele olhar dissera-lhe tudo. Ela já tinha pensado no suicídio. Muitas vezes, no auge do desespero, lembrara-se de recorrer à morte: pensara nisso tanto a sério que não se surpreendia agora ao ouvir a proposta dessa solução. Não percebeu a crueldade daquelas palavras, como também não entendeu a significação das censuras de Raskolnikov. O ponto de vista particular porque encarava a desonra de Sofia — e ele assim o pensou — era letra morta para ela. Porém compreendia muito bem quanto a torturava a ideia da sua situação infamante e perguntava a si próprio o que a havia impedido até então de acabar com a vida. A única resposta a esta pergunta estava na dedicação da pobre moça por essas crianças e por Catarina, a desgraçada mulher tuberculosa e quase louca que batia com a cabeça nas paredes.

Parecia-lhe, contudo, que Sofia, com o seu caráter e a sua educação, não podia ficar assim toda a vida. Mal se explicava como, não recorrendo ao suicídio, ainda não enlouquecera. Bem percebia que a posição de Sofia era um fenômeno social de exceção, todavia não seria isso mais uma razão para que a vergonha a matasse à entrada de um caminho de que tudo devia afastá-la, tanto o seu passado honesto como a sua cultura intelectual um tanto elevada? Por que se mantinha nesta situação? Seria pelo gosto de uma vida dissoluta? Não, o seu corpo estava prostituído, mas o vício não penetrara até a alma! Raskolnikov bem o sentia, pois lia-lhe no coração como num livro aberto.

"A sorte dela está determinada", pensava ele. "Tem na sua frente o canal, o hospital de doidos, ou... o envilecimento." Repugnava-lhe, contudo, admitir esta última eventualidade; no entanto, cético como era, não deixava de acreditar nela como a mais provável.

"Sucederá assim?", dizia consigo. "Poderá esta criatura, que conserva ainda toda a pureza da alma, atolar-se por completo no lodo? Não andou já por ele? E se até ao presente pôde suportar esta vida, não será por que o vício perdeu para ela a hediondez? Não, não é possível!", exclamava no seu íntimo como se tivesse pouco antes gritado a Sofia: o que até hoje a impediu de se atirar ao canal foi o receio de cometer um pecado e a afeição que lhes tem... Se ainda não enlouqueceu... Mas quem pode afirmar que não? Haverá quem se exprima por aquelas palavras? Quem não está perturbado, raciocina da maneira por que ela o fez? Uma criatura equilibrada fecha, com aquela tranquilidade, os ouvidos a todos os conselhos? É um milagre que ela espera? Com certeza. E não são esses os sintomas da alienação mental?

Fixara-se por demais nesta ideia. Sofia doida! Esta perspectiva desagradava-lhe menos que qualquer outra. Começou a examiná-la com atenção.

— Rezas muito, Sofia?

De pé, junto dela, esperava a resposta.

— Que seria de mim se não fosse Deus? — disse em voz baixa, mas firme, fixando em Raskolnikov os olhos brilhantes e apertando-lhe a mão com força.

"Não me engano!", pensou ele.

— Mas que te faz Deus? — interrogou Raskolnikov, desejando esclarecer as suas dúvidas.

Sofia ficou muito tempo calada, como se não pudesse responder.

A comoção fazia-lhe arfar o peito.

— Cale-se! Não me interrogue! Não tem direito para isso! — gritou, irritada. — Ele concede tudo! — murmurou rapidamente, com os olhos no chão.

"Está tudo explicado!", concluiu ele mentalmente, observando Sofia com grande curiosidade. Raskolnikov experimentava uma sensação nova, estranha, quase doentia, ao contemplar essa carinha pálida, magra e angulosa, esses olhos azuis e meigos que no entanto lançavam chamas e exprimiam uma paixão veemente; enfim, esse franzino corpo, ainda trêmulo de indignação e de cólera! Tudo isto lhe parecia muito singular, quase fantástico. "Está doida! Doida!", repetia consigo.

Em cima da cama estava um livro. Raskolnikov já o tinha visto enquanto passeava pelo quarto. Pegou nele e examinou-o: era uma tradução do Novo Testamento.

— De onde veio este livro? — perguntou ele a Sofia, de longe, no extremo do quarto.

A moça conservava-se sempre no mesmo lugar, a três passos da mesa.

— Emprestaram-me — respondeu contrariada e sem olhar para Raskolnikov.

— Quem te emprestou?

— Isabel... tinha-lhe pedido...

"Isabel! É curioso!", pensou ele. Aproximou-se da luz e folheou o livro.

— É aqui que vem o episódio da ressurreição de Lázaro? — perguntou de súbito.

Sofia, com os olhos baixos, continuou calada e afastou-se um pouco da mesa.

— A ressurreição de Lázaro? Procuras-me essa passagem, Sofia? — Esta olhou de través para Raskolnikov.

— Não é aí... é no quarto Evangelho — respondeu num tom seco, sem se mexer.

— Procura essa passagem e lê-a — disse ele, sentando-se e encostando a cabeça à mão, desalentado e dispondo-se a ouvir.

Sofia hesitou em aproximar-se da mesa. O desejo manifestado parecia-lhe pouco sincero. Contudo pegou no livro.

— Nunca a leu? — perguntou-lhe, olhando-o de lado. A voz tornava-se-lhe cada vez mais áspera.

— Há muito tempo... quando era pequeno. Lê!

— Nunca a ouviu na igreja?

— Eu... não vou lá. Tu vais lá muitas vezes?

— Não — murmurou Sofia.

Raskolnikov sorriu.

— Compreendo... Então não assistes amanhã ao enterro de teu pai?

— Assisto. Ainda na semana passada fui à igreja... ouvir missa.

— Por alma de quem?

— De Isabel. Mataram-na.

— Davas-te muito com ela?

— Dava... Era muito bondosa. Raras vezes vinha a minha casa, pois não era livre. Líamos juntas e conversávamos. Está no céu!

Raskolnikov pensava: "Sobre que versariam as conversas de duas idiotas como Sofia e Isabel? Endoideço! Respira-se aqui a loucura!"

— Lê! — disse em voz alta, muito irritado.

Sofia continuava hesitando. O coração batia-lhe com força. Parecia que tinha receio de ler. Ele olhou com uma expressão quase dolorosa para pobre alienada.

— Que lhe importa isto se não acredita? — murmurou a moça com voz sufocada.

— Lê, quero eu! — insistia Raskolnikov. — Tu lias à Isabel!

Sofia abriu o livro e procurou a passagem indicada. Tremiam-lhe as mãos e as palavras paravam-lhe na garganta. Duas vezes tentou ler e não pôde articular uma sílaba.

— Um certo Lázaro, de Betânia, estava doente — proferiu por fim, com esforço. Mas de repente, à terceira palavra, a voz esmoreceu e expirou-lhe nos lábios, tal como uma corda de violino que se retesa demais e parte. Respirava com dificuldade.

Raskolnikov compreendia em parte a hesitação de Sofia em obedecer-lhe e, à medida que melhor a compreendia, mais reclamava a leitura. Sentia o quanto custava à pobre moça o manifestar-lhe de algum modo o que lhe ia na alma. Via-se que não podia, sem custo, resolver-se a fazer confidências a um estranho, dos sentimentos que, desde a infância, talvez, a tinham embalado, que haviam sido o seu viático moral quando, entre um pai que se embebedava e uma madrasta enlouquecida pela desgraça, no meio de crianças esfomeadas, ouvia apenas recriminações e clamores injuriosos. Raskolnikov percebia tudo isso; mas percebia também que, não obstante essa repugnância, Sofia sentia um grande desejo de ler, de ler para ele, muito em especial agora, sucedesse o que sucedesse em seguida. Os seus olhos bem mostravam a agitação de que estava dominada... Por um violento esforço sobre si, Sofia venceu o espasmo que lhe apertava a garganta e continuou a ler o capítulo XI do evangelho de S. João. Assim chegou ao versículo 19:

— Muitos judeus tinham vindo a casa de Marta e de Maria para as consolar da morte do irmão. Marta, sabendo que Jesus ia chegar, correu ao seu encontro e Maria ficou em casa. Então Marta disse a Jesus: "Senhor, se estivesses aqui, meu irmão não teria morrido. Mas eu sei que mesmo agora Deus te concederá tudo o que lhe pedires".

Aqui fez uma pausa para triunfar da comoção que lhe embargava de novo a voz.

— Jesus disse-lhe: "Teu irmão ressuscitará". Marta disse-lhe: "Eu sei que há de ressuscitar na ressurreição do último dia". Jesus respondeu-lhe: "Eu sou a ressurreição e a vida. Aquele que crê em Mim, quando morrer, viverá. E quem vive e crê em Mim, não morrerá na eternidade". Acreditas?

Conquanto respirasse com dificuldade, Sofia elevou a voz como se, ao ler as palavras de Marta, fizesse ela própria a sua profissão de fé:

— Sim, Senhor, eu creio que és o Cristo, o Filho de Deus, que vieste ao mundo!

Interrompeu-se, levantando os olhos para ele. Baixou-os porém logo sobre o livro e continuou a ler. Raskolnikov escutava, imóvel, sem se voltar para ela, encostado à mesa e olhando de revés. A leitura continuou até ao versículo 32:

— Quando Maria chegou ao lugar onde estava Jesus, tendo-o visto, lançou-se-lhe aos pés e disse-lhe: "Senhor, se estivesses aqui, meu irmão não teria morrido". Jesus, vendo-a chorar, bem como aos judeus que a acompanhavam, comoveu-se muito e disse-lhes: "Onde foi que o enterraram?" Responderam-lhe: "Senhor, vem conosco e vê". Jesus então chorou. E os judeus disseram: "Como Ele o amava!" Mas alguns acrescentaram: "Não poderia evitar que esse homem morresse, Ele que já deu vista a um cego?"

Raskolnikov olhou para Sofia, muito agitado.

A moça estava trêmula, cheia de febre. Era o que ele esperava. Ao chegar à descrição do milagre, um sentimento de triunfo se apoderara dela. A voz tornara-se firme e tinha sonoridades metálicas. No último versículo: não poderia evitar que esse homem morresse, Ele, que já deu vista a um cego, baixou a voz, acentuando com paixão a dúvida, a blasfêmia, a censura desses judeus incrédulos e cegos que, num momento, iam, como fulminados pelo raio, cair de joelhos, soluçar e crer. E ele, ele que também é cego e incrédulo, será também, num instante, tocado da graça divina! Acreditará! sim! sim! já, agora mesmo!, pensava ela, animada por essa doce esperança.

— Jesus foi ao sepulcro. Era uma gruta, que tinham tapado com uma pedra. Jesus disse: "Tirem a pedra". Marta, a irmã do morto, disse: "Senhor, cheira mal, porque há quatro dias que o morto está aqui". E acentuou muito a palavra quatro.

— Jesus respondeu: "Não te disse Eu que se creres verás a glória de Deus?" Tiraram então a pedra e Jesus, levantando os olhos para o céu, disse: "Meu Pai! Eu te agradeço por Me ouvires. Por Mim, sei que Me ouves sempre, mas falo-Te por este povo que Me rodeia a fim de que ele acredite que foste Tu quem Me enviou". Tendo dito estas palavras, gritou com voz forte: "Lázaro, sai do túmulo!" E o morto saiu

Lendo estas linhas, Sofia estremeceu como se ela própria tivesse presenciado o milagre.

— Tendo as mãos atadas com ligaduras e o rosto envolvido num pano, Jesus disse: "Tirem-lhe essas ligaduras e deixem-no caminhar". Então alguns judeus que tinham vindo com Maria e viram o que Jesus fez acreditaram nele.

Não pôde ler mais. Fechou o livro e levantou-se, como impelida por uma mola oculta.

— É por causa da ressurreição de Lázaro! — disse em voz baixa, dominando--se, e sem olhar para aquele a quem se referia. Parecia receosa de levantar os olhos para Raskolnikov. O tremor febril durava-lhe ainda. A vela, quase no fim, iluminava mal o quarto onde um assassino e uma prostituta acabavam de ler um livro sagrado. Passaram-se mais de cinco minutos.

De um salto brusco, Raskolnikov levantou-se e aproximou-se de Sofia.

— Vim aqui para tratarmos de um negócio — disse ele com voz forte.

Dizendo isto, franziu a testa. A moça atentou nele e leu-lhe na severidade do olhar uma resolução feroz.

— Hoje — continuou ele — cortei relações com minha mãe e minha irmã. Nunca mais volto a casa delas.

— Por quê? — perguntou Sofia, admirada. O encontro que tivera com Pulquéria e Dounia havia-lhe deixado uma impressão agradável, ainda que pouco clara. Uma espécie de terror a assaltou ao saber que Raskolnikov rompera com a família.

— Agora não tenho mais ninguém senão tu — acrescentou. — Partamos juntos... Vim para te fazer esta proposta. Ambos estamos amaldiçoados. Pois bem, partamos juntos!

Os olhos faiscavam-lhe.

"Está doido", pensou também Sofia.

— Para onde? — exclamou ela, cheia de espanto e afastando-se, sem querer, dele.

— Como o posso eu saber? Sei apenas que o caminho e o fim são os mesmos para nós. Disso tenho a certeza!

Sofia olhou para ele sem compreender.

Uma verdade apenas ressaltava das palavras de Raskolnikov: que era muitíssimo desgraçado.

— Ninguém te compreenderá quando falares — continuou ele. — Porém eu compreendi-te. Preciso de ti e por isso te procurei.

— Não percebo... — murmurou Sofia.

— Mais tarde perceberás. Não fizeste como eu? Tu também saíste fora do normal... Tiveste essa coragem. Destruíste uma vida, a tua... é tudo a mesma coisa! No entanto não podes ficar assim e se continuas só, perdes a razão, como eu, também. Agora mesmo pareces uma doida. E preciso portanto que caminhemos juntos, que sigamos pela mesma estrada! Partamos!

— Mas por quê? Por que diz isso? perguntou Sofia, perturbada com semelhante linguagem.

— Por quê? Porque não podes ficar assim, ora aí está... É preciso raciocinar muito a sério, ver as coisas pelo verdadeiro prisma, em vez de chorares como uma criança ou de esperares tudo de Deus. Se amanhã te levarem para o hospital, o que sucede? Catarina quase doida e tuberculosa morre logo: e que há de ser das crianças? Poletchka perde-se, com certeza.

— Mas que fazer? Que fazer? — repetia Sofia a chorar.

— O que é preciso fazer? Acabar com o mal de uma vez e ir para diante, aconteça o que acontecer. Não me compreendes? Mais tarde compreenderás... Ser livre e poder, mas sobretudo poder! Dominar todas as criaturas fracas, todo esse formigueiro!... Aqui tens o que é preciso fazer! Lembra-te disto! É o legado que te faço em testamento. Talvez te esteja falando pela última vez. Se não vier amanhã, saberás tudo e então lembra-te das minhas palavras. Mais tarde, daqui a alguns anos, com a experiência da vida, compreenderás talvez o que elas significam. Se vier amanhã, dir-te-ei quem matou Isabel. Adeus!

Sofia estremeceu e olhou para ele desvairada.

— Mas sabe quem a matou? — perguntou, gelada de terror.

— Sei e hei de dizê-lo, mas só a ti! Escolhi-te. Não virei pedir-te perdão, mas apenas dizer-te. Há muito tempo que te escolhi. Tive essa ideia quando teu pai me falou em ti, ainda Isabel vivia. Adeus. Não me dês a mão. Até amanhã.

Saiu, deixando Sofia sob a impressão de que estava doido. Ela própria estava desvairada e sentiu-o. A cabeça andava-lhe à roda. Meu Deus! como sabe ele quem matou Isabel? Que significam aquelas palavras? É extraordinário! Contudo, não teve a menor suspeita da verdade. Deve ser muito e muito desgraçado! Abandonar a mãe e a irmã! Por quê? O que haveria? Quais serão as suas intenções? O que foi que me disse? Beijou-me os pés e disse-me... disse-me, sim, foram estas as suas palavras, que não podia viver sem mim! Meu Deus!

A porta dava para um quarto que estava vago e que pertencia à casa de Gertrudes Karlovna Resslich. Era para alugar, como indicava um anúncio pregado na porta de entrada e os escritos colados nas janelas que deitavam sobre o canal. Sofia sabia que não morava ali ninguém. Todavia, durante a cena anterior, Svidrigailov, escondido atrás da porta, escutara com toda a atenção a conversa. Quando Raskolnikov saiu, o inquilino da Resslich refletiu um momento, depois voltou sem fazer o menor ruído ao seu quarto, contíguo ao que estava vago, pegou numa cadeira e foi encostá-la à porta. O que tinha acabado de ouvir interessava-o sobremaneira, de forma que essa cadeira serviria para escutar mais vezes sem ter de estar de pé tanto tempo.

CAPÍTULO V

Quando no dia seguinte, às onze horas em ponto, Raskolnikov foi ao juiz de instrução, admirou-se de que o fizessem esperar tanto. Presumia que deviam recebê-lo logo. No entanto decorreram dez minutos antes que Porfírio Petrovitch o mandasse entrar. Pela sala de espera ia e vinha gente que parecia não se importar nada com ele. Na sala imediata, junto à secretaria, escreviam alguns empregados e era evidente que nenhum deles se preocupava com o visitante.

Olhou desconfiado para todos os lados. Não estaria por ali alguém, algum espia misterioso encarregado de o vigiar e de impedir que fugisse se tentasse fazê-lo? Nada viu, porém, que lhe desse tal impressão; os amanuenses continuavam o seu trabalho e os outros não faziam caso dele. Tranquilizou-se. — Com efeito, pensou, se esse personagem misterioso de ontem, esse espectro saído debaixo da terra soubesse tudo, conhecesse tudo, deixar-me-ia andar à solta como tenho andado? Não me teriam prendido já em vez de esperarem que viesse aqui por minha vontade? Portanto, ou esse homem não fez revelação alguma ou... ou nada sabe, nada viu. E como podia ter visto? Com certeza os meus olhos se enganaram: tudo aquilo que ontem me atormentou não passa de uma ilusão da minha imaginação doentia." Cada vez lhe parecia mais aceitável esta explicação, que já na véspera se lhe tinha apresentado ao espírito na ocasião em que se sentira mais inquieto.

Refletindo em tudo isto e preparando-se para novo combate, Raskolnikov surpreendeu-se, de repente, a tremer. Indignou-se ao pensar que era o receio da entrevista com o odioso Porfírio que originava esse tremor. Para ele, o pior era tornar a encontrar-se com esse homem; odiava-o e receava que o seu ódio o atraiçoasse. A indignação foi tão violenta que até deixou de tremer. Preparou-se para entrar, sereno e firme, prometendo a si próprio falar o menos possível, estar sempre em guarda, enfim, dominar a todo custo a irascibilidade do seu temperamento. Neste entretempo foi levado à presença de Porfírio.

Estava só no gabinete. Era uma sala regular, com uma mesa grande diante de um sofá forrado de oleado, uma secretária, uma estante a um canto e algumas cadeiras,

постоялъ, подумалъ, сходилъ на цыпочкахъ въ свою комнату, смежную съ пустою комнатой, досталъ стулъ и неслышно перенесъ его къ самымъ дверямъ ведущимъ въ комнату Сони. Разговоръ показался ему занимательнымъ и знаменательнымъ, и очень, очень понравился,—до того понравился, что онъ и стулъ перенесъ, чтобы на будущее время, хоть завтра напримѣръ, не подвергаться опять непріятности простоять цѣлый часъ на ногахъ, а устроиться покомфортнѣе, чтобъ ужь во всѣхъ отношеніяхъ получить полное удовольствіе.

V.

Когда на другое утро, ровно въ одиннадцать часовъ Раскольниковъ вошелъ въ домъ—й части, въ отдѣленіе пристава слѣдственныхъ дѣлъ, и попросилъ доложить о себѣ Порфирію Петровичу, то онъ даже удивился тому какъ долго не принимали его: прошло, по крайней мѣрѣ, десять минутъ, пока его позвали. А по его разсчету должны-бы были, кажется, такъ сразу на него и наброситься. Между тѣмъ онъ стоялъ въ пріемной, а мимо него ходили и проходили люди, которымъ, повидимому, никакого до него не было дѣла. Въ слѣдующей комнатѣ, похожей на канцелярію, сидѣло и писало нѣсколько писцовъ, и очевидно было, что никто изъ нихъ даже понятія не имѣлъ: кто и что̀ такое Раскольниковъ? Безпокойнымъ и подозрительнымъ взглядомъ слѣдилъ онъ кругомъ себя, высматривая: нѣтъ-ли около него хоть какого нибудь конвойнаго, какого нибудь таинственнаго взгляда, назначеннаго его стеречь, чтобъ онъ куда не ушелъ? Но ничего подобнаго не было: онъ видѣлъ только однѣ канцелярскія, мелко-озабоченныя лица, потомъ еще какихъ-то людей, и никому-то не было до него никакой надобности: хоть иди онъ сейчасъ-же на всѣ четыре стороны. Все тверже и тверже укрѣплялась въ немъ мысль, что еслибы дѣйствительно этотъ загадочный вчерашній человѣкъ, этотъ призракъ, явившійся изъ подъ земли, все зналъ и все видѣлъ,—такъ развѣ дали-бы ему, Раскольникову, такъ стоять теперь и спокойно ждать? И развѣ ждали-бы его здѣсь до одиннадцати часовъ, пока ему самому заблагоразсудилось пожаловать? Выходило, что или тотъ человѣкъ еще ничего не донесъ, или... или просто онъ ничего тоже не знаетъ и самъ, своими глазами, ничего не видалъ (да и какъ онъ могъ видѣть?), а, стало быть, все это, вчерашнее, случившееся съ нимъ, Раскольниковымъ, опять-таки было призракъ, преувеличенный раздраженнымъ и больнымъ воображеніемъ его. Эта догадка,

tudo de mogno. Na parede, ou antes no tabique que ficava ao fundo, havia uma porta fechada, o que faria supor a existência de outras divisões para além do gabinete.

Logo que Porfírio viu Raskolnikov, foi imediatamente fechar a porta por onde ele entrara. O juiz de instrução recebeu-o, pelo menos na aparência, com o modo mais afável; só passados alguns minutos é que Raskolnikov percebeu as maneiras um pouco afetadas do magistrado. Pareceu-lhe que o fora interromper em meio de um trabalho secreto.

— Ah, meu caro! Por aqui por estas nossas paragens... — começou Porfírio, estendendo-lhe ambas as mãos. — Então sente-se... Talvez não goste que o trate por meu caro, assim, *tout court*[19]? Peço-lhe, por quem é, que não repare nem leve a mal tanta intimidade. Aqui, no sofá...

Raskolnikov sentou-se sem tirar os olhos do juiz de instrução.

"Essas palavras, nossas paragens, as desculpas pela intimidade com que o tratava, essa expressão francesa, *tout court*, que significava tudo isso? Estendeu-me as duas mãos e não me apertou nenhuma, retirando-as a tempo", pensava, desconfiado, Raskolnikov. Ambos se estavam observando, porém quando os seus olhares se encontravam desviavam-nos com a rapidez do relâmpago.

— Vim aqui para lhe entregar este papel... a respeito do relógio... Aqui está. Estará assim bem ou será preciso fazer outro?

— Mas que documento é esse? Ah, sim, sim! Não se incomode, está muito bem — respondeu com precipitação Porfírio antes de examinar o papel. E em seguida, tendo-o visto: — Está muito bem, é o que é preciso — continuou, falando muito depressa e pondo a declaração em cima da mesa. Um minuto depois, fechou-a na secretária.

— Ontem pareceu-me que o senhor tinha desejos de me interrogar... em forma... acerca das minhas relações com... a vítima? — disse Raskolnikov.

"Mas por que disse eu pareceu-me?", pensou ele de repente consigo. "Ora, mas que importa? Que posso recear?"

Pelo simples fato de estar na presença de Porfírio, com quem tinha apenas trocado duas palavras, a sua desconfiança tomou proporção exagerada. Percebeu essa circunstância e que tal disposição de espírito era muito perigosa. A agitação e a irritabilidade dos nervos aumentavam-lhe. "Mau! Mau! Sou capaz de fazer tolice."

— Não se apoquente. Temos tempo — disse Porfírio, que sem nenhuma intenção aparente passeava pelo gabinete, indo da janela até à mesa e voltando da mesa para a secretária, estacando às vezes por momentos e olhando para Raskolnikov. Era um espetáculo ridículo o desse homem baixo, gordo e redondo fazendo evoluções como uma bola que ricocheteasse de uma parede para a outra. — Não há pressa, não há pressa! Fuma? Tem tabaco? Aqui tem cigarros — disse, oferecendo-lhe um maço. — Recebo-o aqui, mas habito uma casa para a qual aquela porta dá comunicação. Estou

19 Expressão em francês que significa "sem mais" ou "simplesmente". (N. do R.)

aqui provisoriamente enquanto se fazem obras... Estão acabadas, ou quase a acabar. Não sei se sabe que é magnífico ter uma casa dada pelo Estado. Não lhe parece?

— Decerto, deve ser magnífico — respondeu Raskolnikov com ar trocista.

— Uma coisa famosa, uma coisa famosa! — repetia Porfírio, pensando em assunto diverso. — Sim, uma coisa famosa! — disse com modo brusco, levantando a voz, parando ao pé de Raskolnikov e fitando-o de repente. A incessante e disparatada repetição daquela frase, que uma casa dada pelo Estado era uma coisa famosa, contrastava, pela pouca importância, com o olhar sério, profundo e enigmático que o magistrado lhe dirigia.

Percebendo isto, Raskolnikov sentiu que a raiva lhe aumentava e desafiou o juiz de instrução por uma forma trocista e imprudente.

— Sabe — começou ele, olhando-o de uma forma insolente e fazendo gala dessa insolência — que me parece ser uma regra jurídica, um princípio estabelecido por todos os juízes de instrução, falar primeiro de ninharias ou mesmo num assunto sério, mas em absoluto estranho à questão, a fim de animarem aqueles que pretendem interrogar, ou antes distraí-los, adormecer-lhes a prudência; depois, de súbito, vibram-lhes em cheio o golpe da questão capital. Não é verdade? Não é o uso piedosamente observado na sua profissão?

— Julga então que se lhe falei na casa dada pelo Estado era para...

Ao dizer isto Porfírio fechou os olhos, o rosto tomou uma expressão de alegria maliciosa e as rugas da testa desapareceram. Depois, olhando para Raskolnikov, desatou a rir, um riso seco, prolongado que lhe punha em movimento todo o corpo. Raskolnikov riu também, embora contra vontade, o que redobrou a hilaridade de Porfírio a ponto de o juiz ficar vermelho como uma lagosta. Raskolnikov, sentindo-se vexado, perdeu toda a prudência: cerrou os dentes, franziu as sobrancelhas e, enquanto durou a alegria de Porfírio, que parecia fictícia, olhou para ele com rancor. Nem um nem outro se tinham observado. Porfírio, rindo tanto na cara de Raskolnikov, não notou o descontentamento deste. Esta circunstância dava que pensar a Ródia: imaginou que a sua visita nada incomodava o juiz de instrução, quando, pelo contrário, fora ele que caíra numa armadilha. Tornava-se evidente que havia ali alguma cilada; a mina estava carregada e devia rebentar em pouco tempo.

Atacando a questão, levantou-se e pegou no chapéu.

— O senhor — disse com firmeza, mas num tom que denotava a sua irritação — manifestou ontem o desejo de me sujeitar a um interrogatório. — Acentuou muito a palavra "interrogatório". — Vim pôr-me à sua disposição. Se tem perguntas a fazer-me, faça-as; caso contrário, permita que me retire. Não posso aqui estar a perder o meu tempo. Tenho mais que fazer... preciso ir ao enterro do funcionário que foi esmagado pela carruagem e de quem... o senhor ouviu falar... — acrescentou, arrependendo-se logo de ter proferido aquela frase. Depois, continuou, ainda mais irritado: — Tudo isto me aborrece, percebe? Foi, em parte, o que me fez adoecer...

Numa palavra — disse ele, mais contrariado ainda por ter compreendido que falar na doença fora despropósito ainda maior do que proferir a outra frase — numa palavra, interrogue-me ou passe pelo desgosto de me ver sair. Porém se me interrogar, há de fazê-lo como é costume em semelhantes casos, aliás não lhe respondo: e enquanto esse interrogatório não chega, vou-me embora, visto que nesta ocasião nada tenho a fazer aqui.

— Mas que é isso? Para que hei de interrogá-lo já? — respondeu o juiz de instrução, deixando de rir. — Não se apoquente, peço-lhe.

Insistia com Raskolnikov para se sentar, continuando a passear ao longo do gabinete.

— Temos tempo, temos tempo, e isso não tem importância nenhuma! Estimo muito até que viesse procurar-me... É como visita que o recebo. Quanto ao riso, desculpe-me... Sou um nervoso e achei muito engraçada a finura das suas observações. Há ocasiões em que o riso me faz saltar como uma bola de borracha. Às vezes isso dura mais de meia hora. Este meu temperamento até já me fez recear uma apoplexia... Mas sente-se, não esteja de pé. Então... assim imagino que está zangado comigo...

Raskolnikov, manifestamente contrariado, escutava e observava. Por fim, sentou-se.

— Vou dizer-lhe uma coisa que há de servir-lhe para explicar o meu caráter — recomeçou Porfírio, evitando os olhares de Raskolnikov. — Vivo só, como sabe, e não frequento a sociedade. Sou quase desconhecido e sinto-me no declinar da existência, muito acabado. E... tem reparado que entre nós, quero dizer, na Rússia, em especial nos círculos de S. Petersburgo, quando se encontram dois homens inteligentes que pouco se conhecem, mas que se estimam, como nós, por exemplo, neste momento, não têm nada para dizer na primeira meia hora e ficam como petrificados em frente um do outro? Toda a gente tem um assunto sobre que converse: as senhoras, as pessoas da sociedade, as pessoas de situação mais elevada... nesse meio há sempre em que se fale, é de rigor! Porém a gente da classe média, como nós, é sempre acanhada e taciturna. Por que é isto? Não temos nós também interesses sociais? Ou será porque a nossa honestidade nos proíbe de enganar os outros? Não sei. Qual é a sua opinião? Ponha aqui o seu chapéu. Dir-se-ia que se quer ir embora...

Raskolnikov pôs o chapéu sobre uma cadeira. Calado, de testa franzida, escutava o palavreado oco do Porfírio. "Está dizendo estas tolices todas para distrair a minha atenção."

— Não lhe ofereço café porque o lugar não é próprio. Compreende... Peço-lhe não repare que esteja sempre a passear. Desculpe-me, mas preciso tanto de fazer exercício! Estou sempre sentado, de modo que é para mim grande fortuna poder dar à perna durante cinco minutos. Sofro de hemorroidas... e tenho pensado em tratar-me pela ginástica. Hoje em dia a ginástica é uma verdadeira ciência. Quanto aos deveres do nosso cargo, os interrogatórios, todas essas formalidades... é o que o senhor dizia há pouco... interrogatórios desarmam às vezes o magistrado mais experimentado... — A sua observação tinha tanto de espirituosa como de verdadeira, pois Raskolnikov não fizera nenhuma observação.

— Sobre as nossas rebulices estou de completo acordo consigo. Qual é o acusado que desconhece, por muito ignorante que seja, que se começa por fazer perguntas fora da questão para o adormecer, segundo a sua feliz expressão, e depois vibra-se-lhe um golpe de machado em plena cabeça? Eh! eh! eh! Em plena cabeça!, para me servir da sua engenhosa metáfora. Eh! eh! Por isso pensou que falava na casa para... O senhor é levado da breca! Adiante! Não falemos mais nisso! Ah, sim, a propósito: uma palavra puxa outra, isto é, os pensamentos atraem-se uns aos outros. Há pouco falou-me na forma como procedem os juízes de instrução. Mas como é essa forma? Como sabe, num grande número de casos ela nada significa. Muitas vezes, uma simples conversa, uma visita amigável dão melhores resultados. A rabulice nunca desaparecerá, decerto; todavia não se pode obrigar um juiz de instrução a ficar amarrado a ela. A missão de quem inquire é, no seu gênero, uma arte liberal, ou coisa muito parecida.

Porfírio parou um momento para respirar. Falava sem interrupção, ora contando puras bagatelas, ora metendo-se por dissertações graves, com palavrinhas enigmáticas, para continuar a dizer ninharias. Aquele passeio no gabinete tomava as proporções de um exercício a prêmio: as grossas pernas do magistrado moviam-se cada vez mais depressa, quase sempre de olhos pragados no chão, a mão direita no bolso do casaco enquanto com a outra fazia gestos que não estavam em harmonia com o que dizia. Raskolnikov viu, ou julgou ver, que enquanto passeava, por duas vezes parou junto da porta, parecendo escutar. Esperará alguma coisa?

— Tem muita razão — continuou Porfírio, olhando para Ródia com uma bonomia que o fez desconfiar — as nossas rabulices judiciais merecem, de fato, as suas espirituosas ironias. Esses processos que pretendem ser inspirados numa profunda psicologia são muito ridículos e muitas vezes improfícuos. Ora, com respeito à forma, vai ver! Suponhamos que estou encarregado da instrução de um processo e que sei, ou julgo saber, que o criminoso é um certo indivíduo... Destina-se à advocacia?

— Sim, estudei...

— Pois aqui tem um exemplo que mais tarde lhe pode servir. Mas, por Deus, não imagine que vou arvorar-me em seu professor. Não pretendo ensinar seja o que for a um homem que escreve nos jornais sobre questões de criminologia. Tomo apenas a liberdade de lhe citar um fato a título de exemplo. Suponho ter descoberto o verdadeiro criminoso. Para que havia de alarmá-lo, mesmo que tivesse provas contra ele? Outro qualquer não procedia assim. Mandava-o prender logo. Mas porque não havia de o deixar passear pela cidade? Vejo que me compreende muito bem, contudo vou explanar o caso... Se me desse pressa em o mandar prender, dava-lhe, por assim dizer, um ponto de apoio moral... Ri-se? — Raskolnikov nem pensava em se rir. Tinha os lábios cerrados e o olhar incendiado não se desviava dos olhos de Porfírio. Todavia, isto é assim... Mas se há provas?, perguntar-me-á... Pois sim. O senhor sabe bem o que são provas: num grande número de casos conduzem às conclusões mais diversas e eu sou juiz de instrução, homem, portanto, e portanto sujeito a errar. Ora, queria dar ao meu inquérito o rigor absoluto de uma demonstração matemática; queria que as conclusões a que chegasse fossem tão claras, tão indiscutíveis como a afirmação de que dois e dois são quatro! Logo, se prendesse esse indivíduo privava-me dos meios ulteriores de estabelecer a sua culpabilidade. "Como assim?", perguntará. Porque lhe dou uma posição definida. Mandando-o para a prisão, sossego-o, reintegro-o na sua situação psicológica e daí em diante está prevenido contra mim. Se, pelo contrário, deixo completamente à vontade o suposto criminoso, se não o prendo logo, se o não alarmo, mas se a todas as horas, se a todos os momentos está obcecado pela ideia de que sei tudo, que não o perco de vista dia e noite, que é para mim objeto de uma constante vigilância, o que sucede? Acomete-o sem dúvida uma vertigem. Virá ter comigo, fornecer-me-á armas contra si próprio, colocar-me-á na situação de tirar conclusões do meu inquérito com um caráter de evidência matemática, o que não deixa de ter o seu encanto. Se este processo dá resultado com qualquer ignorante, não é menos eficaz quando se trata de um homem inteligente, ilustrado, distinto até! Porque o importante é adivinhar em que sentido o indivíduo se tem desenvolvido. Este é inteligente, mas tem os nervos excitados e doentes! E a bílis, a bílis, que importante papel representa! Repito, nestas manifestações mórbidas há uma mina de informações. Que me importa que ele passeie por aí? Deixá-lo gozar à vontade esse resto de liberdade. É minha a presa e não me escapará! De resto, para onde irá? "Para o estrangeiro", responder-me-ão. Um polaco fugiria para o estrangeiro, mas ele não, tanto mais que o tenho sob a minha vigilância e as medidas adotadas não falham. Fugirá para o interior do país? Mas aí vivem somente os mujiques, russos primitivos, gente sem civilização; e esse homem superior preferirá a prisão a viver em semelhante meio. Isto. porém, não tem significação alguma, é o lado exterior da questão. Ele não foge, não só porque não sabe para onde há de ir, mas ainda, e sobretudo, porque psicologicamente me pertence. Que tal acha esta expressão? Por uma lei natural não fugirá, mesmo que o pudesse fazer. Já tem visto a borboleta em volta da chama? É o mesmo caso: há de andar sempre à minha volta como a borboleta em volta da chama: cada vez mais inquieto, cada vez mais cansado. Eu vou-lhe dando tempo e ele porta-se de tal maneira que a sua culpabilidade ressalta nítida, clara como dois e dois são quatro! E girará sempre, sempre em volta de mim, em círculos cada vez mais apertados, até que por fim, zás! entra-me na boca e engulo-o. É muito agradável! Não acha?

Raskolnikov continuou calado. Pálido e imóvel, observava o rosto de Porfírio com um grande esforço de atenção.

"A lição é boa", pensava ele, aterrado. "Já não é, como ontem, o gato a brincar com o rato. Fala-me assim para sentir o prazer de me mostrar a sua força... Deve ter um outro fim... mas qual? Continua, pois tudo o que dizes é para me meter medo! Não tens provas e o homem de ontem não existe. Queres aniquilar-me por boas maneiras, irritar-me e dar-me então o golpe decisivo. Enganas-te e lamentarás depois o tempo perdido. Para que fala ele de uma maneira tão enigmática? Está a especular com a irritabilidade do meu sistema nervoso... Não, amigo, por mais esforços que faças não me vences. Vamos a ver que cilada preparas."

E preparou-se para afrontar com coragem a catástrofe terrível que previa. Havia momentos em que tinha vontade de o estrangular. Desde que entrara no gabinete, o seu maior receio era não poder dominar a cólera. O coração batia-lhe com violência. Resolveu calar-se, pensando que, em tais circunstâncias, era o melhor que tinha a fazer. Não só não se comprometia como talvez conseguisse irritar o adversário e apanhar-lhe alguma palavra imprudente. Tal era a esperança de Raskolnikov.

— Vejo que não acredita. Imagina que estou a gracejar! — tornou Porfírio, que parecia cada vez mais alegre e continuava o passeio pelo gabinete. — Voltando ao caso particular de que falávamos, devo acrescentar que é preciso contar com a realidade, com a natureza. É uma coisa importante e que triunfa muitas vezes da habilidade mais consumada! Ouça o que lhe diz um velho. Escusado será dizer que falo seriamente. — Pronunciando estas palavras, Porfírio, que contava apenas trinta e cinco anos, parecia na verdade ter envelhecido de repente. Uma súbita metamorfose se operara na sua pessoa e até na voz. — Demais, sou franco... Sou ou não um homem franco? Que lhe parece? Creio que não se pode ser mais: digo-lhe todas estas coisas sem mira na recompensa! Eh, eh! Continuemos: a finura de espírito é o ornamento da natureza, a consolação da vida, e com ela pode-se com facilidade embaraçar um pobre juiz de instrução, que já é muitas vezes enganado pela sua própria imaginação, visto que é homem! Porém a natureza vem em auxílio do juiz, eis o mal! E é nisto que não pensa a mocidade, que confia na sua inteligência, que calca aos pés todos os obstáculos, segundo o seu modo de dizer, tão fino e tão engenhoso... No caso particular de que tratamos, o criminoso, admito-o, mentirá com superioridade: todavia, quando julgar que toda a gente foi enganada pela sua habilidade, crac!, desmaia no próprio sítio onde semelhante acidente se torna mais comentado. Suponhamos que pode atribuir essa síncope ao estado de fraqueza, à atmosfera sufocante da sala, nem por isso deixa de levantar suspeitas! Mentiu de uma forma incomparável, mas não soube precaver-se contra a natureza. Aí é que está a armadilha. De outra vez, levado pelo seu gênio trocista, diverte-se a enganar quem tiver suspeitas dele e, por brincadeira, diz ser o criminoso que a polícia procura. Depressa, porém, volta a representar a comédia com naturalidade, o que é ainda um indício. Num certo momento o interlocutor pode ser mistificado, mas como não é um pateta, fica de prevenção. O nosso homem compromete-se a todos os instantes. Que digo! Aparecerá ele próprio, sem que o chamem, dirá frases imprudentes em alegorias que todos perceberão! Quererá saber por que não o prendem! E isto acontece ao espírito mais elevado, a um literato! A natureza é o espelho mais transparente, basta contemplá-la... Por que está tão pálido? Sente muito calor? Quer que lhe abra a janela?

— Não se incomode, peço-lhe! — gritou Raskolnikov, desatando a rir. — Não faça caso.

Porfírio parou diante dele e de repente começou também a rir. Raskolnikov, cuja hilaridade cessara, levantou-se.

— Porfírio Petrovitch — disse ele com voz clara e forte, conquanto sentisse dificuldade em se aguentar nas pernas — estou convencido de que suspeita que fui eu quem assassinou a velha e a irmã. Ora, devo declarar-lhe que estou farto de tudo isto. Se julga dever perseguir-me, prenda-me. Mas não consinto que faça troça de mim ou que me martirize...

Num minuto os lábios começaram a tremer-lhe, os olhos chamejaram, a voz, que até então tinha dominado, atingia o mais elevado diapasão.

— Não consinto! — gritou ele, dando um vigoroso murro na mesa. — Percebe, Porfírio? Não consinto!

— Oh, meus Deus! O que foi que lhe deu? — exclamou o juiz de instrução, aparentemente muito assustado. — Meu bom amigo! O que tem?

— Não consinto! — repetiu Raskolnikov.

— Fale mais baixo! Podem ouvir, aparecer alguém, e o que havemos de dizer? Pelo amor de Deus! — murmurou assustado Porfírio, aproximando-se de Raskolnikov.

— Não consinto! Não consinto! — repetiu, sem querer, mas agora em voz baixa, de modo a que só o juiz o ouvisse. Porfírio correu a abrir a janela.

— É preciso arejar este gabinete. E se bebesse um copo de água?

Dirigiu-se para a porta a chamar o criado quando viu a garrafa da água.

— Beba — disse, oferecendo-lhe um copo — há de fazer-lhe bem...

O susto e a solicitude de Porfírio pareciam tão naturais que Raskolnikov se calou e atentou no magistrado com sombria curiosidade. Com um gesto recusou a água que lhe oferecia.

— Então! Meu amigo! Se assim continua, dá em doido, afirmo-lhe... Beba, beba aos goles!

Quase à força meteu-lhe o copo na mão. Sem saber o que fazia, Raskolnikov levou-o aos lábios, mas de repente caiu em si e colocou-o em cima da mesa.

— Creia, teve um ataque! Se não tiver cautela, pode ter uma recaída! — observou, muito afetuoso, o juiz de instrução, que parecia bastante preocupado. — Meu Deus! E possível que se faça tão pouco caso da saúde? O mesmo aconteceu a Razoumikhine, que esteve cá ontem... Concordo que tenho um gênio cáustico, que sou pouco simpático, contudo, meu Deus!, que significação dão às minhas inofensivas tagarelices! Ele esteve cá ontem depois da sua visita. Estávamos a jantar. Disse coisas que... Valha-nos Deus! Foi o senhor que o mandou não é verdade? Mas sente-se, sente-se.

— Não o mandei cá! Sabia no entanto dessa visita e a razão dela — respondeu com secura Raskolnikov.

— Sabia?

— Sabia! E daí, que conclui?

— Concluo que sei muita coisa a seu respeito; estou informado de tudo. Sei que ontem pretendeu alugar certa casa, que puxou pelo cordão da campainha, que fez uma pergunta a respeito de certa poça de sangue, que os seus modos deixaram estupefatos os operários e toda a gente que o viu. Ah, compreendo a situação moral em que se encontrava... Porém não é menos verdade que essas agitações darão comigo em doido! Por toda parte as suas palavras permitem que em voz alta lhe façam acusações. Essas insinuações estúpidas tornam-se-lhe insuportáveis e quer acabar com elas o mais breve possível. Não é isto verdade? Adivinhei os sentimentos que o dominam? Com isso, não só transtorna a própria cabeça, como também dá cabo do meu pobre Razoumikhine, o que é de fato uma pena! A sua grande bondade expõe-no, mais do que a qualquer outro, a sofrer o contágio da sua doença... Quando se acalmar, hei de contar-lhe. Mas sente-se! Peço-lhe que sossegue. Está transtornado. Sente-se.

Raskolnikov sentou-se. Agitava-o um tremor febril. Ouvia-o com profunda surpresa, prodigalizando-lhe demonstrações de interesse. Impressionava-o sobretudo a referência à visita a casa da velha, na véspera: "Como soube ele isso e para que me diz?", pensava.

— Conheço um caso psicológico quase análogo, um caso mórbido — continuou Porfírio. — Certo homem foi acusado de um assassinato que não tinha cometido. Pois declarou-se culpado: contou toda uma história resultante de uma alucinação que tivera, e o que dizia era tão verosímil, parecia por tal forma concordar com os fatos que não podia haver a menor dúvida. Como se pode explicar isto? Sem intenção alguma, esse indivíduo tinha sido, em parte, causador de um crime. Quando soube que, sem o querer, facilitara a obra do assassino, teve tal desgosto que perdeu a razão, imaginando ser ele próprio o assassino! Por fim o tribunal, revendo o processo, encontrou provas da inocência do desgraçado. Mas se não fosse isso, o que aconteceria a esse pobre diabo! Aqui está o que o apoquenta também, meu amigo. Pode-se ficar monomaníaco quando se vai de noite puxar pelas campainhas e fazer perguntas a respeito do sangue! No exercício da minha profissão tenho tido ocasião de estudar toda essa psicologia. É uma atração semelhante que leva um homem a atirar-se de uma janela ou de uma torre... O senhor está doente! Fez mal em negar ao princípio essa doença. Devia ter consultado um médico experimentado em vez de se tratar com esse Zozimov! Tudo isto é efeito do delírio!

Durante um momento Raskolnikov julgou ver os objetos andarem-lhe à roda. "Será possível que ainda esteja a mentir?", perguntava-se. E fazia esforços para afastar essa ideia, pressentindo a que extremos de raiva ela o podia levar.

— Não delirava! — gritou Raskolnikov, ao passo que torturava o espírito para compreender até onde o juiz queria chegar. — Estava em perfeito juízo, percebe?

— Percebo, percebo! Já ontem me disse que não tinha delírio e insistiu mesmo muito nesse ponto! Compreendo tudo quanto me pode dizer! Permita-me, no entanto, ainda uma observação, meu caro. Se com efeito estivesse culpado ou tivesse tomado parte nesta maldita questão, pergunto: continuaria sustentando que tinha procedido em pleno uso da razão e não em delírio? Na minha opinião dizia o contrário: sustentaria que tinha procedido por efeito do delírio! Não lhe parece?

O tom com que a pergunta fora feita permitia suspeitar uma cilada. Pronunciando aquelas palavras, Porfírio voltou-se para Raskolnikov que, recostando-se no sofá, olhou em silêncio para ele.

— Tal e qual como no caso da visita de Razoumikhine. Se o senhor estivesse culpado, diria que veio a minha casa por sua livre vontade e ocultava que o instigou a vir. Ora, pelo contrário, confessa que foi o senhor que o mandou.

Raskolnikov, que não afirmara tal, sentiu arrepios pela espinha.

— Continua a mentir! — disse com voz fraca e vagarosa, e esboçando um triste sorriso. — Quer-me convencer de que está lendo na minha fisionomia, que sabe tudo o que lhe vou responder — continuou, sentindo que não pesava já as palavras que proferia — quer-me meter medo ou caçoar comigo...

Falando assim, Raskolnikov não deixava de olhar para o juiz de instrução. De repente, uma violenta cólera lhe incendiou de novo os olhos.

— O senhor não faz outra coisa senão mentir! — exclamou. — Sabe muito bem que a melhor tática para um criminoso é confessar o que é impossível ocultar. Não acredito em si!

— Como sabe disfarçar — murmurou Porfírio — mas apesar disso vejo que não pensa noutra coisa. É o efeito da monomania. Não acredita em mim? Pois digo-lhe que já vai acreditando um pouco e teria muito prazer em que acreditasse por completo, porque gosto muito de si e tenho por si muita simpatia.

Os lábios de Raskolnikov começaram a agitar-se.

— Quero-lhe bem, creia — continuou Porfírio, tomando-lhe amigavelmente o braço — mais uma vez lhe digo: trate-se. Ademais, sua família veio agora para S. Petersburgo. Pense um pouco nela. Podia fazê-la feliz e, pelo contrário, só lhe causa inquietações.

— Isso que lhe importa? Como soube o senhor disso? Para que se mete nessas coisas? E então, além de me vigiar, diz-me?

— Não se esqueça de que aquilo que sei foi o senhor que me disse! Não reparou sequer que na sua agitação falava, sem que ninguém lhe perguntasse, das suas coisas, não só comigo, mas com os outros. Várias particularidades interessantes foi Razoumikhine quem mas me contou. Ia dizer-lhe, quando me interrompeu, que apesar de todo o seu espírito, não está vendo as coisas com clareza, mercê da sua índole desconfiada. Ora veja, por exemplo, esse incidente da campainha: um fato precioso, um fato sem igual para o juiz de instrução! Refiro-lhe em toda a sua simplicidade, e isso não lhe abre bem os olhos? Se o supusesse culpado, procedia desta maneira? A minha linha de conduta em tal caso era com certeza outra: começava, muito ao contrário, por adormecer a sua desconfiança, afetando ignorar o fato e atraía-lhe a atenção para um ponto oposto. Depois, bruscamente, descarregava o golpe decisivo, perguntando-lhe: que foi o senhor fazer ontem às dez horas da noite a casa da vítima? Para que puxou pelo cordão da campainha? Para que perguntou pelo sangue? Para que pediu a toda a gente que o levasse à polícia? Aqui tem como teria procedido se suspeitasse de si. Submetia-o a um interrogatório em forma ou ordenava investigações, informava-me... Porém, se não fiz nada disso é porque não tenho a menor suspeita! O senhor perdeu a noção das coisas e não vê nada, repito-lhe!

Raskolnikov tremia, o que não passou despercebido a Porfírio.

— O senhor mente! — gritou. — Não sei quais são as suas intenções, mas mente... Há pouco falava-me de outra maneira! Não me ilude! Mente!

— Minto? — disse Porfírio com certa vivacidade, conservando-se no entanto sereno e não ligando importância à opinião que Raskolnikov fazia dele — Minto? Que lhe disse há pouco? Eu, juiz de instrução, sugeri-lhe os argumentos psicológicos com que o senhor podia defender-se: a doença, o delírio, as torturas do amor próprio, a hipocondria, a afronta recebida no comissariado da polícia, etc. Não foi isto? Seja dito de passagem que esses meios de defesa não são dos melhores: podiam voltar-se contra si. Se dissesse: "Estava doente, delirava, não sabia o que fazia, não me lembro de nada", podiam responder-lhe: Tudo isso está muito bem; mas por que é que o delírio se lhe manifesta sempre com o mesmo caráter? Podia manifestar-se por outras formas! Não lhe parece?

Raskolnikov levantou-se, lançando ao magistrado um olhar de profundo desprezo.

— No fim de contas — disse — quero saber se sim ou não suspeita de mim. Fale, Petrovitch, explique-se sem rodeios imediatamente! Já!

— Valha-o Deus! Está como as crianças que querem a lua! — respondeu Porfírio com um sorriso cético. — Porém, que necessidade tem de saber tanto se até agora o têm deixado tranquilo? Para que se assusta dessa maneira? Para que vem ter comigo sem ninguém o chamar? Que razões tem para o fazer?

— Repito-lhe — gritou Raskolnikov furioso — que já não posso suportar...

— O quê? A incerteza? — interrompeu o juiz de instrução.

— Não me obrigue a extremos... Não quero! Digo-lhe que não quero... Nem posso, nem quero! Ouve? — continuou Raskolnikov com voz de trovão, dando outro murro na mesa.

— Fale baixo! Podem ouvi-lo! Vou dar-lhe um conselho muito sério: tome cautela consigo! — murmurou Porfírio.

O rosto do juiz de instrução perdera a expressão de bonomia: franzia a testa e falava como senhor absoluto. Contudo, essa atitude durou um instante. Intrigado, Raskolnikov depressa sentiu novos acessos de cólera; todavia, fato curioso, ainda desta vez, apesar de ter chegado ao auge do desespero, obedeceu à ordem de falar baixo. Sentia que não podia deixar de o fazer e essa ideia mais contribuía para o irritar.

— Não me deixarei martirizar! — murmurou. — Prenda-me, vigie-me, investigue, mas proceda na forma do costume e não esteja brincando comigo!

— Não lhe dê cuidado a forma — interrompeu Porfírio com o seu modo irônico, enquanto o contemplava com mal dissimulado júbilo. — Foi como amigo que o convidei a vir ver-me!

— Não quero a sua amizade nem preciso dela. Percebeu? E agora, pego o chapéu e vou-me embora. O que me diz se tem a intenção de me prender?

Contudo, quando se aproximava da porta, Porfírio agarrou-o outra vez pelo braço.

— Não quer ver uma surpresa? — perguntou o juiz de instrução, cada vez mais animado, o que desnorteava por completo Raskolnikov.

— Que surpresa é? Que quer dizer? — perguntou este, parando de súbito e olhando Porfírio com certa inquietação.

— Uma surpresazinha que está ali atrás da porta! — Apontava para a porta fechada que comunicava com os seus aposentos. — Até a fechei à chave para que não me fugisse.

— O que é?

Raskolnikov aproximou-se da porta e quis abri-la, mas não pôde.

— Está fechada! Aqui está a chave!

Dizendo isto, o juiz de instrução tirou a chave do bolso e mostrou-lhe.

— Mentes! — gritou Raskolnikov, furioso. — Mentes, maldito palhaço!

E atirou-se a Porfírio, que se desviou para a porta, sem manifestar o mínimo receio.

— Compreendo tudo! Tudo! — gritou Raskolnikov. — Mentes e desesperas-me para me trair...

— Mas não é preciso trair-se... E não grite.

— Mentes, não tens surpresa nenhuma. Chama a tua gente! Sabias que estava doente e quiseste irritar-me para me arrancares alguma confissão. Aqui está onde querias chegar! Mas as provas? Não as tens. Baseias-te em miseráveis suposições, nas conjeturas de Zametov! Conhecias-me o caráter, quiseste desnortear-me até mandares aparecer os teus agentes... Esperá-los, não é assim?

— Para que fala em agentes? Ora, que ideia! A forma do costume, para me servir dos seus próprios termos, não permite isso. O senhor não percebe nada destas coisas, meu caro amigo... — murmurou Porfírio, que se havia encostado à porta a escutar.

Monumento de bronze a Dostoiévski, na entrada principal da Biblioteca do Estado Russo, em Moscou.

De fato havia um certo barulho na sala próxima.

— Ah, aí vêm eles — exclamou Raskolnikov. — Manda-os entrar a todos: delegado, testemunhas... Manda entrar quem quiseres! Estou pronto!

Neste momento, porém, deu-se um acontecimento tão extraordinário que nem Raskolnikov nem Porfírio podiam prevê-lo.

CAPÍTULO VI

O barulho na outra sala aumentou de repente e abriram a porta.

— Quem é? — gritou zangado Porfírio. — Tinha dito...

Ninguém respondeu, mas a origem do ruído adivinhava-se: alguém queria entrar no gabinete do juiz de instrução e havia quem o impedisse, empregando a força.

— Mas o que é? — repetiu Porfírio.

— É que trouxeram o acusado Nicolau — disse uma voz.

— Levem-no! Espere lá! Para que o trouxeram? Que desordem é esta? — censurou o magistrado, dirigindo-se para a porta.

— Foi ele que... — tornou a mesma voz, parando de repente.

Durante momentos ouviu-se o ruído de uma luta entre dois homens; depois um deles repeliu o outro com força e entrou bruscamente no gabinete.Tinha um aspeto singular. Olhava a direito, mas parecia não ver ninguém. Nos olhos brilhantes lia-se a firmeza de uma resolução. Estava lívido como um condenado a caminho do cadafalso. Os lábios descorados tremiam um pouco. Era muito novo ainda, magro, de estatura mediana e vestido como um operário. Trazia o cabelo cortado à escovinha. As linhas fisionômicas eram delicadas. O outro, um policial que ele tinha repelido, entrou a seguir, agarrando-o pelo ombro, mas Nicolau conseguiu soltar-se. À porta agrupavam-se curiosos. Tudo isto se passou em muito menos tempo do que o preciso para se contar.

— Vai-te embora, ainda é cedo! Espera que te chamem! — Para que te trouxeram? — resmungou Porfírio, tão irritado quanto surpreendido.

Mas de repente Nicolau pôs-se de joelhos.

— Que fazes? — gritou o juiz de instrução cada vez mais admirado.

— Perdão! Eu sou o criminoso! Eu sou o assassino! — disse de súbito Nicolau com voz forte, apesar da comoção que o sufocava.

Durante segundos houve um silêncio profundo, como se todos tivessem sido atacados de catalepsia. O policial não tentou agarrar outra vez o preso e dirigiu-se sem querer para a porta, onde ficou imóvel.

— Que dizes? — gritou Porfírio quando o pasmo lhe permitiu falar.

— Eu sou... o assassino... — repetiu Nicolau após um breve silêncio.

— Como? Tu? Quem é que assassinaste?

O juiz de instrução estava em absoluto desnorteado.

Nicolau não respondeu logo.

— Eu... assassinei... com um machado, Alena Ivanovna e sua irmã Isabel. Tinha o espírito transtornado... — acrescentou de repente. Depois calou-se, conservando-se de joelhos.

Tendo ouvido aquela resposta, Porfírio refletiu um pouco. Em seguida, com um gesto violento, mandou sair as pessoas presentes. Todos obedeceram e fechou a porta.

Raskolnikov, de pé a um canto, contemplava Nicolau. Durante algum tempo o juiz de instrução observou com atenção os dois. Por fim dirigiu-se a Nicolau com mau modo:

— Espera que te interroguem e não te antecipes. Não te perguntei se tinhas o espírito transtornado. Responde agora: tu mataste?

— Eu sou o assassino, confesso... — respondeu Nicolau.

— Ah! E como mataste?

— Com um machado. Tinha-o levado de propósito.

— Não tenhas pressa! Sozinho?

Nicolau não percebeu a pergunta.

— Não tinhas cúmplices?

— Não. Mitka está inocente, não tomou parte alguma no crime.

— Não tenhas pressa em desculpar Mitka, pois que ainda não falei nele... Como se explica que tu e o Mitka fossem vistos descendo a escada a correr?

— Foi de propósito que corri atrás do Mitka para desviar as suspeitas.

— Basta! — gritou Porfírio enfurecido. — Não diz a verdade! — murmurou em seguida como se falasse sozinho, e de súbito os seus olhos encontraram-se com os de Raskolnikov, cuja presença esquecera durante o diálogo com Nicolau. Vendo-o, o juiz de instrução ficou perturbado. Dirigiu-se-lhe logo.

— Raskolnikov, desculpe-me, já não tem aqui nada que fazer... Ora, veja... que surpresa! Tomara-o pelo braço, indicando-lhe a porta.

— Parece que não esperava isto — observou-lhe Raskolnikov.

Na verdade, o que se acabava de passar era ainda para ele um enigma; contudo, recobrara uma grande parte da sua serenidade.

— O senhor também não contava com semelhante episódio. Como a sua mão treme!

— Também o senhor treme, Porfírio.

— É verdade. Não esperava.

Estavam à porta. O juiz de instrução queria ver-se livre dele.

— Então não me mostra a surpresa?

— Com que dificuldade ganhou forças para falar e já está com ironias! É um homem muito singular! Até mais ver...

— Suponho que era melhor dizer adeus!

— Será como Deus quiser! — disse Porfírio com um sorriso forçado.

Atravessando a secretaria reparou que os empregados o olhavam muito. Na antecâmara reconheceu, entre a multidão, os dois homens daquela casa a quem pedira para o levarem ao comissariado da polícia. Pareciam estar à espera de alguma coisa. Nisto ouviu a voz de Porfírio. Voltou-se e viu o juiz de instrução, que se cansava, correndo atrás dele.

— Uma palavra, Raskolnikov. Esta questão há de resolver-se como Deus quiser. No entanto, por causa das fórmulas, terei que pedir-lhe ainda algumas informações... e por isso voltaremos a ver-nos, com certeza! — E Porfírio parou diante dele, sorrindo. — Com certeza! — repetiu.

Poderia supor-se que queria ainda dizer mais alguma coisa, mas calou-se.

— Desculpe-me aqueles modos bruscos de há pouco, Porfírio... Excitei-me demasiado — começou a dizer Raskolnikov, que, senhor de si, sentia uma vontade irresistível de troçar do magistrado.

— Não falemos mais nisso — disse Porfírio, quase alegre. — Eu mesmo... tenho umas maneiras muito desagradáveis, confesso. Mas até breve! Se Deus quiser havemos de nos ver ainda muitas vezes!

— E havemos de dar-nos muito? — perguntou Raskolnikov.

— Havemos de dar-nos muito — respondeu, como um eco, Porfírio, piscando os olhos e fitando muito a sério o seu interlocutor. — Vai a algum jantar?

— A um enterro.

— Ah está bem. Tenha cuidado com a saúde...

— Pela minha parte, não sei o que lhe hei de desejar! — respondeu Raskolnikov, começando a descer a escada. De súbito voltou-se para Porfírio: — Desejo-lhe maior sucesso que o de hoje. Como as suas funções são cômicas!

A estas palavras o juiz de instrução, que ia a retirar-se para o seu gabinete, perguntou ainda:

— Que têm elas de cômico?

— Ora, essa! Aí está o caso desse pobre Nicolau... Como devia tê-lo atormentado e perseguido para lhe arrancar tais confissões! Dia e noite, por certo, repetiu-lhe em todos os tons: o assassino, és o assassino... Perseguiu-o sem descanso, segundo o seu método psicológico. E agora que o desgraçado se conhece culpado, começa a zombar dele, cantando-lhe outra ária: mentes, mentes, não és o assassino, não o podes ser, não dizes a verdade. Ora, depois disto não tenho o direito de achar cômicas as suas funções?

— Ah! Notou então que eu disse a Nicolau que ele não dizia a verdade?

— Como não havia de notar?

— Tem um espírito muito sutil, nada lhe escapa! E tem graça, cultiva a facécia... O senhor tem a veia humorística. Diz-se que era a característica do nosso escritor Gógol...

— Sim, de Gógol...

— É verdade, de Gógol... Até mais ver!

— Até mais ver.

Raskolnikov voltou diretamente para casa. Estendeu-se no sofá e, durante um quarto de hora, diligenciou pôr em ordem as ideias que se lhe baralhavam no cérebro. Não tentou sequer explicar o caso de Nicolau, convencido de que havia um mistério cuja chave, naquela ocasião, era inútil procurar. De resto, não tinha ilusões sobre as consequências prováveis do incidente; a confissão do operário em breve seria reconhecida como falsa e então as suspeitas recairiam de novo sobre si. Enquanto, porém, esperava os acontecimentos, era livre e devia tomar as suas precauções, prevendo o perigo que julgava iminente. Até que ponto estava ameaçado? A situação começava a aclarar-se. Raskolnikov sentia calafrios ao lembrar-se da entrevista com o juiz de instrução. Decerto não podia compreender todas as intenções de Porfírio, mas o que adivinhava era mais do que suficiente para ver o terrível perigo a que havia escapado. Um pouco mais e ter-se-ia perdido sem remédio. Conhecendo-lhe a irritabilidade nervosa, o magistrado caíra sobre ele a fundo e com audácia descobrira-lhe o jogo. Raskolnikov comprometera-se muito; todavia, as imprudências que reconhecia ter cometido não constituíam uma única prova. Tinham apenas importância relativa. Não se enganaria pensando assim? Qual era o fim que Porfírio tinha em vista? Teria na verdade maquinado qualquer intriga, preparado algum golpe? Em que consistia esse golpe? Sem a aparição imprevista de Nicolau, como teria acabado aquela visita?

Raskolnikov estava sentado no sofá, os cotovelos sobre os joelhos e a cabeça entre as mãos. Um tremor nervoso continuava a agitar-lhe todo o corpo. Por fim levantou-se, pegou o chapéu e, depois de pensar um momento, dirigiu-se para a porta. Pelo menos hoje nada há a recear. E uma grande alegria surgiu: lembrou-se de ir desde logo a casa da Catarina. Era muito tarde para o enterro, porém chegaria à hora do jantar e veria Sofia. Parou, refletiu e um sorriso triste lhe pairou nos lábios:

— Hoje! Hoje!, repetia. Sim, hoje mesmo! E preciso...

Quando ia a abrir a porta, alguém lhe poupou o trabalho. Recuou espantado, vendo aparecer o enigmático personagem da véspera, o homem que saíra de debaixo da terra.

O misterioso personagem parou e, depois de olhar em silêncio para Raskolnikov, entrou. Vestia-se como na véspera, mas dir-se-ia que a fisionomia não era a mesma. Parecia muito aflito, soltando fundos suspiros.

— Que deseja? — perguntou-lhe Raskolnikov, pálido como um cadáver.

O outro não respondeu e curvou-se até ao chão; pelo menos bateu do sobrado com o anel que trazia na mão direita.

— Quem é o senhor? — interrogou Raskolnikov.

— Peço-lhe perdão — disse o homem em voz baixa.

— De quê?

— Das minhas más ideias.

Olharam um para o outro.

— Estava zangado... Quando outro dia, com o espírito perturbado pela bebida, o senhor perguntou pelo sangue e pediu para o levarem à polícia, vi, com pesar, que ninguém dava importância ao que dizia, tomando-o por um ébrio. Lembrando-me, porém, da sua morada, vim ontem aqui...

— Foi o senhor que veio procurar-me? — interrompeu Raskolnikov.

Começava a fazer-se luz no seu espírito.

— Sim. Insultei-o...

— Estava então naquela casa?

— Estava à porta quando o senhor lá foi. Não se lembra? Moro lá há muito tempo...

Raskolnikov recordou-se então de toda a cena da antevéspera. Com efeito, além dos porteiros, estava mais gente à porta: homens e mulheres. Alguém aconselhou que o levassem logo à polícia. Não podia lembrar-se da fisionomia de quem fizera aquela observação, nem mesmo agora a reconheceria, mas lembrava-se de ter respondido qualquer coisa.

Assim se explicava o espantoso mistério da véspera! E, sob a horrível impressão que lhe causara uma circunstância tão insignificante, estivera quase a perder-se! Esse homem só pudera contar que Raskolnikov se apresentara para alugar a casa da velha e tinha perguntado pelo sangue. Portanto, salvo este passo dado por um doente delirante, Porfírio não sabia mais nada. Não havia fatos, nada de positivo. Por consequência, se não surgirem novos acontecimentos (e não surgirão, tenho a certeza), o que me podem fazer? Ainda mesmo que me prendam, como poderão estabelecer em definitivo a minha culpabilidade?

Uma outra conclusão tirava Raskolnikov daquelas palavras: havia pouco ainda que Porfírio soubera da sua visita à casa da vítima.

— O senhor disse hoje ao Porfírio que eu tinha lá estado? — perguntou ele, iluminado por uma ideia súbita.

— Qual Porfírio?

— O juiz de instrução.

— Disse.

— Hoje?

— Cheguei um minuto depois do senhor. Ouvi tudo. Ele fez-lhe passar um mau quarto de hora!

— Onde? O quê? Quando?

— Estava lá, na sala contígua ao gabinete. Estive lá sempre.

— Como? Então o senhor era a tal surpresa? Mas como foi isso? Conte-me, peço-lhe.

— Vendo que os porteiros se recusavam a ir prevenir a polícia sob o pretexto de que era muito tarde e que o comissariado estava fechado, resolvi-me a saber quem o senhor era. No dia seguinte, isto é, ontem, tomei as minhas informações e fui ter com o juiz de instrução. Da primeira vez que lá fui, não estava. Uma hora depois voltei, mas não me recebeu; por fim, da terceira vez, mandou-me entrar. Contei como as coisas se tinham passado. Ouvindo-me, pulava no gabinete como uma bola de borracha: "está como estes marotos fazem o serviço!", exclamou. "Se tenho sabido isso mais cedo, mandava-o prender!" Em seguida saiu a toda a pressa, chamou alguém, a quem falou num canto da sala. Depois voltou para junto de mim e pôs-se a interrogar-me, proferindo sempre imprecações. Ficou ciente de tudo. Contei-lhe que o senhor não se atrevera a responder-me e que não me tinha reconhecido. Ele continuava batendo murros, gritando e pulando. Neste momento, entretantos, vieram anunciar a sua chegada: "Retira-te para ali e não te mexas, ouças o que ouvires", disse-me. Quando lhe trouxeram o Nicolau, o juiz de instrução despediu o senhor e depois mandou-me sair.

— Interrogou o Nicolau diante de si?

— Saí logo depois do senhor e só então é que começou o interrogatório.

Terminando a narrativa, o burguês curvou-se outra vez até ao chão.

— Perdoe-me a denúncia e o mal que lhe causei.

— Que Deus te perdoe! — respondeu Raskolnikov.

O outro curvou-se de novo e retirou-se.

"Não há acusações precisas, não há provas diretas", pensou Raskolnikov, sentindo renascer-lhe a esperança. E saiu.

"Podemos ainda lutar", disse com um sorriso feroz enquanto descia a escada. E era a si próprio que ele odiava, pensando, humilhado, na sua pusilanimidade.

Monumento em bronze em Staraya Russa. Foi inaugurado em 11 de novembro de 2001, dia do 180º aniversário de nascimento de Dostoiévski.

QUINTA PARTE

CAPÍTULO I

No dia imediato àquele em que teve a explicação com a mãe e a irmã de Raskolnikov, Petrovitch compreendeu, com grande pesar, que o corte de relações em que na véspera ainda não podia acreditar era um fato consumado. A serpente negra do amor-próprio mordeu-lhe o coração durante toda a noite. Logo que se levantou, o seu primeiro movimento foi ver-se ao espelho: receava ter tido alguma descarga de bílis.

Por felicidade essa apreensão não tinha fundamento. Vendo o rosto pálido e distinto, sentiu uma certa satisfação, pensando que não teria dificuldade em substituir Dounia — e quem sabe? — talvez com vantagem. Em breve, porém, abandonou essa esperança quimérica e cuspiu para o lado, o que fez sorrir com ar trocista o seu amigo e companheiro de quarto, André Semenovitch Lebeziátnikov. Loujine reparou naquele sorriso e lançou-o na conta do amigo, conta que estava muito carregada desde algum tempo. O desespero tornou-se maior ao refletir que não lhe devia ter contado essa história. Uma asneira que o seu temperamento arrebatado lhe levara a cometer naquela tarde: cedeu à necessidade de desabafar a irritação.

Durante todo o dia o azar perseguiu Petrovitch. No tribunal, a questão de que tratava reservava-lhe um desgosto. O que sobretudo o vexava era não poder dar uma razão ao proprietário da casa que tinha arrendado, por causa do seu próximo casamento.

Esse indivíduo, de origem alemã, era um antigo operário a quem a fortuna sorrira. Não aceitava transação alguma e reclamava o pagamento por inteiro, estipulado no contrato, ainda que Petrovitch lhe entregasse a casa desde já. O estofador não era menos exigente: não queria restituir um só rublo da quantia que Petrovitch dera de sinal pelo mobiliário que encomendara para a sua nova residência de casado. "Pois será possível que tenha de casar por causa da mobília?", dizia, rangendo os dentes, o infeliz homem de negócios. "O mal não terá remédio?" A lembrança dos encantos de Dounia enterrou-se-lhe no coração como um espinho. Nesse terrível momento, se pudesse por um simples desejo tirar a vida a Raskolnikov, tê-lo-ia morto logo.

"Outra tolice minha foi não lhes dar dinheiro", pensava, voltando todo triste para o cubículo de André. "Por que diabo fui tão avarento? Andei mal. Deixando-as por momentos na dependência, imaginei que veriam em mim um recurso providencial, e por fim, fogem-me das mãos! Se lhes tenho dado mil e quinhentos rublos para o enxoval, se lhes tenho comprado presentes no Armazém Inglês, o meu procedimento era ao mesmo tempo nobre e... hábil! Não me abandonavam com tanta facilidade como o fizeram! Com os seus escrúpulos, julgar-se-iam obrigadas a restituir-me, no caso de rompimento, presentes e dinheiro, e isso havia de ser difícil! E ainda era um caso de consciência: 'Como', diriam, 'se há de despedir um homem que se mostrou tão generoso e delicado?' Fiz uma grande asneira!" Petrovitch rangeu mais uma vez os dentes e chamou-se imbecil... de si para si, bem entendido.

Chegando a esta conclusão sobre a sua pessoa, voltou para casa muito mais aborrecido do que quando saíra. Contudo, despertou-lhe a curiosidade o movimento que havia na casa de Catarina com os preparativos para o jantar. Já na véspera ouvira falar em tal. Lembrou-se até de que fora convidado, mas as suas preocupações tinham-no impedido de prestar atenção ao convite. Na ausência de Catarina — que estava no cemitério — a senhora Amália andava açodada, dando ordens em volta da mesa do banquete. Conversando com ela, Petrovitch soube que se tratava de um verdadeiro banquete fúnebre, para o qual tinham convidado todos os inquilinos do prédio, entre os quais havia alguns que nem conheciam o falecido. André Semenovitch recebera o convite, apesar de ter cortado relações com Catarina. Enfim, havia o maior desejo de que Petrovitch honrasse o ato com a sua presença, visto que era o mais respeitável de todos os inquilinos. Catarina, esquecendo todos os agravos da senhoria, entendeu que devia dirigir-lhe um convite em forma. Era, portanto, com a maior satisfação que Amália Ivanovna tratava, naquela ocasião, dos preparativos do jantar. Fizera uma rica toalete; e conquanto trajasse de luto, tinha grande vaidade em apresentar-se com um belo vestido de seda novo. Informado de todas estas particularidades, Petrovitch voltou pensativo para o seu quarto, ou, antes, para o de André. Soubera que Raskolnikov era um dos convidados.

Naquele dia, por qualquer motivo, André não saíra. Entre ele e Petrovitch existiam relações um pouco singulares, mas explicáveis: este detestava-o quase desde o dia em que lhe pedira hospitalidade, não se sentindo por isso à vontade diante dele.

Chegando a S. Petersburgo, Petrovitch fora para casa de André, não só por economia, mas ainda por outra razão. Na província ouvira falar de André, seu antigo pupilo, como um dos rapazes da capital de ideias avançadas e ainda como homem que ocupava uma posição em evidência nalguns centros que se tornaram lendários. Essa circunstância interessava-o. Desde muito novo sentia um vago receio por estes centros poderosos que sabiam tudo, que não respeitavam ninguém e que declaravam guerra a toda a gente.

É inútil acrescentar que a distância a que se achava não lhe permitia ver as coisas. Como os outros, ouvira dizer que havia em S. Petersburgo progressistas, niilistas, etc; mas no seu espírito, como no da maior parte da gente, estas palavras tinham uma significação exagerada até ao absurdo. O que ele receava, em especial, eram as devassas feitas contra tal ou tal indivíduo pelo partido revolucionário. Certas reminiscências dos primeiros tempos da sua carreira contribuíram bastante para fortalecer este receio, desde que acariciara o sonho de ficar em S. Petersburgo. Dois personagens de elevada categoria que o tinham protegido sofreram os ataques dos radicais, sentindo-lhes as terríveis consequências. De forma que, logo que chegou a S. Petersburgo, Petrovitch observou de que lado soprava o vento e, pelo sim, pelo não, tratou de conquistar as boas graças da geração nova.

Contava para isso com André. Pela conversa que o vimos ter com Raskolnikov, percebe-se que já se apropriara, em parte, da linguagem dos reformadores.

André era empregado num ministério. Era baixo, magro, escrofuloso; tinha cabelos de um louro quase branco e suíças em forma de costeleta, que eram o seu grande orgulho. Estava quase sempre doente dos olhos. Bom homem, porém, no fundo, era um razoável pedante, falava de papo, com arrogância e entono, em contraste ridículo com a sua fraca figura. De resto, era tido por um dos melhores inquilinos da Amália, porque não se embriagava e pagava a renda com pontualidade.

À parte estes méritos, André era de fato um insignificante. Um entusiasmo de simplório levara-o a enfileirar sob a bandeira progressista. Era um dos numerosos ingênuos escravos da ideia em moda e que, muitas vezes, pela sua parvoíce, desacreditam a causa pela qual sinceramente combatem.

No entanto, apesar do seu belo caráter, André achou insuportável o seu hóspede e antigo tutor. A antipatia era recíproca. E não obstante a sua simplicidade, André começava a compreender que, no íntimo, Petrovitch desprezava-o e que não havia nada a fazer com aquele homem. Expusera-lhe as teorias de Fourier e de Darwin, mas Petrovitch, que o escutara com ar trocista, não hesitava em dizer coisas que magoavam o jovem catequizador. O fato é que Petrovitch acabou por suspeitar que André não era apenas um imbecil, mas também um falador sem importância alguma dentro do partido a que pertencia. A sua função especial era a propaganda, todavia ainda aí não estava muito seguro, porque tropeçava a cada passo na exposição das suas teorias. Na verdade, que se podia recear de semelhante criatura?

Note-se que, desde que se instalara na casa de André — em especial nos primeiros dias — Petrovitch aceitava-lhe com prazer, ou pelo menos sem reserva, as atenções. Quando ele, por exemplo, manifestava um grande zelo em estabelecer uma comuna na rua dos Burgueses e lhe dizia: "o senhor é muito inteligente para se zangar com sua mulher um mês depois do casamento se ela tiver um amante; um homem inteligente como o senhor não manda batizar os filhos", etc., etc., Petrovitch não pestanejava, tanto lhe agradava o diploma de inteligente que ele lhe passava.

Vendera alguns títulos de manhã e agora, sentado à mesa, contava o dinheiro que recebera. André Semenovitch, que quase nunca tinha dinheiro, passeava pelo quarto, afetando grande indiferença pelos maços de notas. Petrovitch não acreditava na sinceridade daquela indiferença. Por seu turno, André adivinhava com pesar o pensamento cético de Petrovitch e dizia consigo que ele era muito capaz de lhe estender diante dos olhos todo o seu dinheiro para o humilhar e lembrar-lhe a distância a que a fortuna os havia colocado.

Desta vez, Petrovitch estava maldisposto e prestava menos atenção do que era costume a André, que desenvolvia o seu tema favorito: o estabelecimento de uma nova comuna de um novo gênero. Não interrompia as suas contas senão para fazer alguma observação irônica e desagradável. André, porém, não se incomodava com isso. O mau humor de Petrovitch explicava-o pelo despeito de um apaixonado que fora despedido. Tinha pressa de versar esse assunto porque desejava emitir a esse respeito algumas observações progressistas que podiam consolar o seu respeitável amigo e contribuir para o seu desenvolvimento futuro.

— Parece que se prepara um banquete na casa da viúva? — perguntou à queima-roupa Petrovitch, interrompendo André no ponto mais interessante da sua exposição.

— Como se o senhor não soubesse! Ainda ontem lhe falei nisso, expondo-lhe até a minha opinião acerca dessas cerimônias... Pelo que ouvi dizer, ela convidou-o. Mesmo o senhor falou-lhe...

— Não podia acreditar que, na miséria em que essa imbecil está, fosse gastar num jantar todo o dinheiro que recebeu desse outro imbecil... do Raskolnikov. Há pouco, quando entrei, fiquei admirado vendo todos aqueles preparativos... Os vinhos! E parece que convidou muita gente. O diabo que a entenda! — continuou Petrovitch, que parecia falar com atenção. — Disse que me convidou? — perguntou ainda, levantando a cabeça. — Quando? Não me lembro. Mas não vou. Que vou lá fazer? Conheço-a apenas de ontem, quando trocamos algumas palavras. Disse-lhe que, como viúva de um funcionário, podia obter algum auxílio. Seria por isto que me convidou?

— Também não tenho tenção de lá ir — disse André.

— Não faltava mais nada! O senhor já lhe bateu! Compreende-se que tenha escrúpulo em lá ir jantar.

— Bati-lhe? A quem se refere? — perguntou André, fazendo-se muito corado.

— Refiro-me a Catarina Ivanovna, em quem o senhor bateu há de haver um mês! Soube-o ontem... Ora, aí estão as suas convicções! Aí está o seu modo de resolver a questão da mulher!

Dita esta frase, que o aliviou, continuou a contar o dinheiro.

— É uma infâmia, é uma calúnia! — repostou logo André, que não gostava que lhe falassem em tal. — Não foi nada disso! O que lhe contaram é falso. Defendi-me, apenas. Foi Catarina que se atirou a mim para me arranhar. Puxou-me pelas suíças...

Todos os homens, penso eu, têm o direito de se defender. De resto, sou inimigo da violência, venha de onde vier, por princípio, porque é quase despotismo. Que devia fazer? Deixar que me batesse? Repeli-a, simplesmente.

— Ah! ah! ah! — riu Petrovitch.

— O senhor, como está de mau humor, quer sofismar o que digo. Isto não significa nada, nem tem relação alguma com a questão da mulher. Fiz este raciocínio: se está admitido que o homem é igual à mulher em tudo, até em força (como agora começa a sustentar-se), então a igualdade deve existir também neste caso. Refleti que não havia motivo para debater esta questão porque nas sociedades futuras não haverá vias de fato, pela simples razão de que não haverá disputas... Por consequência, é absurdo pensar na igualdade na luta. Não sou tão tolo... ainda que, de resto, haja conflitos... isto é, mais tarde não os haverá... mas por agora ainda não é possível evitá-los... Com os diabos, com o senhor, uma pessoa fica atrapalhada! Não é isso que me leva a não aceitar o convite de Catarina. Se não vou lá jantar é apenas por causa dos princípios, para não sancionar com a minha presença o costume idiota desses jantares de enterro, ora aí tem! De resto, podia ir para ridicularizar tudo aquilo... Infelizmente não vão lá padres, porque se fossem não faltava.

— Quer dizer que ia sentar-se à mesa da mulherzinha para dizer mal dela e da forma por que o recebia, não é verdade?

— Não era para dizer mal. Era para protestar e com um fim útil. Posso, de uma maneira indireta, auxiliar a propaganda civilizadora, como é dever de todo homem. Talvez essa missão se cumprisse melhor se houvesse menos pieguices. Eu posso semear a ideia, o grão... Desse grão nascerá um fruto. Trabalhar assim prejudica alguém? Primeiro arrepiam-se, mas depois compreendem que se lhes prestou um serviço...

— Seja! — interrompeu Petrovitch. — Mas diga-me: conhece a filha do falecido, essa magricela... conta-se que ela... É verdade?

— Pois então! Quanto a mim, isto é, a minha convicção pessoal é que a situação dela é a situação normal da mulher. Por que não? Distingamos: na sociedade atual este gênero de vida não é normal, porque é forçado: porém na sociedade futura será em absoluto normal, porque será livre. Agora mesmo ela tinha obrigação de o seguir. Já estava desgraçada e, por isso, porque não havia de dispor como lhe aprouvesse do seu capital? Bem entendido, que na sociedade futura, o capital não terá razão alguma de existir, no entanto a situação da mulher acessível será outra, regulada por uma forma racional. Quanto a Sofia, vejo o seu procedimento como um protesto enérgico contra a organização da sociedade e tenho-lhe até por isso muita estima. Direi mais: quando a vejo sinto-me feliz.

— Todavia contaram-me que a tinha posto fora desta casa!

André irritou-se.

— É outra mentira! Não foi nada disso! Catarina Ivanovna contou essa história de um modo inexato porque não percebeu nada. Nunca desejei os favores da Sofia.

Limitava-me apenas a instruí-la nas minhas ideias sem nenhum pensamento reservado, esforçando-me por despertar a ideia do protesto. Não tentei outra coisa: ela própria compreendeu que não podia continuar a viver aqui!

— Tinha-a convidado para a comuna?

— Atualmente procuro atraí-la para a comuna. Ali estará em condições muito diversas daquelas em que vive aqui! De que se ri? Queremos fundar a nossa comuna sob bases mais amplas do que as precedentes. Vamos mais longe que todos os outros. Se Dobroliuabov e Bielinsky saíssem do túmulo encontravam-me como adversário! No entanto, continuo a incutir estas ideias em Sofia. É uma bela, uma belíssima organização!

— E aproveita então essa organização? Ah! Ah!

— Não, não! Pelo contrário!

— Pelo contrário, é boa!

— Pode acreditar em mim: por que motivo lhe havia de ocultar a verdade? E sabe? Há mesmo uma coisa que me admira: parece sempre contrafeita, tem um pudor, uma timidez...

— E o senhor, então, a instruía? Ah! ah! Demonstra-lhe que esse pudor é idiota.

— Não! Não! Oh, que sentido tão grosseiro, tão estúpido mesmo (desculpe!) que o senhor dá à palavra "instruir"! Como o senhor está atrasado! Não percebe nada! Nós procuramos a liberdade da mulher e o senhor pensa somente na porcaria da... Pondo de parte a questão da castidade e do pudor feminino, coisas inúteis e até absurdas, admito perfeitamente as reservas dela diante de mim, visto que assim usa da sua liberdade, exerce os seus direitos. Com certeza, se ela me dissesse: "quero que sejas meu", sentia-me feliz, porque essa moça agrada-me muito. Porém, no atual estado de coisas, ninguém é mais delicado nem mais conveniente para com ela do que eu. Nunca fizeram justiça às suas qualidades... mas eu não a perco de vista e espero. Aí está!

— Dê-lhe um presente. Aposto que ainda não pensou nisso!

— O senhor não percebe nada, já lhe disse! A sua situação especial permite-lhe esses sarcasmos, no entanto a questão não é o que o senhor julga. O senhor despreza-a. O senhor, fundando-se num fato que julga desonesto, recusa tratar com humanidade essa criatura. Pois não sabe que mulher ali está!

— Diga-me — disse Petrovitch — pode... ou tem bastantes relações com ela para lhe pedir que venha aqui uns minutos? Já devem ter chegado do cemitério... Parece-me ouvi-los subir a escada. Desejava ver essa moça.

— Mas para quê? — perguntou admirado André Semenovitch.

— Preciso falar-lhe. Devo partir hoje ou amanhã e tenho que lhe dizer... Pode assistir à nossa entrevista... é mesmo conveniente... Do contrário, sabe Deus o que o senhor pensaria.

— Não pensava nada. Fiz essa pergunta para dizer alguma coisa. Se tem que lhe dizer é muito fácil mandá-la cá vir. Vou chamá-la e pode crer que os não incomodarei.

De fato, cinco minutos depois André trazia Sofia, muito surpreendida. Quando se via em tais situações, ficava sempre inquieta. As caras novas faziam-lhe medo. Petrovitch apresentou-se com delicadeza. Um homem sério e respeitável como ele não podia deixar de receber uma criatura tão nova e tão interessante sem lhe fazer um acolhimento gentil, familiar até. Primeiro, tratou de sossegá-la, pedindo-lhe que se sentasse defronte dele. Sofia obedeceu, olhando ora para André, ora para o dinheiro que estava sobre a mesa; depois, fixou os olhos em Petrovitch. Dir-se-ia que este exercia sobre ela uma forte fascinação. André ia sair. Petrovitch fez sinal a Sofia para que se sentasse e deteve André.

— Raskolnikov já chegou? — perguntou em voz baixa.

— Raskolnikov? Já... Veio agora. Já o vi... Por quê?

— Nesse caso, peço-lhe o favor de ficar para não me deixar a sós com esta menina. A questão de que se trata é simples, mas Deus sabe que conjeturas podia ocasionar. Não quero que Raskolnikov vá contar para lá... Compreende por que lhe digo isto?

— Compreendo! Compreendo! — respondeu André. — Está no seu direito. Por mim, acho muito exagerados os seus receios... Porém isso não faz ao caso. Está no seu direito. Fico. Vou para a janela e não os incomodo. A minha opinião é que está no seu direito.

Petrovitch voltou a sentar-se em frente da Sofia e olhou-a com demora, com uma expressão grave, severa que parecia dizer-lhe: "Não imagine que vou dizer-lhe alguma coisa inconveniente ou imprópria!" Sofia sentiu-se mais à vontade.

— Em primeiro lugar, peço-lhe que apresente as minhas desculpas a sua mãe. Não me engano, exprimindo-me desta forma? Catarina tem-lhe servido de mãe? — começou Petrovitch, com um ar muito sério e muito amável. O seu propósito era sério na verdade.

— Sim, ela tem sido para mim uma segunda mãe — respondeu Sofia.

— Queria dizer-lhe quanto me desgosta não poder aceitar o seu amável convite por circunstâncias independentes da minha vontade.

— Vou já dizer-lhe — disse logo Sofia, levantando-se.

— Não é ainda tudo — continuou Petrovitch, sorrindo ao ver a ingenuidade da pobre moça e a sua ignorância das práticas sociais.

— Não me conhece, Sofia, se julga que por um motivo tão fútil a incomodei. O meu fim é outro.

A um gesto do seu interlocutor, Sofia sentou-se outra vez. As notas de diferentes cores em cima da mesa apresentaram-se-lhe de novo aos olhos, que ela desviou logo para Petrovitch. Olhar para o dinheiro dos outros parecia-lhe grande inconveniência, sobretudo na sua posição. Fixava a luneta com aros de ouro que Petrovitch segurava com a mão esquerda ou o grande anel com uma pedra amarela que brilhava no dedo médio dessa mão. Por fim, não sabendo para onde olhar, fixou o rosto do Petrovitch, o qual prosseguiu:

— Troquei ontem algumas palavras com Catarina e, pelo pouco que lhe ouvi, convenci-me de que se encontra numa situação anormal.

— Anormal, sim — repetiu Sofia com doçura.

— Ou, mais simplesmente, num estado mórbido...

— Sim, mais simplesmente, está doente.

— Ora, por sentimento humanitário e... e... de compaixão queria ser-lhe útil, prevendo que ela vai achar-se com certeza numa situação muito triste. Agora, segundo parece, essa pobre família conta só com a senhorita.

A moça levantou-se de um salto.

— Desculpe a minha pergunta, mas o senhor não disse que Catarina podia receber uma pensão? Ela contou-me que o senhor se encarregara de a obter. É verdade?

— Não é bem assim. Limitei-me a dar-lhe a perceber que, como viúva de um funcionário que morrera em serviço, poderia obter um auxílio temporário se tivesse proteções. Parece, contudo, que, além de não haver servido o tempo necessário para a reforma, seu pai não estava a serviço quando morreu. Numa palavra, pode-se esperar sempre, mas essas esperanças são pouco fundadas porque não há direito a esse favor, pelo contrário. E ela já a pensar numa pensão... Vê tudo muito fácil.

— Sim, ela contava com isso. É muito boa e fia-se em tudo. A sua bondade leva-a a acreditar em tudo... e... tem a cabeça perdida. Desculpe-a, sim? — disse Sofia, levantando-se outra vez.

— Ainda não ouviu tudo.

— Não ouvi tudo? — repetiu Sofia.

— Sente-se.

Sofia, muito envergonhada, sentou-se pela terceira vez.

— Vendo-a em semelhante situação, rodeada de crianças, queria, como disse, ser-lhe útil dentro dos meus recursos. Compreenda bem, dentro dos meus recursos, nada mais. Poderia, por exemplo, organizar em favor dela uma subscrição, uma tômbola ou qualquer coisa análoga, como fazem em tais casos as pessoas que desejam auxiliar os parentes ou os estranhos.

— Pois sim. Faça. — balbuciou Sofia com os olhos fixos em Petrovitch.

— Pode fazer-se, mas... depois falaremos nisso. Ver-nos-emos logo e conversaremos sobre o caso. Volte às sete horas. André assistirá à nossa entrevista. Mas... antes de tudo... há um ponto que precisa ser examinado com cuidado. Foi por esse motivo que a incomodei. Parece-me que não se deve entregar o dinheiro a Catarina. Seria uma grande tolice. Para o provar, basta este jantar de hoje. Não tem calçado, não tem a sua subsistência garantida por dois dias e compra rum da Jamaica, vinho da Madeira e café! Vi eu, quando passava. Amanhã toda a família fica a seu cargo e a senhorita terá de a sustentar. Portanto, acho que se devia fazer a subscrição para a infeliz viúva, mas deve ser a senhorita a administrar o dinheiro. Que lhe parece?

— Não sei. Hoje é que está assim. Isto sucede-lhe uma vez na vida... Queria honrar a memória do falecido. De resto, será como quiser. Ser-lhe-ei sempre muito... muito... todos lhe serão... e Deus há de... e os órfãos...

Sofia não pôde acabar, banhada em lágrimas.

— Bem, é uma questão resolvida. Agora aceite, para ela, esta quantia, que representa a minha parte. Desejo que o meu nome não seja proferido. Aqui está... Tenho tido também algumas dificuldades de dinheiro e sinto não poder dar mais.

E Petrovitch entregou a Sofia uma nota de dez rublos. Esta recebeu-a, corando muito e, pronunciando palavras ininteligíveis, despediu-se. Petrovitch acompanhou-a até a porta. Sofia voltou para casa de Catarina numa agitação extraordinária.

Durante esta cena, André conservou-se à janela a fim de não perturbar a conversa. Quando Sofia saiu, chegou-se a Petrovitch e estendeu-lhe a mão com solenidade:

— Ouvi tudo e vi tudo — disse, acentuando com intenção a palavra "vi". — É nobre, quero dizer, é humano, porque não admito a palavra nobre. Nem quis aceitar os agradecimentos, bem vi! E, conquanto, por uma questão de princípios, seja inimigo da beneficência às escondidas, que longe de extirpar radicalmente a miséria lhe favorece os progressos, não posso deixar de reconhecer que o seu procedimento é digno de aplauso. Sim, agradou-me!

— É quanto há de mais simples! — exclamou Petrovitch, embaraçado e fitando André com particular atenção.

— Não é a mais simples das coisas, não! Um homem que, ferido como o senhor por uma afronta recente, ainda é capaz de se interessar pela desgraça dos outros, um tal homem pode estar em oposição à economia social que não é por isso menos digno de estima. Não esperava isso de si, tanto mais que com as suas ideias... Ah, como está ainda eivado de tais ideias! Como se incomodou por causa dessa história de ontem! — exclamou André, que sentia voltar-lhe a simpatia por Petrovitch. — E que necessidade tem de se casar legalmente, meu caro Petrovitch? Para que insiste numa união legal? Bata-me, se quiser, mas declaro-lhe que me regozijo com o seu insucesso, que me sinto satisfeito ao pensar que é livre, que não está por completo perdido para a humanidade. Como vê, sou franco!

— O casamento legal evita que outros olhem para nós com sorrisos e desdéns, dá-me a convicção de que educo os filhos e de que sou pai, o que não acontece no seu casamento livre — respondeu Petrovitch para dizer alguma coisa. Estava pensativo e ouvia distraído o que o seu interlocutor dizia.

— Os filhos? Fala nos filhos? — tornou André, animando-se de súbito como um cavalo de combate que ouve o toque de clarim. — Os filhos é uma questão social que será depois tratada em separado. Há mesmo quem os não considere como fazendo parte da família. Falaremos deles mais tarde. Ocupemo-nos por agora do adultério... Oh, que espantalho! Oh, que insignificância! Precisamente no casamento livre é que não existe esse perigo que tanto medo lhe mete. O adultério é a consequência natural, o corretivo, por assim dizer, do casamento legal, o protesto contra um laço indissolúvel; e sob este ponto de vista nada tem de humilhante. Se alguma vez (o que é absurdo supor) contraísse casamento legal, estimaria muito que minha mulher me enganasse. Dir-lhe-ia: "agora, minha querida, só tinha amor por ti; de agora em diante respeito-te também porque soubeste protestar!" Ri? É porque não tem a força necessária para romper com os preconceitos! Compreendo que na união legítima seja desagradável ser enganado, porém isso é o miserável efeito de uma situação que desagrada por igual aos dois cônjuges. Quando as hastes simbólicas do adultério rompem na testa (refiro-me ao caso especial do casamento livre) deixam de ter significação e de se chamar chifres. Pelo contrário, a mulher prova assim ao homem que o estima, visto que o julga incapaz de pôr obstáculos à sua felicidade e muito inteligente para tirar vingança de um rival. Penso às vezes que se fosse casado (livremente ou legitimamente, pouco importa) e que se a mulher não arranjasse um amante, seria eu próprio quem iria lhe procurar e lhe diria: "Minha querida, amo-te, mas quero em especial que me estimes: aqui tens!" Não me dá razão?

Estas palavras apenas conseguiram fazer rir Petrovitch, cujo pensamento estava longe dali. Esfregava as mãos muito preocupado. André só mais tarde se lembrou dessa preocupação.

CAPÍTULO II

Seria difícil dizer com exatidão como a insensata ideia do jantar nasceu no cérebro de Catarina Ivanovna, que gastou nesse banquete, de fato, mais da metade do dinheiro que Raskolnikov lhe dera para o enterro de Marmeladov. Talvez Catarina julgasse que tinha o dever de honrar convenientemente a memória do marido para provar a todos os inquilinos, e em particular a Amália Ivanovna, que o morto valia tanto como eles, se não mais. Talvez obedecesse ao orgulho especial dos pobres que, em certos casos da vida, batismo, casamento, enterro etc., leva os infelizes ao sacrifício dos últimos recursos com o fim de fazer as coisas tão bem como os outros. E ainda permitido supor que no momento em que se via reduzida à extrema miséria, Catarina queria mostrar a toda essa gente insignificante que não só sabia viver e receber, mas que, filha de um coronel, educada numa casa rica, aristocrática até, podia dizer-se, não fora criada para esfregar o sobrado ou ensaboar a roupa dos seus petizes.

As garrafas de vinho não eram numerosas, nem de marcas variadas. Madeira não havia. Petrovitch exagerara. Havia vinho, aguardente, rum e Vinho do Porto de qualidade inferior, mas em quantidade suficiente. O jantar, preparado na cozinha de Amália, compreendia, além do *kutiá*[20], três ou quatro pratos. Havia dois samovares

20 Doce eslavo feito de trigo e sementes de papoula. (N. do E.)

para os convidados que quisessem tomar chá ou *punch* depois do jantar. Catarina fizera as compras acompanhada por um polaco famélico, que morava, Deus sabe em que condições, no prédio de Amália.

Desde o primeiro momento esse pobre diabo pôs-se à disposição da viúva e durante trinta e seis horas andou por toda parte com um zelo que Catarina não se fartava de apregoar. A todo momento, pela menor bagatela, corria, atarefado, a pedir instruções. Tendo declarado primeiro que sem o auxílio do homem nada poderia ter feito, terminou por o achar em absoluto insuportável. Era o seu feitio: via em tudo cores brilhantes e encontrava em toda a gente merecimentos que só existiam na sua imaginação, mas em que ela acreditava de todo o coração. Depois, ao entusiasmo sucedia uma brusca desilusão; então despedia com violência e palavras injuriosas aquele que, horas antes, tinha enchido de louvores excessivos.

Amália Ivanovna também subira muito na consideração de Catarina, talvez pela simples razão de ter tomado sobre si a responsabilidade do jantar, de se ter encarregado de pôr a mesa, por ter emprestado as louças, as toalhas, etc., e ter cozinhado até. Saindo para o cemitério, Catarina delegou-lhe plenos poderes e Amália mostrou-se digna dessa confiança. A mesa estava muito bem-disposta. As louças, os vidros, as chávenas, os garfos, as facas que os inquilinos haviam emprestado traíam, pela diversidade, as origens diferentes. Porém à hora marcada estava tudo no seu lugar. Quando voltou do cemitério, Catarina reparou na expressão de triunfo no rosto de Amália Ivanovna. Satisfeita por ter cumprido tão bem a sua missão, impava de orgulho dentro do vestido novo. Pusera também uma guarnição nova na touca. Este orgulho, conquanto legítimo, não agradou a Catarina. A touca também não lhe agradou. "Veem esta alemã maluca fazendo um figurão? Como é proprietária dignou-se, por bondade de alma, vir auxiliar os pobres inquilinos! Ora vejam! Em casa do meu pai, quando coronel, havia às vezes quarenta pessoas a jantar, porém nunca se receberia, nem mesmo numa ocasião destas, uma Amália Ivanovna!" Catarina não quis manifestar logo tudo quanto sentia, todavia prometeu colocar a si própria no seu devido lugar e nesse mesmo dia aquela impertinente.

Uma outra circunstância concorreu ainda para irritar a viúva: à exceção do polaco, que fora até o cemitério, poucos dos outros inquilinos convidados para o enterro lá tinham ido. Em compensação, quando se tratou de comer, vieram todos e alguns apresentaram-se até de uma forma bastante inconveniente. Os dois mais limpos parecia que tinham combinado não vir, a começar por Pedro Petrovitch, o melhor de todos. Contudo, na véspera à noite, Catarina tinha dito dele maravilhas a toda a gente, isto é, a André, a Poletcka, a Sofia e ao polaco. Era, dizia ela, um homem nobre, generoso, muito rico e possuindo excelentes relações. Fora amigo do seu primeiro marido, frequentara muito a casa do pai e prometera-lhe toda a sua influência para lhe obter uma pensão importante. Note-se que Catarina, quando falava da fortuna e das relações das pessoas que conhecia, fazia-o sem cálculo, sem interesse pessoal, mas apenas para realçar o prestígio da pessoa que elogiava.

Como Petrovitch, e talvez para seguir o seu exemplo, faltou também esse palhaço do André. Que ideia faria ele de si? Catarina convidara-o porque morava com Petrovitch: sendo agradável a um, tinha de o ser ao outro. Notou-se igualmente a ausência de uma grande dama e de sua filha. Havia só quinze dias que as duas moravam no prédio; contudo já tinham feito algumas observações por causa do barulho constante na casa dos Marmeladov, muito em especial quando o marido entrava bêbado. Como é de supor, a senhoria levou logo essas queixas ao conhecimento de Catarina. Por conta da força de incessantes discussões com a inquilina, Amália Ivanovna ameaçava pôr na rua os Marmeladov. Nisto que, gritava ela, incomodam pessoas distintas a cujos calcanhares não chegam. Por tal razão, Catarina tivera o cuidado de convidar estas senhoras cujos calcanhares não chegava, tanto mais que ao encontrá-las na escada elas desviavam-se com arrogância. Era a maneira de mostrar a essas figuronas quanto lhes era superior em sentimentos, e depois a mãe e a filha poderiam convencer-se naquele jantar de que ela não nascera para a vida horrível que suportava. Estava decidida a explicar-lhes isso à mesa, a atirar-lhes à cara que o pai desempenhara o cargo de governador e que, por consequência, não tinham razão para lhe voltarem a cara quando a encontravam. Um gordo tenente-coronel — na verdade capitão reformado do estado-maior — também faltava. Mas esse tinha desculpa: desde a véspera que a gota o tinha paralisado numa cadeira.

Como compensação, além do polaco, chegou primeiro um padre, feio, oleoso, vestindo um casaco cheio de nódoas, cheirando mal e mudo como um peixe; depois um antigo empregado dos correios, um velhinho surdo e quase cego a quem alguém pagava a renda do quarto havia muito. A estes dois seguiu-se um tenente da reserva, que entrou já embriagado, rindo às gargalhadas e, imaginem, sem colete! Um outro convidado entrou e foi logo sentar-se à mesa, sem mesmo falar a Catarina. Outro, que não tinha terno, apresentou-se em pijama. Era demais: o polaco e Amália não o deixaram entrar. O polaco trouxera dois dos seus compatriotas que não eram inquilinos de Amália e que ninguém conhecia.Tudo isto causou grande descontentamento a Catarina.

"Valeu bem a pena fazer tanta despesa para receber semelhante gente?" Com receio que à mesa, que ocupava todo o comprimento do quarto, não coubessem todos os convidados, tinham posto os talheres das crianças em cima de uma mala, ao canto; Poletcka, como mais velha, devia olhar pelas outras, servi-las e assoá-las. Desapontada, Catarina recebeu os convidados com arrogância quase insolente. Tornando Amália Ivanovna responsável da ausência dos convidados mais distintos, tratou-a com tais modos que esta se melindrou muito. Por fim foram para a mesa.

Raskolnikov apareceu, então, e Catarina ficou muito contente ao vê-lo; primeiro porque, de todos os presentes, era o único homem ilustrado. Apresentou-o, como devendo dentro de dois anos ocupar uma cadeira de professor na Universidade de S. Petersburgo depois porque se desculpou respeitosamente de não ter podido assistir aos funerais, apesar dos seus desejos. Catarina sentou-o à sua esquerda, porque Amália Ivanovna tinha ocupado a direita. Entabulou com ele, a meia-voz, uma conversa muito animada e tão seguida quanto lhe permitiam os seus deveres de dona de casa.

A doença de que sofria tomara nos últimos dias um caráter alarmante e a tosse que lhe despedaçava o peito não a deixava muitas vezes acabar as frases; contudo sentia-se feliz por ter com quem desabafar a indignação de que estava possuída diante dessa sociedade exótica. A princípio a sua cólera manifestou-se por epigramas aos convidados e em particular à senhoria.

— Tudo isto por culpa daquela imbecil. Sabe de quem falo? — E Catarina indicava Amália com um movimento de cabeça. — Olhe para ela. Percebe que falamos a seu respeito, mas como não sabe o que estamos a dizer, arregala os olhos como bolas do loto. Ora a coruja! Ah ah! Ih, ih! E aquela touca? E para me dar a entender que me honra muito sentando-se à minha mesa. Tinha-lhe pedido que convidasse pessoas distintas, muito em especial os conhecidos do morto. Veja que coleção de porcos e que lambões ela recrutou! Está ali um que nunca se lavou. E esses desgraçados polacos... Ah, ah! Ih, ih! Ninguém os conhece. É a primeira vez que os vejo. Parecem duas cebolas! Eh! — gritou para um deles. — Sabe-lhe bem? Coma. Beba cerveja. Quer aguardente? Está aí. Esperem... Levantou-se... e agradeceu. São decerto alguns pobres diabos que não têm onde cair mortos! Para eles tudo corre bem contanto que comam. Ao menos não fazem barulho... apenas... apenas receio pelos talheres de prata da senhoria! Amália Ivanovna — disse em voz alta — se por acaso roubarem as colheres, não me responsabilizo!

Depois desta satisfação dada ao seu descontentamento, voltou-se outra vez para Raskolnikov e começou a ridicularizar a senhoria.

— Ah! Ah! Ah! Não compreendeu! Não compreendeu nada! Fica sempre de boca aberta. Repare: é uma verdadeira coruja. Ah, ah, ah!

Esta gargalhada terminou por um acesso de tosse que durou cinco minutos. Catarina levou o lenço aos lábios e mostrou-o depois a Raskolnikov manchado de sangue. As gotas de suor desciam como pérolas pelo rosto da tuberculosa, que estava muitíssimo corada e respirava com dificuldade. Contudo, continuou conversando em voz baixa com grande animação.

— Confiei-lhe a delicada missão de convidar essa senhora e a filha... sabe a quem me refiro? Era necessário muito tato. Pois bem, fez as coisas de modo que essa estrangeira tola, essa mulher que veio a S. Petersburgo para pedir uma pensão como viúva de um major e que pela manhã até à noite corre os ministérios com a cara pintada, essa deslambida recusou o convite sem mesmo dar uma desculpa, como a mais vulgar delicadeza manda que se faça em tais casos. Também não compreendo porque foi que Petrovitch não veio. Mas onde está a Sofia? Ah! Ela aí vem... Sofia, onde estavas? É esquisito que num dia como o de hoje sejas tão pouco pontual! Raskolnikov, deixe-a sentar ao pé de si.

Aqui tens o teu lugar, Sofia... Como quiseres. Recomendo-te o caviar, que está excelente. Já te trazem o resto. Serviram as crianças? Poletcka, não te esqueças! Bom, bom! Lena, está quieta, não mexas assim com as pernas. Porta-te como uma menina de boa família. Que dizes, Sofia?

Sofia apresentou à madrasta as desculpas de Petrovitch, falando alto para que todos a ouvissem. Não contente de reproduzir os termos delicados de que ele se serviu, ampliou-os ainda. Petrovitch, disse, encarregara-a de lhe dizer que viria vê-la o mais depressa possível para conversarem acerca de negócios e combinarem o que haviam de fazer depois... etc., etc.

Sofia sabia que isto tranquilizava Catarina e, sobretudo, que lisonjeava o seu amor-próprio. Sentando-se ao lado de Raskolnikov, cumprimentou-o rapidamente, lançando-lhe um olhar cheio de curiosidade. Porém, durante o jantar não reparou nele nem lhe falou. Parecia até que estava distraída, com os olhos fixos em Catarina, para lhe adivinhar os desejos. Nenhuma delas estava de luto. Sofia tinha um vestido cor de canela escuro; a viúva vestia um roupão indiano, escuro, o único que possuía.

As desculpas de Petrovitch foram bem recebidas. Depois de ter ouvido Sofia com prazer, Catarina informou-se, com ar grave, da saúde de Petrovitch. E sem se ocupar dos outros convidados, fazia notar a Raskolnikov o quanto Petrovitch, um homem considerado e respeitável, estaria deslocado numa sociedade tão ordinária. Compreendia, pois, que ele não viesse, apesar dos velhos laços de amizade que o prendiam à sua família.

— Aqui tem porque lhe agradeço, muito em particular, o não ter recusado a minha hospitalidade oferecida nestas condições — disse em voz alta. — Estou convencida de que foi apenas a amizade que tinha a meu pobre marido que o fez vir.

Em seguida Catarina pôs-se a gracejar com os convivas. De repente dirigiu-se em especial ao velho surdo e gritou-lhe:

— Quer mais carne assada? Serviram-no de Vinho do Porto?

O outro não respondeu e esteve muito tempo sem perceber, até que lhe explicaram o que Catarina lhe dissera enquanto se riam. Ele olhou em volta e ficou de boca aberta, aumentando assim a hilaridade geral.

— Que estúpido! Para que o convidariam? — dizia Catarina a Raskolnikov. — Sempre esperei que Petrovitch viesse. Com certeza — prosseguiu, dirigindo-se a Amália Ivanovna — não se parece com as suas damas janotas. Essas, nem meu pai as queria para cozinheiras, e se meu marido as recebesse era só por compaixão.

— Gostava de beber, tinha um fraco pela pinga! gritou de novo o antigo empregado da assistência, esvaziando o duodécimo copo de aguardente.

Catarina proferiu com energia estas palavras inconvenientes:

— Sim, meu marido tinha esse defeito, como todos sabem, no entanto era um homem que estimava e respeitava a família. Só podia ser acusado pela sua demasiada bondade. Aceitava como amigos todos os depravados e sabe Deus quem o acompanhava a beber! Gente que não lhe chegava às solas das botas! Imagine, Raskolnikov, encontraram-lhe na algibeira um galo doce e um bolo: mesmo no auge da embriaguez não se esquecia dos filhos.

— Um galo? Foi um galo que disse? — gritou o mesmo indivíduo.

Catarina não se dignou de responder. Soltou um suspiro e ficou pensativa.

— Talvez pense, como todos, que era muito severa com ele — disse Catarina a Raskolnikov. É um erro. Ele estimava-me. Tinha por mim o maior respeito, pois a alma era boa. Muitas vezes me inspirou piedade! Quando, sentado a um canto, levantava os olhos para mim, sentia-me tão enternecida que não podia dominar a comoção. Dizia, porém, a mim própria: "te deixas vencer, não larga o vício." Só à força da severidade é que se continha um pouco.

— Bem sei, puxando-lhe pelos cabelos, o que lhe aconteceu mais de uma vez — disse o outro, bebendo um novo copo de aguardente.

— Há certos indivíduos a quem não só se deviam puxar os cabelos como até correr a pau. Não me refiro a meu marido. — respondeu com veemência Catarina.

As faces purpureavam-se-lhe e o peito arfava com violência. Uma palavra mais e ela faria escândalo. Muitos riam, achando o caso engraçado e incitando o empregado da assistência.

— Permita-me que lhe pergunte a quem se refere. Diga a quem é — atirou ele com voz ameaçadora. Mas não. E inútil! Não vale a pena! Uma viúva! Uma pobre viúva... Está perdoada. Não faço caso. E engoliu outro copo de aguardente.

Raskolnikov ouvia silencioso. Sentia pena de tudo aquilo. Por delicadeza, apenas provava as iguarias de que Catarina o servia.

Não tirava os olhos de Sofia, que, cada vez mais receosa, seguia com inquietação o desespero crescente de Catarina. Pressentia que o jantar acabaria mal. Entre outras coisas, Sofia sabia que fora por sua causa, em parte, que as tais senhoras não tinham vindo ao jantar. Soubera por Amália que, ao receberem o convite, a mãe ficara ofendida e perguntara: "hei de sentar minha filha ao lado daquela meretriz?" Sofia imaginava que Catarina já sabia isto. Ora, um insulto a Sofia era para Catarina muito pior do que um insulto feito a ela própria, a seus filhos ou à memória de seu pai: era um ultraje mortal. Sofia adivinhava que naquele momento Catarina só tinha um desejo: provar a essas duas provincianas o que elas eram. Ora, nessa ocasião um conviva, sentado na cabeceira da mesa, passou a Sofia um prato com dois corações atravessados por uma seta, feitos com miolo de pão. Catarina afirmou, rubra de cólera e com voz retumbante, que o autor desse gracejo era algum burro bêbado. Depois declarou que desejava retirar-se, logo que obtivesse a pensão, para F..., sua terra natal, onde fundaria uma casa de educação para meninas nobres. Referiu-se ao diploma de que o falecido Marmeladov falara a Raskolnikov quando se encontraram na loja de bebidas. Esse documento dava-lhe direito a fundar um pensionato. Tinha-o consigo só para confundir as duas filhas, se elas tivessem aceitado o convite. Demonstrar-lhes-ia que filha de um coronel, descendente de uma família nobre, para não dizer aristocrática, valia mais do que as aventureiras cujo nome se tornara tão conhecido. O documento correu à roda da mesa, pois os convivas avinhados passavam-no de mão em mão sem que Catarina se opusesse, porque esse papel confirmava que era filha de um conselheiro da corte, o que a autorizava quase a dizer-se filha de um coronel. A viúva contou então a existência encantadora que tencionava levar em F... Abriria um concurso para professores das várias disciplinas; entre eles contava-se Maujot, um velho muito respeitável que lhe ensinara francês. Este não hesitaria em ir dar lições ao pensionato por um preço módico. Por fim, anunciou a intenção de levar Sofia para F... e confiar-lhe a direção do estabelecimento. A estas palavras rebentou uma gargalhada na extremidade da mesa.

Catarina fingiu não ter ouvido. Elevando, contudo, a voz, declarou que Sofia possuía todas as qualidades requeridas para a substituir nessa missão. Depois de ter elogiado a meiguice de Sofia, a sua paciência, abnegação, cultura intelectual e nobreza de sentimentos, afagou-a com a mão e beijou-a duas vezes com efusão. Sofia corou e Catarina desatou a chorar.

— Estou com os nervos muito excitados — disse ela, desculpando-se — e não posso mais. Vai servir-se o chá.

Amália Ivanovna, muito vexada por não ter podido meter a sua colherada na conversa, escolheu este momento para fazer uma tentativa e observou à futura diretora do pensionato que devia ter muito cuidado com a roupa branca das educandas e não as deixar ler romances durante a noite. A fadiga e o desespero aumentavam a impaciência de Catarina, que recebeu com mau modo os conselhos de Amália, que na sua opinião não entendia nada do caso.

— Num pensionato de meninas nobres a roupa branca está a cargo de uma criada e não da diretora, e quanto à observação relativa à leitura de romances era apenas uma inconveniência, pelo que pedia a Amália que se calasse.

Em vez de ceder a esse pedido, a senhoria respondeu com azedume. Tinha dito aquilo para seu bem, além do que tivera a seu respeito sempre as melhores intenções, e tanto assim que havia muito tempo não lhe pagava a renda sem que ela a incomodasse.

— Mente quando fala nas suas boas intenções — respondeu a viúva. — Ainda ontem, e diante do cadáver do meu marido, veio fazer cenas a propósito da renda.

Apanhada em mentira, Amália mudou o rumo da conversa e disse que tinha convidado essas senhoras, mas que elas não aceitaram o convite porque eram nobres e não podiam frequentar a casa de quem o não era. Catarina respondeu que uma cozinheira não sabia avaliar a verdadeira nobreza. Amália Ivanovna, muito ofendida, respondeu que o seu *vater* era um homem importantíssimo em Berlim, pois passeava com as mãos nas algibeiras, bufando sempre: "Puff". Para dar dele uma ideia mais clara, a senhora Ivanovna levantou-se, meteu as algibeiras e, inchando as faces, imitou o baralho de um fole de ferreiro. Houve uma risada geral em todos os inquilinos que, na expectativa de uma luta entre as duas mulheres, se entretinham a excitar Amália.

Catarina, perdendo então toda a gravidade, declarou que Amália nunca tivera *vater*, que era apenas uma cozinheira ou coisa pior. Amália, furiosa, retorquiu que Catarina é que não tivera *vater*[21]; o seu era de Berlim, vestia grandes sobrecasacas e estava sempre: "Puff, puff". A viúva observou que todos conheciam a sua origem e que o seu diploma dava-a como filha de um coronel, enquanto Amália — supondo que tivesse pai — devia ser filha de algum leiteiro da Finlândia. Nem sabia o seu apelido paterno; umas vezes era Amália Ivanovna, outras, Amália Ludvigovna. A senhora, fora de si, exclamou, dando murros na mesa, que era Ivanovna e não Ludvigovna, que o seu *vater* se chamava Ioobann e que fora governador, o que nunca sucedera ao *vater* de Catarina. Esta, levantando-se, exclamou, afetando uma serenidade que era desmentida pela agitação do peito e a palidez do rosto:

— Se ousa outra vez pôr em paralelo o seu miserável *vater* e o meu pai, arranco-lhe a touca e piso-a aos pés.

Ouvindo isto, Amália começou a correr pelo quarto, gritando que era a dona da casa e que Catarina havia de sair desde já. Furiosa, arrecadou os talheres de prata. Houve uma confusão enorme, uma balbúrdia indescritível. As crianças começaram a chorar e Sofia agarrou-se à madrasta para evitar alguma violência. Amália aludiu, porém, em voz alta ao livrete amarelo. Catarina soltou-se dos braços da enteada e atirou-se à senhoria para lhe arrancar a touca. Neste momento abriram a porta e apareceu Pedro Petrovitch. Olhou com severidade para todos. Catarina dirigiu-se-lhe logo.

CAPÍTULO III

— Pedro Petrovitch! — gritou ela — acuda-me! Obrigue essa criatura a compreender que não deve falar assim a uma senhora nobre e infeliz, e que não é permitido... hei de queixar-me à autoridade... há de ser chamada à polícia... Em atenção ao que lhe fez meu pai, defenda estes órfãos.

— Dê-me licença, minha senhora, dê-me licença — disse Petrovitch, fazendo um gesto para a afastar. — Nunca tive a honra de conhecer seu pai — ouviu-se uma ruidosa gargalhada — e não é intenção minha intrometer-me nas suas questões com a Amália... Venho aqui porque desejo falar com Sofia... É assim que ela se chama, parece-me. Dá licença que entre...

E deixando Catarina, Petrovitch dirigiu-se para Sofia.

Catarina parecia pregada ao chão. Não percebia porque Petrovitch negava ter conhecido o seu pai. O que a desconsolava ainda mais era o tom seco, altivo, quase ameaçador com que lhe falara. Com a chegada de Petrovitch o silêncio estabeleceu-se pouco a pouco. A sua toalete correta contrastava com a de todos os convivas, que concordavam em que

---

21 Pai, em alemão. (N. do E.)

Escultura de granito de Dostoiévski localizada na Praça Vladimirskaya, em São Petersburgo, não muito longe do último apartamento onde morou o escritor.

só um motivo de excepcional gravidade podia explicar a presença daquele personagem. Todos esperavam qualquer acontecimento. Raskolnikov, que ficara ao lado de Sofia, afastou-se para Petrovitch passar.

Um momento depois apareceu André; mas em vez de entrar, ficou à porta, escutando com curiosidade sem saber do que se tratava.

— Desculpem-me vir perturbar a reunião, porém sou forçado a isso por um motivo grave. — começou Petrovitch, sem se dirigir a nenhum deles. — Estimo bastante poder explicar-me diante de toda a gente. Amália Ivanovna, na sua qualidade de dona da casa, peço-lhe para escutar o que vou dizer a Sofia Ivanovna.

Em seguida, chamando de parte Sofia, surpreendida e cheia de medo, disse:

— Sofia Ivanovna, depois da sua visita dei pela falta de uma nota de cem rublos que estava em cima da mesa, no quarto do meu amigo André Semenovitch. Se sabe o que é feito dessa nota e se me disser, dou-lhe a minha palavra de honra, diante de todas as pessoas presentes, que o caso não tem consequências. Do contrário, serei obrigado a recorrer a outros meios e então...

Seguiu-se um profundo silêncio. Até as crianças deixaram de chorar. Sofia, pálida como um cadáver, olhava para Petrovitch sem poder responder. Parecia que não tinha compreendido.

— Então, que responde? — perguntou ele, olhando-a com atenção.

— Não sei... não sei nada... — pronunciou ela a custo.

— Não? Não sabe nada? — interrogou Petrovitch. — Ora pense, reflita, pois dou-lhe tempo. E atenda a que não sou homem para fazer sem base uma acusação formal: tenho larga experiência do foro para me expor às consequências de uma difamação. Esta manhã saí, levando vários títulos no valor de três mil rublos, que vendi. Ao voltar para casa tornei a contar o dinheiro. André Semenovitch estava presente. Depois de ter contado dois mil e trezentos rublos, meti-os numa carteira que guardei na algibeira da minha sobrecasaca. Em cima da mesa ficaram quinhentos rublos, mais ou menos, em notas. Entre elas havia, com certeza, três notas de cem rublos. Ora, a meu pedido, a menina foi a minha casa e durante essa curta visita esteve sempre agitadíssima. Por três vezes até, levantou-se para sair sem que a conversa tivesse terminado. André Semenovitch é testemunha. Creio que não nega que a mandei chamar por André com o único fim de tratarmos da situação desgraçada da sua madrasta (a casa de quem não podia vir) e da maneira de a auxiliar por meio de uma tômbola ou subscrição, ou de qualquer outra forma. Agradeceu-me com as lágrimas nos olhos. (Entro em todos estes pormenores para lhe provar que tenho tudo bem presente.) Em seguida tirei da mesa uma nota de dez rublos e dei-lhe para as primeiras despesas de Catarina. André Semenovitch viu tudo isto. Depois acompanhei-a até à porta e vi-a retirar-se com a mesma agitação. Fiquei ainda conversando uns dez minutos com André, que depois saiu. Em seguida, quando ia guardar o dinheiro, com grande surpresa dei pela falta de uma nota de cem rublos. Agora pense: desconfiar de André Semenovitch é impossível! É-me impossível mesmo conceber semelhante ideia. Também não podia enganar-me nas contas, porque momentos antes tinha-as verificado. Concorde portanto em que, lembrando-me da sua agitação, da pressa que tinha em sair e ainda do fato de ter estado a mexer na mesa; enfim, considerando a sua posição social, os hábitos que ela traz, devia, embora contra a minha vontade, chegar a uma suspeita cruel, sem dúvida, mas legítima! Por mais convencido que esteja da sua culpabilidade, repito-lhe que sei ao que me exponho fazendo esta acusação. Contudo não hesito em fazê-la e vou dizer por que: é apenas pela sua negra ingratidão. Pois quê! Chamo-a porque me impressiona a situação da sua madrasta, dou-lhe para ela dez rublos e é assim que me agradece! Não, isso não pode ser! É preciso um corretivo! Reflita: peço-lhe como o seu melhor amigo. Senão serei inflexível... Então, confessa?

— Não lhe tirei nada! — disse Sofia cheia de espanto. — Deu-me dez rublos, aí os tem.

Tirou o lenço da algibeira, desatou um nó e tirou a nota de dez rublos, que entregou a Petrovitch.

— Continua a negar o roubo dos cem rublos? perguntou ele sem pegar na nota.

Sofia, lançando um olhar em volta de si, viu que todos estavam indignados. Olhou para Raskolnikov. De pé, encostado à parede com os braços cruzados, não desviava dela os olhos chamejantes.

— Oh, meu Deus! — suspirou ela.

— Amália Ivanovna, é preciso chamar a polícia. Peço-lhe que mande subir o porteiro — disse ele com voz suave.

— *Gott, der Barmherzige*... Bem sabia que era uma ladra! — exclamou Amália, esfregando as mãos.

— Sabia? — perguntou Petrovitch. — Alguns fatos anteriores permitiam-lhe tirar essa conclusão? Peço-lhe que não esqueça o que acaba de dizer. Que de resto há testemunhas!

— O quê! — exclamou Catarina, saindo de repente da letargia em que se conservara e adiantando-se para Petrovitch. — Pois acusa-a de roubar? Oh, canalha, canalha! — E aproximando-se dela, apertou-a com efusão contra o peito, com os braços emagrecidos. Sofia, como pudeste aceitar os dez rublos desse homem? Entrega-os. Dá-lhe todo esse dinheiro. Aí estão.

Catarina tirou a nota das mãos de Sofia, amarrotou-a e atirou-a à cara de Petrovitch. O papel, feito numa bola, tocou-lhe no rosto e rolou pelo chão. Amália Ivanovna apanhou-o logo. Petrovitch irritou-se.

— Segurem essa doida! — gritou.

Nessa ocasião houve aglomeração à porta. Entre os curiosos viam-se as duas senhoras da província.

— Doida, dizes tu? É a mim que chamas doida, imbecil? — gritava Catarina. — Tu, tu és um reles fabricante, um homem ordinário! Sofia roubou-te dinheiro! Sofia, uma ladra! Ela era capaz de dar-te muito mais, estúpido! — E Catarina, nervosa, desatou a rir. — Já viu um parvo assim? — dizia ela, interrogando um por um todos os presentes e indicando-o. De repente olhou para a Amália e não pôde mais conter-se. E tu, miserável, tu também, infame prussiana, tu também dizes que ela é uma ladra! Ah, pois não! Não viste que nem saiu de casa? Foi daqui ao outro quarto, ao teu, patife! E voltou logo a sentar-se à mesa conosco, como todos viram. Sentou-se ao lado de Raskolnikov. Revistem-na! Como não foi a mais sítio algum, deve ter o dinheiro. Se não o encontrares, pagarás o que disseste. Vou queixar-me ao imperador, ao czar misericordioso. Vou deitar-me aos pés dele hoje mesmo. Sou órfã! hão de deixar-me entrar. Julgas que não me recebe? Enganas-te! Como ela é muito boa, imaginavas que nada tinhas a recear. Contavas com a sua timidez? Mas se ela é tímida, eu não tenho medo. Os teus cálculos saíram errados! Procura, procura! Vamos, despacha-te!

Assim falando, agarrava-o e empurrava-o para Sofia.

— É isso o que eu quero. Mas sossegue — dizia ele — bem vejo que não tem medo! Na polícia é que isto se devia fazer. Porém há aqui bastantes testemunhas... Vamos. Todavia é impróprio de um homem, por causa do sexo... Se Amália Ivanovna quisesse... Contudo não é assim que as coisas se fazem.

— Mande-a revistar por quem quiser — gritou Catarina. — Sofia, mostra-lhe as algibeiras! Aí estão! Aí estão! Olha, vê bem, monstro! Vês que está vazia? Um lenço, nada mais! Agora, a outra. Aí está, aí está! Vês!

Não contente de tirar o que havia nas algibeiras de Sofia, Catarina virou-as. Na ocasião porém em que virava a algibeira direita, saltou um papelinho que, descrevendo no ar uma parábola, caiu aos pés de Petrovitch. Todos viram e alguns soltaram um grito de espanto. Este baixou-se, apanhou o papel e desdobrou-o: *coram populo*[22]. Era uma nota de cem rublos dobrada em oito. Mostrou-a a todos, para que não instasse dúvida alguma sobre a culpabilidade da Sofia.

— Ladra! Fora daqui! A polícia! A polícia! — gritou a Amália. — Rua!

Todos faziam comentários. Raskolnikov, silencioso, só desviava os olhos de Sofia para olhar para Petrovitch. A moça parecia mais aparvalhada do que surpreendida. De repente corou e cobriu a cara com as mãos.

— Não fui eu! Não roubei nada! Não sei como foi isso! — exclamou ela com uma voz cheia de amargura e dirigindo-se a Catarina, que lhe abriu os braços como um asilo inviolável.

— Sofia! Sofia! Não acredito! Bem vês que não acredito! — repetiu Catarina, rebelde à evidência. E dizia isto com afetuosidade, beijando-a, tomando-lhe as mãos, embalando-a nos braços como uma criança. — Roubares alguma coisa! Que gente tão estúpida! Oh meu Deus! São todos uns parvos! — gritava ela aos circunstantes. — Não sabem que coração está aqui, o que é esta moça! Ela, roubar, ela! Para os socorrer, se tivessem necessidades, era capaz de andar descalça, vender a última camisa.

22 Expressão latina que significa "em público". (N. do E.)

Até se sujeitou à humilhação do livrete amarelo porque os meus filhos morriam de fome! Vendeu-se por nossa causa! Ah, meu pobre marido! Oh! Deus! Mas defendam-na todos, em vez de ficarem impassíveis. Raskolnikov, por que não a defende? Também acredita que ela é culpada? Todos os que aqui estão, por mais que sejam, não valem uma unha das dela. Oh, Deus, defende-a!

As lágrimas, as súplicas, o desespero da pobre Catarina causavam profunda impressão. O seu rosto chapado de tuberculosa, os lábios secos, a voz apagada exprimiam um sofrimento tão intenso que comovia os mais insensível.

— Minha senhora — disse com solenidade Petrovitch — esta questão não lhe diz respeito. Ninguém deseja acusá-la de cumplicidade. Ademais, foi a senhora quem, virando as algibeiras, descobriu o roubo. Isto basta para provar a sua completa inocência. Quero ser indulgente para esse ato de Sofia, provocado talvez pela miséria. Mas por que não o confessou? Receava o escândalo? Compreende-se, compreende-se muito bem! Veja, contudo, ao que se expôs! Meus senhores — disse, voltando-se para todos — movido por um sentimento de piedade, perdoo, apesar das injúrias pessoais que me dirigiram. — Depois, voltando-se para Sofia: — Que a vergonha por que passou lhe sirva de lição para o futuro. Não dou parte à polícia.

Petrovitch olhou de revés para Raskolnikov. Os olhares dos dois encontraram-se. O de Raskolnikov chamejava. Catarina parecia não ter ouvido nada e continuava beijando Sofia com efusão. A exemplo da mãe, as crianças estendiam-lhe os braços. Poletcka, sem compreender do que se tratava, chorava, enquanto apoiava a sua linda cabecinha no ombro da Sofia.

De repente, da porta, retumbou uma voz sonora:

— Como isto é vergonhoso!

Pedro Petrovitch voltou-se logo.

— Que miséria! — repetiu André fixando Petrovitch, que estremeceu. — E atreveu-se a invocar o meu testemunho? — disse, aproximando-se dele.

— Que significam essas palavras? De quem fala? — perguntou ele hesitante.

— Estas palavras significam que o senhor é um caluniador! Aí tem o que elas significam! — respondeu André.

Via-se que estava possuído de violenta cólera. Enquanto fixava Petrovitch, os olhos deste tinham uma expressão desusada. Raskolnikov escutava ansioso com o olhar fixo no jovem socialista.

Ninguém proferiu palavra. A perturbação de Petrovitch era manifesta.

— É a mim que o senhor... — balbuciou ele — mas o que tem? Está no seu juízo?

— Estou, estou no meu juízo, e o senhor é... um pulha! Como isto é vergonhoso! Ouvi tudo e não falei mais cedo para poder avaliar bem o seu caráter. Por que fez tudo isso?

— O que foi que eu fiz? Deixe de enigmas. Talvez bebesse demais?

— Oh, miserável! Se algum de nós bebeu, não fui eu! Nunca bebo aguardente, porque isso é contra os meus princípios. Imaginem que foi ele, ele próprio, quem deu a nota de cem rublos à Sofia. Eu vi, sou testemunha, posso jurá-lo! Foi ele, ele! — repetiu André.

— Estará doido? — interrogou o atacado. — Ela própria afirmou aqui, diante de todos, há um instante, que só lhe dei dez rublos. Como pode dizer que lhe dei mais?

— Eu vi, eu vi! — repetiu com energia André. — E conquanto isso esteja em oposição com os meus princípios, estou pronto a jurá-lo perante a justiça. Vi-o meter-lhe disfarçadamente o dinheiro na algibeira sem que ela desse por isso! Julguei que o fazia (que asneira a minha!) por generosidade. Quando se despediu, estendeu-lhe a mão direita e com a outra introduziu-lhe a nota à socapa. Eu vi! Eu vi!

Petrovitch fez-se branco.

— Que linda história! — respondeu ele com insolência. — Estava encostado à janela e pôde ver tudo isso? A sua doença de olhos enganou-o. Foi vítima de uma ilusão, é o que é.

— Não me enganei! Apesar da distância, vi tudo muito bem, tudo! Da janela era difícil distinguir a nota (nesse ponto a sua observação é justa), mas por uma circunstância particular sabia que era uma nota de cem rublos. Quando deu os dez rublos à Sofia, estava eu então junto à mesa e vi-o pegar ao mesmo tempo numa nota de cem. Não me esqueci desse fato porque então tive uma ideia. Depois de dobrar a nota apertou-a na palma da mão. Quando se levantou, passou-a para a mão esquerda. Ocorreu-me do novo a mesma ideia: isto é, não queria que Sofia lhe agradecesse diante de mim. Podem imaginar com que atenção observei todos os seus movimentos. Vi, então, que lhe tinha metido o papel na algibeira. Vi, vi, vou jurá-lo!

André estava quase sufocado de indignação. De todos os lados se cruzavam exclamações; a maior parte delas exprimiam espanto, mas algumas eram ameaçadoras. Os convivas juntaram-se em volta de Petrovitch. Catarina dirigiu-se a André.

— André Semenovitch! Desconhecia-o. Defende-a! E o único que toma o partido dela. Foi Deus que o mandou para socorrer a órfã! André Semenovitch, meu amigo!

E Catarina, quase sem consciência do que fazia, caiu de joelhos diante dele.

— Isso são asneiras! — gritou Petrovitch, encolerizado. — O senhor não sabe o que diz! Esqueci-me, lembrei-me, voltei a esquecer-me, voltei a lembrar-me... O que é que isto significa? De forma que, se acreditassem em si, era eu que tinha introduzido os cem rublos na algibeira da moça! Por quê? Com que fim? Que tenho eu de comum com essa...

— Por quê? Isso é que não compreendo. Limito-me a contar o fato tal qual se passou, sem pretender explicá-lo, mas garantindo a sua exatidão. Engano-me tão poucas vezes, vil criminoso, que me lembro de ter feito a mim mesmo essa pergunta quando o felicitava, apertando-lhe a mão. Por que fizera o senhor aquela ação às escondidas? Talvez, disse comigo, quisesse ocultar-mo por saber que sou a princípio inimigo da caridade às ocultas, depois pensei que talvez quisesse fazer uma surpresa à Sofia: há de fato pessoas que gostam de caridade dessa forma. Depois tive outra ideia: a sua intenção era experimentar a Sofia. Queria saber se, quando ela encontrasse a nota, viria agradecer-lhe. Ou então desejava furtar-se aos agradecimentos, conforme o preceito de que a mão direita deve ignorar... Deus sabe todas as hipóteses que fiz. O seu procedimento intrigava-me tanto que tencionava refletir nele mais tarde, nas horas de ócio. Imaginei que faltava aos deveres de delicadeza dando-lhe a entender que conhecia a sua ação. Nesta ocasião lembrei-me que Sofia, ignorando o seu ato de generosidade, podia por acaso perder a nota. Aqui tem para que vim aqui: para lhe dizer que tinha cem rublos na algibeira. Antes porém entrei em casa das senhoras Kobylianikov. Fui restituir a Revue Générale de la Mêthode Positive e recomendar-lhes em especial o artigo de Piderit (o de Wagner também não deixa de ter valor). Chego aqui e presencio toda esta cena! Podia ter todas estas ideias, fazer todos estes raciocínios se não o tivesse visto meter os cem rublos na algibeira da Sofia?

Quando terminou, André estava fatigadíssimo: o suor escorria-lhe pelo rosto. Mesmo em russo, tinha grande dificuldade em exprimir-se. Esse esforço oratório tinha-o esgotado. As suas palavras produziram um efeito extraordinário. O tom de sinceridade com que as pronunciara convenceu a todos. Pedro Petrovitch sentiu que estava em mau terreno.

— Que me importam as tolices que lhe ocorreram! — exclamou ele. — O senhor sonhou todas essas histórias. Digo-lhe que mente! Mente e calunia-me para satisfazer o seu ódio! A verdade é que o senhor é meu inimigo porque tenho combatido o radicalismo ímpio das suas doutrinas antissociais!

Este ataque, em vez de favorecer Petrovitch, provocou violentos protestos.

— É só isso o que tens a responder-me! Não é muito! — respondeu André. — Chama a polícia, que vou jurar que a Sofia está inocente. Uma só coisa fica sem explicação para mim: o motivo que te levou a cometer uma ação tão vil! Oh, que miserável! Que covarde!

Raskolnikov avançou.

— Posso eu explicar esse procedimento e se for preciso vou também depor! — disse com voz firme.

À primeira vista aquela afirmação serena provava que conhecia a fundo a questão e que o imbróglio ia terminar.

— Agora compreendo tudo — continuou Raskolnikov, dirigindo-se a André. — Desde o começo do incidente que havia farejado alguma intriga ignóbil. As minhas suspeitas fundavam-se em certas circunstâncias só por mim conhecidas, mas que vou revelar porque esclarecem esta questão. Foi o senhor André Semenovitch que, pela sua declaração, fez luz no meu espírito. Peço a todos que ouçam. Este senhor — continuou ele, apontando Petrovitch — pediu há poucos dias a mão da minha irmã Dounia. Chegado há pouco a S. Petersburgo, procurou-me anteontem. Logo à primeira entrevista tivemos uma questão e eu o pus fora de casa, como duas testemunhas podem declarar. Este homem é um infame... Anteontem ainda não sabia que morava com André Semenovitch; por esta circunstância que ignorava, achava-se presente na ocasião em que, como amigo de Marmeladov, dei algum dinheiro a Catarina para as despesas do enterro. Logo escreveu a minha mãe, dizendo-lhe que eu dera o dinheiro a Sofia e não a Catarina, qualificando Sofia com os termos mais ultrajantes e dando a entender que mantinha com ela relações íntimas. O fim, compreendem, era indispor-me com a minha família, insinuando que gastava em deboches o dinheiro de que ela se privava para custear as minhas despesas. Ontem à tarde, na ocasião em que ele visitava minha mãe e minha irmã, restabeleci a verdade dos fatos: "Esse dinheiro", disse eu, "dei-o a Catarina para pagar o enterro do marido e não a Sofia, que nem de vista conhecia". Furioso por ver que as suas calúnias não obtinham o efeito desejado, insultou minha mãe e minha irmã. Houve então um rompimento definitivo e puseram-no fora de casa. Isto tudo passou-se ontem à tarde. Agora pensem e compreenderão o interesse que tinha, na presente circunstância, de estabelecer a culpabilidade de Sofia. Se conseguisse convencê-la do roubo, era eu que ficava culpado aos olhos da minha família, visto que não receava enxovalhá-la, mantendo relações com uma ladra. Ele, pelo contrário, atacando-me, defendia a consideração da minha irmã, sua futura mulher. Era o meio de me indispor com os meus ao mesmo tempo que lhe caía em graça. Aqui está o cálculo que fez.

Raskolnikov foi várias vezes interrompido por exclamações do auditório. Apesar disso a sua palavra conservou até ao fim uma serenidade e firmeza imperturbáveis. A voz vibrante, o tom de convicção com que falava comoveram o auditório.

— É isso, é isso! — disse André. O senhor deve ter razão, porque no momento em que Sofia entrou no meu quarto, ele perguntou-me se Raskolnikov cá estava, se o tinha visto entre os convivas de Catarina. Chamou-me para o vão da janela para me fazer essa pergunta. Portanto convinha-lhe que o senhor estivesse aqui! Sim, é isso!

Petrovitch, muito pálido, conservou-se silencioso, sorrindo com desdém. Parecia procurar maneira de sair de situação tão equívoca. Talvez mesmo quisesse retirar-se, mas nessa ocasião a retirada era quase impossível; ir-se embora seria reconhecer implicitamente o fundamento das acusações que lhe faziam, confessando-se culpado. Por outro lado, a atitude dos espectadores, excitados por copiosas libações, não era tranquilizadora. O empregado da assistência, que aliás não estava bem ao fato do caso, gritava mais do que todos e dizia coisas muito desagradáveis para Petrovitch. De resto, todos estavam já embriagados. Os três polacos, muito indignados, ameaçavam-no. Sofia escutava, mas parecia não ter ainda recobrado toda a presença de espírito. Dir-se-ia que voltara a si após um desmaio. Não desfitava os olhos de Raskolnikov, sentindo que estava nele todo o seu apoio. Catarina, aflitíssima, respirava com grande dificuldade. Amália Ivanovna parecia nada ter percebido, com a boca enorme escancarada, olhando pasmada para todos. Apenas compreendia que Petrovitch estava em mau campo. Raskolnikov quis falar outra vez, mas desistiu por ver que não conseguiria ser ouvido. De todos os lados choviam ameaças e injúrias contra Petrovitch, à roda do qual se havia formado um grupo tão compacto quanto hostil. Vendo que a partida estava em definitivo perdida, Petrovitch recorreu ao descaramento.

— Deem licença, meus senhores, deixem-me passar — disse ele, tentando abrir caminho. — É inútil, afirmo-lhes, meterem-me medo. Não me assusto por tão pouco. Serão os senhores que responderão no tribunal pela proteção com que encobrem um ato criminoso. O roubo está mais do que provado e apresentarei a queixa. Os juízes são pessoas esclarecidas e... não se embebedam: recusarão o testemunho de dois ímpios, dois revolucionários que me acusam de vingança pessoal. Com licença.

— Não quero por mais tempo respirar a mesma atmosfera que o senhor respira. Faça o favor de abandonar o meu quarto. Tudo está acabado entre nós. Quando penso que durante quinze dias suei sangue para lhe expor...

— Saio já, André Semenovitch. Já lhe tinha dito que partia. O senhor é que instava comigo para ficar. Por agora limito-me a dizer-lhe que é um imbecil. Desejo-lhe as melhoras do espírito e dos olhos! Com licença, meus senhores!

Conseguiu passar. O empregado da assistência, porém, achando que as injúrias não eram castigo suficiente, pegou num copo e atirou-o a Petrovitch. Por desgraça, o projétil que lhe era destinado acertou em Amália, que começou a gritar. Ao atirar o copo, o empregado desequilibrou-se e rolou pesadamente para debaixo da mesa. Petrovitch voltou ao quarto de André e uma hora depois abandonou a casa.

Tímida por natureza, Sofia, antes desta cena, já sabia que a sua situação a expunha a todos os ataques e que qualquer um podia ultrajá-la. Todavia, imaginou sempre que podia desarmar ódios à força de circunspeção, de humildade e de bondade para com todos. Fugia-lhe agora essa ilusão. Decerto tivera muita paciência para suportar tudo com resignação, mas a decepção desse momento fora cruel. Mesmo que a sua inocência triunfasse da calúnia quando lhe passasse a dolorosa impressão daquele momento, o coração havia de apertar-se-lhe angustiado ao pensar no seu abandono, no seu isolamento da vida. Teve um ataque de nervos. Por fim, não podendo mais, fugiu dali e voltou a toda a pressa para casa.

O incidente do copo causou hilaridade geral. Só a senhoria não gostou da brincadeira e desfechou toda a sua cólera sobre Catarina, que, vencida pelo sofrimento, se tinha deitado.

— Saia já daqui! Vamos! Saia!

Dizendo isto agarrava em todos os objetos que pertenciam a Catarina e atirava-os em monte para o meio do chão. Alquebrada, quase desfalecida, a pobre Catarina saltou da cama e arremeteu contra Amália. A luta, porém, era muito desigual. A senhoria não teve dificuldades em repelir o assalto.

— Pois não lhe basta ter caluniado a Sofia e mete-se agora comigo! No dia do enterro de meu marido expulsa-me de casa? Depois de ter recebido a minha hospitalidade, põe-me na rua com os meus filhos? Mas para onde hei de ir? — soluçava a infeliz mulher. — Oh, meu Deus! — exclamou ela, levantando os olhos para o céu. Pois já não há justiça? Quem é que defendes, se não nos defendes a nós, que somos órfãos? Veremos. Na terra ainda há tribunais e juízes. Vou dirigir-me a eles. Espera um pouco, malvada! Poletcka, toma conta das crianças. Já volto. Se te puserem fora, espera-me na rua. Veremos se há justiça na Terra!

Deitou pela cabeça o lenço verde a que Marmeladov aludira, atravessou a multidão avinhada e ruidosa dos inquilinos que continuavam a encher o quarto e, com o rosto banhado em lágrimas, desceu com a firme resolução de ir procurar justiça, custasse o que custasse. Poletcka, espantada, tinha nos braços os dois irmãozinhos; as três crianças esperaram, a tremer, o regresso da mãe.

Amália, como uma fúria, passeava pelo quarto, rugindo raivosa e atirando ao chão tudo o que podia agarrar.

"É tempo de me ir embora!", pensou Raskolnikov. "Sofia Semenovna, vamos a ver o que dizes agora!" E dirigiu-se para a casa de Sofia.

CAPÍTULO IV

Raskolnikov tinha pleiteado com o máximo interesse a causa de Sofia contra Petrovitch, a despeito das suas preocupações e angústias. Além do interesse que tinha por ela, aproveitara com alegria, depois das torturas da manhã, aquele incidente para afastar impressões que não podia suportar. A sua próxima entrevista com Sofia preocupava-o, assustava-o até. Devia revelar-lhe que tinha matado Isabel e, no entanto, pressentindo o quanto essa confissão lhe era difícil, tratava de desviar o pensamento dela. Quando ao sair de casa de Catarina exclamou: "Sofia Semenovna, vamos a ver o que dizes agora!", era o combatente exaltado pela luta, excitado ainda pela vitória sobre Petrovitch que pronunciava essa frase de desafio. Mas, coisa singular, quando chegou ao cubículo Kapernaoumov, a serenidade abandonou-o, cedendo o passo ao medo. Passou indeciso diante da porta: "Será forçoso dizer-lhe que matei a Isabel?" A pergunta era na verdade extraordinária, porque nesse momento sentia a impossibilidade daquela confissão. Não sabia porque lhe era impossível confessar o seu crime, mas sentia-o e ficou esmagado pela dolorosa conveniência da sua fraqueza. Para se poupar a mais longos tormentos, abriu a porta e parou no limiar, olhando para Sofia, que estava sentada com os cotovelos encostados à mesa e o rosto escondido nas mãos. Ao ver Raskolnikov, levantou-se logo e dirigiu-se para ele, como se o esperasse.

— Que seria de mim sem o senhor! — disse ela, conduzindo-o até o meio do quarto. Parecia que pensava apenas no serviço que lhe tinha prestado e que tinha pressa de lhe agradecer. Raskolnikov aproximou-se da mesa e sentou-se na cadeira de Sofia, que ficou de pé, a dois passos dele, tal como na véspera.

— Então, Sofia! — disse de repente, com voz trêmula. — Toda a acusação se baseava sobre a sua posição social e os costumes que ela implica. Compreendeu isto, ainda agora?

Sofia entristeceu.

— Não me fale como ontem! — respondeu ela. — Peço-lhe que não recomece. Tenho já sofrido tanto!

E sorriu, receando que aquela censura melindrasse Raskolnikov.

— Há pouco saí como doida. O que irá por lá agora? Queria lá voltar, mas pensei... que o senhor viesse.

Raskolnikov contou-lhe que Amália despedira os Marmeladov e que Catarina fora procurar justiça.

— Ah, meu Deus, vamos depressa.

E agarrou na mantilha.

— Sempre a mesma! — disse Raskolnikov. Só pensa neles! Deixe-se estar um pouco comigo!

— E... Catarina Ivanovna?

— Ora! Catarina vem aqui, descanse — respondeu ele com ar enfadado. — Se não a encontrar, a culpa será sua...

Sofia sentiu-se cheia de ansiedade. Raskolnikov, com os olhos no chão, pensava.

— Petrovitch, hoje, queria apenas fazer-lhe perder a reputação. — começou ele, sem olhar a moça. — E se nós lá não estivéssemos e ele quisesse mandá-la prender, estava agora na prisão, não é verdade?

— É — respondeu ela com voz fraca. — É... — repetiu maquinalmente, distraída da conversa pela inquietação que a dominava.

— Ora eu podia muito bem lá não estar e foi por um simples acaso que André ali se encontrou.

Sofia ficou calada.

— E se a tivessem prendido, o que sucederia? Lembre-se do que ontem lhe disse.

Continuava calada, esperando ocasião para responder.

— Pensava que me ia dizer: Ah! não me fale nisso! — continuou Raskolnikov com um sorriso zombeteiro. — Mas cala-se? — perguntou passado um minuto. É preciso que eu sustente a conversa? Tinha curiosidade em saber como é que resolveria uma questão, como diz André. — O embaraço tornava-se visível. Falo com seriedade. Suponha que antes lhe haviam contado os projetos de Petrovitch, que sabia desses projetos atinentes a perder Catarina e os filhos, sem contar consigo; suponha que Poletcka fosse condenada a uma vida como a sua. Ora, se dependesse de si fazer desaparecer Petrovitch, isto é, salvar Catarina e a família, ou deixá-lo viver e realizar os seus infames projetos, pergunto: o que decidiria?

Sofia olhou para ele, inquieta. Nestas palavras proferidas com voz trêmula adivinhava algum pensamento reservado.

— Não esperava por semelhante pergunta — disse, interrogando-o com o olhar.

— Talvez, mas o que decidiria?

— Que interesse tem em saber o que eu faria numa circunstância que não pode dar-se? — respondeu Sofia.

— Deixaria então Petrovitch cometer todas as vilanias? Parece que não tem coragem para o dizer.

— Não sei os segredos da Providência... Para que me pergunta o que hei de fazer num caso impossível? Como pode a existência de um homem depender da minha vontade? Quem confiou ao meu arbítrio a vida ou a morte dos outros?

— Desde que apela para a Providência, nada mais tenho que dizer — respondeu Raskolnikov com respeito.

— Diga-me com franqueza o que tem a dizer-me! — exclamou Sofia, aflita. Está a empregar subterfúgios? Veio aqui para me apoquentar?

Chorava. Durante cinco minutos observou-a com um aspeto sombrio.

— Tem razão, Sofia — disse em voz baixa.

Uma transformação súbita se havia operado nele. A gravidade afetada, o tom altivo com que falara havia pouco tinha desaparecido. Agora mal se fazia ouvir.

— Disse-te ontem que não viria aqui pedir-te perdão e foi quase a pedir-te desculpas que comecei a conversa... Falando-te em Petrovitch, desculpava-me, Sofia...

Quis sorrir, porém a fisionomia conservou o mesmo aspecto sombrio. Baixou a cabeça e cobriu o rosto com as mãos. De repente julgou perceber que detestava Sofia. Surpreendido, admirado até de semelhante descoberta, levantou a cabeça e olhou para a moça com atenção: ela fixava nele um olhar em que brilhava a chama do amor. Desde logo a dúvida desapareceu: havia-se enganado no sentimento que o agitara. Isso significava apenas que tinha chegado o momento fatal. De novo escondeu o rosto nas mãos e baixou a cabeça. Em seguida empalideceu, levantou-se e, depois de tornar a olhar para Sofia, foi sentar-se na cama sem proferir palavra. A impressão de Raskolnikov foi a mesma que sentiu, quando, de pé, atrás da velha, se preparava para a matar e dizia: "Não há um momento a perder".

— Que tem? — perguntou Sofia?

Não pôde responder. Tencionava explicar-se noutras condições e não compreendia agora o que se passava nele, que não o podia fazer. Ela aproximou-se muito meiga de Raskolnikov, sentou-se-lhe ao lado, e esperou, sem deixar de o olhar. A situação era insuportável. Ele ergueu para ela os olhos, pálido como um cadáver, e contraiu os lábios, querendo falar. Sofia estava aterrada.

— Que tem? — repetiu ela, afastando-se um pouco.

— Nada, não te assustes... Com franqueza, isto não vale nada, é uma tolice — disse com ar desvairado. — Para que vim eu apoquentar-te? — perguntou de repente, olhando para Sofia. Sim, para quê? É o que eu não cesso de perguntar...

Um quarto de hora antes fizera a si próprio a mesma pergunta, mas nesse momento a sua fraqueza era tanta que apenas tinha consciência de si, porque se sentia tremer.

— Está incomodado. — disse Sofia.

— Não é nada! Queres saber o que é? — Durante dois minutos um sorriso frouxo pairou-lhe nos lábios. — Lembras-te do que ontem te queria dizer?

Sofia escutava, inquieta.

— Disse-te, quando saí, que talvez me despedisse de ti para sempre, porém se hoje voltasse dir-te-ia... quem matou Isabel.

Ela estremeceu.

— Aqui tens para que vim.

— Sim, foi o que ontem me disse. — respondeu Sofia com voz pouco firme. — Mas como sabe?

A moça sentia que lhe faltava a respiração. O rosto tornava-se-lhe cada vez mais pálido.

— Sei...

— Já o descobriram? — perguntou ela, receosa, depois de um curto silêncio.

— Não, não o descobriram...

Houve um silêncio.

— Então com sabe? — perguntou de novo com uma voz que mal se percebia.

Raskolnikov voltou-se para a moça, fixou-a muito enquanto um sorriso lhe flutuava nos lábios.

— Adivinha — disse ele.

— Para que me assusta?

— Se o sei é porque me dou muito com ele — respondeu Raskolnikov, sem força para desviar os olhos dos de Sofia. — A Isabel, ele não a queria matar... assassinou-a sem premeditação... Queria apenas matar a velha... quando ela estivesse sozinha... Entretanto apareceu a Isabel... e matou-a.

Um silêncio lúgubre seguiu-se a estas palavras. Ambos continuavam com os olhos um no outro.

— Então não adivinhas? — perguntou de súbito, sentindo a sensação de quem se precipita de uma torre.

— Não — respondeu Sofia com voz sumida.

— Vê lá...

Quando pronunciou estas palavras sentiu a alma gelar-se-lhe: parecia-lhe ver no rosto de Sofia a expressão fisionômica de Isabel quando a desgraçada mulher recuava diante do assassino que avançava para ela de machado em punho. Nesse momento supremo, Isabel erguera os braços, como as crianças medrosas que, quase a chorar, fixam o olhar espantado, imóvel, no objeto que as assusta. Era assim que Sofia manifestava um indizível terror: estendeu também os braços, empurrou de manso Raskolnikov, pondo-lhe as mãos no peito e afastando-se pouco a pouco sem deixar de o olhar fixamente. O terror dela comunicou-se-lhe. Pôs-se a contemplá-la com os olhos esgazeados.

— Adivinhaste?

— Meu Deus! — exclamou a Sofia.

Caiu exausta na cama, escondendo a cara no travesseiro.

De repente levantou-se e, aproximando-se dele, tomou-lhe as mãos, apertando-as com os dedos como tenazes, e lançou-lhe um demorado olhar. Não se teria enganado?

— Basta, Sofia, basta! — suplicou ele, comovido.

Todas as suas previsões saíram erradas, porque não era assim que ele tencionara confessar o crime.

Sofia parecia fora de si. Saltou da cama para o meio do quarto, torcendo as mãos, e voltou a sentar-se outra vez ao pé dele, quase encostada ao seu ombro. De súbito estremeceu, soltou um grito e caiu de joelhos diante dele.

— Está perdido! — disse com desespero.

Depois levantou-se, lançou-se-lhe ao pescoço e beijou-o com imensa ternura.

Raskolnikov afastou-a de si e, com a voz repassada de tristeza, disse-lhe:

— Não te compreendo, Sofia. Beijas-me, depois de te dizer isto... Não tens consciência do que fazes.

Ela não o ouviu.

— Não há na Terra homem mais desgraçado do que tu! — exclamou, cheia de piedade e desatando a chorar.

Raskolnikov sentia comover-se pela influência de um afeto que desde há muito tempo não conhecia. Não tentou lutar contra essa impressão: duas lágrimas brilharam-lhe dos olhos sem que chegassem a cair.

— Não me abandonas, Sofia? — perguntou-lhe com o olhar suplicante.

— Nunca! Nunca! Em parte alguma! Acompanho-te para onde quiseres! Oh, meu Deus, como sou infeliz! Por que não te conheci antes?

— Vês como vim!

— E agora? Que se há de fazer agora? Juntos, juntos! — repetiu ela, exaltada, beijando-o muito. — Irei contigo até o degredo.

Estas palavras causaram uma triste impressão em Raskolnikov. Um sorriso cheio de amargura e quase altivo pairou-lhe nos lábios.

— Por ora não estou resolvido a ir para o degredo.

Sofia continuava olhando para ele. Nunca sentira tanta piedade por um desgraçado. Aquelas palavras e a maneira como foram ditas tornavam a lembrar-lhe de que ele era um assassino. Olhou-o pasmada. Ele! Ele! Um assassino! Não é possível!.

— Não! Não é verdade! Onde estou eu? — perguntava ela, como se despertasse de um sonho. — Como foi que tomou essa resolução? Um homem como o senhor! Para quê?

— Para roubar! Basta, Sofia! — disse-lhe ainda, fatigado e aborrecido.

Sofia ficou estupefata, porém tornou:

— Tinhas fome? Foi para ajudares tua mãe, foi?

— Não — respondeu ele. — Queria, com efeito, ajudar minha mãe... mas não foi essa a verdadeira razão... Não me aflijas!

Sofia sentia-se muito nervosa.

— Pois será verdade tudo isto? É possível, meu Deus? Como acreditar nisso? Pois quê! Mataste para roubar, tu que és capaz de ficar sem nada para dar tudo aos outros? Ah! — exclamou ela — esse dinheiro que deste a Catarina... esse dinheiro... Oh, meu Deus, será possível que esse dinheiro...

— Não, Sofia — interrompeu logo Raskolnikov — esse dinheiro não era... sossega! Foi minha mãe que me mandou, quando estive doente, por intermédio de um negociante. Tinha-o recebido havia pouco quando o dei à Catarina. Razoumikhine viu... Esse dinheiro era meu, muito meu!

Sofia escutava-o muito atenta.

— Quanto ao dinheiro da velha... que nem sei se lá havia dinheiro... tirei-lhe do pescoço uma bolsa que parecia estar recheada, mas não verifiquei o que continha, porque não tive tempo. Roubei diferentes coisas, botões de punhos, cadeias de relógio... Esses objetos e a bolsa escondi-os no dia seguinte de manhã, debaixo de uma grande pedra, num pátio que dá para V... Ainda lá está tudo...

Sofia redobrava de atenção.

— Por que não ficaste com alguma coisa, visto teres matado para roubar? — perguntou ela, aferrando-se a uma última e vaga esperança.

— Não sei, nem mesmo decidi ainda ficar ou não com esse dinheiro — respondeu Raskolnikov, hesitante. Depois rindo:

— Que história tão tola te contei.

"Estará doido?", perguntava ela a si própria. Porém logo repelia esta ideia. Havia ali outra coisa. Não compreendia nada.

— Sabes o que te digo, Sofia? Se a necessidade, apenas, me levasse ao assassinato — disse ele, acentuando cada palavra e tendo no olhar o que quer que fosse de enigmático — seria agora feliz! Fica sabendo! Mas que te importa o motivo, desde que ouviste a horrível confissão! — exclamou com desespero um momento depois.

Sofia ia falar, porém deteve-se.

— Ontem pedi-te que fugisses comigo porque não tenho mais ninguém.

— Para que me queres contigo? — interrompeu ela com timidez.

— Não é para matar nem para roubar, descansa — respondeu Raskolnikov com ironia. — Não somos gente dessa laia. E sabes, só há pouco compreendi por que te pedi ontem para vires comigo. Quando te fiz esse pedido, nem sabia para que o fazia. Sei-o agora: é que não queria que me abandonasses. Tu não me deixas, Sofia?

Ela apertou-lhe a mão.

— Para quê, para que disse eu o que fiz? — exclamou ele um minuto depois, olhando para ela com infinita compaixão. — Esperas que te dê explicações, pelo que vejo, mas que hei de eu dizer, Sofia? Nada perceberias e afligir-te-ias muito mais! Por que choras, por que me beijas? Porque não tenho coragem para suportar o peso do fardo e o descarrego noutra pessoa? Porque procuro no sofrimento um alívio ao meu desgosto? E podes gostar de semelhante homem?

— Tu não sofres também? — exclamou Sofia.

Durante um minuto os dois sentiram-se sensibilizados.

— Sofia, tenho mau coração, repara: isto explica-te muita coisa. Foi por ser mau que vim aqui. Poucas pessoas seriam capazes de o fazer. Sou... um infame... Por que te vi eu? Nunca me perdoarei!

— Não, não, fizeste bem em vir! exclamou Sofia. — É melhor que eu saiba tudo, muito melhor!

Raskolnikov olhou-a, cheio de compaixão.

— Queria tornar-me um Napoleão! Aqui tens por que matei. Já percebes?

— Não — respondeu Sofia — mas fala, fala... hei de compreender!

— Compreenderás? Veremos...

Durante algum tempo Raskolnikov concentrou-se.

— O fato é que um dia apresentei a mim próprio esta questão: se Napoleão estivesse no meu lugar, se não tivesse no começo da sua carreira Toulon, o Egito, a passagem do monte Branco, e se se encontrasse ante um assassinato a cometer para assegurar o seu futuro, repugnar-lhe-ia matar uma velha e roubar-lhe três mil rublos? Uma tal ação seria desprovida de prestígio e muito... criminosa? Durante muito tempo quebrei a cabeça com esse problema e senti-me envergonhado quando, por fim, reconheci que ele não teria hesitado, que nem mesmo teria admitido a possibilidade de hesitar. Não tendo outra saída, fá-lo-ia sem o menor escrúpulo. Desde então nunca mais hesitei. Escudei-me com a autoridade de Napoleão! Ris? Tens razão, Sofia.

Ela não tinha vontade nenhuma de rir.

— Diga-me antes, com franqueza... sem exemplos — disse com voz sumida.

Raskolnikov voltou-se para ela, olhou-a com tristeza e pegou-lhe nas mãos.

— Tens razão, Sofia. Tudo isto é absurdo, palavreado, apenas! Ouve lá: minha mãe, como sabes, está sem recursos. O acaso permitiu que minha irmã recebesse uma certa educação e está condenada a ser professora. Todas as esperanças das duas assentavam apenas em mim. Entrei na Universidade, mas por falta de meios interrompi os meus estudos. Suponhamos que os tenha continuado: no melhor dos casos podia, passados dez ou quinze anos, ser nomeado professor ou obter um emprego público com o ordenado de mil rublos... Mas até que isso chegasse, os cuidados e os desgostos arruinariam a saúde da minha mãe e... talvez à minha irmã sucedesse pior. Privar-me de tudo, deixar minha mãe na miséria, sofrer a desonra de minha irmã seria vida? E tudo isto por quê? Depois de ter enterrado os meus, poderia constituir família nova. Deixaria, ao morrer, mulher e filhos sem um bocado de pão! Pois bem! Pensei que, na posse do dinheiro da velha, não continuaria a ser pesado a minha mãe, poderia voltar para a Universidade e em seguida assegurar o meu começo de vida... Aí está. Com certeza fiz mal em matar a velha, mas basta!

Raskolnikov estava extenuado.

— Não é isso, não é isso! — exclamou Sofia cheia de tristeza. — É verdade que não houve outro motivo?

— Não houve outro motivo, não. O que disse é a verdade!

— A verdade! Oh, meu Deus!

— Afinal, Sofia, matei apenas um verme ignóbil, nocivo...

— Esse verme era uma criatura humana!

Raskolnikov pareceu não ter ouvido.

— Tens razão, Sofia, foram outros os motivos. Há muito tempo que não conversava... sinto uma violenta dor de cabeça...

Os olhos brilharam-lhe, febris. Parecia delirar. Um sorriso inquietador pairava-lhe nos lábios. Aquela animação fictícia o deixara esgotado. Sofia compreendeu o quanto ele sofria. Também ela julgava que ia perder a razão. Que linguagem extravagante! Apresentar tais explicações como plausíveis! Não acreditava e torcia as mãos com desespero.

— Não, Sofia, não é isso — prosseguiu, levantando a cabeça. — Não é isso. Imagina que sou um odre de amor próprio, invejoso, mau, vingativo e com tendência para a loucura. Disse-te que abandonei a Universidade. Pois podia não o ter feito. Minha mãe pagava-me as matrículas e eu ganhava com o meu trabalho para me vestir e sustentar. Podia, pois, viver assim. Tinha lições que me rendiam cinquenta copeques. Razoumikhine trabalha muito. Esse sim! Eu estava farto, não queria mais. Sim, farto é o termo! Então imobilizei-me no quarto, como a aranha num canto. Conheces a minha trapeira, já lá estiveste... Sabes que se sufoca nos quartos baixos e estreitos? Oh, como odiava esse cubículo! Contudo, não queria mudar. Ficava lá dias inteiros, deitado, ocioso, não me preocupando sequer com o que havia de comer. "Se Nastássia me trouxer alguma coisa, bem está", dizia eu, "não passarei sem comer". Estava muito irritado para pedir alguma coisa. Tinha renunciado ao estudo e vendido todos os livros. Havia uma polegada de pó sobre as minhas notas e cadernos. De noite, não tinha luz: para ter com que comprar uma vela seria preciso trabalhar e eu não queria trabalhar. Preferia divagar, deitado no sofá! É inútil dizer-te em que consistiam os meus devaneios. Foi então que comecei a pensar. Não, não é isto! Ainda não conto as coisas como são. Ouve, Sofia, dizia sempre comigo: "Visto saberes que os outros são tolos, por que não procuras ser mais inteligente do que eles?" Em seguida, reconheci que para estar à espera de o mundo ser inteligente seria preciso ter uma grande paciência. Mais tarde convenci-me de que esse momento mesmo nunca chegaria, de que os homens não mudarão nunca e de que se perde o tempo a querer modificá-los! Sim, é isto mesmo! É uma lei... Sei agora, Sofia, que para os homens o Senhor é aquele que possui uma inteligência poderosa. Quem ousa muito tem razão aos olhos deles. Aquele que os provoca e os despreza impõe-se ao seu respeito. É o que se tem visto sempre e sempre se há de ver!

Enquanto falava, Raskolnikov olhava para Sofia, porém já sem se importar que ela o compreendesse. Estava possuído de uma grande exaltação. A moça sentiu que aquele catecismo feroz era a sua fé e a sua lei.

— Então, Sofia, convenci-me — continuou, cada vez mais excitado — que o poder só é concedido àquele que ousa baixar-se para o tomar: é necessário ousar. Desde o dia em que se me revelou esta verdade, clara como a luz do sol, quis ousar e matei... querendo somente praticar um ato de audácia. Foi esse, Sofia, o móvel da minha ação!

— Oh, cale-se, cale-se! — gritou a moça, fora de si. — O senhor descreu de Deus e Deus castigou-o, entregando-o ao diabo!

— Com que, então, Sofia, quando todas estas ideias iam visitar-me na escuridão do meu quarto, era o diabo que me tentava, hein?

— Cale-se. Não ria. O senhor é um ímpio, não compreende nada!

— Cala-te, Sofia. Não estou a rir. Sei muito bem que foi o diabo que me arrastou. Cala-te, Sofia, cala-te! — repetiu com uma sombria insistência. — Sei tudo. Tudo o que possas dizer-me, disse-o a mim próprio mil vezes, deitado às escuras... Que lutas interiores sofria! Como todos esses sonhos me eram insuportáveis e como queria desembaraçar-me deles para sempre! Julgas que matei como um estouvado, como um cabeça de vento! Não, não procedi senão depois de maduras reflexões e foi isso que me perdeu! Pensas que me iludi? Quando me interrogava sobre se tinha direito ao poder, sentia perfeitamente que não, por isso mesmo que o punha em dúvida. Quando perguntava a mim próprio se uma criatura é um animal maléfico, sabia muito bem que para mim não o era, mas sim para o audacioso que não tivesse feito a si mesmo essa pergunta, que seguisse o seu caminho sem atormentar o espírito com tal ninharia... Enfim, o simples fato de propor ao meu espírito este problema: "Napoleão teria matado esta velha?", bastava para me provar que não era um Napoleão. Por fim, renunciava a procurar justificações sutis; quis matar sem casuística, matar para mim, só para mim! Não pensei em iludir a minha consciência. Se matei não foi nem para aliviar o infortúnio de minha mãe, nem para consagrar ao bem da humanidade o poder e a riqueza que, no meu cálculo, essa morte me devia ajudar a conquistar. Não, não, tudo isso estava longe do meu espírito. Naquele momento com certeza não me inquietava a dúvida sobre se fazia bem a alguém ou se continuaria a ser toda a vida um parasita social! E o dinheiro não foi para mim o principal motivo do assassinato; foi outra razão que em especial me determinou. Vejo-o agora muito bem... Ouve: se pudesse voltar atrás talvez não fizesse o que fiz. Nessa altura eu queria sobretudo saber se era um animal como os outros ou um homem na verdadeira acepção da palavra; se tinha ou não em mim a força necessária para saltar por cima do obstáculo, se era um pusilânime ou se tinha o direito...

— O direito de matar? — perguntou Sofia, estupefata.

— Eh! Sofia! — disse ele irritado, e veio-lhe aos lábios uma resposta, mas absteve-se de a dizer. — Não me interrompas, Sofia! Queria somente provar-te uma coisa: o diabo conduziu-me a casa da velha e em seguida fez-me compreender que não tinha o direito de lá ir, visto que sou um animal tal como os demais! O diabo caçoou comigo. E agora venho a tua casa! Se não fosse um animal viria fazer-te esta visita? Escuta: quando fui à casa da velha queria apenas fazer uma experiência... Fica sabendo!

— E matou! Matou!

— Bem, mas como foi que eu matei? É assim que se mata? Faz-se o que eu fiz quando se vai assassinar alguém? Um dia te contarei os pormenores. E por ventura matei a velha? Não, a mim é que eu matei e perdi-me sem remédio... Quanto à velha, foi morta pelo diabo e não por mim. Basta, basta, Sofia, basta! Deixa-me — gritou ele de repente — deixa-me!

Apoiou os cotovelos nos joelhos e apertou, estorcendo-se, a cabeça entre as mãos.

— Como ele sofre! — gemeu Sofia.

— E agora? Diz-me o que hei de fazer agora — perguntou ele, levantando de súbito a cabeça.

Tinha as feições horrivelmente transtornadas.

— O que hás de fazer? — exclamou a moça. Correu para ele e os seus olhos, até ali rasos de lágrimas, incendiaram-se de repente. — Levanta-te! — E dizendo isto agarrou Raskolnikov pelo ombro.

Este levantou-se um pouco e olhou para Sofia com um ar surpreendido.

— Vai já, neste mesmo instante, à viela próxima, roja-te pelo chão e beija a terra que manchaste. Em seguida inclina-te para todos os lados e grita a toda a gente: “Matei!” Então Deus te restituirá a vida. Vais? Vais? — perguntou ela a tremer, apertando-lhe as mãos com uma força extraordinária e fixando nele os olhos inflamados.

Esta súbita exaltação da moça mergulhou Raskolnikov num pesar profundo.

— Então queres que vá para o degredo, Sofia? Preciso denunciar-me, não é verdade? — perguntou com ar sombrio.

— É preciso que aceites a expiação e te regeneres por meio dela.

— Não, Sofia, não irei denunciar-me.

— E viver? Como viverás tu? — replicou ela com força. — É possível agora? Como poderás suportar o olhar de tua mãe? Oh, o que será delas agora? Mas que digo eu? Já abandonaste há muito tua mãe e tua irmã. Por isso é que quebraste os laços de família. Oh, Senhor! — exclamou. — Ele próprio já compreende tudo isto... E agora como hás de ficar fora da humanidade? O que há de ser de ti agora?

— Pensa bem, Sofia — disse Raskolnikov com doçura. — Para que me hei de apresentar à polícia? Que diria eu a essa gente? Tudo isto não quer dizer nada. Eles próprios matam milhões de homens e fazem disso alarde. São uns canalhas e uns covardes, Sofia! Não vou lá. Que lhes havia de dizer? Que cometi um assassinato e que, não ousando aproveitar-me do dinheiro roubado, o escondi debaixo de uma pedra? — acrescentou com um sorriso amargo. — Zombariam de mim, diriam que sou um imbecil e um poltrão. Eles, Sofia, não compreenderiam nada, são incapazes disso. Para que hei de ir entregar-me? Não vou. Pensa bem, Sofia.

— Trazer sobre ti semelhante fardo... E toda a vida, toda a vida!

— Reabilitar-me-ia? — perguntou com um ar feroz. — Escuta — prosseguiu um momento depois — basta de lágrimas. É tempo de falarmos a sério. Vim dizer-te que já andam à minha procura para me prenderem.

— Ah! — exclamou Sofia, aflita.

— Então, que é isso? Pois se tu própria desejas que vá para o degredo, por que te assustas? Porém ainda não me apanharam. Hei de dar-lhes que fazer e, no fim de contas, não conseguirão nada. Não têm indícios positivos. Ontem corri grande perigo e julguei que estava perdido; hoje reparou-se o mal. Todas as provas deles se prestam a duas interpretações, isto é, os argumentos apresentados contra mim posso explicá-los no interesse da minha causa, compreendes? E não terei muita dificuldade em o fazer. Por certo me vão meter na cadeia. Sem uma circunstância muito fortuita, é até muito provável que já me tivessem engaiolado hoje. Estou em risco de ser ainda preso antes de acabar o dia... Isso, no entanto, não vale nada, Sofia. Se me prenderem serão obrigados a soltar-me, porque não têm uma prova real e não a terão, afianço-te. Por simples presunções não se pode condenar um homem. Está bem, basta... Desejava só prevenir-te... Quanto à minha mãe e à minha irmã vou arranjar as coisas de maneira que elas não se inquietem. Parece que minha irmã está agora ao abrigo de necessidades; posso, pois, estar descansado também com relação a minha mãe. Bem! Tem prudência. Irás ver-me quando estiver preso?

— Pois decerto! Pois decerto!

Estavam sentados um ao lado do outro, tristes e abatidos como dois náufragos lançados pela tempestade sobre uma plaga deserta.

Olhando para Sofia, Raskolnikov sentia quanto ela o amava e, coisa singular, aquela imensa ternura de que se via objeto causou-lhe de súbito uma impressão dolorosa. Dirigira-se a casa da Sofia dizendo de si para si que o seu único refúgio, a sua única esperança estavam nela: cedera a uma necessidade irresistível de desabafar as suas penas; e agora que a moça lhe dava todo o seu coração julgava-se muito mais desgraçado do que antes.

— Sofia, é melhor que não me vás ver.

Esta não respondeu; chorava. Passaram-se alguns minutos.

— Trazes alguma cruz contigo? — perguntou ela, como se lhe tivesse ocorrido uma ideia súbita.

A princípio ele não percebeu a pergunta.

— Não, não tens? Então toma lá esta, que é de cipreste. Eu tenho outra de cobre, que me deu a Isabel. Fizemos uma troca: ela deu-me a cruz e eu dei-lhe uma imagem. Agora vou usar a cruz da Isabel e tu trarás esta. Toma... é a minha! — insistiu ela. Iremos ambos para a expiação, conduziremos ambos a nossa cruz.

— Dá cá! — disse Raskolnikov para não a desgostar. Estendeu a mão, mas quase no mesmo instante retirou-a.

— Não, agora não, Sofia. É melhor mais tarde.

— Pois sim, mais tarde — respondeu ela. — Dar-te-ei no momento da expiação. Virás aqui, eu ponho-te ao pescoço, rezaremos e depois partiremos.

Neste momento bateram três vezes à porta.

— Sofia Semenovna, pode-se entrar? — perguntou uma voz afável.

Sofia, inquieta, correu a abrir. O visitante era André.

CAPÍTULO V

André Semenovitch tinha a fisionomia transtornada.

— Vinha procurá-la. Peço desculpa... Já esperava encontrá-lo aqui — disse bruscamente a Raskolnikov. — Quero dizer, não imaginava nada de mal, não vá supor... mas pensava de fato... Catarina Ivanovna voltou para casa e enlouqueceu — concluiu ele, dirigindo-se de novo a Sofia.

A moça deu um grito.

— Pelo menos é o que parece. Puseram-na na rua, a gente da casa onde foi, e parece que lhe bateram... Pelos menos é o que se depreende. Tinha ido procurar o chefe de Simão Zakharitch, porém não o encontrou; tinha ido jantar à casa de um dos seus colegas. Dirigiu-se logo à casa do tal sujeito e insistiu em querer falar ao chefe de Zakharitch, que ainda estava à mesa. Naturalmente puseram-na na rua, pois conta que o injuriou e lhe atirou com qualquer coisa à cabeça. Nem sei como não a prenderam! Agora deu-lhe para contar os seus projetos a toda a gente, incluindo a Amália Ivanovna. Está numa tal agitação que pouco se percebe do que diz. Como não lhe resta recurso algum quer ir tocar realejo pelas ruas, acompanhando os filhos, que cantarão e dançarão solicitando a caridade dos transeuntes. Diz que todos os dias irá colocar-se debaixo das janelas do general... hão de gozar o espetáculo dos filhos de uma família nobre pedindo esmola pelas ruas! Bate nas crianças, que choram com desespero. Ensina a *Minha Choupana* à Lena e dá lições de dança ao pequeno e à Poletcka. Despedaça os poucos trapos que possui para fazer fatos de saltimbancos e à falta de instrumentos quer levar uma bacia de metal para servir de tambor. Não admite uma palavra que não vá de encontro aos seus projetos e opiniões. Enfim, só vendo para crer!

André preparava-se para continuar, porém Sofia, que o escutara quase sem respirar, pôs o chapéu e saiu a toda a pressa. Os dois seguiram-na.

— Está de fato doida — disse André a Raskolnikov. — Para ir preparando a Sofia, disse-lhe que apenas o parecia; no entanto não há dúvidas de que está doida varrida. Nos tuberculosos parece que é frequente formarem-se tubérculos no cérebro.

— O senhor falou-lhe em tubérculos?

— Não! Nem ela teria compreendido. Mas faça o favor de me dizer: se o senhor convencer alguém, com o rigor da sua lógica, de que no fundo não há razão alguma que justifique o choro, esse alguém deixará de chorar? É claro que sim. Por que havia de continuar a chorar, não me dirá?

— Se assim fosse, a vida seria deliciosa! — respondeu Raskolnikov, que estava nesse momento em frente da sua casa.

Saudou com toda a cerimônia André e entrou. Quando chegou ao seu cubículo, perguntou a si próprio por que voltara para casa. O olhar fixou-se-lhe no papel amarelado e no velho sofá em que dormia. Do pátio subia a todo o momento um ruído seco, como marteladas. Estariam pregando alguma coisa? Foi à janela, pôs-se nas pontas dos pés e olhou por algum tempo com a maior atenção. Não viu ninguém. Por fim, sentou-se no sofá. Nunca sentira tamanha sensação de isolamento. Sim, de novo sentia que com efeito detestava Sofia e que a detestava precisamente depois de ter aumentado a sua desgraça. Para que fora ele fazê-la chorar? Que necessidade tinha de lhe envenenar a vida? Que covardia! "Ficarei só", disse com resolução, "ela não irá ver-me à prisão!" Cinco minutos depois levantou a cabeça e sorriu a uma ideia que lhe ocorreu no momento. "Talvez fosse melhor..."

Quanto tempo durou esse devaneio? Nunca se pôde lembrar disso. De súbito abriram a porta, dando passagem a Dounia, que parou no limiar, olhando o irmão com atenção. Depois aproximou-se e sentou-se à frente dele, numa cadeira, no mesmo lugar da véspera. Raskolnikov fitou-a em silêncio.

— Não te enfades, Ródia. Demoro-me apenas um momento. — A sua fisionomia era grave, mas não severa, e o olhar límpido e terno. Raskolnikov compreendeu que a irmã viera trazida pela grande afeição que lhe tinha. — Meu irmão, sei tudo, tudo. Razoumikhine contou-me tudo. Perseguem-te, atormentam-te, és vítima de suspeitas tão insensatas como odiosas. Ele é de opinião que nada há a recear e que não tens motivos para te incomodares dessa maneira. Não partilho essa opinião: compreendo bem a tua indignação e não me surpreenderia se toda a tua vida te ressentisses disso... E é de fato o que receio. Tu deixaste-nos. Não discuto a tua resolução, não ouso discuti-la, e peço-te que me perdoes as palavras desagradáveis que te disse. Sinto que, em idênticas circunstâncias, faria como tu: evitaria todo o convívio. É claro que não direi à nossa mãe uma única palavra a este respeito, mas falar-lhe-ei de ti a todo o momento e dir-lhe-ei da tua parte que não tardarás em ir vê-la. Não te preocupes por causa dela, pois eu a tranquilizarei. Pela tua parte não te aflijas. Vai lá, ainda que seja só uma vez; lembra-te de que é tua mãe! Eu vim, Ródia — disse Dounia levantando-se — para te dizer que, se por acaso tiveres necessidade de mim, seja para o que for, estou à tua disposição para a vida e para a morte! Chama-me e eu virei. Adeus!

Dirigiu-se para a porta.

— Dounia — chamou Raskolnikov, levantando-se também e avançando para a irmã — esse Razoumikhine é um excelente rapaz.

Dounia corou um pouco.

— Então? — interrogou ela depois de esperar um minuto.

— É ativo, laborioso, honesto e capaz de uma afeição sólida... Adeus, Dounia.

No meio da sua perturbação, Dounia teve um sobressalto.

— Mas então apartamo-nos para sempre, Ródia? Parece que me estás dando os últimos conselhos...

— Não faças caso. Adeus!

Virou-lhe as costas e dirigiu-se para a janela. Dounia esperou um momento olhando para ele e retirou-se muito inquieta.

Não, não era indiferença o que ele sentia pela irmã. Houvera até um momento, o último, em que sentira um violento desejo de a apertar nos braços e de lhe contar tudo. Todavia não pudera sequer estender-lhe a mão. Mais tarde estremeceria ao lembrar-se disso... e depois, "suportaria tal confissão?", acrescentou ele mentalmente. "Não, não suportaria. Estas mulheres não sabem suportar coisa alguma." E o seu pensamento voou para Sofia.

Pela janela entrava uma brisa cariciosa. O dia declinava.

Raskolnikov pôs o chapéu e saiu.

Era evidente que não pensava tratar-se; no entanto os terrores, as contínuas aflições que sentia deviam produzir as suas naturais consequências, e se a febre o não tinha ainda prostrado era devido à força fictícia que lhe dava por momentos aquela agitação moral.

Caminhou à toa, sem destino. Anoitecia. Havia já algum tempo que Raskolnikov sofria muitíssimo, entrevendo os longos anos que ia passar numa ansiedade mortal, a eternidade passada no espaço de um pé quadrado. Era de ordinário à tarde que esse pensamento o acabrunhava. "Com este estúpido mal-estar em que nos deixa o pôr do sol, como deixar de fazer tolices? Vou apenas à casa da Sofia ou vou também à casa da Dounia?", murmurava ele.

Ouvindo o seu nome, voltou-se: era André que o chamava.

— Venho de sua casa, fui procurá-lo. Imagine, a mulherzinha pôs o plano em execução e anda por essas ruas com os pequenos! Sofia Semenovna e eu tivemos grande dificuldade em os encontrar. Por fim, lá demos com eles: a mãe a rufar numa panela e os pequenos a dançar. As desgraçadas crianças faziam dó. Param nas praças e em frente dos estabelecimentos, seguidos por uma multidão de vagabundos. Venha depressa.

— E Sofia? — perguntou Raskolnikov sobressaltado, seguindo a toda a pressa André Semenovitch,

— Ora, coitada, está quase como a madrasta. A polícia não deixa de intervir no caso e o senhor faz ideia do efeito que isso vai produzir na pobre moça. Agora estão eles no canal, perto da ponte de ***, próximo da casa da Sofia. É já aqui, a dois passos.

No canal, a pequena distância da ponte, estacionava uma multidão composta na maior parte por crianças. A voz rouca e desafinada de Catarina Ivanovna ouvia-se já da ponte. De fato, o espetáculo era demasiado singular para não atrair a atenção dos transeuntes. Com um chapéu de palha e o seu velho vestido, sobre o qual tinha lançado um xale esfrangalhado, Catarina Ivanovna justificava em absoluto as palavras de André. Estava exausta, arquejante. O rosto exprimia um sofrimento maior do que nunca — de resto, as pessoas que sofrem do peito, ao sol, na rua, têm sempre muito pior aspecto do que em casa — e não obstante a fraqueza, estava numa agitação extraordinária que aumentava de momento a momento. Corria para os filhos, repreendia-os com vivacidade, preocupada com a educação coreográfica e musical, lembrando-lhes por que motivo os fazia dançar e cantar. Depois exprobava-lhes a apoucada inteligência e batia-lhes. Interrompia-se a cada momento para se dirigir ao público; e se avistava na multidão um homem vestido com mais decência, apressava-se a explicar-lhe as circunstâncias extremas a que estavam reduzidos os filhos de uma família nobre, podia mesmo dizer-se, aristocrática. Se ouvia risos ou ditos escarnecedores, insultava os atrevidos. O fato é que muitos faziam troça, outros abanavam a cabeça, e em geral todos olhavam com curiosidade para aquela doida rodeada de crianças aterradas. Catarina Ivanovna batia as mãos com cadência, enquanto Poletcka cantava e Lena e Katia dançavam. Às vezes, ela própria tentava cantar também; porém, quase sempre a segunda nota era interrompida por um acesso de tosse: então desesperava-se, amaldiçoava a doença e chorava. O que em especial a encolerizava eram as lágrimas e o medo de Katia e de Lena. Como dissera André, esforçara-se por vestir os filhos como os cantores das ruas. O pequeno tinha na cabeça uma espécie de turbante. Não tendo pano para fazer um fato à Lena, Catarina limitara-se a pôr-lhe na cabeça o barrete de dormir do falecido Simão Zakharitch, ornado com uma pena branca de avestruz que outrora pertencera à viúva Catarina Ivanovna e que esta tinha guardado como uma lembrança de família. Poletcka trazia o seu vestido de todos os dias. Não largava a mãe, de quem adivinhava o desarranjo mental, e, olhando para ela toda tímida, procurava esconder-lhe as suas lágrimas. A pobre pequena estava admirada por se encontrar assim na rua, no meio daquela multidão. Sofia, seguindo Catarina e chorando, suplicava-lhe que voltasse para casa. Catarina porém não cedia.

— Cala-te, Sofia — gritava ela, tossindo. — Nem sabes o que pedes! És uma criança. Já te disse que não volto para casa dessa bêbada alemã. Que todo o mundo, que toda a gente de S. Petersburgo veja reduzidos à mendicidade os filhos de um nobre pai que toda a sua vida serviu com lealdade a Pátria e que, pode dizer-se, morreu ao seu serviço! (Fixara-se lhe esta ideia na cabeça e era impossível convencê-la do contrário.) Que esse canalha do general seja testemunha da nossa miséria! Tu és tola, Sofia. E comer? Já te exploramos bastante, não estou para mais! Ah, é o senhor Ródia Romanovitch! — exclamou ela, avistando Raskolnikov e correndo para ele. — Por favor, faça compreender a essa imbecil que é o melhor partido que podemos tomar. Assim como se dá esmola aos tocadores de realejo, também nos darão. Hão de reconhecer em nós uma família nobre reduzida à miséria e esse vilão do general será demitido, o senhor verá! Havemos de ir todos os dias para debaixo das suas janelas; o imperador passará e eu lançar-me-ei a seus pés, mostrar-lhe-ei os meus filhos e dir-lhe-ei: "Pai, protege-nos!", o senhor verá! E esse maroto do general... Lena, põe-te à direita! Tu, Katia, vais já recomeçar esse passo. Que estás a choramingar? Isso acabará. De que é que tens medo, pedaço de asno? Senhor! Que se há de fazer com eles, Ródia Romanovitch? Se soubesse como são estúpidos! Não há meio de fazer nada deles.

Ela própria tinha lágrimas nos olhos — o que não a impedia de falar sem descanso — enquanto mostrava a Raskolnikov os filhos lacrimosos. O mancebo tentou persuadi-la de que devia ir para casa. Julgando movê-la pelo amor próprio, observou-lhe que não era conveniente andar pelas ruas como os tocadores de realejo quando tencionava abrir um colégio para meninas nobres.

— Um colégio... Ah, ah, ah! Que ideia! — exclamou Catarina Ivanovna por entre um violento acesso de tosse. — Não, Ródia, esse sonho desvaneceu-se. Toda a gente nos abandonou. E aquele general... Sabe, Ródia, que lhe atirei à cara com um tinteiro que estava na mesa da antecâmara, ao lado do livro onde os visitantes se inscrevem? Depois de ter escrito o meu nome atirei-lhe com o tinteiro e saí pela porta fora. Oh, os covardes! Os covardes! Mas afinal não me apoquento. Agora sustentarei eu própria os meus filhos. Não farei mesuras a ninguém. Já a martirizamos bastante! — acrescentou ela, apontando para Sofia. — Poletcka, quanto recebeste já? Deixa ver o dinheiro. O quê! Dois copeques! Ah, avarentos! Não dão nada e seguem-nos, deitando-nos a língua de fora! Então? De que se ri aquele parvo? — Indicava alguém entre a multidão. — É sempre por culpa de Katia, por causa da sua imbecilidade, que se riem de nós. Que queres tu, Poletcka? Fala-me em francês. Dei-te lições e já sabes algumas frases... De outra forma, como reconhecerão que pertenceis a uma família nobre, que sois crianças bem-educadas e não músicos ambulantes? Não cantemos canções vulgares, entoemos *romanzas*... Ah, sim, é verdade! Que vamos nós cantar? Interrompem-me sempre e não nos deixam escolher reportório, porque, como o senhor Ródia sabe, estávamos desprevenidos, não tínhamos nada preparado. Precisamos de fazer um ensaio e em seguida iremos para a Avenida Nevsky, onde para um maior número de pessoas de distinção. Aí chamaremos desde logo a atenção geral. Lena sabe a *Minha Choupana*, todavia essa canção já se vai tornando insuportável. Não se ouve outra coisa. Então Katia, não tens uma ideia? Auxilia tua mãe. Já não tenho memória. É verdade, por que não havemos de cantar o Hussard e o seu saber? Não será melhor cantarmos em francês os *Cinq sous*? Essa já eu te ensinei e tu aprendeste-a. E depois, como é uma canção francesa logo veem que pertenceis à nobreza e isso será muito mais tocante. Poderemos mesmo juntar-lhe *Malborough s'en va-t en-guerre!...* Tanto mais que esta cançoneta infantil é a mais cantada em todas as casas aristocráticas para adormecer as crianças.

E começou a cantar:

Malborough s'en va-t en-guerre!
Qui sait s'il reviendra...

— Mas não, *Cinq sous* será melhor! Vamos, Katia, a mão no quadril, com elegância! E tu, Lena, põe-te na frente dele. Poletcka e eu faremos o acompanhamento.

Cinq sous, cinq sous,
Pour monter notre ménage...

— Poletcka, levanta o vestido, que está a cair — disse ela enquanto tossia. — Não se esqueçam de mostrar os pés para que se veja que são filhos de um gentil homem. Agora um policial... O que quererá ele?

Um guarda abria passagem por entre a multidão. Ao mesmo tempo aproximou-se da louca um sujeito de aspecto respeitável, comovido ante aquele espetáculo. O recém-chegado era condecorado, circunstância que alegrou a Catarina Ivanovna e não deixou também de produzir o seu efeito no policial. Estendeu a Catarina Ivanovna uma nota de três rublos. Ao recebê-la, a viúva de Marmeladov inclinou-se com a delicadeza cerimoniosa de uma grande senhora.

— Muito agradecida, senhor — começou ela, num tom cheio de dignidade. — As causas que nos conduziram a isto... Toma o dinheiro, Poletcka! Como vês, ainda há senhores generosos e magnânimos, prontos a socorrerem uma senhora nobre caída na desgraça. Os órfãos que tem na sua presença, senhor, são nobres; pode até dizer-se que são aparentados com a primeira aristocracia... E aquele general estava comendo uma perdiz... Bateu o pé porque tive a ousadia de o procurar. V. Exa. — perguntou — conheceu Simão Zakharitch? Defenda os órfãos que ele deixou neste mundo. No dia do seu enterro a filha foi caluniada pelo mais ínfimo dos mariolas. Outra vez o policial. Proteja-me! — exclamou ela, dirigindo-se ao seu benfeitor. — Por que é que este homem não me larga? Já nos expulsaram da rua dos Burgueses... O que é que quer, seu imbecil?

— É proibido fazer escândalo nas ruas. Porte-se como deve, com decência.

— O senhor é que é inconveniente. Eu estou no caso dos tocadores de realejo. Deixe-me em paz!

— Os tocadores de realejo têm uma licença e a senhora não a traz e está provocando ajuntamentos. Onde mora?

— Como, uma licença! — gritou Catarina Ivanovna. — Enterrei hoje o meu marido e creio que isso é uma verdadeira licença!

— Minha senhora, minha senhora, sossegue! — exclamou o desconhecido, intervindo. — Vou conduzi-la... A senhora não está no seu lugar entre esta gente... A senhora está doente...

— Oh, o senhor não sabe nada! — bradou Catarina. — Nós vamos para a Avenida Nevsky... Sofia! Sofia! Onde está ela? Também a chorar! Mas que tendes vós? Katia, Lena, onde estão? gritou, inquieta. — Oh, crianças doidas! Katia, Lena! Onde estão eles?

Quando viram o policial, Katia e Lena, já muito assustadas com a multidão e as excentricidades da mãe, dominadas por um terror louco, desataram a fugir quanto podiam. A pobre Sofia e Poletcka seguiram-nas.

— Faz-as voltar, Sofia! Chama-as. Oh, que crianças tolas e ingratas! Poletcka, agarra-as! É por vós que eu... Na corrida tropeçou e caiu.

— Oh, meu Deus! Feriu-se e está coberta de sangue! — exclamou Sofia, debruçando-se sobre a madrasta.

Não tardou a formar-se um ajuntamento em volta das duas mulheres. Raskolnikov e André foram dos primeiros a acudir, assim como o desconhecido e o policial.

— Vão-se embora! Vão-se embora! — não cessava de dizer este último, esforçando-se por dispersar os curiosos.

Examinando bem Catarina Ivanovna, descobriu-se que não se tinha ferido como julgava Sofia e que o sangue que avermelhava o chão era proveniente de uma hemoptise.

— Eu sei o que isto é — murmurou o desconhecido ao ouvido dos dois mancebos — é a tuberculose. Não há ainda muito tempo tive um exemplo numa parenta minha: o sangue, jorrando com violência, produziu a sufocação. Nada há a fazer. Ela vai morrer.

— Para aqui, para aqui, para minha casa! — suplicou Sofia. Moro aqui adiante. A segunda casa... mas depressa, depressa, depressa! Mandem procurar um médico... Oh, meu Deus! — repetia ela, aflita.

Graças à ativa intervenção do desconhecido, arranjou-se tudo. O próprio policial ajudou a transportar Catarina, que estava como morta quando a deitaram na cama de Sofia. A hemorragia continuou ainda por algum tempo, mas pouco a pouco a doente pareceu voltar a si. No aposento entraram, além de Sofia, Raskolnikov, André e o desconhecido. O policial entrou depois de haver primeiro dispersado os curiosos, muitos dos quais tinham acompanhado o triste cortejo até à porta. Poletcka apareceu, conduzindo os dois fugitivos, que tremiam e choravam.

Vieram também os Kapernaoumov: o alfaiate, coxo e cego de um olho, era um indivíduo singular, com os cabelos e as suíças ásperas como sedas de porco. Entre outras pessoas apareceu também, de repente, Svidrigailov. Ignorando que habitava naquela casa e não se lembrando de o ter visto entre os curiosos, Raskolnikov ficou muito admirado de o encontrar ali.

Falou-se em chamar um médico e um padre. Foi Kapernaoumov que se encarregou de ir procurar um médico.

No entretanto Catarina Ivanovna estava um pouco mais sossegada e a hemorragia cessara por momentos. A desgraçada dirigiu um olhar magoado, mas fixo e penetrante, à pobre Sofia, que, trêmula e pálida, lhe limpava o rosto com um lenço. Por fim pediu que a sentassem na cama. Sentaram-na, amparando-a de ambos os lados.

— Onde estão as crianças? — perguntou com voz fraca. — Trouxeste-as, Poletcka? Oh, que imbecis! Então por que fugiram? Oh!

Tinha ainda os lábios purpureados de sangue. Olhou à sua volta.

— Aqui está como tu vives, Sofia... Nunca tinha vindo a tua casa. Foi preciso isto para cá vir...

Lançou à moça um olhar de piedade.

— Nós exploramos-te, Sofia! Poletcka, Lena e Katia, cheguem-se cá... Ali os tens, Sofia, toma-os... Entrego-os nas tuas mãos. Por mim estou farta... Acabou-se a festa. Ah! Larguem-me, deixem-me morrer tranquila.

Fizeram-lhe a vontade. Deixou-se, pois, cair sobre o travesseiro.

— O quê? Um padre? Não preciso... O senhor tem por acaso um rublo a mais? Não tenho pecados na consciência! E ainda que tivesse, Deus deve perdoar-me. Ele bem sabe o que sofri! Se me não perdoar, deixá-lo!

As suas ideias confundiam-se cada vez mais. De vez em quando estremecia, olhava em volta e reconhecia durante um minuto todos aqueles que a rodeavam, mas logo o delírio se apoderava dela outra vez. Respirava com dificuldade, como que se ouvindo dentro da garganta.

— Eu disse-lhe: "Vossa excelência..." — exclamava ela, parando a cada palavra. Aquela Amália Ludvigona... Ah! Lena, Katia! Mãos nas ilhargas e mexam esses pés, vá, ligeiros!

Du hast Diamanten und Perlen...

— Como é depois? Era o que se devia ter cantado.

Não há olhos mais liados que os teus!
Que mais podes desejar, Pequena?

— Sim, que mais quer a imbecil? Ah, é verdade:

Numa campina do Daghestan,
Onde o sol dardeja a prumo...

— Ah, como eu gostava... como eu adorava esta canção, Poletcka! Teu pai cantava-a antes do nosso casamento... Oh, tempos! Aí está o que nós deveríamos cantar! Então, então! Ora esta, já me esqueci... Lembrai-me o resto!

Bastante agitada, esforçava-se por se levantar na cama. Por fim, com voz rouca, estrangulada, sinistra, começou a cantar, respirando a cada palavra enquanto o rosto exprimia um terror crescente:

Numa campina do Daghestan,
Onde o sol dardeja a prumo...
Uma bala no peito...

Logo em seguida começou a chorar numa desolação comovedora.

— Excelência — exclamou — proteja os órfãos! Em atenção à hospitalidade que recebeu em casa do falecido Simão Zakharitch... Pode dizer-se até aristocrática... Ah!

Estremeceu de repente e, como que procurando lembrar-se onde estava, olhou aflita para todos. Reconhecendo Sofia, pareceu surpreendida por vê-la diante de si.

— Sofia! Sofia! — disse com voz terna. — Sofia, minha querida, estás aqui?

Levantaram-na de novo.

— Basta! Acabou-se! Desfez-se a carcaça! — exclamou com amargo desprezo, e deixou cair a cabeça sobre o travesseiro.

O pescoço retesou-se-lhe, a boca abriu-se e as pernas estenderam-se em convulsões. Deu um profundo suspiro e morreu.

Sofia, mais morta do que viva, precipitou-se sobre o cadáver, estreitando-o nos braços, e apoiou a cabeça sobre o peito emagrecido da falecida. Poletcka, soluçando, pôs-se a beijar os pés de sua mãe. Katia e Lena, muito crianças para compreenderem o que acontecera, como que adivinhavam a terrível catástrofe. Passaram os bracinhos em volta do pescoço uma da outra, miraram-se mutuamente nos olhos e começaram a gritar. Estavam ainda vestidos de saltimbancos, isto é, um com o turbante e a outra com o barrete de dormir ornado de uma pena de avestruz.

Raskolnikov dirigiu-se para a janela. André apressou-se a ir ter com ele.

— Está morta! — disse este.

Svidrigailov aproximou-se deles.

— Ródia Romanovitch, desejava dizer-lhe duas palavras.

André cedeu logo o lugar e afastou-se com discrição. Todavia Svidrigailov julgou dever conduzir para um canto Raskolnikov, que se sentia intrigado.

— Encarrego-me disto, quer dizer, do enterro. O senhor sabe que isto vai custar muito dinheiro e, como já lhe disse, tenho algum de que não preciso. Poletcka e os dois pequenos fá-los-ei entrar num asilo de órfãos, onde ficarão bem, e farei um depósito de mil e quinhentos rublos para cada um até à sua maior idade, para que a Sofia não tenha que preocupar-se com eles. Quanto a esta, retirá-la-ei do lodaçal, porque tem um belo caráter, não é verdade? E o senhor pode dizer a Dounia qual o emprego que dei ao dinheiro que lhe destinava.

— Com que fim é o senhor tão generoso? — perguntou Raskolnikov.

— Oh, que grande cético o senhor é! — respondeu, rindo, Svidrigailov. — Já lhe disse que este dinheiro não me é preciso e procedo apenas por generosidade. O senhor não admite isto? No tinir de contas — acrescentou, indicando com o dedo o canto onde repousava a falecida —, aquela mulher não era um animal como certa usurária. Concorda que valia mais que ela morresse e que Petrovitch vivesse para praticar infâmias? Sem o meu auxílio, Poletcka, por exemplo, estaria condenada à mesma existência do que a irmã...

Disse estas palavras num tom malicioso e, enquanto falou, não desviou os olhos de Raskolnikov. Este empalideceu e sentiu-se estremecer, ouvindo as expressões quase textuais de que se tinha servido na conversa com Sofia. Recuou bruscamente e olhou para Svidrigailov, espantado.

— Como... sabe o senhor isso? — balbuciou.

— É que habito ali, do outro lado, na casa da senhora Resslich, minha velha e excelente amiga. Sou vizinho da Sofia.

— O senhor?

— Eu — continuou Svidrigailov, que ria às gargalhadas — e dou-lhe a minha palavra de honra, meu querido Ródia, que nos voltaremos a encontrar. E o senhor verá como sou um homem acomodatício! Verá que ainda se pode viver comigo!

Painéis em mosaico retratam alguns dos mais extraordinários personagens literários de Dostoiévski na estação de metrô Dostoiévkaia (Moscou).

SEXTA PARTE

CAPÍTULO I

A situação de Raskolnikov era singular: dir-se-ia que uma densa névoa o envolvia e o isolava da humanidade. Quando, mais tarde, se recordava dessa época da sua vida, supunha que devia ter perdido por vezes a consciência de si próprio e que esse estado durara até a catástrofe definitiva. Estava em absoluto convencido de que cometera muitos erros; por exemplo, que a sucessão cronológica dos acontecimentos lhe tinha escapado muitas vezes. Pelo menos, quando mais tarde quis reunir e coordenar as suas reminiscências, foi-lhe necessário recorrer a testemunhos estranhos para saber um grande número de particularidades. Confundia os fatos, considerava tal incidente como consequência de outro que existia apenas na sua imaginação. Algumas vezes era dominado por um temor doentio que degenerava em terror e pânico. Lembrou-se também de que tinha tido momentos, horas e talvez mesmo dias, em que, pelo contrário, mergulhou numa apatia comparável somente à indiferença de certos moribundos.

Em geral, naqueles últimos tempos, em vez de procurar ter uma ideia nítida da sua situação, fazia todos os esforços por não pensar nisso. Certos fatos da vida corrente, que não admitiam adiamento, impunham-se, contra vontade, à sua atenção; em compensação, parece que tinha gosto em desprezar as questões cujo esquecimento, na sua posição especial, só lhe podia ser fatal.

Tinha, sobretudo, medo de Svidrigailov. Desde que este lhe tinha repetido as palavras pronunciadas no quarto da Sofia, os pensamentos de Raskolnikov como que tinham tomado nova direção. Conquanto, porém, essa complicação nova o inquietasse em extremo, não se apressava a pôr o caso a limpo. Às vezes, quando errava por algum bairro longínquo e solitário da cidade ou abancava nalguma reles taberna sem saber por que razão lá tinha entrado, e pensava de súbito em Svidrigailov, fazia tenção de ter o mais cedo possível uma explicação decisiva com esse homem que lhe atormentava o espírito. Um dia em que fora passear para fora de barreiras, chegou a supor que havia marcado um encontro com Svidrigailov para aquele mesmo sítio. Outra vez, acordando antes da aurora, ficou muito admirado de se encontrar deitado no chão, no meio de uma mata. De resto, durante os dois ou três dias que se seguiram à morte de Catarina Ivanovna, Raskolnikov teve apenas duas vezes ocasião de o encontrar: a primeira, no quarto da Sofia e depois no vestíbulo, perto da escada que conduzia ao aposento da moça. Nessas duas ocasiões limitaram-se a trocar algumas palavras e abstiveram-se de falar sobre o ponto capital, como se, por um acordo tácito, se tivessem entendido para afastar por momentos essa questão.

O cadáver de Catarina Ivanovna estava ainda sobre a cama e já Svidrigailov dava ordens para o funeral. Sofia estava também muito ocupada. No último encontro, aquele participou a Raskolnikov que as suas diligências em favor dos filhos de Catarina tinham sido coroadas do melhor êxito. Graças a certas pessoas, pudera obter a admissão das três crianças em asilos. Os mil e quinhentos rublos com que cada um dos pequenos fora dotado desbravaram muito o caminho dessas diligências, porque nos asilos eram recebidos de preferência os órfãos dotados. Acrescentou algumas palavras a respeito da Sofia, prometeu ir num dia próximo à casa de Raskolnikov e deu a entender que havia certas coisas sobre as quais desejava conversar com ele. Enquanto falava, não cessava de observar o interlocutor. De repente calou-se; depois perguntou, baixando a voz:

— Mas que tem, Ródia Romanovitch? Parece que não está bem senhor de si. Ouve, olha e parece não compreender! Tenha sangue frio. Precisamos conversar um pouco. Infelizmente ando muito ocupado tanto pelos meus próprios negócios, como pelos dos outros... Eh, Ródia — acrescentou de um modo brusco — todos os homens precisam de ar, ar, ar... primeiro que tudo.

Afastou-se para deixar passar um padre e um sacristão que subiam a escada. Iam celebrar o ofício de defuntos. Svidrigailov quis que essa cerimônia se realizasse duas vezes por dia. Raskolnikov, depois de um momento de reflexão, seguiu o padre até casa da Sofia.

Ficou à porta. O ofício começou com a triste solenidade de costume. Desde criança, Raskolnikov sentia uma espécie de terror místico perante o aparato da morte, por isso evitava quase sempre assistir a estas cerimônias. Ademais, esta em especial tinha para ele um caráter comovente: as três crianças estavam ajoelhadas junto do caixão. Poletcka chorava. Atrás delas, Sofia orava, procurando esconder as lágrimas.

"Durante estes dias", pensou ele, "não levantou os olhos para mim e não me disse nem uma palavra!" O sol iluminava bastante o quarto, por entre o fumo do incenso que subia em turbilhões espessos.

O padre leu a oração usual: "Dá-lhe, Senhor, o eterno descanso!" Raskolnikov ficou até ao fim. Depois de lançar a bênção e de se despedir, o padre olhou em roda com um ar compungido. Raskolnikov aproximou-se de Sofia. Esta pegou-lhe logo nas mãos e inclinou a cabeça sobre o ombro do mancebo, a quem esta demonstração de amizade causou um profundo assombro. O quê? Sofia não lhe manifestava a menor aversão, o menor horror! As suas mãos não tremiam nas dele. Era o cúmulo da abnegação. Pelo menos foi isso que ele julgou. A moça não disse uma palavra. Raskolnikov apertou-lhe a mão e saiu.

Sentia um mal-estar insuportável. Se lhe fosse possível naquele momento encontrar a solidão nalguma parte, ainda que ela devesse durar toda a sua vida, ter-se-ia julgado feliz. Ah, desde algum tempo, conquanto estivesse quase sempre só, não podia dizer que o estava. Acontecia-lhe ir passear para fora da cidade e enfiar por uma estrada qualquer. Uma vez mesmo meteu-se por um bosque. No entanto, quanto mais solitário era o sítio, mais Raskolnikov sentia perto de si um ser invisível cuja presença o aterrava, muito menos do que o irritava. Por isso apressava-se a voltar à cidade, misturava-se com a multidão, entrava nos cafés, ia ao Tolhantka ou à Siennaia. Aí estava mais à vontade e até mais só!

Ao cair da noite cantavam numa taberna. Passou ali uma hora sentindo um grande prazer. Por fim a inquietação assenhoreou-se de novo dele; um pensamento acabrunhante como um remorso começou a torturá-lo. "Estou aqui a escutar cantigas e não era isso que devia fazer!", disse consigo. Adivinhava que não era essa a sua única preocupação; uma outra questão devia ser resolvida sem demora; todavia, por mais que ela se lhe impusesse, não podia decidir-se a dar-lhe solução. Não! Mais vale a luta, mais vale encontrar-me em face de Porfírio ou de Svidrigailov... Sim, sim, antes um adversário qualquer, um ataque a repelir!

A esta reflexão, saiu a toda a pressa da taberna. De súbito o pensamento de sua mãe e de sua irmã lançou-o numa espécie de pânico. Passou essa noite nas matas de Krestovsky Ostrov. Antes do dia romper, acordou, tremendo com febre, e pôs-se a caminho de casa, onde chegou pela manhã. Após algumas horas de sono, a febre desaparecera. Eram duas horas quando acordou. Lembrou-se de que esse dia era o fixado para as exéquias de Catarina Ivanovna e felicitou-se por não ter assistido à cerimônia. Nastássia levou-lhe o almoço. Comeu e bebeu com apetite, quase com avidez. Sentia-se mais sereno. Num dado momento espantou-se até dos acessos de pânico que tivera. Abriram a porta e Razoumikhine entrou.

— Ah, comes! Então não estás doente — disse o visitante, sentando-se junto da mesa, em frente de Raskolnikov. Estava muito agitado e não o dissimulava. Via-se também que estava bastante encolerizado, mas falava devagar e sem elevar muito a voz.

— Escuta — começou ele de novo num tom decidido. — Deixo-vos a todos, porque reconheço agora, da maneira mais clara, que o vosso procedimento é inexplicável. Não venho interrogar-te, não julgues isso! Nada me importa de tudo isso. Tenho mais que fazer do que tirar minhocas da cabeça. Agora se me dissésseis todos os vossos segredos, era muito provável que os não quisesse ouvir: ia-me embora. Vim cá somente para verificar o teu estado mental. Sabes que há pessoas que se julgam doidas ou em vésperas disso! Confesso-te que eu mesmo estava muito disposto a aceitar essa opinião, em vista da tua maneira de proceder, estúpida, vil e inexplicável. O que se há de pensar do teu procedimento para com tua irmã? Que homem, a não ser um doido ou um canalha, se comportaria com elas como tu fizeste? Com certeza estás doido...

— Estiveste com elas?

— Ainda há pouco. E não as vais ver? Fazes o favor de me dizer onde é que gastas um dia inteiro? Já vim três vezes a tua casa. Desde ontem tua mãe está bastante doente. Quis vir ver-te. Dounia tentou dissuadi-la disso, mas Pulquéria Alexandrovna não atendeu a coisa alguma. "Se está doente", dizia ela, "tem a cabeça transtornada, quem deve tratar dele senão sua mãe?" Viemos aqui todos e pelo caminho suplicamos-lhe que sossegasse. Quando chegamos, estavas ausente. Ficamos calados, de pé, junto dela. "Se ele sai", disse tua mãe quando se levantou, "é porque não está doente. Esquece-se de sua mãe. Não devo portanto mendigar a afeição de meu filho". Voltou para casa e meteu-se na cama. Agora está com febre. "Vejo bem", disse ela há pouco, "é a ela que ele consagra todo o seu tempo". Supõe que Sofia é tua noiva ou tua amante. Fui logo a casa da Sofia, porque, meu amigo, tardava-me saber o que havia a esse respeito. Entro e que vejo? Um caixão, crianças a chorar e a Sofia cosendo fatos de luto. Não estavas lá. Desculpei-me, saí e fui contar a Dounia o resultado da minha visita. Por conseguinte toda esta ausência não significou nada, não se tratava de amores; resta, pois, como mais provável, a hipótese da loucura. Ora, chego aqui e encontro-te a devorar carne assada como se não comesses há quarenta e oito horas. Sem dúvida, o fato de alguém estar doido não impede esse alguém de comer; porém, apesar de ainda não me teres dito uma palavra... não, não estás doido, punha as mãos no fogo! Isso para mim está fora de discussão. Portanto, mando-vos a todos para o diabo, visto que se trata de um mistério e não tenciono quebrar a cabeça com a vossa charada. Vim apenas para te dizer isto... para desabafar. Enfim, sei o que tenho a fazer.

— Que vais fazer?

— Que te importa?

— Vais-te embebedar.

— Como adivinhaste?

— A coisa era difícil de adivinhar, lá isso!

Razoumikhine ficou um momento calado.

— Foste sempre muito inteligente e nunca, nunca estiveste doido — observou ele com vivacidade. — Disseste a verdade: vou-me embebedar. Adeus.

E deu um passo para a porta.

— Anteontem, se bem me lembro, falei de ti a minha irmã. — disse Raskolnikov.

Razoumikhine estacou.

— De mim... Mas... onde foi que a viste anteontem? — perguntou ele, empalidecendo, muito perturbado.

— Veio cá a casa e conversou comigo.

— Ela?

— Sim, ela.

— E que lhe disseste... a meu respeito, bem entendido?

— Disse-lhe que eras um excelente rapaz, honesto e laborioso. Não lhe disse que a amavas, porque isso ela já sabe.

— O quê?!

— Pois já se vê que sabe! Para onde quer que eu vá, aconteça-me o que acontecer, ficas sendo o seu amparo. Entrego-a, por assim dizer, nas tuas mãos, Razoumikhine. Digo-te isto porque sei muito bem que a amas e estou convencido da pureza dos teus sentimentos. Sei também que há de vir a amar-te, se não te ama. Agora decide se deves ou não ir embebedar-te.

— Ródia... Tu sabes... bem, que diabo! mas... aonde vais? Se é segredo, não falemos mais nisso. Porém eu... eu hei de saber do que se trata... Estou convencido de que não é nada sério, que são ninharias das quais a tua imaginação fez monstros. Afinal és um excelente rapaz. Um excelente rapaz!

— Queria acrescentar, mas interrompeste-me — disse Raskolnikov — que tinhas muita razão ainda agora quando declaravas renunciar a conhecer o tal segredo. Não te inquietes. As coisas descobrir-se-ão a seu tempo e saberás tudo quando chegar a ocasião própria. Ontem alguém me disse que o homem precisava de ar, ar, ar! Vou sem demora perguntar-lhe o que queria ele dizer com estas palavras.

Razoumikhine pensou: "É um conspirador político, com toda a certeza! E está em vésperas de alguma tentativa audaciosa! E isso, é! Não pode ser outra coisa... e... e Dounia sabe-o." Depois, dirigindo-se a Ródia:

— Então Dounia veio a tua casa e tu vais procurar alguém que te disse que é preciso ar... É provável que a carta tenha também sido enviada por esse alguém — concluiu ele como um à parte.

— Que carta?

— Ela recebeu hoje uma carta que a deixou muito inquieta. Quis falar-lhe de ti, porém não deixou, dizendo-me que nos separaríamos talvez num prazo muito breve e agradeceu-me não sei que favores. Em seguida foi-se fechar no quarto.

— Ela recebeu uma carta? — perguntou de novo Raskolnikov, pensativo.

— Recebeu. Não sabias? Hum...

Houve um minuto de silêncio.

— Adeus, Ródia... Eu, meu amigo... houve tempo... Bem, adeus! Devo também ir-me embora. Quanto a embebedar-me, não, não farei isso, é inútil.

Saiu de rompante, mas mal tinha fechado a porta voltou a abri-la e disse, olhando de revés:

— A propósito! Lembras-te daquela morte, do assassinato daquela velha? Fica sabendo que descobriram o assassino. Confessou-se culpado e forneceu todas as provas em apoio das suas palavras. Imagina que é um daqueles pintores que defendi com tanto calor. Queres crer? A folia dos dois operários, enquanto o porteiro e as duas testemunhas subiam, os sopapos que davam a rir, tudo isso foram habilidades postas em prática pelo assassino para desviar suspeitas. Que astúcia! Que presença de espírito tem aquele mariola! Custa a crer, mas ele próprio explicou tudo do modo mais conveniente. E como eu fui na rede! Aquela criatura é o gênio da dissimulação e da astúcia. Depois daquilo não podemos admirar-nos de nada. Como eu tinha os olhos tapados! E as lanças que quebrei na defesa desses dois malandros!

— Diz-me cá uma coisa: como soubeste isso e por que é que esse negócio te interessa tanto? — perguntou Raskolnikov, em cujo rosto se lia uma visível agitação.

— Por que me interessa? Tem graça a pergunta! Quanto aos fatos, tive conhecimento deles por muitas pessoas, entre elas o Porfírio. Foi ele quem me disse quase tudo.

— Porfírio?

— Sim.

— E então... que te disse ele? — inquiriu Raskolnikov, inquieto.

— Explicou-me o caso de uma forma maravilhosa, segundo o seu método psicológico.

— Ele explicou?

— Ele próprio, sim. Adeus. Mais tarde dir-te-ei ainda mais alguma coisa, mas agora sou forçado a deixar-te... Houve um tempo em que pensei... Bem, contar-te-ei isso outro dia. Que necessidade tenho eu agora de beber? As tuas palavras bastam para me embriagar. Neste momento, Ródia, estou bêbado, bêbado a cair, sem ter bebido uma gota de vinho. Adeus, até breve.

E saiu.

"É um conspirador político, isto é positivo, positivo!", concluiu Razoumikhine enquanto descia as escadas. "E arrastou a irmã na empresa. A conjuntura é muito provável, dado o caráter de Dounia. Têm tido as suas conversas. Ela já me tinha feito supor, por algumas palavras. Agora compreendo a que se referiam certas alusões. Sim, é isso! De resto, como achar outra explicação para este mistério? Hum! E tinham-me vindo à cabeça... Oh, meu Deus! O que tinha imaginado! Sim, cheguei a pensar nalguns momentos uma coisa horrível! Caluniei-o. No outro dia, no corredor, contemplando o seu rosto iluminado pela luz da lâmpada, tive um minuto de desvario. Que horrível ideia me passou pelo espírito! Nicolau fez muito bem em confessar... Sim, até este momento tudo quanto se tem passado se explica: a doença de Ródia, a singularidade do seu procedimento, aquele humor sombrio e feroz que manifestava já no tempo em que era estudante... Contudo, que significa aquela carta? De onde veio ela? Aqui há coisa! Desconfio... Hum! Não, eu hei de descobrir toda esta história."

Cada vez que se lembrava de Dounia sentia gelar-se-lhe o sangue e ficava como que pregado ao chão. Teve de fazer um violento esforço para continuar o seu caminho.

Logo depois da partida de Razoumikhine, Raskolnikov levantou-se. Aproximou-se da janela, depois passeou de um lado para o outro, parecendo ter-se esquecido das

Museu Literário Memorial de F. M. Dostoiévski, inaugurado em 1971 em um dos apartamentos onde o escritor morou até sua morte, em 1881.

dimensões exíguas do quarto. Por fim tornou a sentar-se no sofá. Uma transformação completa parecia ter-se operado nele. Tinha ainda que lutar: era um recurso!

Sim, um recurso, um meio de escapar à situação aflitiva em que estava, à agonia em que vivia desde a aparição de Nicolau na casa do Porfírio. Nesse mesmo dia e depois desse dramático incidente, dera-se a cena na casa de Sofia, cena cujas peripécias e desfecho tinham por completo iludido as previsões de Raskolnikov. Mostrara-se fraco. Reconhecera, bem como a moça, e de uma maneira bem sincera, que não podia sozinho com tal fardo. E Svidrigailov? Svidrigailov era um enigma que o inquietava, mas não tanto. Havia talvez um meio de se desembaraçar dele, ao passo que com Porfírio o caso mudava de figura.

"De modo que foi o próprio Porfírio que explicou a Razoumikhine a culpabilidade de Nicolau, segundo o célebre método psicológico!", monologava Raskolnikov. "Nisso se serviu da sua maldita psicologia! Porfírio? Como pôde Porfírio, por um só instante, supor o Nicolau culpado depois da cena que se passou entre nós e que só admite uma explicação? Durante esse frente a frente, as suas palavras, os seus gestos, os seus olhares, o som da sua voz, tudo nele ostentava uma convicção tão inabalável que nenhuma das pretendidas confissões de Nicolau deve ter podido abafar. Mas quê? Razoumikhine começava também a desconfiar de qualquer coisa. O incidente do corredor deve-lhe ter, sem dúvida, sugerido reflexões. Correu logo à casa de Porfírio. E por que o enganou este de tal maneira? Com que fim é que engana Razoumikhine a respeito de Nicolau? É evidente que não fez isso sem motivo. Deve ter as suas intenções. Quais são elas? Na verdade, já lá vão bastantes horas e não tornei a ter notícias do Porfírio. Quem sabe, contudo, se isso não é antes um mau sinal?"

Pegou no chapéu e, depois de refletir um instante, decidiu-se a sair. Naquele momento, pela primeira vez desde há muito tempo, sentia-se em plena posse das suas faculdades intelectuais. "É preciso liquidar isto com Svidrigailov", pensava ele, "e, custe o que custar, decidir esta questão o mais depressa possível. Mais a mais, parece esperar a minha visita". Nesse instante trasbordou-lhe do coração um ódio tão violento que se pudesse matar um ou outro desses dois seres detestados, Svidrigailov ou Porfírio, não teria hesitado em o fazer.

Mal abrira, porém, a porta, encontrou-se cara a cara com o próprio Porfírio. O juiz de instrução procurava-o. No primeiro momento Raskolnikov ficou estupefato. Mas, coisa singular, essa visita não o espantou muito e não lhe causou nenhum receio. "Talvez o desfecho! Por que amorteceria ele o ruído dos passos? Não ouvi nada. Estava a escutar atrás da porta."

— Não esperava a minha visita, Ródia Romanovitch? — disse com jovialidade Porfírio. — Já há muito tencionava vir visitá-lo e ao passar agora por diante da sua casa lembrei-me de subir. O senhor ia sair? Não o demorarei. Cinco minutos somente, o bastante para fumar um cigarro, se o não incomodo...

— Mas sente-se, Porfírio, sente-se — disse Raskolnikov oferecendo uma cadeira ao juiz com um ar tão afável e satisfeito que ele próprio ficaria surpreendido se se pudesse ver. Todos os vestígios das suas impressões anteriores haviam desaparecido, como sucede a quem, tendo sido atacado por salteadores e tendo passado meia hora de ânsias mortais, já não sente muitas vezes medo nenhum quando lhe põem o punhal ao peito.

Sentou-se em frente de Porfírio e fixou nele um olhar firme.

O juiz de instrução piscou os olhos e começou por acender um cigarro.

"Fala para aí, diabo! Fala para aí!", bradava em mente Raskolnikov.

CAPÍTULO II

— Oh, estes cigarros! — começou por fim Porfírio. — Sinto que serão a causa da minha morte e não posso renunciar a eles. Estou sempre a tossir, tenho um princípio de irritação na laringe e sou asmático. Consultei há poucos dias Baktine, que examina todos os doentes pelo menos meia hora. Depois de me ter auscultado, disse-me, entre outras coisas: "O tabaco faz-lhe mal e o senhor tem os pulmões dilatados." Pois sim, mas como hei de eu abandonar o tabaco? Por que hei de substituí-lo? Eu bebo. Aí é que está o mal. Tudo é relativo, amigo Ródia!

"Cá está mais um preâmbulo tresandando a rabulice jurídica!", resmungava de si para si Raskolnikov. A sua recente conversa com o juiz de instrução acudiu-lhe logo ao espírito e a essa lembrança a cólera despertou-lhe no coração.

— Já vim a sua casa ontem à noite, não sabia? — continuou Porfírio, olhando em volta. — Entrei neste mesmo quarto. Encontrei-me por acaso na sua rua, como hoje, e veio-me à ideia fazer-lhe uma visitinha. A porta estava aberta, entrei, esperei um momento, depois saí sem dizer o nome à sua criada. O senhor não costuma fechar a porta?

A fisionomia de Raskolnikov tornava-se cada vez mais sombria. Porfírio adivinhava, sem dúvida, no que ele pensava.

— Venho explicar-me, meu caro Ródia. Devo-lhe uma satisfação — prosseguiu ele, sorrindo e batendo ligeiramente sobre o joelho do mancebo. Quase no mesmo instante o seu rosto tomou uma expressão grave e triste, com grande espanto de Raskolnikov, a quem o juiz de instrução se mostrara com um aspecto por completo inesperado. — A última vez que nos vimos, passou-se entre nós uma cena esquisita. Sou talvez muito culpado para consigo... Lamento. O senhor lembra-se de como nós nos separamos? Ambos tínhamos os nervos muito excitados, ambos faltamos às mais elementares regras da civilidade e, contudo, somos dois cavalheiros.

"Onde quer ele chegar?", perguntava a si próprio Raskolnikov, que não cessava de examinar Porfírio com uma curiosidade inquieta.

— Pensei que faríamos melhor, agora, procedendo com sinceridade — continuou o juiz de instrução, baixando a cabeça como se receasse dessa vez perturbar com o olhar a sua vítima. — É preciso que se não repitam semelhantes cenas. Se não fosse a inesperada aparição de Nicolau, não sei até onde as coisas teriam chegado. O senhor é muito irascível. Era sobre essa base que tinha armado a minha bateria, porque, quando o irritam demais, um homem deixa às vezes escapar os seus segredos. “Se puder”, dizia comigo, “arrancar-lhe uma prova qualquer, por mais insignificante que seja, mas uma prova real, tangível, palpável, enfim, uma coisa diferente de todas estas induções psicológicas...” Aí está o cálculo que eu tinha feito. Este processo, muitas vezes, dá resultado, porém nem sempre, como tive ocasião de me convencer. Confiei demasiado no seu caráter.

— Mas... a que vem tudo isso? — balbuciou Raskolnikov, sem saber bem o que perguntava. “Julgar-me-á, por acaso, inocente?”, pensava.

— A que vem tudo isto? Considero como um dever sagrado explicar-lhe a minha conduta. Porque, reconheço-o com grande pesar, submeti-o no outro dia a uma tortura cruel e não quero que me tome por um monstro. Vou, pois, para me justificar, expor os antecedentes desta questão. A princípio circularam certos boatos sobre cuja natureza e origem julgo supérfluo alargar-me; é também inútil dizer-lhe em que ocasião a sua personalidade se envolveu no caso. Quanto a mim, o que me deu o alarme foi uma circunstância, aliás fortuita, de que também não tenho que falar agora. De todos esses boatos e fatos acidentais resultou para mim a mesma conclusão. Confesso-o com franqueza porque, a dizer a verdade, fui o primeiro a meter o seu nome na questão. Pus de parte as anotações juntas aos objetos que se encontraram na casa da velha. Esse indício e muitos outros do mesmo gênero não significam nada. Nesse meio-tempo tive ocasião de saber do incidente ocorrido no comissariado da polícia. Essa cena foi-me contada com todos os pormenores por alguém que nela representara o papel principal e que, sem dar por isso, a tinha conduzido superiormente. Ora bem, nestas condições, como podia deixar de me voltar para o seu lado? Cem coelhos não valem um cavalo, cem conjeturas não valem uma prova, diz o provérbio inglês. É a paixão que fala assim, e vá-se lá lutar contra as paixões! Ora um juiz de instrução é homem e por conseguinte apaixonado. Lembrei-me também do trabalho que o senhor tinha publicado numa revista. Tinha apreciado muito (como amador, já se vê) esse primeiro ensaio da sua pena. Reconhecia-se nele uma convicção sincera, um entusiasmo ardente. Esse artigo deve ter sido escrito com mão febril durante uma noite de insônia. “O autor não ficará por aqui”, pensei ao lê-lo. Por que não havia de aproximar esse artigo dos acontecimentos ulteriores, pergunto eu? O declive é irresistível... Note que me refiro ao passado, que se trata de um pensamento que então me ocorreu. O que penso agora? Nada, isto é, quase nada. Neste momento tenho Nicolau entre as mãos e há fatos que o acusam. Digam o que disserem, há fatos! Se lhe falo agora de tudo isto é, repito, para que, julgando na sua alma e consciência, não impute como criminosa a minha conduta do outro dia. Mas, perguntará o senhor, por que não veio fazer uma busca à minha casa? Cá vim (he, he!), cá vim quando o senhor estava doente na cama. Não como magistrado, não com caráter oficial, mas cá vim. O seu quarto, logo às primeiras suspeitas, foi remexido de cima a baixo sem resultado! Depois disse comigo: Agora este homem vai a minha casa, ele mesmo irá procurar-me e daqui a muito pouco tempo. Se está culpado, não pode deixar de ir. Qualquer outro não iria, este irá. O senhor lembra-se do falatório de Razoumikhine. De propósito transmitimos-lhe parte das nossas suspeitas na esperança de que ele lhe contasse tudo, porque sabíamos que Razoumikhine não poderia conter a indignação. O Zametov tinha, sobretudo, notado a sua audácia e, de fato, é preciso ser audaz para ousar dizer em pleno café: "Matei!" Era na verdade muito arriscado! Fiquei à sua espera, impaciente, porém com toda a confiança, e eis que Deus me envia. Como me bateu o coração quando o vi aparecer. Porque, enfim, que necessidade tinha então o senhor de lá ir? Se está lembrado, o senhor entrou a rir-se às gargalhadas. O seu riso deu-me muito que pensar. Se não estivesse de pé atrás como na verdade estava, não teria reparado nele. E Razoumikhine, então... Ah, a pedra, o senhor lembra-se da pedra sob a qual estão escondidos os objetos? Parece-me vê-la daqui, em qualquer parte, num pomar... E foi num pomar que o senhor falou a Zametov? Em seguida, quando a conversa se estabeleceu, por detrás de cada uma das suas palavras julgávamos descobrir um sentido oculto. Aí está como a minha convicção se firmou pouco a pouco. Decerto, meu amigo, tudo isto se explica de outra maneira, é claro. Mais valeria uma pequenina prova. E surgiu quando soube a história do cordão da campainha. Nessa altura, não duvidei mais, julguei estar por fim na posse da pequenina prova tão desejada e não refleti em coisa alguma. Nesse momento teria dado com muito gosto mil rublos da minha algibeira para o ver, com os meus próprios olhos, andar cem passos ao lado de um burguês que lhe chamou assassino sem que o senhor ousasse responder-lhe! Por certo que não se pode ligar grande importância às palavras e obras de um doente que procede sob a influência do delírio. Contudo, depois de tudo isto, como se pode admirar da maneira como me comportei com o senhor? E por que motivo, naquele momento preciso, foi o senhor a minha casa? Algum diabo, com certeza, lá o levou e, em verdade, se Nicolau não tivesse aparecido... O senhor lembra-se da chegada do Nicolau? Foi como que um raio. Não acreditei em nada do que ele disse, o senhor bem viu. Depois da sua partida, continuei a interrogá-lo. Respondeu-me sobre certos pontos de uma maneira tal que fiquei espantado; e, no entanto, as suas declarações deixaram-me incrédulo.

— Razoumikhine disse-me ainda há pouco que o senhor agora estava convencido da culpabilidade de Nicolau, que o senhor mesmo lhe afiançou que...

Não pôde acabar, pois faltou-lhe o fôlego.

— Razoumikhine! — exclamou Porfírio, que parecia muito satisfeito por ter ouvido enfim sair uma observação da boca de Raskolnikov. — He, he, he! Disse-lhe isso para me desembaraçar dele. Púnhamo-lo de parte. Quanto a Nicolau, quer saber o que penso? Antes de tudo, é como uma criança, ainda não chegou à maioridade. Sem ser de natureza covarde, é impressionável como um artista. Não se ria, é assim mesmo! É ingênuo, sensível, lunático! Na sua aldeia canta, dança e conta histórias. Acontece-lhe beber até perder a razão, não porque seja de fato um bêbado, mas porque não é capaz de resistir ao exemplo quando está com camaradas. Não compreende que cometeu um roubo, apropriando-se do estojo que achou: Encontrei-o no chão, diz ele, logo tinha todo o direito de o apanhar. Segundo dizem os patrícios dele, era de uma devoção exaltada, passava noites a rezar e lia sempre livros religiosos, os antigos, os verdadeiros. S. Petersburgo modificou-o muito; depois que aqui chegou, entregou-se ao vinho e às mulheres, o que lhe fez esquecer a religião. Soube que um dos nossos artistas se tinha interessado por ele e começara a dar-lhe lições. Nesse meio-tempo sucedeu esta desgraça de caso. O pobre rapaz amedrontou-se e deitou um laço ao pescoço. Que quer o senhor? O nosso povo está convencido de que todo homem procurado pela polícia é um homem condenado. Na prisão, Nicolau voltou ao misticismo dos seus primeiros anos; nesta altura deseja a expiação da sua vida desregrada e é esse o único motivo que o obriga a confessar-se culpado. A minha convicção a este respeito baseia-se em certos fatos que ele próprio não conhece. No fim acabará por me confessar toda a verdade. O senhor julga que ele manterá o papel até ao fim? Espere um pouco e verá como se retrata de tudo quanto disse. Enfim, se conseguiu dar, sobre certos pontos, um caráter de verossimilhança às suas declarações, em compensação noutros acha-se em completa contradição com os fatos e disso é que ele não desconfia! Não, Ródia, o culpado não é o Nicolau. Estamos em presença de um caso fantástico e sombrio. Este crime tem a marca do nosso tempo, o cunho de uma época que faz consistir a vida na procura do conforto. O culpado é um homem de teorias, uma vítima dos livros; desenvolveu uma grande audácia, mas essa audácia é a de um homem que se precipita do cume de uma montanha ou do alto de uma torre. Esqueceu-se de fechar a porta e matou duas pessoas para obedecer a uma teoria. Matou e não se apoderou do dinheiro; o que pôde levar foi escondê-lo debaixo de uma pedra. Não lhe bastaram as aflições por que passou na antecâmara enquanto ouvia as pancadas na porta e o tilintar repetido da campainha: cedendo a uma necessidade irresistível de sentir as mesmas sensações, foi mais tarde visitar o aposento vazio e puxar o cordão da campainha... Lancemos isso à conta de doença, de delírio (seja!), mas eis ainda outro ponto a notar: matou, mas nem por isso se julga menos respeitável, despreza toda a gente e dá-se uns certos ares. Não, não se trata de Nicolau, meu caro Ródia, não é ele o culpado!

Ao receber este golpe direto e inesperado depois das desculpas com que o juiz de instrução começara a conversa, Raskolnikov sentiu um estremecimento por todo o corpo.

— Então... quem foi? — balbuciou com voz estrangulada.

O juiz de instrução endireitou-se na cadeira com o espanto que pareceu causar-lhe uma tal pergunta.

— Como, quem foi? — replicou ele, como se lhe custasse a acreditar no que ouvira. — Foi o senhor, Ródia, foi o senhor quem matou! O senhor... — acrescentou ele em voz baixa e num tom de convencido.

Raskolnikov levantou-se com um movimento brusco, ficou de pé alguns segundos e depois voltou a sentar-se sem proferir uma palavra. Ligeiras convulsões agitavam--lhe todos os músculos do rosto.

— Lá está o beiço a tremer como no outro dia — notou com ar de interesse Porfírio. O senhor, julgo que não compreendeu o fim da minha visita — prosseguiu ele depois de um momento de silêncio — por isso é que está estupefato. Vim aqui precisamente para dizer tudo, para aclarar toda a verdade.

— Não fui eu que matei — gaguejou o mancebo, defendendo-se como uma criança quando é apanhada nalguma falta.

— Foi tal, foi o senhor, foi o senhor e só o senhor replicou de um modo severo o juiz de instrução.

Ambos se calaram e, coisa singular, esse silêncio prolongou-se durante dez minutos.

Encostado à mesa, Raskolnikov passava a mão trêmula pelo cabelo e Porfírio esperava sem dar sinal algum de impaciência. De repente o mancebo olhou com desprezo para o magistrado.

— O senhor volta aos seus processos antigos. É sempre a mesma coisa.

— Deixe lá os meus processos! A coisa seria outra se estivéssemos na presença de testemunhas; mas estamos conversando a sós. O senhor bem vê que não vim aqui para o apanhar como se fosse uma peça de caça. Que o senhor confesse ou não, neste momento isso é-me indiferente. Em qualquer dos casos a minha convicção é inabalável.

— Se assim é, por que veio cá? — perguntou Raskolnikov irritado. — Repito a pergunta que já lhe fiz: se me julga culpado, por que não expede um mandado de captura contra mim?

— Que pergunta! Em primeiro lugar, a sua captura não me serviria de nada.

— Como, não lhe serviria de nada? Desde o momento que o senhor está convencido, deve...

— Mas que importa a minha convicção? Até este momento só assenta sobre nuvens. E para que hei de encarcerá-lo? O senhor bem o sabe, visto que pede que o prendam. Suponho que, acareado com o burguês, o senhor dir-lhe-ia: "Tinhas bebido ou não? Quem me viu contigo?" Tomei-te apenas por um bêbedo, como de fato estavas. Que poderia eu replicar, tanto mais que o homem é conhecido como bêbedo? Sem dúvida, mandá-lo-ei prender, vim cá para o avisar disso, e no entanto não hesito em lhe declarar que isso não me servirá de nada. O segundo fim da minha visita...

— Qual é? — disse Raskolnikov, ofegante.

— Já lhe disse. Queria, sobretudo, explicar-lhe a minha conduta, porque não desejo passar aos seus olhos por um monstro, em especial agora que estou bem disposto a seu favor, quer o senhor creia quer não. Em virtude do interesse que tenho pelo senhor, convido-o a ir denunciar-se. Vim também para lhe dar este conselho. É com certeza o melhor partido para o senhor e para mim, que ficava desembaraçado desta questão. Então, sou ou não franco?

Raskolnikov refletiu um minuto.

— Escute, Porfírio, o senhor só tem contra mim a sua famosa psicologia e todavia aspira à evidência matemática. Quem lhe diz que se não engana?

— Não, não me engano. Tenho uma prova. Deus é que a enviou a mim!

— Qual é?

— Não lhe direi... Porém, em todo o caso, agora já não tenho o direito de contemporizar; vou mandá-lo prender. Não me interessa pois qualquer resolução que o senhor tome. Tudo o que lhe tenho dito é apenas e só apenas para seu bem. A melhor solução é a que lhe indico, esteja certo disso.

Raskolnikov esboçou um sorriso de cólera.

— A sua linguagem é mais que ridícula, é imprudente. Vejamos: supondo que eu seja o criminoso (o que não confesso de modo nenhum), para que hei de ir denunciar-me se o senhor próprio me disse já que na prisão o culpado está em repouso?

— Eh! Ródia, não tome essas palavras muito à letra: pode lá encontrar repouso e pode também não encontrar. Sou de opinião, sem dúvida, que a prisão acalma o culpado, mas é uma simples teoria pessoal: ora, serei eu uma autoridade para o senhor? Quem sabe se neste momento não lhe oculto alguma coisa? O senhor não pode exigir que lhe diga todos os meus segredos... He, he! Quanto ao proveito que tirará desse procedimento, é incontestável. Ganha com ele, com certeza, o diminuírem-lhe muitíssimo a pena. Ora veja em que ocasião o senhor iria denunciar-se: no momento em que um outro assumiu a responsabilidade do crime e veio atrapalhar a instrução! Pela parte que me toca, comprometo-me formalmente perante Deus a empregar todos os meus esforços para que o tribunal lhe conceda o maior benefício possível por motivo da sua iniciativa. Os juízes, afirmo-lhe sob palavra de honra, ignoram que suspeitei do senhor e a sua ação terá portanto aos seus olhos um caráter de absoluta espontaneidade. Ver-se-á apenas no seu crime o resultado de um desvario fatal, e no fundo não foi outra coisa. Sou um homem honesto, Ródia, e cumprirei a minha palavra.

Raskolnikov baixou a cabeça e refletiu por algum tempo; por fim sorriu de novo, porém, desta vez, o seu sorriso era terno e melancólico.

— E que ganho com isso? Que me importa a diminuição da pena? Não preciso dela — disse, sem reparar que esta linguagem equivalia quase a uma confissão.

— Aí está o que eu receava — exclamou Porfírio, como a custo.

— Já desconfiava que o senhor rejeitaria a nossa indulgência.

Raskolnikov olhou para ele com ar grave e triste.

— Eh, não seja desdenhoso! — continuou o juiz de instrução. — Ainda há de viver muitos anos. O quê, o senhor não quer uma diminuição da pena? É bem difícil de contentar!

— Que terei depois em perspectiva?

— A vida. O senhor é profeta para saber o que ela lhe reserva? Procure e achará. Quem sabe se tudo isto não é uma prova a que Deus o sujeita? Afinal o senhor não será condenado por toda a vida...

— Obterei circunstâncias atenuantes... — disse, rindo, Raskolnikov.

— É talvez um sentimento de ridículo amor-próprio que o impede, contra sua vontade, de se confessar culpado. Seja superior a essas ninharias!

— Oh, bem me importo com isso! — murmurou, num tom de desprezo. Tornou a fazer menção de se levantar, porém sentou-se outra vez bastante abatido.

— O senhor é desconfiado e pensa que quero enganá-lo... O senhor nasceu ontem. Que sabe o senhor da vida? O senhor imaginou uma teoria, que na prática lhe deu consequências tão pouco originais que hoje está envergonhado. Cometeu um crime, é verdade; contudo não é um criminoso perdido e sem remissão. Está muito longe disso... Qual é a minha opinião a seu respeito? Considero-o como um destes homens que deixariam arrancar as entranhas, contanto que tivessem encontrado uma fé ou um Deus. Pois bem, procure-os e viverá. Primeiro de tudo, há muito tempo que o senhor precisa de mudar de ar. Depois, o sofrimento é uma boa coisa. Sofra. Nicolau tem talvez razão em querer sofrer. Sei que o senhor é um cético, mas entregue-se sem raciocinar à corrente da vida. Ela o levará a alguma parte. Onde? Não se inquiete com isso, pois irá ter a um porto qualquer. Qual? Ignoro-o. Creio apenas que o senhor ainda tem muito tempo para viver. Está por aí a julgar que estou a representar o meu papel de juiz de instrução! Talvez mais tarde se lembre das minhas palavras e então lhes dê o devido valor. Eis a razão por que lhe falo desta maneira. Ainda é uma sorte que o senhor só tenha matado uma velha usurária! Com outra teoria teria cometido uma ação cem mil vezes pior. Ainda pode dar graças a Deus! Quem sabe? Talvez Ele tenha os seus desígnios a respeito do senhor. Portanto, tenha coragem e não recue, por pusilanimidade, diante da justiça. Sei que o senhor não acredita em mim; todavia, com o tempo, há de tomar de novo gosto pela vida. Hoje falta-lhe somente ar, ar!

Raskolnikov estremeceu.

— Mas quem é o senhor — exclamou ele — para me fazer essas profecias? Que alta sabedoria lhe permite adivinhar o meu futuro?

— Quem sou eu? Sou um homem acabado, nada mais. Um homem sensível e compassivo a quem a experiência ensinou talvez alguma coisa, porém um homem que liquidou, que por completo acabou. Quanto ao senhor, o caso é outro: o senhor está no começo da existência e esta aventura (quem sabe?) não deixará talvez vestígio algum na sua vida. Por que há de recear tanto a mudança que vai operar-se na sua situação? E do bem-estar que um coração como o seu pode ter pena? Aflige-se com a ideia de estar por muito tempo enterrado na obscuridade? Do senhor depende, porém, que essa obscuridade não seja eterna. Faça-se um sol e toda a gente o verá. Por que está outra vez a sorrir? O senhor está dizendo lá consigo: isto é palavreado de juiz de instrução... É muito possível, he, he, he! Não lhe peço que acredite em mim, Ródia. Sou, primeiro de tudo, juiz, concordo; apenas acrescento isto: mais do que as minhas palavras, os fatos lhe demonstrarão se sou um intrujão ou um homem honrado.

— Quando tenciona prender-me?

— Posso conceder-lhe ainda um dia e meio ou dois dias de liberdade. Reflita, meu amigo. Peça a Deus que o inspire. O conselho que lhe dou é o melhor que tem a seguir, acredite.

— E se eu fugir? — perguntou Raskolnikov com um sorriso estranho.

— Não foge. Um mujique fugiria ou um revolucionário vulgar, visto o seu credo o prender por toda a vida. O senhor, porém, já não acredita na sua teoria. Que levaria se fugisse? E pensou já na existência ignóbil e odiosa de um fugitivo?! Se fugisse, voltaria por sua própria vontade. O senhor não pode passar sem nós. Quando o mandar prender, daqui a um mês ou dois, ou mesmo três se quiser, o senhor lembrar-se-á das minhas palavras e confessará. O senhor será levado a isso sem sentir, quase sem querer. Estou mesmo persuadido de que, depois de refletir, se decidirá a aceitar a expiação. Neste momento não acredita, mas verá... E que, com efeito, o sofrimento é uma grande coisa. Na boca de um gorducho que não se priva de coisa alguma esta linguagem pode dar vontade de rir. Não importa. Há uma ideia no sofrimento. Nicolau tem razão... Não, o senhor não fugirá.

Raskolnikov levantou-se e pegou no chapéu. Porfírio fez outro tanto.

— Vai passear? A noite deve estar magnífica, a não sobrevir alguma tempestade. Aliás, não seria mau refrescar a temperatura.

— Porfírio — disse o mancebo com um modo seco — peço-lhe, não vá pensar que lhe fiz alguma confissão. O senhor é um homem singular e eu escutei-o por mera curiosidade. Não confessei nada... não se esqueça disto.

— Basta, não me esquecerei. Eh, eh, como ele treme! Não se inquiete, meu caro amigo, tomo nota da sua recomendação. Passeie um pouco, mas não ultrapasse certos limites... É verdade, tenho ainda que fazer-lhe um pedido — acrescentou, baixando a voz. — É um pouco delicado, contudo tem sua importância: no caso de, aliás pouco provável na minha opinião, durante estas quarenta e oito horas se lhe encasquetar a ideia de acabar com a vida (desculpe-me esta suposição absurda), deixe sempre um bilhetinho, duas linhas apenas, indicando o lugar onde se encontra a pedra. Seria uma ação nobre. Até à vista e que Deus o ilumine.

Porfírio retirou-se, evitando olhar para Raskolnikov. Este aproximou-se da janela e esperou com impaciência o momento em que, segundo o seu cálculo, o juiz de instrução estivesse longe da sua casa. Em seguida saiu a toda a pressa.

CAPÍTULO III

Estava ansioso por ver Svidrigailov. O que podia esperar desse homem, ele próprio o ignorava. Essa criatura tinha sobre ele um poder misterioso. Desde que Raskolnikov se convencera disso, a inquietação devorava-o e já não podia esperar mais o momento de uma explicação.

No caminho, um pensamento em especial o preocupava:

"Svidrigailov teria ido a casa de Porfírio? Pelo que ele podia julgar, não, Svidrigailov não fora lá. Raskolnikov tê-lo-ia jurado." Rememorando todas as circunstâncias da visita de Porfírio, chegava sempre à mesma conclusão negativa. "Se Svidrigailov não tinha ido à casa do juiz de instrução, deixaria de lá ir?" Sobre este ponto acabava também por responder negativamente. "Por quê? Não podia dar as razões da sua maneira de ver, e ainda mesmo que pudesse explicá-la não iria quebrar a cabeça por esse motivo."

Tudo isso o apoquentava e ao mesmo tempo deixava-o quase indiferente. Coisa singular, quase inacreditável: por muito crítica que fosse a sua situação atual, pouco se afligia; o que o atormentava era alguma coisa bem mais importante, pois o interessava pessoalmente. Afora isso, sentia uma imensa fadiga moral, conquanto estivesse mais em estado de raciocinar do que nos dias anteriores.

"Depois de tantos combates, seria preciso começar uma nova luta para triunfar dessas miseráveis dificuldades? Valia a pena, por exemplo, ir fazer o cerco a Svidrigailov, tentar enganá-lo com medo de que fosse a casa do juiz de instrução? Oh, como tudo isso lhe mexia com os nervos!"

No entanto tinha pressa em ver Svidrigailov. Esperava dele o que fosse de novo, um conselho, um meio de salvação. Os afogados agarram-se a uma palha. Era o destino ou o instinto que impelia aqueles dois homens um para o outro? Ou Raskolnikov procurava Svidrigailov apenas por já não saber para onde se havia de voltar? Teria necessidade de outra pessoa e agarrava-se a Svidrigailov por não encontrar melhor? E Sofia? Mas por que iria ele agora a casa de Sofia? Para a fazer chorar mais? Depois, Sofia assustava-o; era para ele a sentença inexorável, a decisão sem apelo. Naquele momento, sobretudo, não se sentia em estado de afrontar a presença da moça. Não, não valeria mais fazer uma tentativa com Svidrigailov? Com mágoa confessava a si próprio que já há muito tempo Svidrigailov lhe era de certo modo necessário.

Entretanto, que podia haver de comum entre eles? A perversidade de Svidrigailov não era de molde a aproximá-los. Esse homem desagradava-lhe muito: era de fato um homem sem vergonha, um impostor, talvez um malvado. Corriam lendas sinistras a seu respeito. É verdade que protegia os filhos de Catarina Ivanovna: mas quem podia dizer o motivo desse procedimento?

De um tal homem não era lícito esperar qualquer coisa de bom. Desde há dias havia um outro pensamento que não deixava de inquietar Raskolnikov, conquanto se esforçasse por afastá-lo por lhe ser doloroso. "Svidrigailov anda sempre à minha roda, dizia-se a si mesmo muitas vezes. Descobriu o meu segredo. Pretendeu o amor da minha irmã e talvez o pretenda ainda, o que é o mais provável. Se agora que conhece o meu segredo quisesse servir-se dele como de uma arma contra Dounia?"

Este pensamento, que por vezes o inquietava até em sonhos, não lhe tinha ainda ocorrido com tanta clareza como naquele momento em que ia a casa de Svidrigailov. A princípio lembrou-se de dizer tudo à irmã, o que mudaria muito a situação. Depois lembrou-se de que faria melhor indo denunciar-se para prevenir alguma imprudência da parte de Dounia. "E a carta? Naquela manhã Dounia tinha recebido uma carta. Quem podia ter-lhe escrito em S. Petersburgo? Não seria Petrovitch? É verdade que Razoumikhine lá estava de guarda, mas Razoumikhine não sabia nada! deveria ter-lhe já contado tudo?", perguntou Raskolnikov a si próprio com uma revolta do coração. Em todo o caso é preciso ver Svidrigailov o mais cedo possível. Graças a Deus os pormenores aqui importam menos do que o fundo da questão; porém, se tem a audácia de tentar alguma patifaria, alguma cilada contra Dounia, então mato-o!

Parou no meio da rua e olhou em volta. Que caminho tomara ele? Onde estava? Achava-se na avenida ***, a trinta ou a quarenta passos do Mercado do Feno, que acabara de atravessar. O segundo andar da casa à esquerda era todo ocupado por um café. As janelas estavam abertas de par em par. A julgar pela gente que nelas se via, o estabelecimento devia estar cheio. Na sala cantavam e tocavam clarinete e violino. Ouviam-se gritos de mulheres. Surpreendido por se ver naquele sítio, ia voltar pelo mesmo caminho quando de repente, a uma das janelas, avistou Svidrigailov. Isso causou-lhe espanto e receio ao mesmo tempo. Este examinava-o em silêncio e, coisa que espantou ainda mais Raskolnikov, fez menção de se levantar como se quisesse evitar que ele o visse. Raskolnikov fingiu que não o via e pôs-se a olhar distraidamente para o lado, mas sem contudo deixar de o examinar. A inquietação fazia-lhe palpitar o coração com violência. De fato Svidrigailov tinha interesse em não ser visto. Tirou o cachimbo da boca e quis ocultar-se dos olhares de Raskolnikov, porém levantando-se e afastando a cadeira reconheceu que já era tarde. Estava-se dando entre eles o mesmo jogo de cena da sua primeira entrevista no quarto de Raskolnikov. Cada um deles sabia que era observado pelo outro. Um sorriso malicioso, cada vez mais acentuado, pairava nos lábios de Svidrigailov. Por fim deu uma estrondosa gargalhada.

— Bem, entre, se lhe apraz: aqui estou! — gritou ele da janela.

O interpelado subiu.

Encontrou Svidrigailov próximo de um salão onde um grande número de frequentadores — mercadores, funcionários, artistas, etc. — tomava chá, ouvindo as cançonetistas que faziam um baralho infernal. Numa sala vizinha jogava-se bilhar. Svidrigailov tinha diante de si uma garrafa de champanhe e um copo quase cheio. Estava em companhia de dois músicos ambulantes, um pequeno tocador de órgão e uma moça dos seus dezoito anos, fresca e sadia, com um chapéu tirolês enfeitado com espalhafato. Acompanhada pelo órgão, cantava, com uma voz de contralto bastante forte, uma cantiga trivial.

— Está bem, basta! — interrompeu Svidrigailov quando Raskolnikov entrou.

A moça calou-se logo e esperou em atitude respeitosa.

— Eh! Filipe, um copo! — gritou Svidrigailov.

— Não bebo — disse Raskolnikov.

— Como quiser. Bebe, Katia. Agora já não preciso de ti, podes ir-te embora.

Encheu um grande copo e deu à moça e deu-lhe uma pequena nota. Katia bebeu a pequenos goles e, depois de ter pegado na nota, beijou a mão de Svidrigailov, que aceitou muito sério esse testemunho de respeito servil. A cantora retirou-se, seguida do pequeno tocador de órgão. Ainda não havia oito dias que Svidrigailov estava em S. Petersburgo e tomá-lo-iam já por um antigo freguês da casa? O criado Filipe conhecia-o e mostrava ter por ele uma consideração muito especial. Svidrigailov estava como em sua casa naquela saleta onde passava dias inteiros. O café, sujo e ignóbil, nem pertencia à categoria média dos estabelecimentos daquele gênero.

— Ia a sua casa — começou Raskolnikov. — Porém, como se explica que, saindo do Mercado do Feno, eu tenha tomado pela avenida ***? Nunca por aqui passo. Tomo sempre à direita quando saio do Mercado do Feno. Também não é o caminho para ir para sua casa... E apenas me volto para este lado, encontro-me com o senhor! É singular!

— Por que não diz o senhor antes um milagre?

— Porque é talvez apenas um simples acaso.

— É um sestro que toda a gente aqui tem. Nem quando de fato acreditam num milagre ousam confessá-lo! O senhor mesmo diz que é talvez apenas um simples acaso. Não pode imaginar, Ródia, como aqui há pouca gente com a coragem da sua opinião. O senhor tem uma opinião pessoal e não receia afirmá-la. E mesmo por isso que atraiu a minha curiosidade.

— Só por isso?

— Acha pouco?

Via-se que Svidrigailov estava bastante excitado, embora só tivesse bebido meio copo de vinho.

— Parece-me que quando foi a minha casa ignorava ainda se tinha o que o senhor chama uma opinião pessoal. — observou Raskolnikov.

— Então era outra coisa... Quanto ao milagre, dir-lhe-ei que parece que o senhor tem estado a dormir todos estes dias. Eu próprio lhe indiquei este café e não é de espantar que o senhor cá tenha vindo ter. Indiquei-lhe o caminho e as horas a que podia ser aqui encontrado. Lembra-se?

— Esqueci-me disso — respondeu Raskolnikov com surpresa.

— Acredito, dei-lhe essas indicações por duas vezes. O endereço gravou-se sem querer na sua memória e esta guiou-o sem o senhor dar por isso. De resto, enquanto lhe falava, via bem que o seu espírito estava longe. O senhor não se observa bastante... Mas eis ainda outra coisa: tenho constatado que em S. Petersburgo muitas pessoas andam pelas ruas monologando. E uma cidade de lunáticos. Se quiséssemos, os médicos e os filósofos poderiam aqui fazer estudos muito curiosos, cada um na sua especialidade. Não há lugar onde a alma humana seja submetida a influências tão sombrias e tão estranhas. A ação do clima só por si é funesta. Por desgraça, S. Petersburgo é o centro administrativo do país e o seu caráter preocupa-se com isso neste momento. Queria dizer-lhe que já o vi passar muitas vezes pela rua. O senhor sai de casa com a cabeça levantada. Depois de ter andado vinte passos, baixa-a e cruza as mãos atrás das costas. Olha, mas é evidente que não vê nada, nem para a frente nem para os lados. Por fim põe-se a mexer os beiços e a conversar sozinho: às vezes gesticula, declama, para no meio da rua por mais ou menos tempo. Isto não quer dizer nada, mas assim como eu, talvez outros reparem e portanto torna-se perigoso. No fundo, nada me importa com isso; não tenho a pretensão de o curar, porém o senhor compreende-me, sem dúvida...

— Sabe se me espionam? — perguntou Raskolnikov, lançando a Svidrigailov um olhar perscrutador.

— Não, não sei nada — respondeu este com ar admirado.

— Bom! Então não falemos mais de mim — tartamudeou Raskolnikov, franzindo o sobrolho.

— Pois bem, não falemos mais do senhor.

— Responda antes a esta pergunta: se é verdade que por duas vezes me indicou este café como sítio onde podia encontrá-lo, por que é que, ainda há pouco, quando levantei os olhos para a janela, o senhor se escondeu e tentou evitar que o visse? Notei isso.

— Eh, eh! É por que é que no outro dia, quando entrei no quarto, o senhor fingiu que dormia apesar de estar bem acordado? Também notei isso.

— Podia ter... razões... o senhor bem sabe...

— E eu podia também ter as minhas razões, conquanto o senhor não as conheça.

Havia um minuto que Raskolnikov examinava com atenção o rosto do seu interlocutor. Aquela figura causava-lhe sempre espanto. Ainda que bela, tinha alguma coisa de bastante antipática. A cor do rosto era muito fresca, os lábios muito vermelhos, a barba muito loura, os cabelos muito espessos e os olhos muito azuis e parados. Svidrigailov vestia um elegante terno de verão. A camisa era de uma brancura e de uma finura irrepreensíveis. Um grosso anel ornado de uma pedra valiosa brilhava-lhe num dos dedos.

— Entre nós as tergiversações já não têm razão de ser — disse Raskolnikov. — Apesar de o senhor estar em condições de me fazer muito mal se tiver vontade disso, vou falar-lhe com franqueza. Fique, pois, sabendo que se o senhor ainda tem a mesma pretensão a minha irmã e se conta servir-se, para chegar aos seus fins, do segredo que surpreendeu nestes últimos dias, matá-lo-ei antes que o senhor me meta na cadeia.

Dou-lhe a minha palavra de honra. Em segundo lugar pareceu-me notar nestes últimos dias que o senhor desejava ter comigo uma conversa particular: se tem alguma coisa a comunicar-me, apresse-se, porque o tempo é precioso e daqui a pouco talvez seja tarde.

— Mas por que tanta pressa? — perguntou Svidrigailov.

— Cada um tem os seus negócios — replicou Raskolnikov com ar sombrio.

— O senhor convida-me a ser franco e à primeira pergunta que lhe faço recusa responder-me! — observou Svidrigailov, sorrindo.

— Julga que ainda tenho certos projetos e por isso está descansado a meu respeito. Na sua posição isso compreende-se muito bem. Todavia, por melhores desejos que tenha de viver em boa inteligência consigo, não me incomodarei a desenganá-lo. Na verdade não vale a pena, nem eu tenho nada de particular a dizer-lhe.

— Então que me quer o senhor? Por que anda sempre à minha volta?

— Apenas porque é um indivíduo curioso para observar. Agradou-me pelo lado fantástico da sua situação, ora aí está! Além disso é irmão de uma pessoa que me interessa muito, que me falou muitas vezes a seu respeito e me convenceu de que o senhor tem uma grande influência sobre ela. Não são ainda razões suficientes? Eh, eh, eh! De resto, confesso-o, a sua pergunta é complexa e é-me difícil responder-lhe. Ora aí tem. Se veio ver-me não foi só para tratar de negócios, mas na esperança de que lhe dissesse alguma coisa de novo, não é verdade? — disse com um sorriso malicioso Svidrigailov. — Ora imagine que também eu, vindo a S. Petersburgo, contava que o senhor me dissesse alguma coisa de novo, esperava pedir-lhe alguma coisa. Aí está como nós somos, os ricos!

— Pedir-me o quê?

— Eu sei lá o quê? O senhor vê em que miserável café passo todo o santo dia — continuou Svidrigailov. —, não porque me divirta aqui, mas porque, em suma, é preciso passar o tempo nalguma parte. Distraio-me com aquela pobre Katia que acaba de sair. Se tivesse a fortuna de ser gastrônomo, bem estaria; porém não! Aí está o que eu posso comer! — Apontava para um prato de zinco que continha os restos de um mau bife com batatas. — A propósito, já jantou? Quanto a vinho, bebo apenas champanhe e um copo chega-me para um dia. Se hoje pedi esta garrafa é porque tenho de ir a certo sítio e quis esquentar-me um pouco antes de ir. O senhor encontra-me numa disposição de espírito particular. Há pouco escondi-me como um colegial porque receava que a sua visita me ocasionasse algum transtorno; agora creio que ainda posso passar uma hora consigo: são quatro e meia — acrescentou depois de ter consultado o relógio. Talvez o senhor não acredite: há momentos que tenho pena de não ser qualquer coisa: proprietário, pai de família, fotógrafo, jornalista... É horrível não ter que fazer. Na verdade pensei que me queria dizer alguma coisa de novo.

— Quem é o senhor e que veio cá fazer?

— Quem sou eu! O senhor já o sabe... Sou um gentil homem, servi dois anos na cavalaria, depois passei por S. Petersburgo, em seguida casei com Marfa Petrovna e fui viver para a aldeia. Eis a minha biografia.

— O senhor parece que é jogador.

— Eu, jogador? Não, diga antes que sou batoteiro.

— Ah, o senhor fazia trapaça no jogo?

— Fazia.

— Deve ter apanhado a sua bofetada!

— Com efeito, levei algumas. Por quê?

— É porque nesse caso poderia bater-se em duelo; isso sempre lhe dava certas sensações.

— Não tenho que objetar-lhe, pois não sou forte na discussão filosófica. Confesso que, se vim a S. Petersburgo, foi sobretudo por causa das mulheres.

— Logo depois de ter enterrado Marfa Petrovna?

Svidrigailov sorriu.

— Imediatamente — respondeu ele, com uma franqueza desorientadora. — O senhor parece escandalizado.

— Admira-se que a estroinice me escandalize?

— Por que é que me havia de contrafazer, diga-me cá? Por que havia de renunciar às mulheres se gosto delas? Ao menos é uma ocupação.

Raskolnikov levantou-se. Sentia-se pouco à vontade e arrependia-se de ter ido ali. Svidrigailov parecia-lhe o patife mais depravado que podia haver no mundo.

— Eh, deixe-se estar um momento, mandei vir chá. Vamos, sente-se. Quer o senhor que lhe conte como uma mulher empreendeu converter-me? Será até uma resposta à sua primeira pergunta, pois que se trata de sua irmã. Posso contar? Sempre se mata o tempo...

— Seja, no entanto espero que o senhor...

— Oh, não tenha receio! De resto, mesmo a um homem tão vicioso como eu, Dounia só pode inspirar a mais profunda estima.

CAPÍTULO IV

— Creio tê-la compreendido e orgulho-me disso. Contudo, o senhor bem sabe, quando se não conhecem ainda bem as pessoas está-se sujeito a enganos e foi o que me aconteceu com sua irmã. Diabos me levem, mas para que é ela tão formosa? Não tenho culpa de que o seja. Numa palavra, isto principiou em mim por um capricho libidinoso dos mais violentos. Devo dizer-lhe que Marfa Petrovna tinha-me permitido as camponesas. Ora tinham-nos mandado para criada de quarto uma moça de uma aldeia vizinha chamada Paracha. Era muito bonita, porém muitíssimo tola; as lágrimas e os gritos com que sobressaltou toda a casa ocasionaram um verdadeiro escândalo. Um dia, depois do jantar, chamou-me de parte e, mirando-me com olhos faiscantes, exigiu de mim que deixasse em paz a Paracha. Era talvez a primeira vez que conversávamos frente a frente. Como é natural, apressei-me a obedecer ao pedido, tentei parecer comovido, perturbado; em suma, fiz o meu papel com consciência. A partir desse momento tivemos frequentes conversas íntimas durante as quais ela me pregava moral e me suplicava, com as lágrimas nos olhos, que mudasse de vida... Sim, com as lágrimas nos olhos! Eis até onde chega, em certas moças, a mania da propaganda! Já se vê, imputava todos os meus desatinos ao destino e por fim empreguei um meio que nunca falha sobre o coração das mulheres: a lisonja. Espero que o senhor não se zangue se acrescentar que a própria Dounia não foi a princípio insensível aos louvores com que lhe enchi os ouvidos. Por infelicidade a minha impaciência e toleima deitaram o negócio a perder. Devia ter moderado o brilho dos olhos quando conversava com sua irmã: isso inquietou-a e acabou por se lhe tornar odioso. Sem entrar em pormenores, bastará dizer-lhe que rompemos, depois que fiz novas tolices. Expandi-me em sarcasmos grosseiros. Paracha tornou a entrar em cena e foi seguida de muitas outras; numa palavra, comecei a levar uma vida irregularíssima. Oh, se o senhor visse então os olhos de sua irmã ficaria sabendo que faíscas eles podem lançar às vezes! Asseguro-lhe que os olhares dela me perseguiam, até quando dormia. Tinha chegado a nem poder suportar o frufru do seu vestido. Cheguei a acreditar que ia ter ataques epiléticos. Nunca supusera que pudesse apoderar-se de mim uma tal loucura. Era preciso em absoluto que me reconciliasse com Dounia e a reconciliação era impossível. Imagine o que eu faria então! A que grau de estupidez pode levar a raiva de um homem! Nunca empreenda coisa alguma nesse estado! Lembrando-me que Dounia era afinal de contas uma pobre (oh, perdão, não queria dizer isto... mas a palavra não faz ao caso), enfim, que vivia do seu trabalho, que tinha a seu cargo a mãe e o senhor (oh, diabo, lá torna o senhor a franzir o sobrolho...), decidi-me a oferecer-lhe toda a minha fortuna (podia então liquidar uns trinta mil rublos) e a propor-lhe que fugisse comigo para S. Petersburgo. Já se vê, assim que aqui estivéssemos ter-lhe-ia jurado um amor eterno, etc. Quer acreditar? Andava tão maluco por ela nessa época que se Dounia me dissesse: "Apunhala ou envenena Marfa Petrovna e casa comigo", tê-lo-ia feito imediatamente. Mas tudo acabou pela catástrofe que o senhor conhece e pode julgar como fiquei irritado quando soube que minha mulher tinha negociado o casamento de Dounia com esse miserável trapaceiro do Petrovitch, porque, enfim (que diabo!), tanto valia a sua irmã aceitar o meu oferecimento como casar com semelhante homem. Não é verdade? Vejo que me escutou com a maior atenção... interessante rapaz...

Svidrigailov deu um violento murro na mesa. Estava muito corado e, apesar de ter bebido apenas dois copos de champanhe, a embriaguez começava já a manifestar-se. Raskolnikov percebeu isso e resolveu aproveitar-se dessa circunstância para descobrir as intenções secretas daquele que considerava o seu mais perigoso inimigo.

— Depois de tudo isso já não duvido que o senhor veio a S. Petersburgo por causa da minha irmã! — declarou ele, com tanta confiança quanto queria irritar Svidrigailov.

Este tentou logo destruir o efeito produzido pelas suas palavras.

— Ora, adeus! Ainda lhe não disse... de resto, sua irmã não me pode ver.

— É a minha opinião, mas não se trata disso.

— É sua opinião que ela não me pode ver? — replicou Svidrigailov, piscando o olho e sorrindo com ar de zombaria. — O senhor tem razão, ela não me ama; porém nunca afirme nada a respeito do que se passa entre marido e mulher ou entre um homem e a sua amante. Há sempre um cantinho que fica escondido a todos e só é conhecido dos interessados. Ousaria o senhor afirmar que eu causava repugnância à Dounia?

— Certas palavras da sua narração provam-me que o senhor tem ainda neste momento desígnios infames acerca dela e que tenciona pô-los em execução o mais depressa possível!

— Como! Deixei escapar semelhantes palavras? — disse Svidrigailov, muito inquieto, além de que não se formalizou de modo nenhum com o epíteto com que foram qualificados os seus desígnios.

— Neste mesmo momento o senhor está manifestando os seus pensamentos íntimos. Por que tem medo? De onde vem esse receio súbito que manifesta neste momento?

— Receio? Receio de si? Que história é essa? O senhor, meu caro amigo, é que deve temer-me. Estou bêbado, bem vejo; por pouco não dizia mais alguma tolice. Diabos levem o vinho! Eh, rapaz! Água!

Atirou a garrafa pela janela afora. Filipe trouxe água.

— Tudo isso é absurdo — disse Svidrigailov, molhando uma toalha que passou em seguida pelo rosto — e eu posso, com uma palavra, reduzir a nada todas as suas desconfianças. Sabe que vou casar?

— Já me disse.

— Já lhe disse? Tinha-me esquecido. Porém quando lhe anunciei o meu próximo casamento não podia ainda falar-lhe senão de uma forma duvidosa, porque então não havia nada decidido. Agora é um negócio concluído e se estivesse livre neste momento, conduzi-lo-ia a casa da minha futura noiva; desejava muito saber se aprovaria a minha escolha. Oh, diabo, não tenho senão dez minutos. Entretanto vou contar-lhe a história do meu casamento, pois é bastante curiosa... Então, ainda se quer ir embora?

— Não, agora não o largo.

— Não me larga? Havemos de ver isso! Sem dúvida hei de mostrar-lhe a minha noiva, mas não agora, porque nos separamos daqui a pouco. O senhor vai para a direita e eu para a esquerda. Ouviu talvez falar da senhora Resslich, na casa de quem moro nesta altura? Foi ela quem me arranjou tudo isso. Aborreces-te, dizia-me ela, o casamento será para ti uma distração momentânea. De fato, sou um triste, um sensaborão. Julga que sou alegre? Desengane-se, pois tenho um gênio muito esquisito; não faço mal a ninguém, mas tenho ocasiões de estar três dias a fio num canto, sem dizer uma palavra. Bem sei que essa boa amiga da Resslich tem qualquer coisa em vista; calcula que me enfastiarei depressa de minha mulher, que a deixarei, e ela então lançá-la-á na circulação. O pai está doente há três anos, com as pernas tolhidas, enterrado numa cadeira; a mãe é uma senhora muito inteligente; o filho está não sei onde, na província, e não se importa com os pais, e a filha mais velha não dá notícias. Têm a sustentar dois sobrinhos pequenos. A filha mais nova foi retirada do colégio antes de acabar os estudos. Faz dezesseis anos no mês próximo e é dela que se trata, é ela a minha noiva... Munido destes esclarecimentos, apresentei-me à família como um proprietário, viúvo, de boa família, com relações e fortuna. Os meus cinquenta anos não suscitaram a mais ligeira objeção. Era preciso ver-me conversando com o pai e a mãe! Que cômico! Chega a pequena, de vestido curto, e cumprimenta-me, corada como uma papoula. Sem dúvida tinham-lhe ensinado a lição... Não conheço o seu gosto em questões de mulheres, mas, para mim, aqueles dezesseis anos, aqueles olhos ainda infantis, aquela timidez, aquelas lagrimazinhas pudicas, tudo isso tinha mais encanto do que a beleza. De resto, a pequena é muito bonita, com os cabelos claros, anelados a capricho, os lábios purpurinos e levemente tímidos, os seio-zinhos nascentes... Em suma, travamos conhecimento, disse-lhe que uns negócios de família me obrigavam a apressar o casamento e no dia seguinte, isto é, anteontem, ficamos noivos. Desde então, quando vou vê-la, tenho-a sentada nos joelhos durante toda a visita e beijo-a a cada momento. Ela cora, mas consente. A mãe com certeza lhe deu a entender que um futuro marido pode permitir-se aquelas familiaridades. Assim compreendidos, os direitos do noivo não são menos agradáveis de exercer do que os do marido. Pode dizer-se que é a verdade e a natureza que falam naquela criança! Conversei duas vezes com ela. Não é nada tola e tem um modo tão disfarçado de olhar para mim que incendeia todo o meu ser. A sua fisionomia parece-se um pouco com a da Madona Sistina. O senhor já notou a expressão fantástica que Rafael deu a essa cabeça de virgem? No dia imediato ao das escrituras levei à minha futura noiva uns mil e quinhentos rublos de presente: diamantes, pérolas e um serviço de toalete em prata. A carinha da madona estava radiante. Ontem não me constrangi em a sentar nos joelhos: ela corou e vi-lhe nos olhos umas pequeninas lágrimas que tentava esconder. Deixaram-nos sós. Ela então deitou-me os braços ao pescoço e, beijando-me, jurou-me que seria para mim uma esposa obediente e fiel, que me faria feliz, e em troca pedia-me apenas a minha estima, nada mais. "Não tenho necessidade de presentes!", disse ela. Ouvir um anjo de dezesseis anos, com as faces coloridas pelo pudor virginal, fazer-nos uma tal declaração com lágrimas de entusiasmo nos olhos, há de concordar que é delicioso, não? Bem, ouça... hei de levá-lo à casa da minha noiva, porém agora não pode ser!

— Numa palavra, essa tremenda diferença de idade excita a sua sensualidade! Será possível que o senhor pense muito a sério em contrair tal casamento?

— Que austero moralista! — disse Svidrigailov num tom de mofa. — Onde a virtude se foi aninhar! Ah, ah! Sabe que me está divertindo com a sua indignação?

Chamou Filipe e, depois de ter pagado a despesa, levantou-se.

— Lamento sinceramente — continuou ele — não poder conversar mais tempo consigo. Havemos de nos voltar a ver. O senhor há de ter paciência...

Saiu do café. Raskolnikov acompanhou-o. A embriaguez de Svidrigailov dissipava-se de uma forma bem visível; franzia a testa e parecia muito preocupado, como um homem que vai empreender um negócio extremamente importante. Já há alguns minutos uma certa impaciência se lhe traía nas maneiras, ao mesmo tempo que a linguagem era cáustica e agressiva. Tudo isto parecia justificar cada vez mais as apreensões de Raskolnikov, que resolveu seguir a inquietante personagem.

Estavam no passeio.

— Agora separemo-nos: o senhor vai para a direita e eu para a esquerda, ou vice-versa. Adeus, meu amigo, até à vista! E partiu na direção do Mercado do Feno.

CAPÍTULO V

Raskolnikov seguiu-o.

— Que significa isto? — exclamou Svidrigailov, voltando-se.

— Julgava ter-lhe dito...

— Isto significa que estou decidido a acompanhá-lo.

— O quê?

Ambos pararam e durante uns instantes mediram-se com os olhos.

— Na sua meia embriaguez o senhor disse-me o bastante para me convencer de que, longe de ter renunciado aos seus odiosos projetos contra minha irmã, mais do que nunca se preocupa com ela. Sei que minha irmã recebeu esta manhã uma carta. O senhor não perdeu tempo desde que chegou a S. Petersburgo. Que no decorrer das suas idas e vindas o senhor tenha encontrado uma mulher, é possível; contudo isso não significa nada. Desejo assegurar-me pessoalmente... — De quê? Isso é que Raskolnikov não poderia dizer.

— Sim! Quer que chame a polícia?

— Chame!

Pararam de novo em frente um do outro. Por fim o rosto de Svidrigailov mudou de expressão. Vendo que a ameaça não intimidara Raskolnikov, prosseguiu num tom o mais alegre e o mais agradável possível.

— Que grande ratão o senhor é! Não lhe falei do seu caso muito de propósito, apesar da grande curiosidade que ele me despertou. Queria deixar isso para outra ocasião. Na verdade o senhor é de fazer perder a paciência a um morto... Bem, venha comigo. Advirto-o de que entro em casa só para ir buscar dinheiro. Em seguida sairei, meter-me-ei num trem e irei passar toda a noite nas ilhas. Que necessidade tem o senhor de me seguir?

— Tenho que fazer na casa em que habita, porém não é ao seu domicílio que vou, mas sim ao da Sofia. Vou pedir-lhe desculpa por não ter assistido ao enterro da madrasta.

— Como queira, mas a Sofia está ausente. Foi levar as três crianças a casa de uma senhora do meu conhecimento, que está à testa de um asilo de órfãos. Dei um grande prazer a esta senhora entregando-lhe o dinheiro para os pequenos de Catarina Ivanova e mais um donativo para o estabelecimento que dirige; enfim, contei-lhe a história da Sofia sem omitir nenhuma particularidade. A minha narração produziu um efeito indescritível. Eis a razão por que a Sofia foi convidada a ir hoje ao hotel ***, onde a diretora em questão habita provisoriamente desde a sua vinda da aldeia.

— Não importa, irei à casa dela.

— À vontade. Eu porém é que não o acompanho lá. Para quê? Diga-me... Estou convencido de que o senhor desconfia de mim. Espero que me responda, pois tive a delicadeza de não lhe fazer até agora perguntas escabrosas. Adivinha ao que aludo? Ia apostar que a minha discrição lhe pareceu extraordinária. Ora vá lá a gente ser afável para ser recompensado desse modo!

— O senhor acha afável escutar às portas?

— Ah, ah! Estava admirado por não me ter feito ainda essa observação — respondeu rindo Svidrigailov. Se supõe que não é permitido escutar às portas, mas que se pode assassinar à vontade, e como os magistrados talvez não sejam dessa opinião, não faria mal em safar-se para a América o mais depressa possível. Parta depressa, meu rapaz. Talvez ainda seja tempo. Falo-lhe com toda a sinceridade. É o dinheiro que lhe falta? Dar-lhe-ei o que precisar para a viagem.

— Tenho mais em que pensar — replicou Raskolnikov com tédio.

— Compreendo: no que o senhor pensa é em saber se procedeu segundo a moral, como é digno de um homem e de um cidadão. Devia ter pensado nisso mais cedo; agora já vem um pouco fora de tempo. Eh, eh! Se julga ter cometido um crime, dê um tiro nos miolos. E o que tenciona fazer?

— Parece que me quer irritar na esperança de se ver livre de mim...

— Que desconfiado o senhor é! Porém, chegamos. Tenha o incômodo de subir as escadas. Aqui tem o quarto da Sofia... Não está cá ninguém. Não acredita? Pergunte aos Kapernaoumov, a quem ela deixa a chave. Eis justamente a senhora Kapernaoumov... Então? O quê? (Ela é um pouco surda.) A Sofia saiu? Onde foi? Agora está convencido? Não está cá e com certeza vem muito tarde, talvez muito de noite. Vamos agora a minha casa. O senhor não tinha tenções de me fazer uma visita? Eis-nos no meu quarto. A senhora Resslich saiu. Aquela mulher tem sempre entre mãos mil negócios, mas é uma excelente pessoa, asseguro-lhe... Talvez lhe fosse útil se o senhor fosse mais razoável. Ora veja. Tiro da minha secretária um título de cinco por cento (veja quantos me ficam ainda). Este vai hoje ser vendido. Viu bem? Como não tenho aqui mais nada que fazer, fecho a secretária, fecho o meu quarto... e cá estamos outra vez na escada. Se quer, vamos chamar um trem. Eu vou para as ilhas. Não lhe agrada um passeio de carro? O senhor percebe? Ordeno ao cocheiro que me conduza à ponte de Elaguina... Recusa? Já está satisfeito? Ora deixe-se tentar... A chuva está a ameaçar, mas o carro tem capota.

Svidrigailov estava já no trem. Raskolnikov, sem responder uma palavra, deu meia-volta e dirigiu-se para o Mercado do Feno. Se tivesse voltado a cabeça, teria visto que Svidrigailov se apeava e pagava ao cocheiro. Todavia caminhava sem olhar para trás. Daí a pouco voltou à esquina. Como sempre, quando se achou só, não tardou a cair num profundo devaneio. Chegando à ponte, parou junto à balaustrada e fixou os olhos no canal. De pé, a pequena distância de Raskolnikov, Dounia observava-o.

Ao subir para a ponte, passara perto da irmã, mas não a tinha visto. Quando o avistou, Dounia experimentou um sentimento de surpresa e mesmo de inquietação. Ficou um momento hesitando se deveria ir ter com ele. De repente avistou do lado do Mercado do Feno, Svidrigailov, que se dirigia a passos rápidos para ela.

Parecia avançar com prudência e mistério. Não subiu à ponte e parou no passeio, esforçando-se por escapar à vista de Raskolnikov. Tinha visto Dounia e já há minutos que lhe estava a fazer sinais. A jovem pareceu perceber que ele a chamava e lhe pedia que não atraísse a atenção de Raskolnikov. Obedecendo a este convite mudo, Dounia afastou-se sem ruído e aproximou-se de Svidrigailov.

— Vamos mais depressa — disse-lhe este em voz baixa. — Tenho empenho em que Ródia ignore a nossa entrevista. Previno-a de que foi procurar-me ainda agora a um café aqui perto e que me custou a desembaraçar-me dele. Seu irmão sabe que lhe escrevi uma carta e desconfia de alguma coisa. Decerto não foi a senhora que lhe falou nisso. Mas se não foi a senhora, quem foi?

— Já voltamos a esquina — interrompeu Dounia. — Meu irmão já não nos pode ver agora. Declaro-lhe que não vou mais longe. Diga-me o que tem a dizer.

— Em primeiro lugar não é na rua que se podem fazer semelhantes confidências; em segundo lugar; a senhora deve ouvir Sofia Semenovna; em terceiro lugar preciso mostrar-lhe certos documentos. Enfim, se não quer ir a minha casa, recuso-me a dar o menor esclarecimento e retiro-me neste mesmo instante. De resto, peço-lhe que se não esqueça de que tenho nas minhas mãos um segredo muito curioso que interessa a seu querido irmão.

Dounia parou indecisa e fixou o olhar penetrante em Svidrigailov.

— De que tem receio? — observou este com tranquilidade. — A cidade não é a aldeia. E mesmo na aldeia, a senhora fez-me mais mal a mim do que eu a si.

— Sofia Semenovna está prevenida?

— Não, não lhe disse uma palavra, no entanto estou convencido de que está agora em casa. Deve lá estar... Foi hoje o enterro da madrasta e não é dia para fazer visitas. Por agora não quero falar disto a ninguém e lamento mesmo, até certo ponto, ter-me aberto com a senhora. Em tais casos, a palavra mais insignificante pronunciada sem discrição equivale a uma denúncia. Moro aqui, nesta casa. Cá está o nosso porteiro. Conhece-me muito bem e cumprimenta-me, como vê. Viu que venho com uma senhora e decerto reparou já no seu rosto. Esta circunstância deve serená-la, se desconfia de mim. Peço perdão por lhe falar desta forma... Estou aqui numa casa de hóspedes. O meu quarto e o de Sofia Semenovna são apenas separados por um tabique. Todo o andar é ocupado por diferentes inquilinos. Por que tem medo como uma criança? Que tenho eu de terrível?

Svidrigailov tentou esboçar um sorriso gracioso, mas o rosto recusou obedecer-lhe. O coração batia-lhe com força e sentia o peito oprimido. Afetava elevar a voz para esconder a agitação crescente que sentia. Precaução supérflua, de resto, porque Dounia não lhe notava nada de particular: as últimas palavras ele Svidrigailov tinham irritado muito a orgulhosa moça para que pensasse noutra coisa que não fosse o seu amor-próprio ferido.

— Conquanto saiba que o senhor é uma criatura... sem honra, não lhe tenho medo. Conduza-me — disse ela em tom sereno, desmentido pela extrema palidez do rosto.

Svidrigailov parou diante do quarto de Sofia.

— Permita-me que verifique se está em casa. Não, não está cá... Um contratempo inesperado. Sei, no entanto, que voltará dentro de pouco tempo. Não pode ter-se ausentado, a não ser para ir ver uma senhora que se interessa pelos órfãos. Fui eu que tratei desse negócio. Se Sofia Semenovna não chegar dentro de dez minutos e se a menina tem interesse em falar-lhe, mandá-la-ei hoje mesmo a sua casa. Aqui estão os meus aposentos; compõem-se destas duas divisões. No quarto, para o qual dá esta porta, vive a minha hospedeira, a senhora Resslich. Agora olhe para aqui; esta porta dá para um aposento de duas divisões, que está vazio. Olhe... é preciso que a menina tome conhecimento exato do local.

Svidrigailov ocupava dois quartos mobilados, bastante espaçosos. Dounia olhava em volta com desconfiança, contudo não descobriu nada de suspeito. Poderia ter notado, por exemplo, que Svidrigailov habitava entre dois aposentos desabitados. Para chegar aos seus quartos era preciso atravessar duas divisões quase vazias que faziam parte do domicílio da hospedeira. Abrindo a porta, que da sua alcova dava acesso ao aposento não alugado, mostrou-lhe também este último. A moça parou à porta, não compreendendo porque a convidavam a ver, mas a explicação foi-lhe logo dada por Svidrigailov:

— Veja este grande quarto, o segundo. Repare nesta porta fechada à chave. Ao lado está uma cadeira, a única que há nas duas divisões. Fui eu que a trouxe para aqui a fim ele escutar em condições mais cômodas. A mesa de Sofia está colocada justamente atrás desta porta. A moça estava ali e conversava com Ródia enquanto eu, sentado na cadeira, ouvia sem nada perder da conversa. Estive aqui duas noites seguidas e duas horas de cada vez. Pude, portanto, ouvir alguma coisa, não lhe parece?

— O senhor escutava à porta?

— Escutava. Agora voltemos ao meu quarto. Aqui não podemos sentar-nos.

Conduziu Dounia para a sala e ofereceu-lhe uma cadeira, junto da mesa, sentando-se também a distância respeitosa. Os seus olhos brilhavam, como é de crer, com o mesmo fogo que da outra vez tanto tinha atemorizado Dounia. A jovem estremeceu, apesar da serenidade que afetava, e de novo olhou desconfiada em volta de si. O isolamento dos aposentos de Svidrigailov acabou por atrair a sua atenção.

— Aqui está a sua carta — começou ela, pousando-a sobre a mesa.

— Será possível o que me escreveu? O senhor dá a entender que meu irmão cometeu um crime. As suas insinuações são muito claras. Não tente, pois, recorrer a subterfúgios. Antes das suas pretendidas revelações já tinha ouvido falar dessa história absurda, da qual não acredito uma palavra. O odioso apenas cede neste caso ao ridículo. Essas suspeitas são-me conhecidas e também não ignoro o que as fez nascer. O senhor não pode ter prova alguma. Uma vez, porém, que prometeu provar, prove! No entanto previno-o de que não acredito em si.

Dounia pronunciou estas palavras com extrema rapidez e durante um instante a emoção que experimentou fez-lhe subir a cor às faces.

— Se não acreditasse em mim, ter-se-ia resolvido a vir a minha casa? Então por que veio? Por mera curiosidade?

— Não me mortifique. Fale, fale!

— É preciso concordar que é uma corajosa moça. Julguei que pediria ao senhor Razoumikhine para a acompanhar. Pude convencer-me de que, se não veio consigo também não a seguiu à distância. É uma moça audaz! Foi sem dúvida uma atenção da sua parte para com Ródia. De resto, na menina tudo é divino... Quanto a seu irmão, que lhe hei de dizer? A menina ainda o viu há pouco. Como lhe pareceu?

— Não é, por certo, sobre isso que o senhor funda a sua acusação.

— Não, não é sobre isso, mas sobre as próprias palavras de Ródia. Veio por duas vezes passar a noite a casa da Sofia. Indiquei-lhe já onde eles se sentavam. Seu irmão fez à moça uma confissão completa. É um assassino. Matou uma velha usurária, na casa de quem tinha objetos empenhados. Poucos instantes depois, uma irmã da vítima, chamada Isabel e adeleira de profissão, entrou por acaso e ele matou-a também. Serviu-se, para assassinar as duas mulheres, de um machado que tinha levado. A sua intenção era roubar e roubou: dinheiro e outros objetos... Só ela conhece esse segredo, porém não tomou parte no assassinato. Longe disso. Ao ouvir a narração ficou tão aterrada como a menina está neste momento. Esteja tranquila, pois não será ela quem irá denunciar seu irmão.

— É impossível! — balbuciaram os lábios lívidos de Dounia, arquejando. — É impossível! Ele não cometeria esse crime... É mentira!

— O roubo foi o móvel do crime. Raskolnikov roubou dinheiro e joias. É verdade que, segundo ele próprio confessou, não se aproveitou nem de um nem de outras, e foi escondê-los debaixo de uma pedra, onde estão ainda.

— É lá crível que tenha roubado? Pode sequer ter-lhe passado isso pela ideia? — exclamou Dounia, levantando-se. — O senhor conhece-o, tem-no visto: parece-lhe que seja um ladrão?

— Pertence a um número de pessoas que praticam tais ações julgando-as louváveis. Eu próprio recusaria, como a menina, dar fé a essa história se a tivesse sabido por via indireta. Fui, porém, obrigado a acreditar no que ouvia... Onde vai, Dounia?

— Quero ver a Sofia — respondeu Dounia com voz fraca. — Para onde se vai para o quarto dela? Talvez já tenha vindo... Quero vê-la sem perda de tempo. E preciso que ela... — Dounia não pôde acabar; estava sufocada.

— Talvez Sofia não esteja de volta antes da noite!

— Ah! Já vejo que mentiu, que só tem dito apenas mentiras... Não acredito em si, não acredito! — bradou Dounia num transporte de cólera.

Quase desfalecida, caiu sobre uma cadeira que Svidrigailov se apressara a oferecer-lhe.

— Que tem? Então! Beba um gole de água, aqui tem!

Borrifou-lhe o rosto com água. A jovem estremeceu e voltou logo a si.

“Produziu efeito”, murmurou consigo mesmo Svidrigailov, franzindo a testa.

— Sossegue, Dounia. Ródia tem amigos. Salvá-lo-emos. Quer que o leve para o estrangeiro? Tenho dinheiro... Daqui a três dias terei liquidado todos os meus haveres. Esteja tranquila. Seu irmão pode vir a ser ainda um grande homem. Então que tem? Como se sente?

— Deixe-me...

— Mas aonde quer ir?

— Procurá-lo. Onde está ele? O senhor sabe? Por que fechou a porta? Foi por ela que entramos e agora está fechada à chave. Para que a fechou?

— Não era necessário que em toda a casa se ouvisse o que dizíamos. No estado em que a menina está, para que há de ir procurar seu irmão? Quer perdê-lo? O seu procedimento vai enfurecê-lo e ele próprio irá denunciar-se. Ademais, não o perdem de vista e a menor imprudência da sua parte pode ser-lhe funesta. Espere um momento: vi-o e falei-lhe ainda há pouco. Pode ainda salvar-se... Sente-se. Vamos combinar o que se deve fazer. Foi para tratarmos desta questão que a convidei a vir a minha casa. Mas sente-se.

Dounia sentou-se.

Svidrigailov tomou lugar ao lado dela.

— Tudo depende da menina, só da menina — começou em voz baixa.

Os olhos faiscavam-lhe e a sua agitação era tal que mal podia falar.

Dounia, assustada, recusou a cadeira.

— A menina... só uma palavra sua e seu irmão está salvo! — continuou ele, trêmulo. — Eu... salvá-lo-ei. Tenho dinheiro e amigos. Fá-lo-ei partir sem demora para o estrangeiro, arranjar-lhe-ei passaporte. Arranjarei dois: um para ele e outro para mim. Tenho amigos com cuja dedicação posso contar. Quer? Arranjarei também um passaporte para si e outro para sua mãe. Que lhe importa Razoumikhine? O meu amor vale bem o dele, e eu amo-a muito. Deixe-me beijar-lhe a orla do vestido, peço-lhe. O roçagar do seu vestido alucina-me... Mande: executarei todas as suas ordens, sejam elas quais forem. Farei o impossível. Todas as suas vontades serão as minhas. Não olhe para mim desse modo! Sabe que me mata?

Delirava. Dir-se-ia que acabava de ser atacado por uma alienação mental. Dounia correu para a porta, que se pôs a abanar com todas as suas forças.

— Abra! Abra! — gritou ela, esperando que a ouvissem de fora. — Abra! Não há ninguém nesta casa?

Svidrigailov levantou-se. Tinha recuperado o sangue frio. Um sorriso de mofa pairava com amargura nos seus lábios ainda trêmulos.

— Não está cá ninguém — disse ele lentamente. — A minha hospedeira saiu e a menina não ganha nada em estar a gritar dessa maneira. É inútil...

— Onde está a chave? Abra já a porta, seu vil homem!

— Perdi a chave, não a encontro.

— Ah, é então uma emboscada? — vociferou Dounia, pálida como a morte e correndo para um canto, onde se entrincheirou, colocando diante de si uma pequena mesa.

Depois calou-se, mas sem desfitar o inimigo, de quem vigiava os menores movimentos. De pé, em frente dela, na outra extremidade do quarto, Svidrigailov não se mexia.

— Dounia, se há emboscada calcula que tomei as minhas precauções. Sofia não está em casa e cinco divisões nos separam do domicílio de Kapernaoumov... Além disso sou, pelo menos, duas vezes mais forte que a menina, se bem que nada tenho a recear, porque se a menina se queixar de mim seu irmão está perdido. De resto, ninguém acreditará em si: todas as aparências depõem contra si, que veio sozinha ao domicílio de um homem. E, ainda mesmo que se atrevesse a sacrificar seu irmão, não poderia provar nada: é muito difícil provar um desfloramento!

— Miserável! — disse Dounia em voz baixa, mas vibrante de indignação.

— Pois sim... Note que até aqui tenho raciocinado sob o ponto de vista da sua hipótese. Pessoalmente, sou da sua opinião e acho que o desfloramento é um crime abominável. Tudo quanto tenho dito é para tranquilizar a sua consciência, no caso de a menina... no caso de a menina consentir em salvar seu irmão, como lhe proponho. Poderá dizer que só cedeu às circunstâncias, à força... se for necessário empregar esta palavra. Pense bem: a sorte de seu irmão e de sua mãe está nas suas mãos. Serei seu escravo... toda a minha vida... Espero a sua resposta.

Sentou-se no sofá, a oito passos de Dounia.

A jovem não duvidava de que a resolução de Svidrigailov fosse inabalável. Conhecia-o bem.

Com um gesto brusco e rápido tirou da algibeira um revólver e colocou-o sobre a mesa, ao alcance da mão. Svidrigailov deu um grito de surpresa e fez um movimento de recuo.

— Ah!... Temos a situação mudada! Isso alivia-me muito a consciência. Onde obteve esse revólver? Emprestou-lhe o senhor Razoumikhine? Espere... é o meu, reconheço-o muito bem. Com efeito, tinha-o procurado sem resultado. As lições de tiro que tive a honra de lhe dar no campo não foram então inúteis!

— Este revólver não era teu, mas de Marfa Petrovna, que mataste, celerado! Nada te pertencia! Apossei-me dele quando comecei a desconfiar do que eras capaz. Se dás um passo, juro que te mato!

Dounia, desesperada, preparava-se para executar a ameaça se fosse preciso.

— E seu irmão? É por curiosidade que faço a pergunta — disse Svidrigailov, sempre de pé no mesmo lugar.

— Denuncia-o, se quiseres! Não avances ou disparo! Envenenaste tua mulher, que eu bem sei. Tu é que és um assassino!

— Tem a certeza de que envenenei Marfa Petrovna?

— Tenho! Foste tu mesmo que me deste a entender. Falaste-me de veneno... e sei que o tinhas arranjado... Foste tu... Foste tu, com certeza, infame!

— Ainda mesmo que isso fosse verdade, tê-lo-ia feito por ti. Tu é que terias sido a causa.

— Mentes! Sempre te detestei, sempre...

— Parece teres esquecido de quando, no teu zelo pela minha conversão, te encostavas a mim com olhares lânguidos. Lia-te nos olhos... Lembras-te da noite de luar enquanto cantava o rouxinol?

— Mentes! — A raiva incendiou as pupilas de Dounia.

— Minto? Pois bem, minto. Menti... As mulheres não gostam que lhe lembrem essas pequeninas coisas — replicou ele, rindo. — Sei que vais disparar, belo monstrinho. Pois bem, vamos a isso!

Dounia apontou a arma, não esperando senão um movimento dele para fazer fogo. Uma palidez mortal cobria-lhe o rosto. O lábio inferior tremia-lhe de cólera e os grandes olhos negros lançavam chamas. Nunca Svidrigailov a tinha visto tão bela. Avançou um passo. Uma detonação ecoou. A bala deslizou-lhe pelos cabelos e foi cravar-se na parede. Ele estacou.

— Uma picada de vespa — disse sorrindo. — Apontas à cabeça... O que é isto? Sangue!

Tirou o lenço para limpar um delgado fio de sangue que lhe escorria ao longo da fronte direita: a bala roçara pela pele do crânio. Dounia baixou a arma e olhou para Svidrigailov com uma espécie de entorpecimento. Parecia não compreender o que acabava de fazer.

— Então, erraste a pontaria, recomeça! Espero... — replicou Svidrigailov, cujo bom humor tinha não sei quê de sinistro. — Se demoras, terei tempo de te agarrar antes que te ponhas em defesa.

Toda trêmula, agarrou rapidamente o revólver e ameaçou de novo o seu perseguidor.

— Deixa-me! — disse com desespero. Juro que disparo outra vez... Mato-te!

— A três passos é impossível errar, de fato. Mas se me não matas...

Nos olhos rutilantes de Svidrigailov podia ler-se o resto do seu pensamento. Ele deu ainda mais dois passos.

Dounia disparou, mas o revólver falhou.

— A arma não foi bem carregada. Não importa, isso pode remediar-se; ainda lhe resta uma cápsula. Eu espero.

Em pé, a dois passos de Dounia, fixava nela o olhar inflamado que exprimia a mais indomável resolução. Dounia compreendeu que morreria, mas não renunciaria ao seu desígnio. E agora que estava apenas a dois passos dela, matá-lo-ia com certeza!

De repente arremessou o revólver para longe.

— Não quer disparar? — disse Svidrigailov, espantado e respirando com força.

O receio da morte não era talvez o mais pesado fardo de que sentia a alma liberta; todavia ser-lhe-ia difícil explicar a si mesmo a natureza do alívio que sentira. Aproximou-se de Dounia e agarrou-a pela cintura. Ela não resistiu, porém, olhou para ele trêmula, com olhos suplicantes. Svidrigailov quis falar, mas não pôde proferir uma só palavra.

— Deixa-me! — implorou Dounia.

Ouvindo esta súplica, numa voz que já não era a de há pouco, Svidrigailov estremeceu.

— Então não me amas? — perguntou ele em voz baixa.

Dounia fez com a cabeça um sinal negativo.

— E... não poderás amar-me um dia? Nunca? — continuou ele com um acento de desespero.

— Nunca — murmurou ela.

Durante um instante houve uma luta terrível na alma de Svidrigailov. Os seus olhos fixavam Dounia com uma expressão indizível. Com um gesto rápido retirou o braço que lhe tinha passado em volta da cintura e afastou-se com um salto, indo colocar-se em frente da janela.

— Aqui está a chave! — disse ele depois de um momento de silêncio. Tirou-a do bolso esquerdo do casaco e pô-la atrás de si, em cima da mesa, sem se voltar para Dounia.

— Parta depressa!

Fazia um esforço em olhar a janela.

Dounia aproximou-se da mesa para pegar na chave.

— Depressa, depressa! — repetiu Svidrigailov.

Não mudara de posição e não olhava para ela; no entanto a palavra depressa era pronunciada num tom sobre cuja significação não podia haver dúvidas.

Dounia pegou na chave, correu para a porta, abriu-a a toda a pressa e saiu do quarto. Um instante depois corria como uma louca ao longo do canal, na direção da ponte ***

Svidrigailov ficou ainda três minutos junto da janela. Por fim, voltando-se devagar, olhou em volta e passou a mão pelo rosto. As feições desfiguradas por um sorriso estranho exprimiam o mais profundo desespero. Reparando que tinha sangue nas mãos, ficou encolerizado; depois, molhou uma toalha e lavou a ferida.

A arma, arremessada por Dounia tinha rolado até à porta. Levantou-a e pôs-se a examiná-la. Era um pequeno revólver de três tiros, modelo antigo; tinha ainda duas cargas e uma cápsula. Depois de refletir um momento, meteu-o no bolso, pegou no chapéu e saiu.

CAPÍTULO VI

Até às dez horas da noite Svidrigailov correu as tabernas e os cafés. Tendo encontrado Katia numa dessas espeluncas, pagou-lhe bebidas, bem como ao tocador de órgão, aos criados e a dois escreventes, para os quais o tinha atraído uma simpatia singular: notara que esses dois rapazes tinham ambos o nariz torto e que um deles o tinha voltado para a direita e o outro para a esquerda. Por último deixou-se levar por eles até um jardim de recreio onde lhes pagou a entrada. Esse estabelecimento, que tinha o pomposo nome de Waux-Hall, não passava de um café cantante dos mais ordinários. Os escreventes encontraram lá alguns conhecidos com os quais se travaram de razões. Pouco faltou para haver pancadaria. Svidrigailov foi escolhido para árbitro. Depois de ter ouvido durante um quarto de hora as recriminações confusas das duas partes, pareceu-lhe compreender que um dos escreventes tinha furtado qualquer coisa que vendera a um judeu, sem querer partilhar com os outros o produto da operação. O objeto roubado era uma colher de chá pertencente ao Waux-Hall. Foi reconhecida pelos empregados do estabelecimento e a questão ameaçava tomar um aspecto grave se Svidrigailov não tivesse indenizado os queixosos. Era então perto das dez horas.

Em toda a noite não tinha bebido uma gota de vinho. No Waux-Hall limitara-se a pedir chá para não deixar de mandar vir alguma coisa. A temperatura estava sufocante e espessas nuvens escureciam o céu.

Pelas dez horas rebentou uma violenta tempestade. Svidrigailov chegou a casa encharcado até aos ossos. Fechou-se no quarto, abriu a secretária, de onde retirou todos os seus fundos, e assinou dois ou três papéis. Depois de ter metido o dinheiro na algibeira, pensou em mudar de roupa, mas como a chuva continuava a cair, entendeu que não valia a pena, pegou no chapéu e saiu sem fechar a porta. Foi direto ao quarto de Sofia, a quem encontrou em casa. A moça não estava só: tinha em volta de si os quatro pequenos dos Kapernaoumov, que tomavam chá.

Recebeu com todo o respeito o visitante, olhou com surpresa para sua roupa molhada, mas não disse uma palavra. A vista desse estranho, as crianças deitaram a fugir.

Svidrigailov sentou-se perto da mesa e convidou a moça a fazer outro tanto. Preparou-se, muito tímida, para escutar o que tinha a dizer-lhe.

— Sofia — começou ele — vou talvez viajar até a América, e como nos vemos com certeza pela última vez, venho pôr em ordem alguns negócios. Foi à casa daquela senhora? Sei o que ela lhe disse, é inútil contar-me. — Sofia fez um movimento e corou. — Aquela gente tem os seus preconceitos. Quanto às suas irmãs e ao seu irmão, a sorte deles está garantida; o dinheiro com que os dotei está depositado em mãos seguras. Aqui estão os recibos; guarde-os, para o que der e vier. Agora aqui tem para si três títulos de cinco por cento, que representam a importância de três mil rublos. Desejo que tudo fique entre nós e que a menina não dê conhecimento disto a ninguém. Este dinheiro é-lhe necessário, porque a menina não pode continuar a viver assim.

— O senhor prestou já tantos benefícios aos órfãos, à falecida e a mim... — balbuciou Sofia. — Se ainda mal lhe agradeci, não creia...

— Basta, basta, não falemos nisso.

— Quanto a este dinheiro, fico-lhe muito agradecida, porém agora não preciso dele. Cá me arranjarei. Não me acuse de ingratidão por recusar o seu dinheiro. Visto que é tão caritativo, esta quantia...

— Guarde-a, Sofia, e peço-lhe que não me faça objeções; não tenho tempo para as ouvir. Ródia só tem a escolher entre meter uma bala na cabeça ou ir para a Sibéria.

A estas palavras Sofia pôs-se a tremer e olhou assustada para o seu interlocutor.

— Não se inquiete — prosseguiu Svidrigailov. — Ouvi tudo da sua própria boca e não sou bisbilhoteiro. Não o direi a ninguém. A menina procedeu muito bem, aconse-lhando-o a que fosse denunciar-se. É sem dúvida o melhor partido a tomar. Ora bem, quando for para a Sibéria, a menina acompanha-o, não é verdade? Então há de precisar de dinheiro. Ser-lhe-á preciso para ele, compreende? A soma que ofereço à menina é a ele que a dou por seu intermédio. Ademais, a menina prometeu pagar à Amália Ivanovna o que lhe deviam... Para que toma sobre si tais encargos? A devedora a essa alemã não era a menina, mas sim Catarina Ivanovna. Sofia devia ter mandado a alemã para o diabo. É preciso ter mais tento na vida... Bem, se amanhã ou depois de amanhã alguém a interrogar a meu respeito, não fale da minha visita e não diga a ninguém que lhe dei dinheiro. E agora, adeus. — Levantou-se. — Apresente os meus cumprimentos ao Ródia. A propósito: faria bem em confiar o dinheiro, por enquanto, ao senhor Razoumikhine. É um excelente rapaz. Entregue-lhe amanhã ou quando tiver ocasião. Daqui até lá, veja se não se deixa roubar.

Sofia tinha-se levantado também e olhava inquieta para Svidrigailov. Tinha vontade de dizer alguma coisa, porém estava perturbada e não sabia por onde começar.

— Então o senhor... então o senhor vai sair com um tempo destes?

— Quando se parte para a América, não se faz caso da chuva. Adeus, querida Sofia. Viva e viva por muito tempo. A menina é útil aos outros. Apresente também os meus cumprimentos ao senhor Razoumikhine. Diga-lhe que Svidrigailov o cumprimenta. Não se esqueça.

Depois de ter saído, Sofia sentiu-se oprimida por um vago sentimento de medo.

Na mesma noite Svidrigailov fez uma outra visita muito singular e muito inesperada. A chuva continuava a cair. Às onze horas e vinte minutos apresentou-se todo molhado na casa dos pais da sua noiva, que ocupavam uma pequena casa em Vasily Ostrov. Teve grande dificuldade em que lhe abrissem a porta e a sua chegada a uma hora tão insólita causou, no primeiro momento, estupefação. Julgaram a princípio que fosse uma extravagância de homem embriagado; contudo essa impressão só durou um instante porque, quando queria, tinha as mais sedutoras maneiras. A inteligente mãe fez rodar para o pé dele a cadeira do pai e encetou a conversa por um assunto estranho. Nunca ia direto a um fim: se queria saber, por exemplo, quando quereria Svidrigailov que fosse celebrado o casamento, começava por interrogá-lo com curiosidade sobre Paris, sobre a sociedade elegante parisiense, para o levar pouco a pouco a Vasily Ostrov. Das outras vezes esse estratagema dera sempre bom resultado. Nesta ocasião Svidrigailov mostrou-se mais impaciente do que de costume. Pediu para ver sem demora a noiva, apesar de lhe dizerem que já estava deitada. Logo, apressaram-se a satisfazer-lhe a vontade. Disse à pequena que, sendo obrigado por um negócio urgente, a ausentar-se por algum tempo de S. Petersburgo, trazia-lhe quinze mil rublos e que lhe pedia para aceitar aquela ninharia, de que tencionava fazer-lhe presente antes do casamento. Não havia relação lógica entre aquele presente e a partida anunciada; também não parecia que para isso fosse em absoluto precisa uma visita àquelas horas da noite e chovendo como chovia. Todavia, por mais equívocas que pudessem parecer estas explicações, foram bem acolhidas. Os pais da pequena quase nem se mostraram surpreendidos com um procedimento tão estranho. Muito sóbrios de perguntas e exclamações de espanto, desfizeram-se em agradecimentos calorosos aos quais a inteligente mãe misturou as suas lágrimas. Svidrigailov levantou-se, beijou a noiva, afagou-a e assegurou-lhe que muito em breve estaria de volta. A pequena olhava para ele com um ar intrigado; lia-se-lhe nos olhos mais que uma simples curiosidade infantil. Svidrigailov reparou nesse olhar; beijou-a de novo e retirou-se, pensando, com despeito, que o seu presente seria com toda a certeza guardado à chave pela mais inteligente das mães.

À meia-noite entrava na cidade pela ponte ***. A chuva cessara, mas o vento soprava com fúria. Durante quase meia hora Svidrigailov andou à toa pela imensa avenida ***, parecendo procurar alguma coisa. Pouco tempo antes tinha notado, do lado direito da avenida, um hotel que, se bem se lembrava, era o Andrinople. Por fim encontrou-o. Era um comprido edifício de madeira onde, apesar da hora avançada, se via ainda brilhar uma luz. Entrou e pediu um quarto a um moço esfarrapado que encontrou no corredor. Depois de deitar uma vista de olhos a Svidrigailov, conduziu-o a um pequeno quarto situado na extremidade do corredor, debaixo da escada. Era o único que havia disponível.

— Há chá? — perguntou Svidrigailov.

— Pode-se fazer.

— O que há mais?

— Há vitela, aguardente, bolachas e frutas.

— Traz-me vitela e chá.

— O senhor não quer mais nada? — perguntou o rapaz com uma espécie de hesitação.

— Não.

O moço esfarrapado afastou-se muito desapontado.

"Em que demônio de casa me vim meter", pensou Svidrigailov. "Não deve haver novidades, pois devo ter o ar de quem, voltando de um café cantante, teve uma aventura no caminho. Em todo o caso estou com curiosidade em saber que espécie de gente frequenta esta espelunca."

Acendeu a vela e fez um exame minucioso ao quarto. Era muito estreito e tão baixo que Svidrigailov mal se podia conservar de pé. A mobília compunha-se de uma cama imunda, uma mesa de madeira pintada e uma cadeira. O papel da parede estava esfrangalhado e tão coberto de pó que mal se lhe conhecia a cor original. A escada cortava o teto em oblíquo, o que dava ao quarto a aparência de uma água-furtada. Passou a vela sobre a mesa, sentou-se na cama e ficou pensativo. Um ruído incessante de vozes, que se ouviam no quarto vizinho, acabou por lhe atrair a atenção. Levantou-se, pegou na vela e foi espreitar por uma fenda do tabique. Num quarto um pouco maior que o seu avistou dois indivíduos: um de pé e outro sentado numa cadeira. O primeiro, em mangas de camisa, era corado e tinha o cabelo anelado. Apostrofava o companheiro com lágrimas na voz: "Tinhas posição e estavas na última miséria. Tirei-te do atoleiro e depende de mim voltares para lá."

O outro tinha o ar de quem quer esquivar-se e não pode. De vez em quando lançava um olhar embasbacado ao companheiro. Via-se que não compreendia uma palavra do que ele lhe dizia, talvez nem mesmo ouvisse nada. Sobre a mesa, em que uma vela acabava de se consumir, estava uma garrafa de aguardente quase vazia, copos de dimensões diversas, pão, pepinos e algumas chávenas de chá. Depois de ter contemplado este quadro com atenção, Svidrigailov deixou o seu posto de observação e voltou a sentar-se na cama.

Quando trouxe o chá e a vitela, o moço não pôde deixar de perguntar outra vez a Svidrigailov se queria mais alguma coisa. Tendo recebido resposta negativa, retirou-se. Este apressou-se a beber uma chávena de chá para aquecer, mas foi-lhe impossível comer. A febre que começava a agitá-lo tirava-lhe o apetite. Despiu o sobretudo e o casaco, envolveu-se nos cobertores e deitou-se. Estava vexado. "Agora é que havia de adoecer!", disse consigo, sorrindo. A atmosfera era sufocante, a vela alumiava mal, o vento bramia lá fora e ouvia-se a um canto o barulho de um rato. Não era de admirar, visto que um cheiro de ratos e couro enchia o quarto todo. Estendido sobre a cama, Svidrigailov devaneava mais do que pensava. As suas ideias sucediam-se em confusão. Queria fixar a imaginação nalguma coisa. "Sem dúvida algum jardim que há por baixo da janela; as árvores são agitadas pelo vento. Como detesto este barulho das árvores, de noite, com tempestade e às escuras!"

Recordou-se que havia pouco, ao passar ao lado do parque Petrovsky, tinha sentido a mesma impressão dolorosa. Em seguida lembrou-se do Neva e teve de novo o estremecimento que sentira, quando, de pé, sobre a ponte, contemplava a água. Nunca gostei de água, nem mesma nas paisagens, pensou ele. De repente uma ideia estranha fê-lo sorrir. Parece que, neste momento, devia importar-me pouco com a estética e com o conforto, todavia estou como os animais que têm sempre o cuidado de escolher a cama... em casos idênticos. Se tivesse ido a Petrovsky Ostrov? Parece que tive medo do frio e da escuridão... He, he! Preciso de sensações agradáveis! Porque não apago a vela? Apagou-a. Os meus vizinhos deitaram-se, acrescentou, nãovendo luz na fenda do tabique. Agora, Marfa Petrovna, é que a tua visita vinha a propósito. Está escuro, o lugar é propício e a situação é excepcional. E justamente agora é que não hás de vir.

Dounia ergueu-se diante dele e um tremor súbito o agitou.Continuava a não ter sono. Pouco a pouco a imagem de Dounia aparecia-lhe ao lembrar-se da cena que tivera com ela poucas horas antes. não pensemos mais nisso. Coisa singular: nunca odiei ninguém, nunca experimentei mesmo o desejo de me vingar de quem quer que fosse... É mau sinal, muito mau sinal... Também nunca fui desordeiro nem violento... outro mau sinal! Que promessas lhe fiz há bocado! Ela levar-me-ia longe... Calou-se e cerrou os dentes. A imaginação mostrou-lhe de novo Dounia como quando, depois de ter disparado o revólver e incapaz de resistência, fixava nele o olhar espantado. Lembrou-se de como se apiedara dela naquele momento, como sentira o coração oprimido. Diabos levem tais pensamentos!

Quase adormecido, pareceu-lhe de repente que, debaixo da roupa, alguma coisa lhe corria ao longo do braço e da perna. Estremeceu. "— Diabo! É com certeza um rato... Deixei a vitela em cima da mesa..." Receando apanhar frio, não queria descobrir-se nem levantar-se, mas de súbito sentiu num dos pés um novo contato desagradável. Arremessou a roupa e acendeu a vela. Curvou-se sobre a cama e examinou-a, porém não descobriu coisa alguma. Sacudiu os cobertores e um camundongo saltou sobre a cama. Tentou agarrá-lo, mas ele descrevia ziguezagues em todos os sentidos e escapava-se sempre. De repente, meteu-se debaixo do travesseiro. Svidrigailov atirou o travesseiro para o chão, mas no mesmo instante sentiu que alguma coisa tinha saltado sobre ele e lhe passeava pelo corpo, por baixo da camisa. Começou a tremer nervosamente e... acordou.A escuridão era absoluta. Estava deitado na cama, envolvido na roupa. O vento continuava a bramir lá fora.

"É de arrepiar!", disse consigo, encolerizado.

Sentou-se na borda da cama, com as costas voltadas para a janela.

"É melhor não dormir!", decidiu.

Pela vidraça entrava uma lufada úmida. Sem se levantar, puxou a roupa para si e envolveu-se nela. Não acendeu a vela. Não pensava em coisa alguma, nem queria pensar, no entanto pelo cérebro passavam-lhe visões e ideias incoerentes. Estava como que numa espécie de meia sonolência. Seria o efeito do frio, das trevas, da umidade ou do vento que agitava as árvores? O que é certo é que esses devaneios tomavam um aspeto fantástico. Tinha diante dos olhos uma risonha paisagem: era no dia da Santíssima Trindade e o tempo estava soberbo. Por entre alegretes floridos surgia uma elegante vivenda em estilo inglês. Junto da escada emaranhavam-se trepadeiras e nos degraus, cobertos por um rico tapete, havia vasos chineses com flores raras. Nas janelas, em vasos meios cheios de água, mergulhavam jacintos brancos, inclinados nas hastes verdes, emanando um perfume capitoso. Esses vasos atraíam em especial a atenção de Svidrigailov, que não podia afastar-se deles; no entanto subiu as escadas e entrou numa grande sala onde, por toda parte, nas janelas, junto da porta que dava acesso para o terraço e no próprio terraço, havia flores. O sobrado estava alcatifado de erva cortada de fresco e exalando um cheiro que tornava a brisa da sala deliciosa. Os pássaros chilreavam debaixo das janelas. No meio da sala, sobre uma mesa coberta de cetim branco, estava colocado um caixão cercado de grinaldas de flores; por dentro era revestido de tafetá e de seda branca. Nele repousava, sobre uma de flores, uma moça vestida de tule branco, com os braços cruzados sobre o peito. Parecia uma estátua de mármore. Tinha os cabelos de um louro claro em desordem e molhados; uma coroa de rosas cingia-lhe a fronte. O perfil severo e inteiriçado do rosto parecia também esculpido e o sorriso dos lábios arroxeados exprimia uma tristeza profunda, penetrante, uma desolação que não é peculiar na infância. Svidrigailov conhecia aquela moça. Não havia junto do esquife imagens, luzes ou orações. A morta era uma suicida, uma afogada. Aos catorze anos fora-lhe despedaçado o coração por um ultraje que tinha transformado a sua consciência infantil, que lhe enlutara a sua alma angélica com uma vergonha imerecida e lhe arrancara do peito um supremo grito de desespero, grito abafado pelos mugidos do vento, por uma sombria e úmida noite de gelo...

Svidrigailov despertou, levantou-se e aproximou-se da janela. Depois de ter procurado o fecho às apalpadelas, abriu-a, expondo o rosto e o torso, apenas protegido pela camisa, à lufada glacial que se engolfava pelo quarto. Embaixo devia com efeito haver um jardim. Talvez um jardim de recreio. De dia devia cantar-se ali e tomar-se chá em pequenas mesas. Porém agora estava mergulhado em trevas e os objetos só se revelavam à vista por manchas escuras e mal esboçadas. Durante cinco minutos Svidrigailov, encostado ao peitoril, olhou para baixo, para a escuridão. Ouviram-se dois tiros de canhão. "Ah, é um sinal! O Neva sobe!", pensou ele. "Pela manhã, a parte baixa da cidade estará toda inundada e os ratos afogar-se-ão nas adegas; os inquilinos do rés do chão, a escorrerem, praguejando, salvarão os seus trastes expostos à chuva e ao vento... Que horas serão?"

Mal fizera esta pergunta, um relógio vizinho deu três horas. "Bem! Daqui a uma hora é dia. Por que hei de estar à espera? Vou partir já para a ilha Petrovsky. Fechou a janela, acendeu a vela e vestiu-se. Depois, com o castiçal na mão, saiu do quarto para ir acordar o moço, pagar a conta e ir embora. "É o momento mais favorável." Vagueou algum tempo pelo corredor, comprido e estreito. Não encontrando ninguém, ia chamar quando, de repente, num canto sombrio entre um velho armário e uma porta, descobriu um objeto estranho, o quer que fosse que parecia vivo. Inclinando-se com a luz viu que era uma pequenina de cerca de cinco anos, trêmula e chorosa. O vestidinho estava encharcado. A presença de Svidrigailov não pareceu atemorizá-la. Fixou nele os seus grandes olhos negros com uma impressão de surpresa embasbacada. Continuava a soluçar, de quando em quando como as crianças que, depois de chorarem muito tempo, começam a resignar-se. Tinha o rosto pálido e desfigurado, e tremia com frio. Como se encontrava ela ali? Com certeza se tinha escondido naquele canto e não dormira em toda a noite. Svidrigailov interrogou-a. Animando-se, a pequenina começou, com voz infantil e gaguejando um pouco, uma história interminável onde entrava muitas vezes a mãe e uma chávena partida. Svidrigailov compreendeu que se tratava de uma criança pouco estimada: a mãe, talvez alguma cozinheira do hotel, embebedava-se e maltratava-a. A pequena quebrara uma chávena e, temendo o castigo, fugira de casa na ocasião em que chovia a torrentes. Mais tarde entrara em segredo e tinha-se escondido atrás do armário, onde passara a noite, tremendo e chorando com medo da escuridão e com a ideia de ser castigada não só por causa da chávena partida, mas também pela fuga.

Svidrigailov tomou-a nos braços, levou-a para o quarto e, depois de a ter deitado na cama, despiu-a. Não tinha meias e os sapatos esburacados estavam tão úmidos como se tivessem estado metidos toda a noite num charco. Depois de lhe ter tirado a roupa, deitou-a e envolveu-a com cuidado nos cobertores. A pequena adormeceu logo. Svidrigailov recaiu nos pensamentos tristes.

"Com o que me estou preocupando!", disse ele de si para si, encolerizado. "Que parvoíce!" Irritado, pegou no castiçal para ir à procura do criado e deixar o hotel o mais depressa possível. "Ora! Um fedelho!", disse, rugindo uma praga no momento em que abriu a porta. Voltou, porém, a cabeça para deitar uma vista de olhos à pequenina e certificar-se de que dormia. Levantou com precaução a roupa que lhe cobria a cabeça. A criança dormia profundamente. Aquecera e as faces tinham já recuperado a cor.

Todavia, coisa singular!, o rosado do rosto era muito mais vivo do que o do estado normal. "Da febre", pensou Svidrigailov. Dir-se-ia que a pequena tinha bebido. Os lábios purpurinos pareciam abrasados. De súbito, pareceu-lhe ver mexer um pouco as longas pestanas da criança adormecida; sob as pálpebras semicerradas adivinhava-se um olhar malicioso, dissimulado, nada infantil. Não estaria ela a dormir? Com efeito, os lábios sorriam, tremendo nas extremidades, como quando se tem grande vontade de rir. A certa altura deixou de se constranger e riu à vontade. Um não sei quê de descarado e de provocante irradiava daquele rosto que já não era o de uma criança, mas sim o de uma prostituta, de uma mocinha sem vergonha. As pálpebras abriram-se por completo e envolveram Svidrigailov num olhar lascivo e apaixonado. "O quê! Com esta idade?", murmurou ele, deveras espantado. "Será possível?!" Voltou para ele o rosto inflamado e estendeu-lhe os braços. "Ah, maldita!", exclamou Svidrigailov, com horror. Levantou a mão para ela, mas no mesmo instante acordou. Estava deitado e envolvido na roupa. Amanhecia.

"Toda a noite tive pesadelos!" Ergueu meio corpo. Lá fora havia um nevoeiro espesso através do qual não se distinguia coisa alguma. Eram perto das cinco horas: dormira muito. Levantou-se, vestiu a roupa ainda úmida e, sentindo o revólver no bolso, tirou-o para se certificar de que a cápsula estava bem colocada. Em seguida sentou-se e na primeira página da carteira escreveu algumas linhas em grandes letras. Depois de as ter relido, encostou-se à mesa e ficou absorvido nas suas reflexões. As moscas regalavam-se com a fatia de vitela que tinha ficado intacta. Esteve a olhar para elas por muito tempo, até que começou a dar-lhes caça. Por fim espantou-se da ocupação a que se entregara e, recuperando por completo a consciência da sua situação, saiu a toda a pressa do quarto. Um instante depois estava na rua. Um espesso nevoeiro envolvia a cidade. Svidrigailov caminhava na direção do Neva. Enquanto seguia pela escorregadia calçada de madeira, a imaginação apresentava-lhe a ilha Petrovsky com as suas relvas, as suas árvores, os seus maciços, as suas ruazinhas estreitas. Em toda a avenida não se avistava um fiacre, uma única criatura. As casinhas amarelas, com as janelas fechadas, tinham um ar sujo e triste.

O frio e a umidade começavam a fazer tiritar o passeante matinal. De espaço a espaço, quando avistava a tabuleta de alguma loja, lia-a maquinalmente. Tendo chegado ao fim da calçada, junto a uma grande casa, viu um cão muito grande que atravessava a rua com o rabo entre as pernas. Um bêbado estava estatelado no meio do passeio, com o rosto voltado para o chão. Svidrigailov olhou para ele um instante e passou adiante. A esquerda viu de repente uma casa de guarda. "Aqui está um bom sítio! Que necessidade tenho de ir à ilha Petrovsky? Deste modo a coisa poderá ser constatada por uma testemunha oficial." Sorrindo a esta ideia, tomou pela rua ***, onde vira a casa de guarda. À porta estava encostado um homenzinho, envolvido numa capa de soldado e com um capacete grego na cabeça. Ao ver Svidrigailov aproximar-se, lançou-lhe de esguelha um olhar enfastiado. A sua fisionomia tinha a expressão de melancolia azeda que é a marca secular dos israelitas. Durante algum tempo ambos se examinaram em silêncio. Por fim pareceu esquisito ao guarda que um indivíduo que não estava bêbedo parasse a três passos dele e o fitasse sem lhe dizer uma palavra.

— Que quer o senhor? — perguntou, sempre encostado à porta.

— Nada, meu caro amigo. Bom dia! — respondeu Svidrigailov.

— Siga o seu caminho.

— Meu caro amigo, vou para o estrangeiro.

— Como, para o estrangeiro?

— Para a América.

— Para a América?

Svidrigailov tirou o revólver da algibeira e armou-o. O soldado redobrou a atenção.

— Olá, isso não são brincadeiras para aqui!

— Por quê?

— Porque aqui não é lugar para essas coisas...

— Não importa, meu caro amigo, o local é excelente. Se o interrogarem, responda que parti para a América.

Apoiou o cano do revólver à fronte direita.

— Isso não se pode fazer aqui, não é lugar próprio! — replicou o soldado, esga--zeando os olhos.

Svidrigailov pressionou o gatilho.

CAPÍTULO VII

Nesse mesmo dia, entre as seis e as sete horas da tarde, Raskolnikov foi a casa da mãe e da irmã. As duas mulheres habitavam agora na casa Baskaleiov os aposentos de que Razoumikhine lhes tinha falado. Quando subia as escadas, Raskolnikov parecia ainda hesitar. Todavia, por motivo algum voltaria para trás: estava decidido a fazer aquela visita.

"Ademais, elas ainda não sabem nada", pensava ele, "já estão habituadas a ver em mim um original."A roupa estava coberta de lama e esfarrapada; por outro lado, a fadiga física, juntamente com a luta que se travava dentro dele havia vinte e quatro horas, tinham-lhe desfigurado o rosto. Passara toda a noite Deus sabe onde. Em suma, tomara a sua decisão.

Bateu à porta. Foi a mãe quem abriu. Dounia tinha saído e a criada também não estava naquele momento. Pulquéria Alexandrovna ficou a princípio muda de surpresa e de alegria, depois agarrou a mão do filho e arrastou-o para o quarto.

— Até que enfim te vejo! — disse ela com a voz trêmula de emoção. — Não te zangues, Ródia, se tenho a fraqueza de te acolher com lágrimas. É a felicidade que as faz correr. Julgas que estou triste? Não, estou alegre, muito alegre. Apenas tenho este tolo costume de chorar. Desde a morte de teu pai choro por qualquer coisa. Senta-te, querido filho. Estás cansado, bem vejo! Ah, como estás sujo!

— Foi da chuva de ontem, minha mãe — começou Raskolnikov.

— Deixa lá isso! — interrompeu Pulquéria. — Pensavas que ia apoquentar-te com a minha curiosidade de velha? Descansa, compreendo tudo. Agora já estou um pouco iniciada nos usos de S. Petersburgo e, na verdade, vejo que são aqui mais espertos do que na nossa terra. Disse comigo, de uma vez para sempre, que não tenho necessidade de me intrometer nas tuas coisas e de te pedir contas por elas. Tendo talvez o espírito ocupado, Deus sabe por que pensamentos, havia de ir perturbar-te com as minhas perguntas importunas? Nada, nada. Vês tu, Ródia, estava a ler, pela terceira vez, o artigo que publicaste numa revista. Trouxe-me Razoumikhine. Foi uma revelação para mim; desde então, com efeito, tudo se explicou e reconheci quanto tenho sido estúpida. "Aí está o que o preocupa", disse comigo. "Anda com ideias novas na cabeça e não gosta que o vão arrancar às suas reflexões: todos os sábios são assim." Apesar da atenção com que li o teu artigo, meu filho, há nele bastantes coisas que me escapam. Ignorante, porém, como sou, não admira que não compreenda tudo.

— Deixe-me ver, minha mãe.

Raskolnikov pegou no número da revista e lançou uma rápida vista de olhos pelo artigo. Um autor experimenta sempre um vivo prazer ao ver o seu trabalho impresso pela primeira vez, sobretudo quando tem apenas vinte e três anos. Conquanto o seu espírito estivesse preocupado com cruéis cuidados, Raskolnikov não pôde esquivar-se a essa impressão que não lhe durou, no entanto, mais do que um rápido instante. Depois de ter lido algumas linhas, franziu o sobrolho e um espantoso sofrimento lhe comprimiu o coração. Aquela leitura tinha-lhe de súbito recordado todas as agitações morais dos últimos meses. Foi com um sentimento de violenta repulsão que arremessou a brochura para cima da mesa.

— Apesar de ser muito ignorante, tenho, todavia, a convicção de que dentro de muito pouco tempo ocuparás um dos primeiros lugares, se não o primeiro, no mundo da ciência. E eles a pensarem que estavas doido! Ah, ah, ah! Não sabias que tiveram essa ideia? Coitados! De resto, como poderiam eles compreender tão alta inteligência? Pensar que Dounia, sim, a própria Dounia não estava muito longe de acreditar nisso! É incrível. Há seis ou sete dias, Ródia, afligia-me por ver como vives: a tua casa, a tua roupa, como te alimentas... Agora reconheço que era mais um disparate da minha parte. De fato, logo que queiras, com o teu espírito e o teu talento alcançarás a fortuna. Por enquanto não te importas com isso; ocupas-te de coisas mais importantes.

— Dounia não está cá, minha mãe?

— Não, Ródia. Passa muito tempo fora, deixa-me só. Razoumikhine tem a bondade de me vir ver e sempre me fala de ti. Ele estima-te muito, meu filho. Quanto à tua irmã, não me queixo, porque ela tem para comigo menos atenções. Tem lá o seu gênio, como eu tenho o meu. Não me quer dar a conhecer os seus negócios. Isso é lá com ela! Por mim não oculto nada aos meus filhos. Estou persuadida de que Dounia é muito inteligente, que além disso nos tem muita afeição, a mim e a ti... Entretanto não sei o que tudo isto dará de si... Lamento que não possa aproveitar a boa visita que me fazes. Quando voltar para casa, dir-lhe-ei: em tua ausência veio cá teu irmão: por onde andaste durante este tempo? Lá está digo-lhe! Por ti, não te prendas comigo; quando puderes vir ver-me sem te fazer transtorno, vem; quando te fizer desarranjo, não te incomodes, terei paciência. Bastar-me-á saber que me amas. Lerei as tuas obras, ouvirei falar de ti a toda a gente e de tempos a tempos receberei a tua visita. Que mais posso desejar? Hoje vieste consolar tua mãe, bem vejo... — As lágrimas vieram interrompê-la. — Cá estou eu outra vez! Não repares, sou doida! Ah! Senhor! Mas não penso em coisa nenhuma! — exclamou ela, levantando-se de repente. — Há ali café e não te ofereci. Vê o que é o egoísmo das velhas! É um instante!

— Não vale a pena, minha mãe, já me vou embora. Não vim aqui para isso. Faça favor de me ouvir.

Pulquéria aproximou-se do filho.

— Minha mãe, aconteça o que acontecer, ainda que ouça dizer de mim as coisas mais extraordinárias, amar-me-á sempre, como agora? — perguntou ele.

Estas palavras saíram-lhe espontaneamente do fundo do coração antes que pudesse medir o seu alcance.

— Ródia! Ródia! Que tens tu? Como podes fazer-me essa pergunta? Quem ousará algum dia dizer-me mal de ti? Se alguém se atrevesse a isso, recusaria ouvi-lo e expulsá-lo-ia da minha casa.

— O fim da minha visita era afirmar-lhe que sempre a amei e estimo bem que estejamos sós, estimo até que Dounia não esteja — prosseguiu com a mesma animação. — Talvez a mãe venha a ser infeliz; pois bem, fique certa de que o seu filho a amará sempre mais do que a si próprio e de que a mãe não teve razão duvidando da minha afeição. Nunca deixarei de a amar... Bem... basta... Queria, antes de tudo, asseverar-lhe isto de uma forma terminante.

Pulquéria beijou em silêncio o filho e apertou-o contra o peito, chorando.

— Não sei o que tens Ródia — disse ela por fim. — Até aqui julguei que a nossa presença te enfadava. Agora vejo que uma desgraça te ameaça e que vives numa grande ansiedade. Andava desconfiada, Ródia. Perdoa-me falar-te nisso, mas não penso noutra coisa, a ponto de não dormir. A noite passada tua irmã sonhou e proferiu o teu nome bastantes vezes. Ouvi algumas palavras, porém não entendi nada. Desde a manhã até que vieste sofri como um condenado à espera da execução. Tinha o pressentimento de alguma coisa má! Ródia, Ródia, aonde vais? Por que estás para partir, não é assim?

—Sim, vou partir...

— Tinha-o adivinhado! Posso ir contigo, não é verdade? Dounia acompanhar-nos-á; ela ama-te muito. Até, se for preciso, levaremos também conosco Sofia Semenovna. Não tenho dúvida em a aceitar por filha. Razoumikhine ajudar-nos-á nos preparativos da partida... mas... aonde vais tu?

— Adeus, minha mãe.

— O quê? Hoje mesmo? — exclamou ela como se se tratasse de uma separação eterna.

— Não posso demorar-me. É preciso deixá-la...

— E não posso ir contigo?

— Não, mas ajoelhe-se e rogue a Deus por mim. Talvez ele atenda às suas orações.

— Oxalá ele as ouça! Recebe a minha bênção... Oh, meu Deus!

Na verdade estimava bem que a irmã não assistisse àquela entrevista. Para se expandir à vontade, a sua ternura tinha necessidade daquele frente a frente e uma testemunha qualquer, mesmo que fosse Dounia, tê-lo-ia embaraçado. Caiu aos pés da mãe e beijou-os. Pulquéria e o filho abraçaram-se, chorando, sem que ela lhe pudesse fazer qualquer pergunta. Compreendera que atravessava uma crise terrível e que a sua sorte ia decidir-se em breve.

— Ródia, meu querido filho — disse por fim, através das lágrimas — estás tal qual eras na infância; era assim que vinhas oferecer-me as tuas carícias e os teus beijos. Outrora, quando teu pai era vivo, não tínhamos, no meio das nossas infelicidades outra consolação senão a tua presença, e depois que ele morreu quantas vezes não fomos, tu e eu, chorar sobre o seu túmulo, abraçados como estamos agora! Se choro há tanto tempo é porque o meu coração de mãe tinha pressentimentos sinistros. Na noite em que chegamos a S.Petersburgo, logo à nossa primeira entrevista, o teu rosto disse-me tudo e hoje, quando te abri a porta, pensei, ao ver-te, que era chegada a hora fatal. Ródia, Ródia, não partes já?

— Não.

— Ainda voltas?

— Sim, volto.

— Ródia, não te zangues por te interrogar. Diz-me só duas palavras: vais para muito longe?

— Para muito longe.

— Mas terás lá um emprego, uma posição?

— Terei o que Deus quiser... Peça-lhe por mim nas suas orações...

Raskolnikov queria sair, no entanto ela agarrou-se a ele e encarou-o em pleno rosto com uma expressão do mais profundo desespero.

— Basta, minha mãe — disse ele, que ao ver aquela dor intensíssima se arrependeu de lá ter ido.

— Não vais para sempre, pois não? Não partes já? Ainda cá vens amanhã?

— Venho, venho, adeus.

Conseguiu por fim escapar-se.

A noite estava quente, mas não sufocante. O tempo melhorara desde a manhã. Raskolnikov foi para casa. Queria acabar tudo antes do pôr do sol. Naquela ocasião qualquer encontro ser-lhe-ia muito desagradável. Ao subir para o seu quarto notou que Nastássia, então ocupada a preparar o chá, interrompera o serviço, seguindo-o com um olhar curioso. "Estará alguém no meu quarto?", pensou ele; e, sem querer, lembrou-se do odioso Porfírio. Ao abrir a porta do quarto avistou Dounia. A jovem, sentada no sofá, estava pensativa; decerto esperava o irmão há muito tempo. Ródia parou no limiar. Ela teve um movimento de espanto, mas tranquilizou-se logo e encarou-o por momentos. Uma imensa desolação se lia nos seus olhos. Esse olhar provou a Raskolnikov que ela sabia tudo.

— Devo entrar ou retirar-me? — perguntou ele com hesitação.

— Passei todo o dia à tua espera na casa da Sofia Semenovna. Contávamos que lá fosses.

Raskolnikov entrou e deixou-se cair numa cadeira, em enorme prostração.

— Sinto-me fraco, Dounia. Estou muito fatigado e neste momento, sobretudo, precisava de todas as minhas forças.

Lançou a sua irmã um olhar desconfiado.

— Onde estiveste toda a noite passada?

— Não me lembro bem. Queria tomar uma resolução... A única coisa que me lembro é que muitas vezes me aproximei do Neva. A minha intenção era acabar desse modo... mas... não pude resolver-me... — concluiu em voz baixa, procurando ler no rosto da irmã a impressão produzida pelas suas palavras.

— Louvado seja Deus! Era isso mesmo o que eu e Sofia receávamos. Ainda tens esperança na vida, por Deus!

Raskolnikov sorriu com amargura.

— Não tenho esperança na vida e, no entanto, há pouco, na casa da nossa mãe, abraçamo-nos chorando e pedi-lhe para rezar por mim. Deus sabe como isto pode ser, Dounia... Eu próprio não compreendo nada do que sinto.

— Estiveste na casa da nossa mãe? Falaste-lhe? — exclamou Dounia, assustada. — Terias coragem para lhe falar naquilo?

— Não, não lhe disse nada. No entanto desconfia de alguma coisa! Ouviu-te sonhar em voz alta a noite passada. Estou certo de que já adivinhou metade do segredo. Fiz talvez mal em ir vê-la. Não sei mesmo por que o fiz. Sou um miserável, Dounia.

— Mas pronto a expiar a tua culpa. Vais, não é verdade?

— O mais depressa possível. Para evitar esta desonra, queria afogar-me; todavia, no momento em que ia atirar-me à água disse comigo que um homem forte não deve ter medo da vergonha. Será orgulho, Dounia?

— É, Ródia!

Uma espécie de clarão iluminou os seus olhos embaciados. Parecia feliz com a ideia de ter conservado o seu orgulho.

— Não julgas, Dounia, que tenha tido medo da água? — perguntou ele com um sorriso amargo.

— Oh! Ródia, basta! — respondeu ela magoada com esta suposição.

Ambos ficaram calados durante dez minutos. Raskolnikov tinha os olhos baixos e Dounia contemplava-o com uma expressão dolorosa. De repente ele levantou-se.

— As horas vão passando e é tempo de partir. Vou entregar-me, mas não sei por que o faço!

Grossas lágrimas corriam pelas faces de Dounia.

— Choras, minha irmã, e ainda podes estender-me a mão?

— Pois julgavas que não?

Apertou-o com força contra o peito.

— Oferecendo-te à expiação não destróis metade do teu crime! — exclamou ela, beijando-o.

— O meu crime? Qual crime? — replicou, num súbito excesso de cólera. — O de ter matado um bicho imundo e maléfico, uma velha usurária, nociva a toda a gente, um vampiro que chupava o sangue dos pobres? Essa morte devia antes conceder-me indulgência para quarenta pecados! Nem penso em tal... Todos a gritarem-me aos ouvidos: Crime, crime! Agora que me decidi a afrontar essa desonra, agora é que o absurdo da minha covarde determinação me aparece com toda a clareza. Só por baixeza e por pusilanimidade é que me resolvo a isso, a não ser que seja também por interesse, como dizia Porfírio...

— Ródia, meu irmão, que dizes? Não vês que derramaste sangue? — respondeu Dounia, consternada.

— E então? Toda a gente o derrama — prosseguiu ele com veemência crescente. — Em todos os tempos correram ondas de sangue sobre a Terra: os que o derramam como champanhe sobem em seguida ao Capitólio e são proclamados benfeitores da humanidade. Examina as coisas um pouco mais de perto antes de as julgares. Também queria fazer bem aos homens! Centenas e milhares de boas ações teriam compensado por completo essa única tolice, e quando digo tolice devia dizer antes falta de habilidade, porque a ideia não era tão má como agora pode parecer: depois do insucesso, os projetos mais bem combinados parecem idiotices. Queria apenas conseguir uma situação independente, garantir os meus primeiros passos na vida, angariar recursos; depois levantaria voo... Fui malsucedido e é por isso que sou um miserável. Se tivesse sido bem-sucedido, ter-me-iam coroado, ao passo que assim lançar-me-ão às feras.

— Não se trata disso! Que dizes, meu irmão?

— É verdade que não procedi segundo as regras da estética! Não há maneira de compreender por que é mais glorioso bombardear uma cidade do que matar alguém a golpes de machado! A preocupação estética é o primeiro sinal de fraqueza... Nunca o senti melhor do que nesta altura e cada vez compreendo menos qual é o meu crime. Nunca me senti mais forte, mais convencido do que estou agora.

O seu rosto pálido e transtornado tinha-se colorido de súbito. Quando acabou de proferir esta última exclamação, os seus olhos encontraram os de Dounia. Esta olhava para ele com uma tal expressão de tristeza que a sua exaltação desapareceu logo. Não pôde deixar de dizer consigo que havia feito a desgraça daquelas duas pobres mulheres.

— Dounia, minha querida Dounia, se sou culpado, perdoa-me, conquanto não mereça perdão, se de fato sou culpado. Adeus! Não discutamos. É tempo, é mais do que tempo de partir. Peço-te que não me sigas, pois tenho ainda uma visita a fazer. Vai já para casa e deixa-te estar junto da nossa mãe. Peço-te por tudo; é o último pedido que te faço. Não a abandones. Deixei-a muito inquieta e receio que não resista à sua dor: ou morre ou endoidece. Vela, pois, por ela. Razoumikhine não vos abandonará; já falei com ele... Não chores por mim: apesar de assassino, farei toda a minha vida por ser corajoso e honesto. Talvez um dia ouças falar de mim. Não desonrarei o nosso nome, verás! Provarei ainda... Agora, adeus — disse ele, notando de súbito uma expressão singular nos olhos de Dounia. — Por que estás a chorar desse modo? Não chores, não nos deixamos para sempre! Ah, é verdade! Espera, esquecia-me...

Pegou num grosso livro que estava sobre a mesa, coberto de pó, e tirou dele uma pequena aquarela pintada sobre marfim. Era o retrato da filha da hospedeira, a moça que ele amara. Durante um momento contemplou-lhe o rosto expressivo e angustiado, que beijou, e entregou-o a Dounia.

— Conversei muitas vezes com ela a respeito daquilo, só com ela. — disse pensativo. — Confiei ao seu coração esse projeto que havia de ter um resultado tão lamentável. Tranquiliza-te — continuou, dirigindo-se a Dounia —, revoltou-se tanto como tu e estimo bem que tivesse morrido.

Depois, voltando ao objeto principal das suas preocupações:

— O essencial, agora — disse — é saber se calculei bem o que vou fazer e se estou pronto a aceitar todas as consequências. Dizem que é necessária esta prova. Será assim? Que força moral terei quando sair das galés, alquebrado por vinte anos de sofrimento? Ainda valerá a pena viver? E resignar-me-ei a carregar com o peso de uma tal existência? Oh, senti que era um covarde, esta manhã, quando quis atirar-me ao Neva!

Por fim, saíram ambos. Só o amor fraternal tinha amparado Dounia naquela penosa entrevista. Separaram-se na rua. Depois de ter andado cinquenta passos, voltou-se para ver uma última vez o irmão. Este, quando chegou à esquina, voltou-se também.

Os seus olhares encontraram-se; porém Raskolnikov, notando o olhar da irmã fixo nele, fez um gesto de impaciência e mesmo de cólera para a convidar a continuar o seu caminho. Em seguida desapareceu.

CAPÍTULO VIII

Começava a escurecer quando Raskolnikov chegou à casa da Sofia. A moça esperara-o cheia de ansiedade durante o dia. Pela manhã recebera a visita de Dounia, que fora vê-la por ter ouvido dizer na véspera a Svidrigailov que ela sabia aquilo. Não referiremos com pormenores à conversa das duas mulheres; limitamo-nos a dizer que choraram, abraçadas uma à outra, e ficaram amigas de alma e coração. Dessa entrevista Dounia levou, pelo menos, a consolação de pensar que seu irmão não estaria só; fora Sofia quem primeiro ouvira a sua confissão, fora a ela que ele se dirigira quando sentiu a necessidade de confiar a um ser humano o seu segredo; acompanhá-lo-ia para qualquer parte, para onde o levasse o destino. Sem ter feito nenhuma pergunta a esse respeito, estava certa disso. Tratou Sofia com uma espécie de veneração, a qual se julgava indigna de levantar os olhos para Dounia. Desde a sua visita à casa de Raskolnikov, a imagem da encantadora criatura que a tinha saudado tão graciosamente nesse dia ficara-lhe na alma como uma das visões mais belas e mais indeléveis da sua vida. Por fim Dounia decidiu-se a ir esperar o irmão a casa dele, pensando que Ródia não deixaria de lá ir. Assim que Sofia ficou só, o pensamento do suicídio provável de Raskolnikov sobressaltou-a. Esse era também o receio de Dounia. Contudo, enquanto estiveram juntas, as duas moças tinham dado uma à outra toda espécie de razões para se tranquilizarem e tinham-no conseguido em parte. Logo que se separaram, acordou a inquietação em ambas.

Sofia lembrou-se do que Svidrigailov lhe dissera na véspera: "Raskolnikov só tem a escolher: ir para a Sibéria ou..." Junto a isto conhecia o seu orgulho e a sua falta de sentimentos religiosos. "Será possível que se resigne a viver apenas por pusilanimidade, por medo da morte?", pensava ela com desespero. Já não duvidava de que o desgraçado tivesse acabado com a vida quando este lhe entrou em casa.

Um grito de alegria se escapou do peito da moça. Depois, observando-lhe melhor o rosto, empalideceu de súbito.

— Ora bem! — disse Raskolnikov a rir. — Venho buscar a tua cruz, Sofia. Pediste-me que me rojasse na terra e a beijasse, e agora que vou satisfazer o teu desejo tens medo?

Sofia contemplou-o, espantada. Parecia-lhe estranho o tom em que ele falava. Um estremecimento percorreu-lhe todo o corpo; mas passado um minuto compreendeu que aquela firmeza de ânimo era fingida. Raskolnikov, ao falar-lhe, olhava para um canto e parecia ter receio de fixar os olhos nela.

— Afinal pensei que era melhor assim. Há uma circunstância... porém levaria muito tempo a contar e não tenho tempo. Sabes o que me irrita, Sofia? Sinto-me furioso com a ideia de que daqui a um instante todos aqueles brutos me rodearão, arregalarão os olhos para mim e me farão perguntas estúpidas a que será necessário responder. Apontar-me-ão a dedo... Não vou a casa do Porfírio. Acho-o insuportável. Prefiro ir procurar o amigo Pólvora. Como vai ficar surpreendido! Podia contar um belo sucesso... Era preciso ter mais sangue frio; nestes últimos tempos tornei-me muito irritável. Queres acreditar? Pouco faltou, ainda há bocado, para que ameaçasse minha irmã só porque se voltou para me ver uma última vez. A que baixeza cheguei! Então onde está a cruz?

O pobre rapaz não parecia estar no estado normal. Não podia estar um minuto no mesmo lugar, nem fixar o pensamento sobre uma ideia qualquer. Estas sucediam-se-lhe sem transição ou, para dizer melhor, o seu espírito tresvariava. As mãos tremiam-lhe.

Sofia não dizia palavra. Tirou de uma caixa as duas cruzes: uma de cipreste e outra de cobre. Em seguida persignou-se e, tendo repetido essa operação na pessoa de Raskolnikov, passou-lhe em volta do pescoço a cruz de cipreste.

— É uma maneira simbólica de exprimir que vou carregar com uma cruz... He, he! Como se só hoje começasse a sofrer! A cruz de cipreste é a dos pobres diabos. A de cobre pertencia à Isabel, guarda-a para ti. Deixa vê-la. Trazia-a naquele momento? Tinha mais objetos de devoção; uma cruz de prata e uma medalha. Lancei-as então sobre o peito da velha. Era o que agora devia pôr ao pescoço. Só digo frioleiras e esqueço-me do que importa... Ouve, Sofia, vim cá, sobretudo, para te prevenir, para que saibas... Bem, eis tudo... Não vim senão para isto. Hum! Contudo parece-me que tinha mais alguma coisa a dizer-te! Ora bem, tu mesmo é que o exigiste de mim. Vou entregar-me. Satisfaço o teu desejo. Por que choras, então? Também tu! Basta, basta! Oh, como tudo isto me incomoda!

Partia-se-lhe o coração vendo Sofia em lágrimas. "O que sou para ela?", dizia consigo. Por que se interessa por mim, tal como poderia fazê-lo minha mãe ou a Dounia?

— Faz o sinal da cruz, diz uma oração — suplicou a moça com voz trêmula.

— Pois sim! Rezarei quanto queiras.

Persignou-se muitas vezes. Sofia atou-lhe em volta da cabeça um lenço verde, provavelmente o mesmo de que Marmeladov lhe falara na taberna e que servia então a toda a família. Esse pensamento atravessou o espírito de Raskolnikov, que se absteve de fazer perguntas a tal respeito. Notara que tinha contínuas distrações e que estava bastante perturbado. Isto inquietava-o. Reparou então que Sofia se preparava para sair com ele.

— Que fazes? Aonde vais? Fica, fica... Quero ir só — exclamou ele, irritado e dirigindo-se para a porta. — Que necessidade tenho de levar companhia? — resmungou quando saía.

Sofia não insistiu. Raskolnikov nem lhe disse adeus, pois esqueceu-se dela. Uma única ideia o preocupava naquele momento.

"Está então tudo acabado? Já não há meio de voltar atrás, de arranjar tudo... e de não ir" — dizia consigo ao descer as escadas.

No entanto continuou o caminho, compreendendo que a hora das hesitações tinha passado. Na rua lembrou-se de que não tinha dito adeus a Sofia, que parara no meio do quarto, que as suas palavras a tinham como que fixado ao chão. E então dirigiu a si próprio outra pergunta que minutos antes se lhe apresentara ao espírito sem se formular com nitidez.

"Para que lhe fiz esta visita? Para lhe participar que vou para lá? Para lhe dizer que a amo? Agora mesmo acabo de repeli-la como um cão! Quanto à sua cruz, que necessidade tinha eu dela? A que baixeza cheguei! Não, do que eu precisava era das suas lágrimas e o que eu queria era dilacerar-lhe o coração. E talvez também o que procurei, indo vê-la, foi ganhar tempo, retardar um pouco o momento fatal! E sonhei em altos destinos, julguei-me chamado a fazer grandes coisas, eu, tão vil, tão miserável, tão covarde!"

Caminhava ao longo do cais e não tinha de ir mais longe. Quando chegou, porém, à ponte, parou um instante e depois seguiu para o Mercado do Feno.

Os seus olhares dirigiam-se ávidos, ora para a direita, ora para a esquerda, fazia esforços por examinar cada objeto que encontrava e não podia concentrar a atenção em coisa alguma. "Daqui a oito dias, a um mês", pensava ele, "tornarei a passar por esta ponte; uma carruagem celular me conduzirá a qualquer parte. Com que olhos contemplarei então este canal? Ainda repararei naquela tabuleta? Leio nela a palavra Companhia: ainda a lerei então como leio agora? Quais serão as minhas sensações e os meus pensamentos? Meu Deus, como todas estas preocupações são mesquinhas! Pareço um menino, estou a posar para mim próprio; e afinal por que hei de corar dos meus pensamentos? Eia! que multidão! Este gorducho (deve ser alemão) que me empurrou imaginará em quem tocou com o cotovelo? E esta mulher que traz uma criança pela mão e pede esmola, imagina-me naturalmente mais feliz do que ela! Tem graça! Devia dar-lhe alguma coisa pela singularidade do fato. Hein? Por acaso terei cinco copeques no bolso? Bem! Toma lá, Matovelka!"

— Que Deus te conserve! — disse a mendiga em tom lacrimoso. O Mercado do Feno estava então cheio de gente. Essa circunstância desagradou muito a Raskolnikov. Todavia, dirigiu-se para o lado onde a multidão era mais compacta. Teria comprado a solidão por todo o preço, no entanto sentiu que não poderia gozá-la um só minuto. Tendo chegado ao meio da praça, lembrou-se de repente das palavras de Sofia: "Corre à rua, saúda o povo, beija a terra que manchaste com o teu pecado e diz bem alto, a todo o mundo: Sou um assassino!"

A essa lembrança, estremeceu. As angústias dos dias precedentes tinham-no de tal maneira transformado que se sentiu feliz por se ver ainda acessível a esta sensação a que se abandonou por completo. Invadiu-o uma onda de ternura e dos olhos brotaram-lhe lágrimas. Pôs-se de joelhos no meio da praça, curvou-se até o chão e beijou o solo lamacento. Depois de se ter levantado, ajoelhou de novo.

— Aqui está um que se não poupou! — disse um engraçado ao lado dele.

Esta observação foi acolhida com gargalhadas.

— É um peregrino que vai a Jerusalém, meus amigos: despede-se dos filhos e da Pátria; saúda toda a gente e dá o beijo de despedida à cidade de S. Petersburgo, à capital — acrescentou um burguês muito embriagado.

— É ainda novo — disse um terceiro.

— E é nobre — observou alguém mais seriamente.

— Agora já se não distinguem os nobres dos que não o são.

Vendo que estava sendo objeto da atenção geral, Raskolnikov perdeu um pouco a serenidade e as palavras: "Eu assassinei", quase a saírem-lhe da boca, expiraram-lhe nos lábios. De resto, as exclamações e os impropérios da multidão deixaram-no indiferente e foi com a maior placidez que se dirigiu para o comissariado da polícia. Pelo caminho, só uma visão atraía o seu olhar: é certo que contava já encontrá-la e não se admirou de a ver.

No momento em que no Mercado do Feno acabava de se prostrar pela segunda vez, tinha avistado Sofia. A moça tentara escapar-lhe, escondendo-se atrás de umas barracas de madeira. De modo que ela o acompanhava enquanto ele ia subindo o seu calvário!

Desde esse instante Raskolnikov teve a convicção de que Sofia lhe pertencia para todo o sempre e o seguiria para toda parte, ainda que o seu destino o levasse para o fim do mundo. Chegou por fim ao sítio fatal. Entrou no pátio com passo bastante firme. O comissariado da polícia era no terceiro andar. Como por ocasião da sua primeira visita, a escada estava coberta de imundícies, empestada pelas exalações das cozinhas abertas sobre cada patamar. As pernas enfraqueciam-lhe à medida que ia subindo. Parou um instante para tomar fôlego, para preparar a entrada. "Mas para quê?", perguntou a si próprio. "Visto que é preciso esgotar este cálice, que importa a maneira de o beber? Quanto mais amargo for, melhor." Depois lembrou-se de Porfírio Petrovitch. "De fato é a ele que vou falar?" Não poderia dirigir-me a outro, a Nikodim Fomitch, por exemplo? Se fosse procurar o comissário da polícia a casa e lhe contasse tudo em particular... Não, não! Falarei ao Porfírio Petrovitch. Acaba-se mais depressa com isto.

Tremendo, sem ter bem consciência de si, Raskolnikov abriu a porta do comissariado. Desta vez encontrou na antecâmara um porteiro e um homem do povo. O contínuo nem deu por ele. Dirigia-se à sala imediata, onde trabalhavam dois escreventes. Nem Zametov nem Nikodim Fomitch lá estavam.

— Não está mais ninguém? — perguntou ele a um dos empregados.

— Quem procura o senhor?

— A... a... ah! Sem lhe ouvir as palavras e sem lhe ver a cara, adivinhei a presença de um russo, como se diz não sei já em que comédia... Os meus respeitos! — disse do lado uma voz conhecida.

Raskolnikov estremeceu: Porfírio Petrovitch estava diante dele. Acabava de sair de uma terceira sala. "O destino assim o quis", pensou com ele.

— O senhor, por aqui? Que se passa? — exclamou Porfírio, que parecia estar de muito bom humor e até um tanto alegre. — Se vem para tratar de alguma coisa, ainda é muito cedo. Estou cá por acaso.

"De resto, em que posso... Confesso que não sei... Como? Como? Peço perdão..."

— Raskolnikov.

— Ah, sim, Raskolnikov! O senhor julgou que me tinha esquecido! Peço-lhe que não me julgue tão... Ródia Ro... Rodionitch, não?

— Ródia Romanovitch.

— Sim, sim, sim! Ródia Romanovitch! Tinha o nome debaixo da língua. Confesso-lhe que lamento muito a maneira como procedemos com o senhor em tempos. Mais tarde explicaram-me a coisa; soube que o senhor era um jovem escritor, um sábio mesmo! Soube que se tinha estreado na carreira das letras... Eh, meu Deus! Qual é o literato, qual é o sábio que nos seus princípios não teve mais ou menos a vida de boêmio? Minha mulher e eu adoramos a literatura, mas minha mulher, então! É doida pelas letras e pela arte! Salvo o nascimento, tudo o mais se pode adquirir pelo talento: o saber, a inteligência, o gênio! O que significa, por exemplo, um chapéu? Posso ir comprar um ao Zimmermann; contudo o que se abriga sob o chapéu, isso é que não compro em parte nenhuma. Confesso que queria até ir visitá-lo, para lhe dar explicações, porém pensei que talvez o senhor mesmo... Parece que a sua família está agora em S. Petersburgo?

— Sim, minha mãe e minha irmã.

— Já tive a honra e o prazer de encontrar sua irmã. É uma senhora tão encantadora como distinta. Na verdade, deploro que há tempos altercássemos daquela maneira. Quanto às conjeturas fundadas sobre o seu desmaio, depois reconheceu-se a evidente falsidade delas. Compreendo a indignação que o senhor deve ter sentido! Agora, como a sua família veio para S. Petersburgo, vai talvez mudar de casa?

— Não, por enquanto não. Vinha procurar... Julgava encontrar o Zametov.

— Já cá não está. Deixou-nos ontem; houve até, antes da sua partida, uma troca de palavras azedas entre nós. É um pobre diabo, nada mais; dava algumas esperanças, no entanto teve a desgraça de frequentar certa sociedade brilhante e meteu-se-lhe na cabeça fazer exame para se poder impor como sábio. Bem entendido, Zametov não tem nada de comum com o senhor, por exemplo, ou com o senhor Razoumikhine, seu amigo. Os senhores abraçaram a carreira da ciência e, apesar dos seus revezes, não a abandonaram mais. Para os senhores as comodidades da vida não valem nada; têm tido a existência austera, ascética e monacal do homem de estudo. Um livro, uma pena atrás da orelha, uma indagação científica a fazer, isso lhes basta para a sua felicidade! Eu próprio, até certo ponto... O senhor leu a correspondência de Livingstone?

— Não li.

— Eu li. Como sabe, o número dos niilistas aumentou muitíssimo, o que não é para admirar numa época como a nossa. Aqui entre nós... com certeza o senhor não é niilista? Responda com franqueza.

— N...ão...

— Não tenha receio de ser franco comigo como o seria consigo mesmo. Uma coisa é o serviço, outra coisa... o senhor julgou que ia dizer *amizade*? Enganou-se! Amizade não, mas o sentimento da humanidade e o amor ao Todo-Poderoso. Posso ser um personagem oficial, um funcionário; nem por isso deixo de ser um homem, um cidadão. O senhor falava de Zametov. É um rapaz que imita o bom tom francês, que faz barulho nas casas duvidosas mal bebe um copo de champanhe ou de vinho do Don! Aí está o que é o seu Zametov! Fui talvez um pouco severo com ele; no entanto, se a minha indignação me levou muito longe, nem por isso deixava de obedecer a um sentimento elevado: o zelo pelos interesses do serviço. De resto, tenho um emprego, uma certa situação, uma importância social. Sou casado e pai de família. Cumpro o meu dever de homem e de cidadão, enquanto ele... O que é ele, permita-me que lhe pergunte? Dirijo-me ao senhor como a um homem ilustrado. Aí tem por exemplo as parteiras que se multiplicaram também de uma maneira extraordinária...

Raskolnikov olhou para ele com um ar aturdido. As palavras de Porfírio, que de fato acabara de jantar, ressoavam-lhe aos ouvidos na maior parte como vazias de sentido. Todavia, melhor ou pior, compreendia algumas delas. Naquele momento interrogava com os olhos o interlocutor e não sabia como tudo aquilo acabaria.

— Refiro-me a essas moças que usam o cabelo cortado à Tito — continuou o inesgotável Porfírio. Chamo-lhes parteiras e o nome parece-me bem achado. Eh, eh! Médicas, mulheres que estudam anatomia! Ora diga-me cá, se adoecer hei de tratar-me com uma moça? Eh, eh!

Porfírio pôs-se a rir, encantado com o seu espírito.

— Compreendo que toda a gente tenha vontade de se instruir. Mas não poderá haver instrução sem se cair em todos estes excessos? Para que é preciso ser insolente? Para que é preciso insultar homens respeitáveis, como esse mariola do Zametov? Por que me injuriou ele, pergunto eu? Outra epidemia que faz terríveis progressos é a dos suicídios. Comem tudo quanto têm e depois matam-se. Velhos, rapazotes, pequeninas, passam-se desta para melhor! Ainda há pouco soubemos que um sujeito, chegado aqui recentemente, acabava de pôr termo à vida... Nil Pavlitch, eh! Nil Pavlitch! Como se chamava o sujeito que deu um tiro nos miolos em Petersbougskaia?

— Svidrigailov — respondeu com voz encatarrada alguém que se encontrava na sala imediata. Raskolnikov estremeceu.

— Svidrigailov! Svidrigailov deu um tiro nos miolos? — exclamou ele.

— Como! O senhor conhecia-o?

— Conhecia... Tinha chegado há pouco tempo...

— De fato, tinha chegado há pouco. Enviuvara. Era um boêmio. Matou-se com um tiro de revólver em condições bastante escandalosas. Encontraram-lhe na carteira um bilhete com estas palavras: “Morro em plena posse das minhas faculdades intelectuais. Não acusem ninguém da minha morte.” Esse homem parece que tinha fortuna. De onde o conhecia?

— Eu... minha irmã tinha sido professora na casa dele.

— Bem! Então o senhor pode dar-nos esclarecimentos. Desconfiou deste fim...

— Vi-o ontem... estava a beber champanhe... Não desconfiei de nada...

Raskolnikov sentia como que uma montanha em cima do peito.

— Aí está o senhor a empalidecer outra vez, se não me engano. A atmosfera desta casa está sufocante...

— Sim, é tempo de me ir embora — balbuciou o visitante. — Peço desculpa de o ter incomodado...

— Ora essa, estou sempre à sua disposição. O senhor deu-me muito prazer e tenho muito gosto em declarar...

Pronunciando estas palavras, Porfírio estendeu-lhe a mão.

— Queria somente... precisava do Zametov...

— Compreendo, compreendo... Encantado pela sua visita.

— Eu... também estava encantado... Até outra vez... — disse Raskolnikov com um sorriso.

Saiu com passo vacilante. A cabeça andava-lhe à roda. Mal se podia ter de pé e, ao descer a escada, foi forçado a apoiar-se contra a parede para não cair. Pareceu-lhe que um porteiro, que se dirigia para o comissariado, o acotovelara ao passar, que um cão ladrava no primeiro andar e que uma mulher gritava para fazer calar o animal. Atravessou o pátio. De pé, não longe da porta, Sofia, pálida como a morte, contemplava-o com ar estranho. Parou em frente dela. A moça bateu com as mãos uma na outra; a sua fisionomia exprimia o mais terrível desespero. Atentando nisso, Raskolnikov sorriu... com que sorriso! Um instante depois entrou de novo no comissariado da polícia.

Porfírio estava em frente da sua papelada. Junto dele, de pé, o mesmo mujique que pouco antes, ao subir a escada, acotovelara Raskolnikov.

— Ah! O senhor outra vez! Esqueceu-lhe alguma coisa? Que tem?

Com os lábios descorados, o olhar fixo, Raskolnikov adiantou-se lentamente para Porfírio. Apoiando a mão na mesa diante da qual ele estava sentado, quis falar, mas só pôde proferir sons ininteligíveis.

— O senhor não está bom. Uma cadeira. Sente-se! Água!

Raskolnikov deixou-se cair sobre a cadeira que lhe ofereciam sem deixar de fitar Porfírio, cujo rosto exprimia grande surpresa.

Durante um minuto ambos se olharam em silêncio. Trouxeram água.

— Fui eu... — começou Raskolnikov.

— Beba.

O mancebo repeliu com um gesto o copo que lhe era apresentado e, em voz baixa, mas distinta, fez, interrompendo-se por diferentes vezes, a declaração seguinte:

— Fui eu que assassinei a golpes de machado, para as roubar, a velha penhorista e a sua irmã Isabel.

Porfírio chamou. Acudiu gente de todos os lados. Raskolnikov renovou as suas declarações.

EPÍLOGO

CAPÍTULO I

A Sibéria. Na margem de um rio largo e deserto eleva-se uma cidade, um dos centros administrativos da Rússia: na cidade há uma fortaleza e na fortaleza, uma prisão. Na prisão está detido, há nove meses, Ródia Romanovitch Raskolnikov, condenado a trabalhos forçados. Perto de dezoito meses decorreram desde o dia em que cometeu o crime. A instrução do processo não encontrou dificuldade. O culpado renovou as suas declarações com tanta nitidez como precisão, sem embrulhar as circunstâncias, sem lhes suavizar o horror, sem disfarçar os fatos, sem esquecer as menores particularidades. Fez uma narração completa do assassinato; desvendou o mistério do objeto encontrado nas mãos da velha, lembram-se de que era um pedaço de madeira ligado a uma lâmina de ferro. Contou como tinha tirado as chaves da algibeira da vítima; descreveu essas chaves, descreveu o cofre e indicou o seu conteúdo; explicou a morte de Isabel, que até então fora um enigma: contou como Koch chegara e batera à porta e como depois dele chegara o estudante; referiu palavra a palavra a conversa entre os dois; como em seguida ele, assassino, correra para a escada, ouvira os gritos de Nicolau e Mitka, se escondera no aposento vazio e depois voltara para sua casa. Por fim, quanto aos objetos roubados, disse que os ocultara sob uma pedra, num pátio que dava para a avenida da Ascensão: lá foram encontrados, de fato. Em suma, fez-se luz sobre todos os pontos. O que, entre outras coisas, espantou muito os juízes foi que, em vez de se aproveitar do roubo, o assassino fosse escondê-lo debaixo de uma pedra; e ainda menos compreendiam que não só não se lembrasse de todos os objetos roubados, mas que até se enganasse quanto ao número deles. Achava-se sobretudo inverosímil que não tivesse aberto a bolsa uma única vez e que ignorasse o seu conteúdo. — Continha trezentos e dezessete rublos e três moedas de vinte copeques. Devido à umidade, as notas do fundo estavam muito deterioradas.

— Durante muito tempo deu-lhes que pensar a razão por que sobre esse único ponto o acusado mentia, ao passo que sobre tudo o mais dizia espontaneamente a verdade. Por fim, alguns — em especial os psicólogos admitiram a possibilidade de não ter aberto a bolsa e de se ter, portanto, desembaraçado dela sem saber o que continha. Disso concluíram logo que o crime fora talvez cometido sob a influência de uma loucura momentânea: o culpado — disseram eles — cedera à monomania doentia do assassinato e do roubo sem fim ulterior, sem cálculo interesseiro. Era uma ocasião magnífica de proclamar a teoria moderna da alimentação temporária, teoria com a ajuda da qual se procura hoje tantas vezes explicar os crimes de certos malfeitores. Além disso, a afecção hipocondríaca de que sofria Raskolnikov era atestada por numerosas testemunhas: o doutor Zozimov, os antigos companheiros do acusado, a sua hospedeira e as criadas. Tudo isto levou a crer que Raskolnikov não era um assassino vulgar. Com grande espanto dos próprios partidários desta opinião, o culpado não tentou defender-se; interrogado sobre os motivos que o tinham levado ao assassinato e ao roubo, declarou, com franqueza brutal, que fora impelido pela miséria. "Esperava", disse ele, "encontrar na casa da vítima pelo menos três mil rublos e contava com essa soma para garantir o meu começo de vida". O seu caráter, um pouco de cabeça no ar, azedado pelas privações e pelos revezes, fizera dele um assassino. Quando lhe perguntaram por que fora denunciar-se, respondeu com franqueza que tinha representado a comédia do arrependimento.Tudo isto foi dito com ar cínico.

Todavia a sentença foi menos severa do que se poderia presumir em atenção ao crime cometido. Foi talvez favorável ao acusado a circunstância de, em vez de pretender desculpar-se, se mostrar antes empenhado em acusar-se. Todas as particularidades singulares do caso foram tomadas em consideração. O estado de doença e de pobreza em que se encontrava o acusado antes de praticar o crime não podia oferecer a menor dúvida.

Como se não aproveitou dos objetos roubados, supôs-se ou que o remorso o tinha impedido disso ou que as suas faculdades intelectuais não eram regulares quando cometera o atentado. A morte não premeditada de Isabel forneceu também um argumento em apoio desta última conjetura: um homem comete dois assassinatos e esquece-se de que a porta está aberta! Por fim, fora denunciar-se: e isso, no momento em que as falsas confissões de um fanático com o espírito desarranjado — Nicolau — acabavam de desnortear por completo a instrução; na ocasião em que a justiça estava a mil léguas de conhecer o verdadeiro culpado — Porfírio Petrovitch cumpriu religiosamente a sua palavra. — Todas estas circunstâncias contribuíram para moderar a severidade da sentença. Por outro lado, os debates puseram em evidência muitos fatos honrosos para o acusado. Uns documentos apresentados pelo estudante Razoumikhine provaram que, estando na Universidade, Raskolnikov tinha repartido os seus magros recursos, durante seis meses, com um camarada pobre, doente do peito, que morrera deixando na penúria o pai enfermo, de quem era, desde os treze anos, o único amparo; Raskolnikov fizera entrar o velho numa casa de saúde e mais tarde pagara as despesas do enterro.

O testemunho da viúva Zamitzine foi também muito favorável ao acusado. Declarou que na época em que habitava nos Cinco-Cantos com o seu inquilino, tendo havido um incêndio numa casa, de noite, arriscara a vida salvando das chamas duas criancinhas e que ficara até gravemente ferido ao praticar esse ato de coragem. Fez-se um inquérito a respeito desse fato e numerosas testemunhas certificaram a sua exatidão. Em suma, o tribunal, atendendo às confissões do culpado assim como aos seus bons antecedentes, condenou-o somente a oito anos de trabalhos forçados.

Logo que começaram os debates, a mãe de Raskolnikov adoeceu. Dounia e Razoumikhine acharam um meio de a afastar de S. Petersburgo durante o decorrer do processo. Razoumikhine escolheu uma cidade onde passava o caminho de ferro e situada a pequena distância da capital; nessas condições podia assistir às audiências e ver bastantes vezes Dounia. A doença de Pulquéria era uma afecção nervosa, com desarranjo, pelo menos parcial, das faculdades mentais. Quando voltou para casa, depois da sua última entrevista com o irmão, Dounia encontrara a mãe bastante doente, febril e delirando. Nessa mesma noite combinou com Razoumikhine as respostas a dar quando Pulquéria pedisse notícias de Ródia: inventaram uma história em que Raskolnikov era mandado para muito longe, para os confins da Rússia, numa missão que devia trazer-lhe muita honra e proveito. Porém, com grande surpresa, a pobre mulher nunca os interrogou a esse respeito, nem então nem mais tarde. Ela própria tinha inventado um romance para explicar a brusca desaparição do filho: contava, chorando, a visita de despedida que lhe tinha feito, dando a entender que conhecia muitas circunstâncias misteriosas e graves: Ródia era obrigado a esconder-se porque tinha inimigos muito poderosos. A juntar a isto, não duvidava de que o seu futuro fosse brilhante logo que removessem certas dificuldades. Assegurava a Razoumikhine que, com o decorrer dos tempos, seu filho viria a ser um homem eminente; tinha a prova disso no artigo que escrevera e no qual demonstrava um talento literário notável. Esse artigo lia-o a todos os momentos, às vezes até em voz alta; quase se podia dizer que dormia com ele. E, no entanto, não perguntava onde Ródia estava, apesar do cuidado que havia em evitarem esse assunto, o que lhe devia parecer suspeito. O silêncio estranho de Pulquéria sobre certos pontos acabou por inquietar Dounia e Razoumikhine. Por exemplo: nem sempre se queixava de o filho lhe não escrever quando, outrora, esperava sempre com impaciência as cartas do seu querido Ródia. Esta última circunstância era de tal modo inexplicável que Dounia começou a afligir-se. Quase se convenceu de que sua mãe tinha o pressentimento de uma desgraça terrível, sucedida a Ródia, e que não ousava interrogá-los com receio de saber alguma coisa ainda pior. Em todo o caso Dounia percebia que Pulquéria tinha o cérebro desarranjado. Ela própria, por duas vezes, dirigiu a conversa por tal maneira que foi impossível responder-lhe sem lhe indicar onde se encontrava Ródia naquela ocasião. Em seguida às respostas ambíguas e embaraçosas que lhe deram, caiu numa tristeza profunda; durante muito tempo viram-na sombria e taciturna como nunca. Dounia reconheceu por fim que as mentiras e as histórias inventadas não surtiam efeito e que o melhor era fazer silêncio absoluto sobre certos pontos; todavia, cada vez se lhe tornou mais evidente que Pulquéria suspeitava o quer que fosse de horroroso. Dounia sabia em especial — tinha-lhe dito o irmão — que a mãe a ouvira falar, sonhando, na noite posterior à sua entrevista com Svidrigailov, e que se haviam fixado no espírito da pobre senhora as palavras então proferidas. Depois de dias e até semanas de um mutismo sombrio e lágrimas silenciosas, surgia por vezes na doente uma espécie de exaltação histérica. Punha-se de repente a falar muito alto do filho, das suas esperanças, do seu futuro. A sentença foi lida cinco meses depois da confissão feita pelo criminoso a Porfírio Petrovitch. Logo que lhe foi possível, Razoumikhine foi ver o condenado. Sofia também o visitou. Chegou enfim o momento da partida. Dounia e Razoumikhine juraram a Ródia que aquela separação não seria eterna. Este tinha um projeto delineado no espírito: juntariam algum dinheiro durante três ou quatro anos e depois partiriam para a Sibéria, país onde tantas riquezas só esperam por capitais e braços para serem exploradas. Estabelecer-se-iam na cidade onde estivesse Ródia e começariam juntos uma vida nova. Todos choraram à despedida. Desde alguns dias Raskolnikov mostrava-se muito inquieto, multiplicava as perguntas a respeito da mãe, pedia notícias dela a todo instante. Essa excessiva preocupação do irmão afligia Dounia. Quando lhe disseram a verdade sobre o estado de Pulquéria, ficou muitíssimo sombrio. Com Sofia estava sempre muito taciturno. Munida do dinheiro que lhe entregara Svidrigailov, a moça estava há muito resolvida a acompanhar a leva de prisioneiros de que Raskolnikov fizesse parte. Nunca a esse respeito se trocara uma palavra entre eles, mas ambos sabiam que seria assim. No momento do último adeus, o condenado teve um sorriso estranho, ouvindo sua irmã e Razoumikhine falarem-lhe em termos calorosos do futuro próspero que se abriria para eles depois da sua saída da prisão; previa que a doença da mãe não tardaria a atirá-la para a cova. Por fim, Raskolnikov e Sofia partiram.

Dois meses depois Dounia casou com Razoumikhine. Foi uma boda modesta e triste. Entre os convidados viam-se Porfírio Petrovitch e Zozimov. Havia algum tempo que Razoumikhine se transformara por completo. Dounia acreditava em absoluto que poria em execução todos os seus projetos e não podia deixar de acreditar nele, porque lhe conhecia a vontade de ferro. Razoumikhine começou por reentrar na Universidade para terminar o curso. Os dois esposos falavam todos os dias dos planos do futuro; tinham um e outro a firme intenção de partir para a Sibéria dentro de cinco anos. Enquanto não iam, contavam com Sofia para lá os substituir.

Pulquéria deu com prazer a mão de sua filha a Razoumikhine; porém, depois do casamento, pareceu ficar ainda mais desassossegada e triste. Para lhe proporcionar alguns momentos agradáveis, Razoumikhine contou-lhe a bela ação de Raskolnikov relativa ao estudante e ao seu velho pai; contou-lhe também como, no ano precedente, Ródia expusera a vida para salvar duas crianças prestes a morrer num incêndio. Essas narrações exaltaram até ao mais alto grau o espírito já perturbado de Pulquéria. Não tornou a falar de outra coisa. Na rua, mesmo, contava esses casos aos transeuntes, apesar de Dounia a acompanhar sempre. Nos carros, nas lojas, por toda parte onde encontrava um ouvinte benévolo, referia-se logo ao filho, à generosidade do filho para com um estudante, à corajosa dedicação de que o filho dera provas num incêndio etc. Dounia não sabia como fazê-la calar. Aquela excitação doentia tinha os seus perigos; além de esgotar as forças da pobre senhora, podia muito bem dar-se o caso de alguém, ouvindo nomear Raskolnikov, começar a falar do processo. Pulquéria conseguiu até saber a morada da mulher cujos filhos tinha sido salvos por Ródia e quis ir vê-la. Por fim a sua agitação atingiu o limite. Às vezes desfazia-se em lágrimas, tinha acessos febris durante os quais delirava. Uma manhã declarou que, segundo os seus cálculos, Ródia já devia estar de volta, porque quando lhe fora dizer adeus tinha dito que voltaria daí a nove meses. Começou, pois, a preparar tudo, na previsão da próxima vinda do filho, destinando-lhe o seu próprio quarto. Pôs-se a arranjá-lo: espanejou os móveis, lavou o sobrado, substituiu as cortinas etc. Dounia, muito aflita, não dizia nada e até a ajudava.

Em seguida a um dia todo passado em visões loucas, em sonhos felizes e em lágrimas, Pulquéria foi atacada de uma intensa febre. Quinze dias depois morreu. Algumas palavras pronunciadas pela doente durante o delírio deram a entender que adivinhara quase todo o terrível segredo cujo conhecimento se tinham esforçado por lhe encobrir. Raskolnikov ignorou por muito tempo o falecimento de sua mãe, conquanto desde a sua chegada à Sibéria recebesse regularmente notícias da família por intermédio de Sofia. Todos os meses a moça escrevia uma carta a Razoumikhine e todos os meses lhe respondiam de S. Petersburgo. A princípio as cartas de Sofia pareciam a Dounia e a Razoumikhine um pouco secas e insuficientes; mais tarde ambos compreenderam que era impossível escrevê-las melhor, visto que encontravam nelas os dados mais completos e mais precisos possíveis sobre a situação do seu desgraçado irmão. Sofia descrevia de uma maneira muito simples e muito clara toda a existência de Raskolnikov na prisão. Não falava das suas primeiras esperanças nem das suas conjeturas quanto ao futuro, nem dos seus sentimentos pessoais. Em vez de explicar o estado moral, a vida interior do condenado, limitava-se a citar fatos, isto é, as próprias palavras pronunciadas por ele; dava notícias pormenorizadas de Raskolnikov, dizia quais os desejos por ele manifestados, que perguntas tinha feito, de que missões a encarregara nas suas entrevistas etc. Porém estas indicações, por muito circunstanciadas que fossem, não eram, sobretudo nos primeiros tempos, muito consoladoras. Dounia e o marido viam pela correspondência de Sofia que o irmão se conservava sombrio e taciturno. Quando a moça lhe comunicava as notícias recebidas de S. Petersburgo, quase nem lhe dava atenção. Às vezes pedia informações da mãe e quando Sofia, ao ver que adivinhara a verdade, lhe anunciou por fim a morte de Pulquéria, notou, com grande surpresa, que ficara quase impassível. "Conquanto pareça por completo estranho a tudo aquilo que o cerca", escrevia Sofia, entre outras coisas, "encara sem fraquezas a sua vida nova, compreende muito bem a situação, não espera nada de melhor, não se embala com nenhuma esperança frívola nem sucumbe neste meio que difere tanto do antigo; o seu estado de saúde é satisfatório. Vai para o trabalho sem repugnância. É quase indiferente à alimentação, porém, salvo ao domingo e aos dias de festa, é tão má que consentiu em aceitar de mim algum dinheiro para ter chá todos os dias. Quanto ao resto, pede-me que não me inquiete, porque lhe é desagradável o preocupar-me com ele".

"Na prisão", dizia noutra carta, "vive em comum com os outros presos. Não visitei ainda o interior da fortaleza, mas tenho razões para pensar que se vive muito mal lá.

Ródia dorme numa cama de campanha com uma coberta de feltro e não quer outra. Recusa tudo quanto possa tornar-lhe a existência material menos penosa, não é talvez por princípio ou em virtude de premeditação, mas apenas por indiferença". Sofia confessava que, sobretudo no princípio, as suas visitas, em vez de darem prazer a Raskolnikov, causavam-lhe uma espécie de irritação: só saía da sua mudez para proferir grosserias contra a pobre moça. Mais tarde, é verdade, essas entrevistas tinham-se tornado para ele um hábito, quase que uma necessidade, a tal ponto que ficara muito triste quando uma indisposição de alguns dias havia obrigado Sofia a interrompê-las. Nos dias santificados viam-se ou à porta da prisão, ou na casa da guarda, onde conduziam por alguns minutos o prisioneiro quando ela o mandava chamar. Nos dias úteis ia procurá-lo ao trabalho: nas oficinas, nos fornos, nos telheiros estabelecidos nas margens do Istych.

Em relação a ela dizia que criara relações, que vivia da costura e que, não havendo na cidade nenhuma modista, arranjara já uma razoável clientela. O que não dizia é que tinha impetrado proteção para o Raskolnikov; que, graças a ela, o prisioneiro fora dispensado dos trabalhos mais violentos etc. Finalmente, Razoumikhine e Dounia souberam que Raskolnikov evitava toda a gente, que os seus companheiros de cativeiro não o estimavam, que ficava calado dias inteiros e estava muito abatido. Dounia já tinha notado uma certa inquietação nas últimas cartas de Sofia. Um dia a moça escreveu que o condenado caíra gravemente doente, tendo dado entrada no hospital da prisão.

CAPÍTULO II

Já há muito que estava doente; contudo, o que lhe quebrara as forças não tinham sido os horrores do cativeiro, nem o trabalho, nem a alimentação, nem a vergonha de lhe raparem a cabeça à navalha e de andar vestido de andrajos. Oh, que lhe importavam todas essas tribulações, todas essas misérias? Pelo contrário, tinha até satisfação em trabalhar; a fadiga física, pelo menos, produzia-lhe algumas horas de sono tranquilo. E que significava para ele a alimentação — aquela detestável sopa de couves onde se encontravam baratas? Outrora, quando era estudante, muitas vezes se daria por feliz se tivesse isso para comer. A roupa era quente e apropriada ao seu gênero de vida. Quanto à grilheta, nem lhe sentia o peso. Restava a humilhação de trazer a cabeça rapada e o vestuário de condenado. Mas diante de quem havia ele de corar? Diante de Sofia? Ela era amiga dele; como podia corar diante dela? Todavia a vergonha apoquentava-o mesmo para com a própria Sofia; era por isso que se mostrava pouco delicado e desdenhoso com a moça. Essa vergonha não procedia nem da grilheta, nem da cabeça rapada; o seu orgulho fora ferido cruelmente e dessa ferida é que Raskolnikov sofria. Oh, como ele teria sido feliz se se pudesse acusar! Então suportaria tudo, mesmo a vergonha e a desonra. Mas, por mais que pensasse, a sua consciência endurecida não encontrava no passado nenhuma falta horrorosa ou considerada como tal. Apenas se arrependia de ter sido malsucedido, o que podia acontecer a toda a gente. O que o humilhava era ver-se, ele, Raskolnikov, perdido de uma forma tão estúpida, perdido sem remédio, e ter de se submeter, de se resignar se quisesse encontrar um pouco de repouso. Uma inquietação sem objetivo e sem fim, no presente, um sacrifício contínuo e estéril no futuro, eis o que lhe restava sobre a terra. Vã consolação para pensar que dali a oito anos só teria trinta e dois e que nessa idade podia ainda recomeçar a vida! Viver para quê? Viver para viver? Mas sempre estivera pronto a jogar a existência por uma ideia, por uma esperança, até por uma fantasia. Fizera sempre pouco caso da vida pura e simples; quisera sempre mais alguma coisa. Talvez só a força dos seus desejos lhe fizera crer outrora que era desses homens a quem é permitido mais do que aos outros. Ainda se o destino lhe tivesse concedido o arrependimento lancinante que despedaça o coração, que afasta o sono, o arrependimento cujos tormentos são tais que um homem se enforca ou se afoga para lhe escapar! Oh, ele tê-lo-ia acolhido com alegria! Sofrer e chorar ainda é viver. Porém não se arrependia do seu crime. Pelo menos poderia repreender-se, como noutros tempos, pelas ações estúpidas e odiosas que o tinham conduzido à prisão. Agora, no isolamento do cativeiro, refletia de novo sobre todo o seu procedimento passado e já o não achava tão odioso nem tão estúpido como noutros tempos. "Em que era a minha ideia", pensava ele, "mais estúpida do que as outras ideias e teorias que se debatem no mundo desde que o mundo existe? Basta encarar o caso sob um ponto de vista largo, independente, despido de preconceitos e então talvez essa ideia já não pareça tão... singular. Oh, vós os que vos dizeis livres pensadores, filósofos de cinco copeques, por que parais a meio do caminho? E por que classificam de odioso o meu procedimento?", perguntava a si próprio. "Por que é um crime? O que significa a palavra crime? A minha consciência está tranquila. Sem dúvida cometi um ato ilegal, violei a letra da lei, derramei sangue; pois bem, enforquem-me... e acabou-se! Decerto, nesse caso, muitos dos próprios benfeitores da humanidade, daqueles que não tiveram o poder por herança, mas que se apoderaram dele à viva força, deveriam ter sido supliciados. Esses foram até ao fim e é isso o que os justifica; ao passo que eu não soube prosseguir. Por conseguinte, não tinha o direito de começar." Só reconhecia que fizera mal numa coisa: em ter fraquejado, em ter ido denunciar-se. Outro pensamento o fazia sofrer também: "Por que não se matara? Por que preferira entregar-se à polícia em vez de se atirar à água? Era assim tão difícil vencer o amor à vida? Todavia Svidrigailov triunfara dele!" Interrogava-se com mágoa a esse respeito e não podia compreender como no próprio momento em que, junto do Neva, pensava no suicídio, pressentia talvez em si próprio e nas suas convicções um erro profundo. Não compreendia que esse pressentimento pudesse conter em gérmen uma nova concepção da vida, que pudesse ser o prelúdio de uma revolução na sua existência, o primeiro sinal da sua ressurreição. Admitia somente que tinha cedido por covardia e falta de caráter à força bruta do instinto. O espetáculo que lhe ofereciam os companheiros de prisão espantava-o. Como todos eles amavam a vida! Como a apreciavam! Parecia até a Raskolnikov que esse sentimento era mais vivo no prisioneiro do que no homem livre.

Que horrorosos sofrimentos suportavam alguns daqueles desgraçados, os vagabundos, por exemplo! Como se compreendia que um raio do sol, um bosque sombrio, uma fresca fonte tivessem a seus olhos tanto valor. E à medida que os observava com atenção, cada vez descobria fatos ainda mais inexplicáveis. Na prisão, no meio em que se encontrava, muitas coisas, sem dúvida, lhe escapavam: de resto, não queria fixar a atenção em coisa nenhuma. Vivia, por assim dizer, com os olhos meios fechados, achando insuportável olhar em volta. Com o tempo, muitas circunstâncias o impressionaram e de certo modo e a seu pesar começou a notar o que a princípio nem tinha presumido. O que mais o admirava era o abismo espantoso, invencível, que existia entre ele e toda aquela gente. Dir-se-ia que ele e os outros pertenciam a nações diferentes. Encaravam-se com uma desconfiança e uma hostilidade recíprocas. Sabia e compreendia as causas gerais desse fenômeno, mas nunca até então as supusera tão fortes nem tão profundas. Além dos criminosos de direito comum, havia na fortaleza polacos condenados por crimes políticos. Estes consideravam os outros como simples brotos e desprezavam-nos. Raskolnikov não podia concordar com essa maneira de ver, pois observava que sob muitos pontos de vista esses brutos eram muito mais inteligentes do que os próprios polacos. Também lá havia russos — um antigo oficial e dois semina-ristas — que desprezavam a plebe da prisão. Raskolnikov notou igualmente o seu erro.

Quanto a ele, Ródia, não o estimavam e evitavam-no. Acabaram mesmo por odiá-lo. Por quê? Ignorava-o. Malfeitores, cem vezes mais culpados do que ele, desprezavam-no, escarneciam dele; o seu crime era objeto dos seus sarcasmos.

— Tu és um parvo! — diziam-lhe. — Não devias assassinar a golpes de machado: isso não é próprio de um homem ilustrado.

Na segunda semana da quaresma teve de assistir aos ofícios religiosos com o seu camarada. Foi à igreja e rezou como os outros. Um dia, sem mesmo saber por que motivo, os companheiros fizeram-no passar um mau quarto de hora. Viu-se num instante assaltado por eles:

— És um ateu! Não crês em Deus! — gritaram furiosos. — Matemo-lo!

Nunca lhes falara nem de Deus, nem da religião, e contudo queriam matá-lo como ateu. Não lhes respondeu uma palavra. Um prisioneiro, no auge da fúria, lançava-se já sobre ele; Raskolnikov, sereno e silencioso, esperava-o sem pestanejar, sem que músculo algum do rosto se movesse. Um guarda lançou-se a tempo entre ele e o assassino; um instante mais tarde teria corrido sangue.

Havia ainda outra coisa inexplicável para ele; por que todos estimavam tanto Sofia? Ela não procurava captar as boas graças de ninguém; poucas vezes tinham ocasião de a encontrar; só uma vez por outra a viam no estaleiro ou na oficina quando ia passar alguns instantes junto dele. E no entanto todos a conheciam, não ignoravam que ela o tinha seguido, sabiam como vivia e onde vivia. A moça não lhes dava dinheiro, nem na verdade lhes prestava serviços. Só uma única vez, pelo Natal, levou um presente para toda a turma: bolos e aguardente. Pouco a pouco, entre eles e Sofia estabeleceram-se certas relações íntimas: escrevia-lhes as cartas para as famílias e punha-as no correio. Quando os parentes dos condenados vinham à cidade, era nas mãos de Sofia que entregavam os objetos e até o dinheiro destinado a estes. As mulheres e as amantes dos presos conheciam-na e iam a casa dela. Quando visitava Raskolnikov trabalhando entre os companheiros ou quando encontrava um grupo de prisioneiros dirigindo-se para o trabalho, todos tiravam os bonés, todos se inclinavam: "Matouchka, Sofia Semenovna, és a nossa querida mãe!", diziam os brutos condenados à pequena e delicada criatura. Ela saudava-os sorrindo e todos ficavam contentes com aquele sorriso. Gostavam até da sua maneira de andar e voltavam-se para a seguirem com os olhos quando se ia embora. E que elogios lhe faziam! Até a louvavam por ser pequenina. Raskolnikov passou no hospital quase toda a quaresma e a semana da Páscoa. Restabelecido, lembrou-se dos sonhos que tivera durante a doença. Parecia-lhe então ver o mundo inteiro assolado por um flagelo terrível e sem precedentes que, vindo do fundo da Ásia, caíra sobre a Europa. Todos deviam morrer, salvo um pequeníssimo número de privilegiados. Uns seres microscópicos, triquinas de uma nova espécie, introduziam-se nos corpos das pessoas. Esses seres eram espíritos dotados de inteligência e vontade. Os indivíduos infectados ficavam no mesmo instante doidos e furiosos. Todavia, coisa singular, nunca os homens se tinham julgado tão sábios, tão seguros da posse da verdade como julgavam estar esses desgraçados. Nunca tinham tido mais confiança na infalibilidade dos seus juízos, na solidez das suas conclusões científicas e dos seus princípios morais. Aldeias, cidades, povos inteiros eram atacados daquela moléstia e perdiam a razão, não se compreendendo uns aos outros. Cada um julgava saber, ele só, a inteira verdade e, contemplando os seus semelhantes, afligia-se, batia no peito, chorava e torcia as mãos. Ninguém se entendia sobre o bem e sobre o mal, nem sabiam quem se havia de condenar e quem se havia de absolver. Matavam-se uns aos outros, movidos por uma cólera absurda. Reuniam-se, formando grandes exércitos; porém, começada a campanha, as tropas dividiam-se bruscamente, as fileiras rompiam-se, os guerreiros atiravam-se uns aos outros, assassinavam-se e devoravam-se. Nas cidades tocava-se a rebate todo o dia, mas por que e a que propósito? Ninguém sabia e toda a gente andava inquieta. Cada um propunha as suas ideias, as suas reformas e nunca havia acordo; a agricultura fora abandonada. Aqui e acolá reuniam-se vários grupos, combinavam uma ação comum, juravam não se separarem. Um instante depois esqueciam-se da resolução tomada, começavam a acusar-se uns aos outros, a bater-se, a matar-se. Os incêndios e a fome completavam este triste quadro. Homens e coisas, tudo perecia. O flagelo estendia-se cada vez mais. No mundo inteiro só podiam salvar-se alguns homens, predestinados a refazer o gênero humano, a renovar a Terra; ninguém via esses homens em parte alguma, ninguém ouvia as suas palavras. Essas palavras...

Estes sonhos absurdos deixaram no espírito de Raskolnikov uma impressão dolorosa que levou muito tempo a desvanecer-se. Chegou a segunda semana da Páscoa. O tempo estava quente, sereno, parecia primavera, por isso abriram as janelas do hospital — janelas gradeadas sob as quais passeava uma sentinela. Durante toda a doença de

Raskolnikov, Sofia só pudera fazer-lhe duas visitas. De cada vez era preciso pedir autorização, a qual era difícil de obter. Por isso, muitas vezes, sobretudo à tardinha, ia ao pátio do hospital e, durante um minuto, ficava ali a olhar para as janelas.

Uma tarde, o prisioneiro, já quase restabelecido, tinha adormecido. Quando acordou, aproximou-se por acaso da janela e avistou Sofia que, de pé junto da porta do hospital, parecia esperar alguma coisa. Ao vê-la, sentiu como que o coração atravessado, estremeceu e afastou-se depressa da janela. No dia seguinte Sofia não veio, no dia imediato também não: notou que a esperava com ansiedade. Ao voltar à prisão os companheiros participaram-lhe que Sofia estava doente e não saía do quarto. Ficou muito inquieto e mandou saber notícias dela. Soube em breve que a doença não era perigosa. Sofia, sabendo-o tão preocupado com o seu estado, escreveu-lhe uma carta a lápis, informando-o de que ia muito melhor, que tinha tido um ligeiro resfriamento e que não tardaria a ir vê-lo. Ao ler essa carta, o coração de Raskolnikov bateu com mais violência.

Às seis horas da manhã foi trabalhar para a margem do rio, onde fora construído, sob um telheiro, um forno. Tinham sido mandados para lá apenas três operários. Um deles, acompanhado do guarda, foi buscar uma ferramenta à fortaleza e o outro começou a aquecer o forno. Raskolnikov saiu do telheiro, sentou-se num banco de madeira e pôs-se a contemplar o rio deserto. Daquela margem elevada descobria-se um horizonte bastante largo. Ao longe, do outro lado de Istych, cantavam canções de que um vago eco chegava aos ouvidos do prisioneiro. Na imensa estepe inundada de sol, as barracas dos nômades pareciam pequenos pontos negros. Lá havia liberdade, lá viviam homens que não se pareciam nada com os de cá, lá dir-se-ia que o tempo não tinha caminhado desde a época de Abraão e dos seus rebanhos. Raskolnikov devaneava com os olhos fixos naquela longínqua visão; não pensava em coisa alguma, todavia uma espécie de inquietação o oprimia.

De repente viu junto de si Sofia. Aproximara-se sem ruído e sentara-se ao lado dele. A frescura da manhã ainda se fazia sentir um pouco. Sofia trazia o seu velho albornoz e o lenço verde. O rosto pálido e emagrecido denunciava a doença recente. Quando chegou junto do prisioneiro, sorriu, mas, segundo o costume, foi com timidez que lhe estendeu a mão. Às vezes até não ousava oferecer-lhe, como se receasse vê-la repelida. Ele parecia sempre apertar-lhe com repugnância, mostrando-se algumas vezes agastado quando a moça chegava e não lhe dizia uma única palavra. Havia dias em que tremia diante dele e retirava-se muitíssimo aflita. Desta vez as suas mãos apertaram-se prolongadamente. Raskolnikov olhou para Sofia, não proferiu uma palavra e baixou os olhos. Estavam sós, ninguém os via. O guarda tinha-se afastado por momentos.

De um salto e sem que ele mesmo soubesse como isso foi, uma força invisível lançou o prisioneiro aos pés da moça. Abraçou-se-lhe aos joelhos, chorando. No primeiro momento ficou assustada e o rosto tornou-se-lhe lívido. Levantou-o logo e, a tremer, olhou para Raskolnikov. Bastou-lhe esse olhar para compreender tudo. Uma felicidade imensa se lia nos seus olhos radiantes. Não podia já duvidar de que finalmente a amava com um amor infinito. Quiseram falar e não puderam. Tinham lágrimas nos olhos.

Estavam ambos pálidos, contudo nos seus rostos adoentados brilhava já a aurora de uma renovação, de um renascimento completo. O amor regenerava-os, o coração de um encerrava uma fonte de vida inesgotável para o coração do outro. Resolveram esperar, ter paciência. Tinham ainda sete anos de Sibéria. De que sofrimentos intoleráveis e de que felicidade infinita devia ser preenchido para eles esse espaço de tempo! Mas Raskolnikov tinha ressuscitado, sentia-se em todo o seu ser, e Sofia... Sofia só vivia da vida de Raskolnikov.

À noite, depois de encerrarem os prisioneiros, o mancebo deitou-se e pensou nela. Parecia-lhe até que nesse dia todos os presos, os seus antigos inimigos, o tinham olhado de outra maneira. Fora o primeiro a dirigir-lhes a palavra e eles tinham-lhe respondido com afabilidade. Pensava nela. Lembrava-se dos desgostos que tantas vezes lhe tinha dado; revia em espírito o seu pequeno rosto pálido e magro. Agora, porém, essas lembranças eram apenas um remorso para ele; reconhecia quanto a fizera sofrer e ela redimia-o por um amor enorme, eterno, sem limites.

Sim, o que importavam todas as misérias do passado? Naquela primeira alegria do regresso à vida, tudo, até o seu crime, até a sua condenação e a sua ida para a Sibéria, tudo lhe parecia como um fato exterior, estranho; parecia até duvidar de que isso tivesse acontecido. De resto, naquela noite estava incapaz de refletir por muito tempo, de fixar o pensamento num objeto qualquer, de resolver uma questão com conhecimento de causa; só tinha sensações. A vida tinha substituído nele o raciocínio.

À cabeceira da cama estava uma Bíblia. Pegou nela sem querer. Aquele livro pertencia a Sofia, fora nele que ela lhe lera outrora a passagem da ressurreição de Lázaro. No princípio do cativeiro esperava uma perseguição religiosa por parte da moça. Julgava que ela lhe atiraria a todo momento com a Bíblia à cara. Com grande admiração sua, nem uma única vez fez derivar a conversa para esse assunto, nem uma única vez lhe oferecera o livro santo. Fora ele próprio que lhe pedira pouco tempo antes da sua doença e ela levou-lhe sem dizer palavra. Até então não o tinha aberto.

Também não o abriu desta vez, mas um pensamento atravessou rapidamente o seu espírito: "As suas convicções podem agora ser diferentes das minhas? Poderei ter outros sentimentos, outras tendências que não sejam as dela?"

Durante esse dia Sofia esteve também muito agitada. Estava tão contente e aquela felicidade era uma surpresa tão grande para ela que quase tinha medo. Sete anos, somente sete anos! Na embriaguez das primeiras horas, pouco faltou para que ambos considerassem esses sete anos como sete dias. Raskolnikov ignorava que a nova vida não lhe seria concedida de graça e que tinha de adquirir o poder de longos e dolorosos esforços.

Aqui começa, porém, uma segunda história, a da lenta renovação de um homem, da sua regeneração progressiva, da sua passagem gradual de um mundo para o outro. Podia ser a matéria de uma nova narração... A que quisemos oferecer ao leitor acaba aqui.

COMPLETE SUA BIBLIOTECA

Федоръ Достоевскій

Федоръ Достоевскій